U0945802

中国诗歌史

上册

陈才智 著

山西出版传媒集团 山西教育出版社

图书在版编目（CIP）数据

中国诗歌史 / 陈才智著 .—太原：山西教育出版社，2021.2

（中国分类文学史 / 张炯，郎樱，仲呈祥主编）

ISBN 978-7-5703-1457-7

Ⅰ. ①中… Ⅱ. ①陈… Ⅲ. ①诗歌史—中国 Ⅳ. ① I207.209

中国版本图书馆 CIP 数据核字 (2021) 第 032792 号

中国诗歌史

ZHONGGUO SHIGE SHI

出 版 人　李　飞
责任编辑　刘晓露
复　　审　郭志强
终　　审　杨　文
装帧设计　王春声　薛　菲
印装监制　蔡　洁
出版发行　山西出版传媒集团・山西教育出版社
（地址：太原市水西门街馒头巷7号　电话：0351-4729801　邮编：030002）
印　　装　山西人民印刷有限责任公司
开　　本　720×1020　1/16
印　　张　49.25
字　　数　808千字
版　　次　2021年9月第1版　2021年9月山西第1次印刷
书　　号　ISBN 978-7-5703-1457-7
定　　价　190.00元（上、下册）

总　　序

中国文学史的编撰已有百多年的历史，先后出版著作多种。那么现在为什么还要主持编撰一套10卷的“中国分类文学史”丛书呢？应该说，这与文学艺术理论中的类型学有关，也与我国文学史编撰的现状有关。

文学艺术类型实际指的是文艺的样态及其本质的区别。西方从古希腊即对文艺有类型的划分，如古希腊神话有关九位缪斯女神掌管九种艺术的传说，其缪斯体系即包含音乐、诗、舞蹈（以及悲剧、喜剧——它们当时是诗下面的两种体裁）等划分。后来雅典的智者派提出了一种艺术分类方法，即以有益或产生快感为标准，将艺术划分为有益的艺术与产生快感的艺术。柏拉图关于艺术的分类涉及多种不同的标准和视角，影响较大的一种，是他在《理想国》中的如下划分：“我说关于每件东西都有三种技艺：应用，制造，摹仿。”在《智者篇》对话里，柏拉图则把技艺（艺术）分为“厚生学”和“创造学”，前者指“利用自然中存在之物的技艺”，后者则指“创造自然中不存在之物的艺术”。这种分类，大体以艺术对事物的关系为原则。而在《智者篇》中，柏拉图又把艺术分成创造事物的和创造影像的两大类，并进一步把创造影像的艺术再分为二：一类是再现原物外貌，保持适当的色彩和比例；另一类是不管原物的外貌，依靠虚构、变形、幻觉改变它的比例和颜色。此外，柏拉图还提出过其他一些艺术分类的主张，如他把艺术分为基于计算的艺术（如音乐）和基于普通经验的艺术。他对诗（泛指文学）的次一级的体裁划分也进行了开创性的探讨，如他在《理想国》中就划分了诗的三种体裁：单纯叙述、模仿以及这二者的结合。这为后世文学的三分法（抒情诗、戏剧诗、叙事诗）打下了基础。

后来，亚里士多德总结了古希腊的艺术理论，认为艺术作为人类的一种活动，与自然相区别。人类的活动有三种，即认识、实践行动和创造。艺术乃创造。创造不同于认识和实践，在于它能生产产品。另外，亚里士多德也并不认为一切创造都是艺术，而只有“自觉的和以知识为基础的创造”才是艺术。这样就把那些基于本能、一般经验和技能的生产从艺术中区分出来。当然，亚里士多德所谓的艺术，仍是广义的技艺，不是近代所谓的艺术。不过，亚里士多德提出一个实质上已非常接近于近代“美的艺术”的概念，即所谓“模仿的艺术”：包括绘画、雕刻，也包括音乐、诗以及悲剧、喜剧等等。在艺术分类上，亚里士多德沿用了柏拉图的原则，即以艺术对自然的关系为原则，划分为补充自然的艺术和模仿自然的艺术。另外，亚里士多德在《诗学》第一章中，从“模仿所用的媒介不同、所取的对象不同、所采的方式不同”来给“诗的艺术”进行再划分。他的艺术分类学说实际包含三个不同的标准：第一，媒介或材料的标准；第二，对象或题材的标准；第三，叙述、模仿的方式标准（即把诗区分为叙事、抒情、戏剧三大类别）。西方文艺理论家后来还有时间的艺术（如诗歌、小说）和空间的艺术（如雕塑、绘画、戏剧、舞蹈）等不同视角为标准的划分。

我国古代的文艺理论家对当时的文学也有不同标准的分类，如《毛诗序》对古代诗歌的“风”“雅”“颂”的分类标准，做如下解释：“上以风化下，下以风刺上。主文而谲谏，言之者无罪，闻之者足以戒，故曰风。至于王道衰，礼义废，政教失，国异政，家殊俗，而变风、变雅作矣。国史明乎得失之迹，伤人伦之废，哀刑政之苛，吟咏情性，以风其上，达于事变而怀其旧俗者也。故变风发乎情，止乎礼义。发乎情，民之性也；止乎礼义，先王之泽也。是以一国之事，系一人之本，谓之风。言天下之事，形四方之风，谓之雅。雅者，正也，言王政之所由废兴也。政有小大，故有小雅焉、有大雅焉。颂者，美盛德之形容，以其成功告于神明者也。”它主要从作品的内容来划分诗类。陆机的《文赋》则这样论述其时的文体："诗缘情而绮靡，赋体物而浏亮，碑披文以相质，诔缠绵而凄怆，铭博约而温润，箴顿挫而清壮，颂优游以彬蔚，论精微而朗畅，奏平彻以闲雅，说炜晔而谲诳。"他的分类虽兼及作品内容，却主要基于作品风格。刘勰的《文心雕龙》把那时的文类分为诗、乐府、赋、颂赞、祝盟、铭箴、诔碑、哀吊、杂文、谐 、史传、诸子、论说、诏策、檄移、封禅、章表、奏启、议对、书记等二十类。他的分类标准显然不一，但已分得非常细致。现代新文学产生后，以审美的特质来划分文学与非文学，历史上的许多文体便不再被认为是文学了。可见文学艺术的分类由来已久，体现了不同时代人们对文学艺术的样态及其本质的认识。文学艺术由于构成要素的差异和结构方式的不同，产生的功能也不一样，不同类型艺术的产生和发展、消亡都与一定的历史时代的条件相联系，因而，文艺理论家基于自己时代的认识，根据不同的标准原则加以不同的分类，也是很自然的。

回顾我国文学发展的历史，不难发现，我国文类的划分也从简到繁。从最早的神话、传说和歌谣，后来分离出叙事体的历史记载和各种散文、各种诗歌和赋体，逐渐又产生了小说，后来出现戏剧。到了今天，文学的样态更加多样了。诗歌就分为旧体诗（涵盖唐诗、宋词、元曲）和新体诗（包括自由体和格律体）；既有叙事诗，还有抒情诗（包括政治抒情诗、生活抒情诗）以及哲理诗、寓言诗、儿歌等等。小说不但有长篇小说、中篇小说、短篇小说和微型小说（小小说）的划分，还有政治小说、推理小说、言情小说、科幻小说、武侠小说、历史小说与历史穿越小说等的区别。散文也分化为叙事、抒情，还分为政治散文、文化散文、杂文和随笔、小品、报告文学、文学传记、回忆录等等。戏剧不仅有传统戏曲，还有话剧、歌剧、哑剧、小品和舞剧，以及新出现的发展快速的电影和电视剧等综合艺术。分类文学史的学术意义，我以为在于文学样态的发展既体现为反映内容的差异，也表现为艺术形式的不同，根本上则是基于历史渊源和时代原因而导致的作品构成要素、结构方式与产生功能的差异。故而文学史研究的深入，对不同文学样态类型的历史发展进行更细致的考察，便成为学术发展的必然。

我国文学史研究界早已有中国小说史、诗歌史、散文史、戏剧史的分野和著作出版，如今更出现了辞赋史、杂文史、新诗史、笔记小说史、戏曲史、儿童文学史、民族文学史、地区文学史、海外华文文学史等新的著作，还出现了对网络文学等新的媒体特色的研究，因而编撰一套分类文学史，促使文学史研究更加全面和深入，乃属势所必然。山西教育出版社恰好提出这样的出版规划，委托我牵头敦请有关的专家、学者分工协作，编著一套“中国分类文学史”丛书。我便慨然应承，并得到各位分卷主编和执笔专家的热情支持。其间，葛志强同志协助做了诸多组织联络工作，不幸书稿尚未收齐，他便遽然去世。好在山西教育出版社各位领导的执着和负责这套丛书的杨文同志以及各卷责编的努力，终使这套丛书各卷先后完成。

现在出版的“中国分类文学史”丛书10卷，包括诗歌、小说、散文、戏剧、影视、网络文学、民间文学、少数民族文学、华文文学和文论等分卷，分类的视角与标准虽不尽一致，但各有自己研究的范围和学术价值。我希望这套分类文学史著作能够对广大读者了解我国文学各种样态和类型的历史发展有所帮助。当然，本丛书会有欠缺和不足之处，期望能够得到读者和专家的指正、批评。

是为序。

张　炯

目　录

绪论

诗是中国文学的主流，中国文学长河一向以诗歌为正脉。不学诗，无以言。同诗歌的悠久传统相比，小说、戏剧是迟开的花朵，很晚才汇入中国文学的长河。广义上的诗歌包括诗、词、曲。诗（狭义上的）是指以齐言为主要句式的韵文，包括《诗经》、楚辞、乐府、五七言（还有六言、九言、杂言）古体及近体（包括律诗和绝句）等；词是“曲子词”的简称，是一种配合音乐用以歌唱的诗体，以长短句为主要体式，依词牌或曲调填写文，又称“长短句”或“诗馀”，始于唐，盛于宋；曲则指元明清散曲和剧曲，主要指可清唱的部分，包括小令、套数及介于两者之间的带过曲等。一方面限于篇幅，另一方面，词曲早已独立且成熟，有关研究亦别为科目，因此，为区分于韵文史，本书集中叙述用汉语书写的狭义上的诗。叙述诗史，可以选择多种角度，如题材、体裁、时段或地域等。本书主要从流派角度入手，叙述汉语诗歌发生、发展和衍变的历史脉络，始于先秦，迄于当代。

流派，是诗歌研究的重要一环，是语言、修辞、意象、意境、风格之上更高的研究层次。一般而言，流派只是被视为诗歌、艺术或学术等方面的派别。其实，流与派应该分而论之。“流”偏重历时性，研究对象是诗人对前代诗歌传统的继承和后世诗歌风气的影响，借以定位其独创性和艺术成就，为解释和批评提供合适的尺度；“派”偏重共时性，研究对象是同一时段形成的诗歌群体、集团、潮流、派别或范式，有助于理解种种诗歌现象，加深对诗歌历史演进的认知。横看成“派”侧成“流”，纵横交错的“流”与“派”，是建构中国诗歌史大厦的基本栋梁。

作为文学研究的重要视角，流派研究近年来已取得丰硕成果。程千帆（1913—2000）曾提出“唐宋诗歌流派研究”的课题，被列入国家及教委哲学社会科学“七五”规划。此后，流派视角的运用不断成熟和扩大，曾有两套名为“中国古代文学流派研究”的丛书面世。① 学界对山水田园诗派、韩孟诗派、江西诗派、江湖诗派已有相当深入的研究。边塞诗派、吴中诗派、姚贾诗派、睦州诗派、李贺诗派、皮陆诗派也相继进入研究视野。本书旨在总结现有研究成果的基础上，勾勒自先秦以迄当代诗歌千流万派的发展脉络。

“流派”一词，据《辞海》《辞源》《汉语大词典》等辞书，最早用例是初唐张文琮《咏水》诗：“标名资上善，流派表灵长。”② 诗意是：若论题名，老子《道德经》曾云“上善若水”，水行之派生，广远而绵长。“流派”为动宾结构。在此前后，玄奘（600—664）述，辩机撰文，成书于贞观二十年（646）的《大唐西域记》亦用到“流派”：“鹤萨罗城中踊泉流派，国人利之，以溉田也。”③ 这里的“流派”亦为动宾结构，词义核心亦在“派”。沿此上溯，考“派”之源，许慎《说文解字》谓：“派，别水也。从水从𠂢，𠂢亦声。”“𠂢，水之衺（邪）流，别也。从反永。”可见，“派”实际上是从“𠂢”这个象形字孳乳分化而来的累增字或异体字，二者等义。④《文选》左思《吴都赋》“百川派别，归海而会”之刘逵注引《字说》注云：“水别流为派。”⑤《古今韵会举要·卦韵》释“派”：“本作𠂢，从反永。徐（锴）曰：‘永，长流，反则分派也。’今文又增水作‘派’。”⑥ 清段玉裁《说文解字注》云：“流别者，一水歧分之谓。《禹

①钟林斌、李文禄主编，辽宁大学出版社 1993 年后陆续出版；陈文新主编，武汉大学出版社 2003—2004 年出版。

②张文琮《咏水》，见《全唐诗》卷三十九，中华书局繁体竖排本，1992 年版，第 2 册，第 504 页。张文琮（？—653），贝州武城（今属山东）人。贞观中（627—650）为持书侍御史。三迁亳州刺史，为政清简，百姓安之。唐高宗永徽（650—656）初，表献《太宗文皇帝颂》，优制褒美，赐绢百匹，征拜户部侍郎。好自写书，笔不释手。坐房遗爱从母弟，出为建州刺史。永徽四年（653）卒于官。

③季羡林等：《大唐西域记校注》，中华书局 2000 年版，下册，第 954 页。

④中华书局影印大徐本《说文解字》十一篇上、十一篇下，1963 年版，第 232 页上、第 240 页上。王筠《说文释例》卷八累增字举例有“𠂢”与“派”，朱骏声《说文通训定声》解部第十一亦谓派“即𠂢之或体”。

⑤四部丛刊景宋本《六臣注文选》卷五。又，《六臣注文选》卷十二郭璞《江赋》“源二分于崌崃，流九派乎浔阳”，李善注亦云：“水别流为派。”

⑥〔元〕熊忠：《古今韵会举要》卷二十（《四库全书》本）。徐锴语见其《说文解字系传》卷二十二，中华书局 1987 年影印本，第 227 页下。

贡》曰'漾，东流为汉''沇，东流为济''江，东别为沱'，[①] 此言流别之始……流别，则其势必衺行，故曰'衺流别'……衺流别，则正流之长者较短，而巠理同也，故其字'从反永'。"[②] 可见从字源上推究，"派"之本义乃水之歧分、别脉、支流，与正流、主脉、本干相对而言；与后者相比，尽管巠理相同，但长度较短。这一本义，耐人寻思。在中国，流派意识的萌发，与这里水系发达的自然环境密切相关。[③] 水流万派的诗性哲思，看来不仅包括智慧、开放、包容、上善，也有别流和支脉。在感情色彩上："夫衺（邪）流别赴，异于正源，本非雅词。"[④] 但由此引申而及事物的流别，再及政治、宗教、学术与文艺之派别，如宗派、嫡派、政派、党派、左派、右派、教派、学派、书派、画派等，在某种程度上，并非均带有这种雅俗之别或褒贬色彩。

流派视角在学术和文艺评论上的具体运用，渊源久远。上引《说文》段注断定《尚书·禹贡》中对河流关系的记载是"言流别之始"，可见"流别"概念出现之早。而较早将其用于学术史领域者，当推《汉书·艺文志》对诸子百家之学的总结，它所确认的"儒家者流""道家者流""法家者流"等九流，实际上具有学派的性质，只是未用"派"或"流派"来表达而已。

体大思精的《文心雕龙》较早将"派"引入文学批评领域，书中多次出现"派"，如《诠赋第八》赞曰："赋自诗出，分歧异派。"[⑤]《杂文第十

---

①《尚书·禹贡》原文是："嶓冢导漾，东流为汉……岷山导江，东别为沱……导沇水，东流为济。"

②〔清〕段玉裁：《说文解字注》十一篇下，成都古籍书店1990年版，第585页下、第603页下。

③参见曹虹《阳湖文派研究》，中华书局1996年版，第10页。

④李审言：《学制斋文钞》卷一《论桐城派》，李稚甫编校《李审言文集》下册，第887页。

⑤唐写本作"异流分派"。纪昀评："此分歧异派，非指赋与诗分，乃指京殿一段、草区一段言之，而其语仍侧注小赋一边。"李曰刚《文心雕龙斠诠》（台北："国立"编译馆1982年版）谓"异流分派"："言赋为六义之附庸，其体裁导源于诗，而屈偏写志，宋宗铺采，同源而异流，荀则兼综咏物说理，陆贾则主博辨骋辞，一致而分派；后之词人，顺流而作，或为京殿苑猎之长篇巨制，或为草区禽族之小型短品，采姿翻新，未可一概论也。"

断然以派自居也。迨铁崖（一作雅）滥觞，已开陋习。有明中叶，李、何扬波于前，王、李承流于后，动以派别概天下之才俊，啖名者靡然从之，七子五子，叠床架屋。"① 其扬"体"而抑"派"，不无意气之见，但对由"体"到"派"之衍变的论述，要亦吻合。

详而论之，"体"在中国固有的文学批评中，大抵有四重含义：（一）可以指文章的体裁、体式、体制、体例，相当于"genre"；（二）可以指文章的内容、要旨、思想；（三）可以指文章的文辞、采藻、辞气、语意；（四）可以指文体、作品、时代、地域的风格、体貌，相当于"style"。前三种含义姑且不论，仅就本书所及之第四种含义而言，在六朝时期它已经成为一个较为成熟的文学批评范畴，其标志即《文心雕龙》和《诗品》中对这一概念的论述和运用。②

尽管在中国古典诗歌批评的某些场合中，"体""派"二词的界限仍未十分明确，但一般而言，"体"大致相当于"风格"，"派"大致相当于"流派"。"体"成于个体，"派"成于群体。"体"可"以时而论""以人而论"，③"派"也可由产生的时代或代表作家来命名，但更多的是以风格而论、以地域而论、以体裁而论、以题材而论、以审美趣味而论、以创作主张而论。在中国文学批评史上，由"体"到"派"的发展、嬗变过程中，大致经历了以下四个重要的环节点：

(1)		(2)		(3)		(4)
《文心雕龙》	→	《诗品》	→	《主客图》	→	《江西诗社宗派图》
⋮		⋮		⋮		⋮
"八体"	→	"溯流别"	→	"主客法度一则"	→	"宗派"

作为"体派"说滥觞期之代表，刘勰（约465—约532）《文心雕龙·体

①《樊榭山房文集》卷三，陈九思标校《樊榭山房集》，上海古籍出版社1992年版，中册，第735页。

②参见陈兆秀《文心雕龙术语探析》第三章关于"体"字之析解，台北：文史哲出版社1986年版。

③见严羽《沧浪诗话·诗体》（郭绍虞《沧浪诗话校释》，第52、第59页）。

性篇》的奠基作用毋庸置疑:[①]

> 若总其归途，则数穷八体：一曰典雅，二曰远奥，三曰精约，四曰显附，五曰繁缛，六曰壮丽，七曰新奇，八曰轻靡。[②]

“八体”也就是八种不同的文学风格,[③] 可以视为最早的风格分类。[④] 此后，初唐佚名《文笔式》“论体”所云博雅、清典、绮艳、宏壮、要约、切至等六体;[⑤] 唐崔融（635—706）在《唐朝新定诗格》中有“十体”论：形似体、质气体、情理体、直置体、雕藻体、映带体、飞动体、婉转体、清切体、菁华体;[⑥] 唐皎然（720—798?）在《诗式》中有“辩体有一十九字”：高、逸、贞、忠、节、志、气、情、思、德、诫、闲、达、悲、怨、意、力、静、远;[⑦] 唐齐己（864—943?）在《风骚旨格》中论“诗有十体”：高古、清奇、远近、双分、背非、无虚、是非、清洁、覆妆、阖门;[⑧] 元杨载（1271—1323）在《诗法家数》中云：“诗之为体有

---

①罗根泽《中国文学批评史》第一册论列曹丕等六人所云体派之“体”后，谓：“对体派的文体加以精密的分析者，还要推论文专家的刘勰。”（上海古籍出版社 1984 年版，第 146—147 页）

②范文澜:《文心雕龙注》，人民文学出版社 1998 年版，下册，第 505 页。

③见陆侃如、牟世金《文心雕龙译注》，第 69 页；缪俊杰《文心雕龙美学》，第 147 页；詹瑛《文心雕龙义证》中册，第 1015 页；祖保泉《文心雕龙解说》，第 541 页；詹福瑞《中古文学理论范畴》，第 183 页。

④许自强:《新二十四诗品——古典诗歌风格鉴赏》，文化艺术出版社 1990 年版，第 9 页。

⑤见张伯伟《全唐五代诗格校考》，第 55 页；《全唐五代诗格汇考》，第 78 页。引自日僧遍照金刚（774—835）《文镜秘府论》，见王利器《文镜秘府论校注》，第 331 页。王利器谓“其为刘善经《四声指归》之文”。小西甚一（1915—2007）《文镜秘府论考》（日本株式会社讲谈社 1951 年版）谓其出于初唐佚名所撰《文笔式》（见《全唐五代诗格校考》，第 55 页；《全唐五代诗格汇考》，第 79 页）。后说可从。

⑥《全唐五代诗格校考》，第 109 页；《全唐五代诗格汇考》，第 129 页。参见王利器《文镜秘府论校注》第 146 页“十体”所引。旧题李峤撰《评诗格》所云“十体”，实即剪取自崔说。

⑦《全唐五代诗格校考》，第 219—220 页；《全唐五代诗格汇考》，第 242 页。参见李壮鹰《诗式校注》，第 53—54 页；《历代诗话》上册，第 35—36 页。

⑧《全唐五代诗格校考》，第 379 页；《全唐五代诗格汇考》，第 401 页。

六：曰雄浑，曰悲壮，曰平淡，曰苍古，曰沉着痛快，曰优游不迫。”① 以上都不同程度地借鉴了《文心雕龙·体性篇》“八体”之说，与之一脉相承。

锺嵘（约468—518）《诗品》亦多以“体”字指陈诗人作品的体貌、风格。② 而尤可注意的是，《诗品》在推源溯流的基础上所建立起的诗人序列和渊源系统。对此，钱谦益（1582—1664）《与遵王书》曾云：“古人论诗，研究体源。锺记室谓李陵出于《楚辞》，陈王出于《国风》，刘桢出于《古诗》，王粲出于李陵，莫不应若宫商，辨如苍素。”③ 章学诚（1738—1802）《文史通义·诗话篇》更表彰道：“《诗品》深从六艺溯流别也。（如云某人之诗，其源出于某家之类，最为有本之学。其法出于刘向父子。）论诗论文，而知溯流别，则可以探源经籍，而进窥天地之纯，古人之大体矣。此意非后世诗话家流所能喻也。（锺氏所推流别，亦有不甚可晓处。盖古书多亡，难以取证。但已能窥见大意，实非论诗家所及。）”④《四库全书总目提要·诗文评类》总论部分比较《文心雕龙》与《诗品》体例之别云：“勰究文体之源流，而评其工拙；嵘第作者之甲乙，而溯厥师承。”⑤ 陈延杰《诗品注·跋》开篇即云：“锺嵘著《诗品》三卷，第作者之甲乙，而溯厥师承，颇有鉴裁。”⑥ 其《读〈诗品〉》又云：“《诗品》既为三十六人溯厥师承，使后世得以探其源而寻其流者，锺氏之功也。已大劳经营矣！”⑦

按，《四库全书总目提要》所论言简意赅，恰得其实。而章学诚所谓

①《历代诗话》下册，第726页。

②参见廖蔚卿《六朝文论》，台北：联经出版事业公司1985年版，第290—292页；吕德申《锺嵘〈诗品〉校释》，北京大学出版社1986年版，第268页；王运熙、杨明《魏晋南北朝文学批评史》，上海古籍出版社1989年版，第547页。

③〔清〕钱谦益：《牧斋有学集》卷三十九，钱仲联标校本下册，第1361页。

④引文据叶瑛《文史通义校注》上册，第559页，括号内文字为章学诚原注。

⑤《钦定四库全书总目提要》（整理本）下册，第2736页。

⑥《诗品注》，人民文学出版社1961年版，第158页。钱基博《锺嵘〈诗品〉校读记·最指第五》首句与之雷同。（见《钱基博学术论著选》，华中师大出版社1997年版，第518页）

⑦原载《东方杂志》第23卷第23号，1926年12月，引文据《中国古代文论研究论文集》，上海古籍出版社1989年版，第282页。

"进窥天地之纯，古人之大体"未免言过。[①] 首先，其"溯流别""溯厥师承"乃"法出于刘向父子"（章学诚）[②]，而运用于文学批评亦非其首创或独创，此前之沈约（441—513）《宋书·谢灵运传论》、刘勰（约465—约532）《文心雕龙·才略篇》，同时之萧子显（489—537）《南齐书·文学传论》均有类似之举，[③] 挚虞还有《文章流别集》（附《文章流别志》《文章流别论》）[④]。《晋书·挚虞传》云："（挚虞）又撰古文章，类聚区分为三十卷，名曰《流别集》，各为之论，辞理惬当，为世所重。"其次，"惟其论某人源出某人，若一一亲见其师承者，则不免附会耳"[⑤]。在"溯流

①《庄子·天下》："后世之学者，不幸不见天地之纯，古人之大体，道术将为天下裂。"（王先谦《庄子集解》卷八，沈啸寰点校本，第288页）

②〔南朝〕锺嵘《诗品序》提及"《七略》裁士"（陈延杰《诗品注》，人民文学出版社本，第3页；曹旭《诗品集注》，上海古籍出版社1994年版，第66页），陈延杰《读〈诗品〉》云："昔刘歆造《七略》，其叙诸子，必云某家者流，盖出古者某官之掌，所以讨源也。《诗品》著例，每评一人之诗，必云其原出于某家，殆本《刘略》欤?"（《中国古代文论研究论文集》，上海古籍出版社1989年版，第281页）此外，班固《汉书·艺文志·诸子略》亦对九流十家加以溯源。

③详见张伯伟《中国古代文学批评史上"推源溯流"法的成立及其类型》（《中国诗学》第1辑，南京大学出版社1991年版，后收入其《锺嵘〈诗品〉研究》，见1999年新版，第347—356页）。

④挚虞，西晋人。锺嵘《诗品序》："挚虞《文志》，详而博赡，颇曰知言。"（陈延杰《诗品注》第4页；曹旭《诗品集注》第186页）刘师培《搜集文章志材料方法（自秦汉迄隋）》："志者，以人为纲也；流别者，以文体为纲也。"（《国故》第3期，陈引驰编校《刘师培中古文学论集》第105页）方孝岳《中国文学批评》："他所谓'流别'，是对于每种文体必推求他的发源，然后下溯他的变迁。根据原来创立那种文体的初意，和立言措辞的派头，来鉴定后人所作的是否合体。"（三联书店本，第59页）罗根泽《中国文学批评史》第1册："以'流别'命名，因为他特别注意各体文学的流别；以今语释之，就是历史的演变。"（上海古籍出版社本，第156页）

⑤《钦定四库全书总目提要》（整理本）下册，第2738页。胡玉缙撰、王欣夫辑《四库全书总目提要补正》云："嵘之根本错误，全在以某人源出某人，故品第遂多违失。《提要》既知其附会，而仍欲有所回护，殆以其古书而尊之耳。"（上海书店本下册，第1659页）

别”的运用上，亦不乏致人诟病处。①

但另一方面，也不能因此忽视《诗品》“溯流别”所展现出的系统性、全面性、代表性以及因此所产生的深远影响。可以说，在诗歌批评史上，是《诗品》使后来的批评者开始有意识地兼顾第甲乙与溯师承，由单纯品评个体风格转到对彼此相承相传之“流别”关系的注意。而且，《诗品》在“溯流别”中，结合着“论品第”，包含着“辨流派”。明代何良俊(1506—1573)《四友斋丛说》有云：“诗家相沿，各有流派。盖潘、陆规模于子建，左思步骤于刘祯，而靖节质直，出于应璩之《百一》，盖显然明著者也。则锺参军《诗品》，亦自具眼。”② 清代纪昀（1724—1805）更明确断言：“锺嵘《诗品》阴分三等，各溯其源，是为诗派之滥觞。”③ 许文雨《锺嵘诗品讲疏》亦谓：“记室品第之说，第以其卷次求之，殊多未尽。彼之心目中固尚有明划之三派焉。一派为正派诗，以曹子建为首……一派为古体诗，以应璩为首……一派为新体诗，以张华为首。”④

具体而言，《诗品》之纵向“溯流别”，一为“远溯”，即“其源出于《国风》”“其源出于《小雅》”“其源出于《楚辞》”之类；一为“近溯”，即以同一朝代之前人为源流者，如“汉婕妤班姬诗，其源出于李陵”。除去纵向“溯流别”外，其更值得重视的是，对同时代人诗歌风格横向的辨同异，即置同一时期风格相近的诗人于同条或同品，并列而论，而风格之相近相似正是流派形成的必要条件之一。此外，在论及品评范围时，《诗品·序》谓：“网罗今古，词人殆集。轻欲辨彰清浊，掎摭病利，凡百二

---

①参见王士禛《古夫于亭杂录》卷五，赵伯陶点校本，第102页；《带经堂诗话》卷二，戴鸿森校点本上册，第58页；张伯伟《锺嵘〈诗品〉研究》第167页所引叶梦得、王世贞、许学夷、宋大樽之评。

②〔明〕何良俊：《四友斋丛说》卷二十四“诗·一”，中华书局1983年版，第214页。按，“刘祯”当作“刘桢”。潘（岳）与子建并非一系，见罗根泽《中国文学批评史》，上海古籍出版社1984年版，第1册，第248页；廖蔚卿《六朝文论》，台北：联经出版事业公司1985年版，第293—294页；张伯伟《锺嵘〈诗品〉研究》，南京大学出版社1993年版，第117、第129、第418页及曹旭《诗品研究》，上海古籍出版社1998年版，第154页所列《诗品》之源流系统。

③《纪文达公遗集》卷九《田侯松岩诗序》，孙致中等校点《纪晓岚文集》第1册，第201页。

④许文雨：《锺嵘诗品讲疏》，成都古籍出版社1983年版，第9页。

十人。预此宗流者，便称才子。”[①] 文学批评意义上的“宗流”一词，此为首见，其义已很接近流派、宗派。[②] 由此可以确认，锺嵘《诗品》是中国文学批评范畴由“体”到“派”这一嬗变过程中的重要环节点，正如清李光廷（1812—1880）所云：“诗派之说起自锺嵘《诗品》。”[③]

但无论是刘勰，还是锺嵘，都还只是“泛流派”[④] 的时代。至晚唐张为《主客图》，始有“准流派”。《主客图》将中晚唐 84 位诗人分为广大教化、高古奥逸、清奇雅正、清奇僻苦、博解宏拔、瑰奇美丽六派，每派都有主有客，客分上入室、入室、升堂、及门四格，于诗人之下大都摘列其诗句，亦有引录其全诗者。“排比联贯，事同谱牒，故以《图》名”[⑤]。在中国文学批评史上，《主客图》借鉴锺嵘《诗品》划分三品、追溯流别之举，创造了以风格类型辨析和区分诗派的先河，可谓是由“体”到“派”这一嬗变过程中一次质的飞跃。

而真正名副其实的诗派之说，确立于宋代吕本中（1084—1145）所作的《江西诗社宗派图》。《宗派图》序说：“歌诗至于豫章始大出而力振之，后学者同作并和，尽发千古之秘，无馀蕴矣。录其名字，曰江西宗派，其源流皆出豫章也。”并尊黄庭坚为诗派之祖，下列陈师道等 25 人“以为法嗣”。诚如陈振孙（1179—1262）所云：“诗派之说本出于吕居仁（吕本中）。”[⑥] 而“诗派”一词首见于宋狄遵度《杜甫赞》：“其祖审言，当景龙际，以诗自名，高视一世。逮子美生，其作愈伟。少而不羁，跌宕

①曹旭《诗品集注》第 192 页，“预此宗流者”一作“预此宗派”。韩国李徽教《〈诗品〉汇注》谓：“宗流者，宗上流下者也。《诗品》常论诗家源流，故云。”（引自曹旭《诗品集注》，第 195 页）

②〔宋〕毛晃增注、毛居正重增《增修互注礼部韵略》卷一释“宗”云：“流派所出为宗。”（《四库全书》本）

③〔清〕张丙炎辑、张允顗重辑《榕园丛书》丙集《主客图》跋。

④“泛流派”这三个字是借用陈圣生《现代诗学》第四章“风格与流派”之三“诗派的形成及其利弊”中的说法，见该书第 187 页。（社会科学文献出版社 1998 年版）

⑤《四库提要》总集类存目一《文选句图》，《钦定四库全书总目提要》（整理本）下册，第 2667 页。

⑥〔宋〕陈振孙：《直斋书录解题》卷十五总集类《江西诗派》解题，徐小蛮、顾美华校点本，第 449 页。

上，清初仅江苏地区就有以陈子龙为首脑的云间派，钱谦益为领袖的虞山派，吴伟业为代表的娄东派，① 此外还有北方的河朔派，南方的岭南派、桐城派。浙江地区有贯穿清初至清中叶的浙派，清后期诗坛更有湖湘、闽赣、河北、江左、岭南、西蜀等六大诗派林立。② 有些评论，未出现“派”或“流派”一词，更带有对作家风格、时代思潮加以辨析的色彩，但对认识“派”或“流派”各种发展中的形态，也有参考价值。总之，流派范畴的形成，在中国诗歌批评史上，经历了一个由隐而显的过程，其间曲曲弯弯的脉络，需要针对具体研究对象，仔细加以梳理，方可探赜抉幽，索隐显微。

进而言之，流派不仅是一个重要的范畴，还可视为一种理论视角。作为一种文学研究的理论视角而言，流派从一个比语言、修辞、意象、意境、风格更高的层面上，归纳和概括出一类重要的文学现象，即因各种机缘、文学见解、思想倾向、审美追求、艺术风格、创作路数等，或相近、或相似、或趋同的作家，或自觉、或不自觉，成为或紧密、或松散的共同体。让我们领悟到，看似不同的作家，经过观察和比较，其实多有联系。这样的研究视角，不仅总结了过去，同时也指引着未来，对后世文学发展起到导向作用，充分满足了一个好的理论所需要的鉴古和知今两大要素。

“流派”这一视角的重要性在于它介于文学总体与作家个体之间，所处理的对象是文学家个体与群体的关系问题。“诗可以群”，若文学仅仅是关乎个体的一种“存在”，自生自灭，与外界绝缘，则其在文学史中的价值可约等于零；只有个体之创作与他者、外界、群体发生关系——同时代或异时代之接受、传播、影响、渊源、传承等关系，其文学史价值方“有从谈起”。而这种同时代或异时代创作之接受、传播、影响、渊源、传承等互动关系，正是“流派”研究的主要对象。流派的多少、特征、构成（或命名）方式、波及范围及其兴替影响，是衡量一个时代诗歌发展水平的重要尺度。在这一意义上，作为宏观研究与微观研究中介的“流派”研究确实是诗歌史研究的核心问题。因此，有学者称：“一部中国诗歌史，就是叙述中国诗歌的源、流、派别的发展史。”③

---

①参见钱仲联《三百年来江苏的古典诗歌》，收入其《梦苕庵清代文学论集》，齐鲁书社 1983 年版。

②参见汪辟疆《近代诗派与地域》，《汪辟疆文集》，上海古籍出版社 1988 年版，第 293—324 页。

③廖仲安：《简谈诗歌流派》，载《文学遗产》1992 年第 5 期。

第一编　先唐诗歌

导　言

中国诗歌，鼎盛于唐。但唐之前，已有充分积淀。四言体《诗经》、骚体楚辞和以五言为主体的汉乐府，作为三大源头，确立了中国诗歌的抒情传统。进入魏晋南北朝，在延续汉乐府盛行的五言古诗的同时，七言诗开始确立并逐渐壮大。南朝齐梁至陈，古体向近体过渡；近体诗新的表现技巧（如对偶、声律等）逐渐成熟。从表现内容上看，感遇咏怀、忧国忧民、伤时讽喻、山水田园、边塞行旅、寄赠酬答、留别送别、爱情婚姻、游子思妇等各类主题，在先唐诗歌中均已有呈现。但先唐是印刷术发明之前的时代，诗歌作品普及还颇受局限。诗歌传播方式与媒介，最初由口头流传与演唱，记录于甲骨、金石、简牍、绢帛等媒介。纸的发明和普遍使用，因为易于书写和保存，成为理想的传媒，极大地增加了诗人彼此学习和互相交流的机会，对诗歌创作产生了深远的影响。概括地讲，诗歌在先唐时代，犹如三峡中的江水，可以看到力量的积蓄，最后汇聚至唐朝，兼包风骚之精神、汉魏之风骨、齐梁之英华，则如长江走出三峡，流入江汉，山随平野尽，江入大荒流，呈现出阔大雄壮的崭新气象。

第一章 《诗经》

先秦诗歌经历了以《诗经》为代表的西周至春秋时代，和以《楚辞》为标志的战国时代。此外尚有不少“逸诗”，但多为断句残篇，且一些篇章真伪难辨，因此论先秦诗歌，当以《诗经》和《楚辞》为主。

第一节 《诗经》的采集与编选

《诗经》是中国诗歌的第一个源头。作为中国历史上第一部诗歌总集，《诗经》主要辑选西周至春秋中期的作品，其采集与整理堪称是一项伟大的文化事业。《诗经》中有诗305篇，另有6篇有目无辞的笙诗。《诗经》在先秦只称为《诗》，或取其所收诗篇的整数，称为《诗三百》或《三百篇》。至西汉独尊儒术时，因其被视为儒家经典，才冠以“经”，称为《诗经》。

《诗经》分为风、雅、颂三类，一般认为是按照乐调的不同而划分的。南宋郑樵说：

> 风土之音曰风，朝廷之音曰雅，宗庙之音曰颂。（《通志·昆虫草木略》）

> 盖大雅、小雅者，特随其音而写之律耳。律有大吕、小吕，则歌大雅、小雅，宜其有别也。（《六经奥论》）

另一种被广泛接受的观点认为，这种分类是按作品性质进行的：

> 是以一国之事，系一人之本，谓之风；言天下之事，形四方之风，谓之雅。雅者，正也，言王政之所由废兴也。政有小大，故有小雅焉，有大雅焉。颂者，美盛德之形容，以其成功告于神明者也。（《诗大序》）

这两种观点都有合理之处，可以兼而采之。以下从乐调说的角度对风、雅、颂进行简释。

“风”包括十五国风，共 160 篇，国是地区的意思，风即乐调，国风是各地区乐调的总称。

如果说“风”是地方音乐，那么“雅”则是周王所辖地区的音乐曲调，即西周的首都镐京（今陕西西安）和东周的首都洛邑（今河南洛阳）一带。当时人们把周朝王都的音乐看作“正声”，故称为“雅”。雅即是“正”。

“颂”是朝廷祭祀祖先或鬼神时用的乐歌。《颂》诗包括周颂 31 篇，大致是西周首都镐京地区的作品。鲁颂 4 篇，是当时鲁国首都今山东曲阜地区的作品，商颂是宋国的首都（商朝旧都）今河南商丘地区的作品。

《诗经》的作者姓名绝大多数不可考，只有个别诗篇仍保留着相关信息，如“家父作诵，以究王讻”（《小雅・节南山》），“吉甫作颂，其诗孔硕，其风肆好，以赠申伯”（《大雅・崧高》），可知这两篇诗歌的作者分别是家父和吉甫。

相比于探求作者的姓名，《诗经》作者的身份相对容易推测。如《邶风・北门》的作者是一个“终窭且贫”的小吏，《小雅・巷伯》的作者则是一个名为“孟子”的“寺人”，郑玄笺：“寺人，内小臣也。”此外，从诗篇表达的内容和语调，可以推测《诗经》作者的身份还包括帝王（如《大雅・云汉》）以及大臣（如《大雅・板》）。一般认为，雅、颂的作者处于社会的上层，而国风的作者则较多属于下层官员，甚至社会底层平民。朝廷的乐师是掌管音乐的官员和专家，他们也可能是《诗经》部分作品的作者。

《诗经》内容丰富，并非一时一地一人之作，而是跨时几百年，涵盖广阔地域，作者也分布在各个阶层。所以《诗经》必须经过一个“编集”

对象，而没有对其形象及“所在世界”进行想象性的描绘。这是《诗经》明显区别于《楚辞》的地方。而“不语”正是礼乐文明的尺度之一——理性精神。经过这种礼乐精神的汰选，《诗经》可以说是一部面向人间世界的作品集。

其次，是诗体上留有礼乐精神的印记。礼要求克己复礼的节制，乐则希望做到随心所欲不逾矩的自在，礼乐就是节制与自在的谐和统一。二拍四言就是一种有节制的句式，它可以表达情感，但不利于激昂情绪的抒发。诗歌表现手法上的比兴，也是一种温柔敦厚的表情达意方式。作为配乐演唱的歌辞，《诗经》经常出现重章叠句的旋律美，给人以舒缓优雅的感受。《诗经》中虽有怨、有刺、有哀，但基本是怨而不怒，哀而不伤，刺而有节，如《硕鼠》讽刺犀利但仍是温雅的。这种“发而皆中节”（《礼记·中庸》），与诗歌形式的潜在规定不无关系。虽然不能一概论定《诗经》中所有诗歌都符合这种礼乐精神，但至少绝大多数并不“越矩”。这种绝大多数足以说明礼乐精神在诗集中的主导地位由此形成了《诗经》温雅的整体诗风。

最后，诗歌蕴含的精神也是礼乐文明涵养的结果。在这些精神中，对后世诗人影响尤为深远的是所谓的“风雅比兴”。这是基于礼乐精神中的“民本”理念，倡导政治参与和民生关怀，其明朗处体现为对建功立业理想的追求，低回处则是对民生凋敝、社会不公的抗议。这是后世诗歌风骨的来源。再者如《小雅·棠棣》中“兄弟既具，和乐且孺。妻子好合，如鼓瑟琴”，显示宗族伦理精神；《鄘风·柏舟》中“之死矢靡它！母也天只，不谅人只”蕴含对“父母之命，媒妁之言”之婚俗的反抗；又如《大雅·江汉》中“明明天子，令闻不已。矢其文德，洽此四国”，把战争胜利归因于发扬文德的德治精神。这种德治精神也是《诗经》容纳怨刺诗的依据，因为“德”就是闻过则喜，是一种自我纠错的政治机制，被认为有利于社会的平稳运行。这些都是礼乐精神的体现。

从上面论述可见，礼乐文明浸透着《诗经》的每一篇诗作，成就《诗经》整体性，所以孔子才能说：“一言以蔽之，思无邪！”

第二节　《诗经》的主要内容

《诗经》是那个时代礼乐文明的百科全书，它广泛地提及社会上多个方面的事物，反映着各个阶层的思想情感，既有上层社会的社会活动和思想情感，也展现着社会下层，甚至底层民众的生活样态和爱恨忧喜。

《诗经》编选者把诗分为风、雅、颂三类，分别代表着不同风格的音乐。但因为古乐早已失传，从音乐分类的角度来研究《诗经》作品，非常困难。所以这里主要依据作品的内容进行相对的分类。大体而言，《诗经》可以分为以下五类：

一、颂祖之诗

这类诗歌主要是朝廷用于祭祀天神或祖先的。古代非常重视祭祀。祭祀诗中充满与神的对话，充满对先祖的赞美，甚至充满对祖先伟业的想象，是“美盛德之形容，以其成功，告于神明者也”（《诗大序》）。这些诗歌或叙述部族发生、发展的历史，或赞颂先公先王的德业。大雅中《生民》《公刘》《绵》《皇矣》《大明》便是这两者的结合，从整体而言，这5篇诗歌概略地叙述周朝始祖后稷到武王灭商的过程，但分而观之，又无不在赞颂先王的圣德。这些诗歌也是《诗经》中因与宗教相关而最具有神秘气息的诗歌。《生民》中对后稷的描写就充满超验的想象：

> 厥初生民，时维姜嫄。生民如何？克禋克祀，以弗无子。履帝武敏歆，攸介攸止。载震载夙，载生载育，时维后稷。
>
> ……诞置之隘巷，牛羊腓字之；诞置之平林，会伐平林；诞置之寒冰，鸟覆翼之。鸟乃去矣，后稷呱矣。实覃实訏，厥声载路。

姜嫄原本无夫，却因踩到上帝的脚印，怀孕生下后稷。后稷生下来时便被弃置，但却得到牛羊甚至鸟的庇护而生存下来。诗歌通过种种奇迹塑造后稷的超验形象，也就是天赋圣德，其实是为了建构周王先祖及其血统的神圣性。

周朝重视“天命”，如《生民》中就有“克禋克祀”的祭天行为，但同时也重视道德。《尚书·蔡仲之命》："皇天无亲，惟德是辅。"《大明》一诗就赞颂先王的圣德，并认为这是周朝取代商朝的原因所在：

维此文王，小心翼翼。昭事上帝，聿怀多福。厥德不回，以受方国。

因为先王有德，所以在与商朝战于牧野的时候，也有"上帝临女，无贰尔心"，得到上帝的帮助，从而"肆伐大商"。

这些诗歌也经常被称为史诗。史诗应该是叙事诗，注重叙事的完整性。但《诗经》中的颂祖诗则情节过于简略，事件与事件之间也缺少必要的过渡性交代。其实这些诗歌更像是对祖先美德的赞颂。这可以通过后世的诗歌进行反观，如陶渊明写过《命子》一诗，它也像《诗经》中这些诗一样提到多位祖先，但这不能称为史诗。这种短篇的诗歌里，诗人只是在记录信以为真的祖先，而不是在虚构情节地讴歌英雄。颂祖诗是结合祖先宗教信仰而产生的祭诗。《大雅》中还有许多记录历史信息的诗歌。

二、大雅正声

跟颂祖诗的歌颂相似，大雅正声是对上层社会和乐景象的赞美。以上两部分诗歌主要存于《颂》和《大雅》。大雅正声一般是公开场合中的演奏，达到以"乐合同"的目的："乐在宗庙之中，群臣上下同听之，则莫不和敬；闺门之内，父子兄弟同听之，则莫不和亲；乡里族长之中，长少同听之，则莫不和顺。"（《荀子·乐论》）如写君臣宴饮之乐，那种和气融融的气氛：

呦呦鹿鸣，食野之苹。我有嘉宾，鼓瑟吹笙。吹笙鼓簧，承筐是将。人之好我，示我周行。

又如《棠棣》中也是写既安且宁的和乐氛围：

丧乱既平，既安且宁，虽有兄弟，不如友生。
……妻子好合，如鼓琴瑟，兄弟既翕，和乐且湛。

这些因社交场合需要产生的诗歌，很多时候是从属于政治的，尤其经过

《乐记》“治世之音安以乐，其政和……声音之道，与政通矣”的阐释后，雅颂诗歌更是找到合理存在的逻辑。它首要的目的不是艺术美的孕育，而是政治使命的完成。因为后世政治对于自我美化的需要，这些粉饰太平的诗歌也就在古代社会绵延不断。它们一般被称为庙堂文学。但《诗经》中的大雅之声没有后世那种阿谀气味，也没有那种过度铺陈炫耀的板滞。

三、政治批判

这类诗歌被认为是大雅正声衰竭后的作品，是周朝由盛转衰过程中的产物。“至于王道衰，礼义废，政教失，国异政，家殊俗，而变风变雅作矣。”（《诗大序》）变风变雅与大雅正声形成对比，后者是描写社会欣欣向荣、和乐融融的一面，前者则是抒写社会黑暗、不公平的一面。后者的情感洋溢着喜悦，前者则流露出哀伤，甚至蕴藏讽刺。可以简明地用“怨刺”和“颂美”来分说二者。后者是后世庙堂文学的典范，前者则深刻影响了后世忧国忧民的诗歌传统。

《诗经》作者的身份包括社会的各个阶层，从最底层的劳动者到最顶层的君王。在面对社会的衰落和不公平时，他们都发出了自己的声音。社会底层士人关注的是社会不公平的现象，情感上充满无奈、嘲讽。如《伐檀》：

> 坎坎伐檀兮，置之河之干兮，河水清且涟猗。不稼不穑，胡取禾三百廛兮？不狩不猎，胡瞻尔庭有县貆兮？彼君子兮，不素餐兮！

诗写社会底层的劳作者对不劳而获的特权人群的不满，是对社会不公的控诉。如《北山》所说：“或燕燕居息，或尽瘁事国；或息偃在床，或不已于行。或不知叫号，或惨惨劬劳；或栖迟偃仰，或王事鞅掌。或湛乐饮酒，或惨惨畏咎；或出入风议，或靡事不为。”这种对比是强烈的。又如《硕鼠》：

> 硕鼠硕鼠，无食我黍！三岁贯女，莫我肯顾。逝将去汝，适彼乐土。乐土乐土，爰得我所。

把剥削者直接比为硕鼠，说一直对它很好但却得不到回报，控诉那种贪得无厌的自私本性。

来自社会底层的变风变雅，其情绪和态度是激烈的。社会上层贵族在写作这类诗歌时，更多的是高贵身份的危机感以及国家的责任感，言辞中充满失落式的忧伤、蕴含进谏式的警告。如《大雅》中的《板》《荡》，在传统上都被认为是讽谏周厉王之诗。它们表现出来的内容是高层官员面对社会动荡，向君王提出进谏，希望君王能从善去恶，把社会带上稳定繁荣。两首诗首先陈说社会的动荡不安：

上帝板板，下民卒瘅。出话不然，为犹不远。靡圣管管，不实于亶。犹之未远，是用大谏。（《板》）

荡荡上帝，下民之辟。疾威上帝，其命多辟。天生烝民，其命匪谌。靡不有初，鲜克有终。（《荡》）

接着便进行进谏：

敬天之怒，无敢戏豫。敬天之渝，无敢驰驱。昊天曰明，及尔出王。昊天曰旦，及尔游衍。（《板》）

文王曰咨，咨女殷商。人亦有言，颠沛之揭。枝叶未有害，本实先拨。殷鉴不远，在夏后之世。（《荡》）

这不像《国风》或《小雅》中的变风变雅那样，只是谴责、控诉或冷嘲热讽。后世提到“板荡”，唐太宗《赐萧瑀》诗云：“疾风知劲草，板荡识诚臣。”板荡即来自《板》和《荡》，板荡被用来形容社会局势动荡，但“识诚臣”可以说是就这两篇诗中的进谏而言。

四、战争行役

“国之大事，在祀与戎”（《左传·成公十三年》）。“戎”就是战争。《诗经》中的战争诗可以分为两类，一类是昂扬豪迈的，诗人为战争感到振奋；一类是充满忧伤的，甚至对战争之事颇有怨言。前一类诗歌的代表作有《秦风·无衣》：

岂曰无衣？与子同袍。王于兴师，修我戈矛。与子同仇！

> 岂曰无衣？与子同泽。王于兴师，修我矛戟。与子偕作！
> 岂曰无衣？与子同裳。王于兴师，修我甲兵。与子偕行！

“与子同袍”“与子偕作”等，语气坚定，同仇敌忾，充满正义的振奋感。《诗经》中战争诗的特点从这首诗可见一斑，就是不写目不忍睹的战争现场，而是注重表现王师的精神面貌。这与礼乐精神对“怪力乱神”的否定是一致的。但不排除《诗经》之外的诗歌有描写战争的残酷场面，像《楚辞·国殇》中肃杀的战争场面，以及“左骖殪兮右刃伤”和“身首离兮”等血腥镜头。这也说明《诗经》是一部礼乐文明的选集。

可能战士在出发时是振奋的，但在行军路上或戍边守垒时，就会遭受思家情绪的折磨，于是心中自然唱起哀伤的思乡曲，如《小雅·采薇》：

> 采薇采薇，薇亦作止。曰归曰归，岁亦莫止。靡室靡家，猃狁之故。不遑启居，猃狁之故。
> ……戎车既驾，四牡业业。岂敢定居？一月三捷。驾彼四牡，四牡骙骙。君子所依，小人所腓。
> ……昔我往矣，杨柳依依。今我来思，雨雪霏霏。行道迟迟，载渴载饥。我心伤悲，莫知我哀！

诗人饱受思家之苦，但他并没有埋怨，他理解战争的正义性，认为不能与家人相聚，是“猃狁之故”，猃狁即战争中的敌方。诗中对战争的埋怨是指向外族，“戎车既驾，四牡业业”一段就有一种雄赳赳的灭敌气势，而不是指向周朝政府，所以这种悲情有悲壮的意味。但像《唐风·鸨羽》这样的诗歌，更多的就是思家与服役之间的矛盾：

> 肃肃鸨羽，集于苞栩。王事靡盬，不能艺稷黍。父母何怙？悠悠苍天，曷其有所？

诗人对行役是充满抵触的，但又感到无奈，没有《采薇》中那种对“王事”之必要性的认同。以上两首都是从服役者本身来抒发思家之情，但《诗经》中还有的诗是从家人，尤其是妻子一方，来抒写对行役者的想念之情的，如《王风·君子于役》：

君子于役，不知其期。曷至哉？鸡栖于埘。日之夕矣，羊牛下来。君子于役，如之何勿思！

君子于役，不日不月。曷其有佸？鸡栖于桀。日之夕矣，羊牛下括。君子于役，苟无饥渴？

这类行役诗是后世游子思妇诗的先声，而盛唐时期昂扬豪迈的边塞诗，以及安史之乱时杜甫笔下平民对战争的无奈，似乎就是《诗经》时代战争诗、行役诗的重演。

五、婚恋之诗

爱情是人类诗歌永恒的主题。《国风》中保存着大量的恋爱婚姻诗，有甜蜜、有痛苦、有愤怒、有反抗，表达着人们身处爱情婚姻中的各种情感。如果对《诗经》中的婚恋诗进行编排，那它们可以完整地表达婚恋中的每一个环节。表达爱慕思念的诗歌，如《周南·关雎》：

关关雎鸠，在河之洲。窈窕淑女，君子好逑。……求之不得，寤寐思服。悠哉悠哉，辗转反侧。

对窈窕淑女的爱慕之情，因为得不到实现，所以夜里也想得无法入睡，在床上翻来覆去。但表达思念爱慕之情，最广为人知的是“一日不见，如三秋兮”（《采葛》）。如果追求成功，便会有约会，如《邶风·静女》：

静女其姝，俟我于城隅。爱而不见，搔首踟蹰。
静女其娈，贻我彤管。彤管有炜，说怿女美。
自牧归荑，洵美且异。匪女之为美，美人之贻。

女子在约会地点故意躲藏起来，让男子焦急地等待着。这种约会的情景俏皮可爱。甚至还会有偷情，如《野有死麕》：

野有死麕，白茅包之。有女怀春，吉士诱之。
林有朴樕，野有死鹿。白茅纯束，有女如玉。
舒而脱脱兮！无感我帨兮！无使尨也吠！

前两段是对约会情景的描写，最后一段是女子偷情时的言语，形象生动。如果爱情横遭父母干预，则可以听到强烈的反抗，如《鄘风·柏舟》：

泛彼柏舟，在彼中河。髧彼两髦，实维我仪。之死矢靡它。母也天只！不谅人只！

女子已有自己喜欢的对象，但父母或许并不准许。但女子已经认定那个人，所以女子带着强烈的语气说："母也天只！不谅人只！"恋爱不免会走向婚姻，于是会有对出嫁女子的祝福，如《周南·桃夭》。新婚生活的美好也成为表现的对象，如《齐风·鸡鸣》：

"鸡既鸣矣，朝既盈矣。""匪鸡则鸣，苍蝇之声。"
"东方明矣，朝既昌矣。""匪东方则明，月出之光。"
"虫飞薨薨，甘与子同梦。""会且归矣，无庶予子憎。"

诗写女子催促男子起床，但男子以各种有趣的理由搪塞。此诗有多种解读，如"刺荒淫"或"思贤妃"，但也能从另一个角度视为表现夫妇之间的生活情趣，写婚姻生活的美好。婚姻之后的分离会带来思念，如上文所引《君子于役》。当然也有表现婚姻悲剧的弃妇诗，如《氓》：

女也不爽，士贰其行。士也罔极，二三其德。

此外还有大量描写婚恋的诗作。婚恋诗在后代的解释中是非常复杂的。因为先秦时"礼"的规范并没有像帝国时代那么森严。这类诗在后世经常被用比兴的解诗法解释，最著名的就是毛诗把《关雎》解为咏后妃之德。在《诗经》脱离"经"的当下社会，婚恋诗成为《诗经》中最受读者喜爱的诗歌类型。

五类之外，还有表现农业劳作的诗歌，如《七月》《芣苢》等。这种描写农业劳作的诗歌，在《诗经》之后要等到陶渊明时才再次出现。以上只是就《诗经》主要的题材举例论述。此外还有大量其他题材的诗歌，举凡后世经常出现的题材，其起源或最初形态，大都可以追溯到《诗经》，如政治、社会、田园、山水、边塞、宫廷、咏怀、咏史、咏物、游子、思妇、行役、友情、艳情（如《野有死麕》）、玄言（如雅诗中说理）等，所以《诗经》不但是诗之“经”，更是诗之“源”。

第三节 《诗经》的艺术成就

《诗经》的礼乐精神笼罩着整部诗集。这种精神体现在诗体上，就是体式的温雅。所以刘勰《文心雕龙·明诗》说“四言正体，雅润为本”。诗体的温雅可从句、层、章、篇等层面体会。

《诗经》主导的语言句式是两个节拍的四言。四言二拍的句式，是第一种成熟的诗歌句式，它在《诗经》中被运用得灵活自如和多样化。因为形短，一起即停，读来略显急促，难以模仿发扬蹈厉的声口，一个完整的意思，一般得分成两个句子，这也限制情绪的冲决而下。这种古朴的句式很符合一部文明诗歌史发生阶段的形象。如《硕鼠》一诗是表达对贪婪者的控诉，但并不显得情绪激昂难控，那种控诉并不是通过语调上的愤怒表现出来，而是从内容中见出的，其语调是温和的，与内容的控诉不是特别吻合。但《诗经》并非不存在发扬蹈厉的句式，如《鄘风·柏舟》在表达对“父母之命，媒妁之言”的反抗时，写道：“之死矢靡它。母也天只！不谅人只！”可以感觉到这是疾呼的语调。这固然跟“死”“矢”（誓）等字眼有关，但“死”“矢”只是表达坚定的语气，而不是高昂的语调。那种高昂的语调是跟第一句是五言有关，有一种抑扬顿挫的蹈厉感。接下来两个四言也不是二二拍节奏的，而且是一句一意，跟“硕鼠硕鼠，无食我粟”等两句一意不同。《诗经》中也有不少五言以及六言、七言、八言的句式，这从反面说明《诗经》主导的四言句式，是诗人在歌咏时克己节制的表现，它与温雅的礼乐精神相得益彰。

四句构成一个层意，在《诗经》中也极为常见。它可以是四个独立句子，表达一层意思。但一般是两个句子联合起来才表达一个句意，如“关关雎鸠，在河之洲”，然后再与另外两个句子，如“窈窕淑女，君子好逑”合为四句，构成一个层意。这种四句一层，在抒情体制中极为常见。在分章的诗篇中，四句一层有时可以单独为一章（如《关雎》），有时则是两层八句或三层十二句为一章（如《采薇》），但四句一层依然是最基本的结构单位。四句一层的层次划分，似乎是一种天然的诗歌美学。这大概因为四句一般可以表达两个意组，层意内部具有连贯性，这给人一种最基本的稳定感。读者可以在此站稳脚跟，然后再跳向下一个四句。这使得诗歌既有跳跃性，但又不至于过度频繁地转换。《诗经》大量使用四句一层这种稳定的结构单位，是与温雅的诗体精神吻合的。

在篇的生成上，最常用的手段就是章的复沓。作为最主要的篇体特征，略有变化的复沓，贯穿于《周颂》外的大部分诗作。《诗经》可谓把复沓的艺术发挥到极致，从音的复沓（既指双声叠韵，又指押韵），到字词复沓，如“昔我往矣，雨雪霏霏；今我来思，杨柳依依”。“霏霏”“依依”既是字的复沓，同时也是音的复沓。再到句子、章节的复沓，充分开发出一种天然的诗歌艺术。经常被引用的例子是《芣苢》：

> 采采芣苢，薄言采之。采采芣苢，薄言有之。
> 采采芣苢，薄言掇之。采采芣苢，薄言捋之。
> 采采芣苢，薄言袺之。采采芣苢，薄言襭之。

在篇的生成上，最常用的手段就是章的复沓。这首诗总共有三章十二句，只有六个动词——采、有、掇、捋、袺、襭——是不断变化的，其馀全是重叠。在不断复沓的诗歌语言中，通过表示收获动作的动词的递变，既完成对整个收获过程的概括，又产生简单明快、回环往复的音乐节奏感。这种节奏感能引起读者美好的想象，正如清方玉润《诗经原始》卷一所说：“读者试平心静气涵泳此诗，恍听田家妇女，三三五五，于平原旷野、风和日丽中，群歌互答，馀音袅袅，若远若近，忽断忽续，不知其情之何以移，而神之何以旷。”

复沓的功能极其多样。从篇章结构讲，它起到勾连上下章节的作用，保持意脉不会涣散，是一种比较原始但有效的延长抒情诗歌篇章的方法。另外一种延长诗歌篇章的方法是叙事，它以叙事对象经历的时空顺序或因果逻辑等作为天然的结构，颂祖诗就是采用这种方式延长篇幅。复沓的另一种功能，类似于音乐中的定拍器，让诗歌获得一种稳定感，这种稳定感可以形成单一却自成一体的和谐感。这也符合诗歌的温雅特征。复沓还具有声情美，形成回环反复的旋律。

以上是关于《诗经》艺术形式的认识，其中复沓也涉及艺术手法。但

《诗经》最著名的艺术手法是赋、比、兴。赋、比、兴的说法出自《周礼·春官》:“大师……教六诗:曰风,曰赋,曰比,曰兴,曰雅,曰颂。”后被解释为《诗经》的表现方法。历代的解释,以朱熹的《诗集传》最为经典:“赋者,敷陈其事而直言之者也……比者,以彼物比此物也……兴者,先言他物以引起所咏之词也。”

“赋”即直陈,包括描写景物、记叙事情、抒发情感或表达见解等。“赋”可谓无处不在。即使是《硕鼠》这样整体用“比”的诗歌,其中“三岁贯汝,莫我肯顾”也是“比”中之“赋”。《大雅》中大段大段地陈述道理,也是“赋”作为议论手法的表现。但在谈及《诗经》时,“赋”更多地被用来指叙事手法。《豳风·七月》和《卫风·氓》这两首近于叙事诗的诗歌,经常被视为代表了“赋”这一艺术手法所取得的成就。

“比”就是以此物言它物,如平时所说的比喻,是“或喻于声,或方于貌,或拟于心,或譬于事”(《文心雕龙·比兴》)。像上文提到的《硕鼠》,是整体用“比”,本体和喻词并没出现,而像《卫风·硕人》则是局部用“比”,本体(如“手”)和喻词(如“如”)都出现:

> 手如柔荑,肤如凝脂,领如蝤蛴,齿如瓠犀,螓首蛾眉,巧笑倩兮!美目盼兮!

如果《硕人》是用“比”来写面容的姣好,那么,《伯兮》则是写面容的不修边幅:“自伯之东,首如飞蓬。”用散乱的蓬草比喻女人的头发,以此表达丈夫不在,无心梳妆打扮,从而表现对丈夫的深切思念之情。

像《硕人》和《伯兮》这样本体和喻词都出现的,称为明喻,而像《硕鼠》那样本体和比喻词都不出现,直接用喻体来代替本体的,为借喻。如果说《硕鼠》是整体的借喻,那么《卫风·氓》中则使用局部借喻,如“桑之未落,其叶沃若”“桑之落矣,其黄而陨”,用桑叶的润泽比喻女子姣好的面容,比喻男子对女子热烈的爱情,而用桑叶的枯萎来比喻女子衰老的容颜。

“兴”是先言他物以引起所咏之词。因为其温雅精神标准,《诗经》很少开门见山或直奔主题。一般是以景物开头,然后才进入主题。这种开头并不一定与主题有关。或者说,这种联系在今天我们已经难以看到其中的关联。在这种情况下,一般认为它们具有音韵上的呼应。与其说是一种意义上的兴（关联），毋宁说是一种声音上的兴（关联），但更多的“兴”是与主题存在关联的。“兴”作为诗歌的发端，一般是自然景物的描写。如果这种描写与后续内容具有内在关联，一般可以被认为是烘托、比喻或象征，只是这种关联有时虚灵微妙。后两者已经进入“比”的范畴，所以“兴”与“比”没有绝对的界限。如《桃夭》是对新婚女子的祝福，但它从写桃花起兴。

桃之夭夭，灼灼其华。之子于归，宜其室家。
桃之夭夭，有蕡其实。之子于归，宜其家室。
桃之夭夭，其叶蓁蓁。之子于归，宜其家人。

从写鲜艳的桃花，到果实的繁多，再到叶子的茂盛。桃花、果、叶鲜艳而茂盛，当它与一个即将出嫁的女子联系起来时，就会产生丰富而美好的联想，如桃花让人想起“人面桃花相映红”的美貌，桃果繁多可能暗示多子多孙等。

“赋”和“比”，也见于其他文明的诗歌中，但“兴”却独具汉语诗歌文明的印记，它显现为“婉转韵致”的表达手段，不直接进入主题或相关内容，而是从在那个时代看来是相关的某一对象切入，然后顺势牵出主题。可以说，比兴作为一种表现手法，表征着礼乐文明节制的美学。它让表达显得委婉含蓄，这也是后世以景或事寓情手段的开端，奠定了中国古典诗歌追求馀味无穷的民族审美习惯。

第四节　《诗经》的影响

《诗经》的艺术性足以使之成为经典，在诗歌史上发挥影响，但这并不是其影响力的全部。由于《诗经》是中国第一批成熟的诗歌，这个第一让它成为后来诗歌无可回避的“前辈”。同时由于政治和文化因素，它被贴上“经”的标签，成为意识形态的文本，后世文士就不得不反复阅读，这种背景使得《诗经》的影响力更加稳固和广泛。

《诗经》之“经”，说明它在传统文化中崇高而权威的地位。这种地位的确立，对中国成为一个诗的国度，其促进作用之大，怎样强调都不为过。它大大提升了诗在文化中的地位，这不仅由于其自身的艺术魅力，更主要的，一方面要归功于作为圣人的孔子，因为他被认为是《诗经》的编选者；另一方面要归功于周朝的礼乐文明，这使得诗作为配乐的歌辞，在国家政治生活中不可或缺。这两者都有助于提升诗在中国文化中的地位。

前面第三节所论的内容，已是《诗经》对后世影响的一部分。《诗经》不语怪力乱神的做法，被概括为现实主义的精神，这也是礼乐精神的体现。由于礼乐精神的深刻影响，所以这种现实主义也是后世诗歌的典范。

在这种题材和内容之外，《诗经》的影响还体现在赋比兴的艺术手法上，尤其是比兴，独具民族文化特征。西方的诗歌多直言其情，但比兴使得中国诗歌较为含蓄，富有悠远的审美情味。特别是以事物或景物起兴，对后世景中寓情或以景抒情有所启发，因为它与后世情景交融的诗歌，在原理上相通。但有时也会衍生出“强解”的弊病。如《毛诗》就把《关雎》解为咏后妃之德。且不说这个解释是否符合本意，但至少难以从诗歌中见出，这是比兴对解诗的影响。也就是说，比兴不仅是一种写诗理论，同时也是一种解诗理论。

《诗经》还在精神向度上影响着诗人，这主要体现在风雅精神上。它要求诗人关心社会、关怀民生，尤其是社会出现动乱之时。这种风雅精神其实是变风变雅的精神，如前面提到“疾风知劲草，板荡识诚臣”两句诗所示，板荡即出自《大雅》中的《板》和《荡》。这两首诗被认为是讽谏周厉王的。两首诗歌开篇都写到社会的动乱，然后对周厉王进行劝谏。所以“板荡”是指社会局势的动荡，而动荡的时候会有忠臣提出讽谏，进行批评。

表达赞美欢乐之情的作品被称为雅颂正声，因为它与盛世关联在一起，所以在后世经常被奉承皇权和权势的士人所模仿。《诗经》在诗学精神上推动诗歌史发展的是变风变雅（这些政治批判诗）所体现的“怨刺”。怨刺是一种批判精神或反思精神，在专制的社会里是一种稀有资源，它是一种精神上的硬度。这种怨刺传统尤为后世关怀政治的士人所继承，一方面被推演为不平之鸣，另一方面则衍生为胸怀天下的宏大气势。

第二章　屈原与楚辞

中国地理有南北之别，北方的山水硬朗清旷，南方的风光秀美灵动，由于交通发展的不平衡，使得“千里不同风，百里不同俗”。南北长远的空间距离，造就社会风俗以至文化面貌上的不同，如中原为礼乐之邦，江汉则浸溺于淫祀；北方哲学的主流是孔孟的入世务实，南方哲学的趋向则是老庄的出世蹈虚。如果说《诗经》焕发出来的礼乐精神，是北方理性务实精神的体现，那么南方虚灵精神在诗歌上的代表，则是楚辞。

楚辞之所以能与《诗经》并列为中国诗歌史的两大源流，在于它与后者的差异性和互补性。本章就从中国诗歌发展脉络的角度，叙述楚辞有别于《诗经》并深远影响后世的文学内容。

第一节　南方的文学：楚国与楚辞

“楚辞”之名，始见于西汉武帝之时。楚辞的本义，当是泛指楚地的歌辞，后来渐成为专称，专指以楚国屈原的创作为代表的新诗体。至西汉末期，刘向才将楚辞编辑成集，收入屈原、宋玉及汉代淮南小山、东方朔、王褒、刘向等承袭屈骚的辞赋共16篇。东汉王逸作章句，同时增入自己创作的《九思》，成为17篇。

楚辞就其字面而言，是因为“屈宋诸骚，皆书楚语，作楚声，纪楚地，名楚物，故可谓之楚辞”①。但楚辞给人的印象，当然不止于语、声、

①〔宋〕黄伯思：《校定楚辞序》，《东观馀论》卷下，宋刻本。

地、物，还有形象之诡谲，形式之漫衍，结构之变幻，以及腾云驾雾的浪漫之思。楚辞这些特点的形成，除了作为词汇和物象出现的楚语和楚地风物等因素外，还有以下四方面原因。

首先是楚地的巫祀文化。班固《汉书·地理志下》认为楚国文化是“信巫鬼，重淫祀”。这从作为一国之王的楚怀王亦“隆祭祀，事鬼神”（《汉书·郊祀志下》）中可见一斑。民间的巫祀之风广为流行，浸染在这种文化氛围中的屈原，也就自觉不自觉地受到影响，如屈原《九歌》就是对民间已有的祭祀歌词的加工润色；《招魂》也是根据民间招魂词而作；《离骚》中也有大量的神话想象。这些神秘、飘逸、宏大、瑰丽的想象，没有原始文化的支撑是难以出现在诗歌中的。但巫祀文化对屈骚的意义，并不仅在于提供奇幻的想象，还在于提供对奇幻世界那种信以为真的亲近感。《楚辞》大量使用非现实的手法而能有整体的效果，在于这种“非现实”其实也是他们生活中的日常，是诉诸日常的宗教文化，而不是想象从现实挣脱出来后，在“非现实世界”中的翱翔。诗人那种“信以为真”的真实感和与之“自然而然”的亲近感，与后世那些猎异性、逐奇性的想象不同。后世的想象很难延伸到像《离骚》《九歌》这样的长度，并且如此自然而然。文化对诗歌的不可复制的影响，主要就体现在这种“真实”和“亲近”感受的获取上。

其次是中原的礼乐文化。一方面是中原礼乐精神的影响，如《离骚》中“皇天无私阿兮，览民德焉错辅”“孰非义而可用兮，孰非善而可服”“彼尧舜之耿介兮，既遵道而得路。何桀纣之昌披兮，夫唯捷径以窘步”等，还有《离骚》表现出来的忠君思想，都符合儒家的价值标准。另一方面是《诗经》艺术语言和形式的影响，从楚国士大夫在朝会的场合赋诗言志，可见《诗经》在楚国有一定的传播度，因此它对《楚辞》的影响便不难理解。《楚辞》中有一些语意和词汇便承袭《诗经》。如《离骚》中的“忽奔走以先后兮”与《诗经·绵》中的“予曰有先后，予曰有奔奏”、《九歌》中的“援北斗兮酌桂浆”与《诗经·大东》中的“惟北有斗，不可以酌酒浆”，显然有一定的联系。屈原《九章》中的《橘颂》全用四言句，又在隔句的句尾用“兮”字，可以视为《诗经》体式对《楚辞》体式的渗透。

再次是楚国的民间文学。从形式看，《楚辞》也与其之前的楚地民谣具有相似之处。虽然楚地民歌的全貌不得而知，但典籍中所载的楚歌有

《子文歌》《徐人歌》《优孟歌》《接舆歌》《孺子歌》《越人歌》等，而《孟子·离娄》所载《孺子歌》“沧浪之水清兮，可以濯我缨；沧浪之水浊兮，可以濯我足”，就明显表现出句式长短参差并多用“兮”字的特点。而载于《说苑·善说》中的《越人歌》则最典型：

> 今夕何夕兮，搴舟中流。今日何日兮，得与王子同舟。蒙羞被好兮，不訾诟耻。心几烦而不绝兮，得知王子。山有木兮木有枝，心悦君兮君不知。

不仅句式，就连情感缠绵悱恻的表达方式，也与《楚辞》极为相似。

最后是战国时期散文的影响。《楚辞》中诗作的篇幅远较《诗经》长得多，这可能与当时散文的成熟不无关系。《诗经》编定于春秋末期，那个时代的散文也都篇幅不长。无论是史传散文《尚书》《春秋》，还是哲理散文《老子》《论语》，其篇幅甚至短于《诗经》中较长的诗歌。这是那个时代整体文字构思能力的体现。到战国时期的百家争鸣，散文的叙事和说理功能，已经得到充分的发展，也就是文字构思能力的普遍提升，这也惠泽到诗歌写作，诗人得以有所借鉴。

可以说，《离骚》是史传艺术与说理艺术在诗歌中的诗化运用。例如，诗人一开始就勾画人物的基本情况，从祖先、姓名、生日、品格、形象、志向、事业等交代主人公；接着，以夹杂香草美人的隐喻，写主人公的遭遇——事业（修改法度）的失败，以及遭到君王的疏远；然后反思理想受挫的原因为小人进谗，世道险恶，但诗人还是肯定自己的选择。这具有明显的史传散文的痕迹。接下去，通过人物对话来阐明主人公的主张和决心，女媭之训词“批”和我对黄帝的陈词“辩”也有说理散文的踪影。还有上天下地的求索，这岂不是有战国散文中“士”奔走各地以求索的形象？

第二节　屈原与《离骚》

屈原（前340？—前277？），名平，字原；又自云名正则，字灵均。

生活于“横则秦帝，纵则楚王”的战乱时期。为楚国王族之后，颇有才能。司马迁《史记·屈原贾生列传》说，屈原曾任楚怀王左徒（在当时是仅次于宰相的职务），“博闻强志，明于治乱，娴于辞令”“入则与王图议国事，以出号令；出则接遇宾客，应对诸侯。王甚任之”。可见屈原在内政外交方面都颇为能干，深得楚怀王的信任。但后来受到诬陷，怀王“怒而疏屈平”。怀王死后，屈原又因顷襄王听信谗言而被流放，最终投汨罗江而死。

《离骚》既是屈原最重要的代表作，也是楚辞这种新诗体最著名的代表作。全诗共377句，2490字。司马迁认为《离骚》作于屈原被进谗而受到楚怀王疏远之时或之后：“屈平疾王听之不聪也，谗谄之蔽明也，邪曲之害公也，方正之不容也，故忧愁幽思而作《离骚》”。“离骚”二字的含义，历来解释不同。司马迁《史记·屈原贾生列传》认为，离骚者，犹离忧也。“离”是遭受，“忧”是忧患。班固《离骚赞序》赞成这种观点，并说以《离骚》为题是“明己遭忧作辞也”。王逸《楚辞章句·离骚经序》将“离”解释为“离别”：“离，别也；骚，愁也；经，径也；言己放逐离别，中心愁思，犹依道径，以风谏君也。”这是两种被广泛接受的解释，但它们之间并没有根本的矛盾，只是背出分训而已。无论从哪一种解释来看，都可以肯定这首长诗是在抒写诗人内心抑郁不平的感情。

《离骚》是具有强烈自传色彩的诗歌，但因运用象征手法，并且结构宏大复杂，其主旨并不十分明确。概括地讲，是表现主人公在“路漫漫其修远兮”的外在环境下，“吾将上下而求索”的执着精神。也即是说，主人公执着地追求理想，但一次又一次地受到挫折，虽然内心有过困惑，但仍坚持当初的崇高理想。这种理想，有关于事业的，即“美政”的理想；也有关于人格的，即“直白”的品德。这一主题主要通过象征（香草美人）和幻游（上天下地）的形式来表现。

全诗可分为两部分，第一部分从开始到“沾余襟之浪浪”。开头以史笔的笔法交代主人公的基本情况，包括祖先、生日、姓名、天赋及志向。接着以香草美人的象征手法，写自己理想的受挫，并抱怨灵修（指楚怀王）的失察，众女（指同僚）的嫉妒。最后通过与女媭和重华的对话，阐明自己坚持美政理想和正直品格的原因。

第二部分采用幻游这种富有象征性的方式，表现上下求索的意志及自己内心的彷徨。幻游有多种解释，其中一种是认为屈原在楚国不得任用后，便成为一个有能力、有志向的战国游士。

《离骚》塑造出一个正直正气正派正统的主人公形象。他爱民恋国——“长太息以掩涕兮，哀民生之多艰”，因目睹百姓遭受苦难而哀声泣涕，这是儒家思想中“仁者爱人”的形象。结尾处，主人公觉得“国无人莫我知兮，又何怀乎故都”，想听从灵氛的劝告，欲驾飞龙离去，但当此之时，主人公“忽临睨夫旧乡，仆夫悲余马怀兮，蜷局顾而不行”，那种对故国眷恋不舍之情，在言行的冲突中，油然而生，甚是感人。

主人公坚持美政理想和正直品格。他从小就注重品格的修养，同时也具有政治理想，但不料后来遭到同僚诋毁和楚王怀疑，虽然心生疑惑，但还是多次表明自己的决心，即使为了这种理想而殒命，也在所不惜：

> 既替余以蕙纕兮，又申之以揽茝。亦余心之所善兮，虽九死其犹未悔。
>
> 伏清白以死直兮，固前圣之所厚。
>
> 民生各有所乐兮，余独好修以为常。虽体解吾犹未变兮，岂余心之可惩。
>
> 阽余身而危死兮，览余初其犹未悔。

所以刘安《叙离骚传》据此称屈原：“蝉蜕浊秽之中，浮游尘埃之外，皭然泥而不滓。推其志，虽与日月争光可也。”

《离骚》在艺术上具有许多开创性，篇幅宏大是比较突出的一点。凭借其宏大的篇幅，《离骚》成为中国古代抒情诗中少有的鸿篇巨制。其宏大结构的构建，源自多种手法的结合。首先是屈原整合其自身的经历并加以诉说，可以看到《离骚》有一种“经历”的结构，从出身到成长，从人格修炼到遭遇不公、到内心冲突、再到出游等。

其次是采用宏大的想象的情景，这种幻想的任意，生出许多场景，直接撑起诗歌宏大的境界。这种幻想是出之以“游”的结构法。所以在理论上可以无限地写下去，就像《西游记》等基于想象的游踪。但作为抒情诗和艺术作品，它必须有足够的意义支撑着，可以是情感的强度，或有意味的美，否则就失之于炫博，不成反败。

再次是采用描写的手法，如对于天上驾车这一场景的描写：

> 驷玉虬以桀鹥兮，溘埃风余上征。朝发轫于苍梧兮，夕余至乎县圃。欲少留此灵琐兮，日忽忽其将暮。吾令羲和弭节兮，望崦嵫而勿迫。路曼曼其修远兮，吾将上下而求索。饮余马于咸池兮，总余辔乎扶桑。折若木以拂日兮，聊逍遥以相羊。前望舒使先驱兮，后飞廉使奔属。鸾皇为余先戒兮，雷师告余以未具。吾令凤鸟飞腾兮，继之以日夜。飘风屯其相离兮，帅云霓而来御。纷总总其离合兮，斑陆离其上下。

这段驾车场景，也属于幻游。但如果说幻游是重在内容的想象性，那么描写则强调内容的详细展开。像这段驾车漫游的场景，也可一句话概括而过，但诗人却展开描写，于是大大增加了诗歌的篇幅。

最后是诗人强烈的抑郁情怀。这种情怀使得李白和李贺亦不足为此长篇，否则就气不足或情不韧。这种情怀的深广，让诗人必须反复上天下地，不断诘问抒发，方能一尽其情。

《离骚》大量采用香草美人的象征手法。王逸《离骚经序》所谓"《离骚》之文，依《诗》取兴，引类譬喻。故善鸟香草，以配忠贞；恶禽臭物，以比谗佞；灵修美人，以媲于君；宓妃佚女，以譬贤臣；虬龙鸾凤，以托君子；飘风云霓，以为小人"。香草可以编织后用以穿着，象征洁身自好，如"制芰荷以为衣兮，集芙蓉以为裳"；还可以餐饮以疗饥，如"朝饮木兰之坠露兮，夕餐秋菊之落英"。与香草相对的是恶草，用来象征小人："椒专佞以慢慆兮，樧又欲充夫佩帏。"象征手法的使用，丰富了诗歌的内涵；更重要的是把内容诗意化和模糊化，让诗歌变得更富有弹性。

幻游也是一种象征手法。《离骚》中有两次幻游，第一次是诗人回顾自己的现实遭遇之后，便驾车远游，令帝阍，求宓妃，见有娀之佚女。这一次幻游是想求见人，但未能实现。第二次是在诗歌最后，诗人听从灵氛的劝告，驾龙要离开楚国，但半途看到故土，便心生彷徨。尤其是第一次幻游，象征意味更为浓烈和模糊。这些描写拓展了诗歌的境界，使之更为奇幻。如果说，众多香草美人让《离骚》染上"丽"的成分，那么幻游则使之多了一层“奇”的色彩。

《离骚》的情感浓烈且哀伤，意象浪漫而艳丽，形成与《诗经》全然不同的审美风格。以单篇而论，《离骚》是中国诗歌史上最富开创性且影响最深远的诗篇。因此，后人常以“骚”来替代《楚辞》，与《诗经》并提时，多是用《离骚》代表，如“诗骚”。

第三节　屈原其他作品与宋玉《九辩》

屈原的作品，据郭沫若考证，共流传下来23篇，包括《离骚》《天问》《招魂》及《九歌》11篇，《九章》9篇。其中，《离骚》《天问》《九歌》可以视为屈原作品三种类型的代表。《离骚》是基于个人的人生遭遇，重在表现个人内心的情感，《九章》和《招魂》也属于这一类；《天问》则根据神话传说等材料，着重表现诗人对宇宙社会的思考；《九歌》是对楚地祭神乐词的加工润色，是一种公共的娱乐诗作。

关于《九歌》的创作背景，王逸《楚辞章句》描述道：“昔楚国南郢之邑，沅湘之间，其俗信鬼而好祠。其祠必作歌乐鼓舞以乐诸神。屈原放逐，窜伏其间，怀忧苦毒，愁思沸郁，出见俗人祭祀之礼，歌舞之乐，其辞鄙陋，因作《九歌》之曲，上陈事神之敬，下见己之冤结，托之以风谏。”可知《九歌》原是楚地民间的祭神乐曲，歌辞简陋，屈原被放逐时，接触到《九歌》，就加以润色。《九歌》除最后一篇《礼魂》是送神曲之外，其他10篇都被认为是祭祀一位神祇：《东皇太一》（天神中最尊贵者，即天帝）、《云中君》（云神）、《湘君》（湘水之神）、《湘夫人》（湘水之神）、《大司命》（主管寿命的神）、《少司命》（主管子嗣的神）、《东君》（太阳神）、《河伯》（黄河之神）、《山鬼》（山神）、《国殇》（战亡将士之魂）。

《诗经》中的祭祀诗比较质朴，除《后稷》一篇带有神秘色彩，其他诗歌即使有关于鬼神的想象之词，也是现实中人的行为的移植，而且几乎没有行为、环境和氛围的描写。这种环境和氛围的描写，在《九歌》中却极其鲜明，如：

> 余处幽篁兮终不见天，路险难兮独后来。表独立兮山之上，云容容兮而在下。杳冥冥兮羌昼晦，东风飘兮神灵雨。……雷填填兮雨冥冥，猿啾啾兮狖夜鸣。风飒飒兮木萧萧，思公子兮徒离忧！（《山鬼》）

> 帝子降兮北渚，目渺渺兮愁予。嫋嫋兮秋风，洞庭波兮木叶下。（《湘君》）

这都是渲染神灵行为发生的环境，《山鬼》刻画山神居住环境幽眇险恶，以及等待情人时风雨凄凉的情景；《湘君》中秋风的凄清也历历在目。这些氛围衬托神明的情感状态，不仅生动幽眇，也显得韵味悠长。对神灵行为乃至容貌的描写，也极为详细清晰：

> 广开兮天门，纷吾乘兮玄云。令飘风兮先驱，使涷雨兮洒尘。（《大司命》）

> 若人有兮山之阿，被薜荔兮带女罗。既含睇兮又宜笑，子慕予兮善窈窕。（《山鬼》）

前者描写大司命腾云驾雾的行为，后者描写山神的美妙容貌。

《诗经》中的神是被世人敬畏的对象，诗本身并没有对神的世界进行描绘。而楚文化的神更像是希腊神话中的神，有情有爱，与人更加亲近。这些神明的容貌和居住环境异于人间，但他们的情感和日常行为却与常人无异，最典型的就是《山鬼》《湘君》《湘夫人》中神明的恋爱之情。山神在凄风苦雨中等待情人，河神也在秋风落叶中等待约会。湘君“横流涕兮潺湲，隐思君兮陫侧”，湘夫人“沅有茝兮醴有兰，思公子兮未敢言”，都十分真挚感人。至于《少司命》中的“悲莫悲兮生别离，乐莫乐兮新相知”，更被推为千古情语。

《九歌》描写神灵的容貌行为，渲染他们居住举止的环境氛围，表现他们的爱愁之情，语言瑰丽，境界杳渺，韵味婉转，与《诗经》写神明之作那种朴实简明的风格存在天壤之别。

《国殇》在《九歌》中较为特殊，它是悼念阵亡将士的祭歌，诗中描绘了悲壮的战争情景，写出楚国将士们视死如归、不可凌辱的崇高品格。

“诚既勇兮又以武，终刚强兮不可凌。身既死兮神以灵，魂魄毅兮为鬼雄”，格调悲壮刚健。

《九章》由9篇作品组成：《惜诵》《涉江》《哀郢》《抽思》《怀沙》《思美人》《惜往日》《橘颂》《悲回风》。其写作年代，朱熹《楚辞集注》卷四说：“屈原既放，思君念国，随事感触，辄形于声。后人辑之，得其九章，合为一卷，非必出于一时之言也。”《九章》在思想内容上与《离骚》相近，都是抒写诗人的理想和批判楚国政治的黑暗。但《九章》多直抒胸臆，文辞质朴，没有多少奇幻的想象，与《离骚》感情回旋、境界瑰丽的风格不同。因为是诗人被流放在外所作，所以诗中多思恋故都之语：

> 望北山而流涕兮，临流水而太息。望孟夏之短夜兮，何晦明之若岁！惟郢路之辽远兮，魂一夕而九逝。曾不知路之曲直兮，南指月与列星。愿径逝而不得兮，魂识路之营营。（《抽思》）

> 将运舟而下浮兮，上洞庭而下江。去终古之所居兮，今逍遥而来东。羌灵魂之欲归兮，何须臾而忘反！背夏浦而西思兮，哀故都之日远。登大坟以远望兮，聊以舒吾忧心。哀州土之平乐兮，悲江介之遗风。……曼余目以流观兮，冀壹反之何时？鸟飞反故乡兮，狐死必首丘。信非吾罪而弃逐兮，何日夜而忘之？（《哀郢》）

这种依恋故土之情的诉说，可以说是《离骚》结尾处对故土依依不舍的展开。它与《诗经》中的思乡诗一道，铸就了中国古代怀乡诗的传统。《九章》中对途经之地山水的描写，也值得注意，如：

> 入溆浦余儃回兮，迷不知吾所如。深林杳以冥冥兮，乃猿狖之所居。山峻高以蔽日兮，下幽晦以多雨。霰雪纷其无垠兮，云霏霏而承宇。（《涉江》）

寥寥几句就勾勒出周围环境的幽暗阴冷，与诗人被放逐的悲伤心情正相互交融。楚辞中的这些山水描写，被后人推为山水诗的源头。

《橘颂》是屈原早期的作品，借橘之“独立不迁”“深固难徙”“苏世独立”，比喻自己高尚的品质和情操。全篇比兴，四言体，受《诗经》影响明显，是后世咏物诗的滥觞。

《九辩》的作者是宋玉，借悲秋抒发“贫士失职而志不平”的感慨，塑造出一个落拓不遇、悲愁不平的才士形象。诗中也对楚国的政治黑暗予以批判，具有浓重的《离骚》和《九歌》色彩，以致不少人认为是屈原的作品。但《九辩》在继承屈原诗歌艺术的同时，也有自己的发挥和创造。如师承《离骚》的香草美人手法，如自拟弃妇等，但并不局限于香草和美人，还进一步拓展到鸟兽：

> 却骐骥而不乘兮，策驽骀而取路。当世岂无骐骥兮？诚莫之能善御。见执辔者非其人兮，故驹跳而远去。凫雁皆唼夫梁藻兮，凤愈飘翔而高举。圜凿而方枘兮，吾固知其鉏铻而难入。众鸟皆有所登栖兮，凤独遑遑而无所集。愿衔枚而无言兮，尝被君之渥洽，太公九十乃显荣兮，诚未遇其匹合。谓骐骥兮安归？谓凤凰兮安栖？变古易俗兮世衰，今之相者兮举肥。骐骥伏匿而不见兮，凤凰高飞而不下；鸟兽犹知怀德兮，云何贤士之不处？骥不骤进而求服兮，凤亦不贪喂而妄食。

这里用骐骥和凤凰自拟，类似于屈原的香草美人。这使得香草美人被提升为一种写作手法，即象征的艺术，骐骥和凤凰就是这种手法的应用。

但《九辩》被广为传诵的是“悲秋”主题。宋玉把这个主题写得激荡淋漓。首先写秋的气氛，把季节的“悲气”比之于人事的“别绪”：

> 悲哉，秋之为气也！萧瑟兮草木摇落而变衰。憭栗兮若在远行；登山临水兮送将归。泬寥兮天高而气清；寂漻兮收潦而水清，憯凄增欷兮薄寒之中人。

寥寥数语，情景俱现，成为后世文人触景伤怀、寄慨身世的滥觞。后文还写到落木的景象：“叶菸邑而无色兮，枝烦挐而交横；颜淫溢而将罢兮，柯仿佛而萎黄；萷櫹槮之可哀兮，形销铄而瘀伤。”把落木的颜色、形态都清晰地刻画出来。

其次是把秋之衰煞与人之失意结合起来。在塑造秋天的悲瑟气氛之后，接着引出失意的人物形象：

怆怳懭悢兮去故而就新，坎廪兮贫士失职而志不平。廓落兮羁旅而无友生，惆怅兮而私自怜。

秋天之氛围为悲，失意之人的心境亦为悲，景与情互藏其宅。正如王夫之《楚辞通释》所说："此章以秋容状逐臣之心，清孑相若也，寂寞相若也，惨栗相若也，迟暮相若也。《九辩》之哀，此章为最。不待详言所以怨，而怨自深矣。"

最后，《九辩》还写出一种生命感。"时亹亹而过中兮，蹇淹留而无成。……岁忽忽而遒尽兮，恐余寿之弗将"，这几句写时序代谢，草木零落，引起时间流逝、生命有限之感，从而建功立业之心更急切。

鉴于《九辩》的艺术成就，后世把宋玉与屈原并称为"屈宋"。

第四节　楚辞的影响

屈原和楚辞对后世的影响广泛而深远，其中既有屈原人格的榜样力量，也有屈原身世经历的原型作用，还有楚辞艺术的垂范意义，包括语言、诗体、表现方式及刚健的美学风格等。

后世把《离骚》的主人公视为屈原，所以主人公的形象也就被等同于屈原的形象。这一形象的爱国主义精神、正直品质和对理想的坚持，其情怀和品格受到后人无限的尊崇。这种自信、清高、执着、激烈的情怀，形成屈骚刚健的美学风格，与《诗经》的温柔敦厚彼此互补，成为中国古典诗歌史上的两大美学类型。

屈原的身世经历也深刻地影响古代诗歌的母题，这就是有才德而遭贬谪。这是一个悲剧形象，一个因坚持正直而遭疏远驱逐的贤才的"遗世而独立"的形象。屈原在后世的贬谪诗人那里最容易引起共鸣。这与《离骚》中反复渲染主人公因不同流合污而遭遇排斥放逐有关。汉代遭到放逐的贾谊就写过《吊屈原赋》，由此与屈原产生紧密联系，以致司马迁《史记》把两人合写成《屈原贾谊列传》。唐代被贬谪的刘长卿写过《长沙过贾谊宅》："三年谪宦此栖迟，万古惟留楚客悲。秋草独寻人去后，寒林空见日斜时。汉文有道恩犹薄，湘水无情吊岂知。寂寂江山摇落处，怜君何事到天涯。”既是咏贾谊，也是在咏屈原，更是在咏有才德而遭贬谪的历史现实。

楚辞是一种抒情性极浓的语体，夹杂着丰富的虚词，许多都有语气作用，如“兮”“之”。如“长太息以掩涕兮，哀民生之多艰”，如果去掉虚词为“太息长掩涕，民生哀多艰”，或者“长太息掩涕，哀民生多艰”，这样像是在叙述或描写，只是旁观，则无诗意矣。语气词的掺入，大大增强了感情的抒发，从而变换抒情人称的阅读感受。著名的“路曼曼其修远兮，吾将上下而求索”，如果把“其”“兮”“而”去掉，那种咏叹的韵味也就随之不存。可以说，这种虚词和语气词丰富的语体，适合于表达强烈的情感，而这种语体也在呼唤着强烈情感。《诗经》抒发强烈情感的诗篇中也可以看到同样的情况，如“母也天只，不谅人只”“彼君子兮，不素餐兮”，只是这种强烈情感在流传中受到了编选者的“裁伪”。

其次是诗行节奏上的变化和突破。楚辞是最早打破四言句式的诗歌作品，它在参差不齐的各种句式中，奠定了五言、七言诗的胚膜。不仅有某些现成的五言、七言句，而且除两字顿的节奏外，大量地创造和使用三字顿的节奏。三字顿节奏的出现，是使四言诗向五言、七言转化的契机。①楚辞句式上的“杂言”，不像《诗经》以四言为主，也不像后世诗歌那样以五言、七言齐言为主。《诗经》虽然也有长短不齐的句式，但主要还是两个二拍的四言句。这与表达温雅的情感是相符的，但楚辞却没有唯一占主导的句式。因为表达复杂情感的需要，句式也更加灵活多变，典型句式是六字句和五字句两种，句子中节奏是三二或三三。《离骚》《九章》基本上是六字句，《九歌》是以五言为主的长短句，《橘颂》《天问》基本上是四字句。其馀作品则是多种句式的结合。这能更加自由地表情达意，不会限制情感的奔泻和想象的驰骋，也有助于生成较长的篇幅。

在意象和想象方面，楚辞也有一套独特的体系。班固《离骚序》概括为“多称昆仑冥婚，宓妃虚无之语，皆非法度之政，经义所载”，刘勰《文心雕龙》以“奇”来形容这套想象。其独特性还体现在，像李贺那些诡异的诗歌，有人能够以“骚之苗裔”来判断，这就是诗歌艺术的可识别性成就。这些奇幻而瑰丽的想象和意象，与诗人强烈的自我抒情，又被称

---

①参见褚斌杰《中国古代文体概论》（增订本），北京大学出版社 1990 年版，第 68 页。

为浪漫主义的表现方法。

楚辞对后世的影响还体现在对香草美人手法的创造。《诗经》中已经大量使用比兴，但这种比兴还是单独使用，没有像《离骚》中这样有体系地使用。《离骚》中不仅有香草还有臭草，有善鸟还有恶禽，它们的意义往往是在关联中见出的。就像前文分析的那样，在我、君王和小人三者之间，诗人游刃有馀地使用香草美人意象体系进行指代。这种指代也不仅是像《诗经》中那种以具体事物指代具体事物，而且还以具体事物指代抽象事物，包括高尚品格、美政理想……其中以弃妇自拟不被重用，以芳草比喻高尚品格等，在后世又被发展为公共象征。

汉代赋家以至六朝诗人对屈原作品加以学习和模拟，刘勰《文心雕龙·辨骚》说："枚贾追风以入丽，马扬沿波而得奇。其衣被词人，非一代也。故才高者菀其鸿裁，中巧者猎其艳辞，吟讽者衔其山川，童蒙者拾其香草。"正是对楚辞影响的最好概括。

第三章　两汉乐府与古诗

经过后人的经典化，《诗经》和屈骚给人的印象是“老祖宗”，它们主题庄严，寄托深远，是严肃的诗歌。但两汉乐府和古诗，却多是社会底层人群的作品，写的是日常的事和情，读者不需要怀着崇敬的心情去阅读，也不用害怕自己读不懂那深层的“真理”，相反，可以带着去了解一段故事的兴趣，或者心怀期待地去吟咏这些诗歌，它们恰到好处地说出日常生活中人们感受到但却表达不出来的体验和道理。简而言之，如果《诗经》和屈骚是要崇仰地拜读，那么汉乐府和古诗则可以平等地阅读。这是诗骚和汉诗给我们的直观印象。

第一节　叙事的艺术：汉乐府

乐府最初是指官署，汉武帝时已设立，主要功能是配置乐曲、训练乐工，以及收集民间歌谣或文人的诗作，用以配乐，并在朝廷祭祀或宴会时演奏。《汉书·礼乐志》云：“至武帝定郊祀之礼……乃立乐府，采诗夜诵，有赵、代、秦、楚之讴。以李延年为协律都尉，多举司马相如等数十人造为诗赋，略论律吕，以合八音之调，作十九章之歌。以正月上辛用事甘泉圜丘，使童男女七十人俱歌，昏祠至明。”无论在《诗经》还是《楚辞》中，都可以看到音乐对歌辞的需求，音乐也由此影响到诗歌的生产。在乐府诗中，也可以看到音乐对诗歌的影响。如果国家没有音乐的需求，就不会设立这种专职音乐的机构，乐府诗的收集和流传也就无从谈起，很多专为配乐而作的诗歌，也不会产生。

乐府机构搜集整理的诗歌，汉人叫“歌诗”，魏晋时始称“乐府”或“汉乐府”。后世文人仿照乐府诗形式所作的诗，也称为“乐府”。“乐府”一词于是由音乐机构变为一种诗体的名称。汉代乐府诗现存40多篇，主要保存在郭茂倩《乐府诗集》中的相和歌辞和杂曲歌辞中。相和歌辞是各地采集来的俗乐，歌辞也多是“街陌谣讴”，其中保存着汉乐府的许多优秀篇章。杂曲歌辞中的乐调多不知所起，因难以归类，就自成一类，里面也有一部分优秀作品。此外还有郊庙歌辞，主要收集贵族文人为祭祀而作的乐歌，华丽典雅。还有鼓吹曲辞，又叫短箫铙歌，是汉初从北方民族传入的北狄乐，歌辞是后来补写的，内容庞杂，多是民间创作。

汉乐府是对汉代底层社会的多方位反映，这或许与它“可以观风俗，知薄厚”（《汉书·艺文志》）的采集目的有关。《汉书·艺文志》说汉乐府的创作由来，是感于哀乐，缘事而发。虽然汉乐府诗中也记录有“乐”事，但更多的是“哀”的一面。

诚如“贫贱夫妻百事哀”所言，“哀”的一个主要触发点就是生活贫困和因地位低下而权利得不到保障。相和歌辞中的《妇病行》《东门行》《孤儿行》都是这方面的代表作。《妇病行》写妇人临死前把“两三孤子”托付给丈夫，而丈夫为了让孩子免于“饥且寒”，外出行乞的悲酸经历：

> 妇病连年累岁，传呼丈人前一言。当言未及得言，不知泪下一何翩翩。“属累君两三孤子，莫我儿饥且寒！有过慎莫笪笞：行当折摇，思复念之！”乱曰：抱时无衣，襦复无里。闭门塞牖，舍孤儿到市。道逢亲交，泣坐不能起。从乞求与孤买饵，对交啼泣，泪不可止。“我欲不伤悲，不能已！”探怀中钱持授交。入门见孤儿，啼索其母抱。徘徊空舍中：“行复尔耳，弃置勿复道！”

诗中到处是悲伤、无奈。《孤儿行》写一孤儿为兄嫂所苦役，心萌“居生不乐，不如早去，下从地下黄泉”的绝望之想。但跟《诗经》中对社会的不满，仅限于讽刺和谴责（如措辞最激烈的《硕鼠》）不同，汉乐府记录有底层民众的愤怒和反抗。《东门行》就是写男子面对家中“盎中无斗米”“架上无悬衣”，不顾妻子的劝阻，欲“拔剑东门去”的悲愤之情和反抗行为。这3篇都是写社会底层的悲苦生活。这种生活的记录本身就是对社会的控诉。

汉乐府也描写富贵人家的奢华生活，如《相逢行》展示的就是侍郎府里的荣华场景，《鸡鸣》《长安有狭斜行》是对权势门第显赫地位的渲染。从诗歌文本本身来看，这是写汉代社会上层的奢华生活，从这个角度而言，是在写“乐”事。但如果把汉代乐府诗视为来自民间的作品，那么其中描写富贵家室的诗歌，并不能视为贵族娱乐，或者是富贵阶层的创作，相反，可能是平民娱乐之用，是平民带着一种好奇心在“了解”传说中的富贵人家。在那个时代，极少数的人过着富贵奢侈的生活，大多数人只听说过这种奢华，而没有机会亲眼看见，所以亲眼看见者显然是把它当成见闻说与平民百姓听的。

哀，一方面固然是因为日常生活的贫困和遭受欺凌，另一方面也有战争所带来的死亡和家人离别的折磨，如《十五从军征》：

> 十五从军征，八十始得归。道逢乡里人：“家中有阿谁?”“遥看是君家，松柏冢累累。”兔从狗窦入，雉从梁上飞。中庭生旅谷，井上生旅葵。舂谷持作饭，采葵持作羹。羹饭一时熟，不知饴阿谁。出门东向看，泪落沾我衣。

写男子 15 岁从军，80 岁归来时看到家道没落的辛酸悲苦。《战城南》则是描写战争过后士兵横尸野外、遭到乌鸦啄食的惊悚景象。

爱情是人生中美好的经历，其中充满欢乐的色调，如《江南》：

> 江南可采莲，莲叶何田田，鱼戏莲叶间。鱼戏莲叶东，鱼戏莲叶西，鱼戏莲叶南，鱼戏莲叶北。

当“莲”被认为是“怜”字的双关语，这首诗也就成为一首男女之间含蓄地诉说爱意的情诗。《陌上桑》虽然是写美丽的女子罗敷戏耍好色太守的故事，但也不无罗敷对自己婚姻生活的心满意足。

不过当这些爱情婚姻中美好的愿望落空或情感受阻时，常常会带来摧心肝的痛苦，《有所思》《怨歌行》《孔雀东南飞》《上山采蘼芜》等就是这样的作品。《有所思》云：

> 有所思，乃在大海南。何用问遗君，双珠玳瑁簪，用玉绍缭之。

闻君有他心，拉杂摧烧之。摧烧之，当风扬其灰！从今以往，勿复相思，相思与君绝！鸡鸣狗吠，兄嫂当知之。妃呼狶！秋风肃肃晨风飔，东方须臾高知之。

开头五句写女子对远方情郎心怀真挚热烈的相思爱恋，但当“闻君有他心”时，便通过“拉杂摧烧”的动作以及“勿复相思”的语言，使一个伤心欲绝的形象呼之欲出。

《孔雀东南飞》是一篇长诗，写忠于爱情的刘兰芝、焦仲卿夫妇，因家人极力反对而双双殉情的爱情悲剧。《上山采蘼芜》则是写弃妇和故夫偶尔重逢时的一番简短对话：

上山采蘼芜，下山逢故夫。长跪问故夫，新人复何如？新人虽言好，未若故人姝。颜色类相似，手爪不相如。新人从门入，故人从阁去。新人工织缣，故人工织素。织缣日一匹，织素五丈馀。将缣来比素，新人不如故。

从中可见女子遭到离弃的悲惨命运。《塘上行》《白头吟》也是写弃妇的诗。《怨歌行》则通过“比”的手法来表现女子对婚姻生活的顾虑：

新裂齐纨素，皎洁如霜雪。裁为合欢扇，团圆似明月。出入君怀袖，动摇微风发。常恐秋节至，凉飙夺炎热。弃捐箧笥中，恩情中道绝。

女性在古代社会地位的低下，让她们对婚姻产生极大的不安全感，深恐自己像扇子一样，在某个时刻失去价值时，就会被遗弃。弃妇诗是中国诗歌的传统题材，在《诗经》中也有像《氓》这样的弃妇诗，《离骚》中主人公有时也以“弃妇”自拟，直到现代诗人在写作具有汉语特色的诗歌题材时，也以弃妇入诗，如象征派诗人李金发的代表作就是《弃妇》。

汉乐府中还有描写人生哲理的诗歌，如《长歌行》：

青青园中葵，朝露待日晞。阳春布德泽，万物生光辉。常恐秋节至，焜黄华叶衰。百川东到海，何时复西归？少壮不努力，老大徒伤悲！

劝人珍惜时光，趁早做出一番事业。《薤露》和《蒿里》则富有挽歌的意味：

薤上露，何易晞，露晞明朝还复落，人死一去何时归？（《薤露》）

蒿里谁家地，聚敛魂魄无贤愚。鬼伯一何相催促，人命不得少踟蹰。（《蒿里》）

汉乐府所咏哀乐之事，大都涉及人生根本，即衣食住娱、婚恋情爱、生老病死以及社会公平，很少有高亢的功业之想，或圣人的道德之教，大多是每一个人都会经历到的基本的人生环节。所生发感想之事也是生活中的日常，而非仕途或功业。这使得汉乐府具有平民性的特点，能为普通民众所理解和感同身受；这也使得这些诗歌没有足够的个性化，其共性特征远远大于个性特征。

“感于哀乐，缘事而发”，这可用以理解汉乐府的内容，也可用来窥探其艺术特征。

缘事而发，一方面是指诗人哀乐之感的发生，是由日常生活中的事情所触动的；另一方面也经常被用来指乐府诗的表现手法主要是叙事，即把触发哀乐的事情叙述出来，而哀乐自寓于其中，或直白地抒发出来。再一方面也就成为乐府诗主要的艺术特色。它在抒情艺术发达而叙事艺术欠缺的传统诗歌格局中，为叙事传统押上了一个砝码。

在《诗经》中也存有少量叙事诗，如《氓》《七月》，这些叙事诗跟汉乐府相比，叙事非常概括，没有汉乐府那种丰满的细节。其次，《诗经》中的叙事注重故事的完整性，而汉乐府虽然也有这方面的杰作，但不少诗歌注重细节的片段化叙事。注重完整性的诗歌，如果采用粗笔叙述，就缺少片段化叙事所带来的强烈冲击力。如《山上采蘼芜》就把笔墨集中在弃妇与故夫相逢时的对话上，而没有更多地交代前因后续。《十五从军征》则只写男子八十岁归来时家中荒芜的景象，而省略从十五岁到八十岁之间的所有故事。《东门行》写夫妇之间的对话以及男子拔剑而出的行为，仅此而已。这些诗虽然短小，但所蕴含的辛酸、无奈、失落、愤懑都清晰可见。这是因为这些片段化叙事都注意选择典型的片段。

汉乐府叙事还引进对话的表现方法。《诗经》基本都是一个人的独吟，后世的文人诗也多是如此。《离骚》中已采用对话，但那种对话是虚构的，象征意味重于现实描写。也就是说，它是诗人内心矛盾的外化，是内心的一种想法与另一种想法的对话，而不是现实中两个人的对话。而《东门行》《妇病行》《孔雀东南飞》则是现实人物的对话。对话能加强诗人对现实的表现。汉乐府的叙事表现，不仅让我们看到社会底层的艰辛生活，也带来对话的表现方法。

即使是抒情诗，由于出自民间的性质，没有温柔敦厚观念的束缚，所以也给读者带来不同于正统诗歌的阅读体验，《有所思》里的决绝就有情绪失控的意味，而《上邪》的情感更加强烈，更加极端：

> 上邪！我欲与君相知，长命无绝衰。山无陵，江水为竭，冬雷震震夏雨雪，天地合，乃敢与君绝！

这种“呼天抢地”极大地突破了读者对传统古典诗歌节制的印象。不仅决绝的情绪是非正统的，激烈的画面也不是正统审美观下的诗歌所能表现出来的。再如《战城南》：

> 战城南，死郭北，野死不葬乌可食。为我谓乌：且为客豪！野死谅不葬，腐肉安能去子逃？水声激激，蒲苇冥冥；枭骑战斗死，驽马徘徊鸣。梁筑室，何以南？何以北？禾黍不获君何食？愿为忠臣安可得？思子良臣，良臣诚可思：朝行出攻，暮不夜归！

同是战争题材，与《诗经》中只表现昂扬或怨战的情绪不同，这里还写出了丑恶的场面，而且比《楚辞》中的“身首相离”更具画面感。这是温雅的文人很难刻画的。文人诗一般会回避丑恶的场面，像《战城南》这种“腐肉”的词汇是难以被文人所接受的。文人诗总会被理性精神所控制，而这很大程度上是由于礼乐精神的制约。这就是真正的民歌对礼乐精神的突破，也可以看出《诗经》在编选时应该是经过礼乐精神筛选的。

这提醒我们，诗歌史中还存在一个民间的传统，这个传统较少受到正统诗学观念的影响。可惜古代诗歌的书面流传权基本掌握在文人手中，所以文人收集、编选诗集，就是一个按照自己的诗学观念进行删留的过程，这个过程使得许多不合正统观念的诗歌只能流传在民间、口头，随时面临消逝的可能。因此，其价值分外值得珍惜。

第二节　抒情的艺术：《古诗十九首》

汉代诗歌一般被分成两类，一类是可以用来配乐的歌诗，一般称为乐府诗。另一类是不入乐的徒诗，也称为古诗。徒诗在楚辞体和四言体之外，基本都是五言体。先秦诗作中已出现大量五言诗句。但现存第一首有明确作者的五言诗是班固（32—92）的《咏史》，质木无文。张衡（78—139）也写过五言诗《同声歌》，语言缛丽。标志着文人五言诗成熟的是秦嘉的 3 首《赠妇诗》。秦嘉、徐淑夫妇感情深厚，离别之际以诗文赠答，抒写爱情，语朴情真，十分感人。这在文学史上被传为佳话。

东汉末期社会纷乱，五言古诗也出现表现身处乱世的惶恐之情（蔡邕《翠鸟》）、怀才不遇的愤懑不平（郦炎《见志诗》）以及对社会不公现象的愤世嫉俗（赵壹《刺世疾邪诗》）之诗作。以上这些诗作者明确。但徒诗中也有相当一部分未著录作者姓名，或虽标出作者姓名但存疑颇多，这就是文学史上的“古诗”和“苏李诗”，其中《古诗十九首》是两汉艺术成就最高的古诗。刘勰《文心雕龙·明诗》称之为“五言之冠冕”。

《古诗十九首》最早见于《昭明文选》，南朝梁萧统从无名氏《古诗》中选录 19 首并冠以此名，后世遂将之当作组诗看待。关于《古诗十九首》的作者和时代，有多种说法，《昭明文选·杂诗·古诗一十九首》题下注释之甚明：“并云古诗，盖不知作者。”《古诗十九首》被认为产生于东汉后期（140—190），并非一时一人之作。从诗歌内容透露的写作处境看，其作者最有可能是外出寻求功名利禄的失落文人。中国是农业文化和礼乐文明的国度，强调亲缘，强调故土。所以这些背井离乡的人，在外面失意落魄时，最容易想起家人的温情，那里是港湾，那里没有世态炎凉、钩心斗角。当他们立志追求功名时，便心生“人生非金石，岂能长寿考”（《回车驾言迈》）的感慨，以此勉励自己。但当时宦官与外戚轮流专权，政治日益腐败黑暗，下层文士仕进的道路被严重堵塞，“文籍虽满腹，不如一囊钱……被褐怀金玉，兰蕙化为刍”（赵壹《刺世疾邪赋》附诗）。他们在困顿无望、年寿有限的情况下，更多地选择“何不秉烛游”，但这可能是他们眼下一时的想法。一直潜伏在内心的，是家里的亲人、爱人。文人的这种体验，便是《古诗十九首》的主要内容。

这些流浪他乡的文人，心怀功业梦想，所以自然以功名为贵，并且心存紧迫感，如《回车驾言迈》：

> 回车驾言迈，悠悠涉长道。四顾何茫茫，东风摇百草。所遇无故物，焉得不速老？盛衰各有时，立身苦不早。人生非金石，岂能长寿考？奄忽随物化，荣名以为宝。

由自然界的草木盛衰，联想到人生的有限，面对着理想中的荣名，鞭策自己要趁早立身。《今日良宴会》则是被具有美德的人所激励，意识到“人生寄一世，奄忽若飙尘”，进而发出“何不策高足，先据要路津。无为守穷贱，轗轲长苦辛”。

但当这种理想实现无望时，便容易陷入颓废，面对有限的生命，便不再是功名的激励，而是享乐的无奈选择。如《青青陵上柏》《东城高且长》《驱车上东门》《生年不满百》都是同样的模式，诗人切身体会到人生短暂，认为应该及时行乐。

> 《青青陵上柏》：人生天地间，忽如远行客。……驱车策驽马，游戏宛与洛。

> 《东城高且长》：四时更变化，岁暮一何速！……荡涤放情志，何为自结束！

> 《驱车上东门》：人生忽如寄，寿无金石固。……不如饮美酒，被服纨与素。

> 《生年不满百》：生年不满百，常怀千岁忧。……为乐当及时，何能待来兹。

但这些只是一时兴起的想法，或者一种暂时的放纵。其实他们内心深处呼唤的，是家的温情，如《去者日以疏》就是归家不得的悲伤。在家没有在外的世态炎凉，所以《明月皎夜光》云："昔我同门友，高举振六翮。不念携手好，弃我如遗迹。"同这种功利之交相对的，是对知音的渴望，这在《西北有高楼》中有所表现。对家的想念，更多地表现为妇女对丈夫的思念，在《古诗十九首》中除以上提到的9首诗外，其馀都是思妇题材的作品，如《庭中有奇树》：

> 庭中有奇树，绿叶发华滋。攀条折其荣，将以遗所思。馨香盈怀袖，路远莫致之。此物何足贵，但感别经时。

《古诗十九首》被誉为"千古至文"，是后世所称羡的汉魏古意的代表作。其主题具有人类普遍性。清陈祚明《采菽堂古诗选》说：

> 《十九首》所以为千古至文者，以能言人同有之情也。人情莫不思得志，而得志者有几？虽处富贵，慊慊犹有不足，况贫贱乎？志不可得而年命如流，谁不感慨？人情于所爱，莫不欲终身相守，然谁不有别离？以我之怀思，猜彼之见弃，亦其常也。夫终身相守者，不知有愁，亦复不知其乐，乍一别离，则此愁难已。逐臣弃妇与朋友阔绝，皆同此旨。故《十九首》虽此二意，而低回反复，人人读之皆若伤我心者，此诗所以为性情之物。而同有之情，人人各具，则人人本自有诗也。但人人有情而不能言，即能言而言不尽，故特推《十九首》以为至极。

它写的是普遍的道理，是日常经验的总结，如人生离别，如功名追求，如生命苦短等，都是普遍的人生遭遇。这种对功名的追求，对终生相守的渴望，对人生短暂的喟叹，对世态炎凉的无奈，在千载之后都能找到回音，虽没有描写具体的事件，却能引起更加广泛的共鸣。

《古诗十九首》在艺术上也堪称完美，被视为五言古诗的典范。其结构浑融一体，《带经堂诗话·五言诗凡例》说"《十九首》之妙，如无缝天衣"，就是指其浑融一体的整体性，如前面引录的《回车驾言迈》，从驾车出行，路上见到百草衰败的景象，由此激起诗人对生命"速老"的感慨。但诗歌并没有就此停住，而是由“死亡”联想到生存的意义，于是提出“荣名以为宝”以自励。每一层的过渡都是那么自然。这首诗表现的是对人生价值的感悟，但这种感悟并不是纯粹说理，而是从日常生活中的一个行为出发——驾车出行，路见百草衰败，由草之衰自然而然地想到人之衰，人的衰亡便激起诗人对人生意义的思考，于是诗人喊出“荣名以为宝”这样的声音。这种内容或意义上的紧密勾连，成就了诗歌的整体性。

以下 3 首表现及时行乐的诗歌，也像《回车驾言迈》的开头那样，都是诗人经过某个地方，见到周围具有衰败气息的景物，被激起了时间飞逝、生命短暂的喟叹：

《青青陵上柏》：青青陵上柏，磊磊涧中石。人生天地间，忽如远行客。

《东城高且长》：东城高且长，逶迤自相属。回风动地起，秋草萋已绿。四时更变化，岁暮一何速！

《驱车上东门》：驱车上东门，遥望郭北墓。……浩浩阴阳移，年命如朝露。人生忽如寄，寿无金石固。万岁更相送，贤圣莫能度。服食求神仙，多为药所误。不如饮美酒，被服纨与素。

《生年不满百》则直接总结人生经验，然后回归到人生时光有限的感慨上，接着便是“为乐当及时”的呼喊。这些诗歌源自一时的感悟，这种感悟往往是由现实生活中的某种行为或所见所闻触发的。这种由所行所见所闻而生出的情或思的模式，一方面会让人觉得这种情思的出现极其自然；另一方面也更容易给人以情景相生的审美感受，而不是采用赋的方式直接陈述出来。

当诗中出现景色片段的描写，无论是以此作为行为的背景，还是作为感悟的引发物，然后再进行情感的抒发，这种整体性便是后世所追求的情景交融的先声，如《明月何皎皎》：

明月何皎皎，照我罗床纬。忧愁不能寐，揽衣起徘徊。客行虽云乐，不如早旋归。出户独彷徨，愁思当告谁！引领还入房，泪下沾裳衣。

面对皎皎明月而起思念之情的场景，在中国古诗传统中堪称经典，从张若虚的《春江花月夜》、张九龄的《望月怀远》到李白的《静夜思》，这一由景入情的模式在后世得到沿承。

这种写日常生活中的情思或感悟，并且从日常行为或所见所闻写起，自然而然地引出情思或感悟的写法，给我们带来的是《离骚》这种虚构性诗作所无法给予的亲切感。

《古诗十九首》的语言平易但不浅显，锺嵘《诗品》说它“惊心动魄，可谓一字千金”，如“相去日已远，衣带日已缓”（《行行重行行》），“人生天地间，忽如远行客”（《青青陵上柏》），“生年不满百，常怀千岁忧”（《生年不满百》），这些诗句，语言浅近但不乏警策，用最明白晓畅的语言道出真情至理。至于《青青河畔草》《迢迢牵牛星》两诗叠字的巧妙连用，《客从远方来》诗中双关语的自然融入，又颇得乐府民歌的神韵。

第三节　汉代诗歌的影响

汉代诗歌对后世的影响是深远的，首先体现在诗体上，它创造出五言体。《古诗十九首》标志着文人五言诗的成熟，并成为古典诗歌的主要体式之一。锺嵘认为五言是众作之有滋味者，它“指事造形，穷情写物，最为详切”，因为五言因字数的增加，语法功能相比四言更为完整，其句式变化也就更为丰富，这样便能更充分地满足描写或叙事的功能，比《诗经》的四言更具表现力。刘熙载《艺概·诗概》说：“五言上二字下三字，足当四言两句，如‘终日不成章’之于‘终日七襄……不成报章’是也。”

五言诗能被称为众作之有滋味者，这种能详切表现的功能，便是原因之一。锺嵘指出五言诗滋味的另一来源是诗中使用“兴”：文已尽而意有馀。还有一方面的原因锺嵘没有明确指出，但已经意识到，这便是诗歌的吟咏性。五言诗吟咏起来，因为比四言多一个字，就是多一个节拍或半拍，这样更容易达到悠长的吟咏效果，而四言诗只有两拍，读起来比较单纯和谐，但也容易流于单调，缺乏摇曳生姿的变化。

乐府也是一种形式较为自由的诗体，《东门行》最具代表性：

> 出东门，不顾归；来入门，怅欲悲；盎中无斗米储，还视架上无悬衣。拔剑东门去，舍中儿母牵衣啼："他家但愿富贵，贱妾与君共哺糜。上用仓浪天故，下当用此黄口儿，今非！""咄！行，吾去为迟！白发时下难久居。"

这是一首奇特的诗歌，短短的篇幅中，竟然出现从一字句到七字句这七种句式，彻底打破了诗歌一般由某种句式主导的惯例。乐府体的自由有利于个性的自由驰骋。

乐府和《古诗十九首》树立起新的艺术典范。乐府或直面现实，关注普通百姓的生活苦难；或坦率抒情，表达自己的喜怒哀乐。这是乐府精神。它在后世形成两个传统，一个是由"缘事而发"的汉乐府叙事诗，到建安文人"借古题写时事"，到"即事名篇，无复依傍"的杜甫新题乐府，再到白居易领导的以"歌诗合为事而作"为宗旨的新乐府运动。一个是由"感于哀乐"的汉代乐府抒情诗，到建安文人"或述欢宴，或伤羁戍"（《文心雕龙·乐府》）的咏唱，到鲍照"发唱惊挺"（《南齐书·文学传论》）的五七言乐府诗，再到自称"清雄奔放"（李白《上安州裴长史书》）的李白乐府诗的传统。①

《古诗十九首》整体风格上的"文温以丽，意悲而远"（锺嵘《诗品》），"结体散文，直而不野，婉转附物，怊怅切情"（刘勰《文心雕龙·明诗》），被后世文人视为经典。陆机开始拟写，刘勰、锺嵘从理论上倡导，而至昭明太子萧统集为一组，成为后世五言古诗之楷法。

汉代诗歌思想情感的蜕变，在中国诗歌史中具有承上启下的作用。经过阐释后的《诗经》和《楚辞》，都是大传统与宏大题材的写作，站在政治、祭祀、崇高人格等关乎国家大体和道德的制高点上，试图表现某种至高的真理和崇高的情感。而汉乐府则叙写日常生活中的苦乐爱恨，古诗也重在抒发个体化的情感。诗骚在最初的创作中，不排除也有这些方面的特征，但经过后世的淘洗，它们被雅化并且去个性化。从汉代诗歌之后，抒写个人情思的诗作，世俗的、个人的，甚至娱乐的——更近乎人性的因素，开始大量出现，这并非偶然，而正是汉代诗歌影响的体现。

---

①本段表述参见《中国古代文学通论·先秦两汉卷》，辽宁人民出版社2005年版，第208—209页。其中前一个传统的观点出自游国恩等主编《中国文学史》。

第四章　建安诗风

建安（196—220）是东汉最后一个年号，因其特殊的地位，在诗歌史上成为独立的阶段。中国诗歌的兴盛，始于文人开始自觉地参与诗歌的创作，并形成文人创作诗歌的传统。《诗经》虽然个别作品也有明确的作者，但大都是以诗言志；诗歌主要是采集而来的歌辞或歌诗。屈骚虽然是有意识地在作诗，但在战国时期属于极少数的个例，并未在当世形成群起效之的传统。汉代无论乐府诗还是古诗，也都不存在创作数量可观的诗人。这个传统，要到建安时期才建立起来。建安时期的诗歌，可以划分为三个阶段：以汉献帝初平年间至曹操平定荆州为第一个阶段（190—206）；第二个阶段是平定荆州至曹魏政权建立（206—220），此阶段以曹丕为中心形成邺下文人团体；第三个阶段是到建安时期最大的诗人曹植去世为止（220—232）。

建安时期，古体诗和乐府诗受到文人群体的关注，出现了五言腾踊的创作局面。诗歌地位提高，同时走向文人化，也逐渐与音乐分离，文人徒诗传统由此确立，极大地激发了艺术创造力。与汉代重政教不同，这时期的诗歌开始朝着“以情纬文，以文披质”① 的方向发展。不论是抒情化还是娱乐化，都是艺术自觉的表现。建安诗歌还创造出“建安风骨”这一古典诗歌的审美理想。它在形式上的探索，也开启了魏晋南北朝诗歌对形式美的追求。

---

①〔南朝〕沈约：《宋书·谢灵运传论》。

第一节　曹操与建安诸子

建安时期社会动荡，正如刘勰《文心雕龙·时序》所云“世积乱离，风衰俗怨”。年岁较长的曹操和王粲，是这个阶段的代表诗人。

曹操（155—220），字孟德，宦官之后。陈寅恪认为这种身份让曹操与儒家经学保持距离，并且大力提倡被视为轻浮之事的文学。曹操继承两汉乐府诗歌的写诗传统，描写东汉末期战争给平民和社会带来的破坏。如《蒿里行》：

> 关东有义士，兴兵讨群凶。初期会盟津，乃心在咸阳。军合力不齐，踌躇而雁行。势利使人争，嗣还自相戕。淮南弟称号，刻玺于北方。铠甲生虮虱，万姓以死亡。白骨露于野，千里无鸡鸣。生民百遗一，念之断人肠。

《蒿里行》在汉乐府旧辞是挽歌，曹操在此借古题写新事，不仅对当时义军的私利争夺进行抨击，也真切地描写出了由此带来的社会破坏。“白骨露于野，千里无鸡鸣”，多么触目惊心的画面，视野宏大，胸怀天下者才会有此等境界。方东树《昭昧詹言》评此诗说：“真朴、雄阔、远人。”来自社会底层的愤世嫉俗者难有此语。这是曹操乐府诗与汉乐府诗的区别。

面对社会动荡，曹操心怀乘势而起完成大业的壮志。《步出夏门行·龟虽寿》中著名的诗句：“老骥伏枥，志在千里；烈士暮年，壮心不已”，正是这种功业情怀的写照。这同时还表现在《短歌行》中：

> 对酒当歌，人生几何！譬如朝露，去日苦多。慨当以慷，忧思难忘。何以解忧？唯有杜康。青青子衿，悠悠我心。但为君故，沉吟至今。呦呦鹿鸣，食野之苹。我有嘉宾，鼓瑟吹笙。明明如月，何时可掇？忧从中来，不可断绝。越陌度阡，枉用相存。契阔谈宴，心念旧恩。月明星稀，乌鹊南飞。绕树三匝，何枝可依？山不厌高，海不厌深。周公吐哺，天下归心。

诗人感于人生苦短，于是激起建功立业之思。这是汉代古诗典型的心理模式。由此可见曹操与汉代诗歌传统具有继承和超越的关系。由于时代战乱、满目疮痍，也因功业艰辛、生命苦短，曹操的诗中经常流露出苍凉的格调。不过这苍凉不是《古诗十九首》的无望和颓废。为了达到拯时济世的目的，诗人虚怀若谷地访求人才，周公吐哺。这种求才心切、以成大业的渴望和行为，是汉代文人诗所不具备的。这使诗歌在悲凉中带有雄壮的格调。

曹操作为一代雄才，襟怀宽广，即使是面对自然景物，也不是纤细优美的感受，而是充满壮阔涵远之气，如《步出夏门行·观沧海》：

> 东临碣石，以观沧海。水何澹澹，山岛竦峙。树木丛生，百草丰茂。秋风萧瑟，洪波涌起。日月之行，若出其中；星汉灿烂，若出其里。幸甚至哉，歌以咏志。

波浪汹涌，映涵日月，意境开阔，气势雄浑。它同时被视为古典诗歌史上第一首真正意义上的山水诗。这首诗与《龟虽寿》同为组诗《步出夏门行》四首中的两首，它们与《短歌行》在体式上同为四言。这批四言之作是《诗经》以后的第一批四言名作，也是《诗经》之后第一批能充分利用四言体调的名作。从四言体发展的角度上讲，它创造出一种《诗经》所没有的雄壮慷慨的风格。

王粲（177—217），字仲宣。初平三年（192），关中骚乱，王粲前往荆州投靠刘表，一路上见到战争给人民带来的苦难，于是写下《七哀诗》三首，以第一首最为著名：

> 西京乱无象，豺虎方遘患。复弃中国去，委身适荆蛮。亲戚对我悲，朋友相追攀。出门无所见，白骨蔽平原。路有饥妇人，抱子弃草间。顾闻号泣声，挥涕独不还。未知身死处，何能两相完？驱马弃之去，不忍听此言。南登灞陵岸，回首望长安。悟彼下泉人，喟然伤心肝。

诗写动乱带来的悲惨景象，主要通过妇人弃子的典型现象进行表现，笔调沉痛至极，真挚感人。此诗不同于曹操《蒿里行》对社会残破作概括性描写。清吴淇《六朝选诗定论》卷六评云："盖人当乱离之际，一切皆轻，最难割者骨肉，而慈母于幼子尤甚。写其重者，他可知矣。"

王粲从荆楚归附曹操后，也曾随曹军南征孙吴。行军途中，写有《从军诗》五首，描写路上所见，抒发思乡悲愁，表达建功壮志。作为从军诗，理应壮怀激烈，本诗也确实提及报效家国等志向，但壮难掩悲，如《从军诗》第三首：

> 从军征遐路，讨彼东南夷。方舟顺广川，薄暮未安坻。白日半西山，桑梓有馀晖。蟋蟀夹岸鸣，孤鸟翩翩飞。征夫心多怀，恻怆令吾悲。下船登高防，草露沾我衣。回身赴床寝，此愁当告谁？身服干戈事，岂得念所私。即戎有授命，兹理不可违。

首两句起调高昂，但接着的十二句却写沿途景物及征夫愁怀，到最后四句才以功业之事自勉。这种悲中夹壮的写法，与建安诗人的情怀是相吻合的。但王粲的特色是柔情多而壮情少，锺嵘《诗品》说王粲："发愀怆之词，文秀而质羸。"这是因为他"家本秦川，贵公子孙，遭乱流寓，自伤情多"（谢灵运《拟魏太子邺中集·王粲诗序》）。

陈琳（？—217），字孔璋，现存诗 5 首。其《饮马长城窟行》是这一阶段的名篇：

> 饮马长城窟，水寒伤马骨。往谓长城吏："慎莫稽留太原卒！""官作自有程，举筑谐汝声！""男儿宁当格斗死，何能怫郁筑长城。"长城何连连，连连三千里。边城多健少，内舍多寡妇。作书与内舍："便嫁莫留住。善待新姑嫜，时时念我故夫子！"报书往边地："君今出语一何鄙？""身在祸难中，何为稽留他家子？生男慎莫举，生女哺用脯。君独不见长城下，死人骸骨相撑拄。""结发行事君，慊慊心意关。明知边地苦，贱妾何能久自全？"

此诗采取以点为主的手法，主要通过对话，表现繁重的徭役给民众带来的苦难。对话语言富于个性，且巧于变化，如征夫对差吏和对妻子的用语，就有愤慨和缠绵之别。妻子回信的语言斩钉截铁，表现坚贞的感情。甚至差吏的两句话，也见出其凶恶面目。

阮瑀（约165—212），字元瑜，所作章表书记出色，当时军国书檄文字，多为阮瑀与陈琳所拟。儿子阮籍、孙子阮咸皆当时名人，位列“竹林七贤”。代表作有《驾出北郭门行》：

> 驾出北郭门，马樊不肯驰。下车步踟蹰，仰折枯杨枝。顾闻丘林中，嗷嗷有悲啼。借问啼者出，何为乃如斯。亲母舍我殁，后母憎孤儿。饥寒无衣食，举动鞭捶施。骨消肌肉尽，体若枯树皮。藏我空室中，父还不能知。上冢察故处，存亡永别离。亲母何可见，泪下声正嘶。弃我于此间，穷厄岂有赀。传告后代人，以此为明规。

诗写一个孤儿受后母虐待哭诉于生母墓前的事，语言朴素，让人联想到汉乐府《孤儿行》。

曹丕在《典论·文论》中把王粲、陈琳、阮瑀与孔融、应玚、刘桢、徐幹等称为“七子”，并说：“斯七子者，于学无所遗，于辞无所假，咸以自骋骥騄于千里，仰齐足而并驰。”刘勰《文心雕龙·才略》称王粲为“七子之冠冕”。“七子”中，除王粲、陈琳和阮瑀外，有著名诗篇留存者，还有刘桢和徐幹。

刘桢（？—217），字公幹。以五言诗著称于世，曹丕称他“五言诗之善者，妙绝时人”（《又与吴质书》）。诗歌简健，《赠从弟》三首是其代表作，第二首如云：

> 亭亭山上松，瑟瑟谷中风。风声一何盛，松枝一何劲。冰霜正惨凄，终岁常端正。岂不罹凝寒，松柏有本性。

锺嵘《诗品》说他：“仗气爱奇，动多振绝。贞骨凌霜，高风跨俗。”此诗正可以证明。

徐幹（170—217），字伟长，现存诗4首，其中3首题为《情诗》《与妻别》和《室思》，风格近于《古诗十九首》。其中“自君之出矣，明镜暗不治。思君如流水，何有穷已时”（《室思》），经常被后世拟写。

蔡琰（约177—约249），名琰，原字昭姬，晋时因避司马昭之讳，改字文姬，东汉大文学家蔡邕的女儿，能诗善文，兼长辩才与音律，代表作有《悲愤诗》，是一首五言长篇叙事诗，长达108句。前40句叙遭祸被虏及虏途中的苦楚；次 40 句叙在匈奴的生活和听到被赎消息后的悲喜交集以及和“胡子”分别时的惨痛；最后 28 句叙归途中和到家后的所见所感。叙事中穿插抒情，真切感人，深刻地反映了汉末乱离的社会现实。

建安是中国诗歌史上一个光辉的时代，涌现出了大量的作家、作品，打破了汉代 400 年沉寂的局面，五言诗开始兴盛，七言诗也已出现。建安诗歌在内容上较多反映社会战乱凋敝的现实，具有诗史的性质，可以称为汉之实录。后代的作家在强调文学的社会政治内容、反对形式主义的时候，往往以建安文学作为学习的典范，如杜甫在安史之乱中的诗歌写作，沈德潜《古诗源》卷五说王粲《七哀诗》为“杜少陵《无家别》《垂老别》诸篇之祖”，蔡琰《悲愤诗》也被认为对杜甫《北征》《自京赴奉先县咏怀五百字》等后世长篇叙事诗有影响。从诗体上来说，这一阶段以乐府体为主，即使曹操的四言诗，也不像《诗经》那样是雅体，而是乐府体的四言，如其题名《蒿里行》《薤露行》所示。选择乐府体的原因，与汉乐府那种现实精神的传统有关。时代的战乱往往会激发一些诗人拯时济世的壮志，这以曹操最为典型，王粲、刘桢诗中也激荡着建功立业的豪情。这种描写社会动荡并由此激发出建功立业的豪情壮志，就是后世所谓的“建安风骨”。其语言较为质朴，不事雕琢，叙事抒情多用散体，这也是后世所谓“建安体”的主要内涵。

第二节　曹丕与邺下文人团体

曹丕（187—226），即魏文帝，字子桓，曹魏的开国皇帝，公元 220—226 年在位。文武双全，8 岁能提笔为文，善骑射，好击剑，博览古今经传，通晓诸子百家学说。曹丕诗歌给人的整体印象是柔弱婉约，与其父曹操的诗歌风格相去甚远，甚至与其作为一个文武双全的帝王形象也不甚符合。沈德潜《古诗源》卷五说：“子桓诗有文士气，一变乃父悲壮之习矣。要其便娟婉约，能移人情。”曹丕最著名的诗歌是《燕歌行》第一首：

> 秋风萧瑟天气凉，草木摇落露为霜，群燕辞归鹄南翔。念君客游多思肠，慊慊思归恋故乡，君何淹留寄他方？贱妾茕茕守空房，忧来

思君不敢忘，不觉泪下沾衣裳。援琴鸣弦发清商，短歌微吟不能长。明月皎皎照我床，星汉西流夜未央。牵牛织女遥相望，尔独何辜限河梁？

通过秋天景物起兴，写草木摇落归根，燕鹄辞归南翔，引发闺妇忆念出家在外的丈夫。并通过反问、直抒和举止，写出闺妇深切的相思之情，最后以牵牛织女作结，这既是深夜的自然景色，又因为其传说内涵而具有“比”的意味。这首诗情景交融，是后世闺怨诗的开端。值得一提的是，这是现存第一首完整的七言体诗，相对于第一首文人五言诗（班固《咏史》）的质朴疏浅，这第一首七言体显得婉丽缠绵。

这种游子思妇题材的诗是曹丕写得最好的一类诗歌，此外还有行军诗，如《黎阳作》，是一首四言体，诗歌非常细腻地描写了士兵在行军过程中遇到大雨后艰难阻滞的情形。

如果以建安风骨衡量，那么曹丕的诗歌很难说符合这一理想，由此可见建安风骨只是建安时期创造出来的一种美学理想，并不是该时期全部诗歌，甚至不是大部分诗歌的典型特征，但曹丕对诗歌史发展的影响，还在于以他为中心形成了邺下文人团体。

邺下位于今天河北和河南的交界处，在汉末为北方割据势力袁绍的都城，是当时的经济和政治中心之一。曹操大败袁绍后，邺下为曹操政权的据点，建安十一年（206）曹操打败荆楚的刘表政权。荆楚是当时的文化中心，刘表以其礼贤下士，吸引当时大批文人才士前往。曹操打败刘表后，也采取兼容并蓄的人才招揽政策，于是大批文人也为曹操所用，来到邺下。这时“魏武（曹操）以相王之尊，雅好诗章；文帝（曹丕）以副君之重，妙善辞赋，陈思（曹植）以公子之豪，下笔琳琅。并体貌英逸，故俊才云蒸”①。锺嵘《诗品·序》写道：

东京二百载中，惟有班固《咏史》，质木无文。降及建安，曹公父子笃好斯文，平原兄弟郁为文栋，刘桢、王粲为其羽翼。次有攀龙托凤，自致于属车者，盖将百计。彬彬之盛，大备于时矣……

①〔南朝〕刘勰：《文心雕龙·时序》。

三曹以他们的权和才，吸引一批文人才士围绕身边，总称为邺下文人团体。这个集团除“三曹”“七子”外，还有蔡琰、杨修、路粹、吴质、繁钦、丁仪、丁廙、邯郸淳及左延年等，时为太子的曹丕则是这个集团的核心。

一群文人在一起，便会生发诸多雅事，如共游赋诗等。曹丕《又与吴质书》回忆当时盛况说：

> 昔日游处，行则连舆，止则接席，何曾须臾相失。每至觞酌流行，丝竹并奏，酒酣耳热，仰而赋诗，当此之时，忽然不自知乐也。

文人群体的出现是魏晋南北朝诗歌史中的一种重要现象，在曹魏有竹林七贤，西晋有金谷二十四友，东晋有兰亭集会，到南朝时，皇帝王族更是喜欢招揽文人墨客，而邺下文人团体可以说是这种现象的起点。

邺下文人团体对诗歌的影响，不仅在于开启魏晋南北朝这样一种文人雅集模式，还在于文人在共游中一起赋诗，这种赋诗带有竞技和娱乐的意味。这种群体性写作包括两方面，一是同题竞作，一是酬赠之作。前者如王粲、阮瑀、刘桢、陈琳和曹植等都有《公宴诗》（陈琳题为《宴会诗》），刘桢、曹植、应玚有《斗鸡诗》，徐幹《于清河见挽船士与妻别诗》，曹植《清河作诗》《见挽船士兄弟辞别诗》也是同题之作。后者如刘桢《赠五官中郎将诗》《赠徐幹诗》《赠从弟诗》，徐幹《赠五官中郎将诗》《答刘桢诗》，曹植《赠徐幹诗》《赠丁仪诗》《赠王粲诗》《赠白马王彪诗》等。

这种带有争奇斗巧性质的诗歌写作，带来诗歌“五言腾踊”的局面。刘勰《文心雕龙·明诗》被称为“暨建安之初，五言腾踊：文帝、陈思，纵辔以骋节；王、徐、应、刘，望路而争驱”。一方面，这种“腾踊”形成了建安诗坛的彬彬之盛；另一方面，在“腾踊”之中，对五言诗的美学功能也在不断开掘。

题材上，以往的文人诗都是有感而发，或者是功利性明确的有为而作，如祭祀诗。但到邺下文人团体时，便出现应制诗和同题诗，咏物诗在这时得到发展，如曹丕《芙蓉池作诗》写夜游铜雀园，《于玄武陂作诗》纪游玄武池。

在创作动机上，诗歌不仅服务于政教，也不仅用于个人抒写怀抱，还被用来娱乐，而且带有竞技和炫耀的意味。这不仅可以表现“世积乱离，风衰俗怨”，还可以用来“怜风月，狎池苑，述恩荣，叙酣宴”（《文心雕龙·明诗》）。这种以诗助娱的诗歌功能的开发，有利于诗歌成为文人生活的组成部分，从而促进诗歌进一步普及。同时，这种竞技的写作目的和同题共赋的咏物方式，也带来诗歌技巧的发展，其中以曹植的诗歌写作最有代表性。

这个时期的诗歌写作，相对于建安初期的侧重社会现实，在题材上表现出娱乐化的特点，诗体上也以五言为主，出现“五言腾踊”的局面，语言技巧上也体现了“诗赋欲丽”（曹丕《典论·论文》）的时代趋势。这一时期的诗歌创作，还有一个重要特点，就是诗歌不再以乐府为主，而是侧重文人徒诗，像酬赠诗很多都是不能配乐歌唱的，这便显示出诗歌发展的另一种趋势，去音乐化。这对诗歌史的发展意义极为重大。

文人徒诗的大量出现，是诗歌独立发展的重要转折点。这里必须区分一对概念：歌诗和徒诗。歌诗是指那些用来配乐演唱的诗歌，而徒诗是指那些只咏诵而不入乐的诗歌。后者意味着诗歌脱离音乐而存在，或者说从音乐的母胎中彻底生下来。汉代诗歌有乐府和古诗之分，它们大致分别属于歌诗和徒诗。但汉代乐府和古诗之间的关系较为复杂。

诗歌为配合音乐演唱，首先必须文从字顺，否则就不利于演唱时的声情流转；其次，内容上一般是喜闻乐见的，至少是深度上较浅，个人化色彩较少的，因为演唱不像阅读，是要求即时理解。配乐对诗歌的这两项要求，都不利于诗歌情思的拓展和深化，像那些寄托遥深的诗歌，因为太过深奥和个人化，不适合在公共场合表演；也不利于探索和形成诗歌形式的独特风格，那种想用独特的形式来表达独特的感受的文字，就会受到很大的限制。所以诗歌从配乐的地位中脱离出来，是诗歌解放的标志。徒诗是诗歌走向繁荣、文人诗得以进一步发展的基础。

但从艺术的角度来说，徒言与歌诗更大的区别，并不是入乐与否，而在于是否文人化。民歌乐府在语言上更加通俗，但文人诗则雕琢词句，注重对偶等以显才艺；内容上，文人诗多抒写个人抱负，表达政治见解，批判现实，在抒情上也会更注重个人化。民歌一般生活题材更多，比如，反映男女恋爱、生活苦乐等。东汉及之前的五言诗歌创作，人工雕琢的痕迹并不明显，所以说，建安时期是五言诗从民间走向文人化的转折时期。

第三节　曹　植

曹植（192—232），字子建，曹操第三子，曹丕同母弟。建安时期最有成就的诗人。一生以曹操去世（220）为界，可分为前后期。前期在曹操庇护之下，过着自在的生活。曹操去世后，曹丕自立为帝，曹植自此受到严密监视，形同囚徒，内心忧愤。曹植生前曾为陈王，去世后谥号“思”，因此又称陈思王。现存诗歌80多首。

曹植早期的诗歌可分为两类：一类是反映富贵公子的优游生活，一类是表现建功立业的情怀。前者代表作有《箜篌引》《斗鸡诗》《公宴》《元会诗》《侍太子坐》等，主要写作于邺下时期。曹植早期的诗歌受曹操雄图大志的影响。曹操在204年击败袁绍集团之前，并没有固定的落脚点，因此年幼的曹植也要随父亲在戎马倥偬的生活中度过。但在打败袁绍定都邺下之后，曹植还会随父征战。这种征战生活及父亲的榜样，激发了曹植的功业之心。他希望“戮力上国，流惠下民，建永世之业，流金石之功”（《与杨德祖书》），要“功铭著于鼎钟，名称垂于竹帛”（《求自试表》）。《白马篇》咏道：

> 白马饰金羁，连翩西北驰。借问谁家子，幽并游侠儿。少小去乡邑，扬声沙漠垂。宿昔秉良弓，楛矢何参差。控弦破左的，右发摧月支。仰手接飞猱，俯身散马蹄。狡捷过猴猿，勇剽若豹螭。边城多警急，虏骑数迁移。羽檄从北来，厉马登高堤。长驱蹈匈奴，左顾凌鲜卑。弃身锋刃端，性命安可怀？父母且不顾，何言子与妻！名编壮士籍，不得中顾私。捐躯赴国难，视死忽如归。

诗中塑造了一位英勇善战的游侠形象，并抒发了“为国捐躯，视死如归”的豪迈情怀，充满乐观的情绪，不见曹操那种悲凉之感。这首诗对后人边塞诗创作有垂范的意义。其《薤露行》中也表示过“愿得展功勤，输力于明君”的愿望。这种拯世济时的功业心，贯穿曹植的一生：

> 仆夫早严驾，吾行将远游。远行欲何之？吴国为我仇。将骋万里涂，东路安足由？江介多悲风，淮泗驰急流。愿欲一轻济，惜哉无方舟。闲居非吾志，甘心赴国忧。(《杂诗·仆夫早严驾》)

这是曹植晚期的作品。与早期诗歌相比，它仍然表达那种建功立业之想，但却多一份悲凉无奈。后来孟浩然那脱化于此篇的名句“欲济无舟楫，端居耻圣明”(《望洞庭湖赠张丞相》)，正是诗人怀才不遇之感的描写。它已经没有早期诗歌那种乐观浪漫的情绪。建安风骨本来就有一份悲凉，但曹操的悲凉是因为意识到生命苦短，曹植的悲凉却是出于怀才不遇。也就是说，建安风骨并不只是功业之心，怀才不遇的“怨”也是风骨的表现。

苦闷是曹植后期作品的常调，这与其生活遭遇有关。曹操去世后，他被曹丕、曹叡相继监视，饱受猜疑，报国无门。《赠白马王彪》正是这种生活的真切写照。这是一首五言抒情长诗，其序曰：“黄初四年五月，白马王、任城王与余俱朝师，会节气。到洛阳，任城王薨。至七月与白马王还国。后有司以二王归藩，道路宜异宿止。意毒恨之。盖以大别在数日，是用自剖，与王辞焉。愤而成篇。”任城王曹彰是曹植的同母之兄，白马王曹彪是其异母之弟。曹植与曹彪在归途中不但受到监视，而且还被强制分道而行。曹植对此十分愤怒，发而为此诗。全诗分七章，气魄宏伟，结构严谨，表现曹植恐惧、悲伤和愤怒相互交织的复杂感情。

因为言行受到监视，有很多感想不能直白地抒发，所以也就走向对兴寄手法的开拓，进而形成兴寄的表现方法。《杂诗·仆夫早严驾》第七至第十句已经使用比兴的手法。这种兴寄还可以采用思妇、弃妇的方式，如《七哀诗》：

> 明月照高楼，流光正徘徊。上有愁思妇，悲叹有馀哀。借问叹者谁？言是宕子妻。君行逾十年，孤妾常独栖。君若清路尘，妾若浊水泥。浮沉各异势，会合何时谐？愿为西南风，长逝入君怀。君怀良不开，贱妾当何依！

《七哀诗》是一种传统的诗歌类型，多以反映战乱、瘟疫、死亡、离别、失意等为主要内容。曹植借思妇孤妾来表达自己失意的惶恐。这类诗歌还有《浮萍篇》《美女篇》《种葛篇》《杂诗》(“西北有织妇”“南国有佳人”)等。

兴寄也可以采用游仙的表现方式。就像“愿为西南风”所表达的一样，人在失落时总会产生一种“愿”，或者称为白日梦、幻想等。游仙诗就是诗人在现实世界受到压抑，于是通过对理想世界的想象和描绘，来平衡自我。如《远游篇》：

远游临四海，俯仰观洪波。大鱼若曲陵，乘浪相经过。灵鳌戴方丈，神岳俨嵯峨。仙人翔其隅，玉女戏其阿。琼蕊可疗机，仰首吸朝霞。昆仑本吾宅，中州非我家。将归谒东父，一举超流沙。鼓翼舞时风，长啸激清歌。金石固易敝，日月同光华。齐年与天地，万乘安足多。

这类作品还有《仙人篇》《五游咏》《游仙诗》《升天行》等。

曹植诗歌在“骨气奇高”之外，还有“辞采华茂”的一面。如果说建安风骨是在精神情思层面上对汉诗的突破，那么辞采华茂则是在艺术形式层面的发展。这体现在两方面：

一是词语雕琢，注意对偶、炼字和声色。如《公宴》“明月澄清景，列宿正参差。秋兰波长坂，朱华冒绿池。潜鱼跃清波，好鸟鸣高枝”，连用三联对偶。《赠丁仪》“凝霜依玉除，清风飘飞阁”，善于用动词把静态画面写活。《侍太子坐》“白日曜青春，时雨静飞尘”，曜、静动静相对，把本不相关联的景物构造成一幅完整的画面。曹植在辞采层面的努力，已然开启了六朝雕琢辞藻的风气。

二是体物写物技巧提高，如《斗鸡诗》中描写斗鸡的一段：

长筵坐戏客，斗鸡观闲房。群雄正翕赫，双翘自飞扬。挥羽邀清风，悍目发朱光。嘴落轻毛散，严距往往伤。长鸣入青云，扇翼独翱翔。愿蒙狸膏助，常得擅此场。

描写斗鸡的神态、动作、姿势，连贯而传神。这种体物的铺写，以前的诗歌很少见到。《白马篇》中写游侠矫捷勇剽的那几句，也能看出曹植表现动态形象的能力。

曹植不仅是体现建安风骨的代表人物，同时也是体现建安诗歌技巧成就的集大成者。无论从建功立业的精神境界、使用兴寄的表现方法，还是对艺术形式的追求，曹植的诗歌都已完成了五言诗从民间向文人诗的过渡。

第五章　魏晋之际的诗风

曹魏中后期出现的玄学思潮，在两晋得到进一步发展，因此被称为魏晋玄学。它对社会文化影响甚大，诗歌当然也不例外。玄学在本体论上体察宇宙的“大道”，形成一种思辨的风气，漫衍到对天地、历史、社会以及人生规律的思索。这便在诗歌当中形成了“理”。无论是正始诗人，东晋玄言诗，还是陶渊明，诗中都不离“理”的传达，只是在具体表现方式上有差别而已。对于这种理的求索，可以通过抽象的思辨，也可以通过体悟。当智者把握到这种“玄”，并需要将其传达给别人时，语言是否能完成这种传达功能呢？有些人认为可以，这种观点叫言尽意论；如果认为不能，这种观点就是言不尽意论。这体现在诗歌中，就是用议论来表达“道”——“玄”，要用具有启发性的事物来暗示。

中国古哲并不着迷于纯粹的宇宙原理，他们认为天、地、人存在同样的规律，而且天——宇宙的规律更加根本，如果能把握宇宙的规律——道，然后用来指导人生，那便能做到天人合一的境界，也就是“圣”的境界。“圣”的人生境界才是古哲所迷恋的。为此，宇宙原理必须先被转化为人生观。这种人生观包括“自然”（顺应大化）、无情（哀乐不入于心）等。由此可以看到，阮籍、嵇康和陶渊明都在传达他们的人生境界观。只不过阮籍的有些缥缈，嵇康的更为飘逸，陶渊明的比较亲切，兰亭诗人则较为高华。他们有共同的人生观，就是任运自然，就是对“情”的排斥，或者是对“性”的追求。“性”是一种相对安静的存在，它与强烈的情感是对立的。这种强烈的情感一般就是世俗之情，如儿女之情、利害之想，或建功立业之情，就是被外在牵绊而产生的情。所以玄学影响下的诗歌否定建功立业，否定儿女私情、利害之想，尤其是感伤之情。这些情感不是他们想要的，他们想要的是自在之情。

第一节　正始诗风：阮籍与嵇康

正始是魏理宗曹芳的年号（240—248），但习惯上所说的“正始文学”，还包括正始以后直到西晋立国（265）这一段时期的文学创作。这期间政局和文化上有两个方面值得注意：

一是压抑局面的出现。司马氏政权严厉打击虚无放诞、不遵礼法的知识分子。在“高平陵政变”中，玄学大家何晏因牵涉政治斗争被杀害；嘉平六年（254），夏侯玄也被杀害；景元三年（262），司马昭以“言论放荡，非毁典谟”杀害嵇康。为攫取政权，司马氏严厉控制舆论，不惜进行人身镇压。为此阮籍“口不臧否人物”以远祸避害。但作为有社会责任感的人，不能对社会发出自己的意见，不能吐露自己内心的想法，这种压抑，造成建安时期那种理想主义的落潮，进而延续其“忧生之嗟”的一面。故阮籍诗“颇多感慨之词”（钟嵘《诗品》）和“忧生之嗟”（李善《文选注》），嵇康诗亦“多抒感愤”①。

二是玄学的兴起。这使得老庄推崇的人格境界进入诗歌，拓展了诗歌的境界。同时由于人们思辨能力的提升，也使得诗歌出现更多的议论和理性探索，这时期的诗歌从建安慷慨淋漓的感情宣泄，转至玄远清虚的哲学幽思。

阮籍和嵇康是这个时期最有成就的诗人，或者说是仅有的两个专心进行文人诗创作的诗人。

阮籍（210—263），字嗣宗，“竹林七贤”之一，是建安七子之一阮瑀的儿子。曾任步兵校尉，世称阮步兵。他博览群籍，尤好老庄，不拘礼教。年轻时有济世之志，但深知政局险恶，只能口不臧否人物以自保。《晋书》本传说他：“本有济世志，属魏晋之际，天下多故，名士少有全者，籍由是不与世事，遂酣饮为常。”这种情况对于一个有社会关怀且有独立思想的人，会产生巨大的压抑。阮籍的诗歌成就集中在组诗《咏怀诗》82 首，此外还有 13 首四言诗。

①〔清〕陈祚明：《采菽堂古诗选》卷八。

阮籍的诗歌跟曹植后期的诗歌有很多相似之处，首先是处境的苦闷。如果说曹植的苦闷是因为追求理想而不得，那么阮籍则是对世界存在幻灭感，他是一个伟大的孤独者，诗中有大量“独”的形象。阮籍用批判的眼光，甚至是一种近乎虚无主义的眼光在观看周围的一切。“迅速地衰亡”是阮籍诗歌的主体内容之一。其《咏怀诗》写道：

嘉树下成蹊，东园桃与李。秋风吹飞藿，零落从此始。繁华有憔悴，堂上生荆杞。（其三）

朝为媚少年，夕暮成丑老。（其四）

夭夭桃李花，灼灼有辉光。悦怿若九春，磬折似秋霜。（其十二）

朝阳不再盛，白日忽西幽。去此若俯仰，如何似九秋。人生若尘露，天道邈悠悠。（其三十二）

诗中存在着对衰亡的大量描绘，但并未像《古诗十九首》那样，激起建功立业的紧迫感，或者是及时行乐的选择，或者是对男女厮守的渴望。《古诗十九首》中的这些安慰，都被阮籍否定掉了。

对财富和荣名等功业象征的否定：

膏火自煎熬，多财为患害。布衣可终身，宠禄岂足赖。（其六）

丘墓蔽山冈，万代同一时。千秋万岁后，荣名安所之。（其十五）

高名令志惑，重利使心忧。亲昵怀反侧，骨肉还相仇。（其七十二）

对寻欢作乐也充满幻灭感：

嫷婉同衣裳，一顾倾人城。从容在一时，繁华不再荣。晨朝奄复暮，不见所欢形。（其三十）

箫管有遗音，梁王安在哉。……歌舞曲未终，秦兵已复来。（其三十一）

而人与人之间的关系，更多的是虚伪、怨毒、猜疑、背弃："人知交友易，交友诚独难。险路多疑惑，明珠不可干。""亲昵怀反侧，骨肉还相仇。"而人与人之间的亲缘关系，也是不确定、难以把握的，甚至不愉快的。

一身不自保，何况恋妻子？（其三）

临觞多哀楚，思我故时人。对酒不能言，凄怆怀酸辛。（其三十四）

诗人也曾有建功立业的想法：

壮士何慷慨，志欲威八荒。驱车远行役，受命念自忘。良弓挟乌号，明甲有精光。临难不顾生，身死魂飞扬。岂为全躯士，效命争战场。忠为百世荣，义使令名彰。垂声谢后世，气节故有常。（其三十九）

这种诗歌继承着建安诗风中建功立业的精神。但诗人随后又对这种建功立业的人生进行否定：

少年学击剑，妙伎过曲城。英风截云霓，超世发奇声。挥剑临沙漠，饮马九野坰。旗帜何翩翩，但闻金鼓鸣。军旅令人悲，烈烈有哀情。念我平常时，悔恨从此生。（其六十一）

在举目无所亲的世界里，诗人把自己塑造成一个孤独者的形象：

夜中不能寐，起坐弹鸣琴。薄帷鉴明月，清风吹我襟。孤鸿号外野，翔鸟鸣北林。徘徊将何见，忧思独伤心。（其一）

诗境中的人是孤独的、苦闷的，但也是独醒的。这首诗可以视为该组诗的总题。组诗的主人公就是一个孤独的醒者，带着批判的眼光在审视世界。所以正如上文所言，他否定世人的世俗追求，在否定后又找不到依托，因此很是苍凉：

> 独坐空堂上，谁可与欢者。出门临永路，不见行车马。登高望九州，悠悠分旷野。孤鸟西北飞，离兽东南下。日暮思亲友，晤言用自写。（其十七）

孤独的诗人出门都见不到“人”，而只有一片空旷的大地和一些异己的鸟兽。这多少有些“前不见古人，后不见来者。念天地之悠悠，独怆然而涕下”（陈子昂《登幽州台歌》）的悲凉意味。但诗人在这种批判中，也存在某种生命的担忧，这种担忧或许就是来自现实世界中的政治环境，在诗人的孤独、清醒中夹杂着“忧生之嗟”：

> 一日复一夕，一夕复一朝。颜色改平常，精神自损消。胸中怀汤火，变化故相招。万事无穷极，知谋苦不饶。但恐须臾间，魂气随风飘。终身履薄冰，谁知我心焦！（其三十三）

所以阮籍诗中的忧伤，一方面来自对世界的批判性审视，另一方面来自现实政治对生存的威胁。

但诗人没有像佛教徒那样看破悟空，某种对理想的执着仍在，所以感受到压抑苦闷。这种压抑不仅来自社会政治，也来自宇宙的不可控制。这给他的批判带来失望和压抑的情绪，而不像庄子那样批判之后逍遥着。阮籍的这种理想是借着佳人和仙境的面目出现的：

> 西方有佳人，皎若白日光。被服纤罗衣，左右佩双璜。修容耀姿美，顺风振微芳。登高眺所思，举袂当朝阳。寄颜云霄闲，挥袖凌虚翔。飘飖恍惚中，流眄顾我傍。（其十九）

> 危冠切浮云，长剑出天外。细故何足虑，高度跨一世。非子为我御，逍遥游荒裔。顾谢西王母，吾将从此逝。岂与蓬户士，弹琴诵言

誓。（其五十八）

人在感到压抑又无法发泄或消解时，愿望便会以白日梦的形式出现。阮籍诗中的理想人物或境界，都是非现实的。结合阮籍对老庄思想的认同，这种仙境可能就是精神自由，也就是庄子文中的逍遥游。

一个诗人可以因为一首诗歌而知名，还可以因为对艺术技巧的开拓而著名，但一个伟大的诗人，不仅在艺术上，还要在精神上开拓出一个空间。阮籍便在诗中表现出精神的深度和广度，即带着批评的眼光审视世俗世界。

从以上引用的诗歌，可以大致了解阮籍诗歌的主题，同时也能窥见其艺术个性。这就是对曹植后期兴寄艺术的继承和推进。如前所云，阮籍跟曹植有颇多相似之处，首先就是处于苦闷的境地之中，而又不能一吐为快。在这种情况下曹植便发展了兴寄艺术手法，而阮籍也继承了这种手法。这最明显地表现在美人诗和游仙诗的写作上。这是压抑的外在环境催生的新的艺术表达策略。

阮籍常常在诗中进行大量的议论。当要在诗中表现见解时，可以通过兴寄的方式，形象而又模糊地传达，也可以直接地使用议论。阮籍对宇宙、社会、人生，都有自己独到的见解。他在哲学史上被视为一个思想家。《咏怀》组诗就有不少诗歌整首都在议论，不仅在观点上，而且在思辨能力上，受到魏晋玄学的影响。

阮籍鄙视乐府体等俗体，诗集中没有一首乐府体。曹植是第一位大力写作五言诗的文人，对五言诗从民间过渡到文人诗，起到重要作用，但五言古诗的文人化最终是在阮籍这里完成的，这体现在手法上对兴寄的深化，大量议论的引入，思想观念的精英化，且在诗中频繁使用典故，因此文辞自然趋于雅化。

嵇康（224—263，一说223—262），字叔夜。正始末年与阮籍等竹林名士共倡玄学新风，主张“越名教而任自然”，个性刚直。曾娶曹操曾孙女，官曹魏中散大夫，世称嵇中散。后因得罪钟会，为其构陷，而被司马昭处死，年仅39岁。在刑场上，嵇康顾视日影，从容弹奏《广陵散》，曲罢叹道“广陵散于今绝矣”，随后赴死。

嵇康现存诗50馀首，其中有两点值得注意，一是其四言诗取得的成就，二是在诗歌史上第一次塑造出老庄人格的形象。这两者集中体现在他的组诗《赠秀才入军》。该组诗是嵇康为了送其兄嵇喜从军而写的，诗中对嵇喜从军后生活的想象，实际是诗人自己人生情趣的投射。其中第九、第十四首尤为著名：

> 良马既闲，丽服有晖。左揽繁弱，右接忘归。风驰电逝，蹑景追飞。凌厉中原，顾盼生姿。

> 息徒兰圃，秣马华山。流磻平皋，垂纶长川。目送归鸿，手挥五弦。俯仰自得，游心太玄。嘉彼钓叟，得鱼忘筌。郢人逝矣，谁与尽言？

前一首想象嵇喜入军后戎装骑射的形象，“风驰电逝，蹑景追飞”，写得顾盼生辉，神采飞扬。后一首想象嵇喜行军馀暇欣然于山水的情景，“目送归鸿，手挥五弦”，写出飘然物外、悠然自得的风神。作为哲理境界的“魏晋风度”，于此生动可见。这是老庄人格在诗中的体现。其可贵之处，在于心游物外的形象不是神仙，而是人间的一位高士。嵇康诗歌中这种清虚的情感，也是其对诗歌史影响最大的方面之一。这与东晋诗歌中对情感的排斥是一脉相承的，都是玄学情感观在诗歌创作中的应用。这组四言诗是继曹操之后，对《诗经》以来四言诗的又一次推进。

第二节　《兰亭集》与东晋玄言诗风

东晋是玄言诗恣肆的时代。锺嵘《诗品序》说：“永嘉时，贵黄老，稍尚虚谈，于时篇什，理过其辞，淡乎寡味。爰及江表，微波尚传，孙绰、许询、桓、庾诸公诗，皆平典似道德论，建安风力尽矣。”现存东晋诗可以印证这个论断，虽然也有少数例外。与此同时，玄言诗中也包含着山水描写，这体现出山水审美意识的提升，为山水诗最终成为古典诗歌一大品类奠定了基础。

《兰亭集》是东晋中期一群名士于集会现场所赋诗歌的集合。东晋永和九年（353）三月初三，王羲之于会稽郡山阴之兰亭举办修禊集会，谢安、谢万、孙绰、王凝之、王徽之、王献之等40多位名士参加，共赏美景，流觞赋诗。这是名士的风流雅集。会上共得诗37首，编为《兰亭集》。王羲之“微醉之中，振笔直遂”，写下著名的《兰亭集序》。

兰亭诗的出现，与玄学影响下的生活方式和人生追求有关。到东晋，在玄学观念的影响下，士人普遍以亲近山水为美谈。东晋喜爱山水的人常见于记载，如孙统“家于会稽。性好山水，乃求为鄞令，转在吴宁。居职不留心碎务，纵意游肆，名山胜川，靡不穷究”。孙绰“居于会稽，放牧山水，十有馀年”。谢安“寓居会稽，与王羲之及高阳许询、桑门支遁游处，出则渔弋山水，入则言咏属文，无处世意”。王羲之“既去官，与东土人士尽山水之游，弋钓为娱”。郭文“少爱山水，尚嘉遁。年十三，每游山林，弥旬忘返”。以上皆见于《晋书》本传。

名士亲临山水，固然会被眼前的美景所征服，所谓“游目骋怀，足以极视听之娱”（王羲之《兰亭集序》），但在他们的观念中，亲临山水是为了体道。在玄学中，山水被视为天地大道的赋形。山水是形、是有，道是无、是本。“太虚辽阔而无阂，运自然之妙有，融而为川渎，结而为山阜。嗟台岳之所奇挺，实神明之所扶持”（孙绰《游天台山赋》）。但悟道还不是最终的目的。亲临山水，悟道，都是为了畅怀。这就是传统的生命哲学。这些在兰亭诗中都得到充分的体现，如王羲之《兰亭诗六首·其三》：

> 三春启群品，寄畅在所因。仰望碧天际，俯瞰绿水滨。寥朗无厓观，寓目理自陈。大矣造化功，万殊莫不均。群籁虽参差，适我无非新。

这是典型的玄言山水诗。它融“道”“山水”“适性”三者于一体。道是幽幽不可见的，只能通过山水体现出来，人亲临山水，是为了体道，与道亲近，更是为了体道后内心祛除情累，获得自在逍遥的心境，也就是“畅”。《兰亭集》中的其他诗歌，也是在这三端中发展，要么重于山水描绘，如孙统《兰亭诗》：

> 地主观山水，仰寻幽人踪。回沼激中逵，疏竹间修桐。因流转轻觞，冷风飘落松。时禽吟长涧，万籁吹连峰。

由于道是难以言说的，大自然是其“显灵”的场所，所以山水也就成为诗歌重点表现的对象。孙统这首诗几乎都是山水万物的描写，清新自然，丝毫没有玄理的痕迹或情怀的直接抒发。类似的还有：“司冥卷阴旗，句芒舒阳旌。灵液被九区，光风扇鲜荣。碧林辉英翠，红葩擢新茎。翔禽抚翰游，腾鳞跃清泠。”（谢万《兰亭诗》）“伊昔先子，有怀春游。契兹言执，寄傲林丘。森森连岭，茫茫原畴。回霄垂雾，凝泉散流。”（谢安《兰亭诗》）但更多的诗人，在山水描写中加以闲适的抒发，如王玄之《兰亭诗》：

松竹挺岩崖，幽涧激清流。消散肆情志，酣畅豁滞忧。

前两句描写山水，后两句抒发闲适情怀。还有不少与会者，侧重于道的体会和解说，山水不过是其“畅玄”的手段之一。如王羲之《兰亭诗六首·其二》：

悠悠大象运，轮转无停际。陶化非吾因，去来非吾制。宗统竟安在，即顺理自泰。有心未能悟，适足缠利害。未若任所遇，逍遥良辰会。

纯是玄理的阐发和注解，这使得诗歌枯燥乏味、艰深晦涩。这类诗在《兰亭集》中不乏其例：“茫茫大造，万化齐轨。罔悟玄同，竞异摽旨。平勃运谋，黄绮隐几。凡我仰希，期山期水。”（孙统）“仰想虚舟说，俯叹世上宾。朝荣虽云乐，夕弊理自因。”（庾蕴）这样的诗，全篇都在敷陈玄理，缺乏感性形象。

在兰亭诗之外，东晋还有许多涉及玄学的诗歌，这些诗歌多纯以玄言布篇，在东晋后期还与佛教玄理融合。但也有像兰亭诗那样，在玄言诗中夹杂山水之美的描写。这些诗歌以孙绰和许询为代表，如孙绰《秋日诗》：

萧瑟仲秋月，飂戾风云高。山居感时变，远客兴长谣。疏林积凉风，虚岫结凝霄。湛露洒庭林，密叶辞荣条。抚菌悲先落，攀松羡后凋。垂纶在林野，交情远市朝。澹然古怀心，濠上岂伊遥。

旨趣虽不离老庄，但它不是用抽象玄论的方式，而是通过秋日景象的描写和体悟，表现老庄那种与世无争、淡然自处的人生态度。

由兰亭诗和玄言诗所代表的东晋诗歌，对诗歌史的影响是不可忽视的。东晋诗歌体现着诗人山水审美意识的觉醒，名士雅集的文人活动方式，以及诗歌说理的经验，此外还有人生境界的垂范作用。在此之后，魏晋时期的人生态度被概括为魏晋风度，这给诗歌史注入冲淡的审美风范，诗歌史不仅有建功立业的激情，也不仅有世俗苦乐的宣泄，还出现了对于平和舒畅心境的描写。于是，出现了陶渊明。

第三节 陶渊明

陶渊明（约365—427），字元亮，又名潜，号五柳先生，世称“靖节先生”，浔阳柴桑（今江西九江）人。曾任江州祭酒，建威参军，镇军参军，彭泽县令等，后归隐田园。有《陶渊明集》。

陶渊明无疑是魏晋南北朝最伟大的诗人。他让玄学智慧在人生和诗歌中得到了集中的体现。在东晋这样一个重视门阀的社会中，他一般被认为是寒士阶层，在经济上穷困潦倒；在政治上也没有特权。曾祖父陶侃虽然是显赫一时的大将军，祖父和父亲却一代不如一代。所以陶渊明难以得到荫庇，这种寒士身份让他自觉不自觉地继承了建安诗歌以来的寒士诗歌传统。寒士诗歌的一个特点就是对功业的追求和对社会不平的抗争，如《咏荆轲》中表现的慷慨情怀：

> 燕丹善养士，志在报强嬴。招集百夫良，岁暮得荆卿。君子死知己，提剑出燕京；素骥鸣广陌，慷慨送我行。雄发指危冠，猛气冲长缨。饮饯易水上，四座列群英。渐离击悲筑，宋意唱高声。萧萧哀风逝，淡淡寒波生。商音更流涕，羽奏壮士惊。心知去不归，且有后世名。登车何时顾，飞盖入秦庭。凌厉越万里，逶迤过千城。图穷事自至，豪主正怔营。惜哉剑术疏，奇功遂不成。其人虽已没，千载有馀情。

通过对出京、饮饯、登程、搏击等场面描写，刻画出一个大义凛然的除暴英雄形象，并对其奇功不建表示惋惜，从中可见诗人的功业之心。陶渊明年少时曾有过建功立业之志，如《杂诗·忆我少壮时》中说："猛志逸四海，骞翮思远翥。"鲁迅《"题未定"草》称这些诗歌为金刚怒目式的作品，反映出陶渊明真淳平淡之外的另一面，所论诚然。如果这一类被称为咏怀诗，那么从题材的角度划分，陶渊明还有山水诗，如《游斜川》；有行役诗，如《始作镇军参军经曲阿作》《庚子岁五月中从都还阻风于规林二首》；有挽歌，如《拟挽歌辞》；有赠答诗，如《停云》《与殷晋安别》《答庞参军》等。但为陶渊明带来巨大声名并奠定其诗歌史地位的，是数量不多的田园诗，即静穆的诗歌，由此陶渊明也被称为"古今隐逸诗人之宗"（锺嵘《诗品》）。

这些田园诗描写农村景物和农家生活，把目光从宏大题材转移到日常生活。如《归园田居·其一》。

> 少无适俗韵，性本爱丘山。误落尘网中，一去三十年。羁鸟恋旧林，池鱼思故渊。开荒南野际，守拙归园田。方宅十馀亩，草屋八九间。榆柳荫后檐，桃李罗堂前。暧暧远人村，依依墟里烟。狗吠深巷中，鸡鸣桑树颠。户庭无尘杂，虚室有馀闲。久在樊笼里，复得返自然。

将归园前后的生活进行对比，虚写回归之前，详写归来之后，主要是描写住所的周围环境，祥和、淳朴。最后把这种归来之后的生活，落实到"自然"这个境界，它既指周围的自然环境，呼应诗歌开头的丘山，也指自然的生活方式，呼应"无适俗韵"。

"自然"还是一种任运自然的生活态度，常常体现为自在适性。这也是蕴含在田园诗中的玄学人生观。陶渊明不仅写自然环境，还写自己的劳作，这是一种真朴的生存方式，也是生存的基本保障。《庚戌岁九月中于西田获早稻》写道："人生归有道，衣食固其端。孰是都不营，而以求自安!"这符合陶渊明理想社会中的生活方式，他在《桃花源记》中描写桃花源的场景："土地平旷，屋舍俨然，有良田、美池、桑竹之属。阡陌交通，鸡犬相闻。其中往来种作，男女衣着，悉如外人。黄发垂髫，并怡然自乐。"其环境俨然如《归园田居·其一》所写，而"往来种作……并怡然自乐”也见于《归园田居·其三》：

> 种豆南山下，草盛豆苗稀。晨兴理荒秽，带月荷锄归。道狭草木长，夕露沾我衣。衣沾不足惜，但使愿无违。

写诗人日出而作，日入而息，但落脚点却是“愿无违”这一内心感受。“愿无违”也就是不用勉强自己去“适俗”，这是一种自然自在的生活方式。陶渊明显然已经把它提高到人生境界的高度，是一种天地大道在人生中的实践，并从哲理的层面展开思考。这集中体现在《形影神》中：“形”认为人生短暂，当饮酒行乐；“影”认为身体会死亡而灭失，当立功以垂名；“神”认为：

> 日醉或能忘，将非促龄具。立善常所欣，谁当为汝誉？甚念伤吾生，正宜委运去。纵浪大化中，不喜亦不惧。应尽便须尽，无复独多虑。

驳斥形对酒以及影对功名的看法。这种对肉体享乐，世俗之情以及功业之名的否定，阮籍诗中已经写到。“神”认为人生应当任运自然。“运”是天地之“运”，也是“大化”，顺应这种运和大化就是自然的生活态度，这样的心境就会不喜亦不惧，不喜不惧也就是平和的情感。田园诗中的情感就是这样一种不喜亦不惧的情感。它没有及时行乐的狂欢，也没有功名不成的失落，或者汲汲于富贵、戚戚于贫贱的焦虑。它是一种从世俗利害超脱出来的心境，及由此体验到的平和的情感。如果“形”提倡的观念接近《古诗十九首》，“影”所持的价值观同于建安诗歌，那么“神”的观念则较为接近嵇康在诗歌中所呈现的人生境界。通过《饮酒·其五》，可以看得更清楚：

> 结庐在人境，而无车马喧。问君何能尔？心远地自偏。采菊东篱下，悠然见南山。山气日夕佳，飞鸟相与还。此中有真意，欲辩已忘言。

后六句非常类似于嵇康《赠秀才从军·其十四》的最后八句：“目送归鸿，

手挥五弦。俯仰自得，游心太玄。嘉彼钓叟，得鱼忘筌。郢人逝矣，谁与尽言？”《形影神》以玄理入诗，也近乎阮籍和嵇康的风格。

玄学对陶渊明的影响，不仅体现在人生态度上，还表现于审美趣味上。陶渊明的人生态度是“自然”，其诗歌的艺术风格也可以用“自然”来形容，从写作态度到语言，再到结构，都是如此。

这种自然的艺术风格，首先源于陶渊明的诗歌写作是为情造文，而不是因文生情。只有某一刻心有所感、心有所悟时，他才会在情思的驱动下动笔。这可以保证诗中情感的真诚，并以这种真诚打动读者。如上引《归园田居·其一》中，从“方宅”到“馀闲”总共十句诗，都在写居住环境，但没有臃肿和铺陈装饰感，这固然因为诗人没有刻意对偶，堆积典雅词汇，而且写景亲切自然，但更重要的是诗人情感的真诚、淳朴。这首诗在结构上也给人浑然一体之感，一方面是因为诗人有统一的情感浸透整篇诗歌，使得诗歌给人浑融之感；另一方面是陶诗在结构上各部分的融贯一体。这与《古诗十九首》的结构类似。又如《拟挽歌辞·其三》：

> 荒草何茫茫，白杨亦萧萧。严霜九月中，送我出远郊。四面无人居，高坟正嶕峣。马为仰天鸣，风为自萧条。幽室一已闭，千年不复朝。千年不复朝，贤达无奈何。向来相送人，各自还其家。亲戚或馀悲，他人亦已歌。死去何所道，托体同山阿。

这是对自己死后情景的想象。以送葬的场景引入，最后表达自己对死亡的领悟。这种哲理的表达，是从具体的场景中生发出来的。这种结构的浑然也与句式有关，如《归园田居·其三》在描写日出而作，日入而息后，写道：“道狭草木长，夕露沾我衣。衣沾不足惜，但使愿无违。”最后两句把写事写景写情提高到理的境界。这是通过露沾衣和不足惜的转折实现的，但转折极为自然，一方面是符合逻辑，另一方面是字面上的效果。诗人在这里使用顶真，“沾我衣”和“衣沾”，从字面和诵读上，感觉这两句紧密关联，顺流而下，但实际上却发生转折，而且把诗歌提升到更高的境界。

陶渊明的诗歌无意于逞才炫博，他继承汉魏诗歌的天然淳朴，没有痴迷于形式美的雕琢。语言上并不使用生涩的词汇，不避虚词，如“而无车马喧”的“而”字就是转折词。句式也继承汉魏的散直，不事对偶，加之顶真的使用，都使得诗歌流畅贯通。但陶诗中自有佳句，所以“东坡常曰：陶渊明诗初看若散缓，熟看有奇句”，如“采菊东篱下，悠然见南山”“暧暧远人村，依依墟里烟。犬吠深巷中，鸡鸣桑树颠”等句子，认为这是“才高意远，则所寓得其妙，造语精到之至，遂能如此”①。

陶渊明对后世产生了深远的影响。他在题材上开创的田园诗歌这一大领域，在人生态度上表现出来的超然物外，在艺术风格上表现出来的平淡自然，都惠及后世诗人。

①〔宋〕惠洪：《冷斋夜话》卷一，中华书局1988年版，第13页。

第六章　西晋诗风

西晋初晋武帝统一时期，出现了元康和永康的兴盛的创作局面，锺嵘《诗品》称之为："太康中，三张（张载、张协、张亢）、二陆（陆机、陆云）、两潘（潘岳、潘尼）、一左（左思），勃尔复兴，踵武前王，风流未沫，亦文章之中兴也。"西晋诗歌的成就表现在两方面：一是永康文学在形式探索上的新贡献，这是继承建安诗歌辞采华茂的一面；二是西晋后期左思等诗人对社会不公的抗议，这是继承建安诗歌骨气奇高的一面。

第一节　太康诗风与陆机

在征服蜀国后的第三年（265），司马炎自立为帝，国号晋，史称西晋，都于洛阳。晋武帝于太康元年（280）又灭吴。至此，自东汉末初平元年（190）关东军讨伐董卓以来共计90年的分裂混战局面，得到重新统一。晋武帝即位之初，便采取一系列措施提倡儒学，如置五经博士，"敦喻五教"，整顿太学，设立国子学等。虽然社会上流行的是玄学思潮，但儒学却被确立为官方的意识形态。想在政权内希求一份事业的知识分子，自然也就由学习儒学起家。但在统一之后，西晋君臣越发贪图安逸，奢侈之风盛行，晋武帝的掖庭"殆将万人，而并宠者甚众"（《晋书》卷三十一《后妃列传·胡贵嫔》）。

政府文化政策、社会风气以及文人的精神境界，深刻影响着西晋主流的诗歌风貌。社会短暂的稳定和统一，让建安诗歌的悲凉激越和正始诗歌的忧生之嗟失去普遍存在的环境。文人可以通过作文逞才来获得官方和社会的认同。《晋书·刘琨传》："石崇、欧阳建、陆机、陆云之徒，并以文才降节事谧，琨兄弟亦在其间，号曰'二十四友'。"潘岳、左思也位列"二十四友"，这从另外一方面表明文人可以通过自己的才华获得接近权贵的机会。随着儒学成为官方认可的学说，其温柔敦厚的审美观便促使诗人转向抒写温和的情感。奢靡之风也有利于繁缛诗风的兴起。这些诗歌特征集中出现于晋武帝太康时期（280—289），故以太康命名这个时期的诗风，曰"太康诗风"。

太康诗风创作上的特点之一，就是拟古诗大量涌现。拟古的风气在这个时期非常兴盛。在后人看来，这是缺乏创造力的表现，但在当时却能广获赞誉。因为拟古诗能显示当时人们认可的才能，这种才能不是构思和表达深刻的体验，而是形式美的创作才能，所以在诗歌技巧尚不发达的情况下，形式美是一项吸引人的美。拟古同时也是诗歌技巧训练的有效途径。太康诗风就在这样一种拟古的氛围中生成了。

太康时期主流诗歌的风格特征，可以用陆机《文赋》的名言"诗缘情而绮靡"予以概括。如果诗缘情是就情思层面而言，那么绮靡则是在讲形式。

诗缘情的"情"不是建安诗歌中那种慷慨壮烈的情怀，更多为日常生活中引发的情感。张华（232—300）的代表作《情诗》五首就是表达思念之情。虽然张华的诗集中也有表现壮士游侠情怀的拟古之作，但他更善于表现儿女之情，所以锺嵘说他"儿女情多，风云气少"。《情诗》以第三首最为知名：

> 清风动帷帘，晨月照幽房。佳人处遐远，兰室无容光。襟怀拥虚景，轻衾覆空床。居欢惜夜促，在戚怨宵长。拊枕独啸叹，感慨心内伤。

这是继承《古诗十九首》的传统，情景与《明月何皎皎》相似，都是由月色引发的思念之情。"襟怀拥虚景，轻衾覆空床"尤为出色，虚、空二字写佳人不在而心生孤独落寞之感。情由景生，融情入景，结构精巧，生动传神。潘岳（247—300）是太康诗风的代表诗人，其经典之作《悼亡诗》三首抒写妻子去世后的哀痛之情，也是"儿女情多"。第一首云：

荏苒冬春谢，寒暑忽流易。之子归穷泉，重壤永幽隔。私怀谁克从，淹留亦何益。僶俛恭朝命，回心反初役。望庐思其人，入室想所历。帏屏无仿佛，翰墨有馀迹。流芳未及歇，遗挂犹在壁。怅怳如或存，回遑忡惊惕。如彼翰林鸟，双栖一朝只。如彼游川鱼，比目中路析。春风缘隙来，晨霤承檐滴。寝息何时忘，沈忧日盈积。庶几有时衰，庄缶犹可击。

由时序变迁写起。中间部分写入室所见，物是人非，尤为感人。但与张华的《情诗》比较，用笔更为繁复。陆机的代表作《赴洛道中作》二首也是表现行旅思之苦以及思乡之情。它们既不同于建安诗歌建功立业情怀的刚健，也不同于玄学影响下诗歌的平和淡远。

太康诗风在抒写阴柔之情的同时，追求诗歌的“绮靡”，乃至“繁缛”。辞藻上的缛丽，是这个时期许多诗人的共同特征。如傅玄诗“新温婉丽”（张溥《傅鹑觚集》题辞），张华诗“辞藻温丽”（《晋书》本传），潘岳诗“辞藻绝丽”（《晋书》本传），潘尼诗“文采高丽”（《诗品》卷中）。但喜欢逞才的诗人们，并不满足于辞藻的“丽”，他们还追求表现上的“博”，从而形成沈约所说的：“缛旨星稠，繁文绮合”（《宋书·谢灵运传论》）。缛相当于绮靡，一般是就词汇和意象的色调而言；“繁”指繁复，如上举潘岳的《悼亡诗》。清人陈祚明《采菽堂古诗选》卷十一说：“安仁情深之子，每一涉笔，淋漓倾注，宛转侧折，旁写曲诉，刺刺不能自休。夫诗以道情，未有情深而语不佳者；所嫌笔端繁冗，不能裁节，有逊乐府古诗含蕴不尽之妙耳。”所言极是。

张华的许多诗歌也存在繁复的情况，如《轻薄篇》：

末世多轻薄，骄代好浮华。志意既放逸，赀财亦丰奢。被服极纤丽，肴膳尽柔嘉。僮仆馀粱肉，婢妾蹈绫罗。文轩树羽盖，乘马鸣玉珂。横簪刻玳瑁，长鞭错象牙。足下金鑮履，手中双莫邪。宾从焕络绎，侍御何芬葩。朝与金张期，暮宿许史家。甲第面长街，朱门赫嵯峨。苍梧竹叶青，宜城九酝醝。浮醪随觞转，素蚁自跳波。美女兴齐赵，妍唱出西巴。一顾倾城国，千金不足多。北里献奇舞，大陵奏名歌。新声逾激楚，妙妓绝阳阿。玄鹤降浮云，鱏鱼跃中河。墨翟且停车，展季犹咨嗟。淳于前行酒，雍门坐相和。孟公结重关，宾客不得

> 蹉。三雅来何迟？耳热眼中花。盘案互交错，坐席咸喧哗。簪珥或堕落，冠冕皆倾邪。酣饮终日夜，明灯继朝霞。绝缨尚不尤，安能复顾他？留连弥信宿，此欢难可过。人生若浮寄，年时忽蹉跎。促促朝露期，荣乐遽几何？念此肠中悲，涕下自滂沱。但畏执法吏，礼防且切磋。

全诗60句，却以48句的篇幅写“浮华”（从“被服极纤丽”到“展季犹咨嗟”）和“放逸”（从“淳于前行酒”到“此欢难可过”）的具体情状。其写浮华是从财、气、酒、色四个方面进行铺排。该篇虽然是乐府体，但写法上却类似于汉赋中的“劝百讽一”，排偶藻丽，典故夹杂。从题材上和语句上看，《轻薄篇》渊源于曹植的《名都篇》。《名都篇》本来就有铺陈之迹，《轻薄篇》踵事增华，而所用以“超越”前贤的技巧，不难看出是从赋体借鉴而来的。赋在西晋是备受推崇的文体，西晋的几大诗人同时也都是辞赋名家，如陆机撰有《文赋》、潘岳撰有《闲居赋》、左思撰有《三都赋》等，所以西晋诗歌受到赋的影响，并不奇怪。这种铺排与藻丽，与注重物质炫耀的社会风气是一致的，都属于声色之娱，视听之美。

张华年少出名，又身居显位，喜欢奖掖后进，在当时文坛颇有名望，其诗追求排偶和妍丽，《诗品》说“其体华艳”“务为研治”，对西晋诗风的形成起到了示范作用。刘勰《文心雕龙·明诗篇》评论太康诗歌说：“采缛于正始，力柔于建安。”也就是说太康诗歌的文采比正始繁缛，骨力比建安柔弱。陆机之作是这种诗风的典型代表。

陆机（261—303），字士衡，出生于吴国，为东吴丞相陆逊之孙、东吴大司马陆抗第四子，与其弟陆云合称“二陆”。孙吴灭亡后出仕晋朝司马氏政权，历任平原内史、祭酒、著作郎等职，世称“陆平原”。后死于“八王之乱”，被夷三族。他“少有奇才，文章冠世”（《晋书·陆机传》），与弟陆云俱为西晋著名文学家。

陆诗继承曹植的辞采华茂，但却舍弃其骨气奇高的一面，集中体现了太康诗风在形式探索上所取得的成就。他在《文赋》中提出“诗缘情而绮靡，赋体物而浏亮”，因为陆机诗中也大量采用赋法，所以这两句谈论诗与赋的评论，完全适合用来谈论陆机的诗歌。

这种“诗缘情”体现在拟作上，是其对诗歌类型的选择。陆机的拟作一般都是拟写日常之情的诗歌，而不是那种抒发建功立业情怀的诗歌。即使原作涉及功业情怀，在拟作中这种情怀也会被压缩，而能够展现才华的形式美则被相应地放大，如《苦寒行》：

北游幽朔城，凉野多险难。俯入穹谷底，仰陟高山盘。凝冰结重磵，积雪被长峦。阴云兴岩侧，悲风鸣树端。不睹白日景，但闻寒鸟喧。猛虎凭林啸，玄猿临岸叹。夕宿乔木下，惨怆恒鲜欢。渴饮坚冰浆，饥待零露餐。离思固已久，寤寐莫与言。剧哉行役人，慊慊恒苦寒。

这是对曹操《苦寒行》的拟作。曹诗如下：

北上太行山，艰哉何巍巍！羊肠坂诘屈，车轮为之摧。树木何萧瑟，北风声正悲。熊罴对我蹲，虎豹夹路啼。溪谷少人民，雪落何霏霏！延颈长叹息，远行多所怀。我心何怫郁？思欲一东归。水深桥梁绝，中路正徘徊。迷惑失故路，薄暮无宿栖。行行日已远，人马同时饥。担囊行取薪，斧冰持作糜。悲彼《东山》诗，悠悠使我哀。

这两首诗的区别是写作主旨发生了变化，曹诗显然是为了抒发悲壮之情，但陆机却是为了刻画艰险之境，是对苦与寒的淋漓尽致的刻画，而曹诗写苦寒则是为达情服务，陆诗中却只有两句写情。

陆机诗歌在拟写过程中的“改进”，还表现在语言的典雅化。如果说阮籍诗歌在诗歌进一步文人化的表现，多是指其内容和精神境界而言，而陆诗则是诗歌进一步文人化在形式上的体现。曹诗中有许多口语、虚字，像感叹词“何”字多处重复使用，像“哉”等，陆诗中则尽量避免，陆诗中可以看出锻炼字词的痕迹：如“凝冰”“恒鲜欢”。这种雕琢的痕迹在句式上尤为明显。曹操诗中的语言较为口语化、散文化，写景部分没有一句对偶，但在陆诗中，除前两句交代背景和后四句抒情外，其馀都是写景，而且都是对偶行文，无一例外。这种景物描写的大量出现，便造成铺排现象。这种描写的繁复化，在上文列举的张华和潘岳的诗歌中均有体现。对偶句式大规模地铺排，造成诗歌物象的“繁”，而语言由口语化走向典雅、华丽、雕饰，这是诗歌语言的“缛”，也就是“缛旨星稠，繁文绮合”，锺嵘《诗品》称之“才高词赡，举体华美”，并誉陆机为“太康之英”。总结起来，陆机诗歌（同时也是太康诗歌）在形式上的成就，便是用词更加典雅秾丽，大量使用对偶句式，铺排成章。这种形式上的雕琢，在陆机其他诗歌中也可能看到，如《拟西北有高楼》：

高楼一何峻，迢迢峻而安。绮窗出尘冥，飞陛蹑云端。佳人抚琴瑟，纤手清且闲。芳气随风结，哀响馥若兰。玉容谁能顾，倾城在一弹。伫立望日昃，踯躅再三叹。不怨伫立久，但愿歌者欢。思驾归鸿羽，比翼双飞翰。

用词典雅秾丽，相比于原作，更多地使用形容词，如气为芳气，手为纤手；也出现华丽的代词，如玉容、飞翰；更加注重意象美，如绮窗、飞陛。

当陆机把诗歌技巧与亲身遭遇感受结合起来时，便会出现精妙的诗篇。《赴洛道中作》二首就是代表：

总辔登长路，呜咽辞密亲。借问子何之，世网婴我身。永叹遵北渚，遗思结南津。行行遂已远，野途旷无人。山泽纷纡馀，林薄杳阡眠。虎啸深谷底，鸡鸣高树巅。哀风中夜流，孤兽更我前。悲情触物感，沉思郁缠绵。伫立望故乡，顾影凄自怜。

远游越山川，山川修且长。振策陟崇丘，案辔遵平莽。夕息抱影寐，朝徂衔思往。顿辔倚嵩岩，侧听悲风响。清露坠素辉，明月一何朗。抚枕不能寐，振衣独长想。

陆机20岁时，吴国灭亡。太康十年（289），他和弟弟陆云被迫入洛，前途凶吉难料，所以内心忐忑不安。这两首诗虽然也注重文辞，但对偶并没有占据主要篇幅，甚至还出现了“明月一何朗”这样比较古朴的句式。更重要的是诗中贯穿诗人忧愁的情感，景中含情，如“虎啸深谷底，鸡鸣高树巅”写路上环境的孤寂，而不显得是在猎奇。可惜这种景中含情的作品，在陆机诗集中太少。诗中山水描写的成分增多，这对后来山水诗的兴起是有影响的。

陆机在两晋以迄初唐诗坛，地位非常之高，就像书法界的王羲之一样。唐玄宗在《晋史》中亲自给两个人作传，一个是王羲之，另一个就是陆机。可见在那个时代他是人所共尊的大家。

第二节　左思、刘琨和郭璞

如果说陆机、潘岳迎合了当时的诗歌风尚，无论是在文学形式上的雕藻，还是在内容情思上的温和，都符合当时温丽的文化导向，那么左思、张协和刘琨，则是这个时代的边缘诗人，他们继承建安诗歌中充满风骨的一面，并加以发展。每一个社会都有其合理性，让一些人为之趋附，也有其不尽合理的地方，引起理想主义者的抗争。西晋社会的一个不合理之处，就是士族与寒族之间等级的泾渭分明。

左思（约250—305），字太冲，临淄（今山东淄博）人，出身寒微，不好交游，貌丑口讷而博学能文。因其妹左芬被晋武帝选入宫，举家迁往洛阳，曾任秘书郎，元康年间成为当时文人集团的“二十四友”之一。

左思留名于史，不仅因其《三都赋》，更因其《咏史》。① 胡应麟《诗薮》外编卷二说：“太冲《咏史》，景纯《游仙》，皆晋人杰作。《咏史》之名，起自孟坚，但指一事。魏杜挚《赠毋丘俭》，迭用八古人名，堆垛寡变。太冲题实因班，体亦本杜，而造语奇伟，创格新特，错综震荡，逸气干云，遂为古今绝唱。”可见，左思的咏史诗，既受前人的影响，又有自己的创新。在内容上，主要表达寒士之不平及对士族的蔑视与抗争。例如《咏史》其一：

> 弱冠弄柔翰，卓荦观群书。著论准过秦，作赋拟子虚。边城苦鸣镝，羽檄飞京都。虽非甲胄士，畴昔览穰苴。长啸激清风，志若无东吴。铅刀贵一割，梦想骋良图。左眄澄江湘，右盼定羌胡。功成不受

①〔南朝〕刘勰《文心雕龙·才略》说：“左思奇才，业深覃思，尽锐于《三都》，拔萃于《咏史》，无遗力矣。”左思名动当时，是因为那篇洛阳为之纸贵的《三都赋》。陆机当时“欲为此赋……及思赋出，机绝叹伏，以为不能加也，遂辍笔焉。”（《晋书·文苑列传》）左思的文才由此可见。他为了写《三都赋》而构思十年，说明心存功名之想，而且肯为之付出心血。

爵，长揖归田庐。

一个文才武略、踌躇满志的形象呼之欲出。但即使这样一个肯付出的人，也没能在当时的社会出人头地，他把自己的怀才不遇归咎于当时的等级制度。如《咏史》其二所言：

郁郁涧底松，离离山上苗。以彼径寸茎，荫此百尺条。世胄蹑高位，英俊沉下僚。地势使之然，由来非一朝。金张藉旧业，七叶珥汉貂。冯公岂不伟，白首不见招。

以“涧底松”和“山上苗”之比作起，直言世胄因为身世而占据高位，有才之士却不得不沦于卑微之位，指出其原因是等级制度使然，愤慨之情历历可见。诗人非常巧妙地找到“涧底松”和“山上苗”，并提炼二者之间的“相互关系”，形象地表达出社会等级的不公。

面对这样一个权贵的社会，诗人也有独立的寒士意识，如《咏史》其五所言：

皓天舒白日，灵景耀神州。列宅紫宫里，飞宇若云浮。峨峨高门内，蔼蔼皆王侯。自非攀龙客，何为欻来游。被褐出阊阖，高步追许由。振衣千仞冈，濯足万里流。

开篇描绘京城的风光，给人以胸襟开阔之感。“自非”以下，将前面的渲染一笔抹倒，对功名富贵表示鄙弃。诗末“振衣千仞冈，濯足万里流”二句，出古入今，是这组诗中的最强音，境界高远而广博。① 正如张玉穀《古诗赏析》卷十一所评：“此章言干谒不如高蹈也，直是咏怀，史事不过许由一点耳……结处写概，真有临崖勒马之势。”

《咏史》八首可能非左思一时所作，集中地体现了诗人对功业的追求，对时代不公平现象的批判，以及对高尚人格的仰慕。这组诗刚劲有力，跟

①《楚辞·渔父》云：“新沐者必弹冠，新浴者必振衣。安能以身之察察，受物之汶汶者乎？宁赴湘流，葬身江鱼之腹中。安能以皓皓之白，而蒙世俗之尘埃乎？”这首诗的构思显然受到影响。

太康诗歌的温丽截然两别。锺嵘把左思的这种诗风，称为“左思风力”。这其实是建安风骨的遗响，也是盛唐气象的前奏。

咏史诗是中国诗歌的一大类型。第一首真正意义上的咏史诗是东汉班固的《咏史》，在此之前，《诗经》《楚辞》也有一些篇章或片段，对具体的历史事件或历史人物进行纪写或感慨，但咏史之作在诗歌史中占据一席之地，却始于左思这组《咏史》诗。前人咏史多是直咏其事其人，诗中缺少深沉的情感或寄托，但左思《咏史》名为咏史，实为咏怀，“咏古人而己之性情俱见”①。在艺术表现上，前人也多是一事一咏，质朴无文，而左思却是错综多事而咏之，文采秀拔。这便为后世开创了一种新的诗歌类型和表现方法，即通过咏史来寄托自己的情怀，这是他对中国诗歌的独特贡献，正如清人陈祚明《采菽堂古诗选》卷十一所评：“创成一体，垂式千秋。”

左思还有两首《招隐》和一首《娇女诗》广为人知。其中《娇女诗》对后世颇有影响：

> 吾家有娇女，皎皎颇白皙。小字为纨素，口齿自清历。鬓发覆广额，双耳似连璧。明朝弄梳台，黛眉类扫迹。浓朱衍丹唇，黄吻澜漫赤。娇语若连琐，忿速乃明懂。握笔利彤管，篆刻未期益。执书爱绨素，诵习矜所获。其姊字惠芳，面目粲如画。轻妆喜楼边，临镜忘纺绩。举觯拟京兆，立的成复易。玩弄眉颊间，剧兼机杼役。从容好赵舞，延袖像飞翮。上下弦柱际，文史辄卷襞。顾眄屏风画，如见已指摘。丹青日尘暗，明义为隐赜。驰骛翔园林，果下皆生摘。红葩掇紫蒂，萍实骤抵掷。贪华风雨中，倏忽数百适。务蹑霜雪戏，重綦常累积。并心注肴馔，端坐理盘槅。翰墨戢函案，相与数离逖。动为垆钲屈，屣履任之适。止为荼菽据，吹吁对鼎䥶。脂腻漫白袖，烟熏染阿锡。衣被皆重池，难与沉水碧。任其孺子意，羞受长者责。瞥闻当与杖，掩泪俱向壁。

语言散直，感情真挚，对小女儿的惜爱之情跃然纸上。以前诗歌多表现爱情，即使是表现亲情，也多局限在夫妻（如悼亡诗）、兄弟或父母(《诗

①〔清〕沈德潜：《古诗源》卷七，中华书局1963年版，第166页。

经》"我徂东山"）之间，很少表现对儿女的情感，这首诗将日常生活题材诗化，非常具有开创性。陶渊明《责子》、杜甫《北征》、白居易《弄龟罗》、李商隐《骄儿诗》等，都受此影响。

刘琨（271—318），字越石，也可加入继承建安风骨传统的诗人行列。他的诗作与其经历和性格直接相关。他年轻时是一个无赖青年，在西晋灭亡后，加入军队并领导抗击北方入侵者，最后被称为领导北伐的领袖。这种英雄主义的行为以及满腔复国的忧思，发而为言，自然就是那种慷慨激昂之语，反映为诗歌的精神格调，就是风骨。其代表作是《扶风歌》：

> 朝发广莫门，暮宿丹水山。左手弯繁弱，右手挥龙渊。顾瞻望宫阙，俯仰御飞轩。据鞍长叹息，泪下如流泉。系马长松下，发鞍高岳头。烈烈悲风起，泠泠涧水流。挥手长相谢，哽咽不能言。浮云为我结，归鸟为我旋。去家日已远，安知存与亡？慷慨穷林中，抱膝独摧藏。麋鹿游我前，猿猴戏我侧。资粮既乏尽，薇蕨安可食。揽辔命徒侣，吟啸绝岩中。君子道微矣，夫子故有穷。惟昔李骞期，寄在匈奴庭。忠信反获罪，汉武不见明。我欲竟此曲，此曲悲且长。弃置勿重陈，重陈令心伤。

郭璞（276—324），字景纯，博学多才。他不仅是诗人，而且还是训诂学家，曾注释《尔雅》《方言》等书，同时也是风水大师，著有《葬经》。

郭璞在诗歌史上的地位是由《游仙诗》奠定的，这组诗共 19 首，只有 10 首完整，另外 9 首都是残篇。游仙诗在郭璞之前已经存在，如曹植和阮籍已经写过游仙诗，甚至可以溯源到更早。但郭璞这组《游仙诗》的地位，是基于颇具争议性的论定上，即认为其中是有寄托的，所以这是一组形式与内容俱佳的诗歌。推断这组诗有寄托，依据有两方面：一是对郭璞人格的认定：他身处乱世，立身行事接近儒家，由此论定；二是对曹植、阮籍以来以游仙诗寄托情怀这个传统的移用。但也可以从当时社会背景，即玄学风气的盛行，来论断这组诗是游仙言玄的。《游仙诗》第二首写隐逸生活：

> 青溪千馀仞，中有一道士。云生梁栋间，风出窗户里。借问此何

谁，云是鬼谷子。翘迹企颍阳，临河思洗耳。阊阖西南来，潜波涣鳞起。灵妃顾我笑，粲然启玉齿。蹇修时不存，要之将谁使?

这是风尘外的仙境，写得栩栩如生，但很难看出是否有寄托。不过这组诗的第五首，却是明写对世事艰难的感叹：

逸翮思拂霄，迅足羡远游。清源无增澜，安得运吞舟。圭璋虽特达，明月难暗投。潜颖怨青阳，陵苕哀素秋。悲来恻丹心，零泪缘缨流。

最后两句，尤能见出这组诗是抒写“坎壈咏怀，非列仙之趣也”（钟嵘《诗品》）。如果从这个角度来看第一首：

京华游侠窟，山林隐遁栖。朱门何足荣，未若托蓬莱。临源挹清波，陵冈掇丹荑。灵溪可潜盘，安事登云梯? 漆园有傲吏，莱氏有逸妻。进则保龙见，退为触藩羝。高蹈风尘外，长揖谢夷齐。

则可以认为诗人对人间富贵的轻蔑，是一种愤激之语。写仙境只是“思远游”的一种具体展开方式，第二首就是如此。正如何焯《义门读书记》卷二所云：“景纯之《游仙》，即屈子之《远游》也。”梁章钜《文选旁证》卷二十又具体解释说：“盖自伤坎壈，不成匡济，寓旨怀生，用以写郁。”

朱自清《诗言志辨·比兴·赋比兴通释》说：“后世的比体诗可以说有四大类。咏史，游仙，艳情，咏物。”从这种兴寄咏怀传统看，郭璞发展了自曹植、阮籍以来以游仙寄托情怀的传统。从这个传统来看，郭璞对古典诗歌表现方法的推进有自己独特的贡献。

第七章　刘宋诗风

源自政治分裂、地理阻隔、环境差异、文化传统不同等因素，南北朝诗歌可以分为南朝诗歌和北朝诗歌。南朝（420—589）是东晋结束之后，建于南方的四个朝代的总称。它起于刘裕代晋自立，止于陈朝为隋所灭，包括宋（420—479）、齐（479—502）、梁（502—557）、陈（557—589）四个朝代。为区别于后世赵匡胤建立的宋朝，史学家把南朝的“宋”称为“刘宋”。刘宋诗风（又称元嘉诗风）与齐梁陈诗风相去甚远，所以南朝诗史又可以分出元嘉诗风和齐梁诗风两个阶段。北朝（386—581）是中国历史上大致与南朝同时代的北方政权的总称，包括北魏（386—534）、东魏（534—550）、西魏（535—556）、北齐（550—577）、北周（557—581）。

从前文论述可知，魏晋诗歌呈现出三条发展线索，一是玄学影响下的诗歌，以阮籍、嵇康、王羲之和陶渊明为代表，重视对人之真“性”的体认与回归，并以它为标准评判人生和社会。二是以陆机为典型的形式主义诗歌，重缘情绮靡，把才智表现于诗歌形式上的经营。三是以左思为代表的寒士诗歌，自认怀才不遇，心中充满不平之气，情感激烈。这三条线索在刘宋时期汇集，重“性”传统以山水的形式存在于谢灵运诗歌中，并与形式主义诗歌兼容起来，形成大谢山水诗。寒士诗歌传统则被鲍照继承并深化。颜延之虽然与谢灵运和鲍照同被推为元嘉三大家，但其成就集中于文章，诗歌方面雕琢过甚，总体上多采而乏情。所以这里重点介绍谢灵运和鲍照。

第一节　谢灵运

谢灵运（385—433），小名客儿，人称“谢客”，又因袭封康乐公，世称“谢康乐”。他属于陈郡谢氏士族，是东晋名将谢玄之孙，从小受到良好的家族教育。作为诗人的同时，他还是辞赋名家，并工于书法绘画，还曾译介佛教典籍，兼通老庄，知识渊博，多才多艺。谢灵运是晋宋之交的诗人，但其诗歌写作的巅峰时期发生在刘宋，所以诗歌史一般把他归为南朝诗人。

谢灵运写过拟古诗，但他在诗歌史上最突出的贡献，是大力创作山水诗。谢灵运的山水诗写作，与其人生经历和知识结构紧密相关。他的山水诗中总透露出一股苦闷，这是因为仕途上压抑重重。刘宋结束东晋的门阀政治，政治权力重新向皇权集中。为了巩固自己的势力，刘氏政权便有意压制大姓士族。出身于陈郡谢氏士族的谢灵运，也成为被防范抑制的对象。谢灵运 18 岁袭封康乐公，在 420 年刘裕代东晋自立之时，爵位由公降为侯，自此不断受到排挤和压抑。无论在地方还是朝廷任职，他都有怀才不遇之怨。后因兴兵与朝廷对抗，被以叛逆罪杀害。

谢灵运自觉不受重用，乃无意于政事，转向营造园林，游山玩水以遣怀。他被贬为永嘉（今浙江温州）太守时，便肆意遨游。《宋书》本传说：“郡有名山水，灵运素所爱好，出守既不得志，遂肆意游遨，遍历诸县，动逾旬朔，民间听讼，不复关怀。所至辄为诗咏，以致其意焉。”在始宁时，“灵运因父祖之资，生业甚厚。奴僮既众，义故门生数百，凿山浚湖，功役无已。寻山陟岭，必造幽峻，岩嶂千重，莫不备尽”。为此还制作出一种“上山则去前齿，下山去其后齿”的木屐，后人称之为“谢公屐”。谢灵运可以称得上是一位大旅行家。

谢灵运之所以选择游山玩水以自我排遣，还与“山水畅情”的玄学理论有关。他需要通过在山水中体悟大道，回归恬淡平和的心境，以此排遣苦闷之情。

这种经历和知识背景，形成谢灵运山水诗独特的结构模式，首先是交代出游的背景，其次是铺陈游历过程中的见闻，最后是阐发感悟。这种三段论结构，会造成诗歌情景分离，但谢灵运的名作基本避免了这种弊端。《登池上楼》便是这方面的代表作：

潜虬媚幽姿，飞鸿响远音。薄霄愧云浮，栖川怍渊沉。进德智所拙，退耕力不任。徇禄反穷海，卧痾对空林。衾枕昧节候，褰开暂窥临。倾耳聆波澜，举目眺岖嵚。初景革绪风，新阳改故阴。池塘生春草，园柳变鸣禽。祁祁伤豳歌，萋萋感楚吟。索居易永久，离群难处心。持操岂独古，无闷征在今。

以幽居的矛盾起，中间经过观赏山水景物而稍作释怀，最后又回到对开头幽居矛盾的超脱，这部分的议论，跟整首诗还算融为一体。

这种结构模式固然是谢灵运山水诗的特征，但却不是它最大的贡献。这些山水诗中，最值得注意的是谢灵运对山水的工笔式描写，即把山水变成独立的审美对象，而不是一种背景或陪衬。在他之前的玄言诗中也有山水和玄理，谢灵运更突出以往玄言诗中山水描写的成分，而且还把山水更加幽奇化，描写也更加追求形式美，从此山水便成为中国古典诗歌题材的宠儿。

加重山水描写的比例，就是对游览过程进行铺陈，这可以说是西晋诗歌体物铺陈的发展，也可以说引赋法入诗。谢灵运本身也是一位辞赋名家，其描绘山水采用移步换景和上下周览的方式，与汉大赋描写山水的移步换景，描写都城的远近存在共通之处。“大必笼天海，细不遗草树”（白居易《读谢灵运诗》），这种铺陈经常结合移步换形的写法，如《石壁精舍还湖中作》：

昏旦变气候，山水含清晖。清晖能娱人，游子憺忘归。出谷日尚早，入舟阳已微。林壑敛暝色，云霞收夕霏。芰荷迭映蔚，蒲稗相因依。披拂趋南径，愉悦偃东扉。虑澹物自轻，意惬理无违。寄言摄生客，试用此道推。

前四句，总括一天的游乐。昏旦景致变化不同，但都给人以清丽淡远的美感。“含”字，给山水以传神写照，隐然暗示山水固有的美妙。左思《招隐》诗：“非必丝与竹，山水有清音。”清音，也就是“清晖”之意。不过，“有”字略显死板，缺乏动态感，不如“含”字灵便活脱。第三、四两句蝉联而下，以清晖娱人，游子忘归，进一步渲染山水迷人之状。中间八句，渐次铺写出谷、入舟、趋南径、偃东扉等行进的过程和举止，中间又插入两句大景的描写和两句小景的刻画。整个游览过程以及路上所见的事物，都被大致勾画出来。又如《过始宁墅》的中间部分：

> 山行穷登顿，水涉尽洄沿。岩峭岭稠叠，洲萦渚连绵。白云抱幽石，绿筱媚清涟。葺宇临回江，筑观基曾巅。

这是以俯瞰的视角铺陈始宁墅周围的环境。从以上引用的3首诗，会发现谢灵运在铺写山水景色时，常会出现清新的佳句，这也是谢灵运山水诗的特色。如“池塘生春草，园柳变鸣禽”“林壑敛暝色，云霞收夕霏”以及“白云抱幽石，绿筱媚清涟”。此外还有如“野旷沙岸净，天高秋月明”（《初去郡》），“春晚绿野秀，岩高白云屯”（《入彭蠡湖口》）等，观察细致，构句选字也颇见功底，清新生动地表现出自然的美景。这种生动地刻画景物的技巧，为后世写景诗歌提供了成功的经验。

谢灵运的山水诗成功之处在于写得清新自然，但就总体特征而言，有些过于追求幽奇的景物。如《登江中孤屿》中所说：“怀新道转迥，寻异景不延。”谢诗写景常常是“怀新”“寻异”。这在《登永嘉绿嶂山》中体现出来：

> 裹粮杖轻策，怀迟上幽室。行源径转远，距陆情未毕。澹潋结寒姿，团栾润霜质。涧委水屡迷，林迥岩逾密。眷西谓初月，顾东疑落日。践夕奄昏曙，蔽翳皆周悉。……

此诗描写旅程中清幽奇险的景色。首两句“裹粮”和“杖策”表明路程遥远险阻，这也说明诗人是怀着寻幽探险的好奇心出发的。

与以上山水描写的开拓性创新相适应，谢灵运在语言艺术上也融进了自己的追求和探索。

在景物描写上是铺陈，这种铺陈经常以对仗的句式出现，追求语言的形式美。如《登池上楼》就是通篇对仗，即使个别对仗并不严谨。这种对仗在写景上有助于构建景物之间的相互关系，从而营造意境。对仗句式连篇累牍的出现，就会给人“名章迥句，处处间起；丽典新声，络绎奔会”的印象，或者说“繁芜为累”（锺嵘《诗品》），这是对太康诗风喜用对偶的发展。如果太康诗歌尚且是“体俳语不俳”，那么到谢灵运这里则是“体语俱俳”①。

谢灵运诗歌由于过分追求新奇，出现“语多生撰，非注莫解其词，非疏莫通其义”（清吴淇《六朝选诗定论》卷十四）的弊端。但这种弊端有其必然性，甚至有其合理性。谢灵运以涩重的语言模拟山水的艰险，可以看作是在探索语言的形体声响与所写对象内在情韵的吻合。如《泰山吟》有：“崔崿既崄巇”，这五言句中有四个字极为生僻，读者可能不知其读音和确切意思，但从其偏旁“山”字的堆积，就可以意会是在写群山交杂的情状。这种描写技艺也被杜甫、韩愈和苏轼等人袭用。谢灵运诗歌之所以“辞必穷力而追新”，除了单纯翻新词语，词必己出以逞炫才能之外，还是为了表达独特的感受。谢诗写景常常是为了“怀新”“寻异”（《登江中孤屿》），并且还要“情必极貌以写物”，在这方面前人没有深入的探索，没有留下关于奇山幽壑的诗意表达的经验，自然也就没有相应的诗性词汇。谢灵运作为开拓者，必须穷才尽力构造新词语以满足使用。这种创新大概有两方面来源，一是从文赋中借用描写山水的词语和角度，二是瞄准自己的感觉“以言逮意”，后者经常是先转化为散文式的语言，然后再提炼为诗歌的语言。

谢灵运对当世和后世诗歌影响极大。在当时“每有一诗至都邑，贵贱莫不竞写，宿昔之间，士庶皆遍，远近钦慕，名动京师”（《宋书·谢灵运传》）。谢灵运之所以如此受到士庶的钦慕，固然与其诗歌艺术成就有关，但也与他身为名门望族不无关系。谢氏家族属于一流士族，处于社会精英文化和主流文化的中心。谢灵运山水诗留下的不足，也为后来山水诗的革新留下馀地。

第二节　鲍　照

鲍照（约 415—466），字明远，与颜延之、谢灵运合称“元嘉三大

①〔明〕胡应麟：《诗薮》内编卷二。

家”。家世贫贱，少有文思。临川王刘义庆爱其才，以为国侍郎。临海王刘子顼镇荆州时，他任前军参军，人称“鲍参军”。刘子顼作乱，鲍照为乱兵所杀。鲍照有一妹鲍令晖，也善文学。

刘宋时，人们心目中的大诗人，并不包括鲍照。谢灵运和颜延之才是那个时代的诗歌代表。他们代表着时代的诗歌风尚，文辞典雅涩重，写物追求形式，好奇骛巧。即使以写激情矫俗、质朴流畅的乐府体而名闻于诗歌史的鲍照，在当时也创作了大量大谢体的行旅诗，其中写景成分很多，有雕凿之痕，少自然之功，如《登庐山·其一》：

> 悬装乱水区，薄旅次山楹。千岩盛阻积，万壑势回萦。巃嵸高昔貌，纷乱袭前名。洞涧窥地脉，耸树隐天经。松磴上迷密，云窦下纵横。阴冰实夏结，炎树信冬荣。嘈囋晨鹍思，叫啸夜猿清。深崖伏化迹，穹岫闷长灵。乘此乐山性，重以远游情。方跻羽人途，永与烟雾并。

此诗重在摹写山水的形状态势，尚未意识到写其情采。用词典丽，意象绵密，比之谢灵运犹有过之。这正是时代风尚在鲍诗中的体现。但鲍照突兀不羁的个性，对幽奇动势的偏爱，成就了诗中雄健峭拔的气势。如《行京口至竹里》“高柯危且竦，锋石横复仄。复涧隐松声，重崖伏云色。冰闭寒方壮，风动鸟倾翼”，写得尖冷奇峭。又如《上浔阳还都道中作》“侵星赴早路，毕景逐前俦。鳞鳞夕云起，猎猎晚风遒。腾沙郁黄雾，翻浪扬白鸥”，下语遒劲，富于动态。陈祚明《采菽堂古诗选》卷十八称：“其源亦出于康乐，幽隽不逮，而矫健过之。”这是鲍照五言古体诗的基本面貌。

但真正奠定鲍照在诗歌史上地位的，却是其用乐府体写作的诗歌。鲍照性格中没有贵族文人的矫饰。贵族文人囿于社会地位，以心性修养为高，在言谈举止中会回避“戚戚于贫贱，汲汲于富贵”（陶渊明《归去来兮辞》）这样的语句。鲍照五言古体典雅密丽，虽然有个人审美观之偏好，但不无附庸时好之嫌。不过，他出身苦寒，个性奇特，是不会为矫饰而压抑内心的强烈欲望的。这充分体现在他谒见临川王刘义庆时的言行：元嘉十六年（439），26岁的鲍照向刘义庆自荐，不成，准备献诗言志。有人劝阻道：“郎位尚卑，不可轻忤大王。”鲍照大怒：“千载上有英才异士沉没而不可闻者，岂可数哉！大丈夫岂可遂蕴智能，使兰艾不辨，终日碌碌与燕雀相随乎？”（《南史》本传）从中可见鲍照自负和刚直的性情，所以鲍诗不讳言自己对功名富贵的追求，如《代堂上歌行》：

> 四坐且莫喧，听我堂上歌。昔仕京洛时，高门临长河。出入重宫里，结友曹与何。车马相驰逐，宾朋好容华。阳春孟春月，朝光散流霞。轻步逐芳风，言笑弄丹葩。晖晖朱颜酡，纷纷织女梭。满堂皆美人，目成对湘娥。虽谢侍君闲，明妆带绮罗。筝笛更弹吹，高唱好相和。万曲不关心，一曲动情多。欲知情厚薄，更听此声过。

此诗以追忆的口吻，写仕于京城时结交富贵人家寻欢作乐的人生经历。言语之间流露出怀念之情和炫耀之心，表现出诗人对这种生活的认同和渴望。但在一个门第观念盛行的社会里，诗人出身低微，这本身就成为仕进中极大的阻碍，使得鲍照对严格的等级制度深感不满：

> 泻水置平地，各自东西南北流。人生亦有命，安能行叹复坐愁！酌酒以自宽，举杯断绝歌路难。心非木石岂无感？吞声踯躅不敢言。（《拟行路难·其四》）

> 对案不能食，拔剑击柱长叹息。丈夫生世会几时，安能蹀躞垂羽翼？弃置罢官去，还家自休息。朝出与亲辞，暮还在亲侧。弄儿床前戏，看妇机中织。自古圣贤尽贫贱，何况我辈孤且直！（《拟行路难·其六》）

前一首面对命运的不公，坐立皆不自在的诗人想借酒自宽，但于事无补。后一首情感更为激烈，出现“拔剑击柱”这样的发泄行为，接着以妻儿在侧权作自慰，还高傲地把自己与古代圣贤的命运等同起来，这是自许，也是无奈，但有一种豪迈气概溢于言表。题目“行路难”恰好成为仕进难的隐喻。诗人认为在世就不应“蹀躞垂羽翼”，应该成就一番事业。但“行路难”，让诗人心中充满苦闷。这是报国无门的焦虑，也是面对门阀社会无能为力的苦闷。这是对左思《咏史》八首抗争精神的传承，也是对寒士诗歌传统的延续。一个怀才不遇的贫士形象，就在这种对愤懑情绪的抒发中，逐渐清晰起来，完全突破了温柔敦厚的形象，具有《东门行》和《上邪》这种乐府诗的激烈情怀。

鲍照乐府诗中有一类以“代”字开头为题的作品，如《代堂上歌行》《代东门行》《代放歌行》《代东武吟》《代白头吟》等。这些诗中的抒情形象虽不能看作是诗人本人，但却融入了鲍照对人生的体验和理解。其中部分“代”体塑造了一系列从军边塞的人物，如《代出自蓟北门行》：

> 羽檄起边亭，烽火入咸阳。征师屯广武，分兵救朔方。严秋筋竿劲，虏阵精且强。天子按剑怒，使者遥相望。雁行缘石径，鱼贯度飞梁。箫鼓流汉思，旌甲被胡霜。疾风冲塞起，沙砾自飘扬。马毛缩如蝟，角弓不可张。时危见臣节，世乱识忠良。投躯报明主，身死为国殇。

“此从军出塞之作，蓟北多烈士，故托言之”（方东树《昭昧詹言》卷六），这首诗继承曹植《白马篇》等以边塞诗表现为国捐躯的情怀，穿插边塞风物奇观的描写，在前人诗篇中是罕见的。盛唐诗人岑参边塞诗中对边地奇异风光与风物人情的描写，可以溯源于此。鲍照此外还有《代放歌行》《代东武吟》《代结客少年场行》《代苦热行》等，都是描写边地战争或征夫形象。这些诗歌对边塞诗在后世独立为一类题材，有其独特的贡献。

鲍照对诗歌史的贡献，还在融合七言古体和杂言乐府，创造出以七言为主的歌行体。此前的杂言是以四言或五言为主，四言、五言不如七言那样，能带给人发扬蹈厉的声吻，但纯七言古体在用韵上句句押韵，一韵到底，使得用韵局促，歌行体将之改为隔句押韵，自由换韵。这种句式和节奏错综变化的体式适合于表现奔放恣肆、不受局限的强烈情感。《拟行路难》组诗体现出歌行体在体式上的优势，也以其成就让歌行体被后世认可。这种体式的艺术优势在李白那里被推向巅峰。

第八章　齐梁诗风

第一节　南朝民歌

这里的“南朝”并不是一个严谨的历史概念，而是一个兼容地域的概念。它不仅包括东晋结束后的那个“南朝”，同时也包括孙吴和东晋等政权在南方的朝代，甚至西晋时产生于南方的诗歌，也可以算在南朝民歌里。所以南朝民歌指三国两晋南北朝时期南方的民歌，与北朝民歌等北方民歌相对。

南朝民歌主要保存于郭茂倩《乐府诗集》“清商曲辞”中的“吴声歌曲”和“西曲歌”两部分里。清商曲辞中还有 18 首神弦歌，也属于南朝民歌。除此之外，杂曲歌辞和杂歌谣辞中也有少量的南朝民歌，现存共 400 馀首。在诗歌史上，吴歌西曲是南朝民歌中影响最大的部分。

吴歌是流行于吴地的民歌，由此得名。吴地以建业（后称建邺、建康，即今南京）为中心，包括周围地区。这里在先秦时期是属于吴国，故名。“盖自永嘉渡江之后，下及梁、陈，咸都建业，吴声歌曲起于此也”（《晋书·乐志》）。西曲是指荆楚一带的民歌，因为东晋和南朝的都城在建康（今南京），荆楚在建康之西，故名。故《乐府诗集·西曲歌》序云：“按西曲歌出于荆、郢、樊、邓之间，而其声节送和与吴歌亦异，故依其方俗而谓之西曲云。”

现存吴歌西曲主要内容是情歌。吴歌西曲的原始面貌已难以得知，但或许可以推想，其最初内容应不至于这么狭窄。这与吴歌西曲的采集、选择和保存不无关系。本书在叙述《诗经》时，已经提到《诗经》是一部选集，是充满礼乐精神的选集，这种观点同样适用于魏晋南朝的民歌，它们同样是选集，是采用某种标准选择的结果。这种选择就是“重娱乐，尚轻艳”的审美主流。当时刘宋元嘉盛世时，“凡百户之乡，有市之邑，歌谣舞蹈，触处成群”，南齐永明时“百姓无犬吠之惊，都邑之盛，士女昌逸，歌声舞节，袨服华妆。桃花渌水之间，秋月春风之下，无往非适”（李延寿《南史·循吏传》）。城市里在和平时期对歌舞的迷狂，是吴歌西曲成为今天所见面貌的大环境。

吴歌西曲在表现方式上也丰富多样。如对歌的形式，虽然数量不多，但却也是值得注意的诗歌经验，如《西曲·那呵滩》：

闻欢下扬州，相送江津弯。愿得篙橹折，交郎到头还。（其一）

篙折当更觅，橹折当更安。各自是官人，那得到头还。（其二）

第一首是女歌，第二首是男歌。第一首表现女子对男子的依恋和挽留；第二首表现男子任务在身，不得不离开的身不由己。男女对唱能扩充诗歌的张力，容纳更丰富的意蕴。又如《吴歌·子夜歌》：

落日出前门，瞻瞩见子度。冶容多姿鬓，芳香已盈路。

芳是香所为，冶容不敢当。天不夺人愿，故使侬见郎。

前一首是男子的唱歌，后一首是女子的答歌。其中第一首的后两句值得注意，它是在描写女子的容貌，用词意象已趋于艳丽。

同是吟咏情爱，《吴歌·子夜四时歌》把情与四季之景结合起来：

春林花多媚，春鸟意多哀。春风复多情，吹我罗裳开。（《子夜四时歌·春歌》）

朝登凉台上，夕宿兰池里。乘月采芙蓉，夜夜得莲子。（《子夜四时歌·夏歌》）

仰头看桐树，桐花特可怜。愿天无霜雪，梧子解千年。（《子夜四时歌·秋歌》）

渊冰厚三尺，素雪复千里。我心如松柏，君情复何似。（《子夜四时歌·冬歌》）

这些诗歌的爱情心理并不是单一的，有怀春，有相思，有誓言，有怨恨。这种结合节候景物写情的表现方法，容易做到情景交融，特别适合篇幅短小的诗篇的表现，韵味悠长。这组四时歌还有一个特点，就是情感的流动，四季的交替，也可以成为情爱中关系变化的象征。

西曲中常把情爱与江舟联系起来，很多场景就发生在迎来送往的码头上，如《莫愁乐》：

闻欢下扬州，相送楚山头。探手抱腰看，江水断不流。

南朝民歌中最著名的一首诗《西洲曲》写的也是爱情相思：

忆梅下西洲，折梅寄江北。单衫杏子红，双鬓鸦雏色。西洲在何处？两桨桥头渡。日暮伯劳飞，风吹乌臼树。树下即门前，门中露翠钿。开门郎不至，出门采红莲。采莲南塘秋，莲花过人头。低头弄莲子，莲子清如水。置莲怀袖中，莲心彻底红。忆郎郎不至，仰首望飞鸿。鸿飞满西洲，望郎上青楼。楼高望不见，尽日栏杆头。栏杆十二曲，垂手明如玉。卷帘天自高，海水摇空绿。海水梦悠悠，君愁我亦愁。南风知我意，吹梦到西洲。

以折梅唤起昔日与情人在西洲游乐的美好回忆，表现对情人的思念之情。时空流转，然而思念却从未停歇。如“折梅”表早春，“单衫”表春夏之交，“采红莲”应在六月，“南塘秋”该是早秋，“弄莲子”已到八月，“鸿飞满西洲”便是深秋景象。这与《子夜四时歌》以四季写爱情，并写出爱情的变化，极为相似。只不过《西洲曲》把这种变化融于同一首诗中。节与节之间使用顶真手法，环环相扣，声情摇曳，情味无穷，语言清新流畅。

吴歌西曲在艺术上突出的特色是使用双关语。如“芙蓉”（夫容）、“莲子”（怜子），这些词语具有南方水乡特色，又如“藕”（偶）。此外还有与日常桑织相关的“丝”和“匹”，如《吴歌·子夜歌》：

始欲识郎时，两心望如一。理丝入残机，何悟不成匹。

如果说“丝”是音的双关语（即谐音），暗指“思”，那么“匹”则是字的双关语，既指布匹，也指相伴。这样既是在写事，也是在写情，表达更加含蓄、巧妙。这种双关语的使用给诗歌带来俏皮活泼的风格，如《吴歌·子夜歌》中的另一首：

今夕已欢别，合会在何时？明灯照空局，悠然未有期！

“局”是指棋局，“期”又是“棋”的谐音。空局即没有棋，当然也就是“未有棋（期）”，可见诗人在写作时心思多细密，构思多巧妙。读者会意后也多了一份乐趣。

吴歌西曲在感情的表达上，多含蓄委婉，但也有个别诗篇感情热烈，语气决绝，如《吴歌·华山畿》：

华山畿，君既为侬死，独活为谁施？欢若见怜时，棺木为侬开。

写生死相许的爱情，通过引入“棺木”这种极为严肃庄重的意象，把爱情的热烈程度提高到极致，让人想起汉乐府的《上邪》。

虽然魏晋南北朝的诗歌主流是文人诗，民歌并不是文人诗的一部分，但它却是魏晋南北朝诗歌不可缺失的一环，它以自己清新的风格，深刻影响着文人诗的进程，也影响着中国诗歌史的发展。

首先是题材上的影响。吴歌西曲首先是民歌，是音乐，是乐辞，是俗乐。雅乐一般都只是意识形态的表征，它并不是社会上层真正喜欢的音乐，《南齐书·萧惠基传》载：“自宋大明以来，声伎所尚，多郑卫淫俗。雅乐正声，鲜有好者。”吴歌西曲中有许多情爱题材的诗。这种情爱题材自然符合人性对美和对爱情的追求，所以它伴随着音乐进入上层社会，并被上层社会所欣赏和模仿，也就不足为奇。宫体诗的出现跟文人对吴歌西曲进行模仿并且进一步发展不无关系。梁武帝萧衍就“自算择后宫《吴歌》《西曲》女妓各一部，并华少，赍勉”（《南史·徐勉传》），同时萧衍等人纷纷拟作《子夜歌》《上声歌》《东飞伯劳歌》等，所作都与民歌曲词极为类似，这都说明吴歌西曲在梁代受到了重视。

其次是篇幅上（以及由此带来的诗篇结构和表现艺术）的影响。吴歌西曲是民歌，但它跟同为民歌的汉乐府，其直观的区别是，前者篇幅多短小，一篇四句的诗作占绝大多数；后者虽然也有一篇四句的，如《枯鱼过河泣》和《公竟渡河》，但毕竟还是极少数。篇幅的短小必然带来诗歌结构和诗歌艺术的变化。它要求诗歌的笔墨更加集中，更加简练。这在永明体中体现出来。

再次是天然活泼的语言。这种语言上的流畅自然，与民歌的使用功能有关。它是用来歌唱的，不是用以阅读的。谢灵运和颜延之已经把诗歌的书面化推向极端，不少诗歌的词语句子读起来都佶屈聱牙，唱起来更是难以流传。永明诗歌在语言上的推陈出新，也与南朝民歌的示范有关。

总而言之，吴歌西曲是诗歌史从晋宋风格走向齐梁风格的契机之一。

第二节　永明体

齐梁诗歌的整体风貌与元嘉诗坛相比，存在明显的转变。齐梁诗风趋于轻巧晓畅，不再像元嘉诗歌那样追求典雅涩重的博综风格。这体现在用语上平近易晓，声律上圆美流转，不用深奥典故，不通过典故和铺陈来炫耀才华学问。当然还有题材和情调上的变化，这种风格上的变化，应首先归功于永明体为诗坛带来的清新之风：

> 永明末，盛为文章，吴兴沈约、陈郡谢朓、琅琊王融以气类相推毂；汝南周颙，善识声韵。约等文皆用宫商，以平上去入为四声，以此制韵，不可增减，世呼为“永明体”。（《南齐书·陆厥传》）

永明体是出现于南齐武帝永明年间的诗风，也称为新体诗，称永明体是就这种诗风出现的时间而命名的，称新体诗是相对于旧体诗而言的。旧体诗是指那些结体散直的诗歌。永明体的基本特征表现在声律和对偶两方面。

对偶早在《诗经》时代就出现了，建安诗歌开始有意识地追求，晋宋诗歌中已经大量运用对偶，永明体诗对对偶的贡献体现在使之更加省净、灵动，往往能用对偶写出意境清新或阔大的诗句。

永明体诗歌更为独特的贡献，体现在把音韵辨析运用到诗歌声律中。一般认为音调上的四声，是音韵学家周颙发现的，“（周颙）始著《四声切韵》行于时”（《南史·周颙传》）。沈约把它运用到诗歌声律上，并提出“八病说”（一般认为是指平头、上尾、蜂腰、鹤膝、大韵、小韵、正纽、旁纽）。“（沈约）撰《四声谱》，以为在昔词人，累千载而不悟，而独得胸襟，穷妙其旨，自谓人神之作”（《南史·沈约传》）。这种四声说在永明时期被广泛践行，“齐永明中，王融、谢朓、沈约，文章始用四声，以为新变”（《梁书·庾肩吾传》）。

把四声八病说运用到诗歌中，进一步提高了诗歌的音乐性。“一简之内，音韵尽殊，两句之中，轻重悉异”（沈约《宋书·谢灵运传论》），从而达到如谢朓所说的“好诗流转圆美如弹丸”（《南史·王筠传）引），这是对诗歌声吻上抑扬顿挫和流畅美的追求，是对刘宋诗歌涩重弊端的革新，也是对文人诗脱离音乐后过度雅化之弊端的救赎。这种雅化在语言上发展到极致，就是只顾其义，不顾其音，变成一种看的艺术，而不是读和诵的艺术。

但由于八病较为琐碎，而且新声律引入诗歌之初，诗人在使用过程中还未能做到得心应手，所以不免对它表示抵触。当时著名诗论家锺嵘《诗品》曾批评声律论：“士流景慕，务为精密，襞积细微，专相陵架，故使文多拘忌，伤其真美。余谓文制，本须讽读，不可蹇碍，但令清浊通流，口吻调利，斯为足矣。”这说明声律技术已经在“士流”中流行开来，但经常弄巧成拙。锺嵘由此怀疑此种声律技术的可行性，反而提倡自然声律说，也就是诗歌写作中凭感觉而形成的音韵。但诗歌史证明，这种调声术是符合诗歌的审美发展的。

永明体诗歌还有一个特点，就是篇幅趋短。盛行于梁陈两朝的宫体诗，就典型地体现出永明体诗歌的体制特征：注重对偶，研琢声律，篇幅趋向于以八句为主。这种篇幅限制，带来进一步对字句和意境、构思的锤炼。如晋宋诗中对偶多是合掌对，这在陆机和谢灵运诗中很常见。在篇幅有限的情况下，显得很浪费。在构思上，也不能把事情的来龙去脉以及景物的远近高低进行铺陈。最典型的就是绝句，它必须在“巧”上花心思，把意蕴集中于一点表现出来。这在南朝民歌和齐梁文人的绝句中可以看出。

永明体作为一种诗风，或者新诗体，并不局限于永明时期的诗歌创作。用“永明”命名，只是依其兴起的时代，而不是表示这种“体”使用的时间范围，永明体诗歌的发展经历了一段很长的时间。在南朝，最有代表性的是南齐的沈约和谢朓、梁代的何逊及陈代的阴铿。

永明体诗歌最显著的特征是引入声律，但其背后是一整套的革新观念。沈约（441—513）是永明体声律的首倡者，也是永明诗风变化的引领者之一。其诗学主张集中体现在以下这段话中：

> 文章当从三易。易见事，一也；易识字，二也；易读诵，三也。（颜之推《颜氏家训》引沈约语）

四声八病说是为了让诗歌的声韵更加抑扬顿挫，更加和谐流畅，而这只属于沈约“三易”说中的“易读诵”。“三易”说同时还要求诗歌能做到易见事和易识字，它是以刘宋诗歌为革新对象的。“元嘉三大家”谢灵运、颜延之和鲍照，其诗歌在取得成就的同时，也把诗歌引往涩重的道路上。

晋宋诗歌推崇渊博典雅，但到齐梁时期，更推崇巧思清丽。如沈约《悼亡诗》：

> 去秋三五月，今秋还照梁。今春兰蕙草，来春复吐芳。悲哉人道异，一谢永销亡。帘屏既毁撤，帷席更施张。游尘掩虚座，孤帐覆空床。万事无不尽，徒令存者伤。

把这首诗与潘岳《悼亡诗·其一》比较，可以看到齐梁诗歌在诗意构思上更加精练，在表达哲理上也更加诗性化，而不是流于枯燥的议论。这种议论在谢灵运诗歌中可以经常见到。如潘岳用“荏苒冬春谢，寒暑忽流易”表达时间的流逝，沈约却用“去秋三五月，今秋还照梁。今春兰蕙草，来春复吐芳”来表达此意。在以月去月来、花落花开表达时间流逝的同时，还有一层“人道异”的感慨在内。这几句表达得非常哲理，同时也非常平易流畅。沈诗第七至十句，是取法潘诗“帏屏……在壁”四句，其馀的都舍去，可以见出潘诗与沈诗一繁一简。而这也是晋宋诗歌与齐梁诗歌在笔墨意趣上的差异，晋宋以博为高，而齐梁以简为贵。沈约这首诗也确实做到了他自己倡导的“三易”。当然这不能忽视潘作的先导之功。沈约的另一篇名作《别范安成》也笔墨简省而真情流露：

生平少年日，分手易前期。及尔同衰暮，非复别离时。勿言一樽酒，明日难重持。梦中不识路，何以慰相思。

短短八句，横跨一生，涵盖过去、现在和未来。前四句写少年离别的易，后四句写老大离别的难。前者为后者铺垫、蓄势，表达现在离别的深沉心情。前后对比，让这首诗多了一份哲理的意味。

钟嵘《诗品》评沈约说：“不闲于经纶，而长于清怨。”这也体现在其山水诗中，如《登玄畅楼》《秋晨羁怨望海思归》就表现出羁旅和思归等愁绪。但齐梁诗歌中，山水诗成就最高的是谢朓。

谢朓（464—499），字玄晖，出身高门士族，与“大谢”谢灵运同族，世称“小谢”。初任竟陵王萧子良功曹、文学，为“竟陵八友”之一（其他七人为萧衍、沈约、王融、萧琛、范云、任昉、陆倕）。后任宣城太守，终尚书吏部郎，又称谢宣城、谢吏部。东昏侯永元初，遭始安王萧遥光诬陷，下狱死。

谢朓是南齐乃至齐梁陈最杰出的诗人，山水诗的成就尤其独具一格，形成能与谢灵运相区分的小谢山水诗风格。谢朓也有像谢灵运那样写奇山幽壑的风景诗，如《敬亭山诗》所表现的“寻幽蹊”和“追奇趣”，但他更多地把山水描写引向日常可见的景物。更为重要的是，他把这些日常景色置于特定的情感视角下进行表现，从而弥补了大谢诗歌情景分裂的缺憾。如：

江路西南永，归流东北骛。天际识归舟，云中辨江树。旅思倦摇摇，孤游昔已屡。既欢怀禄情，复协沧洲趣。嚣尘自兹隔，赏心于此遇。虽无玄豹姿，终隐南山雾。（《之宣城郡出新林浦向板桥》）

> 灞涘望长安，河阳视京县。白日丽飞甍，参差皆可见。馀霞散成绮，澄江静如练。喧鸟覆春洲，杂英满芳甸。去矣方滞淫，怀哉罢欢宴。佳期怅何许，泪下如流霰。有情知望乡，谁能鬒不变？（《晚登三山还望京邑》）

从这两首诗可以看出，山水描写已经开始走向日常的山和水，不再一定要深山幽涧。倒是因为对象的平常，所以诗人也不必再花大笔墨去呈现其“奇”，平常也能写出大美。

谢朓对于诗歌主要从两方面进行处理：一是以境界取胜。如“馀霞散成绮，澄江静如练”，以绮喻霞，以练比江，极为新鲜，而且二者一红一白，一天上一地下，表现出极为阔大并且色彩对比又极为鲜明的画面感。同时“散”是动态，“静”是静止，从字面上还给人一动一静的感受。这两句炼得极为警策，又用语自然。难怪李白会说：“解道澄江静如练，令人长忆谢玄晖。”（《金陵城西楼月下吟》）也就是说，小谢的山水描写，开始从对奇山异水的铺陈式呈现，变成对日常山水的炼境式呈现。二是情景交融的写法。如前引“江路西南永，归流东北骛。天际识归舟，云中辨江树”所示，前两句出语平常，但已经结合了诗人的处境去写。诗人从金陵出发去宣州，长江在这段水域的走向是向东北流动，而诗人的船是向西南方向走。换言之，西南是诗人要去的目的地，东北则是恋恋不舍的都城。所以，“江路西南永”是实写诗人行船的方向，“归流东北骛”是实写江水的流向，但考虑到诗人出发的地方（在东北），而且又着一个“归”字，让人联想起“归心”；又用“骛”这个动词，给人以归心似箭的暗示，所以这句话是实写，又是虚写。再者用“永”形容行舟去向，有一种“漫长”或“前路迷茫”的感觉，跟用“骛”形容流水归向的“急切”形成对比。“永”与“骛”，两相对比，诗人那种对前程的迷茫感，以及对所离开之地的眷恋感，就呈现得非常真切又有韵味。接下来两句，就是顺着归流的方向望去，也就是诗人眷念之地的方向，“天际”说明诗人是在远眺，然后又用“归”来形容“舟”，这蕴含诗人对那些归舟上的人的羡慕之情。“云中”也说明诗人是在远眺，但这一句的字眼是“辨”字。它真切地表现诗人在极目眺望，在久久地眺望，随着小舟愈行愈远，诗人离故地也越来越远，但“辨”字说明诗人对故地的不舍之情，可见诗人这里已经并不追求写景的巧似，而是用写景来表达情感。

从诗歌的结构上看，谢朓也脱尽大谢诗歌的三段论结构，写景和表情融合得更加紧密。这是情景交融艺术进一步发展的结果。在语言的使用上也平易自然，用典熨帖，而且数量不多。这都可以从上引两首诗歌见出。

谢朓著名的山水诗基本都是古体诗，但明显受到近体诗风尚的影响。谢朓对近体诗的推进，明显体现在五言绝句的成就。汉乐府和南朝民歌中都有五绝，东晋以来文人也有人拟写五绝，但这些五绝并没有变成文人诗的一种品类。谢朓的五言绝句，浅近但不粗俗，晓畅但也委婉，有一种精致灵巧的美，大大提升了五言绝句的品格。如：

夕殿下珠帘，流萤飞复息。长夜缝罗衣，思君此何极？（《玉阶怨》）

落日高城上，馀光入穗帷。寂寂深松晚，宁知琴瑟悲。（《铜雀悲》）

前一首是情诗，但与南朝民歌对比，更加精致，李白《玉阶怨》即脱胎于此。后一首在情调上已经文人化。

在南齐之后，继承谢朓诗歌清新流转之风又加以发展的，有梁代的何逊和陈代的阴铿。这两人齐名，并称阴、何。

何逊（472？—519?），字仲言，8岁能诗，弱冠州举秀才，官至尚书水部郎，后人称“何记室”或“何水部”。何逊诗歌的内容集中在羁旅和酬赠上，二者往往同存于一首诗中。《临行与故游夜别》是其代表作：

历稔共追随，一旦辞群匹。复如东注水，未有西归日。夜雨滴空阶，晓灯暗离室。相悲各罢酒，何时同促膝？

值得注意的是“夜雨滴空阶，晓灯暗离室”一联，营造出一种凄清幽寂的氛围。这是写景，但也是写与人发生关系的环境，切合离别的主题。又如《慈姥矶》：

暮烟起遥岸，斜日照安流。一同心赏夕，暂解去乡忧。野岸平沙合，连山远雾浮。客悲不自已，江上望归舟。

这是写羁愁，与黄昏时的环境相融合。“野岸”二句，境界阔远。何逊还有一些绝句也是写景逼真，融情入景，如《相送》：“客心已百念，孤游重千里。江暗雨欲来，浪白风初起。”

阴铿（约511—约563），字子坚，以文才为陈文帝所赞赏，累迁晋陵太守、员外、散骑常侍。阴铿诗的风格与何逊相近，以写景见长，尤善于写江景，注重锤炼佳句。诸如“潮落犹如盖，云昏不作峰”（《晚出新亭》）、“山云遥似带，庭叶近成舟”（《闲居对雨》）、“夜江雾里阔，新月迥中明”（《五洲夜发》）等。又如其名作《江津送刘光禄不及》：

> 依然临送渚，长望倚河津。鼓声随听绝，帆势与云邻。泊处空余鸟，离亭已散人。林寒正下叶，钓晚欲收纶。如何相背远，江汉与城闉。

写诗人赶至江畔，但友人已走，所见所闻中渗透着惆怅惋惜之情。

在写景上，何逊、阴铿往往能达到造境的高度。谢朓不少诗歌的写景，还像谢灵运那样停留在对景物的描绘，只注重其“真”的一面，而阴、何不仅逼真地刻画景物，同时还融情于景，达到景中见情，这便是后世写景的常法。即使单就描写景物而论，阴、何也不是一物一写，而是注重景物之间的关系，注重其动态，这就使得画面更具整体感。阴、何诗歌是永明体诗歌向近体诗过渡的重要一环。他们在篇章结构、字句简练、对仗工整以及平仄协调上，对近体诗的成熟做出了贡献。杜甫赞美李白时就以阴、何为参照：“李侯有佳句，往往似阴铿。”（《与李十二白同寻范十隐居》）同时自己也师法二人：“颇学阴何苦用心”（《解闷十二首》其七）。

第三节　宫体诗

宫体诗的得名，跟梁简文帝萧纲有关。萧纲（503 — 551），549 — 551年在位，531年被立为太子，居于东宫，其所作诗歌“伤于轻靡，时号‘宫体’”（《梁书·简文帝纪》）。可见“宫体”在当时指的是那些“伤于轻靡”的诗歌。“轻”是就题材气格而言，“靡”是就辞藻而言。《隋书·经籍志四》又说：

> 梁简文之在东宫，亦好篇什，清辞巧制，止乎衽席之间；雕琢蔓藻，思极闺闱之内。后生好事，递相放习，朝野纷纷，号为“宫体”。

可以看到，轻靡是指辞藻华丽、题材柔艳的风格。这些诗并不是创格于萧纲的。简文帝“弘纳文学之士，赏接无倦”，这些文学之士当中，对萧纲诗歌创作方向起引导作用的是其左右的文士徐摛（474—551）和庾肩吾（487—551）。据《北史·庾信传》记载：

> （庾信）父肩吾，为梁太子中庶子，掌管记。东海徐摛为右卫率。摛子陵及信并为抄撰学士。父子在东宫，出入禁闼，恩礼莫与比隆。既文并绮艳，故世号为“徐庾体”焉。当时后进，竞相模范，每有一文，都下莫不传诵。

“徐庾体”的风格是绮艳，这与宫体诗相似。但宫体诗的形成并不是始于梁代。刘师培在《中国中古文学史》中指出：“宫体之名，虽始于梁，然侧艳之词，起源自晋，晋宋乐府，如《桃叶歌》《碧玉歌》……均以淫艳哀音被于江左，迄于萧齐，流风益盛，其以此体施于五言诗者，亦始晋、宋之间，后有鲍照，前有惠休，特至于梁代，其体尤昌。”宫体诗源于南朝民歌，东晋王献之已拟作《桃叶歌》；刘宋时期鲍照、汤惠休诗中已露出艳情的苗头，锺嵘《诗品》称他们“雕藻淫艳”；至齐代，谢朓、沈约也时有涉及，如谢朓《赠王主簿》中“轻歌急绮带，含笑解罗襦”；沈约《六忆》中“解罗不待劝，就枕更须牵。复恐旁人见，娇羞在烛前”。这种带艳丽成分的诗歌是梁代宫体诗的先导。宫体诗并不是只昌盛于梁代，陈朝、隋朝乃至初唐的宫廷里，这种诗风都占主导地位。

宫体诗的典型题材是描写妇女的容貌体态举止，温香艳丽。萧纲是具有代表性的诗人，史书记载：“（简文帝）弘纳文学之士，赏接无倦……雅好赋诗，其自序云七岁有诗癖，长而不倦，然帝文伤于轻靡，时号‘宫体’。”（《梁书·简文帝纪》）。其《咏内人昼眠》曰：

> 北窗聊就枕，南檐日未斜。攀钩落绮障，插捩举琵琶。梦笑开娇

> 靥，眠鬟压落花。簟纹生玉腕，香汗浸红纱。夫婿恒相伴，莫误是倡家。

这是典型的宫体诗，浓软香艳，但无淫秽之意。“雕藻淫艳，眩倾心魄，亦犹五色之有红、紫，八音之有郑、卫”（锺嵘《诗品》），这段评论鲍照诗歌的话语，很适合于用来概括宫体诗辞藻的特色。宫体诗中著名的篇章之一，陈后主（名叔宝）的《玉树后庭花》也是如此：

> 丽宇芳林对高阁，新妆艳质本倾城。映户凝娇乍不进，出帷含态笑相迎。妖姬脸似花含露，玉树流光照后庭。

从《诗经·硕人》以来，就有诗人对“美女”进行描述的尝试，但因为正面的刻画容易支离破碎，失之于呆板，所以更多地诉诸侧面烘托描写。宫体诗在南朝追求形似的审美观念的驱动下，也在南朝刻画技艺发展的背景下，试图解决这个千古难题。但宫体诗一直受人诟病，是因为它过于注重外观描写，毫无寄托。如萧纲《美女篇》：

> 佳丽尽关情，风流最有名。约黄能效月，裁金巧作星。粉光胜玉靓，衫薄似蝉轻。密态随流脸，娇歌逐软声。朱颜半已醉，微笑隐香屏。

这与曹植《美女篇》比对，可以看得更清楚：

> 美女妖且闲，采桑岐路间。柔条纷冉冉，落叶何翩翩。攘袖见素手，皓腕约金环。头上金爵钗，腰佩翠琅玕。明珠交玉体，珊瑚间木难。罗衣何飘飘，轻裾随风还。顾盼遗光彩，长啸气若兰。行徒用息驾，休者以忘餐。借问女安居，乃在城南端。青楼临大路，高门结重关。容华耀朝日，谁不希令颜？媒氏何所营？玉帛不时安。佳人慕高义，求贤良独难。众人徒嗷嗷，安知彼所观？盛年处房室，中夜起长叹。

曹诗前半部分也是在铺写佳人的容貌仪态，但后半部分却转向“佳人慕高义，求贤良独难”，把“佳人”象征化，融入屈原以来的美人弃妇传统，寄托诗人怀才不遇的感慨。从“美女”形象上看，萧诗是高贵富丽，而曹诗是冷艳哀怨。另外从辞藻、对仗、篇幅也能略窥齐梁诗歌与汉魏诗歌的区别。

但宫体诗并不局限于女性柔情的刻画，还含有大量的咏物诗。寓目皆能入咏。花木、鸟兽、器具、虫豸、风雨，这些咏物诗也注重形态的描摹，很少能读出诗人的情感寄托。如萧纲《咏萤》：

> 本将秋草并，今与夕风轻。腾空类星陨，拂树若花生。屏疑神火照，帘似夜珠明。逢君拾光彩，不吝此身倾。

虽然前代诗人没有相同主题的诗作，但却有不少同题咏物赋。如萧纲这首《咏萤》，西晋傅咸、潘岳就都有《萤火赋》。咏物赋对诗歌赋法的启示，从西晋陆机等人诗歌写作的铺排，就可以看到辞赋铺排观念的影响；从刘宋谢灵运观察山水诗的角度，也可以发现辞赋观察方式的痕迹；齐梁时期的咏物诗中，照样能见到辞赋咏物传统的影子。

从严处苛求之，则咏物诗多缺乏真切深厚的情感，不像屈原《橘颂》那样有寄托。但从艺术流变的角度观之，不少咏物诗写得灵动有意趣。权且称这些小诗为小品诗，它没有深厚的情感，也没有遥深的寄托，就是一篇有趣的小诗，就像散文中可以有清新明快的小品文一样，不求有寄托，不求多感人，只是表现诗人日常中一时的“发现”和“看见”，以及表达心之灵见的手巧，是一种闲情雅致的体现。

宫体诗在柔艳题材、绮丽辞藻之外，也极为讲究声律。南齐的沈约、谢朓“文章始用四声，以为新变”，至宫体诗“转拘声韵，弥尚丽靡，复逾于往时”（《梁书·庾肩吾传》）。宫体诗合律者颇多，如萧纲《折杨柳》中“叶密鸟飞碍，风轻花落迟”，已是律句。可见，宫体诗的共同艺术特点是：注重辞藻、对偶、声律。

从以上论述来看，齐梁诗风虽然力避晋宋诗歌典雅涩重的趋势，走向轻巧晓畅，但在题材和情调上，不免肤浅化。宫体诗不外乎表现日常生活中的景物和情事，没有鲍照诗中的边塞题材，没有对社会底层和社会不公现象的关注，没有建功立业的豪迈之气，没有怀才不遇的愤愤不平，甚至没有谢灵运那种不得志的苦闷，情感阴柔化的倾向与日俱增。

宫体诗对后世诗歌的影响集中在两方面，一是其靡弱的诗风一直延续到隋及初唐的宫廷；二是它在形式上更趋格律化，对律诗的最终形成起到重要的推动作用。其用典和辞藻艳丽也为后世诗人如李贺、李商隐等所取用。

第九章　北朝诗风

由于政治对峙和交通阻隔，以及文化传统和地理环境的差异，北方政权下的诗坛和南方政权下的诗坛风格存在明显区别。南方山水清丽，文学多曼妙；北方辽阔高远，文学多雄壮。这让人想起作为中原文学的《诗经》与作为荆楚（南方）文学的《楚辞》之间的差别。

第一节　北朝民歌

北朝民歌现存70馀首，主要保存于《乐府诗集》的《梁鼓角横吹曲》中，另有少数辑入《杂曲歌辞》和《杂歌谣辞》。这种北方的环境还是跟《诗经》的“北方”不同，《诗经》的北方是指礼乐文明下的中原，而北朝的北方则包括大漠草原；而且《诗经》的北方是农业文明，但北朝的北方则多是牧业文明。所以不是牛羊下来，而是马背之上。这也就进一步拓宽了中国文学传统的地域涵盖和风格类型。北朝民歌主要是指少数民族的文学成就。

北朝民歌描绘着北方粗犷的自然、艰苦的生活、豪迈的性格以及直率的情感表达。描绘北方粗犷的自然环境的，《敕勒川》是人们耳熟能详的代表作：

> 敕勒川，阴山下。天似穹庐，笼盖四野。天苍苍，野茫茫，风吹草低见牛羊。

这是一首从鲜卑语翻译成汉语的诗歌，描写大草原的壮阔和优美。在山阻水隔的南方，难有这样开阔的视野。

生活在这辽阔地域中的是草原文明下的少数民族。他们崇尚武力，谁彪悍勇猛，力胜他人，谁就是王者。他们是马背上的民族：

> 健儿须快马，快马须健儿。跸跋黄尘下，然后别雄雌。（《折杨柳歌辞》）

> 新买五尺刀，悬著中梁柱。一日三摩娑，剧于十五女。（《琅琊王》）

做人就要做健儿，骑马就要骑快马，爱宝刀甚于爱女人。这是尚武精神的渲染。

与吴歌西曲那种和平年代的声色之娱之曲不同，北朝民歌还描写战争的杀戮。郭茂倩把大部分北朝民歌归类到“梁鼓角横吹曲”，就与北朝民歌描写战争有关：

> 横吹曲，其始亦谓之鼓吹，马上奏之，盖军中之乐也。北狄诸国，皆马上作乐。……有鼓角者为横吹，用之军中，马上所奏者是也。（《乐府诗集·横吹曲辞》）

《陇上歌》就是对具体战争场景的描写：“陇上壮士有陈安，躯干虽小腹中宽，爱养将士同心肝。驄骢父马铁锻鞍，七尺大刀奋如湍，丈八蛇矛左右盘，十荡十决无当前。战始三交失蛇矛，弃我驄骢窜岩幽，为我外援而悬头。西流之水东流河，一去不还奈子何！”但战争诗歌之所以能震撼读者的心，不在于它对场景写得如何逼真，而是在于它对世间美好事物的毁灭：

> 男儿可怜虫，出门怀死忧。尸丧狭谷中，白骨无人收。（《企喻歌辞》）

> 兄在城中弟在外，弓无弦，箭无栝，食粮乏尽若为活！救我来！

救我来！（《隔谷歌》）

这是不带有英雄气概的描写，诗中充满恐惧、无奈之情，能紧紧揪住读者的心。

这些诗歌都与北朝的地理环境、生活方式和文化习俗相关。即使是在最应该柔情脉脉的爱情诗中，北朝诗歌也显示出与南朝不一样的格调。南朝诗歌在爱情的表达上，总体是委婉含蓄的，但北朝诗歌却直率乃至泼辣：

谁家女子能行步，反著裌禅后裙露。天生男女共一处，愿得两个成翁妪！（《捉搦歌》）

月明光光星欲堕，欲来不来早语我！（《地驱乐歌》）

门前一株枣，岁岁不知老。阿婆不嫁女，那得孙儿抱？（《折杨柳枝歌》）

腹中愁不乐，愿作郎马鞭。出入擐郎臂，蹀坐郎膝边。（《折杨柳歌辞》）

这种表达都跟南方情歌的羞羞答答、含蓄婉约不同。它没有双关，也很少巧妙的构思，语言也非常质朴。这都是因为北朝没有南朝社会那繁复的礼仪，女子似乎也并不处于被动的地位。从以上有些泼辣爽直的女性口吻，即知女性并没有受到礼仪束缚，她们能坦率地表达自己。

另外，必须提及《木兰诗》：

唧唧复唧唧，木兰当户织。不闻机杼声，唯闻女叹息。问女何所思，问女何所忆。女亦无所思，女亦无所忆。昨夜见军帖，可汗大点兵，军书十二卷，卷卷有爷名。阿爷无大儿，木兰无长兄，愿为市鞍马，从此替爷征。东市买骏马，西市买鞍鞯，南市买辔头，北市买长鞭。旦辞爷娘去，暮宿黄河边，不闻爷娘唤女声，但闻黄河流水鸣溅溅。旦辞黄河去，暮至黑山头，不闻爷娘唤女声，但闻燕山胡骑鸣啾啾。万里赴戎机，关山度若飞。朔气传金柝，寒光照铁衣。将军百战死，壮士十年归。归来见天子，天子坐明堂。策勋十二转，赏赐百千强。可汗问所欲，木兰不用尚书郎，愿驰千里足，送儿还故乡。爷娘闻女来，出郭相扶将；阿姊闻妹来，当户理红妆；小弟闻姊来，磨刀霍霍向猪羊。开我东阁门，坐我西阁床。脱我战时袍，著我旧时裳。当窗理云鬓，对镜帖花黄。出门看火伴，火伴皆惊忙：同行十二年，不知木兰是女郎。雄兔脚扑朔，雌兔眼迷离；双兔傍地走，安能辨我是雄雌？

这首诗塑造木兰这一巾帼英雄的形象，主要修辞手法是对偶、排比及互文，叙事上详略的选择非常得当，既能把形象写得丰满，又不拖泥带水。

以上可以看出北方诗歌的大致风格，从整体来说，与南朝民歌在风格上形成互补。题材上各有侧重，北朝的战争民歌为南朝民歌所无，南朝民歌中爱情诗的数量，也是北朝民歌所不能比的；语言上有清丽和质朴之分，描写上有细腻与粗犷之别；风格上也就表现出婉转和直率的不同。北朝民歌传入南朝时，激发了南朝诗人对塞外世界的想象。

第二节　庾信、王褒与北朝文人诗

在北朝民歌以及南朝文人诗的基础上，北朝也发展起本土的文人诗，但进程十分缓慢。在王褒和庾信等南朝诗人羁北之前，北朝近170年的诗坛里，只出现过少数几位成就一般的诗人。其中最知名的就是“北地三才”温子升、邢邵和魏收。在梁代灭亡之前，南北朝的诗歌中心在南朝；随着庾信、王褒等人在梁灭后滞留北方，诗歌的中心也移向北朝。

温子升（495—547），字鹏举，东晋大将军温峤的后代，官至中军大将军，明代张溥辑有《温侍读集》，代表作是《捣衣诗》：

长安城中秋夜长，佳人锦石捣流黄。香杵纹砧知近远，传声递响何凄凉。七夕长河烂，中秋明月光。蠮螉塞边绝候雁，鸳鸯楼上望天狼。

诗写砧声处处、月光交织的秋夜，思妇触景生情，思念远在边塞的丈夫。李白《子夜吴歌》中的诗句“长安一片月，万户捣衣声”，或许就脱胎于此。但这首诗从题材到语言再到形式，在南朝诗歌中并不少见，所以可以视为学习南朝诗歌的结果。温子升《凉州乐歌·其二》则呈现出高亢激昂的精神风貌，诗言:“路出玉门关，城接龙城坂。但事弦歌乐，谁道山川远。”

邢邵（496—561?），“邵”一作“劭”，字子才，曾经在北魏、北齐做官，官至中书监，国子祭酒。诗仅存8首，其中《思公子》也有南朝诗歌的绮丽之风：“绮罗日减带，桃李无颜色。思君君未归，归来岂相识。”但作为北朝本土诗人，其《冬日伤志篇》更值得注意：

> 昔时惰游士，任性少矜裁。朝驱玛瑙勒，夕衔熊耳杯。折花步淇水，抚瑟望丛台。繁华夙昔改，衰病一时来。重以三冬月，愁云聚复开。天高日色浅，林劲鸟声哀。终风激檐宇，馀雪满条枚。遨游昔宛洛，踟蹰今草莱。时事方去矣，抚己独伤怀。

这是汉魏诗歌传统的嗣响。由此可见，北朝诗人的师法对象，既有同时代的南朝诗歌，也有同是创作于北方的魏晋诗歌传统。

魏收（505—572），字伯起，历仕北魏、北齐，官至尚书右仆射。现存诗歌多效仿南朝诗风。

“北地三才”存诗并不多，他们的诗风也没有独树一格，但他们传承了北地刚劲诗风的一面，这正是齐梁诗歌所缺或不足之处。正如魏徵在回顾这个时段的诗歌史时所说：

> 江左宫商发越，贵于清绮；河朔词义贞刚，重乎气质。气质则理胜其词，清绮则文过其意。理深者便于时用，文华者宜于咏歌。此其南北词人得失之大较也。若能掇彼清音，简兹累句，各去所短，合其两长，则文质斌斌，尽善尽美矣。(《隋书·文学传序》)

在北朝诗中，可以看到这两种诗风的并存。可以说，清绮的一面往往与南朝诗歌莫辨，而气质的一面才是北朝诗歌的本色，但却往往理胜其辞，过于质朴，如“怜君忆君停欲死，天上人间无可比。走马海边射游鹿，偏坐石上弹鸣雉。昔时方伯愿三公，今日司徒羡刺史”（北齐·高昂《赠弟季式诗》)。从诗歌史推进的角度来看，齐梁诗歌的风格已然成熟，北朝诗歌的气质也独具特色，这两种经验的总结和综合，成为推进诗歌发展的常规方向。但这种探索主要不是由北朝本土诗人完成的，而是经由南入北的诗人所带动的。其中最具代表性的诗人是由南入北的庾信和王褒。

庾信（513—581），字子山。父亲是梁朝著名诗人庾肩吾。庾信从小便在父亲的引领下，出入于萧纲的宫廷文人圈，后来与徐陵并为萧纲的东宫学士。梁朝灭亡前三年（554），他奉命出使西魏，由于北朝君臣倾慕南方文学，庾信又名声在外，因此被扣留。庾信在北朝极受器重，官至骠骑大将军、开府仪同三司，并且封侯。以羁留北朝为界限，庾信诗歌分为前期和后期。

庾信前期在梁朝安定繁荣的环境中度过，诗歌也深受宫廷文化的影响，《周书·庾信传》载：

> 时肩吾为梁太子中庶子，掌管记；东海徐摛为左卫率；摛子陵及信，并为抄撰学士。父子在东宫，出入禁闼，恩礼莫与比隆。既有盛才，文并绮艳，故世号为“徐庾体”焉。当时后进，竞相模范。每有一文，京都莫不传诵。

前期诗歌在侯景之乱中散失。但从留存的少量诗歌看，庾信早期沉醉于宫体诗创作，在题材和格调上没有多大突破，但在这时磨炼出成熟的诗歌技巧，如《奉和山池》中“荷风惊浴鸟，桥影聚行鱼。日落含山气，云归带雨馀”，描绘极为细致，同时也对诗体的发展有所推进，如《乌夜啼》和《燕歌行》就被清代刘熙载认为，分别“开唐七律”和“开初唐七古”，“其他体为唐五绝、五排所本者，尤不可胜举”（《艺概·诗概》）。早期诗歌写作的地位，为庾信后期的突破奠定了基础。

庾信在羁留北周后，一方面深切思念故国乡土，为自己身仕敌国而羞愧，因不得自由而怨愤；但另一方面身居显位，被尊为文坛宗师，受皇帝礼遇，与诸王结布衣之交，因此后期诗歌创作，也有大量应酬赠答之作，其体制近于早期诗作。这是他与北周上流社会保持密切关系的途径。但庾信对诗歌史的贡献，主要集中在表达亡国之恨、乡关之思的作品中，其中最具代表性的是《拟咏怀》的 27 首诗。这是一组五言诗，与阮籍《咏怀》诗一脉相承。

首先，诗中表现出北朝特有的雄浑苍茫的环境以及人文习俗。如：

日晚荒城上，苍茫馀落晖。都护楼兰返，将军疏勒归。马有风尘气，人多关塞衣。阵云平不动，秋蓬卷欲飞。闻道楼船战，今年不解围。（《拟咏怀·其十七》）

萧条亭障远，凄惨风尘多。关门临白狄，城影入黄河。秋风别苏武，寒水送荆轲。谁言气盖世，晨起帐中歌。（《拟咏怀·其二十六》）

这些诗歌的背景都是苍茫阔大的，但不同于北朝本土诗歌的质朴无文。这些诗歌对仗工整，典故巧妙。

其次是亡国之痛和乡关之愁。庾信诗歌中的故国追思、羁留之感以及失节之忧，给诗歌平添了情感的深度和浓度，如《拟咏怀·其七》：

榆关断音信，汉使绝经过。胡笳落泪曲，羌笛断肠歌。纤腰减束素，别泪损横波。恨心终不歇，红颜无复多。枯木期填海，青山望断河。

本诗塑造了思念汉地的女子形象，借以表现自己的故国之思。因为具备深厚的感情，所以即使是写女子情思的形象，也完全不同于南朝艳丽柔弱的诗风。可以说，这些诗歌既有齐梁诗善于写景写人的成就，又继承了汉魏寄托咏怀的精神，同时融入齐梁的声律、对偶、隶事技巧，可以说在空间上集南北诗风之大成，在时间上集魏晋南北朝诗风之大成。为此，杜甫在《戏为六绝句》中说“庾信文章老更成，凌云健笔意纵横”；又在《咏怀古迹》中评论其“暮年诗赋动江关”。

在《拟咏怀》之外，庾信还有一些绝句充满感伤：

玉关道路远，金陵信使疏。独下千行泪，开君万里书。（《寄王琳》）

阳关万里道，不见一人归。唯有河边雁，秋来南向飞。（《重别周尚书》）

以往只用于咏物或表现爱情的绝句，在这里写得何等沧桑，完全不同于南朝民歌和文人绝句，倒是有北朝民歌的真情实感，但构思和对仗技巧的高度成就，又不是北朝民歌所能比拟的。

庾信后期诗歌在语言句法上也参照汉魏以来的诗歌传统，吸取汉魏诗歌散直古朴的句法，与精工的对句相参用，如“步兵未饮酒，中散未弹琴。索索无真气，昏昏有俗心”（《拟咏怀·其一》），“其面虽可热，其心长自寒”（《拟咏怀》其二十），或使用虚词，自然而对，不尚雕琢，如“野老时相访，山僧或见寻。有菊翻无酒，无弦则有琴”（《卧疾穷愁》），“有城仍旧县，无树即新村”（《望野》）。

庾信晚年诗歌“穷南北之胜”（倪璠《注释庾集题辞》），是南北朝时期集大成的大诗人，明代张溥《庾开府集题辞》说：“史评庾诗‘绮艳’，杜工部又称其‘清新’‘老成’，此六字者，诗家难兼，子山备之。”明代杨慎也称：“庾信之诗，为梁之冠绝，启唐之先鞭。”① 指出庾信在魏晋南北朝诗歌与唐代诗歌之间承上启下的地位。

王褒（约513—576），字子渊，出身名族。在梁朝官至吏部尚书、右仆射。萧梁降北后，王褒被带到北方，以门第与文才受到重视，仕西魏、北周，官至太子少保、少司空，与庾信同为北方文坛的宗匠。

王褒羁留北朝之后，自然环境和人生处境都发生巨变。其诗歌的环境描写显得更加壮阔，如《云居寺高顶》：“中峰云已合，绝顶日犹晴。邑居随望近，风烟对眼生。”同时诗中的情感也愈加浓烈，代表作《渡河北》就是这样一首诗：

> 秋风吹木叶，还似洞庭波。常山临代郡，亭障绕黄河。心悲异方乐，肠断《陇头歌》。薄暮临征马，失道北山阿。

表达对故国之思以及羁旅他乡的无奈。对仗工整，音韵协调，同时又具有苍劲悲凉的格调，表现出南北诗风融合的特点。

---

①〔明〕杨慎：《丹铅总录》卷十八；《升庵诗话》卷三，见《历代诗话续编》中册，第815页。

第十章　隋代诗风

隋代诗歌上承南北朝诗歌馀绪，下启初唐诗风，是诗歌史上重要的过渡阶段。尽管只有38年的历史，所存诗歌数量不多，但南北诗风的融合有了很大进步。从文化渊源看，隋代诗人可分为三大群体：一、西魏、北周入隋的关陇诗人，如杨广、杨素等；二、东魏、北齐入隋的山右诗人，如卢思道、薛道衡等；三、梁、陈入隋的江左诗人，如虞世基、虞世南等。后两类是主力，但是隋诗继承的是北朝诗歌的底色，同北魏、北齐一脉相承，对梁、陈亦多因袭。从影响看，卢思道、薛道衡较著，大臣杨素及隋炀帝杨广也有若干可以称道之作。

卢思道（535—586），字子行。范阳（今河北涿州）人，出生于北魏末，曾仕北齐，性狂傲，屡遭责辱，后官至黄门侍郎。齐亡历周入隋，有集20卷，今佚，明人辑有《卢武阳集》。卢思道的诗以《从军行》《听鸣蝉篇》最有名。《从军行》以七言歌行体描写边塞风光：

> 朔方烽火照甘泉，长安飞将出祁连。犀渠玉剑良家子，白马金羁侠少年。平明偃月屯右地，薄暮鱼丽逐左贤。谷中石虎经衔箭，山上金人曾祭天。天涯一去无穷已，蓟门迢递三千里。朝见马岭黄沙合，夕望龙城阵云起。庭中奇树已堪攀，塞外征人殊未还。白雪初下天山外，浮云直上五原间。关山万里不可越，谁能坐对芳菲月。流水本自断人肠，坚冰旧来伤马骨。边庭节物与华异，冬霰秋霜春不歇。长风萧萧渡水来，归雁连连映天没。从军行，军行万里出龙庭。单于渭桥今已拜，将军何处觅功名？

从军士出征，写到思妇怀人，在时空的腾挪转换中展示恢宏辽阔的境界，情调深沉且“明艳可观”①，句式灵活多变，虚词的承接和韵脚的流转，增添出充沛的气势，活泼爽朗的节奏，堪称初唐七言歌行的先河。《听鸣蝉篇》曾受到庾信称赏：

> 听鸣蝉，此听悲无极。群嘶玉树里，回噪金门侧。长风送晚声，清露供朝食。晚风朝露实多宜，秋日高鸣独见知。轻身蔽数叶，哀鸣抱一枝。流乱罢还续，酸伤合更离。暂听别人心即断，才闻客子泪先垂。故乡已超忽，空庭正芜没。一夕复一朝，坐见凉秋月。河流带地从来崄，峭路干天不可越。红尘早蔽陆生衣，明镜空悲潘掾发。长安城里帝王州，鸣钟列鼎自相求；西望渐台临太液，东瞻甲观距龙楼。说客恒持小冠出，越使常怀宝剑游。学仙未成便尚主，寻源不见已封侯。富贵功名本多豫，繁华轻薄尽无忧。讵念嫖姚嗟木梗，谁忆田单倦土牛。归去来，青山下。秋菊离离日堪把，独焚枯鱼宴林野。终成独校子云书，何如还驱少游马。

此诗作于入周以后，颇有北人慷慨悲歌之风，也吸收了南朝文人的清丽文风，开唐人歌行之先河，在隋诗中可称杰作。

和卢思道齐名的是薛道衡（540—609），字玄卿，河东汾阴（今山西万荣）人。齐亡入周，隋文帝代周，为散骑常侍聘陈。后因与废太子杨勇交好，为炀帝所杀。《隋书·经籍志》著录其集70卷，今佚，明人辑有《薛司隶集》。他的诗以《人日思归》和《昔昔盐》最著名。《人日思归》作于聘陈时：

> 入春才七日，离家已二年。人归落雁后，思发在花前。

首二句平稳，只是如实说来。后二句突发奇想，顿成精彩，因此大受南人叹服。②《昔昔盐》写思妇之情：

---

①〔明〕胡应麟：《诗薮》外编卷二。

②〔唐〕刘餗：《隋唐嘉话》卷上：“薛道衡聘陈，人日诗云：‘入春才七日，离家已二年。’南人嗤之曰：‘是底言？谁谓此虏解作诗！’及云：‘人归落雁后，思发在花前。’乃喜曰：‘名下固无虚士。’”

垂柳覆金堤，蘼芜叶复齐。水溢芙蓉沼，花飞桃李蹊。采桑秦氏女，织锦窦家妻。关山别荡子，风月守空闺。恒敛千金笑，长垂双玉啼。盘龙随镜隐，彩凤逐帷低。飞魂同夜鹊，倦寝忆晨鸡。暗牖悬蛛网，空梁落燕泥。前年过代北，今岁往辽西。一去无消息，那能惜马蹄。

此诗历来传诵，《隋唐嘉话》记载薛之被杀，因炀帝嫉妒“空梁落燕泥”之句，恐出附会。但此句确系警策之句，唐人赵嘏作五律20首，每首以此诗一句为题，可见其影响之大。像这些名篇，诗风与梁陈差别不大，但薛每能作清刚遒劲之作，和杨素而作的《出塞》两首，较之南方诗人的边塞之作，更多切身感受。

由齐历周入隋的诗人还有孙万寿，字仙期，信都武强（今属河北）人，北齐学者孙灵晖子，入隋，滕王引为文学，后因衣冠不整之故，发配防守江南，又为行军总管宇文述召典军书。孙万寿在军中郁郁不得志，曾作《远戍江南寄京邑亲友》五言长诗赠友，凡82句。全诗基本上为对偶句，已近后世排律，而诗风流畅有力，为梁陈诗人所不及。诗传至京师，世人争相吟诵。

在隋代，不仅北齐旧地出了不少诗人，原北周统治区因庾信的影响，文学也曾趋于兴旺，出现了一些有成就的诗人。其中最有名的是杨素（？—606），字处道，弘农华阴（今属陕西）人。隋文帝时因平陈功，拜荆州总管，封越国公；炀帝时官至尚书令，权倾朝野，后颇为炀帝猜忌。《隋书·经籍志》著录有集10卷，今存诗6首（其中《赠薛番州》一首，共分十四章）。他是一个军事家，曾率兵击败突厥，因此所作的边塞诗，刚健雄浑，颇具英雄气概，如《出塞》其二：

汉虏未和亲，忧国不忧身。握手河梁上，穷涯北海滨。据鞍独怀古，慷慨感良臣。历览多旧迹，风日惨愁人。荒塞空千里，孤城绝四邻。树寒偏易古，草衰恒不春。交河明月夜，阴山苦雾辰。雁飞南入汉，水流西咽秦。风霜久行役，河朔备艰辛。薄暮边声起，空飞胡骑尘。

此诗虞世基、薛道衡都有和作，却都不如此诗富有深厚的生活基础。杨素不但善于写边塞题材，其赠答唱和之作，亦多属上品，如《山斋独坐赠薛内史》其一：

> 居山四望阻，风云竟朝夕。深溪横古树，空岩卧幽石。日出远岫明，鸟散空林寂。兰庭动幽气，竹室生虚白。落花入户飞，细草当阶积。桂酒徒盈樽，故人不在席。日暮山之幽，临风望羽客。

摹写静夜之景，远山空林，幽静秀丽，再至兰庭幽室，再至盈樽美酒，由远及近，由大而小，由粗而细，由虚而实，其中情思，缓缓流淌，由朦胧而至清晰。最后又回到日暮远山，旅中情思，寂寞空灵，哀而不伤，不事雕琢，自然天成，看似信笔而来，实则颇有匠心。沈德潜称杨素“武人亦复奸雄，而诗格清远，转似出世高人，真不可解”①。确实，杨素在政治上是个权臣，颇为史家所非议，但其诗歌却令人叹服。

同样，隋炀帝杨广（569—618）虽是出名的荒淫皇帝，但在诗歌方面的成就却不可一笔抹杀，如早年西巡张掖时所作的《饮马长城窟行》：

> 肃肃秋风起，悠悠行万里。万里何所行，横漠筑长城。岂台小子智，先圣之所营。树兹万世策，安此亿兆生。讵敢惮焦思，高枕于上京。北河秉武节，千里卷戎旌。山川互出没，原野穷超忽。摐金止行阵，鸣鼓兴士卒。千乘万骑动，饮马长城窟。秋昏塞外云，雾暗关山月。缘岩驿马上，乘空烽火发。借问长城候，单于入朝谒。浊气静天山，晨光照高阙。释兵仍振旅，要荒事方举。饮至告言旋，功归清庙前。

此诗刚健质朴，是优秀的边塞诗，开启了唐人大写边塞的先河。魏徵《隋书·文学传序》论及隋炀帝的作品“并存雅体，归于典制”，特别提到此诗。沈德潜《古诗源》选隋炀帝诗两首，即此诗与《白马篇》，评云：“二章气体自阔大，而骨力未能振起。故知风格初成，箐华未备。”② 这就是说虽有气势而技巧尚未成熟。后来杨广在诗艺上成熟了，气势却不如早

---

①〔清〕沈德潜：《古诗源》卷十四，中华书局1963年版，第356页。

②〔清〕沈德潜：《古诗源》卷十四，中华书局1963年版，第355页。

年开阔，如《夏日临江》：

> 夏潭荫修竹，高岸坐长枫。日落沧江静，云散远山空。鹭飞林外白，莲开水上红。逍遥有馀兴，怅望情不终。

中间二联写景生动，对仗工整，尤其“日落”二句，已开唐代王维、孟浩然先声；“鹭飞”二句较之梁陈诗人之作，也觉更胜一筹。即使侧艳之歌也有可读之作，如《春江花月夜》其一：

> 暮江平不动，春花满正开。流波将月去，潮水带星来。

写春日江景，通顺易晓，情致丰足，后来唐人张若虚《春江花月夜》循此而展开。

第二编　唐代诗歌

导 言

唐代从高祖武德元年（618）到哀帝天祐四年（907），共289年，是史上政治军事强大、经济文化繁荣的朝代。有唐一代诗歌空前繁荣：首先，数量之多空前。清康熙间所编《全唐诗》，共900卷，收诗4.8万多首，加上后人的补逸、补遗、续拾等，今存诗5.5万多首。由于唐代刻版印刷术刚刚发明，印书还不是轻而易举的事，盛唐重要诗人王之涣，就只剩下6首诗。整个唐诗流失的数字，更难以统计全面。即使如此，现存唐诗数量仍超出唐以前诗歌总和的两三倍，而且质量极高，名篇迭出；好诗如潮，传诵不息，有大量感人肺腑、脍炙人口的艺术精品。

其次，诗人之多空前。唐朝是诗歌艺术天才成批涌现的时代。除李白、杜甫这两位罕见的伟大诗人之外，其他如陈子昂、孟浩然、王维、高適、岑参、王昌龄、韦应物、韩愈、孟郊、元稹、白居易、刘禹锡、柳宗元、李贺、杜牧、李商隐等人，也都是开宗立派、具有独创风格的大家。此外，有成就、有特色、有影响的诗人，尚不下五六十之数。全部唐诗，共有作者3600多人，遍布社会各个阶层，上到帝王、嫔妃、文臣、武将，下到渔人、樵夫、宫女、歌伎等，都可以联句吟诗。这些诗人的创作，在唐代诗坛上争奇斗艳，形成百花齐放的伟观。

再次，题材之广空前。唐诗展现了丰富多彩而又无比广阔的社会生活。“摐金伐鼓下榆关，旌旗逶迤碣石间”（《燕歌行》），“营州少年厌原野，狐裘蒙茸猎城下”（《营州歌》），这是高適笔下的祖国东北；“忽如一夜春风来，千树万树梨花开”（《白雪歌送武判官归京》），“火云满山凝未开，飞鸟千里不敢来”（《火山云歌送别》），这是岑参笔下的西域风光。万国衣冠，云集两京，西凉歌舞，全国风行。国家的强大统一，政治的清明安定，经济文化的兴盛繁荣，都写入了一代人的光辉诗篇。唐代既有山水诗、田园诗、园林诗、边塞诗、隐逸诗、游侠诗，又有友情诗、爱情诗、闺怨诗、宫怨诗、佛道诗、自传诗、怀乡诗、政治诗、讽喻诗、怀古诗、咏史诗、送别诗、咏乐诗、题画诗、宫廷诗、咏物诗、言志诗等。更难得的是，这一代诗人都不同程度地有一种蓬勃向上的朝气，思想解放，襟怀开阔，李白高呼“遭逢圣明主，敢进兴亡言”（《书情赠蔡舍人雄》），

“天生我材必有用，千金散尽还复来”（《将进酒》）；杜甫则自云“穷年忧黎元，叹息肠内热”（《自京赴奉先县咏怀五百字》），“留滞才难尽，艰危气益增”（《泊岳阳城下》）。

最后，体派之丰空前。唐代，古体诗有四言、五言、七言、杂言等多种形式，七言还发展为歌行体，元白又创为长庆体，乐府则发展出新题乐府。尤其是五七言律绝，到唐代定型，成为官定考试及竞赛的诗体。总之，骚体、歌行体、乐府、古风、五绝、七绝、五律、七律、排律，应有尽有。另外，手法变化多端，风格千姿百态，流派各种各样。胡应麟《诗薮》外编卷三开篇就说：“甚矣，诗之盛于唐也！其体，则三言、四言、五言，六、七、杂言，乐府、歌行，近体、绝句，靡弗备矣。其格，则高卑远近、浓淡浅深、巨细精粗、巧拙强弱，靡弗具矣。其调，则飘逸浑雄、沉深博大、绮丽幽娴、新奇猥琐，靡弗诣矣。其人，则帝王将相、朝士布衣、童子妇人、缁流羽客，靡弗预矣。”

以历史眼光纵观前后，不能不承认：诗歌的领域，从来没有像唐诗这样宽广；诗歌的内容，从来没有像唐诗这样丰富；诗的体式，从来没有像唐诗这样完备；诗的风格，从来没有像唐诗这样多样。其实，唐人在诗歌方面的成就，不但是空前的，也是后人难以企及的。尽管以诗人、诗篇的数量来说，宋诗或元诗、明诗、清诗都超过唐诗，但是唐诗在后代读者心中所占的优势，却是这几代诗人所无力改变的；唐诗在后代诗人心目中所起的典范作用，更是他们自己也无法否认的。从“青灯有味”（陆游《秋夜读书每以二鼓尽为节》）的儿童时代起，唐诗就是他们的良师益友：“熟读唐诗三百首，不会作诗也会吟”。诚如陈贻焮《增订注释全唐诗·序》所热情称赞的：“有唐一代诗，上承汉魏之风骨与齐梁之英华，并风骚之精神，皆从彼挹取；下开两宋之派别及明清之波澜，即和韩之坛坫，亦由兹分出。文质兼备，盛莫能加，岂特我国史诗之高峰，实亦世界文化之伟观也。”① 唐诗一般分为初盛中晚四个时期：初唐：高祖武德元年（618）—玄宗先天元年（712），约100年；盛唐：玄宗开元元年（713）—代宗永泰元年（765），约50年；中唐：代宗大历元年（766）—文宗太和九年（835），约70年；晚唐：文宗开成元年（836）—昭宣宗天祐四年（907），约70年。以下即依序而述。

①陈贻焮主编，陈铁民、彭庆生副主编《增订注释全唐诗》卷首，文化艺术出版社2001年版，第1页。

第一章　上官体与初唐四杰

第一节　上官体

隋唐之际，雅正与浮艳是并存于同一创作群体的两种不同的诗学倾向，因此魏徵提出融合河朔贞刚与江左清绮的目标。而初唐诗歌的总趋向是努力从六朝纤巧艳丽、追求形式的束缚中挣脱出来，逐渐走出自己的步伐。但在开国之初的半个世纪内，仍然是齐梁诗风占据诗坛。文人们除了写作富丽呆板的宫廷诗外，还大量写作那种轻艳浮靡的宫体诗。

由于唐太宗在贞观中后期的有意提倡，到高宗永徽、龙朔年间富丽的辞藻、绮错的诗律和歌舞升平的气象开始融合，绮错婉媚、富贵闲逸的雅体开始充斥宫廷诗坛，成为一时风气。以上官仪为代表的“上官体”，成为龙朔年间诗坛流行颇广的一种诗体。

上官仪的诗学著作《笔札华梁》提出“六对”“八对”理论，使五言诗的声律、对仗更趋于精致而多变，也更便于推广和普及。元兢《诗髓脑》总结出“调声三术”“八病”“八对”，则是对上官仪诗学理论的进一步发展，使五言诗的声律理论更趋丰富和成熟。[①] 从某种意义上说，上官体及其诗学理论有艺术上的唯美倾向。但是，又不像人们常说的那样重艺术形式而轻情感表达。据近世日本学者小西甚一考证，《文镜秘府论》“地卷”中《八阶》《六志》实为上官仪《笔札华梁》佚文，足以代表其诗学

①杜晓勤：《从永明体到沈宋体》，《唐研究》第2卷，北京大学出版社1996年版，第121—166页。

观点。①《八阶》中的“咏物阶”“赠物阶”“返酬阶”“赞毁阶”“援寡阶”等五阶，都是借体物以言情，而非单纯的摹写物态。《六志》则是对诗歌言志述怀技巧的总结，其中有直言其志、袒露怀抱的“直言志”，有“寄物方形、意托其间”的“比附志”，有“情含郁抑、语带讥微”的“寄怀志”，有“斥论古事、指列今词”的“起赋志”，有“反言其事、褒贬其间”的“贬毁志”“赞誉志”。可以看出，上官仪并不喜欢穷形尽相、敷写物态的咏物写景诗。但是，上官仪虽然论及诗歌的言志述怀功能，却不是对儒家诗教说的简单回归，在其论列的“八阶”“六志”中，无一涉及“明道”“讽谏”等儒家诗学观点。更主要的是，上官仪及其诗学追随者并没有把这种言志述怀的观念付诸实践。

上官仪现存诗作主要是吟咏安享富贵的闲逸自足之情。如《早春桂林殿应诏》诗云：“步辇出披香，清歌临太液。晓树流莺满，春堤芳草积。风光翻露文，雪华上空碧。花蝶来未已，山光暖将夕。”再如《入朝洛堤步月》诗云：“脉脉广川流，驱马历长洲。鹊飞山月曙，蝉噪野风秋。”都是写自己入朝为相、雍容满足的气度，诗境清远而有风致。所以，时人认为“上官体”的实质就是“以绮错婉媚为本”，所谓“绮错婉媚”，是“绮错成文而能缘情宛密而得天真媚美之致”的艺术风格。② 这是对诗歌艺术精研后达到的艺术境界。“初唐四杰”和后来的卢藏用、陈子昂都认为上官体是齐梁诗风的延续，而加以批判。

第二节　初唐四杰

王勃、杨炯、卢照邻、骆宾王四人齐名，号称“初唐四杰”。他们的作品也深受齐梁作者尤其是徐陵、庾信的影响。但他们的文学主张颇重视经世教化，企图改变纤丽的诗风。杨炯《王勃集序》说以前的文坛是“骨气都尽，刚健不闻”，到了王勃、卢照邻等出来之后，才使“积年绮碎，

①[日]小西甚一：《文镜秘府论考·研究篇》上册，日本八大洲出版会社1948年版，第46页。

②赵昌平：《上官体及其历史承担》，《文学史》第1辑，北京大学出版社1993年版。

一朝齐廓”。他们都富有才情而又有建功立业的壮志，由于受到统治阶级的打击和排挤，生活潦倒，但也正因此而能接触到较为广阔的社会阶层，受到磨炼，很自然地表现出抑郁不平的感慨以及积极进取的精神。杨炯说的“积年绮碎”虽然还没有真正的“一朝齐廓”，也确实比前人有了较多的改变。学界常常把“初唐四杰”和上官仪放在对立面进行论述，实际上他们之间的关系比较复杂。“初唐四杰”的诗歌主张并非一成不变，也并未毫无保留地反对当时的宫廷诗歌。四杰和宫廷诗人的区别在于，他们不但主文，重视诗歌的艺术美，而且重儒、崇道，更强调表现内心的情志。前人常说，“四杰”的诗歌创作理论和创作存在着矛盾，如果从时段上考察，二者之间其实并不矛盾，只不过是因他们境遇不同而发生了变化。①

当他们在求仕过程中，或者入仕在朝时，诗歌理论和作品实际上和上官仪等没有多少本质的区别。如骆宾王《上吏部裴侍郎帝京篇》说：“徒以《易》象六爻，幽赞通乎政本；诗人五际，比兴存乎《国风》。”王勃在沛王府任上，奉命撰修《平台秘略论》，也同样强调文学的经世教化功能：“故文章经国之大业，不朽之能事，而君子所役心劳神，宜于大者远者，非缘情体物，雕虫小技而已。”当“四杰”用“文章之道”“斯文之功”去衡量魏晋以来的宫廷文学时，他们发现只有贞观宫廷之作近于雅颂正声。所以，卢照邻《南阳公集序》说：“贞观年中，太宗外厌兵革，垂衣裳于万国，舞干戚于两阶。留思政途，内兴文事。虞、李、岑、许之俦以文章进，王、魏、来、褚之辈以材术显。……虞博通万句，对问不休；李长于五言，下笔无滞；岑君论诘亹亹，听者忘疲；许生章奏翩翩，谈之不易；王侍中政事精密，明达旧章；魏太师直气鲠词，兼包古义；……褚河南风标特峻，早锵声于册府。”而且“四杰”也把贞观重臣这种宫廷文学生活作为自己的人生目标。卢照邻的诗歌创作理想是希望能够像贞观朝诸大臣那样“晨趋有暇，持彩笔于瑶轩，夕拜多闲，弄雕章于琴席”。王勃期望的也是那种“自此西序，言投北阙，若用之衔诏，冀宣命于轩阶”（《寒梧栖凤赋》）的文学之梦。杨炯也曾为迎合武后爱好祥瑞的心理写过赋颂。他们在朝为官时也经常和省闼、馆阁中的同僚宴集唱和。从杨炯《登秘书省阁诗序》《崇文馆宴集诗序》《晦日药园诗序》《群官寻杨隐居诗序》及《和骞右丞省中暮望》《和郑雠校内省眺瞩思乡怀友》和王勃

①杜晓勤：《初唐四杰与儒道思想》，《文学评论》1995年第5期。

《春日宴乐游原赋韵得接字》诗中，可以发现上官体闲逸、隽雅的影子。

然而，当“四杰”被迫远离宫廷、蹭蹬下僚的时候，创作观念就发生显著的变化，开始侧重于言志述怀。如王勃《送杜少府之任蜀川》：

城阙辅三秦，风烟望五津。与君离别意，同是宦游人。海内存知己，天涯若比邻。无为在歧路，儿女共沾巾。

朴素无华，但颇有警策之意，在豪语之中含有对友人的体贴。

由于“四杰”具有“以道自任”的人生抱负和经世致用的政治热情，所以他们失意后的痛苦和愤懑也富有极强的感染力。在儒家传统的“诗言志”观念的影响下，“四杰”在此种情境下考虑得最多的，是如何才能表达出“坎壈圣代”“殷忧明时”的复杂情志，而不再是文学的经世教化作用。骆宾王《夏日游德州赠高四序》云：“夫在心为志，发言为诗。”卢照邻《释疾文序》云：“盖作《易》者，其有忧患乎？删《书》者，其有栖遑乎？《国语》之作，非瞽叟之事乎？《骚》文之兴，非怀沙之痛乎？”对儒家传统的“忧患而作”“发愤著书”说作了相应的体认。当他们用“诗言志”的创作原则去衡量文学时，还得出与用教化说衡量时不同的结论。如王勃《上吏部裴侍郎启》曾经竭力否定屈宋以来“悲怨”的创作风尚，但他在《春思赋》中“高谈胸怀”“颇泄愤懑”之时，则将屈原引为同调。卢照邻《驸马乔君集序》斥责“屈平、宋玉，弄词人之柔翰。礼乐之道，已颠坠于斯文。”到作《释疾文》《五悲》等文时，又奉屈骚的艺术精神为圭臬，颇有骚人之风。杨炯《王勃集序》也认为王勃的创作在“远游江汉、登降岷峨”之后，“神机若互，日新其兴”，诗风发生了前所未有的新变。同样，当“四杰”用“诗言志”的创作原则去评价齐梁文学和龙朔诗风时，他们就开始对南朝宫廷和龙朔初载的“文场变体”不满了，就会认为南朝诗赋徒有缘情体物之丽美，而无言志述怀之感慨，就会认为上官仪、许敬宗等人的诗文“争构纤微，竞为雕刻”“骨气都尽，刚健不闻”了。他们是在用在野者的直率、激烈、愤懑，来批评当朝者的悠闲、富贵、淡雅。虽然这种批评很大程度上应归因于不能重返朝廷廊庙所产生的愤激和不平心理，但是，客观上他们的文学活动范围和诗歌表现领域，比宫廷文人诗拓宽了许多。

对于“初唐四杰”在诗歌创作上的新变，闻一多认为，“卢骆实际上是宫体诗的改造者”“他们都曾经是两京和成都市中的轻薄子，他们的使命是以市井的放纵改造宫廷的堕落，以大胆代替羞怯，以自由代替局缩，所以他们的歌声需要大开大阖的节奏，他们必须以赋为诗”①。卢照邻《长安古意》和骆宾王《帝京篇》等，都是“宫体诗的一个剧变”，而促成这个剧变的主要原因是“背面有厚积的力量撑持着”。“这力量，前人谓之‘气势’，其实就是感情。有真实感情，所以卢骆的来到，能使人们麻痹了百馀年的心灵复活。有感情，所以卢骆的作品，正如杜甫所预言的，‘不废江河万古流’”②。“正如宫体诗在卢骆手里是由宫廷走到市井，五律到王杨的时代是从台阁移至江山与塞漠。台阁上只有仪式的应制，有‘绨章绘句，揣合低昂’。到了江山与塞漠，才有低回与怅惘，严肃与激昂，例如王勃的《别薛升华》《送杜少府之任蜀州》和杨炯的《从军行》《紫骝马》一类的抒情诗。抒情的形式，本无须太长，五言八句似乎恰到好处。前乎王杨，尤其是应制的作品，五言长律用的还相当多。这是该注意的！五言八句的五律，到王杨才正式定型，同时完整的真正唐音的抒情诗也是这时才出现的”③。确实，“四杰”所追求的远大人生理想，因才命不合于时所激发的种种不平之鸣，开启了盛唐诗歌的基本主题，为初盛唐诗歌融合建安气骨和江左文风提供了经验。

①闻一多：《四杰》，《唐诗杂论》，上海古籍出版社1998年版，第25页。

②闻一多：《宫体诗的自赎》，《唐诗杂论》，上海古籍出版社1998年版，第15页。

③闻一多：《四杰》，《唐诗杂论》，上海古籍出版社1998年版，第25页。

第二章 山水田园诗派

盛唐诗歌天然壮丽的风貌，突出体现在山水田园诗和边塞诗两大题材上。虽然从汉魏以后逐渐形成和发展起来的各类题材，在盛唐都达到极高水平，但山水田园诗和边塞诗最能反映诗人在山林廊庙、出处进退、牧歌情调和英雄气概之间所取得的平衡，这是唯有盛唐时代才具备的诗格。

山水田园是中国诗歌中永不衰竭的题材，但是像盛唐山水田园诗这样盛极一时的局面，却是空前绝后的。繁荣的经济和安定的社会，为其兴起提供了环境。别业山庄的构筑，使山林田园风光融成一片，促使晋宋以来分道而行的山水和田园两大题材相互渗透，合为一体。初唐以来兴起的游览观光、赠答留别的宴会和文会，到盛唐更加普及。大量的山水诗便在这样的环境里产生了。山水诗和田园诗在晋宋之交同时出现，经过南朝到初唐的发展，已经积累了丰富的艺术经验。情景关系的处理愈趋丰富多变，取景的视野不断拓宽，诗境的概括力不断提高，构思的多元化和“兴象”的个性化，取代了刻板的模山范水和静态观照的模式，这就为盛唐山水田园诗的繁荣做好了准备。

盛唐山水田园诗派，主要指以王维、孟浩然为代表，包括储光羲、常建、祖咏、綦毋潜等在内的一批风格近似的诗人，他们大都与王维有密切的交游。此外，王昌龄的山水诗也较接近这一诗派。这派诗人将陶渊明、谢灵运诗的旨趣和审美观照方式与方外之情结合起来，形成爱好幽寂空静之境的共同特色。在意象、语言、结构等表现手段上，通过创造类似的隐居环境，表现与陶渊明类似的心境；吸取谢诗形象鲜明、容量较大、语言典雅的特点，在登临游览中展开山水长卷等。在融合的基础上，把意象提炼到具有最高概括力的程度，以体合自然、适意自足为旨归，爱好清新闲雅、空灵淡泊的意境，艺术取向和创作倾向大致相同。

第一节　王　维

王维（701—761），字摩诘，名与字都取自深通大乘佛法的居士维摩诘之名。祖籍太原祁（今山西祁县），后徙家蒲州猗氏（今山西临猗）。出身仕宦之家，但自高祖父以下，官位都不高。祖父胄，官协律郎；父亲处廉，终汾州司马。大约王维少时，其父亲即卒。母亲博陵崔氏，在王维9岁以前，就已师事佛教禅宗北宗神秀禅师的大弟子普寂，前后30馀年。崔氏虔诚奉佛，无疑对王维颇有影响。王维早慧，9岁知属词。15岁离家赴长安谋求进取。

开元七年（719）七月，王维赴京兆府试，中第。开元九年（721）春擢进士第，释褐为太乐丞。同年秋贬济州（治所在今山东茌平西南）司仓参军，结交不少失志的下层知识分子。开元十四年（726），被分配到淇（今河南北部淇河）上，去做“禄薄”的微官。不久，便弃官在淇上隐居。开元十七年（729），回到长安闲居，从荐福寺道光禅师学佛。开元十九年（731），妻子病故而不再娶，从此一直孤居。开元二十一年（733）十二月，张九龄拜相，次年五月又加中书令，王维献《上张令公》诗请求汲引。开元二十三年（735）春，张九龄果然提拔王维为右拾遗。他精神振奋，积极用世。然而好景不长，在李林甫的诬陷、打击下，张九龄于次年十一月罢相，这使王维感到沮丧。接着，王维以监察御史的身份出使河西，并被留在那里兼任节度判官一年左右。开元二十六年（738），回到长安，仍任监察御史。二十八年（740），迁任殿中侍御史；同年秋末或冬初，赴岭南道桂州“知南选”。天宝元年（742）春，出任左补阙。四年，迁侍御史。后累迁库部员外郎、库部郎中。天宝末，官至文部郎中、给事中。天宝初年，王维因母亲崔氏奉佛，于是在蓝田营置辋川别业，过着亦官亦隐的生活。天宝十四载（755）十一月，安史之乱爆发。次年六月，长安沦陷，玄宗仓皇奔蜀，王维扈从不及，为安史叛军所获。安禄山强迫他当了伪官。至德二载（757）十月，唐军收复东京洛阳后，做过伪官的人都依六等定罪，王维由于其“凝碧诗”早已传到行在，受到肃宗的嘉许，加上弟弟王缙官位已高，请求削职为兄赎罪，因此得到宽恕。乾元元年（758）春复官，授太子中允。后迁中书舍人、给事中。上元元年（760），升任尚书右丞。第二年七月，离开人世。死后，被安葬在清源寺（即辋川庄）。

王维今存诗374首，内容丰富，形式多样，按题材划分，有歌咏从军、边塞和侠士的诗，有抨击社会不合理现象、抒发内心不平以及言志述怀的诗，有表现友情、亲情、爱情、闺思、宫怨的诗。但在诗史上的价值、贡献和影响，首先体现在山水田园诗领域。

王维的田园诗，多写农村风光的宁静幽美和乡居生活的安闲自得。如《新晴野望》：

> 新晴原野旷，极目无氛垢。郭门临渡头，村树连溪口。白水明田外，碧峰出山后。农月无闲人，倾家事南亩。

写雨后新晴诗人纵目远望所看到的乡村风光：在辽阔的原野上，绿树掩映、溪流环绕着的村庄清晰可见；村庄外是绿色的田野，田野里白水在新阳下闪着亮光；远处群山连绵，群山之后，碧翠奇峭的峰峦在晴空中现出了自己的姿影，美丽而富有生机。

又如《山居秋暝》：

> 空山新雨后，天气晚来秋。明月松间照，清泉石上流。竹喧归浣女，莲动下渔舟。随意春芳歇，王孙自可留。

写秋日傍晚雨后山村的景色，就像世外桃源那样恬静优美。同时，诗中还表现诗人领受这一美景的欢快心情。王维的田园诗，同其隐逸生活有密不可分的关系，大多流露出摆脱官场纷扰、回到乡间隐居的愉悦之情。如《辋川别业》《积雨辋川庄作》，不仅写出隐居地辋川令人陶醉的佳景，还表现出隐居生活的安闲自得和自在畅快。诗中的农民与农村生活，往往富有隐士气息和闲逸情调。如《田园乐七首》其三：“采菱渡头风急，策杖村西日斜。杏树坛边渔父，桃花源里人家。”其四：“萋萋芳草春绿，落落长松夏寒。牛羊自归村巷，童稚不识衣冠。”与其说是在写农民和农村生活，不如说是在写隐士和他们的隐逸生活。也有个别的田园诗，如《田家》《赠刘蓝田》，反映农民的疾苦；还有的作品，如《渭川田家》，写田家生活的“闲逸”和农民淳朴的人情美，多少含有否定官场倾轧之意。

王维的山水诗大致可分为两类，一类与行旅、游览有关，一类与隐逸有关。前一类诗数量少，其中有的作品，如《汉江临泛》《终南山》等，以劲健的手笔，绘出大自然的壮美图画，表现出诗人的开阔胸襟。后一类诗数量多，大多描写隐者所居的山林、田园景色，尤其喜欢刻画一种寂静幽美的境界，流露出追赏自然风光的雅兴和悠闲情致。

如《鹿柴》：

空山不见人，但闻人语响。返景入深林，复照青苔上。

描绘空山深林黄昏时的幽静景色，着重表现独处空山深林的感受。不见人，写出山林的寂静；闻人语，可见寂静中有响声，诗在有声与无声的映衬中，透露出大自然的生机。诗人从纷繁变幻的景物中，摄取自己心领神会的片段，用妙笔加以刻画。虽然画面不多，笔墨简淡，却创造出一个清幽的境界。无声的静寂、无光的幽暗，都易于觉察；但有声的静寂，有光的幽暗，却较少为人注意。诗人以他特有的画家对色彩的敏感，音乐家对声音的敏感，把握住空山人语响这一声音的瞬间，体察到返景照青苔这一光色的瞬间，营造出山林特有的清幽。这种敏感，来自他对大自然的细致观察和体悟。又如《鸟鸣涧》：“人闲桂花落，夜静春山空。月出惊山鸟，时鸣春涧中。”以动写静，渲染出春天月夜溪山一角的幽境。《白石滩》：“清浅白石滩，绿蒲向堪把。家住水东西，浣纱明月下。”明月、溪流、绿蒲、白石与浣纱的少女相映成趣，组成一幅色彩明丽、境界幽美、生机洋溢的图画。

王维笃志奉佛，他的不少山水田园诗，在对自然美生动画面的描绘中，寄寓着某种禅意，这就是沈德潜《说诗晬语》卷下所说的“王右丞诗不用禅语，时得禅理”。如《竹里馆》：

独坐幽篁里，弹琴复长啸。深林人不知，明月来相照。

竹林幽深，主人独坐，没有人知道他的存在，唯有明月为伴。这个境界，可谓寂静幽清之至，从中可以感受到一种离尘绝世、超然物外的思想情绪。但是，诗人又是快乐的，他弹琴长啸，怡然自得。置身于远离尘嚣的寂静境界，诗人身上没有俗事拘牵，心中没有尘念萦绕，从而获得了寂静之乐。王维不少山水田园诗中的禅意，集中表现为追求寂静的境界。在诗人的心目中，这种寂静的境界正是“静虑”的好地方，居此自可心恬境寂，安禅入定，忘掉现实的一切，制服世俗的妄念。王维山水田园诗中透露出来的安恬、娴静与和谐的气息，同诗人所处的时代有着密切的关系，是盛唐时代和平安定的社会环境的一种反映。

王维极善于描写自然风景，不仅他的山水田园诗在写景上具有独特成就，在许多其他题材的诗作中，也常常出现动人的写景佳句，使全篇为之增色。他的写景诗句，勾画出大自然缤纷多姿的面貌，既有静美的画面，又有壮丽的景象，还有奇异神妙的境界，如《送梓州李使君》：“万壑树参天，千山响杜鹃。山中一半雨，树杪百重泉。”同是描写幽静的景色，有的色彩鲜丽，如《辋川别业》“雨中草色绿堪染，水上桃花红欲然”、《积雨辋川庄作》“漠漠水田飞白鹭，阴阴夏木啭黄鹂”等；有的清淡素净，如《辋川集》中的不少篇章。

苏轼《书摩诘蓝田烟雨图》说：“味摩诘之诗，诗中有画；观摩诘之画，画中有诗。”所谓“诗中有画”，是说其诗能“状难写之景于目前”，用无形的语言描绘出具体生动、鲜明逼真的自然景物，在眼前展现出富有实体感的风景画。诗中有画，并非王维所独具，但他在这方面有独到之处，其主要表现是他的诗中画都不是风景写生式的，而能以鲜明的景物形象达情，将心境化为物境，做到景、情融合为一，并且还善于融汇绘画艺术的表现形式入诗。王维是著名的山水画家，他善于用画家的目光观察、透视、选择和安排景物，从而使诗中画富有空间的层次感，具有很强的构图美与色彩美。如《新晴野望》的“白水明田外，碧峰出山后”，近景和远景像绘画一样层次分明，而峰碧水白，光线和色彩的对比也很和谐。《登辨觉寺》的“窗中三楚尽，林上九江平”，上句写自庐山僧寺远眺，三楚尽收眼底；下句写由庐山下望，近处是一片树林，林外有九江。句中用一“上”字，表现出景物的远近层次，富有立体感，是用画家的眼睛观察景物所得的印象（中国画即把远处的九江画在近处的树林上）。《使至塞上》的“大漠孤烟直，长河落日圆”，写大漠辽阔无涯，长河纵贯其中，远方长河尽头的地平线有圆而红的落日，近处沙漠中长河边有直而白的孤烟，四种景物安排得巧妙得当，具有均衡协调之美。《积雨辋川庄作》中，白鹭与黄鹂形成强烈的色彩对照，漠漠水田与阴阴夏木构成色彩和明暗的相互映衬。《山中》的“荆溪白石出，天寒红叶稀”，《春园即事》的“开畦分白水，间柳发红桃”，也都像绘画一样，注意色彩相互映衬的美。

王维在刻画山水风景时，颇注意表现自己面对自然的心情，所以读者感到其诗中有着诗人的自我形象。如《辋川闲居赠裴秀才迪》：

寒山转苍翠，秋水日潺湲。倚杖柴门外，临风听暮蝉。渡头馀落日，墟里上孤烟。复值接舆醉，狂歌五柳前。

写雨后新晴，诗人倚着手杖，站在柴门外，闲看秋色，愉快地倾听着晚风送来阵阵悦耳的蝉鸣。远处，渡头人散，只剩下落日的馀照，村落里有几户人家正在做晚饭，炊烟袅袅而上。诗歌展现出一幅秋日山村雨后的风景图画，那闲居田园、优游自在的“高人王右丞”（杜甫《解闷》）的自我形象，也出现在这画中。

王维被视为“天下文宗”，是开元、天宝时代名望最高的诗人，这与他长期居于长安这个诗坛中心，诗作得以在全国广泛流传有一定的关系，但更主要的原因还在于其诗作本身水平很高。① 王维诗的语言清新明丽，简洁洗练，精警自然。如“洒空深巷静，积素广庭闲”（《冬晚对雪忆胡居士家》），“渡头馀落日，墟里上孤烟”（《辋川闲居赠裴秀才迪》），“独在异乡为异客，每逢佳节倍思亲”（《九月九日忆山东兄弟》），“惟有相思似春色，江南江北送君归”（《送沈子福归江东》）等，或写景，或言情，都对语言进行苦心锤炼，而无炉火之迹，语出天成，自然而工。

中国自然山水诗的出现比西方约早1300年，以自然景物来构造诗的意境，是中国诗重要的民族特色和艺术传统。作为山水诗的艺术大师，山水田园诗派的代表，王维在以景达情、创造情景交融的意境方面成就极高，具有司空图所提倡的“味外之旨”与“象外之象”。如《终南别业》：“中岁颇好道，晚家南山陲。兴来每独往，胜事空自知。行到水穷处，坐看云起时。偶然值林叟，谈笑无还期。”元朝的方回说“右丞此诗有一唱三叹不可穷之妙”，清代的查慎行称“有无穷景味”，沈德潜赞扬其“一片化机”（《瀛奎律髓汇评》卷二十三），都道出此诗既富有味外味与象外象而又自然天成的优点。

①参见陈才智《历史选择了王维——盛世读王维序》，河北人民出版社2018年版。

第二节 孟浩然

孟浩然（689—740），襄阳（今属湖北）人。在盛唐诗人中，孟浩然是年辈较早的，其人品和诗风深得时人赞赏和倾慕。李白《赠孟浩然》云："吾爱孟夫子，风流天下闻。……高山安可仰，徒此揖清芬。"可见一斑。他大半生住在襄阳城南岘山附近的涧南园，中年以前曾离家远游。40岁赴长安应进士试，落第后在吴越一带游历，到过许多山水名胜之地。开元二十五年（737），张九龄贬荆州刺史，孟浩然应辟入幕，不久辞归家乡，直至去世。有《孟襄阳集》。

孟浩然是唐代第一个倾大力写作山水诗的诗人。今存其诗200馀首，大部分都是在漫游途中写下的山水行旅诗，也有在登临游览家乡一带的万山、岘山和鹿门山时所写的遣兴之作。少数诗篇写田园村居生活。诗中取材的地域范围相当广大。孟浩然在旅程中偏爱水行，如他在《经七里滩》所说："为多山水乐，频作泛舟行。"他的诗经常写漫游南国水乡时所见的优美景色和由此引发的情趣，如：

> 落景馀清晖，轻桡弄溪渚。澄明爱水物，临泛何容与。白首垂钓翁，新妆浣纱女。相看似相识，脉脉不得语。（《耶溪泛舟》）

> 垂钓坐盘石，水清心亦闲。鱼行潭树下，猿挂岛藤间。游女昔解佩，传闻于此山。求之不可得，沿月棹歌还。（《万山潭作》）

诗不仅起着纪实的作用，而且融合了诗人新鲜的感受和天真的遐想。在诗人眼中，无论是沐浴在夕照清辉中的人物，还是嬉戏于水下岸边的鱼兽，寓目所见的一切，仿佛都化作会心的亲切的微笑。这些诗境，颇有晶莹剔透之感。

孟浩然山水诗的意境，以恬静居多。但是他也能够以宏丽之笔表现壮伟的江山。如《彭蠡湖中望庐山》："太虚生月晕，舟子知天风。挂席候明发，渺漫平湖中。中流是匡阜，势压九江雄。黤黕凝黛色，峥嵘当曙空。

香炉初上日，瀑布喷成虹……”清潘德舆《养一斋诗话》以此诗和《早发渔浦潭》为例，说孟诗“精力浑健，俯视一切”，道出其意兴勃郁的一面。

盛唐诗评家殷璠喜用“兴象”论诗，其《河岳英灵集》在评述孟浩然的两句诗时，也说“无论兴象，兼复故实”。所谓“兴象”，是指诗人的情感、精神对物象的统摄，使之和诗人心灵的颤动融为一体，从而获得生命、具有个性和活力。重“兴象”其实也是孟浩然诗普遍的特点。通过下面几首作品的比较，可以看得更清楚。

八月湖水平，涵虚混太清。气蒸云梦泽，波撼岳阳城。欲济无舟楫，端居耻圣明。坐观垂钓者，徒有羡鱼情。(《望洞庭湖赠张丞相》)

山暝闻猿愁，沧江急夜流。风鸣两岸叶，月照一孤舟。建德非吾土，维扬忆旧游。还将两行泪，遥寄海西头。(《宿桐庐江寄广陵旧游》)

移舟泊烟渚，日暮客愁新。野旷天低树，江清月近人。(《宿建德江》)

几首诗都写江湖水景，但风格各异。第一首作于应聘入张九龄幕府时。他为自己的抱负能够有一试的机会而兴奋，曾写下“感激遂弹冠，安能守固穷”（《书怀贻京邑同好》）、“故人今在位，岐路莫迟回”（《送丁大凤进士赴举呈张九龄》）之类的诗句。正是这种昂奋的情绪，使他写下“气蒸云梦泽，波撼岳阳城”这样气势磅礴的名句。第二、三首均作于落第后南游吴越之日，前者以风鸣江急的激越动荡之景，写悲凉的内心骚动，后者则以野旷江清的静景，写寂寞的游子情怀，神采气韵很不相同。本之以“兴”，出之以“象”，突出主要的情绪感受，而把两者统一起来，构筑起完整的意境，这是孟浩然山水诗的重要贡献。

孟诗的语言，不钩奇抉异，而又洗脱凡近，“语淡而味终不薄”①。他的诗往往在白描中见锤炼之致，经纬绵密处却似不经意道出，表现出很高的艺术功力。例如名篇《过故人庄》：

---

①〔清〕沈德潜：《唐诗别裁集》卷一，上海古籍出版社1979年版，第19页。

> 故人具鸡黍，邀我至田家。绿树村边合，青山郭外斜。开轩面场圃，把酒话桑麻。待到重阳日，还来就菊花。

恬淡自然的山村风光，平静安适的田园生活，富有浓厚的生活气息，充满和谐的生态之美。通篇侃侃叙来，似说家常，和陶渊明《饮酒》风格相近，但陶用的是古体，这首诗却是近体。“绿树村边合，青山郭外斜”这一联，画龙点睛地勾勒出环抱在青山绿树之中的村落的典型环境。还有那首妇孺能诵的五绝《春晓》：“春眠不觉晓，处处闻啼鸟。夜来风雨声，花落知多少。”也是以天然不觉其巧的语言，写出微妙的惜春之情。

孟浩然在诗体的运用上，往往突破固有程式的拘限，读来别有滋味。例如《舟中晓望》：“挂席东南望，青山水国遥。舳舻争利涉，来往接风潮。问我今何去？天台访石桥。坐看霞色晓，疑是赤城标。”平仄声律全合五律格式，但中两联不作骈偶，似古似律。胡应麟《诗薮》内编卷二认为，此类诗“自是六朝短古，加以声律，便觉神韵超然。”又如《夜归鹿门山歌》：

> 山寺钟鸣昼已昏，渔梁渡头争渡喧。人随沙岸向江村，余亦乘舟归鹿门。鹿门月照开烟树，忽到庞公栖隐处。岩扉松径长寂寥，唯有幽人夜来去。

这是一首歌行体，但通篇只是把夜归的行程一路写下，不事铺张。其篇制规模类似近体，并吸收近体诗语言简约的特点，而突出歌行体的蝉联句法，读来颇有行云流水之妙。这些出入古近的体格，颇有洒脱自在的情致，也是孟诗创造性的表现。

第三章　边塞诗派

边塞诗派以高適、岑参为代表，也称高岑诗派。此外，还有王昌龄、李颀、崔颢、王之涣、王翰等。边塞的范围，主要是从东北到西北沿长城和丝绸之路展开的地带，因为秦汉隋唐的边塞战争大多发生在这里。另外，安史之乱后，西南的剑南道地区，常受到吐蕃、南诏侵扰，也成为新的边塞。边塞诗主要描写边塞风光、军民生活和战争，及与之相关的送人赴边、思乡、别离、闺怨等。多为七言歌行和五、七言绝句，诗风悲壮，格调雄浑，足以表现盛唐气象。

边塞诗作为专门的题材类型并形成派别，是在唐代版图空前扩大，唐帝国在边地展开频繁的军事、政治、经济、文化、外交等活动的基础上产生的。盛唐时期，是唐代边塞诗创作的高潮期。其标志是，几乎所有值得一提的盛唐诗人，都写有边塞题材的诗歌。① 这个时期的边塞诗，不仅数量多，而且内容丰富多彩，艺术上高度成熟，名家名作集中涌现，出现了高適、岑参那样在边塞诗创作方面集中用力的杰出作家。盛唐边塞诗创作队伍可分为有出塞经历者与无出塞经历者。前者是基干和主力，边塞诗居于盛唐诗人前列的高適、岑参、王昌龄、李白、王维，都曾出塞，存诗不多却享誉当时且有边塞之作广被传诵的崔颢、王翰、王之涣、祖咏、陶翰，也都有出塞经历。可以说，一批未曾出塞的诗人，正是在这些有出塞经历诗人的带动和影响下写作边塞诗的。

---

①参见陈铁民《关于文人出塞与盛唐边塞诗的繁荣》(《文学遗产》2002 年第 3 期) 所列“盛唐诗人出塞与边塞诗创作情况表”。

第一节 高 適

在有出塞经历的诗人中，高適、岑参是公认的盛唐边塞诗的杰出代表，他们不但写作的边塞诗数量最多，在边塞诗的题材内容、艺术表现上也有大的开拓和突破。他们取得这一成就的契机是出塞的时间最长，边塞生活的体验最为丰富和充实，所以能够突破边塞诗创作的传统格局，取得超越前人的成就。

高適（700—765），字达夫，郡望渤海蓚（今河北景县）人，早年生活困顿，随父旅居岭南。开元中，曾入长安求仕，并北上蓟门，漫游燕赵，希望能从军立功边塞，但毫无结果。后寓居宋中近 10 年，贫困落拓。天宝八载（749），因有人举荐，试举有道科中举，授封丘尉。三年后，弃官入河西节度使哥舒翰幕府，掌书记。安史之乱后，从玄宗至蜀，拜谏议大夫。自此官运亨通，做过淮南节度使和蜀、彭二州刺史。代宗即位后，入朝为刑部侍郎、转左散骑常侍，进封渤海县侯。在动辄自比王侯的盛唐诗人中，高適是唯一做到高官而封侯者。

高適曾三次出塞：第一次游幽（治所在今北京西南）、蓟（治所在今天津蓟县），第二次使清夷军送兵，第三次入河西、陇右节度使幕府。高適游幽、蓟的时间，在开元十九年（731）秋至二十一年（733）冬。当时幽、蓟一带边患严重：开元十八年（730），契丹胁迫奚人一起投附突厥，从此连年侵犯幽、蓟，直到二十二年（734），幽、蓟边地的战祸才基本平息。高適游幽、蓟期间，作《塞上》《蓟门五首》《自蓟北归》等边塞诗，写出在边地的所见所闻所感，现实性很强。如《蓟门五首》其二云：

> 汉家能用武，开拓穷异域。戍卒厌糟糠，降胡饱衣食。关亭试一望，吾欲涕沾臆。

诗中虽言汉事，实指唐代。“戍卒”四句，为戍边士卒遭轻慢、虐待而哀伤。同上其四云：

幽州多骑射，结发重横行。一朝事将军，出入有声名。纷纷猎秋草，相向角弓鸣。

表现幽州少年勇武善战、从军报国的气概。同上其五写都山之败：

黯黯长城外，日没更烟尘。胡骑虽凭陵，汉兵不顾身。古树满空塞，黄云愁杀人。

开元二十一年（733），契丹来犯，幽州节度使薛楚玉命副总管郭英杰率精骑一万迎敌，英杰战死，剩六千馀人犹力战不已，尽为所杀。这是一场惨烈的战争，战士宁死不降，反映了盛唐时代民族精神的蓬勃高涨。诗的头两句，先点出战争发生的地方——长城外，接着为战士们的奋不顾身、壮烈牺牲而赞叹、而歌哭，充满哀痛气氛。《自蓟北归》“五将已深入，前军止半回”，也写都山之败。“五将”指薛楚玉、郭英杰、吴克勤、邬知义、罗守忠。高適的这些诗，直面现实，有感而发；不以辞采取胜，而以充实的内容、饱满的感情引人。开元二十六年（738），高適作于宋州的名篇《燕歌行》，就是以他游幽、蓟时积累的边塞生活体验为基础创作的：

汉家烟尘在东北，汉将辞家破残贼。男儿本自重横行，天子非常赐颜色。摐金伐鼓下榆关，旌旆逶迤碣石间。校尉羽书飞瀚海，单于猎火照狼山。山川萧条极边土，胡骑凭陵杂风雨。战士军前半死生，美人帐下犹歌舞。大漠穷秋塞草腓，孤城落日斗兵稀。身当恩遇常轻敌，力尽关山未解围。铁衣远戍辛勤久，玉箸应啼别离后。少妇城南欲断肠，征人蓟北空回首。边庭飘飖那可度，绝域苍茫无所有。杀气三时作阵云，寒声一夜传刁斗。相看白刃血纷纷，死节从来岂顾勋。君不见沙场征战苦，至今犹忆李将军。

这首边塞诗不只是写某一次具体的边塞战争，而是以高度的艺术概括，表现当时边塞征战生活的广阔场景和多种矛盾，既有对男儿自当驰骋沙场、杀敌立功的英雄气概的表彰，也有对战争带给征人家庭痛苦的同情；一方面描写敌人的凶猛和战争的残酷、危险，揭露军中苦乐的悬殊；另一方面也展示出战士复杂的内心世界，颂扬他们奋勇杀敌、情愿以死报国的精神，并对将帅的骄纵腐化和不恤士卒，给予鞭挞。通篇苦难与崇高对照，抗敌的豪情与不平的愤怨交织，诗的音韵随着慷慨悲壮的内容的转变也在纡徐地转变着，和富有诗意的画面取得谐和的统一，所以曾被广为传诵。

高適第二次出塞的时间在天宝十载（751）冬，当时他任封丘尉，奉命将在本地招募的新兵送到清夷军，即所谓“使清夷军送兵”。清夷军有兵一万人，驻妫州（今河北怀来东南）城内，属范阳节度使所统九军之一。高適这次出塞的诗作，有《送兵到蓟北》《使清夷军入居庸关三首》《蓟中作》《答侯少府》等。《使清夷军入居庸关三首》其一云：

匹马行将久，征途去转难。不知边地别，只讶客衣单。溪冷泉声苦，山空木叶干。莫言关塞极，云雪尚漫漫。

写送兵征程的艰苦。首二句说山路难行；三、四句写边地的严寒异于内地；五句说溪寒泉声凄苦，实际不是“泉声苦”，而是诗人的心绪苦，即移情入景；六句中的“干”字，写出树叶的枯黄（眼见）及风吹焦叶的声响（耳闻）；末二句以云海的漫漫无际来表现边地的遥无尽头。《答侯少府》说：“北使经大寒，关山饶苦辛。边兵若刍狗，战骨成埃尘。行矣勿复言，归欤伤我神。”对安禄山之视边兵若刍狗，随意将他们驱赶到战场上去送死以邀取荣宠，予以揭露，表示无限哀痛。史载天宝十载（751）秋，身兼范阳、平卢、河东三镇节度使的安禄山，“诬其（指契丹）酋长欲叛”，请求出击，他发兵六万，出塞千馀里，结果惨败，士卒伤亡殆尽，自己独与麾下二十馀骑逃归，高適这些诗句就是针对这次战争说的。《蓟中作》云：“岂无安边书，诸将已承恩。惆怅孙吴事，归来独闭门!”慨叹自己徒有安边之策却无从施展，“已承恩”“诸将”当指安禄山及其部将。唐玄宗对安禄山一味宠信，早在天宝三载（744），就让他当范阳节度使。安禄山妄启边衅，以邀功市宠，结果损兵折将，一败涂地，岂能安边？然而他“已承恩”，诗人又能何为？只有失望而归。“已承恩”三字下得好，很有回味馀地，正如《唐诗别裁集》所说：“乃不云天子僭赏，而云主将承恩，令人言外思之，可悟立言之体。”①

高適第三次出塞在天宝十二载（753），河西、陇右节度使哥舒翰辟他

①〔清〕沈德潜：《唐诗别裁集》卷一，上海古籍出版社1979年版，第36页。

为幕府掌书记。途经陇山时，他作《登陇》诗云：

> 陇头远行客，陇上分流水。流水无尽期，行人未云已。浅才登一命，孤剑通万里。岂不思故乡，从来感知己。

写仗剑离乡，不辞万里之劳，情绪颇为昂扬和振奋。在幕府任职期间的《塞下曲》云：

> 结束浮云骏，翩翩出从戎。且凭天子怒，复倚将军雄。万鼓雷殷地，千旗火生风。日轮驻霜戈，月魄悬雕弓。青海阵云匝，黑山兵气冲。战酣太白高，战罢旄头空。万里不惜死，一朝得成功。画图麒麟阁，入朝明光宫。大笑向文士，一经何足穷！古人昧此道，往往成老翁。

诗人颇想跟从有军事才干的主帅哥舒翰立功边疆，因此心境与前两次出塞时迥然不同。诗中刻画投笔从戎者的矫健身姿，描绘挥戈出征的壮观场面，抒发热烈向往边功的慷慨豪情，笔调奔腾欢快，精神昂扬亢奋，很具有代表性。

总的说来，高適前两次出塞时的作品，既有豪迈雄壮的一面，又有悲歌慷慨的一面，形成悲壮的特点；而第三次出塞期间的诗歌，则以豪壮为主要特色。这种不同与作者身份的变化有很大关系。前两次出塞时，高適是游边者和使边者，身份自由，不像受府主辟署入幕的文士那样，对府主具有一定的依附性，所以观察现实冷静客观，这使得他那个时候创作的边塞诗，真实地反映出当时东北的边患，以及征战生活的多种场景与矛盾，揭露边将的无能、玩忽职守和为邀功市宠而妄启边衅，表现出戍卒的生活与思想感情，颂扬他们情愿以死报国的精神，并致以深切的同情，为他们受到的非人待遇鸣不平，常议论边策得失，慨叹自己徒有报国的壮志和安边的谋略却无人理睬；而第三次高適是以幕僚身份出塞，热切希望跟随府主立功边疆，所以多表现从军出塞、征战立功的豪情。

殷璠《河岳英灵集》称赞高適“诗多胸臆语，兼有气骨”。高適诗今存 248 首，以质实的古体见长，律诗好的不多，但他写的一些与从军边塞相关的绝句，亦有气质沉雄、境界壮阔的特点。如《别董大》：

千里黄云白日曛，北风吹雁雪纷纷。莫愁前路无知己，天下谁人不识君？

再如《塞上听笛》：

雪净胡天牧马还，月明羌笛戍楼间。借问梅花何处落，风吹一夜满关山。

这样的诗，若没有亲临边塞的生活体验，是不容易写出来的。

第二节 岑 参

岑参（约715—770），祖籍南阳，生于江陵（今属湖北）。曾祖父、伯祖父和堂伯父都曾做过宰相，父亲做过两任州刺史。他幼年丧父，家道中衰，全靠自己刻苦学习，天宝三载（744）登进士第，授右内率兵曹参军。此后两次出塞，身份都是幕僚。第一次是天宝八载（749）至十载（751），在龟兹（治所在今新疆库车），入安西四镇节度使高仙芝幕府，两年后返回长安，与高適、杜甫等结交唱和。第二次是天宝十三载（754）至至德二载（757），在北庭（治所在今新疆吉木萨尔北），入北庭都护府封常清幕中任职约三年。后来他到灵武，经杜甫等推荐，任右补阙；又历起居舍人、虢州长史等职。永泰元年（765）出为嘉州刺史，因蜀中兵乱，两年后方赴任。次年秩满罢官，流寓成都，卒于客舍。

第一次出塞期间，岑参诗歌有的表现为国从军的豪迈精神，有的反映诗人的苦闷，而表现最多的，则是边地风光和思乡情绪。如作于天宝八载（749）赴安西途中的《逢入京使》：

故园东望路漫漫，双袖龙钟泪不干。马上相逢无纸笔，凭君传语报平安。

表达了离京后对长安故园和亲人的思念。后二句不说自己思念家人，而写家人挂念自己，为了使他们释念，自己虽与入京的使者马上相逢，行色匆匆，仍不忘请他“传语报平安”。漫漫客行途中，乍遇故旧的喜悦与转眼别离的匆遽，思念家人的迫切心情，都于此十四字中流露出来，非亲历其境者不能道。《碛中作》云：

走马西来欲到天，辞家见月两回圆。今夜不知何处宿，平沙万里绝人烟！

诗作于赴安西途中翻越沙漠时，首句写在沙漠中行走的特有感受，因为沙漠茫无边际，遥望与天相连，又在西方极远之地，所以有“欲到天”之感。次句写在碛中见月思家，并交代离家后的时间。沙漠中除了沙还是沙，所以常常看月亮，知道它圆了又缺，缺了又圆，这样写很符合在沙漠中跋涉的情景。又，《银山碛西馆》云：

银山峡口风似箭，铁门关西月如练。双双愁泪沾马毛，飒飒胡沙迸人面。丈夫三十未富贵，安能终日守笔砚！

这首诗也作于赴安西途中，银山碛在今新疆托克逊县西南，铁门关在今新疆库尔勒市北。首句以箭喻西北边地之风，既状其疾，又谓其寒——寒风如箭一般穿透人的肌骨，极为贴切；第四句写疾风夹带着尘沙直射人面，这也是塞外沙漠特有的景象，足以引发思家的愁泪。最后两句点出出塞的目的和立功边陲的志向，激昂豪壮，意在自我激励，排遣愁绪。

岑参第二次出塞期间，受到安西、北庭节度使封常清的赏识和知遇，情绪较为开朗和昂扬，那些豪气横溢的七言歌行，都是在这个时期写作的，如《走马川行奉送出师西征》：

君不见，走马川行雪海边，平沙莽莽黄入天！轮台九月风夜吼，一川碎石大如斗，随风满地石乱走。匈奴草黄马正肥，金山西见烟尘飞，汉家大将西出师。将军金甲夜不脱，半夜军行戈相拨，风头如刀面如割。马毛带雪汗气蒸，五花连钱旋作冰，幕中草檄砚水凝。虏骑闻之应胆慑，料知短兵不敢接，车师西门伫献捷。

此诗于天宝十三载（754）或十四载九月写于轮台，为奉送封常清出师西征而作。头两句展现西北荒漠独特的风光：浩瀚无际的黄色沙海一直延伸到天边；接下三句写入夜狂风怒吼，飞沙走石，表现自然环境的恶劣和气候的瞬息万变，同时以大胆的夸张和想象，突出西域风光的奇异，为后面歌颂唐军将士进行了铺垫。下面“将军”三句写唐军将士半夜行军的情状，大笔挥洒而出；“马毛”三句以实中求奇的细节描写，渲染天气的严寒和行军的急速，衬托出唐军将士不畏艰险、豪迈坚强的精神面貌。有这样的将士，怎能不使敌人丧胆？所以最后三句的预祝胜利，信心十足。全诗描绘出西北边地的奇异风光，有力地衬托出将士的英雄气概。《轮台歌奉送封大夫出师西征》和《走马川行》一样，也是一首豪气横溢、令人振奋的七言歌行。

岑参北庭诗中还有描写边塞风光和军民生活的作品，如《赵将军歌》：

> 九月天山风似刀，城南猎马缩寒毛。将军纵博场场胜，赌得单于貂鼠袍。

描写塞外寒天军营中的生活片段。前二句写暮秋时节将军出猎的情状，后二句写将军出猎时与军中的少数民族首领以射猎为赌，将军场场获胜的情景。唐代边防军中往往隶属有习于征战的少数民族部落，西域驻军中蕃汉杂处的情况更为普遍，本诗写出将军射猎的豪兴，也反映了西域各民族融洽往来的情形。这在其他诗人的诗作中很难见到，又如《热海行送崔侍御还京》：

> 侧闻阴山胡儿语，西头热海水如煮。海上众鸟不敢飞，中有鲤鱼长且肥。岸傍青草常不歇，空中白雪遥旋灭。蒸沙烁石然虏云，沸浪炎波煎汉月。阴火潜烧天地炉，何事偏烘西一隅。势吞月窟侵太白，气连赤坂通单于。送君一醉天山郭，正见夕阳海边落。柏台霜威寒逼人，热海炎气为之薄。

诗因送崔侍御还京，故由御史的霜威，联想到热海之热。热海即今吉尔吉斯境内的伊塞克湖，根据有关记载，热海盖因其地寒冷而海水不冻而得名，并非水热如煮。而诗中乃据“阴山胡儿”的传言，驰骋想象，用大胆的夸张，从海中水、海上鸟、岸旁草、空中雪等多个方面写出热海令人惊愕的奇观。接着又浓笔重抹，连用蒸、烁、然（燃）、沸、炎、煎、烧、烘等字眼，渲染热海的奇热。此诗写景神奇瑰丽，引人入胜，这同诗人不视西域荒寒之地为畏途、具有立功边陲的壮志不无关系。岑参的边塞名作《白雪歌送武判官归京》写道："北风卷地白草折，胡天八月即飞雪。忽如一夜春风来，千树万树梨花开。"把塞外冰天雪地的世界，写得充满郁勃的春意，亦可见诗人当时的精神风貌是颇为昂扬的。

岑参诗今存395首。在盛唐时代，他的边塞诗数量最多，约80首，成就也最突出。他的边塞诗内容丰富，开拓了边塞诗的新面貌。首先，诗人出塞之地是安西、北庭，这就使边塞诗反映的地域，由局限于长城内外，扩展到天山南北；使西域荒漠的奇异风光和人情风习首次引人注目地出现于诗中，并成为抒写出塞的英雄气概和豪迈精神的有力衬托。其次，突破传统征戍诗多写边地苦寒、士卒辛劳的传统格局，拓展了边塞诗的描写题材与内容范围。举凡军旅生活、征战场面、边塞景物、异域风情，诗人从戎入幕的情怀、感受与多方面的见闻，都在诗中加以表现，透过这些作品，我们不难感受到文质彬彬与英雄气概相结合的崭新的军幕文士形象。最后，多采用舒卷自如的七言歌行体裁，不再沿用乐府旧题而自立新题，已接近杜甫等人的新题乐府。此外，他的边塞诗奇特峭拔，豪迈雄壮，有自己独特的风格，显示出盛唐诗人的创新精神。

第四章　李杜诗风

在群星灿烂的盛唐诗坛上，李白和杜甫是最耀眼的两颗巨星。当开元精神在天宝年间逐渐黯淡的时候，他们将盛唐诗推上新的高峰，不但大大深化和开拓了盛唐诗的内涵和容量，而且以包罗万汇的艺术成就和称雄百代的创新精神，确立了盛唐诗在中国诗歌史上的崇高地位。

第一节　“诗仙”李白的气象

盛唐诗潮波澜壮阔，气象万千，其中最令人瞩目、动人心弦的，是李白的创作。李白的诗歌，集中体现了盛唐的精神风貌。饱满的青春热情、争取解放的蓬勃精神、积极乐观的理想展望、强烈的个性色彩，谱就了中国诗歌史上格外富有朝气的旋律。

一、李白的足迹

李白（701—762），字太白，原籍陇西成纪（今甘肃静宁西南），而出生地至今还是一个谜。一说生于蜀中（今四川江油市青莲乡），一说生于条支（今阿富汗境内），一说生于焉耆碎叶（今新疆境内），一说生于中亚碎叶（今吉尔吉斯斯坦境内）。尽管尚有争论，但可以肯定的是，他从 5 岁到 25 岁期间，一直生活在蜀中。其血统有人说是汉人，有人说是西域人，有人说是阿拉伯人，有人说是突厥化的汉人，有人说是汉化的西域人，有人戏称其为混血儿，有人直接称之为华侨。其家世有人说是汉代李广、李陵之后，有人说是陇西李氏丹阳房始祖李伦之后，有人说是凉武昭王李暠九世孙，有人说是隋末凉王李轨之后，有人说是太祖李虎侄子达摩之后，有人说是太宗曾侄孙，有人说是李建成之玄孙。结论：家世不详。其父李客（或谓真名不详，“客”是对外来者的泛称），不求禄仕而家境富裕，可能是一位巨商。

李白自幼读书广泛，他自称“五岁诵六甲，十岁观百家”①，又说“十五观奇书，作赋凌相如”②。读书之外，还仗剑任侠，“十五好剑术，遍干诸侯”③。魏颢说他“眸子炯然，哆如饿虎……少任侠，手刃数人”④。同为“饮中八仙”之一的崔宗之《赠李十二白》诗也以“袖有匕首剑”“双眸光照人”描述其风度。很久以后，李白和朋友叙旧，还兴致勃勃地写下《叙旧赠江阳宰陆调》，回忆当年杀出五陵恶少重围的往事。

巴山蜀水是李白终生的记忆和财富，给了他创作的激情和灵感；故乡的月亮同样让他念念不忘，成为诗中重要的意象。他还很早就向往游仙问道的生活：“十五游神仙，仙游未曾歇。”（《感兴八首》之五）十八九岁时，曾隐居于大匡山，并从隐士赵蕤读书学习。赵蕤是以“王霸之道见行于世”⑤ 的学者，所著《长短经》10 卷即主经邦济世的事功之学。李白 20 岁遇到苏颋，深得这位“大手笔”的赞赏。开元十二年（724）秋，李白“仗剑去国，辞亲远游”（《上安州裴长史书》），从峨眉山沿平羌江南下，到荆门、游洞庭，又到金陵、广陵和会稽，不久回舟西上，寓居湖北安陆。当时著名的道士司马承祯在江陵遇到他，夸许他“有仙风道骨，可与神游八极之表”⑥。开元十五年（727），李白至湖北安陆，娶故相许圉师孙女为妻，入赘许府。“酒隐安陆，蹉跎十年”，但李白在安陆待的日子并不多，常常以诗酒会友，外出漫游，在襄阳结识了隐居在鹿门山的孟浩然。开元十八年（730），由南阳启程入长安，这时正好 30 岁。

李白初入长安为期约三年。他隐居终南山，广为交游，希望得到王公大人的荐引，走一条由布衣而至卿相的“终南捷径”。那时唐玄宗之妹玉真公主别馆就在终南山，常有文人雅士（包括王维、储光羲等）做客。李白结识了这位公主，却未能如愿以偿，终怏怏离去。李白的青年时期，正

①〔唐〕李白：《上安州裴长史书》。

②〔唐〕李白：《赠张相镐》。

③〔唐〕李白：《与韩荆州书》。

④〔唐〕魏颢：《李翰林集序》。

⑤〔宋〕孙光宪：《北梦琐言》卷六。

⑥〔唐〕李白：《大鹏赋·序》。

值“开元盛世”，他一生对政治都有很大热情，但没有像大多数人那样走上科举的道路，而是采取另外一种也很时兴的方式，即漫游、干谒。在读万卷书、行万里路的同时，他广交朋友，拜访公卿，提高声望，求得仕进。

开元二十年（732）夏，李白沿黄河东下，先后漫游江夏、洛阳、太原等地。二十四年，举家东迁，“学剑来山东”①。在寓居任城（今山东济宁）时，曾与孔巢父等人会于徂徕山酣饮纵酒，人称“竹溪六逸”。后又漫游河南、淮南及湘鄂一带，北登泰山，南至杭州、会稽等地，所到之处，形诸吟咏，诗名远播，震动朝野，最后连天子也被惊动了。

天宝元年（742）秋，由于玉真公主的荐引，唐玄宗下诏征李白入京，待以隆重的礼遇：“降辇步迎，如见绮皓；以七宝床赐食，御手调羹以饭之。”② 命李白供奉翰林。李白应召入京时，年当42岁，颇为踌躇满志，《南陵别儿童入京》诗云：“仰天大笑出门去，我辈岂是蓬蒿人！”他有心干出一番事业来报答玄宗的知遇之恩，但傲岸的诗人很快发现，所谓供奉翰林，实际上就是以文学辞章而备顾问的侍从，一个侍宴陪酒的高级清客而已。这与他的理想大相径庭，于是渐渐失望和厌倦。他常和贺知章等人狂放纵酒，号称“酒中八仙”，杜甫言：“李白斗酒诗百篇，长安市上酒家眠。天子呼来不上船，自称臣是酒中仙。”因为恃才傲物，李白得罪了权贵，遭到非议和排挤，渐被皇帝疏远。天宝三载（744）春，李白被放还。临行前后，赋诗多首，或怨愤不已，或恻怆难平，虽有诀别之词，也有恋朝之情。在长安待了两年，李白置身于最高层，经历了由大喜到大悲的转折，这对其心境与诗风产生了重大影响。先前作品中的亮色有所减淡，开始因郁怒而显得沉厚。他对现实的观察，虽不能说深刻，但至少已有些苍劲。

离开长安后，李白沿商州大道东行，至洛阳与杜甫相识，后又与杜甫、高适一起，畅游梁、宋，饮酒论文，追鹰逐兔。随着天宝年间政治形势每况愈下，李白对国事的倾危深感忧虑和不安。在《答王十二寒夜独酌有怀》《远别离》等诗中，他对李林甫、杨国忠等人的擅权和诛杀异己公开表示抗议，发出悲怆的呐喊。他四处浪游，漂泊在梁园、鲁郡和金陵一

①〔唐〕李白：《五月东鲁行答汶上翁》。

②〔唐〕李阳冰：《草堂集序》。

带，还到过幽，蓟等地。一路写下许多优秀诗篇。

天宝十三载（754），李白在扬州与魏万（后来改名魏颢）相识。为寻访李白，魏曾追寻数千里。李白将诗文交给魏，请他编集。考中进士后，魏编成《李翰林集》，并撰序言。可惜集已不存，仅存序言。天宝十四载（755）安史之乱爆发，李白避地东南，来往宣城、当涂、金陵一带。后隐居庐山。当时玄宗之子永王璘率师由江陵东下，“辟书三至”（《与贾少公书》），以复兴大业的名义恭请他参与戎幕，李白遂满怀热忱，毅然从戎。不料肃宗李亨和永王璘之间祸起萧墙，李璘军败被杀。李白因此获罪下狱，被长流夜郎。当时诗人正陷于“世人皆欲杀”（杜甫《不见》）的危险处境之中，以至杜甫还误信流言，写诗寄托哀思。李白溯江西上，至巫山时遇赦放还。这时他已年近六十，但仍壮心未已。上元二年（761），李白又一次踏上征途，准备参加李光弼的平叛军队，途中因病折回。宝应元年（762），李白病死于当涂族叔李阳冰家，结束了富有传奇色彩的一生。死前有绝命诗《临路歌》，自比大鹏凌空，中天摧折，但仍相信他激起的馀风足以流传万世。

二、李白的歌唱

李白留下900多首诗歌，果然万世流传，成为盛唐气象的典型代表。诗人终其一生，都在以天真的赤子之心讴歌理想的人生。无论何时何地，他总以满腔热情去拥抱整个世界，追求充分地行事、立功和享受，对一切美的事物都有敏锐的感受，把握现实而又不满足于现实，投入生活的急流而又超越苦难的忧患，在高扬亢奋的精神状态中去实现自身价值。如果说，理想主义色彩是盛唐一代诗风的主要特征，那么，李白是以更富于展望的理想歌唱走在了时代前沿。在中国诗人中，李白的个性之活跃和解放是少有的。他一生不以功名显，却高自期许，以布衣之身而能藐视权贵，肆无忌惮地嘲笑以政治权力为中心的等级秩序，批判腐败的政治现象，以大胆反抗的姿态，推进了盛唐文化中的英雄主义精神。

李白反权贵的思想意识，随着生活实践的丰富而日益自觉和成熟。在早期，主要表现为“不屈己、不干人”“平交王侯”的平等要求，正如他在诗中所说：“昔在长安醉花柳，五侯七贵同杯酒。气岸遥凌豪士前，风流肯落他人后！”（《流夜郎赠辛判官》）“揄扬九重万乘主，谑浪赤墀青琐贤。”（《玉壶吟》）他有时也发出轻蔑权贵的豪语，如“黄金白璧买歌笑，一醉累月轻王侯”（《忆旧游寄谯郡元参军》），但主要还是表现内心的高傲。随着对高层权力集团的了解，其诗进一步揭示布衣和权贵的对立："珠玉买歌笑，糟糠养贤才。"（《古风》第十五）"梧桐巢燕雀，枳棘栖鸳鸾。"（《古风》第三十九）李白对因谄事帝王而窃据权位者的丑态极尽嘲讽之能事，如《古风》之二十四：

> 大车扬飞尘，亭午暗阡陌。中贵多黄金，连云开甲宅。路逢斗鸡者，冠盖何辉赫。鼻息干虹蜺，行人皆怵惕。世无洗耳翁，谁知尧与跖！

而在《梦游天姥吟留别》中，他发出最响亮的呼声：

> 安能摧眉折腰事权贵，使我不得开心颜！

这个艺术概括在李白诗歌中的意义，正如同"朱门酒肉臭，路有冻死骨"（《自京赴奉先县咏怀五百字》）在杜诗中一样重要。在天宝末日益恶化的政治形势下，李白又把反权贵和广泛的社会批判联系起来。如《答王十二寒夜独酌有怀》，既为屈死的贤士仗义抗争，也表达出对朝廷的失望：

> 君不见李北海，英风豪气今何在？君不见裴尚书，土坟三尺蒿棘居。少年早欲五湖去，见此弥将钟鼎疏。

在《书情赠蔡舍人雄》《古风》第五十一、《登高丘望远海》中，李白甚至借古讽今，对玄宗本人提出斥责，可以说他把唐诗中反权贵的主题发挥到了淋漓酣畅的地步。任华《杂言寄李白》说李白"数十年为客，未尝一日低颜色"，这种在权贵面前毫不屈服、为维护自我尊严而勇于反抗的意识，是魏晋以来重视个人价值和气骨传统的重要内容。李白在新的历史条件下继承和发扬了这一优秀传统而成为诗坛巨星。

李白的诗歌充满热烈的人生之恋，往往于狂放中洋溢着童真般的情趣，如："两人对酌山花开，一杯一杯复一杯。我醉欲眠卿且去，明朝有意抱琴来。"（《山中与幽人对酌》）"袖长管催欲轻举，汉中太守醉起舞。手持锦袍覆我身，我醉横眠枕其股。"（《忆旧游寄谯郡元参军》）"落日欲没岘山西，倒著接䍦花下迷。襄阳小儿齐拍手，拦街争唱《白铜鞮》。傍人借问笑何事，笑杀山公醉似泥。”（《襄阳歌》）生活如同馥郁的浓酒，使诗人心醉，这当然不是说生活中没有悲哀和痛苦，但诗人的乐观精神足以超越和战胜忧患意识，所谓“人生达命岂暇愁？且饮美酒登高楼”（《梁园吟》），“且醉习家池，莫看堕泪碑”（《襄阳曲》之四），就是他旷达心态的写照。《行路难》三首之一云：

> 金樽清酒斗十千，玉盘珍羞直万钱。停杯投箸不能食，拔剑四顾心茫然。欲渡黄河冰塞川，将登太行雪满山。闲来垂钓碧溪上，忽复乘舟梦日边。行路难，行路难，多歧路，今安在！长风破浪会有时，直挂云帆济沧海。

即使写失路的忧愁，也无丝毫寒促蹇涩的危苦之词，诗中出现的黄河、太行、海上、日边等意象，以及拔剑四顾的雄姿、扬帆渡海的遐想，都具有壮丽的情采。他永不安于寂寞和孤独，如《月下独酌》其一：

> 花间一壶酒，独酌无相亲。举杯邀明月，对影成三人。月既不解饮，影徒随我身。暂伴月将影，行乐须及春。我歌月徘徊，我舞影零乱。醒时同交欢，醉后各分散。永结无情游，相期邈云汉。

只有充溢着生命活力的诗人，才能发出如此奇思妙想。李白有一首《短歌行》，诗中构想道：“吾欲揽六龙，回车挂扶桑。北斗酌美酒，劝龙各一觞。富贵非所愿，为人驻颓光。”这里没有嗟老叹卑的哀婉，却用“劝酒”的天真想象表达对人生的无限依恋。这些诗篇以纯真的情趣，感召着被庸俗所淹没的美好人性，因而获得永久的魅力。

李白对大自然有着强烈的感受力，他善于把自己的个性融入自然景物中，笔下的山水丘壑无不具有理想化的色彩——“吾将囊括大块，浩然与溟涬同科”（《日出入行》），“阳春召我以烟景，大块假我以文章”（《春夜宴从弟桃花园序》）。李白具有英风豪气，又追求单纯高洁的心境，这些不同的性格侧面，形成他山水意境的两大类型：一类壮美，在气势磅礴的高山大川中突出力量的美、运动的美，在壮阔的意境中抒发豪情逸思。例如他笔下的黄河、长江，奔腾咆哮，一泻千里，“黄河之水天上来，奔流到海不复回”（《将进酒》）；“黄河万里触山动，盘涡毂转秦地雷……巨灵咆哮擘两山，洪波喷流射东海”（《西岳云台歌送丹丘子》）；“登高壮观天地间，大江茫茫去不还。黄云万里动风色，白波九道流雪山”（《庐山谣寄卢侍御虚舟》）；“海神来过恶风回，浪打天门石壁开。浙江八月何如此，涛似连山喷雪来”（《横江词》）。他笔下的山峰高耸峻拔，峥嵘奇峭，“连峰去天不盈尺，枯松倒挂倚绝壁”（《蜀道难》）；“天姥连天向天横，势拔五岳掩赤城；天台四万八千丈，对此欲倒东南倾”（《梦游天姥吟留别》）。他用胸中之豪气赋予山水以崇高的美感，他对自然伟力的讴歌，也是对奋斗不息的人生理想的礼赞，超凡的自然意象和傲岸的英雄性格浑然一体。另一类柔美，着意追求光明澄澈之美，在秀丽的意境中表现纤尘不染的天真情怀。例如“人游月边去，舟在空中行”（《送王屋山人魏万还王屋》）；“人乘海上月，帆落湖中天”（《寻阳送弟昌峒鄱阳司马作》）；“月随碧山转，水合青山流。杳如星河上，但觉云林幽”（《月夜江行寄崔员外宗之》）；“金陵夜寂凉风发，独上西楼望吴越。白云映水摇空城，白露垂珠滴秋月”（《金陵城西楼月下吟》）等。这些诗以明朗纯净取胜，具有晶莹剔透的优美意境。

李白的山水诗，与其说是对自然形貌的逼真描绘，不如说是按诗人个性被改造和理想化了的图景。他只求把握整体的气势或氛围，凭倏来飙起的感兴泼墨写意，而略去具体的细节，甚至连观照景物的视觉转移的顺序，也往往毫不在意。李白的山水诗又是无往而不抒情的，他善于把山水物色和特定的情绪渗透、交融在一起，在“景”的状态和“情”的特征之间有着“同构互感”的微妙的呼应关系，例如初出蜀时的《渡荆门送别》：

渡远荆门外，来从楚国游。山随平野尽，江入大荒流。月下飞天镜，云生结海楼。仍怜故乡水，万里送行舟。

从豁然开朗的开阔处着笔，写出初登征途的青年豪迈展望的情怀。而晚年遇赦获释后所写的《早发白帝城》则从江流迅疾的速度着手，抒发轻快活脱的心情：

朝辞白帝彩云间，千里江陵一日还。两岸猿声啼不住，轻舟已过万重山。

李白把汉魏以来诗歌中的典型意象和生活实感结合起来，娴熟地掌握传统文化积淀的意蕴，在妙手偶得之间留下令人咀嚼的隽永韵味，例如《送友人》：

青山横北郭，白水绕东城。此地一为别，孤蓬万里征。浮云游子意，落日故人情。挥手自兹去，萧萧班马鸣。

浮云、落日，既是眼前景，又是古诗中有着特定情感内容的比兴意象。游子一去，如浮云漂泊无止，故人惜别，又似落日依依，缘情布景而不留凿痕。又如“云归碧海夕，雁没青天时。相失各万里，茫然空尔思”（《秋日鲁郡尧祠亭上宴别杜补阙范侍御》），既点明季节和时辰，又用“云”和“雁”的意象喻指离别和远行。此外，如“有时白云起，天际自舒卷。心中与之然，托兴每不浅”（《望终南山寄紫阁隐者》）、“请君试问东流水，别意与之谁短长”（《金陵酒肆留别》）、“西辉逐流水，荡漾游子情”（《游南阳清泠泉》）等，也无不在传统意象和生活实感的统一上，达到炉火纯青的地步。

李白自由解放和具有平民倾向的个性，使他能更深入地挖掘社会生活中的各种人情美。这里有对和平生活的向往之情，如《子夜吴歌》其三：

长安一片月，万户捣衣声。秋风吹不尽，总是玉关情。何日平胡虏，良人罢远征。

有对劳动生活的赞美之情，如《秋浦歌》十四：

炉火照天地，红星乱紫烟。赧郎明月夜，歌曲动寒川。

有心心相印、情投意合的爱情要求，如《夜坐吟》：

冬夜夜寒觉夜长，沉吟久坐坐北堂。冰合井泉月入闺，金釭青凝照悲啼。金釭灭，啼转多，掩妾泪，听君歌。歌有声，妾有情，情声合，两无违。一语不入意，从君万曲梁尘飞。

也有人物交往中的天真情态，如《越女词》其三：

耶溪采莲女，见客棹歌回。笑入荷花去，佯羞不出来。

他的纯真的友情，常常能摆脱等级意识的污染，如《赠汪伦》《哭宣城善酿纪叟》等诗，所写都是普通百姓。李白晚年所作的《宿五松山下荀媪家》更集中表现了这一点：

我宿五松下，寂寥无所欢。田家秋作苦，邻女夜舂寒。跪进雕胡饭，月光明素盘。令人惭漂母，三谢不能飡。

这位在权贵面前傲岸不羁的诗人，在一个普通的农妇面前却感动得难以进食。所有这些诗篇，无不是以理想的光轮使日常生活题材焕发出诗意的风采。

三、李白的气象

李白的诗“以气为主，以自然为宗”①，对形象的捕捉能力很强，但是当澎湃的诗情无法为寻常的形象所容纳时，就以气骋词，天马行空，想象幻想，艺术变形。变形的依据是感情的强度，它使形象突破常规而染上奇幻的色彩。例如，诗人往往改变现实生活中事物大小、多少、轻重的比例关系，通过形体规模的变形来取得强烈的艺术效果。忽而化重为轻，如“感君恩重许君命，太山一掷轻鸿毛”（《结袜子》），“吟诗作赋北窗里，万言不直一杯水”（《答王十二寒夜独酌有怀》）；忽而化轻为重，如“兴酣落笔摇五岳，诗成笑傲凌沧州”（《江上吟》）。在对比中，写出愤激和自信。李白的写景诗，常常打破空间方位的局限，把天上地下、四面八方任意安排，通过空间的变形展示出宽广的襟怀。例如《横江词》六首，本来是从“横江”（在今安徽和县）这一地点着眼，但视角却没有限于此，忽而跳到远在江宁城外的瓦官阁，甚至到了地处江宁县北、比瓦官阁更远的三山，忽而又跳到当涂西南三十里的天门，忽而又写钱塘江的潮水。又如《陪侍郎叔游洞庭醉后》其三：

①〔明〕王世贞：《艺苑卮言》卷三。

划却君山好，平铺湘水流。巴陵无限酒，醉杀洞庭秋。

醉后竟想把君山削去，好让湘水一无遮拦地流泻，借以发挥奔放的豪情。此外，如写庐山瀑布的“初惊河汉落，半洒云天里……海风吹不断，明月照还空”（《望庐山瀑布》之一），“飞流直下三千尺，疑是银河落九天”（《望庐山瀑布》之二），也无不是在想象中变换空间，以壮大气势。李白诗中还可以依据情感的要求，改变时间的速度，出现所谓的“主观时间”。例如，《将进酒》里的“君不见高堂明镜悲白发，朝如青丝暮成雪”，把人的一生说成如朝夕之间一般短暂；《寄韦南陵冰》“月色醉远客，山花开欲燃。春风狂杀人，一日剧三年”，又把一天放大为三年；《长相思》则更为奇妙地把某一瞬间凝固，诗云：

忆君迢迢隔青天。昔时横波目，今作流泪泉；不信妾肠断，归来看取明镜前。

女主人公要把对镜流泪的时刻封存起来，好作为日后的明证。这和六朝民歌《莫愁乐》的“闻欢下扬州，相送楚山头。伸手抱腰看，江水断不流”有异曲同工之妙，都是借时间的变形烘托出女子的痴情。在更多的诗里，李白好以游仙、梦境或幻境来补充或组织画面，在虚拟的描写中更加恣肆汪洋地抒发理想和感情。例如《梦游天姥吟留别》，开始的描述就带有虚拟成分，例如“半壁见海日，空中闻天鸡”“熊咆龙吟殷岩泉，栗深林兮惊层巅”是写胸中丘壑，并非真山真水；“云青青兮欲雨，水淡淡兮生烟”以下，进入神话世界，自在遨游的神仙，激发了诗人追求自由的热情，迸发出“安能摧眉折腰事权贵”的反抗。又如《梁甫吟》：

我欲攀龙见明主，雷公砰訇震天鼓，帝旁投壶多玉女。三时大笑开电光，倏烁晦冥起风雨。阊阖九门不可通，以额扣关阍者怒。……

《古风》第十九首：

西上莲华山，迢迢见明星。素手把芙蓉，虚步蹑太清。霓裳曳广带，飘拂升天行。邀我登云台，高揖卫叔卿。恍恍与之去，驾鸿凌紫冥。俯视洛阳川，茫茫走胡兵。流血涂野草，豺狼尽冠缨。

也是在幻境中表现现实与理想的对立，或是不能忘怀苦难现实的拳拳之心。把丰富的现实生活感受寄托在幻境之中，在惝恍迷离的幻觉形象中表现抗争和热情，这是对屈原精神的继承和发展。

李白“以气为主”，还表现为其壮浪纵恣的抒情形式。诗人的感情往往如喷涌而出的洪流，不可遏止，滔滔奔泻。在诗体的选择上，他较少运用多有限制的律诗，而偏爱便于纵横驰骋、随意抒写的以乐府体为主的古诗，尤其是七言歌行。这一类诗体在李白笔下，更为放纵自由。如《蜀道难》大量运用长短不齐的杂言，劈头就用独特的句式：“噫吁嚱，危乎高哉，蜀道之难难于上青天!”接下去忽而五言，忽而七言，时而短至三四字，时而又长至十几字，如：“其险也如此，嗟尔远道之人胡为乎来哉!剑阁峥嵘而崔嵬，一夫当关，万夫莫开。所守或匪亲，化为狼与豺。”在句式的屈伸变化中，诗人的激情一步步冲向高潮。李白诗歌的跳跃性也是极强的，往往在一波未平、一波又起的开阖动荡中，坦露变幻无常的感情活动。贯穿在这些飞跃的文字之中的，不是生活的逻辑，而是情感的踪迹。如《宣州谢朓楼饯别校书叔云》：

弃我去者，昨日之日不可留；乱我心者，今日之日多烦忧。长风万里送秋雁，对此可以酣高楼。蓬莱文章建安骨，中间小谢又清发。俱怀逸兴壮思飞，欲上青天揽明月。抽刀断水水更流，举杯消愁愁更愁。人生在世不称意，明朝散发弄扁舟。

全诗仅十二句，情感却几度跌宕。首二句从忧愁落笔，但从第三句开始，境界忽然一变，抖擞精神，情绪变得高昂，以至于想上青天，揽明月。“抽刀”两句，又从天上跌回人间，愁绪像回潮般再度袭来。但诗人不愿被这种消沉的情绪吞噬淹没，再次挣脱出来，飞向自由。诗人就在这样大起大落的飞跃之中，披露内心深沉的痛苦，表现睥睨忧患的达观。

李白诗歌的语言风格，用他自己的诗句来说，是“清水出芙蓉，天然去雕饰”(《经乱离后天恩流夜郎忆旧游书怀赠江夏韦太守良宰》)。他写有大量乐府诗，几乎占全部诗歌的四分之一，是唐代写乐府诗最多的诗人。他最擅长的七言歌行，其渊源本起自乐府；而用为唐代乐府的绝句也正是李白所运用自如的，这说明李白诗有接近歌谣的特点。乐府诗自初唐以来没有多大发展，李白则熔古朴森茂的汉魏乐府和清新明丽的六朝乐府为一炉，以俊逸的才气创造了新鲜的诗歌语言。他的很多诗语直接从乐府民歌中点化，如《静夜思》从《子夜秋歌》“秋风入窗里”一篇化出；而“狂风吹我心，西挂咸阳树”（《金乡送韦八之西京》）、“我寄愁心与明月，随风直到夜郎西”（《闻王昌龄左迁龙标遥有此寄》）、“我欲因之梦吴越，一夜飞度镜湖月”（《梦游天姥吟留别》）等，显然受到南朝乐府《西洲曲》“南风知我意，吹梦到西洲”的启发。《上三峡》则以民歌《三峡谣》为张本改造。歌谣原词为：“朝发黄牛，暮宿黄牛。三朝三暮，黄牛如故。”李白诗云：“三朝上黄牛，三暮行太迟。三朝又三暮，不觉鬓成丝。”还有许多诗篇，虽不是直接由民歌改造而来的，却在语言风格上率真自然、明朗流转，深得民歌韵味。如：

> 蜀国曾闻子规鸟，宣城还见杜鹃花。一叫一回肠一断，三春三月忆三巴。（《宣城见杜鹃花》）

> 楚山秦山皆白云，白云处处长随君。长随君，君入楚山里，云亦随君渡湘水。湘水上，女萝衣，白云堪卧君早归。（《白云歌送刘十六归山》）

但是，并不是说李白的诗歌语言局限在乐府民歌的范围中，实际上，他善于博采前人的精华以自铸高格，形成通俗而又精练、明朗而又含蓄、清新而又明丽的风格特色。他的“自然”不仅仅是除去雕饰，浅显明白，而且是语近情遥，具有丰富意味。

总之，李白是时代的骄子、盛世的歌手。他的诗歌以蓬勃的浪漫气质表现出无限生机，是盛唐之音的杰出代表。正如李阳冰《草堂集序》所说：“陈拾遗横制颓波，天下质文翕然一变。至今朝诗体，尚有梁、陈宫掖之风，至公大变，扫地并尽。”

第二节　“诗圣”杜甫的风范

一、杜甫的一生

杜甫（712—770），字子美，又称杜少陵、杜拾遗、杜工部。京兆杜陵（今陕西西安西南）人，祖籍襄阳（今属湖北），生于巩县（今属河南）瑶湾。杜甫生长在奉儒守官并有文学传统的家庭，十三世祖杜预是西晋名将，祖父杜审言是武则天时的著名诗人，做过膳部员外郎；父亲杜闲曾任兖州司马和奉天县令。杜甫早慧，7 岁便开始学诗，他自己回忆说，“七龄思即壮，开口咏凤凰”（《壮游》）。“读书破万卷”（《奉赠韦左丞丈二十二韵》）、“群书万卷常暗诵”（《可叹》）的刻苦学习，为他的创作准备了充分的条件。15 岁“出游翰墨场”（《壮游》）时，他的诗文已引起了洛阳名士的重视。20 岁后，杜甫的生活可分为四个时期：

（一）南北壮游：玄宗开元十九年（731）至天宝四载（745）。从开元十九年开始，为了解社会，结识名流，杜甫几次漫游，历时 10 馀年。第一次漫游是在江南吴越一带，到过金陵、姑苏，渡浙江，泛舟剡溪，直至天姥山下。开元二十三年（735），回洛阳应进士考试，结果落榜。次年，在齐赵一带开始第二次漫游，他晚年回忆当时“放荡齐赵间，裘马颇清狂”（《壮游》）。在这两次漫游期间，他看到秀丽雄伟的山川，感受了江南和山东的文化，扩大了眼界，丰富了见闻。开元二十九年（741），筑居于洛阳与偃师之间的首阳山下，与杨氏结婚。天宝三载（744），在洛阳与李白相遇，李白的特殊风采和出众才华，深深吸引了杜甫。二人共游梁宋、齐鲁，访道寻友，谈诗论文，结下友谊。次年秋，杜甫西去长安，李白准备重游江东，他们在兖州分手，此后再没有会面。但此后，他先后写了 11 首诗思念或酬赠李白。

（二）困居长安：天宝五载（746）至十四载（755）。杜甫到长安，目的是谋求官职，有所作为。天宝六载（747），玄宗诏征天下有一技之长者诣京应试，杜甫参加了这次考试，但由于“口蜜腹剑”的李林甫要证明“野无遗贤”，让所有应试者无一被选。天宝十载（751），玄宗举行三个盛典，祭祀“玄元皇帝”老子、太庙和天地。杜甫写成三篇辞气壮伟的“大礼赋”进献，得到玄宗赞赏，命宰相考他的文章，等待分配，又没有下文。他不断写诗投赠权贵，希望得到推荐，也都毫无结果。十载长安的困守，未能实现杜甫“致君尧舜上，再使风俗淳”（《奉赠韦左丞丈二十二韵》）的政治抱负。大约在杜甫到长安不久，父亲就去世了，他的生活因此变得艰困起来。为了生存，为了求官，他不得不“朝扣富儿门，暮随肥马尘。残杯与冷炙，到处潜悲辛”（《奉赠韦左丞丈二十二韵》），以至经常挨饿受冻，“饥卧动即向一旬，敝衣何啻联百结”（《投简咸华两县诸子》）。天宝十四载（755）才得到右卫率府胄曹参军这样卑微的官职，这已是安史之乱的前夕。生活折磨了杜甫，也成全了杜甫，他逐渐深入下层，看到人民的苦痛，从而写出《兵车行》《丽人行》《自京赴奉先县咏怀五百字》等杰作。十年困守，确定了杜甫此后生活道路和创作道路的方向。

（三）为官流亡：肃宗至德元载（756）至乾元二年（759）。安禄山起兵后，很快攻陷洛阳、长安。杜甫听到唐玄宗逃往西蜀，肃宗在灵武即位，便把家属安置在羌村，只身北上灵武，不幸被叛军截获，押到长安。至德二载（757）四月，杜甫冒着生命危险，逃出长安，“麻鞋见天子，衣袖露两肘”（《述怀一首》），奔赴肃宗临时驻地凤翔，受任为左拾遗，这是一个从八品却又很接近皇帝的谏官，地位虽不高，却是杜甫仅有的一次在中央任职的经历。就在做谏官的头一个月，他“见时危急”，上疏为罢相房琯脱罪，不料触怒肃宗，遭到审讯，几受刑戮。八月，杜甫由凤翔回到鄜州探视妻子。九月，唐军收复长安，十月收复洛阳，肃宗十月底返京，杜甫也回到长安，仍任左拾遗。次年五月，杜甫受到肃宗新贵与玄宗旧臣斗争的影响，外调为华州司功参军，从此与长安永别。回到华州，已是乾元二年（759）初夏。这时关辅大饥，朝廷内李辅国专权，玄宗旧臣房琯等被排斥。“满目悲生事，因人作远游”（《秦州杂诗二十首》），杜甫对政治感到失望，立秋后毅然弃官，西去秦州。在秦州不满四月，又在初冬赴同谷；停留一个月后，走上艰难的蜀道，在年底到了成都。

（四）漂泊西南：肃宗上元元年（760）至代宗大历五年（770）。这11年内，杜甫在蜀中待了八九年，在荆湘待了两三年，写了1000多首诗，占《杜工部集》总数的三分之二以上。《闻官军收河南河北》《又呈吴郎》《秋兴》《诸将》《咏怀古迹》《旅夜书怀》等，都是这一时期的优秀代表。尤其是旅居夔州（今四川奉节）期间创作的律诗，达到炉火纯青的境界。

和前期不同，这一时期的杜诗带有更多的抒情性质，形式也更多样化。值得注意的是，他创造性地赋予七律以重大政治和社会内容。杜甫在夔州时说自己“漂泊西南天地间”（《咏怀古迹》），实际上他在成都先后住过5年，生活还是比较安定的。上元元年（760）春，他在成都城西浣花溪畔建筑了草堂，结束了4年流离转徙的生活。上元二年（761）末，杜甫的故交严武出任成都尹兼御史中丞，给过杜甫不少帮助。代宗宝应元年（762）七月，严武应召入朝，剑南西川兵马使徐知道叛变，杜甫流亡到梓州、阆州。宝应二年（763）春，延续8年的安史之乱结束，但国内混乱的局面尚未澄清，西方的吐蕃又大举入侵，十月间一度攻陷长安。广德二年（764）春，严武又被任命为成都尹兼剑南节度使，杜甫也在三月回到成都。严武举荐杜甫为节度参谋、检校工部员外郎，杜甫在成都节度使幕府中住了几个月，因不习惯于幕府生活，一再要求回到草堂，最后严武允许了他的请求。永泰元年（765）五月，杜甫率领家人离开草堂，乘舟东下。“五载客蜀郡，一年居梓州”（《去蜀》），结束了“漂泊西南”的前半阶段。九月到达云安（今重庆云阳），因病不能前进，次年暮春病势减轻，才迁往夔州。在夔州居住不满两年，创作十分丰富，有诗400馀篇。后来，因为夔州气候恶劣，朋友稀少，杜甫便在大历三年（768）正月起程出峡。三月到江陵。本想北归洛阳，又因河南兵乱，交通阻隔，不能成行。在江陵住了半年，移居公安数月，在年底到达岳阳。大历四年和五年是杜甫生活的最后两年，他居无定所，穷困潦倒，疾病缠身，十分凄凉，往来于岳阳、长沙、衡州、耒阳之间，大部分时间都在船上度过。大历五年（770）冬，半身偏枯的诗人贫病交困，飘零在长沙与岳阳之间湘江的一叶扁舟上，写下《风疾舟中伏枕书怀》这首三十六韵的长诗，诗中有句“战血流依旧，军声动至今”，仍以国家为念。其时，除了摇舟的橹夫和一盏残光的萤灯，只有凄怆肃立的青山和瑟瑟入骨的寒风与他做伴，几天后，诗人便溘然长逝了，终年59岁。

二、杜诗的内容

杜甫早期作品留存数量很少。这些诗篇和时代的风气相一致，充满自信、带有英雄主义的倾向，同后来的作品有明显区别。如《房兵曹胡马》以“所向无空阔”“万里可横行”写马，《画鹰》以“何当击凡鸟，毛血洒平芜”写鹰，都有不可一世之概。《望岳》诗起首“岱宗夫如何，齐鲁青未了”，气势宏大，结句“会当凌绝顶，一览众山小”，富于展望，令人感受到雄心勃勃的精神状态。随着杜甫渐渐深入苦难的现实，他的诗也变得沉重起来，但早期诗歌那种气势壮阔的特点，仍然保留着。

《兵车行》的创作，标志着杜甫诗歌的转变，由此形成并贯穿此后一生的特征：严肃的写实精神；在忠诚于唐王朝和君主的前提下，对腐朽现象给予批判；对民生疾苦的深厚同情；对国家与民族命运的深沉忧念。《兵车行》的开头是一幅悲惨的图景："车辚辚，马萧萧，行人弓箭各在腰。耶娘妻子走相送，尘埃不见咸阳桥。牵衣顿足拦道哭，哭声直上干云霄。"接着把批判的锋芒指向好大喜功的唐玄宗："边庭流血成海水，武皇开边意未已！"诗中继续写到战争导致国内生产力的衰减："君不闻汉家山东二百州，千村万落生荆杞，纵有健妇把锄犁，禾生陇亩无东西。"最后借想象为那些无辜的死者发出悲愤的哭喊："君不见青海头，古来白骨无人收。新鬼烦冤旧鬼哭，天阴雨湿声啾啾！"在唐诗中，如此严肃地正视现实、具有深刻的批判精神的作品，以前还没有过。而在稍后写成的《自京赴奉先县咏怀五百字》中，杜诗的批判精神又有进一步的发展。诗中既写到自己忠于王朝和君主的不可改移的天性——"葵藿倾太阳，物性固难夺"，同时又对正在骊山行宫中肆意挥霍享乐的玄宗君臣提出责难："彤庭所分帛，本自寒女出。鞭挞其夫家，聚敛贡城阙。"在这里，杜甫的笔已经触及统治者与人民之间剥削与被剥削的根本性对立关系。

在杜甫的思想中，合理的政治应当表现为统治者与被统治者之间的和谐：君主应当爱护人民，使之安居乐业，而人民则忠诚和拥戴君主。然而事实上这仅是一种空想。作为一个诚实的诗人严肃地面对现实，他不能不为此感到困苦。杜诗的名篇"三吏""三别"就是很好的例子。这些诗作于乾元二年（759）杜甫从华州去洛阳之时。此前不久，唐军在邺城围攻安史叛军遭到大败，形势危急，唐军为了守住洛阳、潼关一线，在民间拼命抓丁，连未成年人和老人都不能幸免。杜甫以叙事诗的形式描述了他亲眼所见的悲惨情形。

从这些典型的忧国忧民之作中，可以更清楚地理解杜甫。首先需要指出："忧国"和"忧民"并不是很容易统一起来的事情。因为杜甫所忧念的"国"，同李氏王朝的"皇纲"之存亡密不可分，这"国"首先是包括杜甫在内的统治阶级的"国"，统治阶级的成员依其地位高下，从这个"国"中得到不等的利益；至于"民"尤其是贫困的劳动人民，即使利益同这个王朝的存亡有一定关联，他们也主要是牺牲者而不是得利者。而安史之乱就其根本的性质来说，是一场企图改朝换代的军事叛乱。虽然安史集团的头领以汉化的胡族人为主，但民族矛盾的一面并不是主要的。可以说，普通民众是被争夺最高权力的两大集团推进了血火之中。那么，杜甫又怎样来看待这个问题呢？先看《新安吏》：

> 客行新安道，喧呼闻点兵。借问新安吏："县小更无丁?""府帖昨夜下，次选中男行。""中男绝短小，何以守王城?"肥男有母送，瘦男独伶俜。白水暮东流，青山犹哭声。"莫自使泪枯，收汝泪纵横。眼枯即见骨，天地终无情!"

读到这里，可以感受到诗人对受难人民极其真实深切的悲悯之情。当说出"眼枯即见骨，天地终无情"这样悲愤的句子时，他指出了一个惨痛的事实：民众在这个世界上走到了绝路，沿着这个方向追问下去，会出现严重的问题：牺牲到最后的人民，有无义务为大唐王朝继续做出牺牲？而诗人就在这关键时刻收刹了他的笔，转到另外的方向：

> 我军取相州，日夕望其平。岂意贼难料，归军星散营。就粮近故垒，练卒依旧京。掘壕不到水，牧马役亦轻。况乃王师顺，抚养甚分明。送行勿泣血，仆射如父兄。

所谓官军中劳役轻、官长爱惜士兵，并且似乎没有什么危险，这恐怕是杜甫自己都不能相信的。但他只能这样幻想，并以此安慰从军少年和他们的家人。而归根结底，他还是希望人民继续为唐王朝做出牺牲。还有《新婚别》，写一位结婚才一天的新娘送丈夫从军，诗中既写出她的悲哀，"君今往死地，沈痛迫中肠"，又以较多的笔墨描绘了这位女子"深明大义"的形象。她要丈夫"勿为新婚念，努力事戎行"，又说自己不能跟随而去，因为"妇女在军中，兵气恐不扬"。不能说杜甫笔下的新娘不是真实的，但可以想象，一定也有不愿亲人走向"死地"的妇女。而之所以选择这一位新娘作为主人公，乃是从国家利益考虑。包括《垂老别》中那位"子孙阵亡尽"而自己又被征去当兵的老人，他的遭遇可以说凄惨至极，诗人对他也确实充满同情，但在篇末，他还是让老人说出"何乡为乐土，安敢尚盘桓"这样偏向豪壮的调子。

总之，杜甫“忧国”，却不因此而泯灭良知，回避眼见的事实；他“忧民”，却又不因此背弃唐王朝的根本利益，因此只能在尖锐的矛盾中寻找折中的途径。这种折中有时不免勉强，使诗中表现出的情绪显得非常痛苦。我们没有理由苛责杜甫，能够如此严肃地正对现实，关怀人民，已是难能可贵了。但在另一方面也要看到，在之后长期的封建社会中，他获得“诗圣”这样一个带有浓重道德意味的尊称，也有其深刻的原因。

在杜甫晚年，由于形势越发不可收拾，自身的处境也日见窘迫，他对军阀、官僚的横暴、腐败，态度变得更为尖锐严峻。虽然像《兵车行》和“三吏”“三别”那样细致描述的作品已经很少再有，但以高度概括的诗歌语言所揭示的事实，却别有一种震撼人心的力量。如《草堂》写蜀中军阀的叛乱和相互杀戮：“到今用钺地，风雨闻号呼。鬼妾与鬼马，色悲充尔娱。”——被杀者似乎仍在号哭，而他们的妻妾和马，都面带愁容供杀戮者取乐，这是一幅何等悲惨残酷的图景！又如《三绝句》中写官军的残暴：

殿前兵马虽骁雄，纵暴略与羌浑同。闻道杀人汉水上，妇女多在官军中。

时代的苦难被杜甫以焦虑和愤怒的心情一一记录在诗中。但是，他对现实有什么办法呢？只能苦苦地告诫那些做官的朋友：“众寮宜洁白，万役但平均。”（《送陵州路使君赴任》）只能期盼皇帝的贤明：“谁能叩君门，下令减征赋？”（《宿花石戍》）只能浩叹：“安得务农息战斗，普天无吏横索钱！”（《昼梦》）这些无奈的、固执的哀告，道出受尽苦难的广大民众的心愿。

杜甫不只是一个时代的观察者、记录者，他本身的遭遇也是同时代的苦难纠结在一起的。人们从他的诗篇中，可以清楚地看到一位诚实、富于正义感和同情心的诗人，如何辗转挣扎于漂泊的旅途，历经饥寒困危，备尝忧患。对于生活在动乱时代的人们，这一类诗格外具有感染力。如《月夜》，是杜甫在安史之乱爆发后困居长安时所作，抒发对被战火阻隔的妻子的怀念：

今夜鄜州月，闺中只独看。遥怜小儿女，未解忆长安。香雾云鬟湿，清辉玉臂寒。何时倚虚幌，双照泪痕干！

当他逃至凤翔后，有了机会去鄜州探家时，又写出名篇《羌村三首》，第一首说道：

峥嵘赤云西，日脚下平地。柴门鸟雀噪，归客千里至。妻孥怪我在，惊定还拭泪。世乱遭飘荡，生还偶然遂。邻人满墙头，感叹亦歔欷。夜阑更秉烛，相对如梦寐。

诗中呈现出一幅戏剧性的异常感人的场面。在那一场突发的大战乱中，家破人亡是寻常事情，骨肉重聚反而不可思议。杜甫以准确生动的语言，把他们一家人重新相见时，彼此如在梦中、亦惊亦悲亦喜的复杂心情清晰地呈现出来，可谓感人至深。千百年来，它不知引发了多少人内心的共鸣！

正是因为个人的命运同时代的苦难纠结在一起，富于同情心和社会责任感的杜甫，常常从自身的遭遇联想到更多的人、更普遍的社会问题。如在《自京赴奉先县咏怀五百字》中，他由幼子的因饥饿而夭折，想到自己的家庭毕竟还享有某些特权，而那些地位低下的“失业徒”“远戍卒”，又将如何挣扎下去呢？在《茅屋为秋风所破歌》中，他由自家茅屋被风雨吹破而致使家人受寒冻的情形，发出“安得广厦万千间，大庇天下寒士俱欢颜”的祈愿。这种宽广的胸怀，是值得后人钦佩的。

杜甫的诗歌自古以来就有“诗史”的美誉。但应该指出：诗歌并不会仅仅因为记载了某些史实就成为好诗。杜甫其实并非有意于史；他的那些具有历史纪实性的诗篇，以及那些记述自身经历而折射出历史面目的诗篇，乃是他的生命与历史相撞而饱经忧患的结晶，是浸透着他个人的辛酸血泪的。后代有些诗人虽然也关注社会政治问题，但往往有意于史，所以他们的诗作难以像杜诗一样唤起我们的感动。

当然，杜甫的诗歌不尽是同当时的政治、社会问题相关联的，也不完全是忧愤的。其题材其实很广泛，尤其描绘山水风光、自然景物的诗篇，在集子中占很大比例。杜甫一生到过很多地方，吟咏美好的山川风光，为他多难的生活增添了许多乐趣。像西南一带的景色，很多是因为有了杜诗才开始为世人所知。有时，杜甫也会忘怀一切地沉浸在自然界种种细微的变化中，写出“细雨鱼儿出，微风燕子斜”（《水槛遣心》）、“云掩初弦月，香传小树花”（《遣意》）一类情味悠闲的诗句。毕竟，生活是多彩的，作为诗人，无论如何也不会失去对美好事物的兴趣。

三、杜诗的表现

杜甫的诗歌类型众多、风格也富于变化。其原因主要有二：一是杜诗应用范围极广。不仅可用来叙事抒情，还用来写人物传记和自传、书信、游记、政论、诗文评论等，几乎无所不能。当然这也使部分诗歌偏向于理性化；二是杜甫对前代诗歌的态度比较宽容，主张“转益多师”而不轻易否定，比如对南朝诗，杜甫虽亦有所批评，但却不曾像李白那样大言“自从建安来，绮丽不足珍”（《古风》之一）。他对庾信、何逊、阴铿等众多六朝作家，都诚心地肯定和汲取其长处，从而丰富了自身的创作。

杜甫善于运用各种诗歌体式。他的五言、七言律诗和五言、七言古体诗，在唐代都是第一流的。七言绝句虽不如李白、王昌龄那样杰出，但也自成一家。杜诗中，有三种类型特别具有独创性，也最能够代表他对中国诗史的贡献。

一类是五古体自叙诗篇，这类诗大都篇幅较长，往往融写景、叙事、抒情、议论于一体。如《自京赴奉先县咏怀五百字》《北征》，后者长达七百字，叙述作者自凤翔至鄜州探家的一路经历和所见所思，沿途景物、战乱疮痕、对国家命运的忧虑、对个人遭遇的感慨、与家人重聚的情形等，这些内容交织在一起，使杜甫情绪起伏，心理复杂。这类诗带有明显的散文化色彩，宋诗“以文为诗”，即来源于此。但在杜诗中由于感情浓郁厚重，仍有足够的力量支撑如此长篇，而不致失去诗的特性。

一类是以《兵车行》《丽人行》“三吏”“三别”为代表的既有七言古体，又有五言古体的叙事诗。这一类诗实际是古代乐府民歌的流变，但杜甫打破惯例，不用乐府古题而“即事名篇”，这样就更能够反映现实，更富于生活气息。这一创造直接导引了中唐的新乐府运动。从叙事艺术来看，这些诗善于描绘人物形象，尤其是运用对话来表现人物个性，在中国古代叙事诗的发展过程中占有重要的地位。

一类是七律。在杜甫以前，七律多用于宫廷应制唱和，内容贫乏，语言亦平缓无力。而杜甫不但在声律上把七律推向成熟，更充分发展这一诗体所蕴含的各种可能性。七律同五律一样，是固定的诗型。但杜甫利用它比五律稍大的篇幅，使之能包含相当大的容量；在语言节奏方面，虽然七律每句只比五律多二字，但经过杜甫的精心调节，却产生多种多样的变化，成为一种既工丽严整又开合动荡，具有独特的艺术表现力的诗型，比如《秋兴八首》之一：

> 玉露凋伤枫树林，巫山巫峡气萧森。江间波浪兼天涌，塞上风云接地阴。丛菊两开他日泪，孤舟一系故园心。寒衣处处催刀尺，白帝城高急暮砧。

写巫峡的秋声秋色，美丽而萧瑟，壮阔而阴郁，衬托出孤独的诗人形象。全诗既有力度，又非常精致，给人以丰富的感受。有时候，杜甫为了追求特殊的效果，又把古体诗的句式、音调锤进律诗，人们称之为“拗律”，如《白帝城最高楼》：

> 城尖径仄旌旆愁，独立缥缈之飞楼。峡坼云霾龙虎卧，江清日抱鼋鼍游。扶桑西枝对断石，弱水东影随长流。杖藜叹世者谁子？泣血迸空回白头。

诗中第二句和第七句语法完整，不避虚词、代词，都是古体诗的散文化句式（通常律诗的句子比较紧缩）。尤其第七句是上五下二的节奏，在第五字“者”处形成很强的停顿，然后引出悲怆而有力的末句。从声律来说，这首诗每一句第五字的平仄都和律诗规定的平仄相反；而且对仗的三、四句和五、六句，句尾都是三仄声对三平声，起伏感很强，具有古风的特征。这样，作者打破了律诗固有的平衡、和谐，于拗折中求得独特的韵味，借以表达自己不平静的心情。这种借声调和句法的拗折来抒发某种特殊情绪的手段，后来在黄庭坚的诗中被广泛运用。

杜甫对于诗歌的语言非常重视，他毫不隐讳地宣称：“语不惊人死不休。”（《江上值水如海势聊短述》）杜甫的确把中国古典诗歌语言的表现力提高到一个新的阶段。杜诗语言的功力，表现为两种不同的情况。一是句式、词汇并不特别，但由于写得准确有力而给人以强烈的感受。如《羌村》中“妻孥怪我在”，读起来很平常，但刻画出妻子见丈夫仍在人世、刹那间竟感到奇怪的神情，成为惊心动魄的一笔。又如《江亭王阆州筵饯钱遂州》中“老畏歌声断，愁随舞曲长”，也不是很特别的句子，却充分写出诗人观赏歌舞时潦倒愁闷的心情。另一种情况就是用不寻常的语言和修辞手法，营造出新鲜的能够激活读者心理感受的形象。譬如杜甫的写景诗句，常把表示色彩的字放在开头，然后用一个动词引入实物，像“青惜峰峦过，黄知橘柚来”（《放船》），“碧知湖外草，红见海东云”（《晴》），

“绿垂风折笋，红绽雨肥梅”（《陪郑广文游何将军山林》）等。这样写来，既醒目又能表现出情感的流动。古人炼字，有“诗眼”之说，即一句诗中有一个字特别警醒，使全句皆活。杜甫在这方面的长处尤其令人钦服，往往一字之下，后人无法更易，像“风起春灯乱，江鸣夜雨悬”（《船下夔州郭宿雨湿不得上岸别王十二判官》）中的“乱”和“悬”，“星垂平野阔，月涌大江流”（《旅夜书怀》）中的“垂”与“涌”，“万姓疮痍合，群山嗜欲肥”（《送卢十四弟侍御护韦尚书灵榇归上都二十四韵》）中的“合”与“肥”等，不胜枚举。至若《秋兴》中的“丛菊两开他日泪，孤舟一系故园心”，动词“开”和“系”都关联两项事物，更是精妙绝伦。

杜甫诗歌的艺术风格多种多样，最具有特征性、也是杜甫自己提出并为评论者所公认的，是“沉郁顿挫”（《进雕赋表》）。“沉郁”指文思深沉含蓄，“顿挫”指声调抑扬有致。而“沉郁”又另有沉闷忧郁之意。因此作为其风格的概括，便包含了深沉含蓄、忧思郁结、格律严谨、抑扬顿挫等多重内涵。与不受格律束缚的李白相反，杜诗格律之精严，独步千古，其中以五排与七律最见功力。其五排凝重典雅，篇制之巨，数量之多，在盛唐以前罕见。七言律诗则尤有新创。盛唐七律尚未脱歌行韵味，虽丰神极美，流畅超逸，但体裁未密。到杜甫笔下才严密合律而又一气呵成，一意贯穿。杜甫漂泊西南时期，深入探索七律的特殊体调和表现功能，章法格调变化多端，句法字法尤多创新。草堂时期兴会繁富，大抵以平易流畅为主。夔州时期又大力创作七律组诗，以回忆为主，遂在典实和故事上驰骋想象，以苍凉的笔调绘出浓丽的幻梦，语言的提炼和声情的传达妙合无垠，将七律的表现力发挥到了极致。

杜甫是一位集大成和承前启后的诗人，清代叶燮《原诗》说：“杜甫之诗，包源流，综正变。自甫以前，如汉魏之浑朴古雅，六朝之藻丽秾纤、澹远韶秀，甫诗无一不备。然出于甫，皆甫之诗，无一字句为前人之诗也。自甫以后，在唐如韩愈、李贺之奇奡，刘禹锡、杜牧之雄杰，刘长卿之流利，温庭筠、李商隐之轻艳，以至宋、金、元、明之诗家，称巨擘者，无虑数十百人，各自炫奇翻异，而甫无一不为之开先。”这样说不无夸张，但杜甫善于总结前人经验以创新，并开启后代众多诗派，却是无疑的事实。

第三节　李杜之异同比较

一、李杜之同

“诗仙”李白和“诗圣”杜甫，历来公认是中国诗歌史上的双子星座。“大唐前有李杜，后有元白，信若沧溟无际，华岳干天。”① 他们之所以成为并峙的顶峰，最根本的原因是他们以盛唐诗所取得的成就作为创作的起点。

首先，他们的诗歌集中体现了盛唐诗人心胸宽广、积极进取的精神面貌和时代性格，表达了同时代诗人济苍生、安社稷、以天下为己任的共同理想，及其在追求功业的现实中所产生的不平之气。正如张祜《叙诗》所云：“波澜到李杜，碧海东弥弥。”②

20 世纪 50 年代，学者拈出“盛唐气象”，用来概括开元、天宝间诗歌鲜明开朗、朝气蓬勃的精神面貌。③ 唐代社会的政治经济和思想文化，以其强大的国力、广阔的疆土、开放的心态为底蕴，确实呈现出一种盛世的时代特征，包括艳丽明快的色彩，生动自然的情调，博大恢宏的气势，雍容华贵的风度，昂扬进取的精神，兼容并蓄的性格等。因此“盛唐气象”又由一种诗歌特质，扩展到整个文艺，乃至成为文采风流、恢宏壮阔的时代特征。只是李白的这种理想融合了儒、道、任侠、纵横家等各种思想的影响，经过文学的夸张，放大了无数倍。他以吕尚、鲁仲连、张良、诸葛亮、谢安等非凡的历史人物自比，要求平交王侯、长揖万乘、不屈己、不干人，不屑于走平常应举的途径，而是“用交游干谒、求仙访道、退隐山

①〔唐〕黄滔：《答陈磻隐论诗书》，《黄御史集》卷七，《文渊阁四库全书》第 1084 册，第 163 页。

②《全唐诗补编》上册，第 216 页；尹占华《张祜诗集校注》，第 287 页。

③舒芜在 1954 年 3 月 29 日《光明日报》发表《关于李白》，首次使用“盛唐气象”这一概念，同年 10 月 17 日，林庚在《光明日报》发表《诗人李白》，对“盛唐气象”进行理论上的探讨，四年后，林庚发表《盛唐气象》（《北京大学学报》1958 年第 2 期），“盛唐气象”由此进入学术研究视野，引发热烈持久的讨论。

林等多管齐下的方式，希求一步登天”①，风云感会，为君辅弼，而以功成身退为最终目标。这些幻想和自信都是在盛唐鼓励士人高谈王霸、推贤进士的政治空气中激发起来的，只是他比盛唐文人表现得更强烈、更夸张。李白爱好纵横和任侠，虽然在盛唐文人中不具有普遍性，但仍然与时代精神有关：战国时代的纵横家和侠士一类人物，使士得以最大程度地实现对精神自由和人格平等的要求。盛唐诗人普遍的布衣感及其对于权贵的不平之气，孕育了李白作为布衣的骄傲和自尊，促使他到纵横家和侠士那里去追溯士的自由精神的源头，因此李白能够成为盛唐布衣精神最优秀的代表。② 杜甫在盛世文明的教育下长大，青壮年时代在开元时期度过。他从同时代人的远大抱负和活跃思想中获得进取的信心，“致君尧舜上，再使风俗淳”“许身一何愚，窃比稷与契”“会当凌绝顶，一览众山小”，与盛唐文人一样，自负为君辅弼、化成天下的大任，充满前程万里的信心。《饮酒八仙歌》在八位酒仙的狂态中，发掘他们将王公至尊、仕途富贵、世俗人情和各种清规戒律统统置之度外的高迈绝尘之气，这种狂放旷达和自由正是杜甫心目中理想的开元精神。尽管杜甫的大部分诗作都写于安史之乱以后，但他一生都在不懈追求的太平治世，正是以他经历的盛唐为蓝本。只是杜甫在儒家思想的熏陶下，将盛唐文人以天下为己任的大志提纯和升华到了一个新的高度。包括李白在内的盛唐诗人，对功业理想的追求难免夹杂着对个人功名富贵的热望，以及退隐独善的消极态度，而杜甫却终其一生都把国家和人民的命运视为人生的终极关怀，不愿寻找避世的桃花源，不惜呕心沥血，以供养象征国家祥瑞的凤凰；甘愿以一己之身承担天下的苦难，换取天下苍生的安定幸福。如果说盛唐时期的开元政治实现了人们理想的尧舜之治，那么杜甫则体现了中国人理想中的古圣人之心。

其次，李白和杜甫都在开元清平政治结束以后才达到创作高峰期。他们通过各自的遭际加深了对现实的认识，在天宝至安史之乱以后的诗坛上，满怀忧愤地揭示出严重的政治危机，反映了安史之乱前后广阔的社会生活和历史背景，以深刻博大的内容提高了盛唐诗歌的思想境界。盛唐诗歌以理想主义为基调，乐观开朗，意气风发，但不以批判现实见长，揭露

---

①陈贻焮：《唐代某些知识分子隐逸求仙的政治目的——兼论李白的政治理想和从政途径》，载《北京大学学报》1961 年第 3 期，收入其《唐诗论丛》，湖南人民出版社 1980 年版。

②林庚：《诗人李白》，上海文艺联合出版社 1954 年版，第 44—54 页。

时弊、反映民瘼的作品较少。只有高適、王昌龄、储光羲等少数诗人的作品涉及边塞失控的问题和农民遭灾的痛苦。李白和杜甫则全面揭露了天宝政治的黑暗。李白更多着眼于奸邪蒙蔽君王、内宠外戚乱政、宦竖小人得势等上层政治的问题，而杜甫则更多地着眼于普通百姓在穷兵黩武和乱政统治下遭受的苦难，抒写大乱一触即发的忧虑和预感。安史之乱后，他们同时被卷进肃宗即位后发生的政治事件。李白因从永王璘获罪，杜甫因疏救房琯而获罪，都关联玄、肃父子的矛盾，因而都成为统治者政治斗争的牺牲品。李白在获罪后以其有限的馀生迸发出最后的雄心，以挽回国运为己任，表现了拯世济时的责任心。杜甫在获罪后通过反省和思考，破除了对朝廷的幻想，从思想感情上完成了日渐远离皇帝而走向人民的痛苦过渡。① 他以大量诗篇真实地记录安史之乱的历史；通过自己和家庭在丧乱中的艰难处境和见闻，反映动荡混乱的现实和人民的悲惨境遇；谴责“诛求”和“割剥”百姓的贪官污吏及谋叛作乱的各地将帅；在清醒批判中，又表达出中兴的希望和信心。在黑暗血腥的年代里，这些诗篇闪耀着人道和正义的光芒，照亮了盛唐末期的诗坛。正如杜牧《冬至日寄小侄阿宜诗》所云“李杜泛浩浩”。李白和杜甫忧国忧民的博大胸怀、抨击时弊的巨大力量、关注现实和追求理想的执着精神，都植根于盛唐所赋予他们的高昂激情、宏伟气魄和时代责任感。

二、李杜之异

清人惠周惕（？—1696）《题江东册子唐礼部实君》云：“李杜文章已不同，元和体格竞争雄。”李白和杜甫的诗能达到无人超越的高度，还因为他们融汇前代和当代诗歌的成就，各自开创出极富独创性的艺术境界。李杜的差别，当然首先是由两人不同的生活道路、时代条件和生活际遇所造成的。尽管二人的年龄只相差 11 岁，他们也都经历过唐王朝的全盛时代和由盛入衰的安史之乱，但李诗的主导风格，形成于大唐帝国最为辉煌的年代，以抒发个人情怀为中心，咏唱对自由人生的渴望与追求成为其显著特征。而杜诗的主导风格，却是在安史之乱的前夕开始形成，而滋长于其后数十年天下瓦解、遍地哀号的苦难之中，因此，流响于刚刚过去的年代中的充满自信、富于浪漫色彩的诗歌情调，到了杜甫这里便戛然而止。在飘零的旅途上，杜甫背负着对于国家和民族命运的沉重责任感，凝视着流

①陈贻焮：《杜甫评传》上卷，上海古籍出版社 1982 年版，第 496 页。

血流泪的大地，忠实地描绘出时代的面貌和内心的悲哀。这种深入社会、关切政治和民生疾苦、重视写实的创作倾向，和由此带来的表现形式方面的变化，不仅标志着唐诗内容与风格的重大转折，也对中唐以后直至宋代诗歌的发展，形成了深刻影响。李白崇道，杜甫尊儒，这也是决定他们诗风差异的基本原因。如果把这两种诗风放在盛唐诗歌艺术的发展中来考察，或许更能清楚地看出二者的成因及其在诗歌史上的意义。

其次，两人的诗歌虽然都荟萃前人之成就，但渊源不同。李白以庄子、《楚辞》为源头。庄子希望在精神上获得绝对自由，要求超越一切社会矛盾和自然规律之上的理想，以及想象奇特、思路跳跃、文风恣肆、变幻莫测的艺术表现，给予李白以直接的影响。屈原不屈不挠地追求美好政治的精神，坚守清白节操、不惜以生命殉志的高尚人格，在李白心目中如“悬日月”。《楚辞》瑰奇宏丽的艺术风格和缥缈奇幻的神话世界，随着屈原的精神一起成就了李白的艺术理想。魏晋诗人阮籍诗里清虚高远的境界，也来自庄子宏阔玄远的思维方式，那种夸大到极致的雄杰壮阔的气势，开李白壮浪纵恣的诗境；鲍照乘时而起的理想以及对现实的愤激不平之气，构成乐府和歌行中俊逸的气势，尤为李白所乐于接受；谢朓山水诗的清新秀丽，南朝清商小乐府的天然情韵，更是为李白所称道。这些渊源形成李白飘逸狂放、天然清新的风格。杜甫诗向来被称为“集大成”，似乎没有李白那样祖尚前代诗家的痕迹，而是博采兼取，深求其理而不师其貌，所以能浑成无迹。他以《诗经》、汉魏乐府为源头，不仅继承其反映现实的传统，而且吸取其表现手法。从提炼生活素材进行艺术概括的方式，到使用对话、比兴、叠字、民谣、叙事等表现手段，都能自然融汇。而在兼取汉魏乐府的古朴通俗之时，又能留意于齐梁的华美细致；对于初盛唐文人批判的齐梁诗风，他主张既别裁伪体，又取其清词丽句，所以杜甫既能学习阴铿、何逊山水诗的苦心构思，又能从庾信的暮年诗赋中找到表现悲凉萧瑟心境的知音。尤其是庾信后期诗以俗杂雅、以涩治滑、厕清声于洪响、以经语典故入诗以纠齐梁流利浅易之偏的做法，使杜甫在盛唐诗发展到唯以娴雅为致、风格不出清新豪放两大类的情况下，悟出应当以拙间秀、以生间熟、以钝间利、以深厚治浅易、以博大治单一的道理，这就形成了杜诗博大精深的特色。

再次，这两座并峙的高峰，同时也构成唐诗的分野。两人都融汇了盛唐诗的表现艺术，擅长各种诗体，但个性、取向和风格迥异，代表着中国诗歌史上两种互成对照的审美取向，交相辉映，难分轩轾。李诗不假人工，如行云流水，飘逸豪放，壮浪纵恣，是后人可慕而不可学的天才美、自然美。而杜诗沉郁顿挫、深刻悲壮、高大精深、气势磅礴，但却已经严格收纳在工整的音律节奏中，抑扬开阖、起伏呼照，都合于规矩绳墨，是人人可学而至的人工美、艺术美。正如严羽《沧浪诗话》所说“太白不能为子美之深郁，子美不能为太白之飘逸”，李白的诗风在歌行中达到极致，杜甫的诗风在律诗中臻于佳境。李白的笔力变化在声调和辞藻，杜甫的笔力变化在立意和格式；李白的诗语清浅自然，杜甫的诗语凝重精深。性格浪漫的人，羡太白之洒脱超俗，多推崇李白；性格沉稳的人，慕子美之学深品正，故推尊杜甫。

李诗集中体现了盛唐清新和豪放这两大类风格，只是他把盛唐诗人的共同理想和不平之气夸大到极点，把自我形象放大到极限，以天马、巨鲲、大鹏为自己的图腾，在想象中展开来去自由、不受时空和一切自然规律限制的广阔天地。他运用夸张、神话和幻想塑造自己在太清中遨游的非凡形象，使他的诗境产生了“天与俱高，青且无际”（张碧语）的独特美感。最能体现其独特风格的诗体是杂言和七言乐府歌行，它们打破初唐整齐骈偶的形式，杂用古文和楚辞句法，善用豪放纵逸的气势驾驭瞬息万变的感情，用仙境和幻境构成壮丽奇谲的理想世界。尤其是那些描写名山大川的诗篇，大都将胸中喷薄的豪气融入自然景色，通过出神入化的想象组成更加壮美的意境。李白又善于将消极的悲叹和强烈的自信统一在同一首诗里，全凭灵感和热情控制诗歌的意脉，出人意料的变化和语断意连的飞跃转折，构成其豪放诗风的主要特色。豪放虽然是盛唐诗的共性，但李白又有其狂放的特殊个性。这种酣畅恣肆的诗风，不仅见于他诗中日月风云、黄河沧海等壮阔雄伟的艺术境界，也见于日常生活的描绘，尤其是酒和月，成为他最重要的精神伴侣，也造就了“诗仙”和“狂客”的艺术形象。

另一方面，盛唐诗清新自然的共同特色在李白诗里也得到典型的表现。李白自觉地提倡“清水出芙蓉，天然去雕饰”，继承了南朝乐府民歌明转天然的语言风格。盛唐诗人普遍爱好单纯和高洁的诗境，而李白比一般诗人还要天真清高，所以诗境格外晶亮透明。他的山水隐逸诗和送别诗，既有王维和孟浩然那样清新自然、情深韵长的特色，又显现出自己飘逸的风神。尤其是乐府诗，在李白手中最大程度地恢复了汉魏兴寄的传统和南朝乐府天真自然的风致。李白的乐府诗占初盛唐乐府诗总数的三分之一，既是最能体现其天真狂放个性和特殊成就的诗体，同时也是对汉魏六朝及初盛唐乐府的全面总结和提高。如果说陈子昂是通过恢复阮籍式的比兴和汉魏五言古诗来提倡建安风骨，那么李白则是通过大量创作古题乐府弥补了陈子昂的不足，完成了盛唐诗的革新。六朝风韵的古题乐府，因李白的创作而臻于极盛，但也使后来的诗人难以为继，所以无论是从诗风还是诗体来看，李白诗是对盛唐诗的综合和总结，是放大了的盛唐诗风的典型代表。

杜甫“尽得古今之体势，而兼人人所独专”①，“穷高妙之格，极豪迈之气，包冲澹之趣，兼峻洁之姿，备藻丽之态，而诸家之作，所不及焉”②。若从诗歌形式的完备以及对后世的影响而论，杜诗海涵地负，千汇万状，应该略胜一筹。杜诗不仅包有盛唐豪放、清新的两类风格，更兼备古今各种体势，因此他的集大成不是仅仅集六朝、盛唐之大成。事实上，把杜甫放在中国诗歌史上来看，其意义除了继往以外，更多的是开来。杜甫当然也创作过不少颇具盛唐风味的歌行和绝句，五律和五言排律方面的精深造诣，更是以初盛唐五言律诗的成熟和普及为基础，但是杜甫对于诗艺的追求，是以对六朝和盛唐诗的基本特色和发展趋向的自觉思考为起点的。他清醒地看到天宝以后诗坛因沿袭王、孟而趋于陈熟、流行“翡翠兰苕”式的清雅小景的倾向，明确提倡“碧海鲸鱼”式的宏大气魄，力纠世人对骚赋、齐梁、庾信和“四杰”的偏见，要求深入探索诗歌创作之“理”，因此能在李白把盛唐诗的天然壮美发展到极致的时候，再次推陈出新，开出另一种境界。

杜甫善于把慷慨述怀、长篇议论与具体的叙事、细节的描绘、用典的技巧，和谐地统一在完整的艺术结构中。开合排荡，穷极笔力，深厚雄浑，体大思精，是他五古、五排、七言歌行等以咏怀为主的长篇诗歌的共同特色。这类诗歌是盛唐之音中的洪钟巨响，也开创了在诗歌中大发议论的先例。与李白全力创作古题乐府和六朝风味的歌吟相反，杜甫最重大的创新是继承《诗经》、汉乐府反映现实的优良传统，本着缘事而发的精神，即事名篇，开出新题乐府一体。这些诗既从诗人自身经历的情境出发，又

---

①〔唐〕元稹：《唐故工部员外郎杜君墓系铭》，《元氏长庆集》卷五十六。

②〔宋〕秦观：《韩愈论》，《淮海集》卷二十二。

善于从生活中提炼具有普遍意义的主题；既吸收汉乐府客观反映社会现实的叙事特点，又带有强烈的主观抒情色彩，通过高度概括的场面描写，以诗史般的大手笔，展现出广阔的时代背景，将汉乐府叙事在时间和空间上的单一性变为多面性，充分调动歌行跳跃性和容量大的长处，自由抒写对时事的感想和见解，更是杜甫对汉乐府叙事方式的重大突破，并开创了中晚唐至宋代以新乐府写时事的优良传统。

盛唐诗的风格大体不出清新与豪放两大类，而杜诗则除了沉郁顿挫以外，还有多种风格，“或清新、或奔放、或恬淡、或华赡、或古朴、或质拙，并不总是一副面孔，一种格调”①。盛唐诗人往往在静态的意境中，寻找对大自然的妙悟和兴会，所表现的主要是可视可听、可用常情来理解的事物，杜甫意识到诗歌要向前发展，必须超出这种常理，去探索那些“不可名言之理，不可施见之事，不可径达之情”②。他的景物描写往往超出可视可听的界线，捕捉潜意识和直觉印象，寄托朦胧的预感，表现更深一层的内心感觉。盛唐诗人的艺术表现虽然丰富，但技巧手法却服从于浑然一体的艺术境界。杜甫在大量抒写日常生活情趣的小诗中，非常注重构思、立意及技巧的变化，为后人开出不少表现艺术的法门。经他提炼过的句式，能微妙地传达出字面意义所不能涵盖的情绪感受，无论是融化经史典故，还是使用口语俗语，都能充分地发掘语言潜在的表现力，所以他不避尖新生僻，不避拗拙深险。这就冲破了盛唐以娴雅、冲淡为上的审美趣味，大大拓宽了诗歌的题材和境界，开出中晚唐乃至宋诗各种艺术流派的门径，因此杜甫诗在继承盛唐诗的基础上，对其加以丰富，并给予创变。

总之，李白和杜甫各自以其鲜明的艺术个性和巨大的创造力发展了唐诗，唐诗也因这两位伟大的诗人而成为中国诗歌史上不朽的典范。③

---

①陈贻焮：《不废江河万古流——纪念伟大诗人杜甫诞生1270周年》，收入其《论诗杂著》，北京大学出版社1989年版，第202—210页。

②〔清〕叶燮：《原诗·内篇下》。

③参见陈才智《风流与日常——重斟李杜之争及其垂范意义》，《杜甫研究学刊》2019年第4期。

第五章　大历诗风

第一节　大历诗风之变化

长达 8 年的安史之乱，给唐代社会带来深重的苦难，无论生活于开元天宝时代的老诗人杜甫，还是成长于战乱中的年轻诗人，经历沧桑之变，饱受流离之苦，诗歌创作都不能不打上时代的烙印。杜甫以悲天悯人的情怀，记录了广大人民在那个战乱岁月中遭受的痛苦，同时也在广阔的时代背景下展示了个人的命运。深厚的情感内容加上丰富的艺术积累，让他晚年的创作爆发出惊人的创造力，为他赢得“诗圣”的地位，他的诗也拥有了“诗史”的荣誉。而年轻一辈诗人，由于过早地体验到人生的悲剧性，在心理成熟的年龄，不仅具有了异于前辈的社会认识，也形成了独特的人生观和生活态度。战后社会环境的全面恶化、政治局势的变幻莫测、物质生活的持续匮乏，使他们刚从噩梦中醒来，又跌落在一个空虚的现实里，心灵充满无尽的忧伤。战后的现实直接影响到诗人的心态，进而影响到他们的审美趣味和创作风貌。①

总体来说，大历诗是盛唐向中唐转变的中介，既是盛唐的延续，又是中唐的先声。大历诗人不像前辈那样旗帜鲜明地提出自己的口号，缺乏激情，创造力贫乏，使人很容易把握其创作特征，他们的艺术追求体现在自

①参看程千帆《唐诗鉴赏辞典·前言》，上海辞书出版社 1983 年版；罗宗强《论大历初至贞元中的文学思想》，《社会科学战线》1983 年第 3 期，又见《隋唐五代文学思想史》第 5 章。

己的创作实践中。虽然活跃着众多的诗人，却无第一流作家，许多诗人仅以一二名篇留名诗史，如张继《枫桥夜泊》。后人对大历诗的评价不高，因为其缺陷非常明显。首先是群体倾向鲜明而个性色彩暗淡，其次是体制欠宏阔，取材偏狭窄，意象陈熟雷同也是通病。但大历诗以细腻深刻的抒情语言，开掘了情感表现的深度；以纯熟的结构与意象，营造发展了律诗的技巧；以洗练流畅的语言风格，在盛唐的精工高华之外，另辟出一种清空娴雅的境界。至于题材的日常化、艺术表现的纪实化，则将杜甫诗中露出的苗头发扬光大，演变成中唐诗中占主导地位的艺术倾向。

比较编成于天宝十二载（753）的《河岳英灵集》和编成于大历十四年（779）的《中兴间气集》两个选本，会发现，在短短二十几年间，唐诗已不动声色地完成了由盛唐向中唐的过渡。对社会生活的态度由浪漫变得现实，对诗歌的趣味“移风骨之赏于情致”①，对诗体的好尚由古体转向近体，题材选择由表达理想、感兴咏怀转向日常生活、身边琐事。② 到大历五年（770）杜甫去世，开天盛世的著名诗人已凋零殆尽，另一批在战乱中成长此时步入中年的诗人成了诗坛的活跃人物。这些诗人根据身份与活动范围，明显可以划分为三个群体，即地方官诗人、台阁诗人和方外诗人。在安史之乱中，大家都一样面对战争问题，或在战乱中流离，叛乱平定后，政治局势由全国战乱向地区性战乱转变，诗人们因生活在不同地域，面对不同的生活环境，诗歌处理的内容、处理的方式以及诗歌的功能就发生了分化。地方官诗风、台阁诗风和方外诗风正是在这样的情况下各自发展，形成鼎足三分之势。其中台阁诗人在大历初入朝，其创作适应了战乱甫平朝野上下苟安休息的心理氛围和送往迎来的交际需求，在当时格外有影响，后人论“大历体”也总是以这批诗人为代表。③

---

①〔明〕胡震亨：《唐音癸签》卷三十一。

②详见蒋寅《从〈河岳英灵集〉到〈中兴间气集〉》，《广西师范大学学报》1988年第4期。

③〔宋〕严羽《沧浪诗话·诗体》举“大历体”，谓“大历十才子之诗”。

第二节　大历十才子

代宗（762—779 在位）初，叛乱甫平，尽管社会矛盾重重，内外交困，但安史之乱的平息，毕竟给朝野上下带来胜利的狂喜，使人暂时忘却藩镇割据、宦官专政、财政窘匮等现实问题，而沉浸于“中兴”的幻觉中。这时，以“大历十才子”① 为首的一批地位不高但富有才情的新进诗人入仕朝廷，作为中兴升平的歌手登上诗坛。饯送是他们最擅长的题材，钱起、郎士元的送行诗竟成了一种装饰，“自丞相以下，更出作牧，二公无诗祖饯，时论鄙之”（《中兴间气集》）。这批诗人都有良好的艺术修养，擅长近体诗，风格清空娴雅，韵律和谐流利，在技巧上颇为成熟。其中成就较高的是钱起、卢纶、韩翃、李端、郎士元。

钱起曾与隐居终南山的前辈诗人王维过从甚密，他的诗歌无论写山林隐逸之情的主题取向，或是“体格新奇，理致清赡”的诗风，都与王维有着一脉相承的关系。其《蓝田溪杂咏二十二首》明显有模拟王维《辋川集》的痕迹。然而钱起与王维终究不同，他的古诗不如王维自然平淡，而显得较为雕琢。如《登胜果寺南楼雨中望严协律》，文字都很平常，但用法、搭配和造句却别出心裁，非常雕琢，与盛唐的质朴浑厚相比，显出一点尖新的味道。他的近体作品以五律见长，讲究遣词造句的精致，有一种玲珑剔透的工艺美。如“星影低惊鹊，虫声傍旅衣”（《秋夜梁七兵曹同宿》）、“碧空河色浅，红叶露声虚”（《秋夜寄张韦二主簿》）、“秋日翻荷影，晴光脆柳枝”（《秋夕与梁锽文宴》）、“带竹新泉冷，穿花片月深”（《春夜过长孙绎别业》）等诗句，无论是取意的空灵，造语的雅洁，在盛唐都是不多见的，其中流露出的一种幽冷而不安的心境，传达出诗人对生活的独特感觉。

卢纶诗在十才子中稍具浑雄之气，而且能作富有气势的长篇歌行，

①据〔唐〕姚合《极玄集》记载，大历十才子是钱起、卢纶、韩翃、李端、耿湋、崔峒、司空曙、苗发、夏侯审、吉中孚。郎士元虽未列名其中，也是同一流人物。他们日常的创作活动从驸马郭暧盛集文士、即席赋诗的情形（李肇《唐国史补》卷上）可见一斑。

《送张郎中还蜀歌》《慈恩寺石磬歌》《萧常侍瘿柏亭歌》都写得气力充沛，虎虎有神。特别是《腊日观咸宁王部曲娑勒擒豹歌》前半部，惊心动魄，极富戏剧性。在整个擒豹过程中，诗人对勇士搏击的场面只一笔带过，而着意渲染事前事后、场内场外的紧张气氛，使通篇作品有声有色，扣人心弦。由于诗人居军幕多年，熟悉戎马生活并深有体验，集中写边塞与军事题材的作品出手不凡。像“阵合龙蛇动，军移草木闲”（《送韩都护还边》）、“枕戈眠古戍，吹角立繁霜”（《代员将军罢战后归旧里赠朔北故人》）、“猎声云外响，战血雨中腥”（《送颜推官游银夏谒韩大夫》）等句，都决不是凭空想象所能写出的，其边塞诗的代表作《和张仆射塞下曲》之三更是广为传诵。

卢纶诗善于捕捉日常生活中的细节，赋予艺术化的表现，因而富于人情味。如“两行灯下泪，一纸岭南书”（《夜中得循州赵司马侍郎书因寄回使》）、“颜衰重喜归乡国，身贱多惭问姓名”（《至德中途中书事却寄李僩》）。他也善于将一些生活小景写得饶有情趣，如写送行：“送客随岸行，离人出帆立。”（《送吉中孚校书归楚州旧山》）何等生动！又如写水路航行：“估客昼眠知浪静，舟人夜语觉潮生。”（《晚次鄂州》）在单调乏味的航行中捕捉到平常而又有诗意的镜头。但卢纶的诗史意义却不在这方面。古代批评家已注意到，卢纶诗多用口语，集子中有一些立意遣词都很浅俗的作品。许学夷曾说：“五言古如杜子美《石壕吏》等，正是古拙。若卢纶《与张擢对酌》诗，读之诚欲呕吐。”（《诗源辨体》卷二）《王评事驸马花烛诗》有“一人女婿万人怜，一夜稠疏抵百年”“人主人臣是亲家，千秋万岁保荣华”之句，王士禛《唐人万首绝句选》举“唐绝句有最可笑者”，首列此诗，谓“当日如何下笔，后世如何竟传，殆不可晓”。《四库全书总目提要》卷一百八十六《御览诗》提要也指斥此诗与《送道士》“皆颇涉俗格”。陆游跋《御览诗》，引《卢纶墓碑》云：“元和中，章武皇帝命侍丞采诗第名家，得三百一十篇，公之章句，奏御者居十之一。”①联系宪宗曾诏中书舍人张仲素访卢纶遗文，文宗也遣中使令卢纶后人进其遗集的逸事来看，卢纶诗身后颇受君主的喜爱，而君主的兴趣似乎正与那些俚俗之作相联系。不难想见，这种钦定的趣味必然在社会上产生影响，

①〔唐〕令狐楚：《御览诗》，《唐人选唐诗十种》，上海古籍出版社1978年版，第255页。

为“元轻白俗”埋下伏笔。①

韩翃与李端都是富于才情、文思敏捷的诗人，代表着十才子“兴致繁富”的一面②。他们两人的才能比较全面，能自如地驾驭各种诗体。他们的七言歌行在大历诗人中值得重视，韩翃《送孙泼赴云中》气势雄健，有李颀、崔颢遗风，李端《胡腾儿》敏感地关注到陇右沦陷的重大事件，都是大历诗中不可多得的佳作。两家近体之作，韩翃兴致繁富，风格洗练；李端情真意挚，朴素动人，在艺术上各有独到之处。两家的绝句更为历代唐诗选本所青睐。韩翃诗总体上带有鲜明的装饰风格，是盛唐之音的残馀，在崇尚清新明快的大历时代有点不合时宜，被新进少年目为“恶诗”，而在高华富丽中也明显带有虚假矫饰的成分，成为盛唐之音无奈的尾声。③

十才子中的其他诗人，或存诗不多，或偏工一体，成就较上述几位诗人稍逊一筹。但他们也各有特点，写过一些优秀的篇章。司空曙、耿湋、崔峒都专攻近体，长于言情。司空曙的五律《云阳馆与韩绅卿宿别》《喜外弟卢纶见宿》是大历诗中出色的名篇。郎士元虽不列名于十才子中，但在当时与钱起并称为“钱郎”。他的得名与饯送有关，今集中所存也以送行诗居多，有浓厚的应酬习气，写得较好的是《送李将军赴定州》。

第三节　刘长卿、韦应物、戴叔伦等

安史之乱及战乱平息后的藩镇割据，将士人的仕宦限定在南方地区。一批著名诗人包括刘长卿、韦应物、元结、戴叔伦、李嘉祐、戎昱、独孤及和张继等，或以流贬，或以游宦，相继来到江南，留下长年任州县官员或幕府僚属的经历。这经历不仅让他们深入国运攸关的财经活动中，对战后民生凋敝的苦难现实有深切的感受，同时也让他们接触到一个新的文化地理环境。安逸的生活，与当地隐士、僧侣诗人的交往，为他们的创作提

①详见蒋寅《论卢纶诗及其对中唐诗坛的影响》，《文学遗产》1993 年第 6 期。

②葛晓音《诗变于盛衰之际——论“大历十才子”的诗风及其形成》（载《唐代文学》第 4 辑，陕西人民出版社 1984 年版）指出韩翃诗体现了十才子诗风繁富的一面。

③详见蒋寅《韩翃与盛唐之音的终结》，《程千帆先生八十寿辰纪念文集》，江苏古籍出版社 1992 年版；又见《大历诗人研究》上编“盛唐之音的终结——韩翃”。

供了平和的心境与恬淡的情趣，形成大历诗风的别调。唐德宗贞元以后，狂放通脱的马祖禅盛行于江南，其追求自然适意的作风赢得僧俗的一致喜爱，对地方官诗人晚年的创作产生一定影响。①

在地方官诗人中，刘长卿与韦应物是大历时期仅有的两个能在诗史上开宗立派的名家。就诗史意义而言，刘长卿尤其显得重要，他的创作一方面保留着盛唐的范式，另一方面又最显著地体现出大历诗风的主要特征，清楚地显示出盛唐诗向大历诗转变的轨迹。② 胡应麟《诗薮》内编卷五称刘长卿“自成中唐，与盛唐分道”，所言极是。刘长卿早年诗作所表达的主要是久试不第的举子常有的希冀与失望交织的心态。他的性格似乎天生就带有浓重的悲观色彩，即使是青年时代的作品，也见不到盛唐诗人惯有的那种慷慨意气，预示了他日后诗歌创作总体的情绪基调。在战乱中饱经流离，他的笔一再触及战乱后民生凋敝的惨淡现实。出仕后因“刚而犯上”，两遭贬谪，愤慨地写下一系列诗作，控诉“地远明君弃，天高酷吏欺”（《初贬南巴至鄱阳题李嘉祐江亭》）的黑暗现实，为唐诗中仅见。他早年的诗有很单纯的描述倾向，晚年愈益转向主观性的情绪表达，诗中的情绪表现总是以粗线条、类型化的定势出现。“愁”“悲”“怜”“惆怅”“寂寞”等直接表达情绪的词语泛滥于诗中，使他的抒情方式明显具有写意的特征。在主体情感被突出、被强化的同时，客观事象、物态都丧失了它们的本体性存在，成为程式化的东西。他最频繁使用的意象，如“芳草”“白云”“青山”“夕阳”“潮水”之类，在诗中的功能象征性、隐喻性远大于描述性、写实性，与表情词语一起构成清晰的风格印象，使人提起刘长卿就回味起那暮色和秋意中的萧瑟情调，③ 但代价则是丧失了直觉的新鲜感。刘长卿诗之所以给人“十首以上，大体雷同”（《中兴间气集》）的感觉，原因就在这里。④ 刘长卿自称“五言长城”，但他早年的长

①参看赵昌平《“吴中诗派”与中唐诗歌》，《中国社会科学》1984年第4期；《从王维到皎然——贞元前后诗风演变与禅风转化的关系》，《中华文史论丛》1987年第2、3期合刊，又收入《赵昌平自选集》，广西师范大学出版社1997年版。

②详见蒋寅《刘长卿与唐诗范式的演变》，《文学评论》1994年第1期。

③参见储仲君《秋风和夕阳的诗人》，《唐代文学研究》第3辑，广西师范大学出版社1990年版，第288页。

④参见［日］高桥良行《论刘长卿诗的表现》，早稻田大学中国文学研究会《中国文学研究》1982年第8期。

篇五古五律明显功力不足，结构上时有破绽。中年以后转以律绝为主，技巧也磨练得精纯圆熟，而七律则是他在艺术上贡献最大的诗体，像《送严士元》《长沙过贾谊宅》《登馀干古县城》《青溪口送人归岳州》等诗情调安详、视野开阔，景象鲜明而浑融，语言洗练而流畅，在盛唐的精工高华之外，另创一种清空流畅的风格。

韦应物少以门荫授御前侍卫，对唐王朝今昔盛衰的对比有最深切的体认。《骊山行》《温泉行》《逢杨开府》《燕李录事》《酬郑户曹骊山感怀》等一系列作品都有追怀盛世、俯仰今昔之感，构成大历诗一个最令人伤感的主题。而他出处不定的一生，经历了由积极进取到消沉失望，再到满足安逸的精神历程，交织着仕隐的矛盾。《寄李儋元锡》“身多疾病思田里，邑有流亡愧俸钱”一联，典型地表现了那个时代地方官诗人的矛盾心情。在苏州刺史任上所作《郡斋雨中与诸文士燕集》更在中国古典诗歌里开辟了一个新的类型——郡斋诗。① 韦应物掌握诗体的能力比较全面，既娴于长篇歌行，也擅长短篇律绝，像七绝《滁州西涧》：

> 独怜幽草涧边生，上有黄鹂深树鸣。春潮带雨晚来急，野渡无人舟自横。

把春雨中荒山野渡的景色写得优美如画，而且传达出行人待渡的怅惘心情，情调幽寂，笔触闲淡，是唐诗中的佳作。但他最为人推崇的还是五言作品，白居易《与元九书》就称其“高雅闲淡，自成一家之体”，并说：“今之秉笔者谁能及之?”韦应物在人格、艺术理想上倾慕陶渊明，诗歌技巧则吸收谢灵运、谢朓的优点，从而形成气貌清朗温润、意境淡远超诣、语言洗练自然、节奏舒缓不迫的风格特点。苏轼将他与柳宗元并称，明代以后诗论家普遍以平淡来概括韦柳诗风，而所谓平淡也从一般的风格内涵、审美趣味向审美理想的层次升华，被后人视为清淡诗派在风格上的集大成者。②

戴叔伦、戎昱和李嘉祐，无论生平经历与诗歌创作倾向都很接近。由

---

①详见蒋寅《自成一家之体，卓为百代之宗——韦应物的诗史意义》，《社会科学战线》1995 年第 1 期；葛晓音《中晚唐的郡斋诗和“沧洲吏”》，《北京大学学报》2013 年第 1 期。

②详见马自力《论韦柳诗风》，《中国社会科学》1989 年第 5 期。

于长期任州县令长之职，他们对战争给广大农村经济造成的破坏，给人民带来的沉重苦难有深刻的体认，所以诗中最真切地反映了安史之乱中及乱后民不聊生的悲惨情景，成为杜甫人道主义精神与批判现实的传统的继承者。戎昱《苦哉行》组诗讽刺唐肃宗借回纥兵平叛的策略，不同于杜甫各篇独立的“三吏”“三别”，形式上有所创新。戴叔伦《女耕田行》从一个独特的侧面提出战争破坏农村经济、戕害人民幸福的重大社会问题。它们继承杜甫的传统，进一步推动了新题乐府的创作，与元结的乐府作品同为中唐新乐府创作的前驱。他们的诗中还涉及当时社会、政治生活中的重大事件，倾吐了与国运休戚相关的情怀。三位诗人的艺术造诣各有不同。戴叔伦才能较全面，而以五律、绝句最长。李嘉祐诗风格清丽，时有齐梁馀韵，但很少用典，而极力发挥景物描写的表情功能。其七律结构完整，笔调娴雅，遣词造句和对仗都达到很成熟的境地。戎昱诗多直抒胸臆，气骨刚健，但才力稍弱，造语时有疵累，以至严羽认为他在同时代为最下。然而戎昱诗的慷慨任气，在大历诗中独具个性特色。

大历诗坛还涌现出一批方外诗人，如诗僧灵一、皎然、灵澈，道士吴筠、韦渠牟、李季兰，隐士秦系等，这是个值得注意的现象。① 但他们的创作整体成就不高，不能与地方官诗风、台阁诗风分庭抗礼。

①[日] 市原亨吉《中唐初期江左的诗僧》(《东方学报》1958 年第 28 期) 最先注意于此，并对原因进行了初步的探讨，后河内昭圆《〈澈上人文集序〉管窥》(《大谷大学研究年报》1974 年第 26 期)、《关于诗僧灵一》(《文艺论丛》1975、1976 年第 5、6 期)、黄新亮《禅宗思想的民族化与中晚唐僧诗的繁荣》(《益阳师专学报》1987 年第 3 期) 进一步进行了探讨。

第六章　韩孟诗派

中唐，是一个转折的时代，变动的时代，也是多元化的时代，在诗歌史上有至关重要的意义。一方面表现为名家辈出、诗派纷呈，另一方面，究其底里，则由言情为尚，转变为求思写意为宗。后来的唐宋诗之争，即肇端于中唐诗风诗格诗调之变。反映元和诗歌之变的诗人很多，其中自成一格者亦不乏其人，不过，代表着元和诗歌之变、主宰着元和乃至中晚唐诗坛风貌的主流，则公认一为韩孟诗派，一为元白诗派。这一点，赵翼《瓯北诗话》卷四“白香山诗”中已有一定的认识：

> 中唐诗以韩、孟、元、白为最。韩、孟尚奇警，务言人所不敢言；元、白尚坦易，务言人所共欲言。试平心论之，诗本性情，当以性情为主。奇警者，犹第在词句间争难斗险，使人荡心骇目，不敢逼视，而意味或少焉。坦易者，多触景生情，因事起意，眼前景，口头语，自能沁人心脾，耐人咀嚼。此元、白较胜于韩、孟。

韩孟诗派和元白诗派，一奇警险怪，一坦易通俗，“韩诗多不经人道语，奇辟处惊人；白诗善道人心中事，流易处近人”（乔亿《剑溪说诗》卷上）。韩、白个体诗风的差异，也代表着整个韩派和白派的风格差异。表面看来，二者似背道而驰，但实质却都是创新，取径虽殊而归趋则同，两大诗派同时体现了中唐诗歌之变的实绩，各自开辟了新的途径，对后世诗歌的发展产生了深远的影响。可以说，抓住先后出现的韩、白两大诗派，也就抓住了中唐诗歌的大势和主旋律。

韩孟诗派及其诗风的形成有一个过程。早在贞元八年（792），42 岁的孟郊赴长安应进士举，24 岁的韩愈作《长安交游者一首赠孟郊》及《孟生诗》相赠，二人始有交往，由此为日后诗派的崛起奠定了基础。此后，诗派成员又有两次较大的聚会：一次是贞元十二年至贞元十六年（796—800）间，韩愈先后入汴州董晋幕和徐州张建封幕，孟郊、张籍、李翱前来游从；另一次是元和元年到元和六年（806—811）间，韩愈先任国子博士于长安，与孟郊、张籍等相聚；后分司东都洛阳，孟郊、卢仝、李贺、马异、刘叉、贾岛陆续到来，李翱、皇甫湜也时来过往，于是诗派全体成员得以相聚。这两次聚会，对韩孟诗派群体风格的形成至为重要。第一次聚会时，年长的孟郊已基本形成了自己的独特诗风，从而给步入诗坛未久的韩愈以明显的影响；到第二次聚会时，韩愈的诗歌风格已完全形成，他独创的新体式和达到的成就已得到同派诗人的公认和仿效，孟郊则转而接受韩愈的影响。通过这两次聚会，诗派成员酬唱切磋，相互奖掖，形成了共同的好苦吟、重主观、尚怪奇的独特审美风范。

第一节　韩诗的雄奇美和散文化

一、韩愈的人生

韩愈（768—824），字退之，河阳（今河南孟州）人，自言郡望昌黎，世称“韩昌黎”。他出身小官僚家庭，3 岁时父亲去世，由长兄韩会夫妇抚养，在京师长安居住。大历十二年（777），韩会由起居舍人被贬为韶州刺史，远迁岭南。年仅 10 岁的韩愈随兄前往。大历十四年（779），韩会死于贬所。12 岁的韩愈又随着嫂子郑氏扶韩会之柩回归河阳故里。不久，由于朝廷与藩镇之间的战火烧到河阳一带，韩愈又随嫂避难至江南宣州的韩氏庄园，在那里生活约 4 年。这段时间，韩愈刻苦学习，知识精进。他曾跟窦牟学习诗文，奠定了与窦氏兄弟终生的友情。叔父云卿、兄韩会都是在李华、萧颖士的影响之下，倾向复古的人物。由于家庭环境的影响，韩愈早年即以复古主义者自命。唐德宗贞元二年（786），他离家去长安参加进士考试，一直到贞元八年（792），三次落榜，第四次终于以第十四名的名次登陆贽榜进士第。随后，他连续参加三次吏部举行的“博学宏辞”的考试，但惨遭失败，因而也就没有得到官职。在此前后，结识了李绛、崔群、裴度、王涯等一大批文士。贞元十一年（795）正月二十七日到三月十六日，韩愈连续给宰相上书三封，希望得到重视。信中言辞诚恳，但均如石沉大海。失望之馀，他于五月离开长安，回到河阳闲居。

贞元十二年（796）七月，韩愈受朝廷重臣宣武军节度使、宋亳颍观察使董晋之邀，入汴州（今河南开封）幕府。先辟署试校书郎，后任观察推官。贞元十五年（799）二月，董晋死，韩愈护送灵车离开汴州。四天后，汴州发生军事哗变，朝廷新任命的节度使陆长源、节度判官孟叔度、丘颖等同时被杀。韩愈本人幸免遇害，徐泗濠节度使张建封把韩愈一家安排在符离（今安徽宿县），后来又推荐他入幕为节度推官。

贞元十七年（801），韩愈到京城听从调选。次年春，授国子监四门博士，这是他所担任的第一个朝官之职。贞元十九年（803）秋，迁监察御史。当年大旱，灾情严重，但京兆尹李实却隐瞒灾情，照样聚敛，百姓不胜其苦。韩愈目睹百姓流离失所的惨状，奋然上《御史台上论天旱人饥状》，要求为关中农民减免赋税，结果得罪权幸之臣，被贬为荒凉遥远的连州阳山（今属广东）县令。在阳山一年多时间里，韩愈颇有惠政。贞元二十一年（805）正月，德宗死，顺宗即位，韩愈遇赦，离开阳山到郴州（今属湖南）待命。秋天，顺宗被迫内禅，宪宗即位，韩愈平级调动为江陵府法曹参军。元和元年（806）六月十日，韩愈离开江陵（今属湖北），再度回到京师任国子博士。此后几年，一直担任京官，职务屡变。先后任国子博士分司东都、都官员外郎守东都省、河南县令。其后，回京师任国子博士、比部郎中、史馆修撰、考功郎中、中书舍人、太子右庶子等职。职务升迁还不算慢。10 年间，由正六品上阶的国子博士升为正四品下阶的太子右庶子。

元和十二年（817），韩愈从裴度平淮西吴元济有功，升为刑部侍郎，颇为朝野所重。元和十四年（819），上《论佛骨表》，谏宪宗迎佛骨，言辞激烈，“忠犯人主之怒”（苏轼《潮州韩文公庙碑》），触怒宪宗，几乎被杀，幸有宰相裴度和崔群等极力援救，才改贬潮州（今属广东）刺史。到潮州后，他写下《潮州刺史谢上表》，言辞诚恳哀切，极力颂美宪宗，抒发恋阙之情。宪宗见表，也很受感动，有心招还复用，当时的宰相便提出量移（即平级向内地调动一州），于是调任韩愈为袁州（今江西宜春）刺史。元和十四年四月，韩愈到潮州，年底就离开了，在潮州的实际时间不过八个月，但却为潮州做了许多好事，如教化百姓，发展生产，解放奴婢，开创教育，建置分校等。元和十五年（820），穆宗即位，韩愈奉召回京，历任国子祭酒。长庆元年（821），转兵部侍郎。就任不久，镇州（今河北正定）发生兵乱，朝廷派韩愈前往宣慰。受命后，韩愈以最快速度到达镇州军营，在刀光剑影中，他临危不惧，“勇夺三军之帅”（苏轼《潮州韩文公庙碑》），功成而还，转升吏部侍郎。长庆三年（823），为京兆尹兼御使大夫，使京师社会治安井然。其后，罢为兵部侍郎，不久复为吏部侍郎。长庆四年（824）夏天，他由于身体早衰，积劳成疾，不得不请病假，到新置的城南别墅休养。八月末，因病假百日已满而罢职，十二月二日在长安城靖安里家中溘然长逝，享年 57 岁。有《昌黎先生集》，存诗 300 馀首。

二、韩愈的思想

韩愈自小接受儒家思想的熏陶，当走上社会、独立谋生的时候，他有明确的人生目标，这就是儒家经典所教的修身、齐家、治国、平天下。这是儒家入世的人生观，是儒家信仰者有所作为的心态。他受到挫折时，常发牢骚说要退隐山林，但都不过是一时激愤，说说而已。韩愈自认有能力、有本事可以实现人生目标。尽管有时也谦虚地说，自己在学问的某些方面还有欠缺，但就总的方面看，他自视甚高。他认为自己饱读经书，品行端正，能“扶树教道”（《原性》），写不俗的文章。他多次自比千里马、麒麟、“变化风雨上下于天”的不同于常鳞凡介的“怪物”（《应科目时与人书》）。他在政治上、思想学术上、诗文写作上都有独特的见解，认为可以在这些方面有所作为。

在政治上，韩愈看到当时藩镇割据对国家的危害，一再认为当权者要采取果断的措施，制止这种分裂国家、损害中央的行为，而不姑息养奸。他认为山村和都市的居民都懂得防备猛兽的危害和窃贼的偷盗，而当政者对通都大邑的藩镇割据却不加戒备，实在过于麻痹大意。韩愈的这种政治见解贯穿一生，不因政治遭际好坏而改变。哪怕身处岭海，是个“其罪当诛”的谪臣，他也清醒地看到，自天宝以来，藩镇割据“如古诸侯自擅其地，不贡不朝六七十年”（《潮州刺史谢上表》），希望当朝皇帝能借有利的时机重建大一统的功业。除了这种维护国家统一的坚定立场之外，韩愈主张国家有序，政治清明，士农工商，各司其业；反对当政昏庸，不恤民疾，官吏为非作歹，士民不务正业。

在思想学术上，韩愈自认为是儒学传统的继承人。在应举求官和为官的长年累月中，韩愈一有机会就宣传儒学，抨击佛老。他认为“化当世莫若口，传来世莫若书”（《答张籍书》）。他很善辩，常常因为要捍卫儒学而与人争论不休，不让于人。他要担当起“行道”“为书”“化今”“传后”（《重答张籍书》）的历史使命。他认为佛、老思想的泛滥，不仅是对儒学正统的挑战，而且是对当朝政治、经济的严重冲击。在他看来，僧徒道士崇尚无父无君，不讲社会人伦，是不负社会责任的一群人。他们不事生产劳动，而占有社会财富，是社会的累赘。这就把思想学术问题同现实政治联系了起来，所以，他的为人和言论都影响深远。《新唐书·韩愈传》云：“自愈没，其言大行，学者仰之如泰山、北斗云。”

在儒学思想指导下，韩愈热情地做起青年人的导师。他认为自己有资格有本领，可以为青年学者指点迷津。他在教育事业上的活动，包括四莅国子监，其中一次为四门博士（教授），两次为国子博士，共计约 5 年时间，一次为祭酒，半年多时间。此外，在潮州刺史任内，曾捐薪创设“乡学”，以教导当地的子弟，使教化得以传播推广。他兢兢业业，为人师表，因材施教，甚得学生欢迎；他革除旧例，树立新风，带动了一批学子勤奋为学。在校门之外，他也招收后学，诚恳地传授为学为文的经验。他的寓室经常是高朋满座，后辈济济，因此而被人诋毁为“狂人”。但他不怕这些干扰，依然“抗颜为师”，作《师说》，表明自己的教育观。历史的需要把韩愈砥砺成一位教育家。当时一般文人凡经他传授指导之后，都自称为韩门弟子，其中以李翱、李汉、皇甫湜最为有名。

韩愈还曾任史官，接受编写《顺宗实录》的任务；不任史官时，也曾因文才显著而领旨撰写《平淮西碑》。此外，他还有意识地为当朝一些名臣作传。在这些方面，韩愈虽曾有过怕罹祸的心态，但在实践中，还是表现了忠于历史的胆识和魄力。他的史作不多，却经得起历史的检验。王建曾作《寄上韩愈侍郎》诗赞扬他：“碑文合遣贞魂谢，史笔应令谄骨羞。”

尽管政治家、思想家、教育家、史学家这些头衔加在韩愈身上，是完全合适的，但在各项事业中，他最有成就的还应属文学事业，其谥曰“文”，正得其实。在诗文写作上，韩愈深刻地接受前人的影响，又敏锐地觉察到当时文坛上的不良风气，“文起八代之衰，而道济天下之溺”（苏轼《潮州韩文公庙碑》），他的理论和实践得到一批文人的拥护。他主张写诗不依傍前人，贵在独创；尝试在李白和杜甫之外，另辟蹊径，写出不同凡响的“另类”诗歌。他热心写作雄奇、险怪之诗，并有意识地团结了一批诗人，形成了以他和孟郊为主的韩孟诗派。

三、韩愈的诗歌

韩愈的诗歌创作，继承李白自由豪放和杜甫“语不惊人死不休”的艺术传统，又努力独立开拓出新的境界。[①] 其中最突出的创新表现在两个方面：“以文为诗”和“奇崛险怪”。二者都可以说是用夸张的手段，或者说是在近于夸张的程度上，来塑造一种新的诗歌美。

“以文为诗”指在诗的形式上，通过散文化的风格，追求“非诗之诗”。以文为诗，在韩愈之前已有，但只是一些诗人偶尔用之。至韩愈，客观上诗文兼长，主观上追求革新，才有意识地自觉地把散文创作的诸多因素引进诗歌创作之中。这种做法使诗歌面貌发生很大变化，对后世产生深刻而久远的影响。韩愈以文为诗，主要表现在：

（一）多用赋体。这里的赋体，一是指如同汉代大赋那种文学体裁的气势及铺陈渲染的风格，二是与比兴相对应的“赋”的表现手法，即铺陈其事的一种写作手法。前者是就整首诗的体式面貌而言的，代表作有《南山诗》《月蚀诗效玉川子作》《石鼎联句》等。后者则是指诗的表现手法，[②] 主要指大量的叙事诗。

（二）以古文章法作诗。如讲究谋篇布局、正反虚实、转折顿挫等。这主要表现在五言、七言长篇古诗里。例如，《招杨之罘》像简帖，《送区弘南归》像赠序，《山石》像游记，《寄卢仝》像传记，《陆浑山火和皇甫湜用其韵》像寓言志怪，《华山女》像传奇小说。又如“《醉赠张秘书》与《赠无本》，特地做成局阵，章法参差迷离，读者往往忽之，不能觉也”。《八月十五夜赠张功曹》“一篇古文章法。前叙，中间以正意、苦语、重语作宾，避实法也。……收应起，笔力转换”。[③]

（三）以古文句法作诗。一反对称、均衡、和谐、圆润的句法，创作出一些古朴刚健、参差顿挫的诗篇。例如，《忽忽》采用十一、六、十一、七、三、七、七的句式，开头就是一句“忽忽乎余未知生之为乐也，愿脱去而无因”，完全是散文的句法，一声叹息，却又给人以发自肺腑的震撼。

---

①〔清〕赵翼：《瓯北诗话》卷三：“韩昌黎生平所心摹力追者，唯李杜二公。顾李杜之前，未有李杜，故二公才气横恣，各开生面，遂独有千古。至昌黎时，李杜已在前，纵极力变化，终不能再辟一径，唯少陵奇险处尚有可推扩，故一眼觑定，欲从此辟山开道，自成一家。此昌黎注意所在也。”

②〔清〕施补华：《岘佣说诗》：“少陵七古间用比兴，退之则纯是赋。”

③〔清〕方东树：《昭昧詹言》卷十二。

而《嗟哉董生行》则完全打破了诗的体式，不但句式长短不齐，而且在音韵节奏上也与诗歌完全不同，读起来简直就是有韵的散文，有些句子甚至不能吟诵。如“唐贞元时，县人董生召男隐居行义于其中”两句，前句根本没有一点诗味，后句则是十三字的长句。

（四）以议论为诗。在诗中发表议论，不是以韩愈为发端，可以说是与诗歌同时出现的。诗歌的重要功能除了抒情，还有达意，达意有时就需要发表对社会或事物的看法，这便是议论。《诗经》和汉乐府中议论的成分都不少，两晋玄言诗更是议论的典型。就唐诗而言，杜甫诗中的议论就很多，如《自京赴奉先县咏怀五百字》《北征》都有大段议论，但从总体上来看，韩愈诗中的议论比较突出，这也是他有意革新的一个方面，故更引起后人的重视。如《谢自然》和《荐士》两诗，均以议论为主。

“奇崛险怪”指在诗的内容上，通过狠重奇险的境界，追求“不美之美”。司空图《题柳柳州集后》说：“韩吏部歌诗数百首，其驱驾气势，若掀雷挟电，撑抉于天地之间，物状奇怪，不得不鼓舞而徇其呼吸也。”正说中了韩愈诗风的这个特点。韩愈“少小尚奇伟”（《县斋有怀》），一生对于奇异壮丽的事物有特殊爱好，又天生具有一种雄强豪放的资质，性格中充溢着对新鲜奇异、雄奇壮美之事之景之情的追求冲动，所以，他的写景诗突出地表现了其浪漫气质的一面。在他看来，形势险巇的奇景异物，用硬毫健笔来描摹是最恰当的。例如，在最具代表性的《南山》诗中，铺排山势和景物，列写四时的变幻，重峦叠嶂，层出不穷。其笔势奔腾，气象瑰丽，淋漓尽致地表现出自然美中奇特的一面。韩愈还经常选用便于排比铺张的长篇古风形式，采取写文写赋的笔势笔调，用奇字，造拗句，才力充沛，想象奇特，气势宏伟，不同凡响。这对纠正中唐以来柔弱浮荡的诗风，是有积极作用的；和当时诗人孟郊等的诗风有相互促成的作用，对于李贺诡谲冷艳风格的形成也有某些影响，增加了古典诗歌风格的多元化。但是，过分追求新奇，有时也不免流于险怪，其僻字晦词，拗调硬语，有时妨害了诗的形象性和音乐性。像《南山》诗，在长达102韵的诗中，由于醉心于拗中取奇和因难见巧，故意一韵到底，于是不得不押些险韵。诗中接连用“或”字的句子竟有51句之多，叠字之句也多至7联，这又不能不使诗的美感受到损害，见出斧凿痕迹，乃至艰涩难读，对后世产生了一些不良的影响。

当然，韩愈的写景诗并不完全是这样的风格，如同样是记游的

《山石》：

> 山石荦确行径微，黄昏到寺蝙蝠飞。升堂坐阶新雨足，芭蕉叶大支（栀）子肥。僧言古壁佛画好，以火来照所见稀。铺床拂席置羹饭，疏粝亦足饱我饥。夜深静卧百虫绝，清月出岭光入扉。天明独去无道路，出入高下穷烟霏。山红涧碧纷烂漫，时见松枥皆十围。当流赤足蹋涧石，水声激激风吹衣。人生如此自可乐，岂必局束为人鞿？嗟哉吾党二三子，安得至老不更归！

尽管读来迥别于“女郎诗”①，但相对而言，笔意要轻灵得多，可谓“直书即目，无意求工，而文自至”②。诗写由黄昏、入夜而至黎明的琐碎见闻，依次叙述，无论从时间的顺序还是空间的移动来看，都好像自然而然，漫不经心，但仔细琢磨，却发现前后是处处照应的，例如“无道路”照应“行径微”；“出入高下”照应“山石荦确”；“当流赤足”照应“新雨足”；“黄昏”与“天明”、“所见稀”与“时见”等，也相互呼应，耐人寻味。结尾在“人生如此自可乐，岂必局束为人鞿”这种对山中自然美、人情美的向往之后，发出“安得至老不更归”的感叹和疑问，强烈的情感与美妙的山光水色融成一片，整首诗就在那叹问声中满含着诗意徐徐收尾了。

韩愈反映人民疾苦、抒发自己不平之鸣的诗篇也比较平易晓畅。他直接为人民呼吁的作品不多，也不像杜甫、白居易那样热切；但对当时昏暗的政治和动乱的社会还是有较为广泛的反映的，这主要表现在政治抒情诗中。这些诗篇往往把对国事的忧愤和自己宦途偃蹇的失意情怀交织起来，如《八月十五夜赠张功曹》等。他的长篇古风如《此日足可惜赠张籍》《县斋有怀》《赴江陵途中寄赠三学士》，还有另一个特点即以诗叙事，继承杜甫《北征》等“诗史”传统而又有所变化。这些诗通过对诗人自身经历细致曲折的抒写，反映了中唐时代一些重大的历史事变；但比之杜甫，则更偏重于个人悒郁情绪的发泄，这和他“不平则鸣”的文学见解是一致

①〔金〕元好问《论诗绝句三十首》：“有情芍药含春泪，无力蔷薇卧晚枝。拈出退之《山石》句，始知渠是女郎诗。”

②〔清〕何焯：《义门读书记》卷一，清乾隆刻本。

的。这类诗一般写得朴素刚健，自然流畅。

此外，韩愈也写有风格清峻、意味隽永的近体诗，如七律《左迁至蓝关示侄孙湘》：

一封朝奏九重天，夕贬潮州路八千。欲为圣明除弊事，肯将衰朽惜残年。云横秦岭家何在？雪拥蓝关马不前。知汝远来应有意，好收吾骨瘴江边。

抒发在贬官潮州途中因关山迢递所引起的凄凉之感，痛切而感人。他的一些绝句更写得清新自然，如：

天街小雨润如酥，草色遥看近却无。最是一年春好处，绝胜烟柳满皇都。(《早春呈水部张十八员外二首》其一)

池光天影共青青，拍岸才添水数瓶。且待夜深明月去，试看涵泳几多星。(《盆池五首》其五)

前首于丽景中蕴含哲思，写淡青草色，似有似无，妙摄早春之魂。后首将盆池水写得仿佛波翻浪涌，又能于月夜中涵泳满天繁星。小中见大，平中见奇。可见，诗人是能够把敏锐的观察力、新奇的想象力和含蓄的表现力融为一体的。

作为一代大家，韩愈诗对后代有较大的影响。就连对他的诗评价不高的苏轼、黄庭坚,[①] 在创作中也受到韩诗不少影响，乃至“以文字为诗，以才学为诗，以议论为诗”（严羽《沧浪诗话·诗辨》)，最终“别开生面，成一代之大观”(赵翼《瓯北诗话》卷五)。

---

①〔宋〕陈师道《后山诗话》载东坡语曰：“退之于诗，本无解处，以才高而好尔。”胡仔《苕除溪渔隐丛话》前集卷十八引《王直方诗话》载洪龟父云：“山谷于退之诗少所许可。”

第二节　孟郊之寒、贾岛之瘦

孟郊和贾岛向来被人并称。苏轼《祭柳子玉文》评论两人，有“郊寒岛瘦”之说，因概括得当，又很形象，得到很多人认同，这是就他们两人都以苦吟著名、又喜为穷苦之词、诗境多偏于清寒瘦削而言。实际上，两人的同中也颇有许多异趣。例如，孟郊比贾岛年长得多，孟郊的苦吟更多源自生活磨练，重在炼意；贾岛的苦吟更多出于艺术追求，重在炼句；孟郊擅长五古，贾岛擅长五律。

孟郊（751—814），字东野，湖州武康（今浙江德清）人。郡望平昌（今山东安丘），生于苏州昆山（今属江苏）。父庭玢，能诗，卒于昆山县尉任所，因门第衰微，官职不高。母裴氏勤俭持家，含辛茹苦把孟郊兄弟抚养成人。清贫的家境和生活，培养了孟郊狷介孤傲、不谐流俗的性格，他“拙于生事，一贫彻骨。裘褐悬结，未尝俛眉为可怜之色”（《唐才子传》卷五），虽有很强的功名心，却因不善变通而少所遇合。唐德宗贞元七年（791）秋，孟郊至湖州，参加诗僧皎然等组织的湖州诗会，刻意吟诗，取乡贡进士。次年，往长安应进士试，落榜。43岁，再次应试，再次落第——“两度长安陌，空将泪见花”（《再下第》）。落第后，他离开长安，到处游历。先到朔方（今陕西西北部），后经商州（故治今陕西商县）到复州（故治今湖北竟陵），曾到汨罗江缅怀屈原，作《旅次湘沅有怀灵均》诗。在游览洞庭湖后，又北上河南，访汝州刺史陆长源，受到款待。贞元十一年（795）秋，孟郊46岁，第三次进长安参加科考，终于考中进士——“昔日龌龊不足夸，今日放荡思无涯。春风得意马蹄疾，一日看尽长安花”（《登科后》）。但他并未因登第而立即改善生活困境，一直等到50岁，才出任溧阳（今江苏宜兴西）县尉。著名的《游子吟》，便是孟郊赴任后所作的诗，用以感念母亲的培育，因此在诗题下自注：“迎母溧上作。”这时的孟郊，已深受韩愈赏识，被认为是继陈子昂、李白、杜甫而后“受材实雄骜，冥观洞古今”（韩愈《荐士》）的诗人。他对县尉这个小官不感兴趣，终日行吟，不务公事。县令便另任假尉代行他的职务，并分其半俸，孟郊于是干脆辞职而归，当时是贞元二十年（804）。唐宪宗元和元年（806），孟郊的好友郑馀庆出任河南尹，聘孟郊为水陆运从事，试协律郎。由于他的诗风与流俗不合，曾经受到攻击，所以在洛阳居官的时候也比较孤独。加以处境穷蹙困窘，三子夭折，饥饿、疾病、衰老，接踵而来，他受尽了生活的磨难，心情十分凄苦。元和九年（814），郑馀庆出任兴元（今陕西汉中）尹、山南西道节度使，招孟郊就任节度参谋，试大理评事，孟郊挈妻自洛阳行至阌乡（今河南灵宝），暴疾而卒，穷愁潦倒的一生就此结束，享年64岁。靠亲友的赙赠，才葬于洛阳。友人张籍私谥为“贞曜先生”，韩愈为之作《贞曜先生墓志铭》。孟郊有《孟东野诗集》，存诗400馀首。

孟郊的一生，实在是少有的不幸。他早年丧父，晚年失子，三进考场方得一第，50岁始得一县尉之职。他曾多方面悲叹自己饥寒冻馁的生活，如“席上印病文，肠中转愁盘”（《秋怀》其二）、“借车载家具，家具少于车”（《借车》）、“愁人独有夜灯见，一纸乡书泪滴穿”（《闻夜啼赠刘正元》）等诗句，都广为传诵。这些号寒诉苦的诗歌，不只是写出了孟郊个人的悲惨处境，应该说，也反映了唐代许多坎坷不遇士子的生活实况。又如“吹霞弄日光不定，暖得曲身成直身”（《答友人赠炭》）、“秋至老更贫，破屋无门扉。一片月落床，四壁风入衣”（《秋怀》其四）、“食荠肠亦苦，强歌声无欢。出门如有碍，谁谓天地宽”（《赠别崔纯亮》），这些描写饥寒的诗句，是孟郊从切身遭遇中提炼出来的，它们如此深刻入微，真实生动，常常引起读者尤其是下层士子深深的同情与共鸣。

由于孟郊经常过着这样贫困清苦的生活，所以他对劳动人民的苦难体会深切。他所写的《织妇辞》《寒地百姓吟》等诗，能在为劳动人民诉不平的同时，对贵族统治者予以辛辣的讽刺：

> 无火炙地眠，半夜皆立号。冷箭何处来，棘针风骚劳。霜吹破四壁，苦痛不可逃。高堂槌钟饮，到晓闻烹炮。寒者愿为蛾，烧死彼华膏。华膏隔仙罗，虚绕千万遭。到头落地死，踏地为游遨。游遨者是谁？君子为郁陶。（《寒地百姓吟》）

诗中把百姓寒夜的痛苦呼号和富贵人家终宵宴饮、穷奢极欲的生活进行了鲜明的对照，并且以飞蛾扑火象征百姓悲惨绝望的命运，可以看出诗人心情的沉痛。

在韩愈提倡“务反近体”（《旧唐书·韩愈传》）的时代，孟郊是韩愈文学主张的积极支持者，他认为诗歌应该“下笔证兴亡，陈辞备风骨”（《读张碧集》），希望把诗歌引向一条新的道路。现存孟郊的诗，绝大部分都是便于揭露时弊而无助于进身谋官的乐府和五言古诗；他的一些近体诗也往往突破了对偶和平仄的限制，显示出古风古貌。在孟郊所写的大量乐府和古诗中，有一些诗以朴素的语句表达了深切的情思。

慈母手中线，游子身上衣。临行密密缝，意恐迟迟归。谁言寸草心，报得三春晖。（《游子吟》）

泪墨洒为书，将寄万里亲。书去魂亦去，兀然空一身。（《归信吟》）

这些诗以比兴或简单的语句，描写出一种真诚而执着的情感。“诗从肺腑出，出辄愁肺腑”（苏轼《读孟郊诗》），正因为表达了至情，所以成为孟郊集中最感人至深的诗篇。

正如韩愈《贞曜先生墓志铭》中所说，孟郊作诗“刿目鉥心，刃迎缕解。钩章棘句，掐擢胃肾。神施鬼没，间见层出”，因此尚古拙、好奇险，是孟郊诗歌的总的特色，所谓“横空盘硬语，妥帖力排奡”（韩愈《荐士》）。唐末诗人兼批评家张为《诗人主客图》还以孟郊为“清奇僻苦主”。孟郊的大多数诗都造句奇险，于苦涩中见诗意，有如吃橄榄，细嚼慢品之后，方别有一番滋味。《苦寒吟》便是一例：

天色寒青苍，北风叫枯桑。厚冰无裂文，短日有冷光。敲石不得火，壮阴正夺阳。调苦竟何言，冻吟成此章。

诗人以最具特征的天色、风声、日光等情景来描写严寒，造成阴森严酷的气氛，给人的感受是相当深刻的。孟郊写得最多、也最引人注目的，就是这些充满幽僻、清冷、苦涩意象的诗作，它们大都表现诗人凄怆寒苦的生活，诗境仄狭，风格峭硬。诸如“冷露滴梦破，峭风梳骨寒”（《秋怀十五首》其二）、“日短觉易老，夜长知至寒”（《商州客舍》）、“霜落叶声燥，景寒人语清”（《旅次洛城东水亭》）、“寒草根未死，愁人心已枯”（《送从叔校书简南归》)、“哀歌动寒日，赠泪沾晨霜”(《哭李观》)等，以“寒”字为中心，极力突出诗人对生活的特殊感受。苏轼所谓“郊寒岛瘦”之“郊寒”，是对孟郊诗特点极形象的概括。

在孟郊的诗歌中，也有一些和上述情调不同的作品，如《游终南山》：“南山塞天地，日月石上生。高峰夜留景，深谷昼未明。山中人自正，路险心亦平。长风驱松柏，声拂万壑清。到此悔读书，朝朝近浮名。”描绘终南山奇险清幽，赋而有比，赞美山中人心地平坦。全诗硬语盘空，险字惊人，于雄放倔奇中寓清旷之气，颇近韩诗风格。而《伤春》《别妻家》《巫山曲》等诗，却是婉丽蕴藉，色彩幽艳：

> 巴江上峡重复重，阳台碧峭十二峰。荆王猎时逢暮雨，夜卧高丘梦神女。轻红流烟湿艳姿，行云飞去明星稀。目极魂断望不见，猿啼三声泪滴衣。(《巫山曲》)

诗人所描写的本来是一个古老的神话，也是经过许多诗人歌咏过的题材，但是孟郊却不落俗套，以含蓄的笔触轻描淡写，读来悱恻缠绵，凄艳动人。孟郊的创作态度是严肃认真的，所以在苦涩之中时有造意新颖的诗句，耐人寻味。他的诗无论古朴或僻奥，都有一番经营的匠心在内，决非信手拈来。然而，由于过度求险求奇，也不免会有败笔，不少诗生涩以至于不易读懂，例如“噎塞春咽喉，蜂蝶事光辉”(《嵩少》)、“悦如罔两说，似诉割切由”(《寒溪》)这样的诗句，都已不合一般表情达意的习惯，读来不知所云，当然也就谈不到诗意和美感了。

孟郊的诗，很受韩愈的推崇，当时的人已有“孟诗韩笔”① 的称誉。孟郊自己也说“诗骨耸东野，诗涛涌退之”(《戏赠无本》)。不过，韩诗以气胜，比较气象阔大；孟诗以骨胜，比较思力深刻。在韩孟诗派诗人中，孟郊不及韩愈雄奇豪放，也不及李贺秾郁瑰丽，但比贾岛深沉，艺术上具备了独创风格，应属中唐诗坛的名家。孟郊诗在文学史上的影响不小，中晚唐不少著名诗人都很欣赏他的诗才。贾岛《哭孟郊》诗称扬他：“身死声名在，多应万古传。……冢近登山道，诗随过海船。”可见他死时，诗篇已流传国外。北宋江西诗派瘦硬生新风格的形成，也受到他一定

---

①〔唐〕赵璘:《因话录》卷三。

的影响。

孟郊死后，贾岛成为韩孟诗派的接班人——“孟郊死葬北邙山，从此风云得暂闲。天恐文章浑断绝，更生贾岛著人间”（韩愈《赠贾岛》）。

贾岛（779—843），字浪仙，一作阆仙，自称碣石山人、苦吟客。范阳（今河北涿州）人。出身寒微，30 岁前，曾出家为僧，法名无本。这段生活经历对他一生的思想和性格都有重要影响。元和六年（811）春，贾岛到洛阳以诗谒韩愈。韩愈当时是河南令，仕途虽不显达，但在文坛却是名满天下的大家。看到贾岛诗文，韩愈大加揄扬，给予热情鼓励。在韩愈被调到长安任职方员外郎时，贾岛又随其进长安。此后，与张籍等人结交。可能是在韩愈的鼓励和劝说下，贾岛决定还俗，并参加进士考试。贾岛何时参加科举考试，史无明文，但他不止一次应试，都名落孙山。据说他因此写了几首愤激的讽刺诗，如《病蝉》说病蝉“拆翼犹能薄，酸吟尚极清”，但“黄雀并鸢鸟，俱怀害尔情”，对怀才不遇大发感慨并讥斥当权者不公，结果在考试时被主司指为“挠扰贡院”而逐出，并落了个举场“十恶”的坏名声。① 元和六年（811）冬，贾岛还乡，韩愈作《送无本师归范阳》。元和七年（812）秋，贾岛再回京师，与韩愈、张籍、孟郊等人交往甚密。从元和十年（815）到元和十五年（820），贾岛除到荆襄、凤翔进行过短暂游历外，基本上都在长安、洛阳两地生活。长庆四年（824），韩愈病重在家休养期间，贾岛和张籍经常前去探望，并同在南溪泛舟作诗。从穆宗长庆元年（821）到文宗开成元年（836），贾岛一直住在长安升道坊。此地紧靠乐游原，极其偏僻荒凉，但地势较高。其诗中许多冷僻枯寂的景物描写不全是心境的原因，与所住环境也有关。他科举无成，仕途失意，生活很困苦。开成二年（837），贾岛突然被任命为遂州长江（今四川蓬溪西）主簿，这时他已 59 岁。在长江县主簿三年任满之后，迁为普州（今四川安岳）司仓参军。唐武宗会昌三年（843）秩满，转普州司户参军，未及受命，便死于普州官舍，享年 65 岁。“临死之日，家无一钱，惟病驴、古琴而已。当时谁不爱其才，而惜其命薄”（《唐才子传》卷五）。有《长江集》，存诗不到 400 首。

从贾岛现存诗歌来看，他虽然也流露过一点求仕不遇的苦闷——“自嗟怜十上，谁肯待三征”（《即事》），“知音逢岂易，孤棹负三湘”（《下

---

①〔后蜀〕何光远：《鉴诫录》卷八。

第》)，但只是一点轻微的叹息。其他绝大多数的诗中，几乎看不到什么重大事件或社会矛盾的影子。不管是有意或无意逃避现实，他总是安于自己荒凉寂寞的生活境遇。他往来的朋友多半是僧徒道士，诗境也往往是温习早年那种枯寂的禅房生活："孤鸿来半夜，积雪在诸峰。"(《寄董武》)"叩齿坐明月，搘颐望白云。"(《过杨道士居》) 贾岛经常采用凄清衰残的意象，如"寒泉""寒骨""寒鸿""孤鸿""孤灯""衰柳""枯草""残磬""暮蝉""秋鹤""废馆""破宅"等。这样的意象有强烈的感情色彩，但往往意尽言中，难以带来回味。为了增强效果，贾岛还在同一诗中反复使用这样的意象，如"孤屿消寒沫，空城滴夜霖"(《送韦琼校书》)、"独鹤耸寒骨，高杉韵细飔"(《秋夜仰怀钱孟二公琴客会》)、"萤从枯树出，蛩入破阶藏"(《寄胡遇》) 等。这些都直接造成了孤清奇僻的效果。贾岛常在诗中探寻别人不曾注意的阴暗角落，诸如"几蜩嘿凉叶，数蛩思阴壁"(《感秋》)、"柴门掩寒雨，虫响出秋蔬"(《酬姚少府》)、"空巢霜叶落，疏牖水萤穿"(《旅游》)。残叶枯木、孤蝉寒蛩、落日黄昏，这些意象表现了贾岛凄苦的内心世界，也构成了其诗衰飒的境界。他爱写"萤火"，写"蚁穴"，甚至写蛇，"归吏封宵钥，行蛇入古桐"(《题长江厅壁》)，写怪禽，"怪禽啼旷野，落日恐行人"(《暮过山村》)。有的诗人把诗当作生活的反映，还有的诗人把诗当作生活的消遣和点缀，贾岛却是把作诗代替生活，"一日不作诗，心源如废井"(《戏赠友人》)。

贾岛长于五律，集中五律也最多。在这些对偶工整的律诗，颔颈两联常有佳句，耐人回味，如"鸟宿池边树，僧敲月下门"(《题李凝幽居》)、"秋风生渭水，落叶满长安"(《忆江上吴处士》)、"长江人钓月，旷野火烧风"(《寄朱锡珪》)、"怪禽啼旷野，落日恐行人"(《暮过山村》) 等，或情景幽独，或气象雄浑，或意境奇绝，或词句精警，颇为人所传诵。正如苏绛在给他作墓志铭时所说："孤绝之句，记在人口。"这句话真是盖棺定论，的确，贾岛的诗歌，除了一些好句而外，佳篇不多。好句之中，《送无可上人》"独行潭底影，数息树边身"一联，确实对偶工巧，又显得比较自然。贾岛自道甘苦说："二句三年得，一吟双泪流。知音如不赏，归卧故山秋。"大约因为他太醉心于词句的琢磨，反而忽略了全诗艺术境界的创造，因而缺乏动人的情思，读后给人留不下完整的印象。加之他的诗多是寄赠酬唱之作，极少反映当时的社会生活，所以范围狭窄，气势拘谨，心态显得比较收敛。

贾岛有一些小诗，无意求工，反而写得自然朴素，很有情致。例如：

十年磨一剑，霜刃未曾试；今日把示君，谁为不平事。（《剑客》）

松下问童子，言师采药去。只在此山中，云深不知处。（《访隐者不遇》）

它们或爽健甚至雄豪，或率性甚至天真，但都毫无雕琢的痕迹，却有耐人咀嚼的韵味，引人喜爱，不过此类诗为数实在不多。贾岛的诗主要还是以清奇苦僻为特色。这种幽僻的风格曾为晚唐一些诗人如李洞、曹松所爱赏，他们都十分尊崇贾岛，朝夕礼拜，事之如佛。在二流诗人中，还很少有人受过这样的礼遇。贾岛对晚唐、五代以及两宋诗坛的影响，有时甚至不亚于任何一位大诗人。像北宋的黄庭坚、“闭门觅句”的陈师道、永嘉四灵和江湖派，都曾把贾岛作为学习的对象。在纠正浮靡诗风和讲求锻句炼字方面，贾岛对后来的诗歌创作确实产生过好的影响。

第三节　“骚之苗裔”李贺

在韩孟诗派的诗人中，李贺年龄最小，加盟最晚，艺术成就却最高。杜牧在《李长吉歌诗叙》中说：

云烟绵联，不足为其态也；水之迢迢，不足为其情也；春之盎盎，不足为其和也；秋之明洁，不足为其格也；风樯阵马，不足为其勇也；瓦棺篆鼎，不足为其古也；时花美女，不足为其色也；荒国陊殿，梗莽丘垄，不足为其恨怨悲愁也；鲸呿鳌掷，牛鬼蛇神，不足为其虚荒诞幻也。盖《骚》之苗裔。

这是对李贺诗歌独特风格比较形象的概括。

李贺（790—816），字长吉，出生于福昌（今河南宜阳）的昌谷。只活了27岁，是一位早熟而不幸、多才却短命的诗人。他的家世算是唐朝宗室，但谱系已远，沾不上皇恩。父亲李晋肃做过边疆小吏和地方县令，死得很早，家境相当困窘。对血缘的自重、对才华的自信、对现实的失意，形成李贺性格中狂狷的色彩，而家计负担的压力和对家庭的歉疚，又形成他忍耐和焦躁相交织的双重心态。在短暂的生命中，诗歌有幸成了李贺特殊的嗜好，情感的宣泄，甚至是生命的寄托。在唐代，专门把诗歌作为事业来对待的，李贺即使不是最早，也是最突出的，堪称是绝无仅有的专业诗人。李商隐《李贺小传》记载，李贺身材细瘦，通眉，手指很长。每天带着背个破旧古锦囊的小童子出去转悠，想到好句子就写了丢进锦囊里。晚上回家，他母亲让丫鬟倒出囊中的纸条，哪天写得多些，母亲便心疼得叹息："这孩子，是要呕出心来才罢休啊！"晚饭后，李贺就研墨叠纸，一篇一篇地将锦囊妙句连缀成五彩斑斓的诗章，完了就丢进另一个锦囊里。只要不是喝醉酒，或遇到吊丧日，他都是这么度过的。

李贺作为诗人的才华，很早便引起文坛的惊异。王定保《唐摭言》卷十说，号称"东京才子""文章巨公"的韩愈和皇甫湜因惊奇于他的才华而登门访问，李贺当场作《高轩过》一诗。他所作乐府也常在内廷歌唱。不幸的是，因避家讳（"晋肃"与"进士"谐音），李贺不得应进士考，因而失去进身之路，只做过"奉礼郎"（从九品上）的小官，所执掌之事不过是在朝会、祭祀时摆放君臣牌位并赞导跪拜之仪。官品低微，对于朝廷国家之政事没有任何实际的补益，这与李贺的远大抱负相差太远，他对此感到十分屈辱，在《赠陈商》一诗中曾愤慨地说道："长安有男儿，二十心已朽。《楞伽》堆案前，《楚辞》系肘后。人生有穷拙，日暮聊饮酒。只今道已塞，何必须白首。……风雪直斋坛，墨组贯铜绶。臣妾气态间，唯欲承箕帚。天眼何时开，古剑庸一吼？"

孱弱多病的身体、凄苦的处境和出众的才能，使李贺抑郁感伤，不能自释；加之当时国家衰败，更使他由哀伤进而感到虚无、幻灭，这是形成李贺激越凄戾诗风的重要原因。他在不少诗歌中为蹭蹬的遭遇，发出悲愤的呼声："夜来霜压栈，骏骨折西风。"（《马诗》其九）"我当二十不得意，一心愁谢如枯兰。衣如飞鹑马如狗，临歧击剑生铜吼。"（《开愁歌》）"我有迷魂招不得，雄鸡一声天下白。"（《致酒行》）在忧伤失意之馀，他把全部心力倾注于诗歌创作。"长歌破衣襟，短歌断白发"（《长歌续短歌》），正说明他从事创作的辛勤。李贺生前就亲手将自己的 223 首诗歌编为四编，后人题为《李长吉歌诗》，那是他呕心沥血的艺术结晶。

感叹人生短促、流光易逝、急景难驻，是李贺诗歌的一大主题。像“更变千年如走马”（《梦天》），“东指羲和能走马”（《天上谣》），“今古何处尽，千岁随风飘”（《古悠悠行》），“一日作千年，不须流下去”（《后园凿井歌》）……羸弱多病，怀才不遇，使李贺对这一主题非常敏感。他常把对生命与理想的忧郁痛苦积蓄心中，反复咀嚼，写在诗里，如《秋来》：

> 桐风惊心壮士苦，衰灯络纬啼寒素。谁看青简一编书，不遣花虫粉空蠹。思牵今夜肠应直，雨冷香魂吊书客。秋坟鬼唱鲍家诗，恨血千年土中碧。

流年似水，功名不就，壮士心苦，知音何在！这种忧郁与激愤的情绪，渗透了李贺的大部分诗歌。李贺有时把解脱痛苦的希望寄托在虚无缥缈的神鬼世界，著名的《天上谣》《瑶华乐》《上云乐》中，都曾描绘了他心中虚构的欢乐、神奇、美丽的天界，那纯粹是自在的幻想境界，看不到作者自己的形象，像《梦天》：

> 老兔寒蟾泣天色，云楼半开壁斜白。玉轮轧露湿团光，鸾珮相逢桂香陌。黄尘清水三山下，更变千年如走马。遥望齐州九点烟，一泓海水杯中泻。

借助奇特的幻想，从人间飞跃到天上，进入扑朔迷离的月宫，在广袤的空间里遨游，随后又陡作转折，从仙界折返尘世，注目人世的千载沧桑。诗句忽开忽合，忽起忽落，时空交杂错落，意绪游移无端。

李贺有时通过咏叹历史故事来感慨人生，如《金铜仙人辞汉歌》：

> 茂陵刘郎秋风客，夜闻马嘶晓无迹。画栏桂树悬秋香，三十六宫土花碧。魏官牵车指千里，东关酸风射眸子。空将汉月出宫门，忆君清泪如铅水。衰兰送客咸阳道，天若有情天亦老。携盘独出月荒凉，渭城已远波声小。

全诗在感叹汉武帝死后的凄凉景象外，主要描写金铜仙人离咸阳时的悲楚情状。他因不忍离别故土，所以一出东关便觉酸风刺目，潸然泪下。铜人悲离，衰兰愁送，形成一种凄怆的气氛，冥冥的苍天也会因为多情而衰老，多愁善感的人又该怎样呢？诗人在此抒写了沉重的历史感伤情怀。

但当从历史故事和神鬼世界回到现实，睁开眼睛时，李贺更多地看到了丑恶、黑暗、苦难和烦恼。他的《猛虎行》《荣华乐》写帝王贵戚耽于淫乐、溺于神仙，《感讽五首》（其一）写县官逼迫越妇纳绢，《黄家洞》写边将侵扰少数民族，其中都有尖刻的讽刺。特别是在《老夫采玉歌》中，对采玉工人的悲惨生活有生动的描绘，深度不亚于杜甫《石壕吏》和白居易《秦中吟十首·重赋》：

> 采玉采玉须水碧，琢作步摇徒好色。老夫饥寒龙为愁，蓝溪水气无清白。夜雨冈头食榛子，杜鹃口血老夫泪。蓝溪之水厌生人，身死千年恨溪水。斜山柏风雨如啸，泉脚挂绳青袅袅。村寒白屋念娇婴，古台石磴悬肠草。

开始就用重叠语，暗含对采玉这一艰苦而危险的劳役的烦怨情绪，而最感人处是对已沉水底的死者和悲惨地生活着的娇婴的描写，将采玉工人的苦难倾诉无馀。

李贺诗的第一个艺术特点是奇异乃至荒诞的想象。与韩愈一样，李贺富于想象力，但两者之间又有明显不同。韩愈的想象光怪陆离，富丽华赡，但以人力追求的痕迹很明显；而李贺的想象，更近于一种病态的天才的幻想，是常人的思维很难引发的。李贺大部分时间都生活在幻觉中，尽管偶尔向社会投去一瞥，但对社会的绝望，包括体弱多病的痛苦境况，都让他更习惯于沉溺在自己的幻想中。从诗集的压卷之作《李凭箜篌引》开始，他就为我们描绘了一种美丽的幻想——音乐境界中天人的沟通：

> 吴丝蜀桐张高秋，空白凝云颓不流。江娥啼竹素女愁，李凭中国弹箜篌。昆山玉碎凤凰叫，芙蓉泣露香兰笑。十二门前融冷光，二十三丝动紫皇。女娲炼石补天处，石破天惊逗秋雨。梦入神山教神妪，老鱼跳波瘦蛟舞。吴质不眠倚桂树，露脚斜飞湿寒兔。

当李凭的箜篌声响起时，不仅花草生灵、宫内的君王，就连沉睡在远古传说中的神仙们——江娥、素女、神妪、女娲，也都被音乐唤醒。你看：这乐声使空山凝云，江娥悲泣，昆山玉碎，凤凰鸣叫，芙蓉泣露，香兰如笑，老鱼跳波，瘦蛟飞舞。女娲补天的五色石，在乐音的共振中碎裂，化作划破长空的流星雨。天缺处，只见仙人吴质也倚着桂树，正和玉兔一道听得入神——今夜无人入睡。美妙的音乐在生物、神灵、人类、天仙间产生了感应，天界和世间完全沟通。天界不是与我们全然隔绝的彼岸，它是有通道可以进入的，这个通道就是艺术。通过艺术，李贺想象时间是一种太阳的飞光，而太阳是衔烛龙拉着奔跑的，把龙杀死，时间就会凝固(《苦昼短》)；而太阳是一个透明的玻璃体，敲起来会发出玻璃声(《秦王饮酒》)；月亮像个车轮，轧过露珠遍布的草地，会发出雾蒙蒙的柔光(《梦天》)；他还能想象铜铸的人与驼会流泪，泪水像铅汁般沉重(《金铜仙人辞汉歌》及《铜驼悲》)；瘦马的骨是铜的，敲一敲会发出金属声(《马诗》)。

李贺诗的第二个艺术特点是极注意语言、意象的新颖。同样是辞必己出，不蹈前人，韩愈诗多用古字、生僻字，李贺诗则用不寻常的组合来取得特殊效果；韩愈诗的意象给人以力量的震撼，李贺诗则给人以心理的刺激。抑郁、痛苦的心境，使李贺在搜寻新颖意象时，多偏重于枯寂幽僻的一类，“老”“死”“瘦”“枯”“硬”这种语汇是他常用的。然而李贺又是一个生命欲望极其强烈的诗人，他并不喜欢纯粹的空寂落寞，而是在荒凉中追寻斑斓的色彩，在死寂中表现生命的活动。于是，浓暗与艳丽、衰残与惊悚、幽冷与华美，共同构成李贺诗歌意象的特殊美感。如“百年老鸮成木魅，笑声碧火巢中起”（《神弦曲》)，“白狐向月号山风，秋寒扫云留碧空”（《溪晚凉》)，“云根苔藓山上石，冷红泣露娇啼色。……石脉水流泉滴沙，鬼灯如漆点松花”（《南山田中行》)，这样的句子在李贺诗中随处可见。

李贺诗的第三个艺术特点是构思的跳跃性极大。常人的思路是连续而有脉络可寻的，而李贺诗却呈现出奇特的艺术思维特征。他的诗意绪变化无端，时而低沉，时而亢奋，忽而上天，忽而入地，反差格外大。如《河南府试十二月乐词·二月》，前七句写仲春二月，花开草长，燕语呢喃，津头舞女长裙飘飞，末两句却转为凄厉之调：“津头送别唱《流水》，酒客背寒南山死。”《天上谣》前十句写天上之乐，末两句突然一声长叹，又回到地上：“东指羲和能走马，海尘新生石山下。”现实照进梦想之后，虚幻的乐被现实的悲，一下子打得烟消云散。再如《浩歌》，第一、二句写山谷平、海水移；第三、四句转写在王母桃花千度开落间，即使神仙也足够死上几回；第五、六句又转来写人间游乐、风光明媚；第七到十句写筝人劝酒，说人未生时哪里知道此身为何物，不必借酒浇愁，人生本来就没有定数；第十一、十二句写慧眼识英雄的平原君令人怀想不已；第十三、十四句再感叹时光流逝，人生易老；最后两句又转而高昂，勉励自己不要烦恼、不要蹉跎岁月，一事无成。两句两句之间似断似连，跳跃跌宕，但整首诗又呈现出一种心境，即感叹岁华变迁、哀怨人生不得意和希冀能实现理想这几重主题在心中矛盾地扭结着。这种跳跃拼合的方式与贯穿流畅的方式比起来，别有一番风味。

李贺诗的第四个艺术特点是设色绮丽，绚烂凄婉。在中国古代的诗人中，极少有像李贺这样，在诗歌中镶嵌如此繁多密集的色彩辞藻，所以，陆游评价李贺诗："如百家锦衲，五色眩耀，光夺眼目，使人不敢熟视。"①李贺笔下的色彩，不仅有色相、明度和彩度这三个要素，也不仅仅有深浅浓淡、轻重厚薄、大小远近、长短尖圆之别，如"暗黄著柳"(《正月》)、"小白长红"(《南园》)、"虫响灯光薄"(《昌谷读书示巴童》)等，而且有冷暖，有气味，有动静声息，有柔嫩粗涩。写红，有"冷红""老红""愁红""笑红"；写绿，有"凝绿""寒绿""颓绿""静绿"。甚至有肥有瘦，能悲能喜，会哭会笑，欢生恨死："雄鸡一声天下白"(《致酒行》)，天地间一派光明璀璨的白色，仿佛是因雄鸡一声高唱而生。再如《雁门太守行》：

> 黑云压城城欲摧，甲光向日金鳞开。角声满天秋色里，塞上燕脂凝夜紫。半卷红旗临易水，霜重鼓寒声不起。报君黄金台上意，提携玉龙为君死。

短短八句诗里，用了黑、金、燕脂、紫、红等浓烈沉重的色调，使人感到一种激战时肃杀紧张的气氛，而霜浓色暗，鼓声沉滞，更透露了危急的消息，这时壮士慷慨赴难，壮烈殉国，就愈显得凛然可敬、悲壮可歌了。全诗色彩瑰丽、气势悲壮、节奏沉郁，无怪乎韩愈一见而惊起，大为赞赏。②

①〔宋〕范晞文：《对床夜语》卷二。

②〔唐〕张固：《幽闲鼓吹》。

李贺诗的第五个艺术特点是善于通感。通感，即各种感觉间的相互连通。为了强化诗歌意象的感染力，李贺常以独特的思维方式和精选的动词、形容词，来创造视觉、听觉与味觉互通的艺术效果。在他笔下，风有“酸风”，雨有“香雨”，箫声可以“吹日色”（《难忘曲》），月光可以“刮露寒”（《春坊正字剑子歌》）。形容夏日之景色，是“老景沉重无惊飞”（《河南府试十二月乐词·四月》），表现将军之豪勇，是“独携大胆出秦门”（《吕将军歌》）。“兰脸别春啼脉脉”（《梁台古意》），将眼中色，化作耳边声，用一个听觉才能感受到的“啼”字，表现诗人对暮春时节兰花渐渐凋零的无限哀怨。其他如“烹龙炮凤玉脂泣”（《将进酒》）、“木叶啼风雨”（《伤心行》）、“向前敲瘦骨，犹自带铜声”（《马诗》二十三首之四）、“竹啼山露月”（《黄头郎》）、“厌见桃株笑”（《铜驼悲》）、“啼蛄吊月钩栏下”（《宫娃歌》）、“细绿及团红，当路杂啼笑”（《春归昌谷》）等，都是以听觉写视觉的典型例子。而前面提到的《金铜仙人辞汉歌》《李凭箜篌引》，则是听觉、视觉、触觉等多重感觉的复合运用。

李贺诗的第六个艺术特点是奇峭不羁、凄艳诡激的个性化风格。在中国诗歌史上，李贺并非伟大的诗人，至少没有人这样推崇过他，但从独创性的角度说，却无疑是最富有艺术个性和创造力的。最适合表现奇谲瑰丽风格的诗体，无疑是乐府和骚体，所以李贺集中没有一首七律也不足为奇。在李贺的作品中，也有一些诗情景鲜明，辞意显豁。如《咏怀二首》（其一）：“长卿怀茂陵，绿草垂石井。弹琴看文君，春风吹鬓影。梁王与武帝，弃之如断梗。惟留一简书，泥金泰山顶。”《南园十三首》（其五）：“男儿何不带吴钩，收取关山五十州。请君暂上凌烟阁，若个书生万户侯?”然而更多却是用离奇的想象和浓重的色彩，营造出幽冷凄艳、华丽怪诞的境界。如《感讽》（其三）：“月午树无影，一山唯白晓。漆炬迎新人，幽圹萤扰扰。”又如《苏小小墓》云：

> 幽兰露，如啼眼。无物结同心，烟花不堪剪。草如茵，松如盖，风为裳，水为佩。油壁车，夕相待。冷翠烛，劳光彩，西陵下，风吹雨。

由于诗人奇特的幻想，仿佛苏小小的幽灵还满怀情感在活动着。水和风都成了幽灵的环佩衣裳，充满飘忽、空幻、凄恻、幽丽的意味，最后则又风雨凄凄地结束了全诗，给人以神秘而美丽的幻觉，带着浓郁的浪漫抒情笔调。

以上六个特点可以归结为一个总的倾向，即李贺诗较前人更注重表现内心的情绪、感觉乃至直觉、幻觉，而忽视客观事物的固有特征和理性逻辑，打乱了人们习惯的思维程式。由此，他给中国诗歌开辟出一种新的境界。

第七章　元白诗派

与韩孟诗派同时稍后，中唐诗坛崛起了以白居易、元稹为代表的元白诗派。① 这派诗人重写实、尚通俗，努力以平易浅切的语言、自然流畅的意脉来增加诗歌的可读性，选择了一条与韩孟诗派截然相反的创作道路。唐末诗人兼批评家张为在其《诗人主客图》中，以白居易为广大教化主，门下列有上入室、入室、升堂、及门等17位诗人。尽管从今天的眼光来看，其入选诗人未必全面恰当，其品第诗人亦未必公允无疑，但因其时代之近，足资参考，而记载描绘这一诗派的开创之功更宜独置高标。虽然张为并未明标“元白诗派”之名，但无其名而有其实。因为《诗人主客图》不仅为研究元白诗派提供了理论根据，而且表明了对元白诗派主导思想的理解，提供了一份元白诗派的成员名单。② 先来看元白诗派的领袖白居易。

第一节　广大教化主白居易

一、白居易的人生

白居易（772—846），字乐天，晚年自号醉吟先生、香山居士。因晚年官太子少傅，谥号“文”，又称白傅、白文公。白居易祖籍山西太原，

①韩孟诗派的兴起较元白诗派要早10年左右，详见刘曾遂《试论韩孟诗派的复古与尚奇》，《浙江学刊》1987年第6期。

②详见陈才智《〈主客图〉与元白诗派的成立》，载《中国诗学》第7辑，人民文学出版社2002年版。

故写诗作文署名时，往往自称“太原白居易”。白居易曾祖父时代，举家迁居下邽（今陕西渭南北）。祖父白锽“幼好学，善属文，尤工五言诗，有集十卷”。在白锽任官河南时，白家寄居在新郑（今属河南），白居易就出生在这里。他的父亲白季庚明经出身，先后做过彭城县令、徐州及襄州别驾。白居易兄弟四人，弟弟白行简（776—826）官至主客郎中，是文学史上有名的诗人和小说家。白居易从小聪颖过人，3 岁时，母亲手把手地教他写字。五六岁时，开始学作诗，9 岁时已懂得声韵。十五六岁时，知道了可以通过考进士来实现自己的理想，于是“苦节读书”。20 岁前后，“昼课赋，夜课书，间又课诗，不遑寝息矣。以至于口舌成疮，手肘成胝”，终于通过宣州府乡试。

唐德宗贞元十五年（799），白居易第一次到达长安。第二年正月，他向给事中陈京写了一封信，同时献上杂文 20 首、诗 100 首，以求赏识。贞元十六年（800）二月，白居易一举登进士第（第四名），是登第 17 人中最年少的。不过，和唐代其他知名的文人相比，还是比较迟的，那一年他 29 岁。贞元十九年（803），白居易再登书判拔萃科（第三等），被授为秘书省校书郎，为朝廷校勘和整理图书典籍，从此踏上仕途。因为制举考试是皇帝下诏甚至亲临主持以选拔人才的特殊科目，名望较高，加之登科后不但可以立即授官，升迁较快，而且还能授以所谓美职、清要之官。于是，在唐宪宗元和元年（806），白居易辞去校书郎的职务，和元稹相约，共同应制举。元、白二人退居华阳观，闭户累月，揣摩当代时事，在如切如磋的备考中，彼此交谊进一步加深。白居易在此期间撰写的《策林》75 篇，对当时的政治、经济、军事、教育、文化等重大问题，都提出了自己的应对方案。

元和元年四月，白居易、元稹同登才识兼茂明于体用科。元稹中第三次等（也就是实际上的第一名，因为唐代制科照例无第一等、第二等）。白居易则因为对策语直，屈居第四等。登科后，白居易被授为盩厔（今陕西周至）尉。元和二年（807）秋，白居易被朝廷调任为进士考官。考试完毕后，又被添补为集贤院校理。同年十一月五日，他奉敕试制、书、诏、批答、诗五首，六日正式充任翰林学士。这是白居易仕途生涯上具有转折性的一次任职。元和三年（808）四月，白居易被任为制策考官。四月二十八日，迁左拾遗，依前充翰林学士。元和五年（810），改京兆府户曹参军，仍充翰林学士，草拟诏书，参与国家机要。这段时间，白居易的政治热情很高，经常上书朝廷，直陈时弊，如请降系囚、蠲租税、放宫人、绝进奉、禁掠卖良人等，可谓“有阙必规，有违必谏”（《初授拾遗献书》）。他还写了《秦中吟》十首、《新乐府》五十首等大量讽喻诗，进入诗歌创作的黄金时期。这一时期，元稹、白居易以及李绅，以新乐府诗歌为轴心，初步形成了倾向、内容乃至风格相近的创作群体，后人为表彰其成就和意义，称之为一场“运动”，即“新乐府运动”。元和五年（810），元稹贬官江陵，白居易卸任拾遗，新乐府创作作为一场“运动”，很快就趋于消歇了。元和六年（811）至十年（815），白居易因丁母忧而辞官返乡，服除回朝后，授太子左赞善大夫。就元白新乐府创作来说，元和五年已是一个过渡。尽管此后元稹有《古题乐府》，仍继承着新乐府创作的精神，但就元白诗派的主要创作方向而言，已从元和五年开始转变到“元和诗”了，至于对这一“运动”在理论上予以回忆性的系统总结，则又要等到白居易元和十年所写的《与元九书》的出现。

元和十年（815）六月，两河的藩镇联合叛唐，派人刺杀了当时力主讨伐藩镇的宰相武元衡。时年44岁的白居易，第一个做出快速反应，他上疏请求限期严缉凶手。不料，当朝宰相韦贯之等以白居易身为东宫官，却先于台谏“越职言事”，不免嫌恶。一些素来对白居易没有好感的人又趁机诬告说，白居易的母亲是因为看花坠井而死，他还作《赏花》及《新井》诗，其行为有伤名教。于是，同年八月，奏贬白居易为江州（治所在今江西九江）刺史。中书舍人王涯又落井下石，说白居易不宜任地方长官，于是朝廷又追贬他为江州司马。这次打击非常沉重，因此成为白居易一生的重要分界线。从此他由“志在兼济”，迅速而全面地转为“独善其身”，决心做到“宦途自此心长别，世事从今口不言”（《重题》），“面上灭除忧喜色，胸中消尽是非心”（《咏怀》）。但他并未辞官归隐，而是选择了一条“吏隐”的道路，一边挂着闲职，一边在庐山盖起草堂，与僧朋道侣交游，以求知足保和，与世无忤。与之相适应，描写娴静恬淡境界、抒发个人情感的闲适诗和感伤诗，便开始多起来；前期那种战斗性强烈的讽喻诗则比较少见了。元和十三年（818）十二月，白居易改任忠州（今属重庆）刺史，仕途有了转机。他一方面率州民西涧植柳，东坡种果，深得百姓拥戴；另一方面则继续采取明哲保身、随遇而安的处世态度。元和十五年（820），他被召还长安，拜为尚书司门员外郎。唐穆宗长庆元年（821），迁任尚书主客郎中，知制诰，进中书舍人，又转上柱国。此时，朝中朋党倾轧，国事日非。为避免卷进政治斗争的旋涡，长庆二年（822），白居易请求外任，出为杭州刺史，后又做过短期的苏州刺史。在杭州任上，他疏浚城中的六口井，以利饮用；修筑湖堤，蓄水灌田千馀顷。离任之时，他还将治水要领写成《钱塘湖石记》，刊于石上，使继任者知晓。据说，离开杭州时，他把官俸留在州库，作为公家缓急之需。白居易为官认真，深得百姓爱戴，在任满离开苏州时，郡中父老涕泣相送十里。

唐文宗大和元年（827），白居易改任秘书监，又回到长安。大和二年（828）正月，授刑部侍郎。次年，白居易58岁了，他深感年老体衰、宦途多险，乃决意彻底引退。大和三年（829）春，他以太子宾客的身份，分司东都洛阳，从此长别帝都长安。在洛阳，他过着饮酒、弹琴、赋诗、游山玩水和“栖心释氏”的“中隐”生活，既稳保富贵，又远祸全身。这一时期，“诗豪”刘禹锡成为白居易在元稹逝世后的新诗友，二人“朝觞夕咏”，相互唱和，时称“刘白”。唐武宗会昌二年（842），白居易以刑部尚书退休。会昌四年（844），白居易四处游说，筹募资金，开凿龙门八节险滩，为他人生旅途留下灿烂的一笔。会昌六年（846）八月十四日，这位75岁的文坛巨星在洛阳陨落。遵其遗嘱，家人将他葬在洛阳龙门香山寺北侧琵琶峰顶。诗人李商隐为他撰写了墓志铭。

二、白居易的诗论

白居易的诗歌主张，随着他人生经历的转变而转变。他前期的诗歌主张，以诗歌为政治为社会服务为核心。元和初年，他在《策林》的《采诗》《议文章》中，已经较为系统地谈到诗的功能与作用。他指出，诗是人们有感于某种事实而触发了情感的产物，所谓“人之感于事，则必动于情，然后兴于嗟叹，发于吟咏，而形于歌诗矣”。他强调从诗歌中可以了解社会问题，观“国风之盛衰”“王政之得失”，所以国君应当效法古人，建采诗之官。后来，在《新乐府序》中，白居易明确地提出诗应“为君为臣为民为物为事而作，不为文而作也”。针对当时的社会特征，他特别强调“为民”，认为诗歌应该反映人民疾苦——“惟歌生民病”（《寄唐生》）、“但伤民病痛”（《伤唐衢二首》其二），将诗歌和政治、人民生活密切结合，这是白居易诗论的核心。在他以前，还没有谁如此明确地提出过。他一方面要求君主“欲开壅蔽达人情，先向歌诗求讽刺”（《新乐府·采诗官》），另一方面则要求诗人在诗中反映现实问题，提出讽谏。在《读张籍古乐府》中，他通过表彰张籍来宣扬自己的观点：向上一路，或讽或诲，应该“裨教化”“济万民”；向下一路，或感或劝，应该“理情性”“善一身”。

《与元九书》的表述更为全面、系统。首先，白居易对什么是诗歌的本质提出自己的见解。认为诗歌在内容上应“根情”“实义”，就是说诗歌所体现的感情和意义，正像植物的根和果实一样；而在形式上应“苗言”“华声”，就是说诗歌的语言和声韵只是苗和花。只有根深，才能叶茂，开出鲜艳的花朵，结出丰硕的果实。这个比喻形象地说明了“情”“义”“言”“声”这四个诗歌要素之间的关系。其次，他从六义着眼，强调“风雅比兴”是六义的精髓，并从六义的兴起、削弱，以至逐渐衰微、消失，态度明确、褒贬鲜明地评价了历代的诗人或诗作。按照诗歌应该反映现实的观点，他在《诗经》之后，特别推崇杜甫“三吏”等名篇和“朱门酒肉臭，路有冻死骨”这样的名句，而对六朝以来“嘲风雪，弄花草”的文风则给以彻底的否定和批判。最后，白居易从自己的勤学苦读，谈到仕宦之后，潜心诗歌创作以及作品的巨大影响，在总结创作经验时着重谈到文学创作与现实的关系，得出“文章合为时而著，歌诗合为事而作”的结论。

白居易后期的诗歌主张，逐渐向淡化功利性转变。这与他后期的创作主旨由达兼济之志向成独善之心的过渡是一致的，与他创作题材由讽喻规刺向吟咏性情的过渡也是一致的。随着这一转变，白居易诗论中的政治教化主题逐步让位于闲情逸趣，创作心态也由严肃郑重趋向随感而发。白居易这一心态的转变，在元和七年（812）刚过不惑之年、退居渭上前后的诗作中，有许多明显的表现。其中闲适诗《适意两首》的自白最有代表性：“十年为旅客，常有饥寒愁。三年作谏官，复多尸素羞。有酒不暇饮，有山不得游。岂无平生志，拘牵不自由。一朝归渭上，泛如不系舟。置心世事外，无喜亦无忧。终日一蔬食，终年一布裘。寒来弥懒放，数日一梳头。朝睡足始起，夜酌醉即休。人心不过适，适外复何求！”“早岁从旅游，颇谙时俗意。中年忝班列，备见朝廷事。作客诚已难，为臣尤不易。况予方且介，举动多忤累。直道速我尤，诡遇非吾志。胸中十年内，消尽浩然气。自从返田亩，顿觉无忧愧。蟠木用难施，浮云心易遂。悠悠身与世，从此两相弃！”从此，白居易的审美趣味更趋向闲适之情，粹灵之气，清幽之境，所谓“新篇日日成，不是爱声名。旧句时时改，无妨悦性情。但令长守郡，不觉却归城。只拟江湖上，吟哦过一生”（《诗解》），所谓

“天地间有粹灵气焉，万类皆得之，而人居多。就人中，文人得之又居多。盖是气凝为性，发为志，散为文。粹胜灵者，其文冲以恬；灵胜粹者，其文宣以秀；粹灵均者，其文蔚温雅渊，疏朗丽则，检不扼，达不放，古淡而不鄙，新奇而不怪”（《故京兆元少尹文集序》）。

无论是前期主张诗歌为政治服务，还是后期倾向诗歌随性情而发，白居易都思考过，也尝试过，并且都不是挂在嘴边，而是真诚地发自内心去实践。所以，尽管都有一些不足，但历朝历代均有广泛的响应。当社会上存在着不公、不法、不义之时，白居易前期的主张，便备受有为之士的肯定与重视；当社会稳定、天下太平，白居易后期的主张，更赢得那些居官得志的文人的欣赏与高评。

三、白居易的诗歌

在唐代文学史上，白居易是一位高产作家。他各体兼善，取材广泛，加之精励刻苦，文学活动持续的时间长，所以作品数量之多，在唐代首屈一指，《白居易集》也是唐代保存最完整的诗文集。白居易在去世前一年（会昌五年）所作《白氏集后记》中说：“诗笔大小凡三千八百四十首。”今存散文750馀篇，诗歌2830首。白居易文集中，除“檄”外，当时的诗、赋、策、论、箴、判、赞、颂、碑、铭、书、序、文、表、记这15种文学体式皆有收录。《文苑英华》中有38种文体分类，竟录有白居易的25类作品，这是绝无仅有的。白居易在各种文体中都能大显身手的一个重要原因，是他作为文人官僚，具有大量执笔公案文牍的机会。不过，白居易的散文尽管也具有重要地位，① 但在后人眼中，其诗歌创作的影响无疑更为深远。

白居易是唐代诗人中较早有意识地整理和编集自己作品的诗人。元和十年（815），他第一次开始整理和编集自己的诗作，分为讽喻、闲适、感伤、杂律诗四类。他在《与元九书》中说：

> 自拾遗来，凡所适所感，关于美刺兴比者，又自武德讫元和，因事立题，题为“新乐府”者，共一百五十首，谓之“讽谕诗”。又或

①白居易是新体古文的倡导者和创作者。其应试之作《性习相远近》等赋、百道判等，新进士竞相传于京师；《策林》75篇，识见超卓，议论风发，词畅意深，是追踪贾谊《治安策》的政论佳作；《草堂记》《冷泉亭记》《三游洞序》等，文笔简洁，旨趣隽永，是不逊于“韩柳”的优秀的山水游记。

退公独处，或移病闲居，知足保和，吟玩情性者一百首，谓之“闲适诗”。又有事物牵于外，情理动于内，随感遇而形于叹咏者一百首，谓之“感伤诗”。又有五言、七言、长句、绝句，自一百韵至两韵者四百馀首，谓之“杂律诗”。凡为十五卷，约八百首。

乍看起来，前三类按内容分，最后一类按体式分，标准似乎不统一。实际上，是先分为古体诗、近体诗两大类，然后再把古体诗按内容题材及不同的读者对象分为三小类：讽喻诗注重反映社会现实问题，意在奉呈皇帝进行讽谏，展示的是“超我”的一面；闲适诗注重表现兼济之志以外的独善之意、闲适之情，意在公诸同僚，展示的是“自我”的一面；感伤诗注重表现聚散、丧亡等使人悲悼之事，意在自我排遣或与亲朋挚友交流，展示的是“本我”的一面。最后一类杂律诗，即律诗。此后，白居易还多次编集自己的作品。[①] 不过，只是将诗歌大致分为格诗、律诗两大类，不再在卷目标出内容题材的区别了。[②]

在四类诗中，白居易最重视讽喻诗，所以列在集子的最前面。其中《新乐府》五十首、《秦中吟》十首成就最高，影响最大。《新乐府》五十首是有着明确政治目的、精心撰构的组诗，内容涉及王化、治乱、礼乐、任贤、时风、边事、宫女等诸多方面。例如，揭露“宫市”制度罪恶的《卖炭翁》：

卖炭翁，伐薪烧炭南山中。满面尘灰烟火色，两鬓苍苍十指黑。卖炭得钱何所营？身上衣裳口中食。可怜身上衣正单，心忧炭贱愿天寒。夜来城外一尺雪，晓驾炭车辗冰辙。牛困人饥日已高，市南门外

①详见陈才智《元白诗派研究》（社会科学文献出版社2007年版）附表三“白居易集之十次编集”。

②参见陈寅恪《论元白诗之分类》，《岭南大学学报》第10卷第1期，1949年12月，又收入其《元白诗笺证稿》；杨民苏《试论白居易的自分诗类》，《昆明师专学报》1988年第4期；静永健《白居易诗集四分类试论：关于感伤诗与闲适诗的成立》，《中国诗学》第3辑，南京大学出版社1995年版；下定雅弘《如何读白居易〈与元九书〉？——围绕“四类”概念的成立》，《帝冢山学院大学研究论集》1994年第29辑；王运熙《白居易诗歌的分类与传播》，《铁道师院学报》1998年第6期；金卿东《讽谕、感伤、闲适、杂律——再论白诗分类法》，2005年中国洛阳白居易诗歌研讨会论文。

泥中歇。翩翩两骑来是谁？黄衣使者白衫儿。手把文书口称敕，回车叱牛牵向北。一车炭，千馀斤，宫使驱将惜不得。半匹红纱一丈绫，系向牛头充炭直。

所谓“宫市”，就是皇帝派出太监到市上买物，随便勒索、劫夺，“名为宫市，其实夺之”（韩愈《顺宗实录》）。这首诗对于卖炭翁的悲惨遭遇表达了深切的同情，因其态度是感同身受而非置身事外，所以塑造的人物形象极真实感人。“满面尘灰烟火色，两鬓苍苍十指黑”，是卖炭翁的外貌；“可怜身上衣正单”和“夜来城外一尺雪”，写表面现象和外界环境；“心忧炭贱愿天寒”，则是进一层作心理描绘了，卖炭翁希望炭可以卖较高的价钱，宁愿忍受寒冷。这样写，与后面“一车炭，千馀斤，宫使驱将惜不得”两下一映衬，显得更有力量，更能激起读者对“手把文书口称敕”的“黄衣使者白衫儿”的痛恨。末句“半匹红纱一丈绫，系向牛头充炭直”，妙在含蓄，表面上没有谴责，但谴责之意更深，这种写法在白居易的讽喻诗里也是较独特的。

影响较大的还有《新丰折臂翁》：

新丰老翁八十八，头鬓眉须皆似雪。玄孙扶向店前行，左臂凭肩右臂折。问翁臂折来几年，兼问致折何因缘。翁云贯属新丰县，生逢圣代无征战。惯听梨园歌管声，不识旗枪与弓箭。无何天宝大征兵，户有三丁点一丁。点得驱将何处去？五月万里云南行。闻道云南有泸水，椒花落时瘴烟起。大军徒涉水如汤，未过十人二三死。村南村北哭声哀，儿别爷娘夫别妻。皆云前后征蛮者，千万人行无一回。是时翁年二十四，兵部牒中有名字。夜深不敢使人知，偷将大石捶折臂。张弓簸旗俱不堪，从兹始免征云南。骨碎筋伤非不苦，且图拣退归乡土。此臂折来六十年，一肢虽废一身全。至今风雨阴寒夜，直到天明痛不眠。痛不眠，终不悔，且喜老身今独在。不然当时泸水头，身死魂飞骨不收。应作云南望乡鬼，万人冢上哭呦呦。老人言，君听取。君不闻开元宰相宋开府，不赏边功防黩武？又不闻天宝宰相杨国忠，欲求恩幸立边功？边功未立生人怨，请问新丰折臂翁！

这首诗选材独特，很有看点。尽管自我折臂之人十分罕见，但新丰折臂翁这一形象却具有很强的典型意义。诗人揭露天宝时期几次开边战争带给人民的深重苦难，没有从正面直接描写战争的惨烈，没有铺陈和渲染沙场上白骨横陈的景象；而是以折臂翁的叙说和独白，作为艺术结构的基点，刻画其心理；同时通过应征者及其亲属的悲痛，尤其是通过逃征者的幸免于难，间接地表现不义战争给人民造成的巨大灾难。

《上阳白发人》是一首别开生面的宫怨诗：

> 上阳人，上阳人，红颜暗老白发新。绿衣监使守宫门，一闭上阳多少春。玄宗末岁初选入，入时十六今六十。同时采择百馀人，零落年深残此身。忆昔吞悲别亲族，扶入车中不教哭。皆云入内便承恩，脸似芙蓉胸似玉。未容君王得见面，已被杨妃遥侧目。妒令潜配上阳宫，一生遂向空房宿。宿空房，秋夜长，夜长无寐天不明。耿耿残灯背壁影，萧萧暗雨打窗声。春日迟，日迟独坐天难暮。宫莺百啭愁厌闻，梁燕双栖老休妒。莺归燕去长悄然，春往秋来不记年。唯向深宫望明月，东西四五百回圆。今日宫中年最老，大家遥赐尚书号。小头鞋履窄衣裳，青黛点眉眉细长。外人不见见应笑，天宝末年时世妆。上阳人，苦最多。少亦苦，老亦苦。少苦老苦两如何？君不见昔时吕向《美人赋》，又不见今日上阳白发歌！

诗人选取一个终生被幽禁的宫女为典型，侧重写她的垂暮之年，写她的绝望。通过这位宫女一生的悲惨遭遇，形象地概括了“后宫佳丽三千人”的悲惨命运。这首诗语言通俗浅易，具有民歌风调。它采用“三三七”的句式和顶真、对比等修辞手法，音韵转换灵活自然，长短句式错落有致。诗中融叙事、抒情、写景、议论于一体，借助细节和场景描绘揭示人物的心理，富有感染力。在唐代以宫女为题材的诗歌中，堪称少有的佳作。

从总体上看，《新乐府》五十首有一些共同的特点。首先，在音乐性上，虽在实际上可能“未常被于声”（郭茂倩《乐府诗集》卷九十“新乐府辞”解题），但由于音乐素养对诗歌创作的正面影响，由于在创作上主张“其体顺而肆（一作律），可以播于乐章歌曲也”（白居易《新乐府序》），而且“乃以改良当日民间口头流行之俗曲为职志”①，因而新乐府

---

①陈寅恪：《元白诗笺证稿》，上海古籍出版社1982年版，第121页。

有着不同于一般诗歌和某些古乐府的音乐性。其次，在乐府诗题上，强调“因事立题”（白居易《与元九书》）。《新乐府》最初是由《新题乐府》省称而来，继承着其“即事名篇，无复倚傍”“不复拟赋古题”（元稹《乐府古题序》）的先例，故新乐府必须是新题乐府，而新题乐府并非皆为新乐府，新题只是新乐府的规定性之一而已。再次，在乐府精神上，强调“为君、为臣、为民、为物、为事而作，不为文而作”（《新乐府序》），更加注重“兴谕规刺”（《新乐府·采诗官》），内容以讽刺时事、伤民病痛为主，以总结人生经验、概括社会现象等为辅。最后，在乐府体制上，其诗体是七言歌行，其表现样式带有《诗经》和汉乐府传统，“篇无定句，句无定字。系于意，不系于文也。首句标其目，古十九首之例也；卒章显其志，《诗三百》之例也。其辞质而俚，欲见之者易谕也。其言直而切，欲闻之者深诫也。其事核而实，欲采之者传信也”（据神田本《新乐府序》），且“以视点的第三人称化和场面的客体化为主，以第二人称和作者议论慨叹为辅。作者的感慨应是针对时事而发，而非个人的咏怀述志”①。

令“权豪贵近者相目而变色”的《秦中吟》十首，构思于“贞元、元和之际”（《秦中吟》序），落笔于元和三年或四年“忝备谏官位”（白居易《伤唐衢》其二）时，② 要早于《新乐府》五十首。不过，《秦中吟》十首与《新乐府》五十首不仅体现出共同的讽兴时事的乐府精神，而且在内容上，多有可相参照者，如《新乐府·五弦弹》与《秦中吟·五弦》内容基本相同，《新乐府·杏为梁》与《秦中吟·伤宅》立意大体相似，《新乐府·牡丹芳》与《秦中吟·买花》主旨相仿，《新乐府·青石》与《秦中吟·立碑》题材相近。在艺术上，则同样具有主题专一明确、注重运用对比、选材真实典型、叙事议论结合、言辞朴质直切等特点。

讽喻诗外，值得着重提出的是感伤诗中的两篇叙事长诗：《长恨歌》和《琵琶行》，它们和《新乐府》叙事诗等在艺术手法上有暗通之处，如人物刻画鲜明突出，谋篇布局前后照应，叙事曲折生动，抒情味浓郁等。

---

①葛晓音：《新乐府的缘起和界定》，《中国社会科学》1995 年第 3 期，引文据其《诗国高潮与盛唐文化》第 194 页。参见王运熙《讽谕诗和新乐府的关系和区别》，《复旦学报》1991 年第 6 期，又收入其《汉魏六朝唐代文学论丛》增补本。

②〔清〕汪立名《白香山年谱》将《秦中吟》系于元和五年；顾肇仓《白居易年谱（简编）》、朱金城《白居易年谱》亦谓约作于元和五年前后，均不确。详见陈才智《元白诗派研究》，社会科学文献出版社 2007 年版，第 182—183 页。

《长恨歌》这首千古绝唱，是元和元年（806）白居易35岁所作，当时他正在长安西南一百馀华里的盩厔任县尉。一天，他与在当地结识的秀才陈鸿、王质夫同游附近的仙游寺，谈起五十多年前的天宝往事。唐玄宗与杨贵妃的爱情悲剧及相关逸闻传说，让三人不胜感慨。他们唯恐这一希代之事，与时消没，不闻于世，王质夫遂提议，由擅长抒情的白居易为之作歌，陈鸿为之写《长恨歌传》。白居易由此被呼为"《长恨歌》主"（见白居易《与元九书》）。这首诗以"长恨"为中心，生动地描绘了唐玄宗、杨贵妃缠绵悱恻的爱情故事及其悲剧结局。其中相当复杂的情节，只用精练的几句话就交代过去，而着力在情的渲染。诗人从反思的角度写出造成悲剧的原因，但对悲剧中的主人公又寄予同情和惋惜。全诗写得婉转细腻，却不失雍容华贵，没有半点纤巧之病。明明是悲剧，却又那样超脱，实为浪漫与古典兼备的绝妙典型，读后令人荡气回肠。作为一首抒情成分很浓的叙事诗，长达720句的《长恨歌》成功地将叙事、写景、抒情和谐地结合在一起，形成缠绵回环的特点。诗人时而把人物的思想感情注入景物，用景物的折光来烘托人物的心境；时而抓住人物周围富有特征性的景物、事物，通过人物对它们的感受来表现内心的感情，层层渲染，恰如其分地表达人物蕴蓄于内心深处的难达之情。例如："蜀江水碧蜀山青，圣主朝朝暮暮情。"蜀地的青山碧水原是很美的，但是在寂寞悲哀的唐玄宗眼中，那山的"青"、水的"碧"，却格外惹人伤怀，这是以美景来写哀情。"行宫见月伤心色，夜雨闻铃肠断声"，行宫中的月色，雨夜里的铃声，本来就很撩人意绪，那一见一闻、一色一声，互相交错，更增强了人物内心愁苦凄清情绪的表达，这是以哀景来写哀情。从黄埃散漫到蜀山青青，从行宫夜雨到凯旋回归，从白日到黑夜，从春天到秋天，在唐玄宗的眼里，可谓处处触物伤情，时时睹物思人。他的追求和他的寻觅，在现实生活中找不到，只好到梦中去找；梦中找不到，又只好到仙境中去找。如此跌宕回环，层层渲染，人物感情随之往复上升，最后达到高潮：

在天愿作比翼鸟，在地愿为连理枝。天长地久有时尽，此恨绵绵无绝期！

关于《长恨歌》的主题，曾被视为争论不休的一桩公案。或曰讽喻"汉皇重色"误国；或云歌咏李杨爱情；或云讽喻和爱情兼有，等等。然而文学作品的价值并不止于“主题”。从作者的创作意图来看，《长恨歌》即“歌长恨”，歌咏爱的长恨；从读者的接受来看，其中感伤而不失华美的风调，是使他们喜爱流连的重要因素。白居易自言“一篇长恨有风情”（《编集拙诗成一十五卷因题末戏赠元九李十二》），说明作者是为歌“风情”而作此诗的。诗分四段，先写热恋情景，突出杨氏之美和玄宗对她的迷恋，对玄宗因贪恋女色而误国事有所讥讽。次写兵变妃死，悲剧铸成，玄宗肠断。这是悲欢荣辱极端对比的写法。再写物是人非及刻骨铭心的无望思念。最后写天人永隔之长恨。如此由乐而悲而思而恨，构成全诗的感情脉络，其间因果关系密切而分明，而人物形象的完整鲜明，故事情节的曲折离奇，语言音节的优美和谐，意境韵味的深远悠长，都令人叹为观止。①

《琵琶行》作于白居易 45 岁遭贬江州司马时。一个偶然的机会，在浔阳江头，他遇到一位来自京都、漂泊江湖的琵琶女，往还之际，顿生强烈的天涯沦落之感。这首长篇叙事诗，正是有感而发。正如《唐宋诗醇》所说：“满腔迁谪之感，借商妇以发之，有同病相怜之意焉。比兴相纬，寄托遥深，其意微以显，其情哀以思，其辞丽以则。”与早年的《长恨歌》写历史题材有所不同，《琵琶行》转到了现实题材。诗人通过亲身见闻，叙写了琵琶女的沦落命运，并由此联系到自己的被贬遭际，发出了那句著名的感慨：

> 同是天涯沦落人，相逢何必曾相识！

因为有切身体验，所以感情特别真诚深挚；因为是在贬所深秋月夜的江面巧遇琵琶女，所以诗情特别哀婉苍凉。

《琵琶行》一出，当即风靡宫廷里巷，而且千百年来一直传诵不衰，显示了强大的艺术生命力。唐宣宗有“童子解吟长恨曲，胡儿能唱琵琶篇”（《吊乐天》）之赞，清代张维屏有“一曲琵琶说到今”（《琵琶亭》）之叹。②

---

①详见陈才智《生死、爱恨、天人——〈长恨歌〉的谜与魅》，《文史知识》2017 年第 3 期。

②详见陈才智《琵琶亭的寂寞与喧嚣》，《名作欣赏》2011 年第 12 期。

这首长诗结构严谨，层次分明，可分为四部分。从开头到“犹抱琵琶半遮面”为第一部分，通过秋夜浔阳江头景色与送客场面的描写，烘托出凄凉冷落的氛围。第二部分从“转轴拨弦三两声”到“唯见江心秋月白”，正面描绘琵琶女的高超技艺和感人至深的音乐效果，并为她自叙身世进行了有力的铺垫。这一部分有三个层次：第一层是序奏，饱含深情，低缓哀婉；第二层是弹奏的第一个高潮；第三层是转折，琴音由疾速强劲转入舒缓。第三部分从“沉吟放拨插弦中”到“梦啼妆泪红阑干”，介绍琵琶女由少年欢乐到老年伤悲的不同寻常的经历。第四部分从“我闻琵琶已叹息”到结束，把琵琶女和诗人自身的命运联系起来，抒发了诗人政治失意的抑郁之情。全诗语言平易简洁，却又极有表现力，不求其工而自工；而且画意鲜明，诗情浓郁，清词妙喻，络绎不绝。尤其是对琵琶女弹奏乐曲的描写，达到了出神入化的境界。为表现动人的乐曲，诗人运用了一连串新鲜生动的比喻：“大弦嘈嘈如急雨”——深沉繁密，撼人心魄；“小弦切切如私语”——轻柔幽细，缠绵悱恻；“大珠小珠落玉盘”——清脆悦耳，圆润动听；“间关莺语花底滑”——婉转流滑，生机盎然；“幽咽泉流冰下难”——低沉缓慢，悲抑哽咽；“凝绝不通声暂歇”——暂时休止，馀韵无穷；“银瓶乍破水浆迸，铁骑突出刀枪鸣”——乐声骤起，高亢激越；“四弦一声如裂帛”——强烈干脆，戛然而止。这些比喻，以可见可闻、可触可感的形象再现了美妙丰富的音乐，使读者宛若置身其间，聆听到琵琶女的演奏。而“东船西舫悄无言，唯见江心秋月白”，又以江上悄无声息、唯见白茫茫一片月光的静境，烘托出人们长久沉浸在音乐中的氛围。诗人把琵琶女的弹拨动作、音调的变化、演奏的场景、演奏者和听者的感情，融合在一起作细致的描绘，使《琵琶行》成为中国古典诗歌中表现音乐最出色的篇章。《琵琶行》和《长恨歌》是白居易诗中的双璧，即使没有其他作品，只凭这两首诗，白居易在诗史上就足以千秋不朽。

闲适诗和杂律诗在白居易诗集中占有绝大比重，其淡泊悠闲的意绪情调、浅切平易的语言风格，屡屡为人称道，对后代文人有很大影响，如《赋得古原草送别》：

离离原上草，一岁一枯荣。野火烧不尽，春风吹又生。远芳侵古道，晴翠接荒城。又送王孙去，萋萋满别情。

这是白居易少年成名之作。将赋草与送别巧妙地融为一体，又注入赞美顽强向上的生命精神和万物生生不息的哲理。刻画形象生动，用语自然流畅，意境浑整深远。

又如《自河南经乱，关内阻饥，兄弟离散，各在一处。因望月有感，聊书所怀……》：

> 时难年荒世业空，弟兄羁旅各西东。田园寥落干戈后，骨肉流离道路中。吊影分为千里雁，辞根散作九秋蓬。共看明月应垂泪，一夜乡心五处同。

这也是早期作品，写战乱思亲，读来如听诗人倾诉自己身受的离乱之苦。纯用白描，不加藻绘，已经显示出浅易中见深挚的特色，堪称“用常得奇”（刘熙载《艺概·诗概》）的佳作。

再如《暮江吟》：

> 一道残阳铺水中，半江瑟瑟半江红。可怜九月初三夜，露似真珠月似弓。

选取红日西沉到新月东升这段时间里的两组景物来描写，运用新颖巧妙的比喻，营造出和谐、宁静的意境，确实“丽绝韵绝，令人神往”（清王士禛《唐人万首绝句选》）。

《钱塘湖春行》也清新可诵：

> 孤山寺北贾亭西，水面初平云脚低。几处早莺争暖树，谁家新燕啄春泥。乱花渐欲迷人眼，浅草才能没马蹄。最爱湖东行不足，绿杨阴里白沙堤。

其妙处不在于穷形尽相的刻画，而在于即景寓情，不仅写出西湖早春的景物之美，而且传达出其内在的生机与意态，表达了自然美景带给人们的美好、愉悦的感受。正是“象中有兴，有人在”（清方东树《续昭昧詹言》）。

其他如《邯郸冬至夜思家》《夜雪》《问刘十九》《大林寺桃花》《与梦得沽酒闲饮且约后期》等，也都是脍炙人口的名篇佳作。

尽管白居易的诗歌存在着他自己也已经意识到的“意太切而理太周”“理太周则辞繁，意太切则言激”（《和答诗十首序》）的缺点和不足，但是，在中国诗歌史上，白居易仍堪称与李杜并峙的大家。他在当时诗坛的地位很高，对后代的影响也很大。张为《诗人主客图》称他为“广大教化主”，可谓恰如其分，这可从以下四个方面来解读：

第一，人格范式。诗品出于人品，故“广大”首先指诗歌创作主体海纳百川、无所不容的“广大”性。白居易前期主张诗歌应当为政治为人生的文学观，是平民知识分子的代表；后期乐天知命，对孟子“穷则独善其身，达则兼济天下”的主张加以实践、发挥和改造，成为后代知识分子重要的思想财富。因此有“唐人以李白为天才绝，白乐天（为）人才绝”（叶廷珪《海录碎事》）的说法。

第二，诗歌创作表现领域的开掘和扩展。正如明江盈科《雪涛小书》“诗评·评唐”所说：白居易诗“前不照古人样，后不照来者议；意到笔随，景到意随；世间一切，都着并包囊括入我诗内。诗之境界，到白公不知开扩多少。较诸秦皇、汉武，开边启境，异事同功，名曰‘广大教化主’，所自来矣”。

第三，诗歌体貌与手法的多样性。关于这一点，长庆四年（824），元稹为《白氏长庆集》作序时，就曾指出：“大凡人之文各有所长，乐天之长可以为多矣。夫以讽谕之诗长于激，闲适之诗长于遣，感伤之诗长于切。五字律诗，百言而上长于赡，五字七字百言而下长于情。”

第四，诗歌风格通俗平易的艺术价值和影响广远的社会价值。白诗在当时广泛流传于宫廷和民间，歌伎唱他的诗，寺庙、旅舍贴有他的诗，僧侣、官人、寡妇、少女读他的诗，宫中妃嫔甚至以能诵得他的《长恨歌》而自负。相传写有白诗的帛可以当钱用。荆州市民葛清文身，在身上刻满白诗，称为“白舍人行诗图”，围观的人十分羡慕。不但如此，白诗还远播朝鲜、日本、越南、暹罗（泰国）。晚唐的皮日休、聂夷中、陆龟蒙、罗隐、杜荀鹤，宋代的晁迥、王禹偁、梅尧臣、苏轼、张耒、陆游，元代的王恽，明代的吴宽、唐寅、文徵明、袁宗道，一直到清代的吴伟业、赵执信、俞樾、黄遵宪等，都在不同方面、不同程度上受到白居易的启示。此外，元、明、清历代剧作家有不少人取白居易诗歌的故事为题材编写戏曲，如《长恨歌》演变为白朴的《梧桐雨》、洪昇的《长生殿》，《琵琶行》演变为马致远的《青衫泪》、蒋士铨的《四弦秋》等。白诗的词句，也有很多被宋、元、明话本所采用。

第二节　才子元稹

元稹（779—831），与贾岛同年，字微之，别字威明，祖籍河南（今河南洛阳），其祖先为鲜卑人，世居京兆万年（今陕西西安）。早年家贫。贞元十年（794）明两经擢第，贞元十九年（803）登平判入等科（第四等），授秘书省校书郎，结识白居易，从此二人成为莫逆之交。① 白居易后来在《代书诗一百韵寄微之》中回忆说："忆在贞元岁，初登典校司。身名同日授，心事一言知。"元和元年（806），元白同登才识兼茂明于体用科。元稹授左拾遗，后转监察御史。他生性激烈，少柔多刚，参政意识和功名欲望甚强，屡屡上书论事，指摘时弊，实地纠劾，惩治猾吏，也因此而多次遭贬，先后为江陵士曹参军、通州司马。唐宪宗元和十四年（819），在外放近 10 年后，才由虢州长史任上重新回朝，历任膳部员外郎、祠部郎中、知制诰、中书舍人、翰林承旨学士等。唐穆宗前后索元稹诗数百篇，命左右讽咏，宫中呼为"元才子"，自六宫、两都、八方至南蛮、东夷国，相互传写其诗。每一章一句出，不胫而走。长庆二年（822），升任宰相。因与裴度发生冲突，为相仅四个月即被罢为同州（辖今陕西大荔等市县）刺史。次年改越州刺史兼御史大夫、浙东观察使。大和三年（829）入朝为尚书左丞，次年除检校户部尚书，兼鄂州刺史、御史大夫、武昌军节度使。大和五年（831）罹暴疾，卒于武昌任所，终年 53 岁。有《元氏长庆集》，存诗 832 首。

元稹与白居易是文学史上有名的诗友，两人经常相互唱和，世称"元白"。二人"谊同金石，爱等弟兄"（元稹《祭翰林白学士太夫人文》）。元白并称与初盛唐王孟、高岑、李杜之并称不同，在中唐诗歌发展的历史背景之下，元白并称和韩孟并称一样，更多地带有诗歌创作倾向和艺术风格相近的性质，所以后人称为"元白体"。元、白齐名，一是源于"新乐府"，但在今天看来，元稹新乐府的思想性和艺术性都远不及白居易，不

①详见陈才智《元稹白居易"初识"之年再辨》，《文学遗产》2001 年第 5 期。

少篇章殊少情致，概念化倾向很强，且叙事繁乱；二是源于“元和体”，它以长篇排律和小碎篇章为主要体制，以唱和尤其是次韵唱和为主要形式；三是源于“元白体”，其内容“浮靡艳丽”，其风格浅切平易；四是源于“长庆体”，其内涵是多用律句和转韵的七言长篇叙事歌行体。①

“长庆体”中，元稹的《连昌宫词》是和白居易《长恨歌》《琵琶行》并美的佳作，和它们一起被誉为“古今长歌第一”（何良俊《四友斋丛说》）、“才人之冠”（贺贻孙《诗筏》）。《连昌宫词》通过连昌宫的兴废变迁，探索安史之乱前后唐代朝政治乱的因由。在艺术构思和创作方法上，《连昌宫词》显然借鉴了传奇小说的养分，正如陈寅恪《元白诗笺证稿》所云：“元微之《连昌宫词》实深受白乐天、陈鸿《长恨歌》及《传》之影响，合并融化唐代小说之史才、诗笔、议论为一体而成。其篇首一句及篇末结语二句，乃是开宗明义及综括全诗之议论，又与白香山《新乐府序》所谓‘首句标其目，卒章显其志’者，有密切关系。乐天所谓‘每被老元偷格律’，殆指此类欤？至于读此诗必与乐天《长恨歌》详悉比较，又不俟论也。总而言之，《连昌宫词》者，微之取乐天《长恨歌》之题材依香山《新乐府》之体制改进创造而成之新作品也。”元稹巧妙地将史实与传闻糅合在一起，辅之以想象、虚构，把一些与连昌宫中本无关联的人物、事件集中在连昌宫中展开描写，既渲染了诗的氛围，也使得诗情生动曲折。如连昌宫中的所谓望仙楼和端正楼，实际上是骊山上华清宫的楼名；李谟偷曲事发生在元宵节前夕东都洛阳的天津桥上，并不是在寒食节夜里连昌宫墙旁。从诗的自注中可以清楚地看出，作者对这些事件的历史背景，并不是不知道的。诗人运用典型化方法，更加形象地反映了历史和社会生活发展的某些本质，具有高于生活真实性的艺术真实性。

“元白体”中，元稹的“艳诗”影响更大。艳情之风在晚唐诗坛独成一支一脉，与元稹有相当的关系。《才调集》所选元诗有57首，而白诗仅27首，可见，在韦縠眼中，在这一品类的诗歌创作上，元稹要更胜一筹。其中，《会真诗三十韵》写张生（当即元稹本人）与莺莺的幽会，从相见、欢会写到离别，描写莺莺的艳冶身态、华美服饰，细及黛眉、朱唇、润

①参见陈才智《元和体名义辨析》，《中国社会科学院研究生院学报》2004年第2期；《元白体名义辨析》，《天中学刊》2002年第1期；《长庆体名义考辩》，《文学评论》2003年青年学者专号。

肤、玉肌、睡脸、脂粉、汗妆、裙裤；而且连男女之间由调戏生情到云雨幽会时的似水柔情都刻画无遗。《梦游春七十韵》从始入“深洞”写起，蒙上了一层梦游的烟雾，随后，主人公渡过浅流，穿过桃林和竹丛，来到了一座长廊环抱、门牖回互的小楼下。四周寂无声息，叙述中夹杂着一种神秘的气氛。最后终于登堂入室，与情人相见。写景逐次展开，不仅使读者感受到其中的环境氛围，而且还推动了情节的进展。写人物则着重以动作表现心理：“未敢上阶行，频移曲池步”——将入门而未入，因心情紧张而徘徊于门外；“渐到帘幕间，徘徊意犹惧”——临近内室，更紧张，紧张得近乎害怕；“潜褰翡翠帷”——动作不敢鲁莽，因为紧张，也因为怕惊扰对方；“不辨花貌人，空惊香若露”——乍见之下，惊于美艳，目眩神夺，反而什么也分辨不清了。这些描写，写实入微，生动逼真，几如小说。接下来，展开对妇女时世妆的详细描写，正如元稹《叙诗寄乐天书》所云，他的百馀首艳诗，主要就是致力于描写当时流行的妇女装束。这是自从艳诗形成以来，艳诗的作者始终致力的一个方向。其他艳情诗还有铺叙细致的《代九九》、简洁生动的《春晓》等。元稹的这些艳情诗，在内容上受到非议，其艺术描写也遭到批评。明许学夷《诗源辩体》卷二十八就说：“《梦游春词》汰去其半，尚嫌冗杂，其他一二绝句外，亦未为工，惟《古决绝词》为胜。”但是，这些艳诗却引领了一种新的绮艳之风。绮艳之风，齐梁已蔚为大观；中唐以来，随着城市化的迅速发展，声色之作又慢慢潜入唐代诗坛，但很少有诗人敢于将这一题材表现得如此肉感。可以说，在唐代诗坛上，元稹是将男女性爱作为表现题材的自然主义诗人的代表。艳风在当日诗坛，乃时代之风，非“元白体”独有。但问题在于，同韩愈、李贺等同时代人比较，“元白体”对感官的描写自然化的色彩过浓，缺少必要的诗化的提炼，所以成为当时的代表、后世的靶子。

“元和体”之元白唱和经历了酝酿、开创、确立、深化四个阶段。① 其中，最为后人称道的翻新斗巧，体现在元、白和韵之作上。和韵并非始于元、白，但盛于元、白，在元、白之前的唱和诗，大都和意不和韵；而在元、白之后的唱和诗，则变为以和韵为主，和意为辅。在这一点上，元、白可谓扭转风气者，也是他们在和韵诗创作上的第一点突破。第二点突破，是将和韵开拓至近体（主要是排律）。元、白之前的和韵诗，以古体

①详见陈才智《元白诗派研究》，社会科学文献出版社 2007 年版，第 244—247 页。

为主，而元、白，主要是元稹，则将和韵大力开拓至近体诗领域。一般来说，古体诗押韵较宽，可以转韵，还可以通韵，而近体诗却只能在一个韵部内施展诗艺，元稹刻意迎难而上，翻奇斗巧，篇幅一开始便长达百韵，这是对唱和诗形制的大发展和大变革。和韵诗分依韵、用韵和次韵（步韵）三类。次韵，是指按照原诗原字原序来协韵，创作难度最大。元、白并非次韵之始作俑者，但他们“始立为格”（赵翼《陔馀丛考》卷二十三），并加以立论来标榜，更自觉有意地创作，在规模和影响上均罕有其匹。以次韵唱和，在元、白始作之时，确有游戏成分，后逐渐成为一种炫耀技巧的文学，以致后世产生诸多流弊。但后世流弊不能尽归咎于元、白；元、白对诗艺之开拓，还是有贡献的。

在“元和体”“元白体”“长庆体”之外，元稹更为人称道的是情深思远、哀婉动人的悼亡诗。其中最著名的是《遣悲怀三首》：

谢公最小偏怜女，嫁与黔娄百事乖。顾我无衣搜荩箧，泥他沽酒拔金钗。野蔬充膳甘长藿，落叶添薪仰古槐。今日俸钱过十万，与君营奠复营斋。

昔日戏言身后意，今朝皆到眼前来。衣裳已施行看尽，针线犹存未忍开。尚想旧情怜婢仆，也曾因梦送钱财。诚知此恨人人有，贫贱夫妻百事哀。

闲坐悲君亦自悲，百年都是几多时。邓攸无子寻知命，潘岳悼亡犹费词。同穴窅冥何所望，他生缘会更难期。唯将终夜长开眼，报答平生未展眉。

“古今悼亡诗充栋，终无能出此三首范围者”（《唐诗三百首》评），元稹捕捉到清寒家庭最典型的生活细事，事虽细小，但都曾深深触动过他的感情，所以叙事真、写情实，自然容易打动读者的心。正如陈寅恪《元白诗笺证稿》所云：“夫微之悼亡诗中其最为世所传诵者，莫若《三遣悲怀》之七律三首。……所以特为佳作者，直以韦氏之不好虚荣，微之之尚未富贵，贫贱夫妻，关系纯洁，因能措意遣词，悉为真实之故。夫唯真实，遂造诣独绝欤！”

元稹的《离思五首》之四也很有名：

曾经沧海难为水，除却巫山不是云。取次花丛懒回顾，半缘修道半缘君。

此诗接连用水、用云、用花来比人，在巧比曲喻中，淋漓尽致地表达了对心上人的一往情深，语言浅易，格调轻快，又低回缱绻，意境深远，成为古典爱情诗中的名篇。

元稹名篇，还有一首五绝小诗《行宫》：

寥落古行宫，宫花寂寞红。白头宫女在，闲坐说玄宗。①

寥落行宫，寂寞红花与白头宫女，或映衬，或对比，既表现出宫女悲凉的命运，又寄托了诗人的今昔盛衰之感。精练浓缩，言少意丰，有无穷之味。清代潘德舆《养一斋诗话》卷三称赞说："二十字，足赅《连昌宫词》六百馀字。"颇有见地。

第三节　白派羽翼

一、张籍、王建、李绅

张籍、王建是中唐时期较早着力于乐府诗创作的诗人，后世称"张王乐府"。张、王交游较早，二人同庚，"年状皆齐"（张籍《逢王建有赠》）。张籍（766—830?），字文昌，苏州（今属江苏）人，少时侨寓和州乌江（今安徽和县东北），唐德宗贞元十五年（799）进士。唐宪宗元和元年（806）任太常寺太祝，一任10年，未得迁调。长庆元年（821）由韩愈推荐为国子博士，后迁水部员外郎。唐文宗大和二年（828）任国子司业，世称张水部或张司业，有《张司业集》。王建（766—832?），字仲

①一作王建诗，题为《故行宫》。但明杨循吉据宋本传钞之《元氏长庆集》及宋洪迈《万首唐人绝句》《容斋随笔》皆归为元稹所作。

初，许州（今河南许昌）人，生长于关辅（今陕西西安一带），出身寒微。元和八年（813）前后，始为昭应（今陕西临潼）县丞。大和二年（828），自太常寺丞出为陕州（今河南陕县）司马，晚年退居京郊咸阳原上。有《王司马集》。

建中四年（783）前后，张籍、王建二人在邢州（治所在今河北邢台）同窗十载。这段难忘的友谊，他们后来屡屡忆及。贞元九年（793）以后，二人无论聚离，都一直保持着书信往来或诗歌唱酬。今存二人交往诗 20 首，张籍所作 14 首，王建所作 6 首。另外，二人有 26 组乐府唱和诗尤可注意，它们大部分作于早年，很可能即当时“夜会诗”（张籍《逢王建有赠》）之产物，也有一部分作于元和八年（813）以后二人同官长安时期。其中，同题唱和者 10 组，异题唱和者 16 组。首先，这种以乐府唱和、藉唱和创作乐府的形式，自然会使人想起元稹、李绅、白居易的新乐府；其次，在这 26 组乐府唱和诗中，新题乐府唱和诗约占一半；最后，无论从题材的选择还是手法的运用来看，这些诗都与元白新乐府十分接近。张籍与白居易的交游，也印证了他们在新乐府创作上同声相契的可能性。据张籍《病中寄白学士拾遗》“自寓城阙下，识君弟事焉”，可知他与白居易相识，始于元和元年张籍调补太常寺太祝至长安“寓城阙下”时；此后，不论是白居易丁母忧退居渭上，还是被贬为江州司马，抑或出守杭、苏，张、白始终保持着亲密的交谊，二十馀年从未间断。今存二人交往诗 29 首，白居易所作 15 首，张籍所作 14 首。元和十年（815），白居易《读张籍古乐府》对张籍乐府诗有肺腑之评：“张君何为者？业文三十春。尤工乐府诗，举代少其伦。为诗意如何？六义互铺陈。风雅比兴外，未尝著空文。……言者志之苗，行者文之根。所以读君诗，亦知君为人。如何欲五十，官小身贱贫？病眼街西住，无人行到门！”

张王二人对乐府一体均情有独钟。今存张籍诗 473 首，乐府诗共 87 首，占 18%；王建诗 526 首，乐府诗共 206 首，占 39%。在两人各自诗集中之比例均首屈一指。在表现上，有古题古意者，有古意新词者，有寓意古题者，亦有新题新意者；在体式上，有五古、有歌行、有绝句，囊括了唐代乐府诗的三种类型，不啻一部唐代的“乐府大全”。在乐府创作的精神上，张、王由于有切身的生活体验，因而很注重反映现实、讽喻时事。

在乐府诗的选材上，张王乐府诗对农民、樵夫、牧童、织妇、船工这些社会底层人民生活和苦难的描写相当集中深刻。如张籍《山头鹿》写

“夫死未葬儿在狱”的悲况；《征妇怨》写“夫死战场子在腹，妾身虽存如昼烛”的惨境；《筑城词》写“家家养男当门户，今日作君城下土”的怨恨；《促促词》写船家妻子“家中姑老子复幼，自执吴绡输税钱”的艰苦；《白鼍吟》写农人久旱望雨；《樵客吟》写樵客深山采樵；《陇头行》《西州》《凉州词》写吐蕃入侵，讽刺边将腐败无能，唱出人民切盼收复失地的心声。《贾客乐》和《野老歌》写农商间贫富悬殊，前者揭露“农夫税多长辛苦”，而商贾利丰却逃税；后者描写“苗疏税多不得食，输入官仓化为土”。家贫的老农“岁暮锄犁傍空室，呼儿登山收橡实”，而“西江贾客珠百斛，船中养犬长食肉”。再如王建《水夫谣》写船工忍痛牵船，《田家留客》写田家日常生活，《当窗织》写织女羡慕倡女，《羽林行》写侍卫的依权为恶，等等。《唐才子传》卷四评王建诗：“于征戍迁谪、行旅离别、幽居官况之作，俱能感动神思，道人所不能道也。”其实也适用于张籍诗，尤其是乐府诗。胡震亨《唐音癸签》卷九也评论说：“张文昌只得就世俗俚浅事作题目，不敢及其他。仲初亦然。”又解释说：“文昌乐府，只《伤歌行》咏京兆杨凭者是时事。”同白居易新乐府相比，张籍乐府确实多身边琐事，少时政大事，但这种差异源自其不同的身份和生活环境，并不能作为判断其艺术价值的标准，况且身边事与时事有时是难以截然分开的。诗人例苦穷，穷而后诗工。正因为张、王均登朝为官较晚，才使其乐府诗中对社会底层人民的生活更多一些真切的体验，那种沉甸甸的社会关怀也自然散发出朴实的气息。

在乐府体式上，张王乐府尽管尚有五言古体这一先唐乐府的传统样式，也有绝句这一富有民歌味道的唐代乐府的流行样式，但随着歌行与乐府在唐代的逐步合流，他们开始“顺势”大量创作七言歌行或以七言为主的杂言歌行体乐府。《唐才子传》卷四称王建“工为乐府歌行，格幽思远。二公（指张王）之体，同变时流”，即注意到了这一点。相对于顾况等中唐乐府诗先驱者而言，他们更具有转折意义——此后，元白新乐府在乐府体式上的七言歌行体的规定性，已基本确立于张王乐府。另外，张王乐府中已有不少是“寓意古题，刺美见事”“即事名篇，无复倚傍”（元稹《古题乐府序》）。如《董逃行》，原写“董卓作乱，卒以逃亡”“乐府奏之以为儆诫焉”（《乐府诗集》卷三十四引崔豹《古今注》），张籍却以古刺今，写兵燹给百姓造成的巨大灾难。又如《朱鹭》，“汉曲盖因饰鼓以（朱）鹭而名曲焉”（《乐府诗集》卷十六），而张籍则以之比喻无所逃隐、终被豪家网抓的弱者。而《羁旅行》《求仙行》《节妇吟》《楚宫行》《山头鹿》《各东西》《湘江曲》《雀飞多》《牧童词》等，则是张籍有意自创新题。

在乐府语言上，张籍、王建以浅近俚俗为底色，以古质淡朴为风格，“略去葩藻，求取情实”（《诗薮》内编卷五），与元白乐府均以“道得人心中事”（张戒《岁寒堂诗话》）为工。例如，张籍那首有名的《节妇吟》：

> 君知妾有夫，赠妾双明珠。感君缠绵意，系在红罗襦。妾家高楼连苑起，良人执戟明光里。知君用心如日月，事夫誓拟同生死。还君明珠双泪垂，恨不相逢未嫁时。

借男女情爱写自己的政治态度，将人物在两美难全之际复杂微妙的心理活动展示出来，贴切传神。据统计，王建诗中用口语词有65例，仅次于白居易（178例）和元稹（78例），[①] 而王建诗的数量却远少于元白。在艺术表现手法上，王建较张籍更为丰富，平朴中往往有奇警，含巧思。有名的如《送衣曲》：“絮时厚厚绵纂纂，贵欲征人身上暖。愿身莫著裹尸归，愿妾不死长送衣。”《望夫石》：“山头日日风复雨，行人归来石应语。”而在具体诗句方面，张籍与白居易更多相似相近，如张《离妇》“为人莫作女，作女实难为”与白《太行路》“人生莫作妇人身，百年苦乐由他人”；张《野老歌》“苗疏税多不得食，输入官仓化为土”与白《重赋》“进入琼林库，岁久化为尘”；张《凉州词》“边将皆承主恩泽，无人解道取凉州”与白《西凉伎》“遗民肠断在凉州，将卒相看无意收”；张《贾客乐》“年年逐利西复东，姓名不在县籍中”与白《盐商妇》“婿作盐商十五年，不属州县属天子”。王安石《题张司业诗》很看重张籍乐府诗的语言艺术，他说：“苏州司业诗名老，乐府皆言妙入神。看似寻常最奇崛，成如容易却艰辛。”

王建的100首《宫词》，也值得一提。其中记载了不少唐代宫廷风俗和秘事，故流传极广，仿效者不绝，后代尊之为宫词之祖。

跟在张、王之后，因写《新题乐府二十篇》而为元、白再三称道的是

---

①见［日］盐见邦彦《唐诗口语の研究》，日本：中国书店1995年版，第123页。

李绅。李绅（772—846），字公垂，行二十。因身材短小，人称“短李”。不仅与白居易同年所生，而且同年所卒。郡望亳州谯县（今安徽亳县），祖籍长安，父辈移居常州无锡（今属江苏）。早年以歌行自负。贞元十七年（801）冬，李绅赴京应进士试，以古风《悯农》二首求知于吕温，诗云：

春种一粒粟，秋收万颗子。四海无闲田，农夫犹饿死。

锄禾日当午，汗滴禾下土。谁知盘中餐，粒粒皆辛苦。

吕温读后，谓李绅必为卿相。①《悯农》之作，短小精悍，妇孺皆知，其实是地道的新乐府。贞元二十年（804），李绅因元稹而识白居易，遂定交。白居易集中酬李绅之诗共21首。元和元年（806）李绅登进士第，元和四年（809），李绅作《新题乐府二十首》，为元稹《和李校书新题乐府十二首》、白居易《新乐府五十首》之先导，可惜已经佚失。赖元稹诗题及诗序，尚可推知其内容与元白之作相似相近。李绅有《追昔游诗》3卷、《杂诗》1卷传世，共136首。

二、其他白派诗人

上述张籍、王建、李绅三人，张为《诗人主客图》均未列入白派，其所列白派，上入室杨乘，诗作今仅存5首，实难仅凭这5首诗作，令后人对其“上入室”之品第心服口服。

白派入室中的张祜（792—854），字承吉，行三，小名冬瓜，贝州清河（今河北清河西）人，本贯南阳（今河南邓县）。早年寓居姑苏（今江苏苏州），元和、长庆年间，漫游大江南北及江南各地，曾经以诗投谒藩镇节帅李愿、李愬等，请求汲引。元和十五年（820），令狐楚表荐之，至京献诗300首，无成而归。长庆三年（823），赴杭州争为解元，受抑。会昌五年（845），往谒池州刺史杜牧，游宴唱和，甚为相得。会昌末大中初，经楚州北游河阳、滑州等地。归丹阳，卒。承吉工诗，元和中，即以

①见〔唐〕范摅《云溪友议》。《北梦琐言》卷二以“锄禾日当午”一首为聂夷中所作。《赵守俨文存·“锄禾日当午”作者为谁》谓此诗为聂夷中所作的可能性更大（中华书局1998年版，第191页），但并无实证。

宫体小诗得名，是中晚唐诗坛上一位很有个性的诗人，同辈令狐楚、杜牧，后辈皮日休、陆龟蒙等诗人均极钦重，甚至连以武功著称的徐州节度使王智兴都知道张祜乃“海内名士”（康骈《剧谈录》卷上），可见其声名和影响。有宋蜀刻本《张承吉文集》10卷行世，较《全唐诗》所编2卷本多150多首。综合考察张祜与元稹、白居易的交往和他个人的诗歌创作，可以看出，他与元白诗派有离有合。就交往而言，离多于合。就诗歌创作而言，尽管可自成一家，但在其浮艳与讽谏之篇并存、古题乐府和新乐府颇具元白新乐府精神、诗作中不乏浅近流丽的律绝（晚年尤多）这三点上，与元白诗派合多于离。其位居白派入室弟子之席，还是有相当资格的。① 他的宫词与游览之作均有名篇。《宫词二首》（其一）：“故国三千里，深宫二十年。一声何满子，双泪落君前。”抒写宫女惨痛的内心世界，言简怨深，震撼人心，故传诵极广。七绝《题金陵驿（渡）》：“金陵津渡小山楼，一宿行人自可愁。潮落夜江斜月里，两三星火是瓜州。”在斜月夜江的朦胧背景下，点染出远方的两三星火，以清迥景色烘托旅愁。首尾用地名呼应，亦自然工巧。

白派另一入室羊士谔（762—822），实际上属白居易的前辈。从开启元白诗派的诗风方面看，羊士谔是先行者。正因为是先行者，所以有着一定的过渡性，其个性面貌还不很突出。而且客观地讲，羊士谔今存的101首诗大都意境平平，即使是那些抒写贬宦寂寥心境之作，也很难触动人心。他的《郡中即事三首》（其二）：“红衣落尽暗香残，叶上秋光白露寒。越女含情已无限，莫教长袖倚阑干。”以荷花凋残写越女伤秋，寄寓诗人的迟暮和远谪之感，在他的诗中，算是比较含蓄婉曲的了。

被张为列入白派升堂中的卢仝、沈亚之，综合交游和创作，当更接近韩孟诗派。至于升堂中的顾况（727—816），是白派诗人中年辈最长的，祖籍润州丹阳（今属江苏），里居苏州海盐（今属浙江）。至德二载（757）登进士第。今存顾况诗4卷203题239首中，乐府诗共80首，以33%的比例占有绝对优势。其中既有“稍有盛唐风骨处”（《诗人玉屑》卷二引《沧浪诗评》）的古题乐府，亦有“词句清绝”（李肇《唐国史补》卷中）、富有民歌风味的乐府新曲，而其最为擅长的则是歌行乐府。首先，在选材上，以《囝》为代表的《上古之什补亡训传十三章》，揭露社会问

①详见陈才智《张祜与元白诗派的离合》，《文学遗产》2005年第5期。

题、同情民生疾苦，上承汉乐府，下启新乐府，是其重视“风雅”“声教”主张的具体反映。在具体题材上，其对新乐府创作亦存在启发之可能，如早年“上阳宫女”主题的创作之于张籍《洛阳行》，王建《行宫词》，李绅、元稹、白居易《上阳白发人》；《行路难》（之三）之于白居易《新乐府·海漫漫》，谓之先奏并无不可。其次，在乐府诗体上，顾况乐府多选择七言歌行或杂言歌行，以“歌”为题者有31首之多（未计“挽歌”）。其对歌行乐府的偏爱，也是唐代乐府与歌行合流趋势的一种反映。另外，在这些歌行乐府中，使用三七、三三七、三三三七句式起首者几占半数。这是作为吴中诗派代表的顾况，受吴中俗体诗影响的主要表现之一。因而，张籍、王建、元稹、白居易、李绅之新乐府在乐府诗体上同样的选择，既可以说是“改进当时民间流行之歌谣”，与“变文俗曲殊多三三七句之体”有着血缘关系，① 同时亦不妨说，是受到吴中俗体诗的影响，或者说是直接地受到了顾况的启发。再次，在乐府体制上，对后继的新乐府创作有启迪之可能。如白居易《新乐府》五十首“首句标其目”和“卒章显其志”的笔法，均可溯源至顾况。前者显，可以其《上古之什补亡训传十三章》为例；后者隐，可以其《宜城放琴客歌》《露青竹杖歌》为例。最后，在乐府语言上，其古题乐府承继着汉乐府朴质浅近的传统，歌行乐府和乐府新曲则在当代吴楚民歌的影响下，常以俚俗的口语和方言入诗，例如《短歌行》其一：“边城路，今人犁田昔人墓。岸上沙，昔日江水今人家。”其二：“我欲升天天隔霄，我欲渡水水无桥。我欲上山山路险，我欲汲井井泉遥。”《杜秀才画立走水牛歌》：“八十老婆拍手笑，妒他织女嫁牵牛。”等等。这既影响了元白诗派的新乐府，也开启了元白体以语言平易为风格特征的先声。就歌行乐府而言，又有藉双声、叠字或重复等多种艺术手法显露出的技巧美。胡应麟《诗薮》内编卷四所谓“顾况乐府……整齐闳亮，稍协前规”，反映着他毕竟是文人的一面。这一特征的影响，当然也不局限于新乐府，对元白长庆体来说，也是逗其先声。

顾况的诗歌也有刻意追求怪奇的一面，如《郑女弹筝歌》《华山西冈游赠隐玄叟》《露青竹杖歌》等作，对韩孟诗派也有影响。他的五言、六言、七言绝句，构思巧妙，风格多样，颇惹人喜爱，如：

---

①陈寅恪：《元白诗笺证稿》，上海古籍出版社1982年版，第121页。

板桥人渡泉声，茅檐日午鸡鸣。莫嗔焙茶烟暗，却喜晒谷天晴。(《过山农家》)①

采莲溪上女，舟小怯摇风。惊起鸳鸯宿，水云撩乱红。(《溪上》)

前一首写山村农家风俗，后一首写水乡采莲女子，都朴实而又有情趣，富于生活气息，堪称佳作。

至于白派及门之费冠卿、皇甫松、殷尧藩、施肩吾、周元范、祝元膺、徐凝、朱可名、陈标、童翰卿，或存诗数量相对不多，或地位影响相对不大，详情可参见陈才智《元白诗派研究》一书。

①《全唐诗》一作张继，题为《山家》，周义敢断为顾况诗，见其《张继诗考辨》，《中国古典文学论丛》第3辑，人民文学出版社1985年版；《张继诗注》，上海古籍出版社1987年版，第46页。

第八章　中唐别派

在韩孟和元白两派诗人之外，刘禹锡和柳宗元是中唐诗坛自成一家、各树一帜的重要诗人。胡应麟《诗薮》外编卷四谓：“元和而后，诗道浸晚，而人才故自横绝一时。若昌黎之鸿伟，柳州之精工，梦得之雄奇，乐天之浩博，皆大家才具也。”刘、柳二人，虽不像韩孟和元白两派那样就诗歌创作提出明确的改革或创新的主张，但他们有深厚的艺术素养，又有贬谪生活的深刻体验，故而在扩展和加深古典诗歌内在意蕴方面取得特别的成绩，深化、丰富、提高了贬谪主题的诗歌创作。

以李冶、薛涛和鱼玄机为代表的中唐女诗人，是唐诗创作队伍中值得重视的力量。作为封建社会的一类弱者，女性诗人对社会有独特的视角，对人生有深细的体味。她们的作品，是全面认识古代各时期文学、社会心理、审美趋向不可或缺的宝贵财富。

第一节　“诗豪”刘禹锡

刘禹锡（772—842），字梦得，自称中山（今河北定州）人。① 其实他“少为江南客”（刘禹锡《金陵五题序》），青少年时期是在江南度过的。他是匈奴族后裔，七世祖刘亮随魏孝文帝迁洛阳，始改汉姓，后代迁居荥阳（今属河南）。父刘绪因避安史之乱，举族东迁，寓居苏州嘉兴（今属浙江）。刘禹锡就出生在嘉兴，19 岁左右游学长安。“贞元中，三忝

①一说彭城（今江苏徐州）人，皆指郡望。

科第”（刘禹锡《夔州刺史谢上表》）——贞元九年（793）登进士第，次年中博学宏词科，又次年再登吏部取士科，授弘文馆校书郎，由此踏上仕途。贞元十六年（800）入淮南节度使杜佑幕府，任掌书记，参与讨伐徐州乱军。十八年调任渭南（今属陕西）县主簿。十九年，入为监察御史，与韩愈、柳宗元同官，韩愈说：“同官尽才俊，偏善柳与刘。”（《赴江陵途中寄赠王二十补阙李十一拾遗李二十六员外翰林三学士》）贞元二十一年（805，当年八月改元永贞）一月，唐德宗死，顺宗即位，刘禹锡和柳宗元以极高的政治热情参加以王伾、王叔文为首的革新集团，刘禹锡任屯田员外郎，柳宗元任礼部员外郎，号“二王、刘、柳”。在短短四五个月当政的时间里，他们推行一系列改革措施，使政局为之一新。但就在是年八月，以宦官为首的保守势力联合反击，革新运动惨遭失败，顺宗被迫让位于太子李纯，即宪宗。九月，王叔文被贬，当时34岁的刘禹锡初被贬为连州（今广东连县）刺史，行至江陵，再被贬朗州（今湖南常德）司马。9年后，即元和九年（814）十二月，刘禹锡被召还京都，不久又被发落到连州去做刺史。长庆二年（822）起为夔州（今重庆奉节）刺史，四年秋，改和州（今安徽和县）刺史。宝历二年（826）冬，刘禹锡从和州奉召回到洛阳。大和元年（827），任主客郎中分司东都。大和二年（828）回到长安，先后任主客郎中、集贤直学士、礼部郎中。此后又曾出任苏州（今属江苏）、汝州（今河南临汝）、同州（今陕西大荔）刺史。开成元年（836），迁太子宾客分司东都，世称“刘宾客”。会昌元年（841），加检校礼部尚书衔。会昌二年（842）秋天，因病卒于洛阳。有《刘梦得文集》，存诗800多首。

刘禹锡自幼聪明好学，而且“少年负志气，信道不从时”（刘禹锡《学阮公体三首》其一）。早年随父寓居嘉兴，常去吴兴拜访诗僧皎然和灵澈，据其《澈上人文集纪》自述，当时他“方以两髦执笔砚，陪其吟咏，皆曰孺子可教”。皎然《诗式》论诗主张精心锤炼之后复归自然，重视诗歌意蕴深远而气韵朗畅高扬的境界。灵澈则“心冥空无而迹寄文字，故语甚夷易，如不出常境，而诸生思虑终不可至……知其心不待境静而静”，经常“拂方袍，坐轻舟，溯沿镜中，静得佳句，然后深入空寂，万虑洗然”（权德舆《送灵澈上人庐山回归沃州序》）。他们的诗歌主张对刘禹锡影响很深。刘禹锡曾说：“片言可以明百意，坐驰可以役万景。……诗者，其文章之蕴耶？义得而言丧，故微而难能；境生于象外，故精而寡和。”

（《董氏武陵集纪》）“能离欲则方寸地虚，虚而万景入；入必有所泄，乃形于词。……因定而得境，故翛然以清；由慧而遣词，故粹然以丽。”（《秋日过鸿举法师寺院便送归江陵诗引》）也就是说，创作主体应当由“定”（排除杂念的观照）而得境（坐驰而役万景），由“慧”（冥想中获得灵感）而遣词（片言以明百意），这样写出来的诗，才更能容纳丰富的内涵，构筑出“生于象外”的深远意境。刘禹锡是这样说的，也是这样做的。他的诗，大多自然流畅、简练爽利，同时具有一种超旷开阔的时间感和空间感。像名句“莫道桑榆晚，为霞尚满天”（《酬乐天咏老见示》），“在人虽晚达，于树似冬青”（《赠乐天》），“芳林新叶催陈叶，流水前波让后波”（《乐天见示伤微之敦诗晦叔三君子皆有深分因成是诗以寄》），“沉舟侧畔千帆过，病树前头万木春”（《酬乐天扬州初逢席上见赠》），“自古逢秋悲寂寥，我言秋日胜春朝”（《秋词》），都是对宇宙与自然、历史与人生进行沉思之后的一种深刻感悟。这种感悟以形象出现在诗里，不仅有开阔的视界，而且有一种超时空的跨度，显示出历史、现实、未来的一种交融，富于哲理意味。

刘禹锡成就突出的诗歌有三类：

（一）咏史怀古诗

刘禹锡是唐代写咏史怀古诗最早也是最优秀的诗人。他经历过重大的政治斗争，因此对于关涉政治的历史兴衰和变化，有独到的见解。他结合自身的遭遇，联系中唐的各种社会矛盾，写了40多首咏史怀古诗。这类诗歌的特点是纯用律绝的形式，以简洁的文字、精练的意象，表达阅尽沧桑后的沉思，蕴含着诗人源于苦难而又沉潜凝聚的悲情感慨，例如著名的《西塞山怀古》：

> 王濬楼船下益州，金陵王气黯然收。千寻铁锁沉江底，一片降幡出石头。人世几回伤往事，山形依旧枕寒流。今逢四海为家日，故垒萧萧芦荻秋。

前半追怀西晋灭吴的历史旧事，后半抒发山川之险不足恃的感慨，表达对国家统一的歌颂。中唐时期，藩镇势力强大，拥兵自重，称霸一方，严重威胁着国家的和平统一。因而这首诗针对现实的意义是比较明显的。作者巧妙地将自己的议论融于情景的描写之中，尤其难得的是：一、充溢全诗那悲凉而雄深、沉重而坚韧的精神气脉，读来令人感慨遥深。二、剪裁得宜。前四句只就一事铺写，“楼船”二字极雄壮，“收”字极惨淡，一开一合，一气贯注，苍劲而流利。第五句只以“几回”二字括过六代，第六句一笔折到西塞山，简练而奇横。结尾将无数衰飒字样，扣回当今四海为家，于极感慨中却极壮丽。真是“似议非议，有论无论，笔著纸上，神来天际，气魄法律，无不精到，洵是此老一生杰作”①。据说，此诗原是刘禹锡与白居易、元稹等四人论南朝兴废之事的同题竞赛之作，刘诗先成，白览刘诗之后，说：“四人探骊，吾子先获其珠，所馀鳞甲何用?”于是罢唱。但取刘诗吟味竟日，沉醉而散。②

再看同负盛名的《金陵怀古》：

> 潮满冶城渚，日斜征虏亭。蔡洲新草绿，幕府旧烟青。兴废由人事，山川空地形。后庭花一曲，幽怨不堪听。

清人李重华《贞一斋诗说》云：“咏史诗不必凿凿指事实。”③ 这首诗即是。前两联不囿于追怀一朝一帝、一事一物，只点出与六朝与金陵有关的名胜古迹，以暗示千古兴亡之所由；后两联则通过议论和感慨借古讽今，揭示出全诗主旨，即天险不足恃，兴亡在人事，亦即社稷之存“在德不在险”（《史记·吴起列传》）。王安石《金陵怀古四首》其二“天兵南下此桥江，敌国当时指顾降。山水雄豪空复在，君王神武自无双”，即由此联化出。杜牧《泊秦淮》“商女不知亡国恨，隔江犹唱后庭花”，李商隐《隋宫》“地下若逢陈后主，岂宜重问后庭花”，则脱胎于该诗尾联，可见其影响。

《金陵五题》中的《石头城》《乌衣巷》也堪称绝唱：

> 山围故国周遭在，潮打空城寂寞回。淮水东边旧时月，夜深还过女墙来。（《石头城》）

---

①〔清〕薛雪：《一瓢诗话》。

②〔后蜀〕何光远：《鉴诫录》卷七“四公会”。

③丁福保辑：《清诗话》，上海古籍出版社1999年版，第930页。

朱雀桥边野草花，乌衣巷口夕阳斜。旧时王谢堂前燕，飞入寻常百姓家。(《乌衣巷》)

都是借描写金陵六朝遗迹抒发人世兴亡之感，熔铸着诗人故国萧条、繁华不再的感伤情怀，也含蓄地流露出一丝对现实的隐忧。清人吴乔《围炉诗话》卷三云“古人咏史，但叙事而不出己意，则史也，非诗也；出己意，发议论，而斧凿铮铮，又落宋人之病”，杜牧诗则“用意隐然，最为得体”。[①] 这两首诗深得其中三昧，寓意于夜潮、淮月、野草、斜阳、燕子等景物意象中，意在有无之间，婉曲含蓄。金陵怀古后来成为咏史诗的一个专题，在国运衰微时，更成为关心时事的诗人词客常取的题材，这不能不说是刘禹锡对开拓诗歌题材的一大贡献。

（二）政治讽刺诗

这类诗歌多采用比兴手法，或托讽禽鸟，或寄情草木，都表现了对权贵们的讽刺和蔑视，抒发革新失败后的满腔激愤和不妥协的斗争精神，往往寓意深刻，辛辣犀利。最有名的就是以下两首：

紫陌红尘拂面来，无人不道看花回。玄都观里桃千树，尽是刘郎去后栽。(《元和十一年自朗州召至京，戏赠看花诸君子》)

百亩庭中半是苔，桃花净尽菜花开。种桃道士归何处？前度刘郎今又来。(《再游玄都观》)

前一首是刘禹锡被贬10年之后，从朗州司马任上被召回长安时所作。表面上是描写人们去玄都观看桃花的情景，骨子里却是讽刺当时权贵的。千树桃花，无疑就是10年以来由于投机取巧而在政治上愈来愈得意的新贵，而看花的人，则是影射那些趋炎附势、攀高结贵之徒。此诗一出，引起执政者不悦，刘禹锡再度被贬往辽远的连州。此后过了14年，才又被召回长安任职。这时，皇帝由宪宗、穆宗、敬宗至文宗，换了四个，而刘禹锡锐气不减，又写了带有挑战意味的《再游玄都观》。诗序云：“余贞元二十一年为屯田员外郎时，此观未有花。是岁出牧连州，寻贬朗州司马，居十年，

①郭绍虞编选、富寿荪校点：《清诗话续编》，上海古籍出版社1999年版，第558页。

召至京师。人人皆言，有道士手植仙桃满观，如红霞，遂有前篇，以志一时之事。旋又出牧。今十有四年，复为主客郎中，重游玄都观，荡然无复一树，惟兔葵、燕麦动摇于春风耳。因再题二十八字，以俟后游。时大和二年三月。”讽刺比前一首更辛辣，态度也比前一首更倔强。其不屈，其乐观，其顽强斗志，其铮铮硬骨，都令人赞叹。

刘禹锡对时政的讽刺，又往往通过咏物诗表现出来，同样具有寓意深刻、辞调老辣的特点。例如《飞鸢操》《聚蚊谣》，通过对飞鸢（老鹰）、飞蚊形象的描绘，揭露保守的当权人物对革新派的迫害和他们的丑恶面目，抨击当时政治的黑暗。比喻贴切，风格明快，还表达出一种开朗、乐观的精神。如《飞鸢操》最后说：“鹰隼仪形蝼蚁心，虽能戾天何足贵!”《聚蚊谣》则说：“我躯七尺尔如芒，我孤尔众能我伤……清商一来秋日晓，羞尔微形饲丹鸟。”对营营群丑表示了极大的轻蔑。

（三）民歌体小诗

皎然、灵澈等人生活在民歌兴盛的吴地。民歌率直自然、活泼朴素，他们曾汲取民歌的艺术营养来写诗，这无疑对刘禹锡有一定影响。刘禹锡居朗州九年，夔州二年，楚水巴山一带渔歌山歌流行，对他的创作产生很大的影响。他向民歌学习，写了许多民歌体的小诗。这类小诗活泼清新，自然流畅，既保留了民歌爽朗的情调、和谐的节奏与比兴谐音等手法，又比民歌更凝练婉转，词采华美。如《竹枝词》就是吸收、融会了民歌的优美之处创造出来的具有新风格的诗：

> 杨柳青青江水平，闻郎岸上踏歌声。东边日出西边雨，道是无晴却有晴。

> 山桃红花满上头，蜀江春水拍山流。花红易衰似郎意，水流无限似侬愁。

前一首运用民歌情歌谐音双关语的表现手法，以晴雨的“晴”暗指感情的“情”，表现出恋爱中的少女微妙复杂的心理，意境清新含蓄，声调婉转动人。后一首先写“红花”“春水”，再用“花红易衰”比喻少女怕情郎变心，用“水流无限”比喻她的烦忧，先兴后比，兴中有比，比中有兴，明朗而含蓄，清新又自然。后来李煜的名句“问君能有几多愁，恰似一江春水向东流”，似是从“水流无限似侬愁”变化而来。刘禹锡的这类民歌体小诗，由于形式生动活泼，音节响亮和谐，在当时就广泛传播，并对后世产生了较大的影响。在这些拟民歌的诗里，有些题目取之于乐曲名，后来就变成词牌的名称，如《纥那曲》《浪淘沙》，而长短句如《潇湘神》，实际上已是词的滥觞。

刘禹锡的成就是多方面的。除了以上三类诗歌之外，他的山水诗也颇有特色，改变了大历、贞元诗人襟幅狭小、气象萧瑟的风格，显出虚实相生、视野开阔的景象，如“水底远山云似雪，桥边平岸草如烟”（《和牛相公游南庄醉后寓言戏赠乐天兼见示》），“野草芳菲红锦地，游丝缭乱碧罗天”（《春日书怀寄东洛白二十二杨八二庶子》），“步步相携不觉难，九层云外倚栏杆。忽然语笑半天上，无限游人举眼看”（《同乐天登栖灵寺塔》）。再如《望洞庭》：

> 湖光秋月两相和，潭面无风镜未磨。遥望洞庭山水翠，白银盘里一青螺。

在静谧空灵的山光水色中融入诗人的主观情感，构成了一种恬静平和的意境。比喻清奇新警，体现出诗人纳须弥于芥子的气魄。

从诗体上看，刘禹锡的近体诗约占全部诗歌的五分之四，其中七绝170多首，七律180多首，最为后人推崇。清代翁方纲《石洲诗话》卷二认为，中唐诗只有刘禹锡和李益两家的七绝堪与盛唐方驾。胡应麟《诗薮》外编卷四则说：“七言律以才藻论……晚唐无出中山（刘禹锡）。”举《酬乐天扬州初逢席上见赠》为例：

> 巴山楚水凄凉地，二十三年弃置身。怀旧空吟闻笛赋，到乡翻似烂柯人。沉舟侧畔千帆过，病树前头万木春。今日听君歌一曲，暂凭杯酒长精神。

这是宝历二年（826）罢和州刺史还京，途经扬州，对白居易《醉赠刘二十八使君》的回赠之作。白诗云：“为我引杯添酒饮，与君把箸击盘歌。诗称国手徒为尔，命压人头不奈何。举眼风光长寂寞，满朝官职独蹉跎。亦知合被才名折，二十三年折太多。”刘的酬答诗接过白诗的话头，既抒写出那一特定环境中的感情，又蕴含着贬官20多年后回乡的深沉感叹。颈联突然振起，化沉郁为通达，变悲怨为乐观，写沉舟侧畔，千帆竞发；病树前头，万木争荣。在自然界的平凡现象中，暗示着社会人事新陈代谢的哲理。清人赵执信《谈龙录》推许此诗为“有道之言”，白居易《刘白唱和集解》更称赞这两句诗“神妙”“在在处处应有灵物护之”。这两句诗确实意象新奇壮丽，寓意深长，至今仍常常被人引用，并赋予它以新的意义，说明新事物必将取代旧事物的自然和社会发展规律。

刘禹锡是倡导革新的政治家，又擅长书法和音乐，还编有流传很广的医学著作《传信方》；另外，更堪称是博收广取的哲学家。他自云“事佛而佞”（《送僧元暠南遊序》），但《天论》三篇则具有朴素的唯物主义思想，并倡言“人之道在法制”。刘禹锡在哲学上达到了同时代诗人难以企及的高度，这种高度也使其诗歌富于深邃的哲理，显现出同时代诗人难以达到的高致。尤其是经历了政治和权力斗争的迫害，度过20多年的边地贬谪生涯之后，刘禹锡对政治和官场的黑暗丑恶有不同寻常的深刻认识，豁达的性格更赋予他以老辣的眼光。即使到晚年，他仍唱出意气豪迈的秋歌；不服老迈，唱出朝气蓬勃的暮歌；就像他从前不惧播迁，唱出正气凛然的壮歌。刘禹锡的诗经常透露出一派历经沧桑的清刚，洋溢着一股不屈不挠的豪气，白居易《刘白唱和集解》曾盛赞：“彭城刘梦得，诗豪者也。其锋森然，少敢当者。”洵为知音之论。

第二节　“逐客”柳宗元

柳宗元和比他大一岁的刘禹锡都是永贞革新中的主要人物，二人交情甚笃，才华相当，而且“二十年来万事同”（柳宗元《重别梦得》），一生大部分时间都是在穷僻荒远的贬所度过，政治理想和人生遭际的接近，奠定了他们诗风诗貌的共同基础。管世铭《读雪山房唐诗序例·七律凡例》称：“十子而降，多成一副面目，未免数见不鲜。至刘、柳出，乃复见诗人本色，观听为之一变。子厚骨耸，梦得气雄，元和之二豪也。”不过，刘禹锡不像柳宗元那么多愁善感，性格比柳宗元豪爽放达。刘禹锡晚年与白居易诗酒唱和，诗风较前期平易不少。从总体上相对而言，刘诗昂扬，柳诗沉重；刘诗外扩，柳诗内敛；刘诗气雄，柳诗骨峭；刘诗风情朗丽，柳诗淡泊简古。

柳宗元（773—819），字子厚。河东解县（今山西运城西南）人，世称“柳河东”。生于京城长安，自幼聪颖好学，在“乡闾家塾，考厉志业”（《与太学诸生喜诣阙留阳城司业书》），韩愈《柳子厚墓志铭》说他“少精敏，无不通达”。贞元九年（793）与刘禹锡同登进士第，贞元十四年（798）登博学鸿词科，授集贤殿正字。一度调为蓝田县尉。贞元十九年（803），他与刘禹锡一起调入京城，任监察御史里行，与韩愈、刘禹锡为同官。与刘禹锡一起参加了永贞革新。永贞元年（806）九月，革新失败后，柳宗元初贬邵州（今湖南新化）刺史，十一月加贬永州（今湖南零陵）司马。刘禹锡、韦执谊、韩泰、陈谏、韩晔、凌准、程异也同时谪降为偏远之地的州司马，史称“八司马”。永贞元年冬，柳宗元到达永州贬所。在永州历时十年的贬谪，是他生活和创作道路上具有特殊意义的时期。一方面，他从赫赫有名的朝官变成了孤独寂寞的逐客，除了二三老友还时时提到他，别的人几乎想都不会想到还有这么一位诗人！另一方面，由于对现实政治和人民生活的深入了解和观察，身受政敌的继续迫害，以及对贫困孤寂的亲身体验等，柳宗元的思想和创作有了很大的转变。唐宪宗元和十年（815）春，柳宗元等同时遭贬诸人奉诏回京，可是，“十年憔悴到秦京，谁料翻为岭外行”（《衡阳与梦得分路赠别》），三月，柳宗元又出为柳州（今属广西）刺史，世称“柳柳州”。六月，至柳州任所。官虽稍升，而地更僻远。柳宗元在这里兴利除弊，修整州容，发展生产，兴办学校，释放奴婢，政绩卓著。元和十四年（819），当唐宪宗下诏召回柳宗元的时候，他已因病与世长辞了，年仅47岁。当地居民哀悼他，在罗池建庙纪念。其《柳河东集》，最早是刘禹锡编辑的，今存诗138题164首。

柳宗元的诗，是贬谪者之歌，流放者之吟。他的诗几乎全部写于贬官永州和柳州的14年间，内容多抒发离乡去国的悲愤情思，谪居远地的抑郁感受。如著名的《登柳州城楼寄漳、汀、封、连四州刺史》：

城上高楼接大荒，海天愁思正茫茫。惊风乱飐芙蓉水，密雨斜侵薜荔墙。岭树重遮千里目，江流曲似九回肠。共来百越文身地，犹自音书滞一乡。

元和十年（815）夏，柳宗元初到柳州，写此诗寄赠给四位共患难而天各一方的朋友。首联起笔直写登楼远眺，海阔天长，愁思弥漫，有百感交集之感。颔联细写所见夏日柳州景物和当地气候，突出其风狂雨密、危势逼人的特征。颈联写远景，抒相望之勤、相思之苦，融情入景。这两联既是写实性的赋笔，又是象喻性的比兴，《唐诗别裁集》所谓“言在此而意不在此”。① 整首诗赋中有比，象中含兴，情景交融，沉郁激愤。“滞”，阻也，不得自由也，从反方向暗示了“回”，回乡的强烈愿望才是全诗隐蔽的焦点。

柳宗元是一个性格脆弱而敏感的人，失败的悲愤屈辱、被贬的凄苦怨艾，始终萦绕在他的心头，尽管他极力消解排遣，诗中还是摆脱不了浓重的伤怀情调。在他的诗中，动词以“思”“羁”“囚”，形容词以“寒”“幽”“孤”出现频率较高。其他诗中屡见的意象还有“残月”“枯桐”“深竹”“零露”等，这些意象大都具有凄冷意味和峭厉之感。在色彩选用上，柳宗元也偏重于青、翠、碧等冷色调。他的诗又别具清峭古淡的特色，如写永州萧瑟之秋的《南涧中题》：

> 秋气集南涧，独游亭午时。回风一萧瑟，林影久参差。始至若有得，稍深遂忘疲。羁禽响幽谷，寒藻舞沦漪。去国魂已游，怀人泪空垂。孤生易为感，失路少所宜。索寞竟何事？徘徊只自知。谁为后来者，当与此心期。

抒写诗人在南涧漫游时貌似自适实则落寞悲伤的心情，营造出一个砭人肌骨的清冷诗境。诗看似淡泊，但透过去一层看，淡泊中有悲凉。而当悲凉侵入心头不能自已时，那淡泊便消失了，只剩下一股悲愤之气。一旦激愤到了极点，他也会写出《笼鹰词》《行路难》这样借困在笼里的雄鹰和追日而死的夸父来比喻自己的悲壮诗歌。

柳宗元也写过一些反映农民疾苦的诗，如《田家三首》。不过，更富有个性魅力的，还是那些通过描写山水景物来抒发情感的诗作，如著名的《江雪》：

> 千山鸟飞绝，万径人踪灭。孤舟蓑笠翁，独钓寒江雪。

①〔清〕沈德潜：《唐诗别裁集》卷十五，上海古籍出版社1979年版，第488页。

在茫茫雪原中突出一个寒江独钓的老翁形象，诗人高怀绝世的人格，无所畏惧的孤傲，正通过这冷峭的诗境显露出来。苏轼称赞这首诗“殆天所赋，不可及也已”（《东坡题跋》卷二）。再看另一首《渔翁》：

渔翁夜傍西岩宿，晓汲清湘燃楚竹。烟销日出不见人，欸乃一声山水绿。回看天际下中流，岩上无心云相逐。

以清奇的语言，淡雅的色调，描绘出一幅优美的山水图，使人目睹湘江日出前后景色的变化，还使人看到一位日夜与青山绿水为伴、过着自由自在生活的渔翁形象。显然，这是诗人理想境界的化身。诗中写景富于变化，“烟销”一联格外出色，在“欸乃一声”的刹那间，山水才绿得那么清新可爱，表现出一种清寥得有几分神秘的境界。末句化用陶渊明“云无心以出岫”（《归去来兮辞》），表现出作者对自由自在生活的向往，神韵十足。

像这样情致深沉委婉、描绘细致简洁的小诗还有很多名篇，如：

破额山前碧玉流，骚人遥驻木兰舟。春风无限潇湘意，欲采苹花不自由。（《酬曹侍御过象县见寄》）

宦情羁思共凄凄，春半如秋意转迷。山城过雨百花尽，榕叶满庭莺乱啼。（《柳州二月榕叶落尽偶题》）

海畔尖山似剑铓，秋来处处割愁肠。若为化得身千亿，散向峰头望故乡。（《与浩初上人同看山寄京华亲故》）

这些诗，或比兴遥深，或情景交融，或譬喻奇特，都有幽深清远的意境，加之语言既精心锤炼又不显斧凿，意象既清丽朗洁又平凡朴素，所以都能给人以美的感受，历来为人们所传诵。

形成柳诗风格特色的原因很多，较为重要的是：第一，佛教僧侣的影响。柳宗元既尊儒，但又“自幼好佛，求其道，积三十年”（《送巽上人赴中丞叔父召序》），“知释氏之道且久”（《永州龙兴寺西轩记》）。贬官期间，他常与禅僧往来，接受了“乐山水而嗜闲安”、对一切都以“平常心”

对待的禅理(《送僧浩初序》)。佛禅思想的影响，反映在柳诗清冷幽寒的画面、空灵淡远的意境、景物人格化的表达、欲求解脱而不能的寂寞情怀等许多层面上。第二，自然山水的影响。柳宗元的诗歌大多写在贬官永州和柳州时期。他在这美丽又荒疏的自然山水中生活了十几年，在政治上遭受打击，心情压抑的情况下，更感到山水对心灵的安慰。富有南方风味的自然景象给柳宗元的诗增添了一种新颖奇丽的美感；同时，这些景象在柳宗元主观心理的投射下，呈现出柳诗所特有的意境。第三，楚辞的影响。柳宗元诗的艺术精神渊源于楚辞，光大了以楚辞为代表的南方文学传统，正如《唐诗别裁集》所说："柳州诗长于哀怨，得骚之馀意。"① 唐诗从开国起一直是中原文化精神占主导地位。安史之乱后，诗人们或因贬谪或因流寓，迁徙南地。吴越风光、荆楚神话民俗等南方文化因子逐渐渗透到他们的诗歌创作中。柳宗元因放逐而亲历南方独异的地理环境和文化传统，更因其个人命运遭际而对屈原的身世和作品产生强烈共鸣，所谓"投迹山水地，放情咏《离骚》"②，所作诗文也给人"柳州哀怨，骚人之苗裔，幽峭处亦近是"③ 的强烈印象。

柳宗元诗歌尽管数量不多，但兼备众体，风格独标，在诗歌史上的地位并不低。苏轼曾说："柳子厚诗在陶渊明下，韦苏州（应物）上。退之（韩愈）豪放奇险则过之，而温丽靖深不及也。所贵乎枯淡者，谓其外枯而中膏，似淡而实美，渊明、子厚之流是也。"（《评韩柳诗》）又说，柳宗元、韦应物的诗是"发纤秾于简古，寄至味于淡泊"（《书黄子思诗集后》)。《蔡百衲诗评》则评价说："柳子厚诗，雄深简淡，迥拔流俗，至味自高，直揖陶谢。"（南宋何汶《竹庄诗话》引）严羽《沧浪诗话·诗体》专门列有"柳子厚体""韦柳体"。其独特地位可见一斑。

第三节　李冶、薛涛、鱼玄机等女诗人

唐诗繁荣的重要标志之一就是诗歌创作队伍的广大和普及，现知唐诗

①〔清〕沈德潜：《唐诗别裁集》卷四，上海古籍出版社1979年版，第127页。

②〔唐〕柳宗元：《游南亭夜还叙志七十韵》。

③〔清〕乔亿：《剑溪说诗》卷一。

作者3600多人，遍布社会各个阶层，上到帝王嫔妃、文臣武将，下到渔人樵夫、宫女歌伎。其中各阶层的妇女是唐诗作者队伍中值得重视的力量。

初盛唐时，比较重要的女诗人有武则天和上官婉儿。她们都是宫廷中人，武则天身居最高统治地位长达半个世纪，还曾登基做了10多年皇帝。现存于《全唐诗》的武则天诗有47篇，绝大多数是为朝廷宴飨仪式所作的庙堂歌辞，形式雍容华贵，却内容空泛。唯相传唐太宗死后，她在感业寺为尼期间所作的《如意娘》："看朱成碧思纷纷，憔悴支离为忆君。不信比来长下泪，开箱验取石榴裙。"表现了渴望爱情幸福而又难以得到的内心苦闷，颇有真情实感。武则天对于唐代文学的贡献，主要不在于她自己的创作，而在于她以执政者地位提倡文学、鼓励创作。据载，她在游洛阳龙门时，命群臣赋诗，先成者赏锦袍。左史东方虬诗先成，获赏锦袍一件。但宋之问随后献诗，文理兼美，左右莫不称善，武则天遂夺东方虬之袍，改赐宋之问，并亲自给他穿上（《隋唐嘉话》卷下）。这类作法自然有助于形成唐人崇文重诗的一代风气。

上官婉儿是初唐创造"上官体"的著名诗人上官仪的孙女。上官仪因反武则天被杀，婉儿及其母被配入掖庭，遂成长于宫中。中宗时为婕妤，晋升昭容。她富于文学才能，"常劝（中宗）广置昭文学士，盛引当朝词学之臣，数赐游宴，赋诗唱和。婉儿每代帝及后、长宁、安乐二公主，数首并作，辞甚绮丽，时人咸讽诵之"（《旧唐书·后妃传上》）。朝士所作，也常由她来评判优劣，所以她在推挽当时崇尚诗文的社会风气方面，起了不小的作用。她在唐室的内部斗争中被杀。死后，唐玄宗李隆基命人为其编集诗文，得20卷，后散逸。今存上官诗，主要是靠武平一《景龙文馆记》所录。① 再为《唐诗纪事》卷三引录而传。景龙唱和诗，一般一人作一首，因此，《全唐诗》上官婉儿名下的题为《游长宁公主流杯池》的25首诗（凡三言2首、四言5首、五律6首、五绝9首、七绝3首），并非她一人所作。她版权并无异议的佳作，是《彩书怨》：

叶下洞庭初，思君万里馀。露浓香被冷，月落锦屏虚。欲奏江南曲，贪封蓟北书。书中无别意，惟怅久离居。

①见陶敏辑校《景龙文馆记·集贤注记》，中华书局2015年版，第139—140页。

这首诗以秀丽的笔触，表达了闺中女子的缠绵心曲，有清新俊爽之感。

盛、中唐之际能诗的妇女甚多。一类是宫女，身在深宫，过着形同幽囚的生涯，但她们渴盼过正常人世生活的愿望仍要顽强地表现出来。于是便出现了纩袍寄诗、红叶题诗之类的“佳话”。另一类是贵家妇女或士人之妻，从不同侧面反映她们的日常生活。如吉中孚之妻张氏所作《拜新月》，从一个特定角度抒发时光易逝、人生易老的感慨，令人联想到那个时代闺中妇女寂寞单调的生活，具有浓郁的诗意：

> 拜新月，拜月出堂前，暗魄初笼桂，虚弓未引弦；拜新月，拜月妆楼上，鸾镜始安台，蛾眉已相向；拜新月，拜月不胜情，庭花风露清；月临人自老，人望月长明。东家阿母亦拜月，一拜一悲声断绝。昔年拜月逞容辉，如今拜月双泪垂。回看众女拜新月，却忆红闺年少时。

中唐时代有名的女诗人是李冶、薛涛和鱼玄机。李冶（？—784），字季兰，幼聪慧，6 岁能诗，“专心翰墨，善弹琴，尤攻格律”（《唐才子传》）。早年居峡中，出家为女道士，后长期寓居江东，其活动地区以吴兴（今浙江湖州）为主。吴兴古称乌程，因此她被称为“乌程女道士”。作为女冠，她与道士陆羽、僧人皎然及诸多文人墨客多有酬唱交往。据传，她因诗名甚盛而曾被召入宫廷，受到皇帝礼遇，但最后竟也死于皇帝之手。唐德宗兴元元年（784），泾原兵乱，李冶恰在长安，有诗献乱首朱泚，乱平后被以附逆罪处死。

李冶诗才洋溢，词气雄放，风格浪漫潇洒，多须眉之豪气而鲜有脂粉味，诗人刘长卿对她十分倾倒，称她为“女中诗豪”（《唐诗纪事》卷七十八）。高仲武编《中兴间气集》，选录中唐诗作，李冶是入选的 26 位诗人中唯一的女性。而且她入选的诗作数量与戴叔伦、孟云卿相等，均为 6 首，仅次于当时负有盛名的钱起、郎士元、刘长卿、皇甫冉等，而远多于其他诸人。这也可见高仲武对她的赏识和时人对其诗的喜爱。可惜她的作品散失严重，今仅存 16 首。后人将她与薛涛二人的诗合编成一集。《四库全书总目提要》曰：“冶诗以五言擅长，如《寄校书七兄》诗、《送韩揆之江西》诗、《送阎二十六赴剡县》诗，置之大历十子之中不复可辨。”

李冶诗大都写得精巧别致，既有女性作者的流丽灵隽，又有难得的厚度力度。如《送韩揆之江西》写送别，从新的视角展现与友人离别时难以割舍的情景：

相看指杨柳，别恨转依依。万里西江水，孤舟何处归？湓城潮不到，夏口信应稀。唯有衡阳雁，年年来去飞。

古人送别，有折柳相送的习俗，许多文人写过以杨柳起兴的送别诗。李冶同样以杨柳起兴，却用丰富的联想，专在“别恨”上着笔。她把想象延伸到友人所去的远方，不是写别后友人之间的怀念和音书往来，而是写将来音信稀疏，只有大雁南来，从而将“别恨”表达得十分浓烈，手法曲折新颖，令人回味无穷。这样的构思，显然是因为她作为女冠，往往被当成游乐场里的过客，有过无数被人弃置的体验。

从《从萧叔子听弹琴赋得三峡流泉歌》，可见她充沛的激情、丰富的想象力和清新爽朗的辞华：

妾家本住巫山云，巫山流水常自闻。玉琴弹出转寥敻，直是当时梦里听。三峡迢迢几千里，一时流入幽闺里。巨石崩崖指下生，飞泉走浪弦中起。初疑愤怒含雷风，又似呜咽流不通。洄湍曲濑势将尽，时复滴沥平沙中。忆昔阮公为此曲，能令仲容听不足。一弹既罢复一弹，愿作流泉镇相续。

《相思怨》更将女子的相思之情表露得酣畅淋漓，动人心魄：

人道海水深，不抵相思半。海水尚有涯，相思渺无畔。携琴上高楼，楼虚月华满。弹著相思曲，弦肠一时断。

李冶擅长运用鲜明生动的比喻，如《偶居》：

心远浮云知不还，心云并在有无间。狂风何事相摇荡，吹向南山复北山。

诗人把心绪比作浮云：浮云漫漫，以喻心绪的繁杂；浮云似有似无，以喻心绪飘忽不定，思绪不断。再纵笔挥洒开去，写浮云被狂风吹向南山北山，把女性心态表现得空灵绝妙。又如《明月夜留别》：

> 离人无语月无声，明月有光人有情。别后相思人似月，云间水上到层城。

月光是天上地下无所不照的，比喻人之相思就像月光一样，可以穿云行水去到所思念的居所。“层城”指昆仑山的最高处，即天庭。用如此广照天地的月光来比喻情意绵绵的相思，这样的意象真是匪夷所思，前无古人。

李冶诗有些深蕴哲理，例如著名的六言诗《八至》：

> 至近至远东西，至深至浅清溪。至高至明日月，至亲至疏夫妻。

雅而不奥，俗而不浅，从老成历练的生活经验中，看透了封建礼教所美化的夫妇关系，极有见地。因此，锺惺在《名媛诗归》中评曰“字字至理，第四句犹是至情”。

李冶诗中的荡漾情思和爽朗笔致，体现出她丰富的才情和洒脱的个性。即使仅从现存的16首诗作看，她也不愧“女中诗豪”之称，正如高仲武《中兴间气集》所称：“形气既雄，诗意亦荡，自鲍昭（照）以下，罕有其伦。”

尽管《四库全书总目提要》说：“唐女子工诗者多，然无出李冶之上者。”但是，稍迟于李冶而在当时诗坛更为著名的女诗人，还应提到薛涛与鱼玄机。薛涛（770—832），字洪度，长安（今陕西西安）人，性辨慧，娴翰墨。其父仕宦蜀中，薛涛亦随往，父亡，遂流寓不归，后被召令侍酒赋诗，因入乐籍为歌伎。武元衡镇守蜀地时，曾奏请朝廷授为秘书省校书郎，虽实未授职，但时人以“女校书”称之。后脱乐籍，居成都浣花溪，仍与诸镇蜀大僚，如韦皋、高崇文、武元衡、段文昌、李德裕等往来，并与诗人白居易、元稹、刘禹锡、王建等唱和。她的诗才很得时人欣赏。王建《寄蜀中薛涛校书》赞她：“扫眉才子知多少，管领春风总不如。”元稹《寄赠薛涛》称她：“言语巧偷鹦鹉舌，文章分得凤凰毛。”李肇《国史补》云：“乐妓而工篇什者，成都薛涛，文之妖也。”晚唐张为作《诗人主客图》梳理唐诗流派门户，确立诗人间的承继关系和各自地位，图中仅有的一位女诗人就是薛涛，她被列为“清奇雅正主”李益的“升堂”者七人之一，与方干、马戴、贾岛、项斯等并列。后人对其诗也多有好评。她的诗集《锦江集》，原有5卷，相传有500首，可惜早已失传，今仅存1卷。今人张篷舟《薛涛诗笺》收有91首，是目前最完备的辑本。

薛涛的诗歌，按内容大致可分为两类，一类为酬唱赠答之作，其中上蜀帅者有十几首，虽意在颂扬，却不带媚气，如《贼平后上高相公》：“惊看天地白荒荒，瞥见青山旧夕阳。始信大威能照映，由来日月借生光。”为颂扬西川节度使高崇文讨平刘辟之乱而作，全无阿谀逢迎之感，只觉“开口自然挺正，而有光融拓落之气”（锺惺《名媛诗归》）。再如《上王尚书》：“碧玉双幢白玉郎，初辞天帝下扶桑。手持云篆题新榜，十万人家春日长。”说王尚书（即王播，曾为成都尹、剑南西川节度使）辞别帝都，在华美仪仗的簇拥下，浩浩荡荡来蜀任职，相信在他的治理下，蜀川会富强安康，百姓会安居乐业，如春日之久长。全诗“逸而动，绝不带媚气”（锺惺《名媛诗归》）。在这类上蜀帅的诗中，特别值得一提的是五绝《罚赴边有怀上韦令公二首》：

黠虏犹违命，烽烟直北愁。却教严谴妾，不敢向松州。

闻道边城苦，今来到始知。羞将门下曲，唱与陇头儿。

前一首突出边地的军事形势，暗示战士们在与强大的敌人浴血奋战，用乐妓的“不敢”来反衬。后一首不仅写出边地军民之苦，而且写了作者思想认识的转变。她不愿把为贵族华筵所唱的“筵上曲”唱与征戍边城的将士。这里“羞”字用得绝妙，“有讽谕而不露，得诗人之妙”①。这两首诗“如边城画角，别是一番哀怨”（锺惺《名媛诗归》）。清代诗人张怀泗在《薛涛吟楼》诗中说：“边庭一曲寻常句，无数征人泪满衣。”恰当地道出这两首绝句的艺术感染力。

薛涛诗的另一类是抒情、咏物、写景之作，往往语浅情深，调婉神秀，例如《春望词》：

---

①〔明〕杨慎：《升庵诗话》卷十四，《历代诗话续编》，中华书局1983年版，第914页。

花开不同赏，花落不同悲。欲问相思处，花开花落时。

以凄婉的笔调，写相思之情，“若率然读去，但知其幽恨，不知其怅叹”（锺惺《名媛诗归》）。而《柳絮》诗：“二月杨花轻复微，春风摇荡惹人衣。他家本是无情物，一向南飞又北飞”，正是女诗人当时命运的写照。“‘他家’‘一向’本是俗语，灵心映带，便觉飘洒不尽”（锺惺《名媛诗归》），薛涛就是这样用浅近俗语抒写出真情实意。

她的咏物诗摹写细腻，形象鲜明，例如咏《金灯花》：“阑边不见蘘蘘叶，砌下惟翻艳艳丛。细视欲将何物比，晓霞初叠赤城宫。”颇觉娇红满眼。她还注意到物理人情互相关切，如《蝉》“声声似相接，各在一枝栖”，从貌似自立的孤独中，写出了爱情的失意。《池上双鸟》：“双栖绿池上，朝去暮飞还。更忆将雏日，同心莲叶间。”从双鸟的恩爱，反衬对爱情的向往。《秋泉》：“冷色初澄一带烟，幽声遥泻十丝弦。长来枕上牵情思，不使愁人半夜眠。”这些诗歌皆细心体贴物理，具有无限的情思。

她的写景诗大都不作繁饰，略为勾勒，便远水近山，尽收笔底。例如《题竹郎庙》：

竹郎庙前多古木，夕阳沉沉山更绿。何处江村有笛声？声声尽是迎郎曲。

竹郎庙，是古时西南少数民族所祀竹郎之神庙。前两句写夕阳沉沉，古木森森之景，从大处着眼，粗笔勾勒，“‘更绿’二字，在沉沉中想象出来，不必映带古木，已复深杳”（锺惺《名媛诗归》）；后两句写情，借悠扬笛声表达人们对“竹郎”的喜爱。诗的意境轻灵隽秀，清幽柔美。

其他写景诗如《斛石山书事》《赋凌云寺》等，或朗旷，或缥缈，或幽秀，虽粗线条勾勒，但情景都不肤浅。《海棠溪》《采莲舟》《菱荇沼》等写溪头小景，又显得妍秀绝伦。

薛涛的送别之作，也是以浅语写深情，其中尤以《送友人》最为著名：

水国蒹葭夜有霜，月寒山色共苍苍。谁言千里自今夕，离梦杳如关塞长。

前两句写别浦晚景。蒹葭与山色“共苍苍”的景色，令人凛然生寒。句中还暗用《诗经·秦风·蒹葭》的诗意，表达友人远去、思而不见的怀恋情绪。人隔千里，自今夕始。友人赴边，再见自然不易，除非相遇梦中，但梦魂杳杳，难以度越漫长的关路。短幅之中，有无限蕴藉。

薛涛最擅长七言绝句。再看一首《筹边楼》：

平临云鸟八窗秋，壮压西川四十州。诸将莫贪羌族马，最高层处见边头！

筹边楼，在四川成都西郊，是大和四年（830）李德裕任剑南西川节度使时所建。在他任内，收复过被吐蕃占据的维州城，西川地方一直很安定。大和六年（832）十一月，李德裕调任离蜀，此后边疆纠纷又起。薛涛有感于时事，写了这首诗。开头两句写出楼之崇高和天旷气清的情景。次句着一“壮”字，点明筹边楼据西川首府形胜之地。诗人百感交集的今昔之叹，也都包蕴于其中。后两句写出将军们目光短浅，贪婪掠夺，招来了与羌族的战争，而他们又没有抗御能力，以至连这西川的首府成都，都受到战争的威胁。诗人抚时感事，忧思深远，寓严正谴责于沉痛感叹之中，正如锺惺《名媛诗归》所言：“教诫诸将，何等心眼。洪度岂直女子哉，固一代之雄也！”薛涛能够写出这样一首关切时政、沉郁顿挫之作，堪称唐代女诗人之冠。

如果说薛涛在诗歌的题材、意境、气格诸方面均有突破男女界限的表现，那么，比她年代稍晚的鱼玄机，却是一位女性色彩十足的诗人。鱼玄机（约844—868），字幼微，一字蕙兰，长安（今陕西西安）人。初为补阙李亿之妾，不为正室夫人所容，出家为女道士。唐代女道士的生活，与官宦姬妾或士人妻室相比，有一定程度的自由。鱼玄机入道后，并未恪守清规，闭门苦修，而是仍然与当时众多诗人、作家交往，关系密切的有温庭筠、李郢等。后因笞杀女僮绿翘而下狱抵死。后人辑有《唐女郎鱼玄机诗》1卷，《全唐诗》编诗1卷。①

鱼玄机“性聪慧，好读书，尤工韵调，情致繁缛”（《唐才子传》）。入道后，既于普通女子所期待的夫妇之乐无望，她便把生命寄托在吟咏文

①彭志宪、张燚撰有《唐代女诗人鱼玄机诗编年译注》（新疆大学出版社1995年版）。

字、展露才情上。她的诗构思精巧，颇见功夫。从现存的50首诗作来看，意象多纤巧工琢，如莺语、残梦、香须、湿嘴、嫩菊、夕烟、香桂等，充满女性色彩。她所用的意象都经过精心修饰，出于女子之细腻巧思，体现了女性的敏感，以及对客观世界细致入微的观察。如果说李冶诗像写意画，以大笔勾勒，只求神似，那么鱼玄机诗就是工笔画，细致入微。玄机诗语言绮丽、情致繁缛，如“宝匣镜昏蝉鬓乱，博山炉暖麝烟微”（《和人》），“鸳鸯帐下香犹暖，鹦鹉笼中语未休。朝露缀花如脸恨，晚风欹柳似眉愁”（《和新及第悼亡诗》），连用“鸳鸯”“鹦鹉”，并缀以“朝露缀花”“晚风欹柳”等华丽意象，如同镂金错彩，极尽雕饰之能事。这种风格，应是受到与之交往颇深的温庭筠的影响。

鱼玄机同时也是一个充满自信、敢爱敢恨、情怀炽热而狂放的女子。她对封建制度下的男女不平等颇为不满，自恃文才，不把那些及第进士放在眼中，面对新进士题名榜，她赋诗《游崇真观南楼睹新及第题名处》云：

> 云峰满目放春晴，历历银钩指下生。自恨罗衣掩诗句，举头空羡榜中名。

这首咏怀诗中既有郁愤和无奈，也显示了抗争与呐喊，《唐才子传》称赞说：“观其意激切，使为一男子，必有用之才。”

她性格多情而敢于追求，大胆与所爱的男子来往，曾写有《迎李近仁员外》这样热烈的情诗：

> 今日喜时闻喜鹊，昨宵灯下拜灯花。焚香出户迎潘岳，不羡牵牛织女家。

格调欢快，出语自然，感情奔涌，一气流贯。对心上人的偶然到来，表现出难以言喻的喜悦和甜蜜。李近仁在咸通年间任汝州刺史，此前他在京城任员外郎时与鱼玄机相识。玄机以为从此不会“蕙兰销歇”了，但是李近仁对她就像对待那些烟花女子一样，一段热烈的欢娱后便将她丢在一边，“惆怅春风楚江暮，鸳鸯一只失群飞”（《送别》）。锺惺《名媛诗归》鸣不平道：“如此而犹遭弃斥，吾不知其尚有心胸否也？红颜薄命，为之深慨！”

鱼玄机此类情诗被视为“淫荡”①，其实她在诗中诉说的，是封建时代女子追求情爱的心声，只是别人不敢或不会如此形诸诗歌语言，而她却坦然直率地写了出来。例如“易求无价宝，难得有心郎。枕上潜垂泪，花间暗断肠”（《寄李亿员外》），“自惭不及鸳鸯侣，犹得双双近钓矶”（《闻李端公垂钓回寄赠》），“画舸春眠朝未足，梦为蝴蝶也寻花”（《江行》），都是很能表现妇女的内心活动，又易引起共鸣的诗句。

鱼玄机诗题材广泛，不乏佳篇好句，如《浣纱庙》咏吴越争霸中的西施，以范蠡、伍子胥作陪衬，颔联云“一双笑靥才回面，十万精兵尽倒戈”，蕴含着对男性世界的讥嘲，但语意隽永，含蓄有味，不像花蕊夫人《述亡国诗》“十四万人齐解甲，宁无一个是男儿”那样直白。此外，如“翠色连荒岸，烟姿入远楼。影铺秋水面，花落钓矶头”（《赋得江边柳》），“蓬山雨洒千峰小，嶰谷风吹万叶秋”（《和友人次韵》），都是情景交融、凝练精粹、音韵和谐的好句。

唐代能诗的女子不少，但是像鱼玄机这样给人留下深刻印象的委实不多。《唐才子传》说：“时京师诸宫宇女郎，皆清俊济楚，簪星曳月，惟以吟咏自遣，玄机杰出，多见酬酢云。”明人锺惺《名媛诗归》评价说：“玄机盖才媛中之诗圣也。”近代学者梁乙真更称誉鱼玄机是唐代第一流女诗人。② 平心而论，说鱼玄机是仅次于薛涛的唐代杰出女诗人，应当是恰如其分的。

---

①〔明〕胡震亨：《唐音癸签》卷八。

②梁乙真：《中国妇女文学史纲》，《民国丛书》第2编第60种，上海书店1990年版，第226页。

第九章　晚唐诗坛

对晚唐诗坛的态度，宋代以来多以骨力不振、气韵衰飒等负面评价为基调。实际上，晚唐诗绝非强弩之末，正如灿烂瑰奇的满天馀霞，是唐诗家族中风姿最为多样的收官之笔。叶燮《原诗·外篇下》将其与盛唐作比，称："夫天有四时，四时有春秋……盛唐之诗，春花也。桃李之浓华，牡丹芍药之妍艳，其品华美贵重，略无寒瘦俭薄之态，固足美之也。晚唐之诗，秋花也，江上之芙蓉，篱边之丛菊，极幽绝晚香之韵，可不为美乎?"可见，晚唐诗独具异质，与其他时段的诗歌相比，有时代之别，而无高下之分。

晚唐诗坛，群体众多，派别林立。区分原则，需要综合考虑诗歌风格、诗人身世与际遇的分殊，地域上的差异，以及彼此的人事与诗歌交游。自唐末以来，人们就试图对晚唐流派分布进行整体性的描述，今天看来，真正代表晚唐诗风的应首推杜牧和李商隐。

第一节　倜傥的诗才杜牧

杜牧（803—853），字牧之，京兆万年（今陕西西安）人。从小受到很好的家庭教育。祖父是中唐政治家、史学家杜佑。大和二年（828）进士及第，又制策登科，授弘文馆校书郎，试左武卫兵曹参军。秉性耿介，不屑于逢迎权贵，所以长期在江西、宣歙、淮南诸节度使幕中做幕僚，仕途很不得意。开成三年（838）才内迁为京官。武宗会昌年间，受宰相李德裕排挤，出为黄州、池州、睦州等地刺史。李德裕失势，杜牧才内调为司勋员外郎。官终中书舍人。有《樊川文集》。

杜牧不仅才气纵横，抱负远大，而且刚直有奇节。他继承了祖父杜佑的经世致用之学，属意经济，敢论列大事，尤其喜好论政谈兵，注意研究“治乱兴亡之迹，财赋兵甲之事，地形之险易远近，古人之长短得失”（《上李中丞书》），很想建功立业，有一番作为。他曾写过《罪言》《原十六卫》《战论》《守论》《论相》等有关政治、军事的论文，还注过《孙子》十三篇，并多次引古论今地给当政者写信，议论政治、军事方略，如《上李司徒相公论用兵书》《上李太尉论北边事启》等，用他自己的话说，就是“岂为妻子计，未去山林藏。平生五色线，愿补舜衣裳。弦歌教燕赵，兰芷浴河湟”（《郡斋独酌》）。他对自己人生道路的设计绝不仅仅是做一个能诗善文的书生，而是做一个治国平天下的英雄豪杰。可是，杜牧生活的时代正是唐代后期的多事之秋，就算他真有管仲、诸葛之才，恐怕也未必能把唐王朝这件千疮百孔的衣裳补好了，何况他在中进士后的10年时间里，大部分岁月都在幕府沉沦下僚。因此，他时常又感到失望，44岁在池州刺史任上，还发出“为吏非循吏，论书读底书”（《春末题池州弄水亭》）的牢骚。

杜牧对元、白很不以为然，① 可他自己的作风，却颇有与元、白相类似的地方。他很想用世，“处士有常言，残虏为犬豕。常恨两手空，不得一马箠”（《送沈处士赴苏州李中丞招以诗赠行》），但有时又颇颓唐自放：“但为适性情，岂是藏鳞羽。一世一万朝，朝朝醉中去”（《雨中作》）。年轻时在淮南节度府做牛僧孺的掌书记，更是以落魄公子、风流文人的身份，流连于繁华之都扬州的酒市歌楼、风月之乡。所谓“落魄江湖载酒行，楚腰纤细掌中轻。十年一觉扬州梦，赢得青楼薄幸名”（《遣怀》）式的放浪形骸，所谓“嗜酒好睡，其癖已痼，往往闭户，便经旬日。吊庆参请，多亦废阙”（《上李中丞书》）式的懒散颓废，与他心中时时想参政治世的雄心壮志加在一起，正好完整地展现了诗人的双重人格。而这种矛盾

①开成二年，杜牧《唐故平卢军节度巡官陇西李府君墓志铭》云：“（李戡）尝曰：‘……尝痛自元和已来有元、白诗者，纤艳不逞，非庄士雅人，多为其所破坏。流于民间，疏于屏壁，子父女母，交口教授，淫言媟语，冬寒夏热，入人肌骨，不可除去。吾无位，不得用法以治之。’欲使后代知有发愤者，因集国朝已（以）来类于古诗，得若干首，编为三卷，目为《唐诗》，为序以导其志。”尽管只是转述，但如有异议，杜牧恐怕也不会缄默。

心理的表现，在白居易诗里常常可以看到。杜牧的《感怀诗一首》《冬至日寄小侄阿宜诗》《华清宫三十韵》《昔事文皇帝三十二韵》，更是逼肖元、白之作。

杜牧在文学上有着比较进步的见解，他主张“文以意为主，以气为辅，以辞彩章句为之兵卫”（《答庄充书》），强调把内容放在首要地位，指出形式是从属内容的，这与白居易早期的文学思想也是一致的。在自己的创作中，他也力图贯彻这种主张，即文章为时为事而作，不作无病呻吟。在《上知己文章启》中，他说：“伏以元和功德，凡人尽当咏歌纪叙之，故作《燕将录》；往年伐吊之道未甚得所，故作《罪言》；……宝历间大起宫室，广声色，故作《阿房宫赋》。”他的写作多是为了讽谏时弊，有着较强的现实意义。在诗歌创作上，杜牧自称“苦心为诗，本求高绝。不务奇丽，不涉习俗。不今不古，处于中间”（《献诗启》）。结合其诗歌创作看，杜牧追求的是一种情致高远、笔力劲拔的诗风。他不满当时诗坛的绮靡倾向，但自己亦多绮情柔思，故而其诗“于拗折峭健之中，有风华流美之致，气势豪宕而又情韵缠绵”①。忧国忧民的怀抱和伤春伤别的情思交织在杜牧诗中，融就了他独特的风格。

杜牧诗今存500馀首，其中有不少现实政治和社会生活题材，这些感时伤世的诗歌对当时的政局表达了忧愤的情绪，像《感怀诗一首》慨叹安史之乱以来藩镇割据、急征厚敛造成的民生憔悴，《郡斋独酌》有感于国家的内忧外患，抒发自己报国的愿望，都是这方面的力作。当时西北边境的一些州郡处在唐王朝和吐蕃国的争夺之中，杜牧不能忘怀久已为吐蕃所统治的河湟一带的人民，所以在《河湟》诗中表示了深深的怀念和感慨：

> 元载相公曾借箸，宪宗皇帝亦留神。旋见衣冠就东市，忽遗弓剑不西巡。牧羊驱马虽戎服，白发丹心尽汉臣。惟有凉州歌舞曲，流传天下乐闲人。

尽管河湟的人民还在戎服下面怀着系念祖国的丹心，但是，举国上下却以麻木不仁、醉生梦死的态度来听取从河湟凉州传来的歌舞。当回鹘于唐武宗会昌二年（842）秋天举兵南进时，杜牧忧念流散的边地人民，又以

①缪钺：《樊川诗集注·前言》，上海古籍出版社1978年版。

《早雁》为题，表达了沉重的哀伤之情：

> 金河秋半虏弦开，云外惊飞四散哀。仙掌月明孤影过，长门灯暗数声来。须知胡骑纷纷在，岂逐春风一一回。莫厌潇湘少人处，水多菰米岸莓苔。

这首诗运用托物比兴的手法，把逃避回鹘侵扰的边民比作惊飞四散的哀鸿。“仙掌”“长门”，并非泛泛的修词设色，“岂逐春风”也不仅仅是写鸿雁秋来春返的自然现象。诗人在抒发对仓皇南逃的边民的同情之际，隐含着对朝廷未能御侮安民的不满。

杜牧的怀古咏史诗更为有名，数量也很多，还有不少从总体看不属于怀古咏史的作品，也在即景抒情中注入了深沉的历史感慨。晚唐怀古咏史诗的数量大增，情调也与往时不同。初盛唐在怀古中常带有前瞻的意味，中唐怀古咏史诗常寄托着对国家中兴的希望，晚唐诗人则是用一切皆无法永驻的眼光，看待世事的盛衰推移，透露出难以掩饰的伤感情调。就杜牧而言，史学世家的遗风和对现实政治的关切，交会于他的心胸，既然没有机会像他祖父那样将能力施展于实际政务或历史著述，只好将深沉的历史感怀融于诗中。杜牧的怀古咏史诗，多数是抒写对于历史上繁荣昌盛局面消逝的伤悼情绪。一些登临咏怀之作，别人写来多是流连山水，描摹自然，而杜牧写来，却常常融合了对自然、社会、历史的感触，总有一种怀古伤今的忧患意识，例如：

> 长空澹澹孤鸟没，万古销沉向此中。看取汉家何事业，五陵无树起秋风。（《登乐游原》）

> 千秋佳节名空在，承露丝囊世已无。唯有紫苔偏称意，年年因雨上金铺。（《过勤政楼》）

前一首感叹盛大煊赫的西汉王朝，只剩下荒陵残冢。后一首写唐玄宗时代作为盛世标志的勤政楼，被遗忘冷落，独任苔藓滋蔓。两首诗虽然一汉一唐，但抒发的都是对于现实衰颓已经无可挽回的感触。杜牧的这种感触经常还有盛衰兴亡不可抗拒的哲理意味，如《题宣州开元寺水阁阁下宛溪夹溪居人》：

> 六朝文物草连空，天淡云闲今古同。鸟去鸟来山色里，人歌人哭水声中。深秋帘幕千家雨，落日楼台一笛风。惆怅无因见范蠡，参差烟树五湖东。

伤悼六朝繁华消逝，同时又以“今古同”三字把今天也带入历史长河。“人歌人哭”，一代代人都消没在永恒的时间里，连范蠡的清尘也寂寞难寻了。留下的只有天淡云闲，草色连空。这正是对于盛衰推移、一切都无法长存的认同和感慨。此诗笔意超脱，一方面在广阔远大的时空背景下展开诗境，另一方面又以丽景写哀思，很能体现杜牧律诗含思悲凄、流丽感慨的特色。

杜牧的怀古咏史诗也有不少是借题发挥，表现自己的政治感慨与识见，如著名的《赤壁》：

> 折戟沉沙铁未销，自将磨洗认前朝。东风不与周郎便，铜雀春深锁二乔。

建安十三年（208），东吴联合刘备，抗拒曹操，发生赤壁大战。诗人评论这场战争胜负的原因，只选择了当时胜利者周瑜和赖以取胜的客观因素来写，把东风作为这次胜利的关键因素。而构思精妙之处还在于，从反面落笔：假如东风不给周郎提供方便，那么胜败双方就有可能易位，历史形势就会完全改观。诗人选择两个东吴著名美女将要遭受凌辱这一独特视角加以描绘，形象生动，诗意浓郁。而对周瑜的嘲讽，又暗含着阮籍登广武观楚汉战场时所发出的“世无英雄，使竖子成名”（《晋书·阮籍传》）的慨叹，倾吐出诗人生不逢时、怀才不遇的抑郁不平之气。此诗最能见出杜牧咏史绝句英气逼人、寓慨深长、韵味无穷的特色。

杜牧的咏史诗常有意标新立异，用翻案法，对历史事件或传统说法发表独创的议论，如《题乌江亭》：

> 胜败兵家事不期，包羞忍耻是男儿。江东子弟多才俊，卷土重来未可知。

“乌江亭”即现在安徽和县东北的乌江浦，旧传是项羽自刎之处。诗人批评项羽遭到挫折便灰心丧气，含羞自刎，算不上真正的“男儿”；并指出项羽如能面对现实，“包羞忍耻”，采纳忠言，重返江东，重整旗鼓，还可卷土重来。诗中包含着对项羽的惋惜、批判与讽刺，又表明一种“败不馁”的道理。借题发挥，议论新警。这种论史绝句的写法，颇为后世文人所仿效。

元和之后，白居易的《长恨歌》十分流行，杜牧有意创作《过华清宫绝句三首》，批判唐玄宗荒淫误国，巧妙总结历史教训，借以讽喻晚唐现实：

长安回望绣成堆，山顶千门次第开。一骑红尘妃子笑，无人知是荔枝来。

新丰绿树起黄埃，数骑渔阳探使回。霓裳一曲千峰上，舞破中原始下来。

万国笙歌醉太平，倚天楼殿月分明。云中乱拍禄山舞，风过重峦下笑声。

杜牧咏史诗善于选择最典型的事件加以形象的刻画，故而有较强的艺术感染力。上举3首诗的形象都很生动，诗人并未多作议论，而其爱憎之情却溢于言表。

杜牧面对着唐帝国国势日蹙的境况，又感到无力回天，常常产生忧伤的情绪，也写了一些感慨人生的诗歌，如“草色人情相与闲，是非名利有无间”（《洛阳长句》）、“尘世难逢开口笑，菊花须插满头归。但将酩酊酬佳节，不用登临叹落晖”（《九日齐山登高》）等。这些诗中既表现诗人洒脱无羁和看破红尘的高逸情致，又透露出诗人内心的忧伤痛苦。犹如那黄昏落日不可挽回，世事和人生都很难勉强，还不如在一时的良辰美景中沉醉，这正是哀中生喜。在《将赴吴兴登乐游原一绝》中，更能看出他复杂矛盾的心境：

清时有味是无能，闲爱孤云静爱僧。欲把一麾江海去，乐游原上望昭陵。

诗人胸怀大志，何尝甘于淡泊？当他自称以“无能”为“有味”，说要逍遥江海的同时，却又恋恋不舍地回望唐太宗的陵墓，遥想那辉煌的贞观盛世。当然，由于杜牧善于从历史上的盛衰兴亡中清醒地看待现实问题和个人遭遇，他的性格也比较豪爽开朗，所以诗中虽有颓唐的成分，从总的来看，却并不显得消极阴暗，相反，无论感慨往事、针砭现实，还是抒写怀抱、描摹自然，多能在忧郁中透出高朗爽健、意气风发、明丽俊逸的气格，这一点同刘禹锡颇为相似。

杜牧的诗，诸体皆备，形式多样。五言和七言诗都有佳作。五言绝句像《长安秋望》：“楼倚霜树外，镜天无一毫。南山与秋色，气势两相高。”意境高远，气势健举。七律、七绝则更为擅长。尤其是七绝，最为后人激赏和推崇。杜牧善于在短小的形式中表现一幅优美的画面，用精练的语言传达含蓄的情思，无论写景抒情，都清新自然，具有明丽俊爽的风格，例如：

千里莺啼绿映红，水村山郭酒旗风。南朝四百八十寺，多少楼台烟雨中。(《江南春》)

远上寒山石径斜，白云生处有人家。停车坐爱枫林晚，霜叶红于二月花。(《山行》)

烟笼寒水月笼沙，夜泊秦淮近酒家。商女不知亡国恨，隔江犹唱后庭花。(《泊秦淮》)

青山隐隐水迢迢，秋尽江南草未凋。二十四桥明月夜，玉人何处教吹箫。(《寄扬州韩绰判官》)

在写法上，有的描绘景物，鲜明如画；有的表达深曲，情思蕴藉；有的发议论而伴以情韵。在这些诗中所呈现的风调悠扬、意境优美的画面中，都包含着杜牧所特有的清丽俊爽的情调。有时也微有哀伤，如《泊秦淮》。不过，由于所描写的景色是那么绮丽、凄迷，所以哀愁也就像烟雨或暮霭那样，不致使人感到过于沉重，迷惘的景色与淡淡的哀愁取得了和谐的统一。

第二节　深婉的诗才李商隐

李商隐（812—858），字义山，号玉溪生，又号樊南生。原籍怀州河内（今河南沁阳），从祖父起，迁居郑州。父亲李嗣曾任获嘉县令。商隐3岁时，父亲受聘为浙东（后转浙西）观察使幕僚。他随父由获嘉至江浙度过童年时代。李家从商隐曾祖父起，父系中一连几代都过早病故。商隐10岁时父亲卒于幕府。孤儿寡母扶丧北回郑州，“四海无可归之地，九族无可倚之亲”（《祭裴氏姊文》），虽在故乡，却情同外来的逃荒者。或者正是由于家世的孤苦不幸，加之瘦羸文弱，形成他易于感伤的性格，但同时也促使他谋求通过科举，振兴家道，在“悬头苦学”中获得高度的文化艺术修养，锻炼了坚韧执着的追求精神。

文宗大和三年（829），李商隐谒令狐楚，受到赏识。令狐楚将他聘入幕府，亲自指点，教写今体文。楚子令狐绹又在开成二年（837）帮助他中进士。但就在这一年底，令狐楚病逝。李商隐于次年春入泾原节度使王茂元幕。王茂元爱商隐之才，将最小的女儿嫁给他。当时朋党斗争激烈，令狐父子为牛党要员，王茂元被视为亲近李党的武人。李商隐转依王茂元，在牛党眼里是“背恩”的行为，从此为令狐绹所不满。党人的成见，加以李商隐个性孤介，令他一直沉沦下僚，在朝廷仅任九品的秘书省校书郎、正字，和闲冷的六品太学博士，为时都很短。从大和三年踏入仕途，到大中十二年（858）去世，李商隐在30年中有20年辗转于各处幕府。东到兖州，北到泾州，南到桂林，西到梓州，远离家室，漂泊异地。他最后一次赴梓州做长达5年的幕职之前，妻子王氏不幸病故，子女寄居长安，更加重了其精神痛苦。时世、家世、身世，从各方面促成了李商隐易于感伤的、内向型的性格与心态。他所秉有的才情、他的悲剧性和内向型的性格，使他灵心善感，感情异常丰富细腻。国事家事、春去秋来、人情世态，以及与朋友、与异性的交往，均能引发他丰富的感情活动。“庾信生多感，杨朱死有情”（《送千牛李将军赴阙五十韵》），“多感”“有情”，及其所带有的悲剧色彩，在他的创作中表现得十分突出。

李商隐抒情之作中，最为杰出的是以无题为中心的爱情诗。这些诗在李诗中不占多数，却是其独特的艺术风貌的代表。他的爱情诗，情挚意真，深厚缠绵。如《无题》：

相见时难别亦难，东风无力百花残。春蚕到死丝方尽，蜡炬成灰泪始干。晓镜但愁云鬓改，夜吟应觉月光寒。蓬山此去无多路，青鸟殷勤为探看。

一开头就说尽离情别恨。颔联春蚕蜡炬，到死成灰，比喻中寓象征，至情至性，已经超越爱情而具有执着人生的永恒意义。颈联于细意体贴关注中见两心眷眷，两情依依。末联是近乎无望中的希望，更见情之深挚。他把爱情纯化、升华得如此明净而又缠绵悱恻，在古代诗歌中是罕见的，千百年来脍炙人口，不为无因。李商隐还写了“十四藏六亲，悬知犹未嫁”（《无题》），那种被“贮之幽房密寝”，无权过问自己婚事的怀春女子；写了“身无彩凤双飞翼，心有灵犀一点通”（《无题二首》其一），那种显然难得结合，却已经目成心许的爱情。这些描写，使传统诗歌对心灵世界的展现，达到了前所未有的细腻传神之境。

李商隐关心现实和国家命运，各类政治诗不下百首，在现存的约600首诗中，占了六分之一，比重相当高。著名长诗《行次西郊作一百韵》体势磅礴，既有唐王朝衰落历史过程的纵向追溯，亦有各种社会危机的横向解剖，构成长达百馀年的社会历史画面。文宗大和九年（835）冬，甘露事变发生，李商隐于次年写了《有感二首》《重有感》《曲江》等诗，抨击宦官篡权乱政，滥杀无辜，表现了对唐王朝命运的忧虑。

李商隐的咏史诗历来受到推重，而内容多针对封建统治者的淫奢昏愚进行讽慨。如《隋宫》：

紫泉宫殿锁烟霞，欲取芜城作帝家。玉玺不缘归日角，锦帆应是到天涯。于今腐草无萤火，终古垂杨有暮鸦。地下若逢陈后主，岂宜重问《后庭花》？

写隋炀帝的逸游和荒淫，从已然推想到未然，从生前预拟死后，在含蓄微婉的抒情中，寓深刻的思致，尖锐的讽刺。

唐代后期，许多皇帝不重求贤重求仙，希祈长生。李商隐一再予以冷嘲热讽。《贾生》：“宣室求贤访逐臣，贾生才调更无伦。可怜夜半虚前席，不问苍生问鬼神。”借宣室夜召贾谊一事加以发挥，表达了对于皇帝不识贤任能的不满。《瑶池》：“瑶池阿母绮窗开，黄竹歌声动地哀。八骏日行三万里，穆王何事不重来？”在传说的基础上虚构出西王母盼不到周穆王重来的场景，含意深长地说明求仙无益的道理，神仙也不能使遇仙者免于死亡。

安史之乱后，唐王朝由极盛走向衰败，李商隐对玄宗的失政特别感到痛心，讽刺也特别尖锐。如《马嵬》：

海外徒闻更九州，他生未卜此生休。空闻虎旅传宵柝，无复鸡人报晓筹。此日六军同驻马，当时七夕笑牵牛。如何四纪为天子，不及卢家有莫愁。

诗中每一联都包含鲜明的对照，再辅以虚字的抑扬，在冷讽的同时，寓有深沉的感慨。他的《龙池》诗更为尖锐地揭露玄宗霸占儿媳的丑行，对本朝皇帝毫不留情，不稍讳饰。

除政治诗外，李商隐诗集中的其他篇章，多半属于吟咏怀抱、感慨身世之作。其中一部分诗篇表现了他的用世精神。如“永忆江湖归白发，欲回天地入扁舟”（《安定城楼》），希望做一番扭转乾坤的大事业，然后归隐江湖。“贾生游刃极，作赋又论兵”（《城上》），借历史人物喻自己的才能抱负和追求。但无论怎样执着，生逢末世，现实总是不断让他感到抱负成虚。他在诗中抒写得更多的是人生感慨。“中路因循我所长，古来才命两相妨”（《有感》），写透古今怀才不遇、命薄运厄之慨。“春日在天涯，天涯日又斜。莺啼如有泪，为湿最高花”（《天涯》），伤春残日暮，与伤自身老大沉沦融成一体。这类诗在一己之伤感中，也带着时代黯淡没落的投影。

李商隐是唐代咏物诗大家，他的咏物诗大多托物寓慨，表现诗人的境遇命运、人生体验和精神意绪。如：“流莺漂荡复参差，度陌临流不自持。巧啭岂能无本意，良辰未必有佳期。风朝露夜阴晴里，万户千门开闭时。曾苦伤春不忍听，凤城何处有花枝？”（《流莺》）流莺漂荡流转，在长安无所依托，象征诗人飘零无依的身世。它的巧啭，虽蕴含着内心的愿望，但未必有美好的期遇。《流莺》慨叹不遇，还比较含蓄，《蝉》诗则出语愤激："五更疏欲断，一树碧无情。"这类诗对于周围环境和自身的描写，可以说传达了中晚唐士人的普遍感受。

李商隐诗歌在艺术上具有多方面成就。名篇如《有感二首》（五排）典重沉郁；《韩碑》（七古）雄健高古；《筹笔驿》（七律）笔势顿挫；《骄儿诗》（五古）类似人物写生；《鄠杜马上念汉书》（五律）具有古诗排奡之笔势；《偶成转韵七十二句赠四同舍》（七古）豪放健举中见感慨深沉，等等，都各具面貌，极见功力。但从诗史的演进角度看，他以近体律绝（主要是七律、七绝）写成的抒情诗，特别是无题诗，以及风格接近无题的《锦瑟》《重过圣女祠》《春雨》等篇，其艺术成就和创新意义，尤其值得重视。李商隐在文学史上的地位，在很大程度上取决于这类作品所产生的巨大而持久的影响。

李商隐之前，韩孟、元白两大诗派兴盛于中唐。到了晚唐，韩愈、白居易那一类诗歌的情感内容与士人的心态已逐渐隔膜，韩诗的怪奇而壮大、白诗的平易少含蓄的笔法，已不适用于表达纤细情感的需要。中唐后期，李贺的瑰丽诡谲，开启了晚唐重心灵、重自我的趋向。之后，诗歌创作中出现三种值得注意的走向：一、情爱和绮艳题材增长，齐梁声色又渐渐潜回唐代诗苑；二、追求细美幽约；三、重主观、重心灵世界的表现。三者从不同的侧面表现出来，又有其内在联系。情爱和丰富细致的心灵活动常常是相伴随的，而表现爱情和心灵世界又需要写得细美幽约。李商隐自是受这一走向推动，在表现包括爱情体验在内的心灵世界方面做了重大开拓，同时创造了"绮密瑰妍"（敖器之《诗评》）的诗美。

李商隐的抒情诗，情调幽美。他致力于情思意绪的体验、把握与再现，用以状其情绪的多是一些精美之物，表达上又采取幽微隐约、迂回曲折的方式。不仅无题诗的情感是多层次的，就连其他一些诗，也常常一重情思套着一重情思，表现得幽深窈渺，如《春雨》：

怅卧新春白袷衣，白门寥落意多违。红楼隔雨相望冷，珠箔飘灯独自归。远路应悲春晼晚，残宵犹得梦依稀。玉珰缄札何由达？万里云罗一雁飞。

为所爱者远去而“怅卧”“寥落”“意多违”的心境，是一层情思；进入寻访不遇，雨中独归的情景之中，又是一层情思；设想对方远路上的悲凄，是一层情思；回到梦醒后的环境中来，感慨梦境依稀，又是一层情思；然后是书信难达的惆怅。思绪往而复归，盘绕回旋。雨丝、灯影、珠箔等意象，美丽而又细薄迷蒙，加上情绪的暗淡迷惘，诗境遂显得凄美幽约。

李商隐不像一般诗人，把情感内容的强度、深度、广度、状态等，以可喻、可测、可比的方式，尽可能清晰地揭示出来。为了表现复杂矛盾甚至怅惘莫名的情绪，他善于把心灵中的朦胧图像，化为恍惚迷离的诗的意象。这些意象分明有某种象征意义，而究竟要象征什么，又难以猜测，由它们结构成诗，略去其中的逻辑关系的明确表述，遂形成如雾里看花的朦胧诗境，诗意缥缈难寻。如《锦瑟》：

> 锦瑟无端五十弦，一弦一柱思华年。庄生晓梦迷蝴蝶，望帝春心托杜鹃。沧海月明珠有泪，蓝田日暖玉生烟。此情可待成追忆，只是当时已惘然。

这首诗所呈现的，是一些似有而实无，虽实无而又分明以想可见的一个个意象：庄生梦蝶、杜鹃啼血、良玉生烟、沧海珠泪。这些意象所构成的不是一个有完整画面的境界，而是错综纠结于其间的怅惘、感伤、寂寞、向往、失望的情思，是弥漫着这些情思的心象。诗的境界超越时空限制，真与幻、古与今、心灵与外物之间也不再有界限存在。究竟写什么？只首尾两联隐约暗示是追忆华年所感，而传达所感的内容则是五个在逻辑上并无必然联系的象喻和用以贯串这五个象喻的迷惘感伤的情绪。喻体本身不同程度地带有朦胧的性质，而本体又未出现，诗就自然构成多层次的朦胧境界，难以确解。

李商隐诗的朦胧，与亲切可感的情思意象常常统一在一起。读者尽管难以明了《锦瑟》诗的思想内容，但那可供神游的诗境，却很容易在脑子里浮现。所以《锦瑟》虽号称难懂，却又家喻户晓，广为传诵。《重过圣女祠》中的名句“一春梦雨常飘瓦，尽日灵风不满旗”，写圣女“沦谪得归迟”的凄凉孤寂处境，境界幽缈朦胧，被认为“有不尽之意”（吕本中《紫薇诗话》）。荒山废祠，细雨如梦似幻，灵风似有而无，境界亲切可感，而那种似灵非灵，既带有朦胧希望又显得虚无缥缈的情思意蕴，往往更加引人遐想，而诗境也因此得到延广。

李商隐无题一类诗歌，境界和情思的朦胧，在内涵上也往往具有多义性。一篇《锦瑟》，聚讼纷纭。多种笺解，似皆有可通。所谓“味无穷而炙愈出，钻弥坚而酌不竭”，这种可供多方面体味和演绎的现象，表现出李商隐诗歌多义性的特点。

多义在中国古典诗歌中本来很常见，比兴、象征、用典、暗示，情在言外，旨冥句中，都可以造成多义。但一种多义是易解可解的，一种多义则难解、不可确解。李商隐属于后者。前者往往表现为在一些意象中带象征意义或在表层意义下掩藏着深层意义，虽然多义，多属外延的扩展、层次的加深。而李商隐的多义，往往是给读者提供多种解读的可能，构成解读上的复义。有些复义是比较接近的，有些则是差距很远的歧解。

李商隐诗的多义性与其意象的独特有一定联系。一般诗人所用意象，客观性较强，能让人以通常的方式去感知。义山诗的意象，则多富非现实的色彩，诸如珠泪、玉烟、蓬山、青鸟、彩凤、灵犀、碧城、瑶台、灵风、梦雨，等等，均难以指实。这类意象，被李商隐心灵化了，是多种体验的复合。它们的产生，主要不是取自外部世界，而是源于内心，内涵远较一般意象复杂多变。

李诗大量用典。典故由于内涵的浓缩性等原因，如果用得好，能在有限的字句中，包含丰富的、多层次的内容。李商隐又擅长对典故的内涵加以增殖改造，用典的方式也别开生面。他往往不用原典的事理，而着眼于原典所传达或所喻示的情思韵味。“庄生晓梦迷蝴蝶”，原典不过借以阐发万物原无差别的齐物我的思想而已，李商隐却抛开原典的哲理思索，由原典生发的人生如梦引入一层浓重的迷惘感伤情思。“望帝春心托杜鹃”，也由原典之悲哀意蕴而引入伤春的感怆，这些典故不是用以表达某种具体明确的意义，而是借以传递情绪感受。情绪感受所引发的联想和共鸣，可以是多种多样的。李商隐一生坎坷，对事物的矛盾和复杂性有充分的感受，结合他的体验和认识，常常把典事生发演化成与原故事相悖的势态，由正到反，正反对照，把人思想活动的角度和空间大大扩展了，如《嫦娥》：

云母屏风烛影深，长河渐落晓星沉。嫦娥应悔偷灵药，碧海青天夜夜心。

嫦娥吃了不死之药，得成月中仙子，本是常人羡慕之事。李商隐一生有许多高远的追求，但结果是流落不偶，处于孤独寂寞的境地。他学过道，也熟悉女道士修仙的寂寞生活，大约正是基于这些感受和见闻，他设想嫦娥会因为天上孤寂而后悔偷吃了灵药。注家对诗旨猜测纷纷，说明这一典故经过反用之后，那种高远清寂之境和永恒的寂寞感，沟通了不同类型人物某种近似的心理，从而使诗可以从不同角度加以解读。还有些典故，虽不是反用，但诗人作了别有会心的生发，如："梦泽悲风动白茅，楚王葬尽满城娇。未知歌舞能多少，虚减宫厨为细腰。"（《梦泽》）从"歌舞能多少"方面寻问减膳的效益，于是引发出"深慨宫中希宠美人的愚昧与麻木"等多种解说，以及"普天下揣摹逢世才人读此同声一哭"等联想，可见楚王爱细腰的典故通过生发，产生了多义性的效果。

李诗的多义性与诗中独特的意象组合也很有关系。诗人心理负荷沉重，精神内转，内心体验极其纤细敏感，当其心灵受到外界某些触动时，会有形形色色的心象若隐若现的浮现，发而为诗，其意象往往错综跳跃，不受现实生活中时空与因果顺序限制。这种意象转换跳跃所造成的省略和间隔，便有待读者通过艺术联想加以连贯和补充，如《无题》：

> 紫府仙人号宝灯，云浆未饮结成冰。如何雪月交光夜，更在瑶台十二层？

意象和句子之间的情绪性跳跃都很大。作叙事看，真乃匪夷所思，但处在迷茫失落之中，人的内心有可能出现类似的意乱情迷的心象与幻觉。作为心象，把前后变化联系起来看，云浆未饮，旋即成冰，是追求未遂的幻化之象。"如何"二句是与所追求的对象邈远难即之感，中间的跳跃变化，透露对方变幻莫测，难以追攀。这一切，不仅能够意会，而且可以是多种诱因（如爱情、交友、仕宦）导致的心事迷茫的感受。由于诗的产生，本身有多重诱因，加以读者面对意象的跳跃变化，又有各自的感受和艺术联想，因而在解读时往往会出现多义。

李商隐诗歌多义性更为根本的原因，在于把心灵世界作为表现对象，许多诗歌所写的不只是一时一事，乃是整个心境，而他的心境又非常复杂。对于政治的执着关注，使他的精神境界通之于人世、宇宙、历史和治乱兴衰等方面的探究，而在实际生活中，各方面的困扰又缠结于心。具体而言，没落的时世，衰败的家世，仕途上、爱情上的失意，令狐绹的不能谅解，妻子王氏的早逝，等等，都加重了他的心理负荷。种种情绪，互相牵连渗透，难辨难分。这种心理状态，被以繁复的意象表现出来的时候，便无法明确地用某时、某地、某事诠释清楚。《锦瑟》诗开头即点出“无端五十弦”，可见意绪纷纭。就其所表现的多层次的朦胧境界与浓重的怅惘、迷茫、感伤的情思看，绝非一时一事使其陷入那样一种心境之中。以某种具体事件解之，不免挂一漏万，顾此失彼。《锦瑟》如此，无题诗也有类似现象。诗人表现的是萦绕于心间的一种莫名的愁绪，其来龙去脉自己都未必完全明白，诗也就加不上合适的题目而只得以“无题”名之。其中多数篇章只能看作是以爱情体验为中心的整个心境的体现。如《无题四首》其一：

来是空言去绝踪，月斜楼上五更钟。梦为远别啼难唤，书被催成墨未浓。蜡照半笼金翡翠，麝熏微度绣芙蓉。刘郎已恨蓬山远，更隔蓬山一万重！

全篇写“梦为远别”醒来后思念对方的心境，但在那种殷切期待中只迎来“空言”和“绝踪”的失望，那种已隔蓬山，更复远离的间阻之感，李商隐在事业追求过程中和与朋友交往过程中，不都曾一次又一次地反复体验过吗？因此诗中所表现的那种交织着希望与失望的凄迷心境，也可能并非单纯由爱情失意所引起。

李商隐有些诗，虽有一时一事的触动，但着力处仍在于写心境，要表现的不是意思而是感觉，其内涵远远超出具体情事。《乐游原》：“向晚意不适，驱车登古原。夕阳无限好，只是近黄昏。”诗由登古原遥望夕阳触发，引起的是整个心灵的投注，百感茫茫，一时交集。诗中的情感，只有“意不适”三字可以概括，而不适之因由，及其内涵，则几乎是汇聚其毕生经历的感受和体验。

既然所表现的往往不限于具体情事，而是复杂的感情世界与多种人生体验；因而关于李商隐诗的种种歧解，便可能在更高的层次上融合。沟通众说中的合理成分，从诗境的多面性、多层次性着眼，或许更能接近原作。对于无题诗，一般读者可以不必根究其“本事”，而应通过把握其总体情感内涵，去领略其诗意与诗美。

通过诗歌语言潜在能力的发掘，比兴象征手法和典故的运用，李商隐不仅对心灵世界有深入表现，而且开拓出全新的艺术表现的领域：非逻辑的、跳跃的意象组合；朦胧情思与朦胧境界的创造；诗境的虚化。这些非写实的艺术表现手法，极大地扩充了诗的容量，留给读者以更大的联想空间，使得李商隐成为继李杜、韩白之后，再次为诗国开疆辟土的大家。

第三节　唐末诗坛

唐末诗坛，纷纭复杂。相比之下，初唐诗坛虽无大家，但诗艺变化的脉络集中；盛唐诗坛大家辈出，诗派分布线索清晰；中唐诗坛，因为有韩愈、白居易而分流别派，镇垒分明。而唐末诗坛，随着诗歌创作的普及，诗人数量激增，人事交游关系纷乱，诗学传承线索复杂，诗学的地域性发展刚刚初露端倪，概括唐末诗坛的创作，因此要相对困难一些。

唐末张为《诗人主客图》曾以“广大教化”“高古奥逸”“清奇雅正”“清奇僻苦”“博解宏拔”“瑰奇美丽”六派加以概括，涉及 84 位诗人。①宋初张洎《项斯诗集序》勾勒了源自张籍的一脉传承：“吴中张水部为律格诗，尤工于匠物，字清意远，不涉旧体，天下莫能窥其奥，惟朱庆馀一人亲受其旨，沿流而下，则有任蕃、陈标、章孝标、倪胜、司空图等咸及门焉。”② 明代杨慎《升庵诗话》卷十一在此基础上，提出“晚唐两诗派”：“晚唐之诗分为两派：一派学张籍，则朱庆馀、陈标、任藩、章孝标、司空图、项斯其人也；一派学贾岛，则李洞、姚合、方干、喻凫、周贺、九僧其人也，其间虽多，不越此二派。”这些见解各有自己的出发点，皆可参考。从诗体的角度看，唐末近体诗发达，古体则相对趋于衰落。从最能代表诗坛风貌的近体诗和乐府歌行看，诗坛存在四种主要的诗风。③

一、苦吟清浅

代表诗人是郑谷与司空图。他们接续姚合、贾岛的五律创作经验，形

---

①丁福保辑：《历代诗话续编》，中华书局 1983 年版，第 69—102 页。

②《全唐文》卷八百七十二。

③此据蒋寅主编《中国古代文学通论·隋唐五代卷》第四章“晚唐五代诗歌概述”，刘宁撰，辽宁人民出版社 2005 年版。

成以推敲锻炼追求含蓄意味的艺术追求，在题材内容上偏向清寂淡雅之景的刻画与闲适之情的抒发，呈现出清浅的风格。

司空图（837—908），字表圣，河中（今山西永济西）人，咸通十年（869）进士，官至知制诰、中书舍人，后隐居中条山。他的诗并不十分出色，大体上与郑谷相仿，吸收王维、韦应物及姚合、贾岛的一些特点，在语言的精致工巧之外，有一些清新自然的韵味，如他自夸的“绿树连村暗，黄花入麦稀”“棋声花院闭，幡影石坛高”等（见《与李生论诗书》）。在诗歌理论方面，他提出“味外之旨”“韵外之致”等，具有更为深远的影响。

郑谷（851？—910？），字守愚，袁州宜春（今属江西）人。幼颖悟绝伦，7岁能诗。光启三年（887）进士。乾宁四年（897）为都官郎中，诗家称“郑都官”。又尝赋鹧鸪，警绝，因称“郑鹧鸪”。他的诗清婉明白，不俚而切。其《予尝有雪景一绝》曾说：“属兴同吟咏，成功更琢磨。”齐己携诗卷谒，其《早梅》云：“前村深雪里，昨夜数枝开。”郑谷道：“数枝非早也，未若一枝佳。”齐己拜道：“我一字师也！”这个故事正可说明他对炼字琢句的重视。他的五言诗句如“极浦明残雨，长天急远鸿”（《夕阳》），“孤馆秋声树，寒江落照村”（《奔避》），“一径入寒竹，小桥穿野花”（《张谷田舍》）等，都经过细心锤炼而又清新易晓。他的七言诗，如《淮上与友人别》：“扬子江头杨柳春，杨花愁杀渡江人。数声风笛离亭晚，君向潇湘我向秦。”《柳》：“半烟半雨江桥畔，映杏映桃山路中。会得离人无限意，千丝万絮惹春风。”把意蕴融化在正面描述的境界之中，而不是用个别字眼来凸现，所以明白流贯，整体感很强。

二、清丽感伤

代表诗人是许浑。主要用力于七律，语言圆稳工丽，意境空灵飘逸，流露出萧瑟感伤的基调。

许浑（791？—854），字用晦。大和六年（832）进士，历任当涂令、太平令、监察御史、郢、睦二州刺史。今存诗400馀首，无一古体，风格“整密”，①“诗格清丽”“每首有一定章法，每句有一定字法，乃拗体中另自成律，不许凌乱下笔”。② 具体来讲，在词面的排偶方面，许浑“更专注

①〔明〕胡应麟：《诗薮》外编卷四，上海古籍出版社1979年版，第187页。

②〔清〕李重华：《贞一斋诗说》，《清诗话》，上海古籍出版社1978年版，第929页。

地推研词面，当骈俪处几乎无不偶对工整”“在对偶形式中使事、咏史、写景、状物、抒怀，大都熨帖匀称，工而能化，别具深心”；在声调方面，“谙于韵律，粘对得法，平仄合辙，并时作拗体，以击撞波折克服用韵过于圆熟顺滑的弊病，形成别具一格的‘丁卯句法’”①；在题材上，工于写水，名句如“水声东去市朝变，山势北来宫殿高”“远帆春水阔，高寺夕阳多”“湘潭云尽暮山出，巴蜀雪消春水来”“村径绕山松叶暗，野门临水稻花香”，等等，宋初人谓之“许浑千首湿”②。有关水的意象，为许浑作品创造了独特的意境，是构成其“诗格清丽”特色的重要一端。许浑怀古咏史诗在集中比重不大，却颇为出色。如：

一上高城万里愁，蒹葭杨柳似汀洲。溪云初起日沉阁，山雨欲来风满楼。鸟下绿芜秦苑夕，蝉鸣黄叶汉宫秋。行人莫问当年事，故国东来渭水流。(《咸阳城东楼》)

玉树歌残王气终，景阳兵合戍楼空。楸梧远近千官冢，禾黍高低六代宫。石燕拂云晴亦雨，江豚吹浪夜还风。英雄一去豪华尽，唯有青山似洛中。(《金陵怀古》)

立意新警、音调铿锵，超越眼前具体物事，表达对整个时代乃至悠悠千古历史变迁的空漠和感伤，可谓：“其今古废兴，山河陈迹，凄凉感慨之意，读之可以一唱三叹矣！”③

三、深婉绮艳

代表诗人是温庭筠、韦庄、韩偓。或以深入幽微的笔法，抒写艳情题材中深刻的情感体验，形成深婉的风格，或仅仅表现欢场中即兴的观感与体验，对内心世界的沉潜与品味则相对薄弱。

温庭筠（813？—870？），字飞卿，原名岐，太原祁（今山西祁县）人。唐初宰相温彦博裔孙。少时敏悟，才思迅捷，善音乐，能逐弦吹之音，为侧艳之词。性情倨傲，藐视权贵，故为执政者所恶。行为不检，和

①罗时进：《丁卯集笺证·前言》，中华书局2012年版，第12页。

②〔宋〕胡仔：《苕溪渔隐丛话》前集引《桐江诗话》。

③〔明〕高棅：《唐诗品汇》卷八十八，上海辞书出版社藏明汪宗尼校本。

一班贵族无赖子弟出入歌楼妓馆，赌博，纵酒，沉迷女色。终身未考取进士，曾东游吴越，南抵黔巫，西北至萧关、回中，行踪极广，见闻极多。虽和大官僚令狐绹、徐商等有交往，却长期不能进入仕途，晚年才做了方城尉和国子助教，后竟流落而终。但在当时诗名很盛，与李商隐并肩，人称“温李”。二人和段成式都以缛丽华美著称，三人又都排行十六，时人称为“三十六体”。不过，“温李”虽然并称于当时，但在艺术风格和题材选择上实有很大不同。① 李商隐写过许多讽刺帝王的咏史诗和少数反映民生疾苦的好诗，而温庭筠却很少接触这些方面的题材。李商隐的爱情诗往往能用华丽的辞藻构成生动优美的艺术形象，传达出真挚深刻的感情，很有艺术特色和独创的风格。温庭筠也写过许多追求异性和有关妇女生活的诗，但因为长期放荡于歌场舞榭，对于异性缺乏真挚情感，所以不免堆砌绮丽香艳的辞藻，来叙述灯红酒绿的生活，风格比较浮艳浅薄。温诗不只限于写情爱。他的近体诗情爱题材所占比重较小，往往格韵清拔，不同于其乐府诗的艳丽。其中不乏抒情寄愤、感慨深切之作，如《过陈琳墓》“词客有灵应识我，霸才无主始怜君”，抒写与陈琳异代同心之感，颇有英雄失路之慨。《经五丈原》《苏武庙》等，也历来传诵，能够见出放荡之外，温庭筠还有颇想有所作为的一面。他的诗还有些以山水、行旅为题材，写得清丽工细，如《商山早行》：

> 晨起动征铎，客行悲故乡。鸡声茅店月，人迹板桥霜。槲叶落山路，枳花明驿墙。因思杜陵梦，凫雁满回塘。

几笔淡墨，就勾勒出富有画意的山村秋天的早晨。颔联全用代表典型景物的名词组合，“状难写之景，如在目前”，而且突出了“早行”的特点，“见道路辛苦，羁旅愁思”②，颇得欧阳修的称赏。

韦庄（约836？—910），字端己，长安杜陵人，宰相韦见素之后。唐僖宗广明元年（880）黄巢起义军入长安时，他恰巧因应举关系居留长安。中和三年（883），在洛阳写了长篇叙事诗《秦妇吟》。后漂泊江南，晚年入四川，在割据一方的大军阀王建部下做官；唐亡，王建称帝，以韦庄为

---

①参见黄震云《谈温李齐名》，《社会科学（甘肃）》1983年第2期。

②〔宋〕欧阳修：《六一诗话》。

宰相。韦庄诗的格局和温庭筠比较接近，歌行及描写男女情事的律诗绝句辞藻比较艳丽，但其律诗与绝句的主体风格，还是像温庭筠一样，接近许浑、杜牧，刻画工细，善于创造意境，情韵悠扬，如《台城》：

江雨霏霏江草齐，六朝如梦鸟空啼。无情最是台城柳，依旧烟笼十里堤。

情致缠绵，语意清新，虽是吊古之作，却也渗入他自己的哀愁。霏霏的江雨、凄迷的烟柳和寂寞的啼鸟，造成凄凉的氛围，纡缓、低沉的旋律，引起读者的伤感，虽没有说出哀愁，却使人感到了哀愁。此外，《秋日早行》之“半山残月露华冷，一岸野风莲萼香”、《题盘豆驿水馆后轩》之“滩头鹭占清波立，原上人侵落照耕。去雁数行天际没，孤云一点净中生”等，也是极好的代表。韦庄生当乱世，其抒情诗中，伤时之作亦占有很大比重。对时代丧乱和社会问题的表现，较郑谷具体。如《汴堤行》：“欲上隋堤举步迟，隔云烽燧叫非时。才闻破虏将休马，又道征辽再出师。朝见西来为过客，暮看东去作浮尸。绿杨千里无飞鸟，日落空投旧店基。”虽似略带一点怀古的意味，实则描写了烽火连天、伤亡残破的现实图景。又如《闻再幸梁洋》：“才喜中原息战鼙，又闻天子幸巴西。”写战鼓刚刚住声，皇帝又因爆发新战争而再次出逃。针对这种无休无止的战乱，韦庄《悯耕者》中说得更痛切：“何代何王不战争，尽从离乱见清平。如今暴骨多于土，犹点乡兵作戍兵。”而最为人注意的，还是1700馀字的叙事长诗《秦妇吟》。此诗借在农民起义军中生活三年之久的一个女郎的口述，反映黄巢起义军进入长安后和“官军”反复争夺长安的战况。叙述生动，形象鲜明，布局、结构亦颇为精密。韦庄弟韦蔼《浣花集序》谓其：“流离漂泛，寓目缘情。子期怀旧之辞，王粲伤时之制。或离群轸虑，或反袂兴悲。”由于有这种身世和抑郁怀抱，韦庄诗能在通俗平易中见感慨深沉，非当时一般平浅成篇之作可比。

韩偓（842—923），字致尧，小字冬郎，号玉樵山人。京兆万年（今陕西西安）人。10岁时就能在筵会中即席赋诗，一座尽惊，博得姨父李商隐的赞叹，并酬诗两首，其中一首云：“十岁裁诗走马成，冷灰残烛动离情。桐花万里丹山路，雏凤清于老凤声。”① 走马裁诗，不但有才，而且敏捷。“雏凤声清”的典故，即源于此。龙纪元年（889）进士，曾任翰林学士承旨、中书舍人、兵部侍郎等职，极为唐昭宗所信任。历经乾宁、光化间宦官专权和藩镇之乱，对转变早年诗风影响甚大。因不附朱温被贬，携妻带子，间关万里入闽避难，卒于南安。唐亡后，诗只记干支，不记年号，以示不臣，可谓高风亮节之唐末忠臣，同时也是唐末颇有建树与影响的重要诗人，诚如《四库全书总目提要》所云：“性情既挚，风骨自遒，慷慨激昂，迥异当时靡靡之响。其在晚唐，亦可谓文笔之鸣凤矣。”存诗330馀篇，有《翰林集》《香奁集》。

韩偓早年诗作多写男女恋情，对花间词有一定的影响，严羽《沧浪诗话·诗体》称为“香奁体”。《香奁集》中的七律流露出取法李商隐的迹象，只是由于精神志趣的贫乏，描写不无庸俗肤浅，流于追欢一刻的艳情经历和风月场中的色相描写。尽管如此，在传情的细腻幽微方面还是做了不少探索，如《深院》之“深院下帘人昼寝，红蔷薇对碧芭蕉”、《已凉》之“八尺龙须方锦褥，已凉天气未寒时”等，善于借助环境，提炼有意味的画面，以含蓄之笔传达闺阁情绪、气氛和感受。而“绕廊倚柱堪惆怅，细雨轻寒花落时”（《绕廊》），“若是有情争不哭，夜来风雨葬西施”（《哭花》），则丽不伤雅，情浓意挚，虽写男女之情，但却颇有品位。不少诗作留意从女子口吻落笔，其中有矢口而出的盟誓，如《别绪》“此生终独宿，到死誓相寻”；有情不自禁的委身，如《意绪》“娇娆意绪不胜羞，愿倚郎肩永相著”；有执着的选择，如《不见》“此身愿作君家燕，秋社归时也不归”；有毫无扭捏之态的追求，如《偶见》“小叠红笺书恨字，与奴方便寄卿卿”。与男性的表现形成对比，正如《人间词话》所云：“非无淫词，读之者但觉其亲切动人，非无鄙词，但觉其精力弥满。”韩偓晚年在抄录这些《香奁集》之诗时，颇为动情而凄然泪下，赋《思录旧诗于卷上凄然有感因成一章》诗云：“缉缀小诗钞卷里，寻思闲事到心头。自吟自泣无人会，肠断蓬山第一流。”香奁诗对后世颇有影响，宋人陈允平、叶茵、释绍嵩、何应龙、谢无竞等均有《香奁体》，晚明王彦泓《疑雨集》，清人袁树《红豆村人诗稿》，亦刻意模仿《香奁集》。

---

①〔唐〕李商隐：《韩冬郎即席为诗相送，一座尽惊。他日余方追吟“连宵侍坐徘徊久”之句，有老成之风，因成二绝寄酬，兼呈畏之员外》，《李义山诗集》卷中。

韩偓后期作品，摆脱香艳色彩，多有忧国伤时、国亡追忆之作，表现了对人生命运、家国前途的反思，如《故都》《感事三十四韵》等诗，写朱温强迫昭宗迁都洛阳和废哀帝自立等一系列重大历史事件，堪称反映一代兴亡的诗史。“天涯烈士空垂涕，地下强魂必噬脐”（《故都》）、“郁郁空狂叫，微微几病癫”（《感事三十四韵》），哀感沉痛，在当时诗人中是很突出的。闻昭宗被害，韩偓以歌诗哭唐亡。其《惜花》诗云：“皱白离情高处切，腻红愁态静中深。眼随片片沿流去，恨满枝枝被雨淋。总得苔遮犹慰意，若教泥污更伤心。临轩一盏悲春酒，明日池塘是绿阴。”句句惜花，亦句句自惜，结尾讲繁花落尽，只馀绿叶存焉，故言“明日池塘是绿阴”。这种合身境、意境、物境为一的笔法，令人倍感沉痛。还有一些七律在反思中渗透着丰富沉郁的情感，通过跌宕的句式表达内心的波澜，如《半醉》（“水向东流竟不回”）、《寄隐者》（“烟郭云扃路不遥”），从风格到表现手法，都可以看到来自李商隐七律的影响。再如《有瞩》：

> 晚凉闲步向江亭，默默看书旋旋行。风转滞帆狂得势，潮来渚水寂无声。谁将覆辙询长策，愿把棼丝属老成。安石本怀经济意，何妨一起为苍生。①

江边闲步看书，忽见潮起风劲，猛然转动停滞于江中帆船，由此自然之变动景象而忽有所体悟：只要潮来风起，滞帆可猛然转动；欲改变乱亡沉沦之国势，亦犹如此，所缺者，风起潮来耳。由此振起后四句，一抒愿如谢安石为苍生而起之念头。

他的绝句也有佳篇，如《自沙县抵尤溪县值泉州军过后村落皆空因有一绝》：“水自潺湲日自斜，尽无鸡犬有鸣鸦。千村万落如寒食，不见人烟空见花。”将时代的动乱、处境的危难、情绪的凄苦融入写景状物中，不露主角，只用数虚字略一挑拨，而景状宛然，让人顿觉沉郁凄怆。

四、反思怨刺

代表诗人是罗隐、杜荀鹤。主要以咏史诗和讥弹时事之作，构成反思怨刺之风。

罗隐（833—909），字昭谏，自号江东生，杭州新城（今浙江富阳西

---

①陈才智：《韩偓诗全集》，崇文书局 2017 年版，第 102 页。

南）人。因为《谗书》讥刺时政，考了十次都没有考取进士。《唐才子传》说他："恃才忽睨，众颇憎忌。自以当得大用，而一第落落，传食诸侯，因人成事，深怨唐室。"这说明他的为人和遭遇，也说明他对现实不满的原因。晚年依吴越钱镠，任节度判官、著作佐郎、钱塘令等职。由于不满现实，他对于一些问题能够采取比较清醒的批判和揭发的态度，因而在思想上发出光彩。例如：

家国兴亡自有时，吴人何苦怨西施。西施若解倾吴国，越国亡来又是谁？（《西施》）

替西施写翻案文字，并不算新奇。但他不把亡国归罪于"女祸"，而觉得另有原因，并且认为封建王国也不是天命注定就不会灭亡的。当李唐王朝已经到处显露着覆亡征兆的时候，他不仅不像某些诗人那样为预感到亡国而悲哀，而能表现出这种思想，不能不说相当高明。相似主题的作品还有《帝幸蜀》："马嵬山色翠依依，又见銮舆幸蜀归。泉下阿蛮应有语，这回休更怨杨妃。"借为杨妃洗刷，冷嘲热讽，同时反映了唐僖宗在黄巢起义军的打击下逃亡蜀地的历史事件。另一首《感弄猴人赐朱绂》也是讽刺僖宗：

十二三年就试期，五湖烟月奈相违。何如买取胡孙弄，一笑君王便著绯？

黄巢起义军入长安时，唐僖宗走着玄宗的老路，逃到四川，随行伎艺人只有一个弄猴子的，那驯善的猴子能跟朝臣们一起上班，僖宗很喜欢它；就赐给弄猴人一件绯袍，称他为"孙供奉"。在唐代，绯袍是只有五品大官才能穿的，"供奉"是一种官衔。这对于考不上进士、在李唐王朝里弄不到一官半职的罗隐来说自然是很大的刺激，难怪要发出讽刺了。

罗隐不仅在应酬之作中常常表现出怀才不遇的感慨，就是登临、赠别之作也透露着对现实不满的愤懑，如《绵谷回寄蔡氏昆仲》："一年两度锦江游，前值东风后值秋。芳草有情皆碍马，好云无处不遮楼。山将别恨和心断，水带离声入梦流。今日因君试回首，淡烟乔木隔绵州。"快捷犀利，角度奇妙而不迂曲。又如《黄河》："莫把阿胶向此倾，此中天意固难明。

解通银汉应须曲，才出昆仑便不清。高祖誓功衣带小，仙人占斗客槎轻。三千年后知谁在，何必劳君报太平！”借讽黄河，以见时世混浊，太平无望。

杜荀鹤（846—907），字彦之，自号九华山人，池州石埭（今安徽石台）人。出身寒微，登第很晚。唐代科举制度，自贞元、元和以后，风气愈坏，非依靠权贵的推荐，就不能及第。杜荀鹤曾经因为求不到功名，不断地发出这类的慨叹：“空有篇章传海内，更无亲族在朝中。”（《投从叔补阙》）像他这样出身的人，要考取进士，的确是很不容易的。景福二年（893）中进士后，他做过田頵的幕客。朱温篡唐称帝后，拜他为翰林学士，可是，只有五天他就死了。

他亲自编定的《唐风集》有300馀首诗，都是五言、七言近体诗，尤以七律为最多，其中不少诗句类乎格言，像“举世尽从愁里老，谁人肯向死前闲”（《秋宿临江驿》），“世间多少能诗客，谁是无愁得睡人”（《秋夕》），“逢人不说人间事，便是人间无事人”（《赠质上人》），“易落好花三个月，难留浮世百年身”（《晚春寄同年张曙先辈》），皆广为流传，但更为知名的是反映唐末黑暗现实和人民苦难的作品，其中优秀者如：

> 夫因兵死守蓬茅，麻苎衣衫鬓发焦。桑柘废来犹纳税，田园荒尽尚征苗。时挑野菜和根煮，旋斫生柴带叶烧。任是深山更深处，也应无计避征徭。（《山中寡妇》）

> 八十老翁住破村，村中牢落不堪论。因供寨木无桑柘，为点乡兵绝子孙。还似平宁征赋税，未尝州县略安存。至今鸡犬皆星散，日落前山独倚门。（《乱后逢村叟》）

这样富有批判性的诗歌，具有以前少见的尖锐、大胆，为晚唐诗坛带来一股生气。

第三编　宋元诗歌

导　言

鲁迅曾说："一切好诗，到唐已被做完。"① 话虽有些夸张，但从中国古典诗学的范畴来考察，唐诗确实包罗了诗歌的种种可能性，使得后人很难另辟天地。正如清人蒋士铨《辨诗》所云："宋人生唐后，开辟真难为！"但今天看来，宋诗仍无逊为继唐诗之后的又一高峰，北京大学出版社出版的《全宋诗》收入作者 9000 馀人，27 万馀首诗，虽不能说与唐诗相媲美，但也以其鲜明的时代特色和独特的艺术风范，开辟了诗歌创作的新天地，其总体成就要超过元明清三代。

宋诗在很大程度上都是从唐诗发展而来的，宋人对待成就卓越的唐诗，最初是抱着学习和模仿的态度的。他们先后选择白居易、贾岛、李白、韩愈、李商隐、杜甫作为典范，反映出对唐诗的崇拜。这使宋诗想挣脱唐诗的束缚，面临很大的困难，于是，宋诗就在唐诗基础上继续向深处挖掘。大体来说，宋诗有以下三个特点：（一）在题材方面，各种琐碎细事，都成为宋人笔下的诗料。使宋诗的选材角度趋向世俗化，比如宋人的送别诗多写私人交情和自身感受，山水诗则多吟咏游人常去的金山、西湖，这样，就使宋诗更为平易近人，而不像唐诗那样浪漫传奇。（二）在风格方面，宋诗也有自己的独到之处，宋代许多诗人有着自己独特的艺术风格，梅尧臣的平淡、王安石的精致、苏轼的畅达、黄庭坚的硬瘦、杨万里的活泼，都给我们留下了深刻的印象。（三）而从美学角度来看，宋诗相对于唐诗来说，它的情感内蕴经过理性的节制，更为温和、内敛，其艺术外貌则显得平淡、瘦劲，它是宋人对生活深层思考的文学表现。

宋诗最显著的特征，诚如严羽《沧浪诗话》所说："以文字为诗，以才学为诗，以议论为诗。"说理较多，也深刻，但诗味则不如唐。关于唐宋诗的异同，现代学者有两则著名的论说，一则见于钱锺书《谈艺录》："天下有两种人，斯分两种诗。唐诗多以丰神情韵擅长，宋诗多以筋骨思

---

①鲁迅：《答杨霁云》，《鲁迅书信集》下册，人民文学出版社 1976 年版，第 699 页。

理见胜。”“一生之中，少年才气发扬，遂为唐体；晚节思虑深沉，乃染宋调。”① 另一则见于缪钺《论宋诗》：“唐诗以韵胜，故浑雅，而贵蕴藉空灵；宋诗以意胜，故精能，而贵深析透辟。唐诗之美在情辞，故丰腴；宋诗之美在气骨，故瘦劲。唐诗如芍药海棠，秾华繁采；宋诗如寒梅秋菊，幽韵冷香。唐诗如啖荔枝，一颗入口，则甘芳盈颊；宋诗如食橄榄，初觉生涩，而回味隽永。”“唐诗之弊为肤廓平滑，宋诗之弊为生涩枯淡。虽唐诗之中，亦有下开宋派者；宋诗之中，亦有酷肖唐人者；然论其大较，固如此矣。”② 有成就的宋代诗人多善于从生活（尤其是身边的日常生活）中寻找诗料，并努力挖掘其中的意蕴，所以宋诗颇有文人的生活气息。唐诗特别是盛唐诗重在自然意象的运用，而宋诗则偏重人文意象的表现。这也是唐宋诗的区别。

①钱锺书：《谈艺录》，中华书局 1984 年版，第 2、4 页。

②缪钺：《诗词散论》，上海古籍出版社 1982 年版，第 36 页。

第一章　宋初三体

方回《送罗寿可诗序》称："宋刬五代旧习，诗有白体、昆体、晚唐体。……晚唐体则九僧最逼真。"① 说宋初诗坛已经铲除"五代旧习"，稍嫌夸张，但把宋初诗风归为三体，则颇为准确。

第一节　白　体

北宋最初一个阶段，诗人效仿白居易诗体曾经成为一种风气。其中著名的人物有徐铉和王禹偁。

徐铉（916—991），字鼎臣，广陵（今江苏扬州）人。本是南唐末年的重臣，那时南唐受宋王朝的压迫，他的处境也很艰难；后随李后主降宋，虽然做到散骑常侍，但言行不能不十分谨慎，心情也始终是压抑的。他在痛苦中挣扎，只好求宁静于山水，觅解脱于佛道，或在繁忙的交游宴饮中排遣愁闷，维持着心理的平静。有《骑省集》。

徐铉的诗大多有一种索寞中略带怅惘的情愫，他把这种情愫写得很淡，语言也是清淡自然的，少有生涩的地方，如《登甘露寺北望》：

京口潮来曲岸平，海门风起浪花生。人行沙上见日影，舟过江中闻橹声。芳草远迷扬子渡，宿烟深映广陵城。游人乡思应如橘，相望

①〔元〕方回：《桐江续集》卷三十二，《影印文渊阁四库全书》第1193册，台湾商务印书馆1986年版，第13页。

须含两地情。

此诗写于南唐覆灭后。末二句用“橘迁于淮北则为枳”的典故，表现对江南故国的依恋。但全诗大半部分只是在写一片萧索迷蒙的景色，看不出很强烈的情绪；末二句也是借“游人乡思”着笔，不正面写自己。此外，像《和钟郎中送朱先辈还京垂寄》的“春愁尽付千杯酒，乡思遥闻一曲歌”，《九日落星山登高》的“黄花泛酒依流俗，白发满头思故人”等，大抵都浅切流丽。也许是他生长于江南的缘故，他也写有若干首《柳枝辞》一类的拟民歌，虽不像民歌那样朴素俚俗，语言还是通畅浅易的，如：

老大逢春总恨春，绿杨荫里最愁人。旧游一别无因见，嫩叶如眉处处新。

白居易后期的诗，在清淡的语言中流露出一种雍容闲散的心情，北宋初崇尚白体的诗人，也常有这种情况。如曾两度拜相的李昉即是，他常用随意闲谈的笔法，写出绝无焦灼苦闷的心境。而徐铉的情况并非如此。他只是努力求得平静，排遣苦闷，内心实际是失意而灰暗的，这种心境总是在触景感伤时显露出来。再则，徐铉也是一位文字学家和音韵学家，这两方面的原因，使他在写作那些清丽流畅的白体风格诗篇时，对声律、字句和意象的选择，都比较讲究。而有些五言诗，更有精致细巧的一面，例如《和明道人宿山寺》“磬声深小院，灯影迥高房”，《临石步港》“吹浪游鳞小，黏苔碎石圆”，《寄从兄宪兼示二弟》“断云惊晚吹，秋色满孤城”等，于自然浅近中加入推敲锤炼之功，呈现出幽逼的意境，这又带有贾岛诗派的特点。

在宋初学白居易诗风的诗人群中，最重要而且不为白体所缚、能写出自己特色的是王禹偁。王禹偁（954—1001），字元之，济州巨野（今属山东）人，宋太宗太平兴国八年（983）进士，当过翰林学士，三任知制诰，又三次受黜外放，晚年曾任黄州地方官，故又称“王黄州”。他为人刚直，敢于说话。怀有正直士大夫的社会责任感和来自儒家传统的政治伦理观。他自称要“兼磨断佞剑，拟树直言旗”（《谪居感事》），在第三次遭贬谪去黄州时，还很不服气地寄诗给当权者说：“未甘便葬江鱼腹，敢向台阶请罪名。”（《出守黄州上史馆相公》）著有《小畜集》。

出于士大夫的社会责任感和道义良知，王禹偁写下一些反映民间疾苦的诗篇。如在京任谏官时所作《对雪》，从寒冬大雪无公务、一家团聚饮酒落笔，写到自己因此而想起“输挽供边鄙”的“河朔民”和“荷戈御胡骑”的“边塞兵”，在此酷寒天气中会是如何艰辛，最后归结到自责：自己身为谏官，却并未充分尽责，实是“深为苍生蠹”。还有贬官商州时所写的《感流亡》，描述一户因旱荒而从长安流亡到商州的贫苦人家的艰难情形，最后同样归结到自己仕宦10年，无所作为，只是“峨冠蠹黔首”，所以不应该因被放逐而悲叹。这种构架在白居易晚期诗歌中已经出现过。但比起杜甫以及白居易早期的同类诗歌，会感觉到这些诗让人的感动程度要差得多。这是因为：第一，诗人对自己表示同情的对象的心情并未有像杜甫、白居易的一些优秀作品中那样具有深入的理解，他们在诗中的形象显得干枯；第二，诗歌的后半部分归结到自身时，在自谴中显示出很强的自我表白意味，实际上这成了诗歌的重心；第三，这些诗在艺术上往往有些粗糙，表达“意义”的欲望比抒发情感的要求显得更加强烈。所以说，这一类诗固然有其可贵之处，但其缺陷也是很明显的。而上述特点，在后来的宋诗中具有一定的普遍性。

真正反映王禹偁诗歌艺术造诣的，还是那些描绘山水景物、抒发内在情怀的作品，如《村行》：

> 马穿山径菊初黄，信马悠悠野兴长。万壑有声含晚籁，数峰无语立斜阳。棠梨叶落胭脂色，荞麦花开白雪香。何事吟馀忽惆怅？村桥原树似吾乡。

斜阳晚籁，有声无语，“立”中生命尽见，“含”中感觉联通。村桥原树可睹，而自己的身心已是无家可归了。作者在人与自然生命情感的沟通之处，咀嚼着流放者若有着落、若无着落的精神落难。“数峰无语立斜阳”一句，以拟人手法写自然景物，带有生动的趣味，这种写法在唐代还不多，在以后的宋诗中渐多，又如同样作于商州的《寒食》：

> 今年寒食在商山，山里风光亦可怜。稚子就花拈蛱蝶，人家依树系秋千。郊原晓绿初经雨，巷陌春阴乍禁烟。副使官闲莫惆怅，酒钱犹有撰碑钱。

当时王禹偁正为政治上的挫折感到悲哀，常以老庄哲学来宽慰自己，在大自然中忘怀个人命运的不幸。两首诗的写法很有白诗的特点，语言浅切，叙述从容连贯，层次清楚，没有突兀的意象，没有跳荡的表现，色彩鲜明但并不秾腻。结句虽着眼点不同，但都是试图把苦闷加以淡化，表现出宋诗的理智倾向。诗中对句虽工整却颇为自然，让人感到亲切而不吃力。王禹偁诗常是这样浅易流畅、娓娓道来，而颇有情味的，像《初入山闻提壶鸟》“商州未是无人境，一路山村有酒沽”，《寄毗陵刘博士》“下岸且寻甘露寺，到城先问惠山泉”，等等。他在《冯氏家集前序》中赞扬“词丽而不冶，气直而不讦，意远而不泥”，而中正平和、自然流畅的风格，也正是他所追求的。

另一方面，王禹偁也吸收杜甫诗的某些特点。他儿子说他的诗与杜诗相似，他便喜不自胜，自称“本与乐天为后进，敢期子美是前身”（《前赋〈春居杂兴〉诗二首……聊以自贺》），他还说过“子美集开诗世界”（《日长简仲咸》），对杜甫备加推崇。因此，王禹偁诗中常可以看到杜诗的痕迹，如《新秋即事》三首之一：

> 露莎烟竹冷凄凄，秋吹无端入客衣。鉴里鬓毛衰飒尽，日边京国信音稀。风蝉历历和枝响，雨燕差差掠地飞。系滞不如商岭叶，解随流水向东归。

写羁旅中的孤独凄凉之感和对京城的思念，透露着在政治上不甘沉落的心情，不但内涵与杜甫的诗近似，那种严谨的、开合变化的结构，起伏顿挫的格律，工整的对仗，情与景的相互衬托，都与杜诗相近。只是不像典型的杜诗那样沉郁有力，气象壮阔，而比起率意浅切、舒缓流畅的白诗来，显得结构紧密多变化，语言更加锤炼。其实，就是前面所举出的《村行》和《寒食》，虽说学杜诗的痕迹没有《新秋即事》这样明显，但也是比较细致而又曲折含蓄的，并不是一味的流滑。此外像七律《再泛吴江》《今冬》，七绝《杏花》《春居杂兴》等，也是如此。因此，清代贺裳《载酒园诗话》说他“虽学乐天，然得其清，不堕其俗”。如果深究到人格方面，那么可以说：王禹偁虽羡慕白居易的放达，却学不到白居易后期那种闲适自在，内心总有拂不去的苦恼；虽敬仰杜甫的为人，却也学不到杜甫的执着与激情，故其诗风亦依违于两人之间。

北宋初年，白体是许多人喜爱的诗歌风格，但相当多的人是因为它浅近易学、流利爽滑，所以不免写成顺口溜一般缺乏诗味的作品。欧阳修《六一诗话》曾举“有禄肥妻子，无恩及吏民”为例，讥笑达官贵人“常慕白乐天体，故其语多得于容易”，徐铉与王禹偁则在学白居易的同时，汲取其他因素，形成了自己的特点。尤其是王禹偁，对北宋下一代诗歌风气，在多方面具有开启的意义。正如《蔡宽夫诗话》的评说，宋初“士大夫皆宗乐天诗，故王黄州主盟一时”。

第二节 晚唐体

宋初另有相当多的诗人，偏重以苦吟的写作方法，在狭小的格局中描绘清新小巧的自然景象，表达失意怅惘或闲适旷达的士大夫情趣，这主要是继承了贾岛、姚合一派的风格，一般称之为“晚唐体”，代表诗人有林逋、魏野、寇准、潘阆等，除寇准是高官外，其馀多是隐逸山林的处士。他们的生活原本冷落，又需要显示“不事王侯”的清高，所以写这种诗也就颇为自得。此外，还有“九僧”，即希昼、保暹、文兆、行肇、简长、惟凤、惠崇、宇昭、怀古。景德年间《九僧诗》结集时，正是九僧汇集京师、结交公卿与唱和创作的活跃时段。在此前后十几年间，九僧绝大多数处于朝廷的经院中，从事翻译佛经、笺注御诗的工作，其身份不是淡泊的隐逸僧人，而是身份尊贵的皇家圈养僧官。他们在供职朝廷的闲暇相互援引唱和，并以诗作结交名流重臣，从而形成特定的创作风尚。九僧群体的形成模式，接近稍后的“西昆派”，甚至于后者的不少成员（如杨亿等人）也亲身参与并推动了九僧群体的最终定型。① 九僧诗风清邃淡泊，是他们有意模拟并刻意追求的一种风貌，也是他们企图彰显自己僧人身份，以区别于士大夫阶层的一种内在表征。但在学习姚贾一派诗风上，他们并无

①参见黄启方：《九僧与九僧诗》，《两宋文史论丛》，学海书局1974年版；许红霞：《谈宋初的九僧诗》，《中国典籍与文化》1993年第2期及《宋初九僧丛考》，《古典文献研究论丛》，北京大学出版社1995年版；祝尚书：《论宋初九僧及其诗》，《四川大学学报》1998年第2期；王传龙：《“九僧”生卒年限及群体形成考》，《文学遗产》2012年第4期。

二致。

姚贾一派诗歌的特长，在于对描绘对象的细致体察及新颖巧妙的语言表现，晚唐体诗人也在这一点上煞费苦心。如魏野《冬日书事》“松色浓经雪，溪声涩带冰”，不但对仗精整，“浓”“涩”两处诗眼的表现力也确实很强。魏野《书逸人俞太中屋壁》“洗砚鱼吞墨”之句，是常人注意不到的景象，极小巧之妙。九僧之一惠崇的《池上鹭分赋得明字》“照水千寻迥，栖烟一点明”两句，据说曾“默绕池径，驰心于杳冥以搜之”①。写鹭鸟的活动，一动一静，互相映衬；后一句在一片灰暗的烟霭中呈现出白鹭的一点亮色，给人以醒目之感，难怪惠崇对此自负。保暹《秋径》“虫迹穿幽穴，苔痕接断棱”，惟凤《与行肇师宿庐山栖贤寺》“磬断危杉月，灯残古塔霜”，也颇为精警，但全篇意境往往不够完整。

晚唐体诗人中，身份迥异的是寇准（961—1023）。由于他官至宰相，又与其他诗人多有交往，所以可算是“晚唐体”的盟主。寇准一生功业彪炳，又遭谗贬逐，以风节著称于时。但他写诗却绝少涉及政治生活内容，反与九僧、林逋等人如出一辙，喜写山林之思，含思凄婉。例如《春日登楼怀归》：

> 高楼聊引望，杳杳一川平。野水无人渡，孤舟尽日横。荒村生断霭，古寺语流莺。旧业遥清渭，沉思忽自惊。

宦情羁思，感慨深切，“野水”一联，堪称其一生功业之象征，而只看诗景亦自堪玩赏。其整体上的格调仍近于“九僧体”，不过略显流丽一些。

这一批诗人中，林逋（968—1028）最为著名，仁宗赐谥号“和靖先生”，《山园小梅》是其代表作：

> 众芳摇落独暄妍，占尽风情向小园。疏影横斜水清浅，暗香浮动月黄昏。霜禽欲下先偷眼，粉蝶如知合断魂。幸有微吟可相狎，不须檀板共金尊。

诗人把自己高洁清雅的品格和梅花凌寒独开的姿态融合为一，苏轼《书林

①〔宋〕释文莹：《湘山野录》卷中，明津逮秘书本。

逋诗后》谓其有“神清骨冷”的情趣；中间一联，借禽、蝶的偷眼、断魂，写出天地间澄澈而深挚的情缘，散发着几分朦胧美，素来被誉为“警绝”，以致“疏影”“暗香”成为梅花的代名词。人品与花品的浑化无间，使梅逐渐衍化为中国人喜爱的花，林和靖于此功莫大焉。以后咏梅之作很难回避林和靖，有人模仿梅花口吻埋怨他：“只因误识林和靖，惹得诗人说到今。”（王淇《梅》）

北宋初期这批追踪“姚贾”的晚唐体诗人，对后来宋诗在语言上喜欢翻奇出新的倾向有一定的影响。但从总体上说，他们大多有以下三点毛病：

一、意象单调。《六一诗话》载，进士许洞与九僧一起分题咏诗，提出不许用山、水、风、云、竹、石、花、草、雪、霜、星、月、禽、鸟之类字眼，“于是诸僧皆搁笔”①，由此可见九僧作诗畛域之狭小，生活情趣之偏仄。

二、形式呆板。他们效仿姚、贾，所作以五律为多，且大都把功夫用在对仗的中间二联上，句式大体是前两句为二一二，后两句为二二一，而把单音节处作为“诗眼”，格外加以琢磨。由于他们生活范围狭窄，才气有限，常在同流前辈的诗里乞讨，令人耳目一新的地方并不多。像“多”或“全”与“半”的搭配②，“入”的使用③，等等，都成了套路。

三、情感单一。所抒情感不外闲适、旷逸、愁闷、惆怅之类，色彩单一。虽然境界清淡静谧，不乏警句，但才小气促，往往有句无篇。譬如“泰山之高，它不敢登，见个小土堆子便上去，只是小”④，在某种程度上，可以说是残山剩水的唐音馀响，或辉煌唐诗的回光返照。

---

①〔宋〕欧阳修：《六一居士诗话》，商务印书馆1939年《丛书集成初编》本，第3页。

②如〔宋〕希昼《留题承旨宋侍郎林亭》“会茶多野客，啼竹半沙禽”，简长《送僧南归》“吴山全接汉，江树半藏云”。

③如〔宋〕惠崇《访杨云师淮上别墅》“河分冈势断，春入烧痕青”，《送迁客》“浪经蛟浦阔，山入鬼门寒”。

④《朱子语类》卷一百二十三。

第三节　西昆体

李商隐一路的诗歌风格，在宋初也有人效仿。一些文人出身的官僚，以文学为显示才学与身份的手段，在唱酬应和时往往写一些深婉绮丽、多用典故的诗篇，在表面特征上很容易向李商隐诗的方向靠拢。宋太宗时，姚铉以一首《赏花钓鱼侍宴应制》赢得太宗的激赏，为时人所羡，所以这种诗在上层有相当的影响。到真宗时期，以杨亿（974—1021）、刘筠（971—1031）、钱惟演（977—1034）为首的一批馆阁诗人，大量地写作辞采华丽、属对精工的诗篇，彼此唱和应酬，使这种诗风进一步流行起来。正如当时人所记载："咸平、景德中，钱惟演、刘筠首变诗格，而杨文公与之鼎立……大率效李义山之为，丰富藻丽，不作枯瘠语。"（《宋诗纪事》引《丹阳集》）大中祥符二年（1009），杨亿把这些诗作编为《西昆酬唱集》，诗集问世后，这种被称为"西昆体"的诗风进一步盛行，如《六一诗话》说："自《西昆集》出，时人争效之，诗体一变。"

平心而论，西昆派诗人对晚唐五代至北宋开国初的诗风是有一定冲击力的。在那段时期中，习白体者有俚俗滑易之弊，而西昆体较之有精致含蓄之长；习姚、贾体者有细碎小巧之弊，而西昆体较之有丰赡开阔之优。而且，西昆派诗人的作品也并不如一般批评者所说，完全是内容空泛的，如刘筠、杨亿等七名馆臣以"汉武"为题的唱酬诗，即是针对真宗妄信符瑞、东封泰山之事，而以汉武故事借古讽今。刘筠一首如下：

> 汉武高台切绛河，半涵非雾郁嵯峨。桑田欲看他年变，匏子先成此日歌。夏鼎几迁空象物，秦桥未就已沉波。相如作赋徒能讽，却助飘飘逸气多。

此诗多用典故，但喻示切实、包含丰富的内容，并无堆垛之病；语言典丽，组织细密，显示了较高的艺术技巧。除此以外，他们的咏史诗和交游赠别之作中，也有写得比较有意思的。

但李商隐的诗实在很难学，虽表面特征明显，有相当的文化素养就能把握，但那种深刻的思想、炽烈的情感、痛苦的经历蕴含于语言中所形成的诗歌张力，却非常人所能模仿。《西昆酬唱集》中固然有些佳作，但这些佳作也难以同李商隐的诗相提并论，更何况，他们在大多数情况下是为写诗而写诗，如杨亿在《西昆酬唱集序》中所说："历览遗编，研味前作，挹其芳润，发于希慕，更迭唱和，互相切劘。"因此，他们诗歌的弊病也就很明显。譬如说，李商隐用典，主要是借典故所包含的情绪色彩和象征意蕴，来显示与烘托一种朦胧迷离的内在心境，而不是作为指示符号，即不是用"故事"替代某一事物，以甲换乙，显示有学识有材料。西昆诗人却容易犯这种毛病，像杨亿、刘筠、钱惟演的《泪》诗，就只是把古来有关悲哀的故事集中在一起，好像是一堆谜语。又如他们学李商隐诗的绚丽色彩与绮瑰意象，但并非如李商隐那样是出于表现内在情感的必须，而往往只是停留在外在物象上。如杨亿写《夜宴》，便是用些"绮宴""芳罍""飞舄""珠喉""薄云""流雪"之类的辞藻，除了显示富贵的生活氛围和高雅的文化素养，再无其他意味，感情是很贫乏的。

在下一阶段，西昆体遭诗文变革者的攻击，这有多方面的原因。一方面西昆体确实有很大的弊病，而这种诗体出于朝廷馆阁诗人之手，在社会中的影响又特别大，所以主张变革者首先要对付它；而另一方面，西昆体实际上带有浓厚的贵族趣味，和宋代社会的特点不相容，并且有明显的娱乐倾向，这和道统文学观的日渐强化也相抵触。

第二章　北宋诗风

第一节　梅尧臣和苏舜钦

宋初三种诗风鼎峙的格局，从实质上来说，还是唐诗的延续。在时代发生变化以后，唐诗的风格已难保持，变化已不可避免。梅尧臣率先自树一帜，苏舜钦与之呼应，在吸取唐诗尤其是白居易、韩愈诗歌某些因素的同时，他们顺应时代特点，在诗歌题材、感情表现和语言形式等各方面进行新的尝试，从而打开宋诗的道路。由于欧阳修的竭力推举，他们在诗坛上产生了更大的影响。

梅尧臣（1002—1060），字圣俞，宣城（今属安徽）人，曾任尚书都官员外郎，因称“梅都官”，又以宣城之古名，称“梅宛陵”，有《宛陵先生文集》。在梅尧臣生活的年代，宋王朝内忧外患频仍，社会动荡，所以他虽一生沉沦下僚，对于国家、政治却抱有强烈的关切。梅尧臣早年和西昆派诗人关系甚密，但诗风却与之不同，后来更是有意识地加以纠正。纠正的方向，首先是强调《诗经》以来文学干预社会、针砭现实的传统，反对诗歌中的娱乐游戏倾向。在《答裴送序意》中他写道：

> 我于诗言岂徒尔，因事激风成小篇。辞虽浅陋颇刻苦，未到二雅未忍捐。安取唐季二三子，区区物象磨穷年。

《答韩三子华、韩五持国、韩六玉汝见赠述诗》又尖锐指出：“迩来道颇丧，有作皆言空。烟云写形象，葩卉咏青红。人事极谀谄，引古称辩雄。经营唯切偶，荣利因被蒙。”在理论上，这些议论并没有多少新的东西，但对当时流行的无病呻吟、玩弄辞藻的诗风，却有针对性的意义。

作为诗歌主张的实践，梅尧臣写了不少反映现实政治问题和民生疾苦的作品，既欲以此触动上层统治者，又借以表达自己的道德良心。像《襄城对雪》之二，就同王禹偁一样，面对漫天风雪，想到受寒冻的士兵，并以“念彼无衣褐，愧此貂裘温”表示内疚；《蔡君谟示古大弩牙》则在观看古代弩机之时，表达祈望边地战争胜利和士兵少受伤亡的意愿。《田家》《陶者》等，则揭露了劳者无所获的社会问题。后一首《陶者》云：

> 陶尽门前土，屋上无片瓦。十指不沾泥，鳞鳞居大厦。

如果说上述所写的是古诗中经常出现的主题，那么另一些作品则直接批评朝廷的具体政令措施。仁宗康定年间，宋与西夏交战，因兵员缺乏，下令征集民丁充当弓箭手，而地方官为了“媚上”，并不按照所谓“三丁籍一”的诏命行事，无论老少，均难幸免。梅尧臣为此作《田家》，借农民之口，揭示老百姓不堪负担、田稼荒废的情形；《汝坟贫女》又以一位贫女的口吻，述说被征服役者的悲惨遭遇：

> 汝坟贫家女，行哭音凄怆。自言有老父，孤独无丁壮。郡吏来何暴，县官不敢抗。督遣勿稽留，龙钟去携杖。勤勤嘱四邻，幸愿相依傍。适闻闾里归，问讯疑犹强。果然寒雨中，僵死壤河上。弱质无以托，横尸无以葬。生女不如男，虽存何所当！拊膺呼苍天，生死将奈向？

诗中说“县官不敢抗”，同作者身份有一定关系——当时梅尧臣正任河南襄城县令。在这样的诗中，可以看到一个具有政治责任感和道义良知的下层官吏对时政的不安，对民众的同情，以及改革政治的愿望。

在当时诗歌沦于文字游戏、偏重于追求辞藻和形式之美的风气中，梅尧臣的这类创作，对于恢复诗歌的严肃性、转向重大题材，起了积极作用。但另一方面，宋代政治诗的一般缺陷，在这里也明显存在着。正如《田家》小序所宣称的“因录田家之言，次为文，以俟采诗者”，其写作出发点首先是在政治方面，是试图以此为讽谏书，而不是诗人被生活所激发的热情。以《汝坟贫女》为例，既看不到诗人自我的形象（“县官不敢抗”既不是正面写自己，也没有展开），也看不到那位“贫女”的形象，最后四句虽然试图表达出悲愤的情绪，但语言是概念化、一般化的。

总之，由于诗人偏重于叙述一桩事件，传达一种政治观念，使得诗歌的感染力受到削弱。倘与其为悼念夭亡的幼女而写的《戊子三月二十一日殇小女称称三首》之二相比，两者的区别十分清楚：

> 蓓蕾树上花，莹洁昔婴女。春风不长久，吹落便归土。娇爱命亦然，苍天不知苦。慈母眼中血，未干同两乳。

虽说梅尧臣的诗在抒情方面大都不趋向激烈（这也是宋诗的一般特点），但这首诗尤其在结末二句，却令人惊心动魄，虽然它的语气并不夸张。

当然，政治题材只占梅尧臣全部诗作中的一小部分。他的诗歌内容非常广泛，而且是有意识地向各种自然景象、生活场景、人生经历开拓，有意识地寻找前人未曾注意的题材，或在前人写过的题材上翻新，这也开了宋诗好为新奇、力避陈熟的风气，为宋诗逃脱出唐诗的笼罩找到一条途径。譬如他写破庙，写变幻的晚云，写怪诞的传说，写丑而老的妓女，甚至写虱子、跳蚤，写乌鸦啄食厕中的蛆……有些是根本不宜入诗、破坏诗的美感的，不过从这里可以看到当时诗歌的一种趋向。

在以琐碎平常的生活题材入诗时，很容易显得凡庸无趣味，于是梅尧臣常将哲理性的思考贯穿其中，加深诗歌的内涵，使之耐人寻味。譬如《范饶州坐中客语食河豚鱼》，开头“春洲生荻芽，春岸飞杨花。河豚当是时，贵不数鱼虾”四句，以平易的语言写出河豚的珍贵，而后描绘它的面目可憎、剧毒可怕，人们却“皆言美无度，谁谓死如麻!”最终归结为“甚美恶亦称，此言诚可嘉”。把食河豚这一日常生活的现象，与“至美与至恶相随”这一具有普遍意义的、颇为深刻的哲学问题联系在一起，诗的分量就显得不一般了。这也是宋诗在热情减弱以后，向其他方向发展的一个途径。

梅尧臣诗歌的艺术风格，欧阳修谓之“古硬”①，又谓之“平淡”②。所谓“古硬”，主要是效仿韩愈诗的风格。梅尧臣诗常用一些生涩怪僻的文字、暗昧阴郁的色彩、带有恐怖和荒蛮感的意象，构成幻觉性而非日常意味的诗境。如《余居御桥南夜闻祅鸟鸣，效昌黎体》，从九头祅鸟的传说写到鬼车夜游的景象；又如《观杨之美画》描绘的画面是：

> 水官自有真龙骑，两佐并跨鲸尾螭。步趋群吏怪眼眉，云生海面无端涯。雷部处上相与期，人身兽爪负鼓驰。后有同类挟且搥，次执电镜风囊吹。青蛇有角鱼足鬐，上下引导神所施。

梅尧臣学韩诗的目的，是为了矫正晚唐五代以来诗歌中疲软圆熟的弊病，以求雄健之美。他在《依韵和王平甫见寄》中对韩愈的赞美，“文章革浮浇，近世无如韩。健笔走霹雳，龙蛇奋潜蟠”，亦是他对自己的期望。但是，他所写的诗虽面貌很贴近韩愈的诗，却总是不大成功。因为韩诗不仅是表面上的怪异生硬，其中所蕴含的雄张恣肆的力度，实际是唐人宏放性格的变态表现，这是宋人从表面上学不到的。倒是他在比较平易流贯的诗歌中有时夹入古拗怪谲的诗句，反而有独特的效果。

梅尧臣所作“平淡”一路的诗，更具个人的特色。他曾说：“作诗无古今，唯造平淡难。”（《读邵不疑学士诗卷》）这里所说的“平淡”，是避免激情的表现、浓重的色彩、警策醒目的字眼，而求得自然淡远的意趣。下面两首，是他的名作：

> 适与野情惬，千山高复低。好峰随处改，幽径独行迷。霜落熊升树，林空鹿饮溪。人家在何处，云外一声鸡。（《鲁山山行》）

> 行到东溪看水时，坐临孤屿发船迟。野凫眠岸有闲意，老树著花无丑枝。短短蒲茸齐似剪，平平沙石净于筛。情虽不厌住不得，薄暮归来车马疲。（《东溪》）

---

①〔宋〕欧阳修：《水谷夜行寄子美、圣俞诗》，《欧阳文忠公集·居士集》卷二，四部丛刊景元本。

②〔宋〕欧阳修：《梅圣俞墓志铭》，《欧阳文忠公集·居士集》卷三十三。

这些诗语气相当连贯，节奏比较舒缓，语言自然流畅，粗读近似白居易的风格，其实是典型的宋诗，它经过细密的琢磨而返归于自然，绝没有白体的轻滑。像“云外一声鸡”“老树著花无丑枝”，都是新奇的句子，但它是意趣的新奇，而不是句式、语汇、修辞手段的新奇，所以读起来很平常。后一句甚至可以作为宋诗的一种审美特征来看。大抵六朝至唐，多以华丽为美，生气外发为美，而“老树著花无丑枝”，却是内敛的、令人心境平静的美。梅尧臣曾说：“诗家虽主（一作率）意，而造语亦难。若意新语工，得前人所未道者，斯为善也。必能状难写之景，如在目前，含不尽之意，见于言外，然后至矣。”（《六一诗话》引）可见他所说的“平淡”，并非易至之境，他对诗歌创作实有很高的要求。

无论“古硬”或“平淡”的风格，也无论古体或近体，梅尧臣的诗多少带有散文化的倾向，只是其程度和表现形态不同。这种散文化的手段，主要收到以下三种效果：第一，诗歌的句子长期以来逐渐形成固有的组合形式，散文化的诗句可以打破诗对这种形式的依赖，既重新获得一种“陌生感”“惊奇感”，又得到更自由的表现，包括那种拗折生硬的表现。第二，这也是针对西昆体诗藻饰整丽、意象密集、炫目而内涵浅薄的弊病，通过虚词的使用（如“千山高复低”的“复”字），比较符合常规语法的句式，以及引入一般认为不宜入诗的寻常事物、朴素字眼，使得诗中意象疏化，诗中的视境不那么迅速变换、错综迷离，让读者更容易接近和体味诗歌的内涵。第三，梅尧臣（包括当时其他一些诗人）的古体诗，往往叙述性很强，而散文化的诗句才能叙述得清晰。

梅尧臣的诗，有时古硬得难以咀嚼，平淡得缺乏韵致，散文化的句子有时写得完全不能称其为诗，以及他把一些丑恶的事物写入诗中，这些都是明显的弊病。但正如《后村诗话》所说的“本朝诗惟宛陵为开山祖师”①，梅尧臣毕竟在众多方向上开启了宋诗的道路，在诗史上有较大的影响。

苏舜钦（1008—1049），字子美，绵州盐泉（今四川绵阳市东南）人，迁居开封。出生于世代仕宦的书香门第，走着与梅尧臣甚为不同的人生道路。当过县令、大理评事，经范仲淹引荐为集贤殿校理、监进奏院，赞同

---

①〔宋〕刘克庄：《后村诗话·前集》卷二，王秀梅点校本，中华书局1983年版，第22页。

"庆历新政"，被人借故诬陷，罢职闲居苏州，筑沧浪亭，读书其中，寄愤懑于诗文。后来复起为湖州长史，但不久就病故了。他与梅尧臣齐名，人称"梅苏"。有《苏学士文集》。

从少年气盛到中年毁弃，苏舜钦的诗往往以情感气势夺人。欧阳修《六一诗话》评议说："圣俞、子美齐名于一时，而二家诗体特异。子美笔力豪隽，以超迈横绝为奇；圣俞覃思精微，以深远闲淡为意。"两人一纵一敛，诗风互异，但都是由唐入宋的过渡人物，只不过苏诗更近唐音，梅诗更入宋调，而唐音宋调都是丰富多彩的存在，格调互润，杂然不纯。如苏舜钦《对酒》：

> 丈夫少也不富贵，胡颜奔走乎尘世！予年已壮志未行，案上敦敦考文字。有时愁思不可掇，峥嵘腹中失和气。侍官得来太行颠，太行美酒清如天。长歌忽发泪迸落，一饮一斗心浩然。嗟乎吾道不如酒，平褫哀乐如摧朽。读书百车人不知，地下刘伶吾与归！

其间济世愤俗之激情，有若李白借醉态而喷发，但豪纵不羁之处毕竟带有几分宋人无从逃避的压抑。他是关心现实的人，《吴越大旱》写旱灾之年征边防兵造成的灾难；《城南感怀》写水旱成灾，饿殍遍野，指责高位厌粱肉者空谈。对国家命运的忧患，使他在《庆州败》中对朝廷昏庸、将领怯懦导致的西夏战役败绩感到愤慨。《吾闻》则抒写自己壮志难酬："予生虽儒家，气欲吞逆羯。斯时不见用，感叹肠胃热。昼卧书册中，梦过玉关北。"这种忧时报国之音，是后来陆游从军卫边诗的先声。

沧浪亭时期的苏舜钦，诗艺在心理调适中兼有豪健和清丽。《淮中晚泊犊头》以精湛的写景折射出他南去的心路历程：

> 春阴垂野草青青，时有幽花一树明。晚泊孤舟古祠下，满川风雨看潮生。

春阴野草、孤舟古祠，是一派被废置南迁的悲凉的孤独感。而幽花乍明，闪烁着亲近自然的禅悦，风雨看潮又暗示着心绪苍茫中的壮阔。他又有《夏意》诗："别院深深夏簟清，石榴开遍透帘明。树阴满地日当午，梦觉流莺时一声。"诗笔伸向日常生活，在自然颜色、声音拥抱中的日常生活，可以通过精微的感觉体验到隐约的禅意。《过苏州》写得比较随意："东出盘门刮眼明，萧萧疏雨更阴晴。绿杨白鹭俱自得，近水远山皆有情。万物盛衰天意在，一身羁苦俗人轻。无穷好景无缘住，旅棹区区暮亦行。"接连几首诗都喜欢用"阴""明"，传达着在明暗边缘处某种朦胧的心理体验。体验还不够，还要发议论，于是在人与自然的有情自得中，使诗具有了散文化之美，这就是宋诗的风尚。

第二节 欧阳修

北宋中期的诗歌变革，一面顺应着思想控制强化的时代文化，一面寻求新的立足点和艺术风格。在这里起着中枢作用的是欧阳修。

欧阳修（1007—1072），字永叔，吉水（今属江西）人，出身于低级官吏家庭，父早亡，幼时家贫。天圣八年（1030）进士，初仕洛阳，与梅尧臣、尹洙等人声气相通，提倡文学变革。景祐初入京后，因支持范仲淹的政治改革主张被贬。庆历年间，再度积极参与范仲淹的"庆历新政"，新政失败后，复又长期外贬。至和年间入朝，逐渐上升至枢密副使、参知政事等权要职位。晚年对王安石变法持反对态度，这大抵是因为欧阳修虽主张政治改革，但态度比较稳健，认为王安石的激烈变法流弊甚多。有《欧阳文忠公集》。

欧阳修在北宋诗歌变革中的领袖角色，源自其相当高的政治地位，并且本人具备较高的诗歌艺术修养，同时他在当时的文人群体中具有很强的号召力，其人格修养既为重视道德节操的士大夫所尊重，又喜扬人之美，经常利用其知贡举的权力地位举荐人才，当时几乎所有著名的文学家都曾得到过欧阳修的帮助，因此在他周围形成了集团性的力量。如梅尧臣、苏舜钦二人名位不显，欧阳修却以诗坛宗主相视，使他们声誉大张；曾巩落第，欧阳修为他写序饯行，令人刮目相待，后又在知贡举时把他录为进士；对王安石，欧阳修不仅两次加以推荐，而且在赠诗中给予极高的称评；三苏中，苏洵以默默无闻的布衣身份，经欧阳修的推荐和鼓吹而名动海内，苏轼、苏辙则是欧阳修在知贡举时选拔于前列的，苏轼尤其受到他的推重。

欧阳修本人的创作，在当时也具有典范意义。他的诗如《答朱寀捕蝗诗》《食糟民》等，都涉及具体社会问题，有感而发，或陈述己见，或表示内心的道德自责。他的政治诗数量并不多，这大约因为他是一个现实的政治家，不同于一般文人急于用诗歌来表现。欧阳修诗中一些古体长篇，好发议论，好铺排叙事，散文化的倾向非常严重，如《洛阳牡丹图》像一篇《洛阳牡丹记》；《吴学士石屏歌》“吾嗟人愚，不见天地造化之初难”，像一篇别扭的古文；《鬼车》以“嘉祐六年秋九月二十有八日”开头，中间又有“不见其形，但闻其声，其初切切凄凄，或高或低”，实在不能算作“诗”了。另外，《扪虱新话》指出他的《菱溪大石》等篇系模仿韩愈，这也是和时代风气一致的地方。

不过，同样是以散文入诗，欧阳修很少用生僻字眼、险怪意象；也不像韩诗那样艰险奇僻，硬语盘空，而走的是明白晓畅、平易疏放的路子。比如《水谷夜行，寄子美、圣俞》写道：“缅怀京师友，文酒邀高会。其间苏与梅，二子可畏爱。篇章富纵横，声价相磨盖。”这里提到的梅尧臣（圣俞）、苏舜钦（子美），都是同欧阳修一道扭转西昆体用典繁密堆砌的雕饰诗风的人物。由于他们要矫正的是西昆体台阁诗风，与韩愈面对的与之竞争的元白通俗诗风具有不同的文化语境，欧阳修诗风也就顺理成章地趋向婉转流丽了。

那些极度散文化的古体长篇，以其新异的面貌起到了打破诗歌常规体制的作用，但从艺术性来说，确实找不到多少诗趣。不过欧阳修的一些以近体为主的短篇之作，常以浅近自然的语言写景抒情，但琢磨细致，意脉完足，有一种亲切流畅的风格。如著名的《戏答元珍》：

> 春风疑不到天涯，二月山城未见花。残雪压枝犹有橘，冻雷惊笋欲抽芽。夜闻归雁生乡思，病入新年感物华。曾是洛阳花下客，野芳虽晚不须嗟。

这是诗人30岁降职为夷陵令，写给好友丁宝臣（元珍）的诗。贬官的压抑和对未来的信心，全寄托在残雪冻雷时节对春风的期待中了。诗人对首二句颇自负，自称“若无下句，则上句何堪？既见下句，则上句颇工”（《峡州诗说》）。这两句前为果，后为因，起得超妙，接得工稳，是宋人讲究意脉绵密流贯的思维方式。雪枝有橘，喻志节初衷不改；冻雷惊笋，喻春天总要唤醒潜藏地下的生命，这些都不失唐人意象的隐喻性。随之牵动思乡之情和年华虚度的焦虑，呼应首联春风不到的疑惑；终于超越疑惑，呼应颔联橘枝笋芽的顽强，烘托出自己为西京留守推官时的春风得意和文酒风流。意脉与意象兼用，情感和情调呼应，使全篇流丽深婉，荡气回肠，虽云戏笔，却写得很认真。唐人律诗多用平列的意象、断续或跳跃的衔接，欧阳修则力图将八句诗构成流动而连贯的节奏，这无疑是唐诗之后的一条新路。再如《别滁》：

> 花光浓烂柳轻明，酌酒花前送我行。我亦且如常日醉，莫教弦管作离声。

从眼前景色引出事件、人物，再引出人物的心情，也是流动而连贯的笔法。唐人写别离诗有“长路关山何日尽，满堂丝管为君愁”（张渭《送卢举使河源》），“况是池塘风雨夜，不堪弦管尽离声”（武元衡《酬裴起居西亭留题》），用的都是以景物为衬托、把情绪托向高潮的写法，两相比较，可以看出宋诗含意深婉、脉络细密的特点，而消解离情别绪的积极态度倒在其次。

第三节　王安石

王安石（1021—1086），字介甫，晚号半山，封荆国公，临川（今属江西）人，庆历二年（1042）进士。历任苏、皖、浙、赣的地方官，有十六七年，对于民间情况、政治弊病和国家所面临的危机有相当的了解，逐渐形成自己的一套政治、经济主张，并曾在给仁宗皇帝的上书中提出变法的建议。少年气锐的神宗登位之后，49 岁的王安石任参知政事，次年拜相，主持“熙宁变法”六七年。他的一套激烈变革的政策措施，既触犯了士大夫集团以及富商豪绅的利益，又与官僚制度不相适应，造成很多流弊，招致强有力的反对，几起几落。56 岁罢相，闲居江宁“半山园”，在司马光全废新政后忧愤而逝。

王安石的《临川集》有 1400 多首诗，一部分直接反映现实社会问题，如《感事》《兼并》《省兵》《收盐》《河北民》等，大多作于任地方官时，表达对时政的批评和政治理想。另一部分，则借古喻今，或借题发挥，表明政治观念或人生观念，如《商鞅》，以“今人未可非商鞅，商鞅能令政必行”，强调建立有效的国家机器的重要；《孟子》“何妨举世嫌迂阔，故有斯人慰寂寥”，表现在政治上固执已见的态度。此外，如《贾生》《汉武帝》《桃源行》《明妃曲》等，大体类似。不过，同散文的情况不一样的是，除了这一类观念性比较强的作品以外，王安石还写有许多偏重于抒情的作品，特别是在他脱离政治舞台的时期。

与梅尧臣、苏舜钦、欧阳修等人推崇和效仿韩愈不同，王安石的诗受韩愈的影响很少，他非常敬重杜甫，并广泛吸收中晚唐诗的特长。他曾编过《老杜诗后集》，并在《杜甫画像》中写道：“吾观少陵诗，为与元气侔，力能排天斡九地，壮颜毅色不可求。”杜甫在宋代逐渐受到高度重视，宋诗逐渐向杜甫的方向靠拢，是以王安石为起点的。另外，他也编过《唐百家诗选》，收的多是不为人重视的中小诗人的作品，显然有广采博收的意识。在此基础上，他的诗形成了以语言精练而圆熟、意境清丽而含蓄为主要特点的风格。

王安石的诗对语言的锤炼十分讲究，并善于不留痕迹地化用前人的词汇和意象。比如《泊船瓜洲》一诗：

京口瓜洲一水间，钟山只隔数重山。春风自绿江南岸，明月何时照我还？

据洪迈《容斋续笔》卷八，吴中士人家藏有此诗草稿，第三句原本是“又到江南岸”，感觉“到”字不好，圈改为“过”字，后又改为“入”字、“满”字，改了十几次才改定为“绿”字。其实，把形容词“绿”用为动词的写法，不但李白《侍从宜春苑……》早已有“东风已绿瀛洲草”之句，其他人也反复使用过多次，但王安石这句最为亲切自然而形象鲜明，能表现出江南风光的喜人之处，所以为人们所熟知。如此专注的推敲，可见诗人已不是把写诗当作政事的附庸，而是当作生命趣味所在了。颜色词被动词化，不仅绿了江南岸，而且给诗人的心灵也染上了绿色。结尾的发问，实际上暗示着春风明月下的无边翠绿，乃是诗人要回归的精神家园。

又如《暮春》诗中“雨花红半堕，烟树碧相依”，受杜甫《春夜喜雨》“晓看红湿处，花重锦官城”一联的启发，但并不觉得是套用。还有《书湖阴先生壁》“一水护田将绿绕，两山排闼送青来”，后人认为是用史书中的材料为对仗，极表赞赏，但他确实用得很巧，不显得吃力。另一方面，王安石虽然经常凭借广博的书本知识方便地化用前人语汇，但并不总是在搬弄学问，他也常常通过细腻的观察，捕捉生动的意象，以平易的语言表现自己内心的情绪、感受。像《北山》“北山输绿涨横陂，直堑回塘滟滟时。细数落花因坐久，缓寻芳草得归迟”，后两句对得很工整，读来却很自然，“细数”“缓寻”既烘托了萧散旷逸、从容不迫的神态，又暗含一种百般无聊的闲愁。一般来说，王安石不把经过仔细揣摩、推敲的个别典故、语词用得很显眼，而是把这种精巧的语言同全诗意脉的自然流动融为一体，正如叶梦得《石林诗话》所说，看上去“见舒闲容与之态”，但“字字细考之，若经檃括权衡者，其用意亦深刻矣”。

王安石诗常有谢灵运及中晚唐诗那种清丽的风致，黄庭坚谓之“雅丽精绝，脱去流俗”（《苕溪渔隐丛话》引），像《岁晚》：

月映林塘澹，风含笑语凉。俯窥怜绿净，小立伫幽香。携幼寻新菂，扶衰坐野航。延缘久未已，岁晚惜流光。

诗中的景物显得清幽雅洁，呈现出超脱于世俗的美，而诗人的心便流连于此。读这类诗，会令人想到谢灵运的山水诗，但王安石没有谢灵运那样贵族式的孤傲；会令人想到大历十才子或贾岛一派的写景诗，但王安石没有他们那种寒苦。实际上，王安石这类诗是带有某种孤独和清高的意味的，只是他对此不愿作强化的表现，保持着心态的平衡，因而在语言上，这类诗也写得比较谐调。

这里已经涉及王安石诗的另一特点，即表现的含蓄，如《寄蔡天启》：

杖藜缘堑复穿桥，谁与高秋共寂寥？伫立东冈一搔首，冷云衰草暮迢迢。

杜甫晚年的诗，常把自我的形象孤零零地置于肃杀的秋色中（如《登高》），以表现心境悲凉，王安石这首诗与之有些相像，包括声律的顿挫也颇为近似。但王安石作了淡化的处理，譬如诗中用“谁”来代替自己，避免让广阔的背景造成情绪的扩张，同时也回避说明或暗示情绪的具体内涵，因而流露出既萧索又苍凉、不可实指的惆怅情怀。造成这种诗境的原因很多，一方面，王安石个性倔强，一生历经风波，在受到挫折时，内心的不平总要流露出来；但另一方面，不仅他的人生体验很复杂，不易说清楚，而且在宋代重理智的文化氛围中，作为曾经处于重要政治地位的大人物，如果诗中个人情感表现得过于强烈，会被认为是一种幼稚的夸张，所以他用了比较抑制的、含蓄蕴藉的方式来表现。另外像《南浦》："南浦随花去，回舟路已迷。暗香无觅处，日落画桥西。"表现的也是一种不知因何而起的怅然若失的情怀。但不管怎么说，在宋代诗人中，王安石的诗歌情感，已经是比较浓郁而不偏向于平淡的了。透过清丽而含蓄的意境，诗人的内心隐痛还是可以感受到的。

王安石以广博的学识、圆熟的语言、清丽的意境、自然含蓄而又精巧凝练的风格，建立了宋诗独特的一体——荆公体。后来以黄庭坚为首的江西诗派，受他的影响不小。他们以才学为诗的偏向，也与王安石有些关系。

第四节　苏　轼

苏轼（1037—1101），字子瞻，号东坡居士，眉山（今属四川）人。出身于较清寒的文士家庭，父亲苏洵是大器晚成的散文家，母亲程氏有文化修养，教苏轼读书，使其从小就"奋厉有当世志"。弟弟苏辙，字子由，是苏轼一生政治上和文学上的同道。苏轼勤奋好学，刚入成年，便"学通经史，属文日数千言"（苏辙《东坡先生墓志铭》）。

宋仁宗嘉祐元年（1056），苏轼与弟弟随父入京。次年应举，主考官欧阳修见其文章，惊为异人，称"他日文章必独步天下"。服母丧毕，又应制科考，列为三等。宋神宗熙宁四年（1071），官至太常博士。此时，正值王安石变法。苏轼鉴于前朝失败的教训，不主张过于激烈的变革，针对北宋积贫积弱的危机，提出一系列改革主张，但是遭到当权派排斥，于是自请外任。自熙宁四年起，先后任杭州通判，徐州、密州、湖州知州。宋神宗元丰二年（1079），御史中丞李定等人，罗织罪名，诬陷苏轼以诗文谤讪朝廷，致使其被捕下狱，这就是史上著名的“乌台诗案”。受了种种身体和精神上的折磨之后，苏轼被贬黄州。元丰八年（1085），哲宗继位，高太后任用旧党领袖司马光为宰相，尽废新法。苏轼因与旧党关系亲厚，被调还朝，官至翰林学士、中书舍人。由于他在地方任上，对新法的益处有所认识，所以与旧党也产生分歧，结果，又一次被放外任，历知定州、杭州、扬州。高太后死，哲宗亲政，新党再度执政，苏轼又遭贬谪，先至偏远的惠州，后被贬至昌化军（今海南儋州）。哲宗元符三年（1100），徽宗继位，苏轼遇赦。次年，病逝于北归途中。苏轼《自题金山画像》曾写道：“问汝平生功业，黄州惠州儋州。”自嘲的语气中，隐含几多酸辛。苏轼的一生，时时处处以国计民生为己任，屡遭迫害而忠贞不渝，每至一处，便为当地老百姓尽心尽责，他的政绩以及潇洒豁达的人生态度，在当时已广受推崇，以至在常州去世时，吴越之民相与哭于市。

苏轼一生于诗用力最勤，既能广汲前人之长，又能在多方面开拓新路。思想和艺术成就都显示出对前辈欧、苏、梅和同代王安石、黄庭坚、陈师道等诗人的超越，堪称宋诗之冠。他的诗今存2700馀首，与词和文相比，题材更广阔，内容更丰赡，风格更多样。无论是涉及社会重大问题，还是记述生活遭遇、风物民情，以及咏物题画、友朋赠答、咏史怀古，苏轼的诗都深深地刻有个人的印记，命意新颖，构思奇特，独辟蹊径，自成一家，散发出独特的魅力。

同大多数身处宦途的宋代诗人一样，苏轼也在诗中反映民生疾苦，揭露官吏横暴。早年的《和子由蚕市》，在凤翔时所作《和子由闻子瞻将如终南太平宫溪堂读书》，贬谪黄州时的《五禽言》等，都是“悲歌为黎元”的感人之作。直到晚年贬谪惠州，还写有七古长篇《荔枝叹》，对现实进行尖锐抨击，某些诗还有特殊的政治背景，如针对王安石变法流弊而作的《吴中田妇叹》：

霜风来时雨如泻，杷头出菌镰生衣。眼枯泪尽雨不尽，忍见黄穗卧青泥！

《山村五绝》写由于新法造成“官今要钱不要米”，农家只得将粮食贱卖，甚至卖牛拆屋的惨景；《鱼蛮子》反映赋税无处不在，等等。而《和孔郎中荆林马上见寄》因自己所管辖的地区农业歉收而自责“平生五千卷，一字不救饥”，则反映出正直官僚的社会责任感。还有一些题材很新颖，如《秧马歌》赞颂一种新式水田农具的好处，《石炭》写徐州人采煤的热烈场面，《游博罗香积寺》设想寺旁的山溪可以用来推动水磨。

苏诗中最大量、也最为人们喜好的，是通过描绘日常生活经历和自然景物来抒发人生情怀的作品。他善于以庄禅超时空的观照框架理解俗世人生，带有很强的哲理性，将古诗中常见的一些题材提升到很高的层次，诗的内涵显得深厚，同时也表现出旷逸豁达的人生态度，如《和子由渑池怀旧》：

> 人生到处知何似？应似飞鸿踏雪泥。泥上偶然留指爪，鸿飞那复计东西。老僧已死成新塔，坏壁无由见旧题。往日崎岖还记否？路长人困蹇驴嘶。

诗写对命运无常和人生空漠的了悟。世间一切，如雪泥鸿爪，虽然存在于某一时空下的踪迹是真实而具体的，但是存在的本质却是虚幻抽象的，它缥缈模糊，瞬间即逝，难以捉摸，不易把持；而且今日之踪迹尚历历在目，而前日之踪迹已茫然难寻，所谓：“寄蜉蝣于天地，渺沧海之一粟。哀吾生之须臾，羡长江之无穷。”① 那么面对这永恒与短暂、无限与有限的矛盾，是行乐当及时呢？还是努力加餐饭呢？诗人虽刚入仕途，未经坎坷，只是因子由提及旧地重游，而有感于中，但却写出了对如何解决上述矛盾的探索。“空中鸟迹”与“水中月影”一样，是佛经中用来譬喻空无虚幻、缥缈易逝的常见意象。柳宗元《巽公院五咏·禅堂》：“万籁俱缘生，窅然喧中寂。心境本洞如，鸟飞无遗迹。”与苏轼此诗意境近似。清代的王文诰（1764—?）谓：“凡此类诗，皆性灵所发。实以禅语，则诗为糟粕。”② 以注诗一般原则论，固然不错，但苏轼熟于佛经，虽未必袭取佛典，不妨得之禅趣、禅意、禅机。

《和子由渑池怀旧》言及怀念故人，《正月二十日与潘、郭二生出郊寻春，忽记去年是日同至女王城作诗，乃和前韵》则写重游旧地：

---

①〔宋〕苏轼：《赤壁赋》，《苏文忠公全集》卷三十三。

②〔清〕王文诰辑注，孔凡礼点校：《苏轼诗集》第1册，中华书局1996年版，第96页。

东风未肯入东门，走马还寻去岁村。人似秋鸿来有信，事如春梦了无痕。江城白酒三杯酽，野老苍颜一笑温。已约年年为此会，故人不用赋招魂。

故人也好，旧地也罢，无不是往事如烟消散，纵然尚存些微痕迹，勾起回忆，亦已是如梦般恍惚。大自然犹如永恒的坐标，以年年春风，对匆匆过客。因此，对生命的短暂，对人事的得失，也就没有眷念、悲哀的理由，只要在世，且放宽胸怀，平常而自然地生活下去。这就是苏轼理解的随缘自适的人生。《题西林壁》，也是从自然景物得到悟解：

横看成岭侧成峰，远近高低各不同。不识庐山真面目，只缘身在此山中。

诗宜参禅味，得之禅趣，不宜径用禅语，直言禅理。《题西林壁》这首诗即是参禅味而得之禅趣之作。前两句注者引《华严经》《感通录》释其来处，此外还可参看梅尧臣《鲁山山行》："适与野情惬，千山高复低。好峰随处改，幽径独行迷。"苏轼自己的《法惠寺横翠阁》："朝见吴山横，暮见吴山纵。吴山故多态，转侧为君容。"以及《江上看山》："船上看山如走马，倏忽过去数百群。前山槎牙忽变态，后岭杂沓如惊奔。"后两句虽思想本身未必新奇，但在庐山诗中，却未经人道过。南北朝有"当局苦迷"① 和"有识傍观"② 之句，唐人合而言之"当局称迷，傍观必审"③。南宋诗人如张孝祥《楞伽寺》三首其二，许锡《葛山》都是从这一点理解此诗旨意。④ 参以佛家思想，万物因因相生，诸事缘缘而起；因又有因，缘又有缘；横观无边无际，纵着无始无终。一切世间之物，皆须受时空限约，唯有跳出庐山局外，破除"我执""法执"，开悟解悟觉悟证悟达悟，

①〔南朝〕沈约：《宋书·王微传》。

②〔北齐〕颜之推：《颜氏家训·风操》。

③见《新唐书·元行冲传》。

④〔宋〕张孝祥《楞伽寺》三首其二："天围欲尽三千界，地险真成百二关。不向中峰最高处，诸君元未识庐山。"（《四库全书》本《于湖集》卷十二）许锡《葛山》："平时西北望山峰，我忽西行山忽东。东望不如西望好，只缘身已出山中。"（《宋诗纪事补遗》卷三十七）

方能除却妄念，了断无明。而若反推此意，于处世之道论，旁观者虽清，却未免消极。以庐山而论，九霄云外全息摄影，清则清矣，却无法领略身在此山之中变幻无穷的感受。

宋诗好议论是普遍的现象，而苏诗尤为突出：或全诗纯乎议论；或前面抒情叙事，咏物写景，篇末发表议论；或议论与抒情叙事、咏物写景交替穿插；或几种写作手法水乳交融，不分彼此。方法的多种多样和变化万状，使苏诗中的议论视野开阔，容量闳大，雄深博大，气象万千。而其议论的题材内容，则大到宇宙时空、小到鸟兽虫鱼，广到社会人生、狭到碑刻古玩，雅到诗书画艺、俗到接物处世，近到花草木石、远到海外仙国……无论大小广狭，雅俗远近，其“天生健笔一枝，爽如哀梨，快如并剪，有必达之隐，无难显之情”[①]，皆取之于心，注之于手，似风行水上，自成其文，滔滔汩汩，无往不适。宋诗偏向知性所带来的一些显著特点，在苏诗中也有突出的表现，但他毕竟才华横溢，人生感受又极其丰富，因而能够更多地发挥其有利的一面。苏诗议论的具体方法亦多种多样，有的借助形象议论；有的就形象本身展开议论；有的循事理结合形象而议论，并由此及彼，联类相生；有的带情议论，用议论以抒情，重在抒情，以理相辅；有的用议论直接说理，但带情韵而行；有的情理相融，难辨彼此，等等。[②] 在中国诗学的抒情传统与叙事传统之外，开辟出令人耳目一新的议论传统。

从世界万物不断流转变化的观点看待人生，排除不幸的遭遇所带来的悲哀，一方面使得苏轼的诗缺乏悲壮和慷慨激昂的力度，另一方面，也使得他能够以乐观与豁达的态度，随时发现生活中生机盎然、富有情趣的事物，由此写出的诗作，虽不带有哲理性议论，其实还是有着他那种人生哲理的背景。像《新城道中》：

> 东风知我欲山行，吹断檐间积雨声。岭上晴云披絮帽，树头初日挂铜钲。野桃含笑竹篱短，溪柳自摇沙水清。西崦人家应最乐，煮芹烧笋饷春耕。

---

①〔清〕赵翼：《瓯北诗话》卷五，霍松林、胡主佑校点本，人民文学出版社 1981 年版，第 56 页。

②详见陈才智《苏诗与北宋文化的议论精神与淡雅精神》，《湛江海洋大学学报》2002 年第 2 期。

所写都是寻常景象，但染着作者的愉悦心情，一切都变得善解人意，谐趣而快乐。岭上的云像顶棉帽，枝头的太阳像只铜钲，大自然的面目居然有些幽默；野桃含笑，溪柳摇曳，草木也欢快自得；田头春耕正忙，西崦人家传出芹笋的香味，人间俨如桃源。此外如：

> 黑云翻墨未遮山，白雨跳珠乱入船。卷地风来忽吹散，望湖楼下水如天。(《六月二十七日望湖楼醉书》)

> 竹外桃花三两枝，春江水暖鸭先知。蒌蒿满地芦芽短，正是河豚欲上时。(《惠崇春江晚景》)

江上一时黑云如墨，倏忽间又碧水蓝天，人生又何尝不是如此？桃红水暖，又是一个春天，大自然永远对人有美好的惠赐。这里没有直接抒情和议论，却通过对景物的动态描写，对季节物候的敏锐感觉，表达出欣喜的心境和恢宏的胸怀。但并不是说苏轼能够全然忘却人生的痛苦，像《儋耳》“残年饱饭东坡老，一壑能专万事灰”，《倦夜》“孤村一犬吠，残月几人行。衰鬓久已白，旅怀空自清”之类，都时时流露出心底的惆怅。由于苏轼的自由个性和天才气质，他对人生的无奈、世事的可悲，有着比他人更敏锐、更强烈的感受。只是他最善于把老庄佛禅的思想与现实生活环境结合起来，来排遣、消解痛苦而已，像《纵笔三首》之一：

> 寂寂东坡一病翁，白须萧散满霜风。小儿误喜朱颜在，一笑那知是酒红！

最能反映以豁达旷放对待悲苦愁闷的复杂心态。只有把两者结合起来，才能看到完整的苏轼。篇幅较长的七言古体，更能表现出苏轼性格中豪放的一面，如著名的《游金山寺》：

> 我家江水初发源，宦游直送江入海。闻道潮头一丈高，天寒尚有沙痕在。中泠南畔石盘陀，古来出没随涛波。试登绝顶望乡国，江南江北青山多。羁愁畏晚寻归楫，山僧苦留看落日。微风万顷靴文细，

断霞半空鱼尾赤。是时江月初生魄，二更月落天深黑。江心似有炬火明，飞焰照山栖鸟惊。怅然归卧心莫识，非鬼非人竟何物？江山如此不归山，江神见怪警我顽。我谢江神岂得已，有田不归如江水！

令人想起韩愈的《山石》，但苏轼的诗视野更广阔，气势更纵横，语言更奔畅，甚至颇有李白的风韵。区别在于：李白的歌行更有跳荡飞跃之力，而苏轼这一类诗多具行云流水之妙。

苏轼多才多艺，不仅工诗，而且擅画，请他题画者络绎不绝，今存其题画诗共计102题157首，无论数量还是质量，都堪称题画诗史上的高峰，不仅表达出众多绘画理论上的高超见解，显示出灵活自如地驾驭诗画艺术规律的高超才能，展现出各种各样丰富真挚的思想感情，而且全面地发掘了题画诗的功能，把题画诗真正提高到“以诗赏画，以诗阐画，以诗补画，以诗导画”的位置上。同时，他为题画诗增添了一种清雄疏朗、宽和幽默的气度，其题诗谈笑风生，举重若轻，奇趣迭出，不由人不喜爱。如《惠崇春江晓景》是写意诗，旨在悟画，故重在联想；《韩干马十四匹》是释画诗，旨在阐画，故重在说明；《王维吴道子画》是析画诗，旨在评画，故重在比较。他认为诗与画都应该以“天工与清新”为重(《书鄢陵王主簿所画折枝》)，不应拘泥于肖似，而要“取其意气所到”（《又跋汉杰画山》）；他强调在艺术创作中灵感的作用，要求“神与万物交”（《书李伯时山庄图后》），灵感到来时，“急起从之，振笔直遂，以追其所见”（《文与可画筼筜谷偃竹记》）；他注重新颖微妙的趣味，《书吴道子画后》“出新意于法度之中，寄妙理于豪放之外”的评语，也正是他自己对诗歌境界的追求。无论以何种写法表达何种内容，苏轼的题画诗都能做到诗中有画，诗传画意，却不囿于画；诗情画意相得益彰，诗兴画境各臻其致。①

前人评价苏轼的诗，常发出“灵妙”“空妙”之类的感叹。“妙”是苏诗特有的趣味，它表现为种种新颖独特的感受、巧妙妥帖的比喻、出人意料的联想等。譬如《和子由渑池怀旧》以“雪泥鸿爪”比喻人生，《和钱安道寄惠建茶》用若干历史人物的性格比拟茶的滋味，《寓寄定惠院……》以“朱唇得酒晕生脸，翠袖卷纱红映肉”形容海棠的色彩与质感，《饮湖上初晴后雨》以“若把西湖比西子，淡妆浓抹总相宜”表现对

①详见陈才智《苏轼题画诗述论》，《乐山师范学院学报》2004年第6期。

西湖美景的感受，以及《寄吴德仁兼简陈季常》中“忽闻河东狮子吼，拄杖落手心茫然”之化用佛教典故，《李思训画长江绝岛图》中“舟中贾客莫漫狂，小姑前年嫁彭郎”之化用民间故事，无不妙想成趣，处处生春。从这些地方特别能够看出苏轼思维的活跃。

在结构方面，苏轼继承梅、苏、欧以来宋代诗人讲究意脉贯通的特点，或以主体的情绪变化为脉络，或以主体所感受到的时间流逝、景物移转为脉络，理路大都自然。只是他的诗比之梅、苏、欧更少些拘谨，流动感更强，往往在跌宕起伏中，把情绪表现得淋漓尽致。

在诗体方面，苏诗各体兼备，尤擅七古及七律、七绝。没有严格格律约束也不受篇幅长短限制的七言歌行，更适于他自由驰骋的才情和想象。他的七古波澜浩大，变幻莫测。五古稍逊于七古，但也是气韵流动，精神饱满。律体不如古体，但七律、七绝却很精彩。七律具刘禹锡、白居易的流丽婉转，却更洒脱；七绝清美精妙，颇有尺幅千里之势。五律、五绝方面，相对用力较少。

在风格方面，苏诗境界大、笔力豪、变化多，大致以清雄旷放、自由驰骋为主调而兼具多种特色。正如刘克庄《后村诗话》所评，苏诗“有汗漫者，有谨严者，有丽缛者，有简淡者，翕然开合，千变万态”①。前期诗歌以豪放为主，主要受李白、杜甫、韩愈、刘禹锡、欧阳修、苏舜钦的影响；后期诗风渐趋于平淡，更多吸收陶渊明、韦应物、柳宗元、白居易及梅尧臣诗的长处。

苏轼对诗歌的语言，理论上最推崇自然平淡。钱锺书评价苏诗是宋诗中“最真朴出自然”② 者，苏诗确实天成、清新、简洁、自然，其行云流水般的风格，为一般宋诗所无。他对陶渊明抱有一种近似崇拜的心理，认为陶诗的成就在其他所有诗人之上。这多少包含着追求平衡淡远的精神状态的意味。但苏轼的文化性格，毕竟是相当活跃的，所以他虽然写了一部分比较平淡的作品，但并未停留在这一种境界上，很多诗还是写得神采飞动，色泽鲜丽。像《百步洪》中，比喻水势的汹涌湍急，四句诗一口气用了七种形象，颇显富丽华赡。再如《有美堂暴雨》：

①〔宋〕刘克庄：《后村诗话·前集》卷二，王秀梅点校本，中华书局1983年版，第25页。谨严，一作“典严”。

②钱锺书：《苏东坡的文学背景及其赋》，《学文月刊》第1卷第2期，1934年6月。

> 游人脚底一声雷，满座顽云拨不开。天外黑风吹海立，浙东飞雨过江来。十分潋滟金樽凸，千杖敲铿羯鼓催。唤起谪仙泉洒面，倒倾鲛室泻琼瑰。

写得气势开张，声色喧腾，有典故，有丽藻，绝不是一种朴素平淡的风格，所以在很大程度上，苏轼弥补了宋诗过于平淡枯瘠的不足。

第三章　江西诗派

第一节　黄庭坚与江西诗派

苏轼继欧阳修之后成为新的诗坛领袖，也同样注意发现和提携新人。在《答李昭玘书》中，他曾说过，如黄庭坚、晁补之、秦观、张耒，“皆世未之知，而轼独先知之”。这四人由于苏轼的推赏而知名于世，又因他们都曾任馆职，故被称为“苏门四学士”。此外，如苏轼之弟苏辙，与苏氏兄弟并称为“二苏三孔”的孔文仲、孔武仲、孔平仲三兄弟，苏轼的小同乡、人称“眉山先生”的唐庚，以及李廌、李之仪、陈师道，也直接或间接地受到苏轼的影响。在北宋后期，这些苏门人物成了诗坛一支最大的力量。不过，苏轼从不专主一格，更不以齐一天下文风的宗师自居，所以这群人并不构成宗旨鲜明的诗歌集团，而是各行其是，各有所长。

在苏门人物中，黄庭坚的成就最高、影响最大，他虽说是“苏门四学士”之一，却又与苏轼并称“苏黄”，成为宋诗史上开宗立派、影响深远的大家。黄庭坚（1045—1105），字鲁直，自号山谷道人，又号涪翁，分宁（今江西修水）人。其父黄庶是学习杜甫诗风的诗人，舅父李常是藏书家，也擅长写诗，他的第一个妻子的父亲孙觉，第二个妻子的父亲谢师厚，也都是诗人，这种环境造就了他很高的文艺素养。在 23 岁进士及第后，他做过一些地方小官和北京（今河北大名）国子监教授。他的诗受到苏轼的赏识，政治观点也与苏轼相近，仕途生涯因而与新旧党之争纠结在一起。哲宗初年高太后执政废新法时，他被召入京，参与修史及贡举方面的工作；哲宗亲政驱逐旧党时，则被贬斥为涪州别驾，黔州安置；哲宗去世后曾一度起复，但很快又被贬到远在今广西境内的宜州，后来即逝于此。有《山谷集》。

黄庭坚与苏轼彼此推重，相知甚深，但却不认同苏轼那种相对纵恣的表现，而常常宣扬“温柔敦厚”的诗学理念。他曾自述文学创作的历程，并教导外甥洪驹父：

老夫绍圣以前，不知作文章斧斤，取旧所作读之，皆可笑。绍圣以后，始知作文章，但以老病惰懒，不能下笔也……东坡文章妙天下，其短处在好骂，慎勿袭其轨也。(《答洪驹父书》)

在《书王知载朐山杂咏后》中，他又专门谈道：“诗者，人之情性也，非强谏争于廷，怨忿诟于道，怒邻骂坐之为也。”他还批评因诗中“发为讪谤侵陵”，而导致“引颈以承戈，披襟而受矢”的人，认为“失诗之旨”。表面上看，这只是些迂腐陈旧的谈论，实际上却有深刻的时代背景和内心苦楚。北宋是思想统治开始严厉的时代，早在熙宁年间，苏轼就因有在诗文中讥讽朝廷的嫌疑被捕受审，险些丧命，而黄庭坚也被牵连在内，这是中国历史上一场有名的文字狱。到了绍圣年间，黄庭坚在新旧党之争中，再度以所谓修《神宗实录》多诬的罪名被贬，所以他不能不在文字方面谨慎小心。前引《答洪驹父书》专门提出以“绍圣”为界，就是关联到政治背景。而且，即便如此，黄庭坚晚年还是因《承天院塔记》被人告发涉嫌诽谤而流放宜州。所以说，主张“温柔敦厚”的文学观，对黄庭坚来说，很大程度上是为了避祸而自我抑制。

这种态度使得黄庭坚的诗较少涉及社会政治问题，也较少就个人所蒙受的不公正待遇发出直接的抗争。在抒发内心痛苦的时候，他常常只是就自身来写，而不涉及对立的一面。但这并不意味着他内心的愤慨不平已完全消解，它还是以各种间接曲折的方式表现出来。黄庭坚《次韵黄斌老所画横竹》有“酒浇胸次不能平，吐出苍竹岁峥嵘”二句，他自己的诗歌，也往往透过那种奇峭的风格，来表现情绪的跃动。清代方东树《昭昧詹言》卷十谓黄诗“于音节尤别创一种兀傲奇崛之响，其神气即随此以见”，也清楚地看到他的诗歌语言形式与抒情需要的关系。

当然，黄庭坚的诗歌艺术风格的形成，不仅仅是个人抒情的需要，也有在诗歌的发展过程中进行新的创造的考虑。宋诗到黄庭坚时，已有许多新的发展。但在前辈和同代的著名诗人中，像梅尧臣、欧阳修那种或是平淡流贯或是极端散文化的风格，实际上黄庭坚是不喜欢的；苏轼的诗以才气而胜、不主一格，又非常人所能模仿。而且以前各家，没有人在诗歌的形式和语言技巧方面提出一套可供效行的方法。黄庭坚一直苦心研诗，对杜甫尤为推崇。他通过汲取杜诗在艺术表现方面的长处，并在自己的立场上，总结前人的得失，逐渐形成了独特的诗歌风格。他还提出一整套“诗法”，使得许多诗人翕然相从。

首先，黄庭坚主张以丰富的书本知识作为写诗的基础，他认为杜诗韩文，“无一字无来处”（《答洪驹父书》），又说“词意高胜，要从学问中来尔”（《论作诗文》），并认为王观复的诗“未能从容”的主要原因是“读书未破万卷”（《跋书柳子厚诗》）。多读书的目的，是积累古人的“佳句善字”，以备检用。对此他提出“点铁成金”与“夺胎换骨”论。一是指借用前人诗文中的词语、典故，加以陶冶点化，化陈为新，使之在自己的诗中起到精妙的修辞作用；二是指师承前人的构思与意境，使之焕然一新，成为自己的构思与意境。

对于上述理论的理解，必须和黄庭坚所强调的在语言上去陈反俗的理论结合起来看。就是说，他虽然重视运用书本材料，却强烈反对袭用前人的陈词滥调。所以，过去诗歌中习见的语汇、意象，在黄庭坚诗里反而是少见的。他用典，喜欢从一些冷僻的书籍中引用；如果是人们熟悉的，则尽量用得出人意料。譬如《弈棋呈任公渐》中“湘东一目诚甘死，天下中分尚可持”二句，前句是用《南史》所载湘东王萧绎盲一目而对此尤为忌讳的故事，说棋盘上有一块棋仅一眼，死而心甘；后句转折，用《史记》中刘邦、项羽以鸿沟为界相持不下的故事，说虽死了一块棋，大局尚未定胜负，犹可支撑争战，用得很新颖妥切。而《次韵刘景文登邺王台见思》“公诗如美色，未嫁已倾城”二句，将出于李延年《李夫人歌》的“倾国倾城”这样无人不晓的成语，用得极有新鲜感。

黄庭坚的上述主张和实践，进一步推进了宋诗偏重知性、“以才学为诗”的倾向。它带来一些明显的弊病，如多用典故和古语，多用奇字，容易使诗意晦涩；如果“夺胎换骨”“点铁成金”，弄得不好，很可能由模拟沦为剽窃。但它也有一些长处，不仅运用典故、古语可以扩大语言的含量，而且，对典故、古语和一般词汇力避陈俗、翻奇出新的运用方法，可以带来阅读上的新奇感。

以上所涉及的，主要是语汇或语言材料方面的问题。除此之外，黄庭坚对诗的句法和结构，也很有讲究。在句法方面，黄庭坚喜欢用拗句，这是学杜甫的重要体现，但杜甫还只是偶一为之，黄庭坚则用得很普遍，形成特色。所谓“拗句”，主要是在格律诗体中把一句或一联的平仄加以改变，与此同时，也把诗句的语序组织加以改变，使音节和文气不顺畅，这样就有意造成一种拗峭的效果，犹如黄庭坚书法中生硬曲折的线条，给人以奇峭倔强的感觉。如“故人相见自青眼，新贵即今多黑头”（《次韵盖郎中率郭郎中休官》），“自”字应平而仄，“多”字应仄而平；“舞阳去叶才百里，贱子与公皆少年”（《次韵裴仲谋同年》），“百”字应平而仄，“皆”字应仄而平，这一类句式在黄诗中经常出现。

《苕溪渔隐丛话》前集卷四十七引《禁脔》云：“鲁直换字对句法，如‘只今满坐且尊酒，后夜此堂空月明’‘清谈落笔一万字，白眼举觞三百杯’‘田中谁问不纳履，坐上适来何处蝇’‘秋千门巷火新改，桑柘田园春向分’‘忽乘舟去值花雨，寄得书来应麦秋’。其法于当下平字处以仄字易之，欲其气挺然不群。”还有像“心犹未死杯中物，春不能朱镜里颜”（《次韵柳通叟寄王文通》），平仄虽然合规矩，但“一一三一三”的音步节奏也是很奇兀的。而在全诗的结构上，黄庭坚也多有奇变，有时跳跃，有时反折，很少一路连绵衔接而成。以往宋诗多有平易流畅、意脉连贯的特点，而黄庭坚有意走一条与之相背的道路。综合各个方面的因素，黄庭坚的诗以讲究法度、刻意求深求异的写作方法和生新瘦硬的风格为主要特点，给宋诗带来了一种新的变化。下面是他的《寄黄几复》：

> 我居北海君南海，寄雁传书谢不能。桃李春风一杯酒，江湖夜雨十年灯。持家但有四立壁，治病不蕲三折肱。想得读书头已白，隔溪猿哭瘴溪藤。

一、二句表面看来很平常，实际暗用《左传·僖公四年》“君处北海，寡人处南海”的典故以及衡山回雁峰雁不南飞的故事。三、四句不仅和一、二句之间有跳脱，而且两句之间也有跳脱，只是意义并不含糊。这两句完全用习见词汇构成，但组成对句以后却很新鲜。句中不用动词系连，纯粹以名词性意象对应，在一寒一暖的景象中写出往年相聚的快乐和别后的孤单。五、六句再转写黄几复的处境，先用《史记·司马相如列传》“家徒四壁立”的典故写他的贫寒，再反用《左传·定公十三年》“三折肱，知为良医”的成语，感叹他久沉下僚。这两句的声律都是“拗”的，尤其前句二平五仄，给人以逼促之感。最后再借想象描绘出一幅凄凉图景，并暗用李贺《南园》“文章何处哭秋风”的诗意，表现自己的不平。黄庭坚诗的一些基本特点，在这首诗中都可以看出来。

黄庭坚诗的主要弊病，就是常常有语言过分艰奥、句法和章法过分生硬的情况，这不仅在理解上造成困难，而且在审美感受上也带来一种压抑和扭曲的感觉。所以苏轼一面称赞他的诗“格韵高绝”，一面又说这种诗读多了会令人“发风动气”（《东坡题跋》）。这虽带有玩笑的意味，却说得很准确。因为在黄庭坚的许多诗中，情绪的流动受到过多的阻遏。不过，他也有些诗写得比较明白流畅，如《雨中登岳阳楼望君山二首》之一：

投荒万死鬓毛斑，生出瞿塘滟滪关。未到江南先一笑，岳阳楼上对君山。

表现了他的倔强性格，还有他的苦涩和沉痛，既保持着劲峭的风格，却并不晦涩。又如《题王居士所藏王友画桃杏花二首》之一：

凌云一笑见桃花，三十年来始到家。从此春风春雨后，乱随流水到天涯。

借灵云志勤禅师见桃花而悟禅旨的禅偈(《景德传灯录》卷十一)，写自己对人生的感受。在浅易的词句中包蕴着理趣，显然受了禅宗的影响。

从黄庭坚诗歌的总体情况来看，早期之作虽然在抒写人生感愤方面比较抑制，但那种特殊的声调、句法，还是能让人感受到被强行抑制的情绪在暗中起伏涌动，诗的形式成了特殊的抒情手段。到了晚年，他的许多诗写得随意了些，更有“老熟”的感觉，但感情的强度却进一步削弱了。如《病起荆江亭即事》十首之一：

翰墨场上老伏波，菩提坊里病维摩。近人积水无鸥鹭，时有归牛浮鼻过。

善于用典和喜用僻典如故（三、四句系从唐代很不出名的陈咏的诗句“隔岸水牛浮鼻渡，傍溪沙鸟点头行”化出），心情也似乎有些无奈，但意境潇然淡远，虽久历灾厄、犹在困境，却绝无激动的成分。这种诗曾经受到很高的评价，但诗味终究觉得太淡薄。

当时有很多诗人追随黄庭坚或受到他的影响。其中一类是他的外甥，如洪朋、洪刍和徐俯，他们都亲受黄庭坚的指点；还有一类是学生和朋友，如陈师道、韩驹、潘大临等；再有一类是受黄庭坚影响而并无直接联系的人，如谢逸等。大体上他们的诗歌风格及理论主张都与黄庭坚相似，一时在诗坛上造成相当大的声势。这些人物中，以陈师道最为著名。

陈师道（1053—1101），名无己，又字履常，号后山居士，徐州彭城（今江苏徐州）人，曾任徐州教授等职，因追随苏轼、黄庭坚而被罢免，贫病困顿而死。有《后山居士文集》。他对黄庭坚非常钦佩，自言“及一见黄豫章，尽焚其稿而学焉。……仆之诗，豫章之诗也”（《答秦观书》）。他也极力主张学习杜甫，但所关注的并不是杜甫的胸怀意气，而是杜诗的立格、命意、用字。他写诗非常刻苦，黄庭坚诗中曾称他为“闭门觅句陈无己”（《病起荆江亭即事》），宋人笔记中也记载他常把写成的诗贴在墙壁上反复吟哦修改。因此，他的诗往往锤炼得很幽深，语意的减缩又太多，不容易读懂。下面这首《春怀示邻里》，已经是比较明白的：

断墙着雨蜗成字，老屋无僧燕作家。剩欲出门追语笑，却嫌归鬓着尘沙。风翻蛛网开三面，雷动蜂窠趁两衙。屡失南邻春事约，只今容有未开花。

诗的五、六两句运用典故写实景，而暗寓深意，写得很曲折。“风翻”句是用《吕氏春秋·异用》中商汤故事，讥刺当时法网苛严，尚可理解，“雷动”句典出陆佃《埤雅·释虫》，喻意却不易推究。不过，总的来说，诗意还算能明白，在严谨深刻的语言中，把贫寒窘迫的文人那种既羞涩尴尬又不甘寂寞的心理与情状写得十分细腻。

另外，韩驹也是上述一群诗人中比较有名的。他曾受到苏轼的赏识，后来又结识了黄庭坚。韩驹的诗学见解与黄庭坚很相近，也讲究使事用典，并对写成的诗反复修改，只是他的技巧比其他人更圆熟些，用古人的故事，语言比较自然贴切，较少“生吞活剥”的痕迹。所以，他对吕本中把自己列入江西诗派很有些不满。对于韩驹诗琢磨精巧的特点，有人赞赏，也有人批评，像张邦基就说他的名句“倦鹊绕枝翻冻影，征鸿摩月堕孤音”（《和李上舍冬日书事》）失于“太工”（《墨庄漫录》卷一）。

北宋末年，吕本中作《江西诗社宗派图》，自黄庭坚以下，列陈师道等二十五人“以为法嗣”，于是文坛上有了“江西诗派”这个名称（其实这些人中有一半以上不是江西人，称“江西诗派”主要是因黄庭坚的关系）。这一诗人群体具有前代所没有的较为严格的宗派色彩，因为他们不仅在诗学观点和写作风格上大体一致，而且多数成员确实相互联系切磋，并产生重大影响。至元代，方回《瀛奎律髓》又提出所谓“一祖三宗”之说，把杜甫算作这一派的祖师，而把黄庭坚、陈师道和在南宋仍有许多活动的陈与义算作三大宗师。这是很牵强的说法。这一派真正的祖师还是黄庭坚，陈师道难以和他并列，而陈与义与江西诗派并不很相似。

第二节　陈与义、曾幾

北宋末年，苏轼、黄庭坚的诗风影响最大，正如刘克庄《后村诗话》所说：“元祐后诗人迭起，一种则波澜富而句律疏，一种则锻炼精而情性远，要之不出苏黄二体而已。”① 苏轼的诗不易学，所以这些诗人大都是走黄庭坚的路子。但他们的诗也有两点重要的变化。一是在时代巨变的冲击下，他们的许多反映时事、抒发感愤的作品，情绪大多表现得直率而强烈，已不是“情性远”的面目了；二是在艺术风格方面，像吕本中、曾幾、陈与义等人，虽然深受江西诗派的影响，甚至通常被划归于江西诗派，但他们也在不同方向上试图改变以黄庭坚为代表的那种过于艰深拗硬的毛病，使南宋初的诗风开始有所转变。

吕本中（1084—1145）在诗歌创作方面成就不高，但他的诗学观点颇值得注意。曾幾向他请教如何作诗时，他告诫说：“不可凿空强作，出于牵强。……楚辞、杜、黄，固法度所在，然不若遍考精取，悉为吾用，则

①〔宋〕刘克庄：《后村诗话·前集》卷二，王秀梅点校本，中华书局1983年版，第26页。情性，一作“性情”。

姿态横出，不窘一律矣。”他看到黄庭坚的毛病，试图从李白、苏轼那里汲取一些以意为主、不拘泥于字句的方法，以求“澡雪滞思，无穷苦艰难之状”（《与曾吉甫论诗第一帖》），同时又试图借禅宗的所谓“活法”——不拘一格、不强调规定程式的自心体验——避免诗歌板滞僵硬。这种观点在当时有一定的普遍性，是南宋以后诗风转变的先兆之一。吕本中本人的诗，大多比较轻松自然。而反映时事的诗，如《兵乱后杂诗五首》感慨流离，斥责奸贼误国；《连州阳山归路》“儿女不知来避地，强言风物胜江南”，以儿女的无知反衬自己心中的酸楚，都写得很悲凉。

曾幾（1084—1166），字吉甫，自号茶山居士，赣州（今属江西）人。有《茶山集》。他在南宋初是一个坚定的抗金派，曾受到秦桧的排斥。他推重黄庭坚，自己说曾把一部《山谷集》读得烂熟（见《寓居有招客者戏成》诗），又极佩服陈师道，还曾向韩驹和吕本中请教过作诗的方法，可见他受江西诗派影响之深。不过他较多接受了吕本中求变的思想，常有些写得轻快清新的诗作，尤其一些近体诗，写得饶有情趣，开了杨万里“诚斋体”的路子。如《三衢道中》：

> 梅子黄时日日晴，小溪泛尽却山行。绿阴不减来时路，添得黄鹂四五声。

在南宋初，曾幾忧心如焚。据他的学生陆游说，他每次去拜见曾幾，都要听到曾幾的“忧国之言”（见《跋曾文清公奏议稿》）；而曾幾《雪中务观数来问讯，用其韵奉赠》“问我居家谁暖眼，为言忧国只寒心”等诗句，也证明了这一点。

这种忧国之情常常发于诗歌，如《寓居吴兴》：

> 相对真成泣楚囚，遂无末策到神州。但知绕树如飞鹊，不解营巢似拙鸠。江北江南犹断绝，秋风秋雨敢淹留？低回又作荆州梦，落日孤云始欲愁。

无论结构还是对仗和用典，都很讲究，但诗中满溢的悲愤之气，使感情力度大为增强，显得深沉而又苍凉，近于杜甫的风味。这对他的学生陆游有很大影响。

南宋初最出色的诗人是陈与义（1090—1139），字去非，号简斋，洛阳（今属河南）人。在北宋末年曾任文林郎、太学博士等职，金兵南侵，他从陈留向南流亡，经数年颠沛，才抵达南宋都城临安，历仕至参知政事。有《简斋集》。

陈与义很推重苏轼、黄庭坚、陈师道的诗，也和江西诗派中人一样推崇杜甫。但他不以追效苏、黄为止足，而是要通过他们追溯到杜甫。他说："要必识苏、黄之所不为，然后可以涉老杜之涯涘。"① 意思就是要看到苏、黄不及于杜甫的地方，才能学到杜甫的真谛。他也常常说起崔鹏告诫他的关于作诗的两个要点：一是"忌俗"，二是"不可有意于用事"（徐度《却扫编》卷中）。前者是从杜甫到黄庭坚他们都很强调的，而后者则已注意到江西派的弊病，与之有所分歧。

从陈与义对晚唐诗的批评来看，他认为学杜诗主要是学其"韵格"（《韵语阳秋》卷二），即杜诗的内在气质和艺术境界，而不是在表面上模仿；另外，他还在杜甫和江西诗派之外广采博取，当时人称他"上下陶、谢、韩、柳之间"（张嵲《陈公资政墓志铭》）。所以，陈与义的诗虽然讲究字面的研炼，奇巧的构思，但很少写得艰深拗硬。刘辰翁《简斋诗笺序》说他的诗"光景明丽，肌骨匀称"，葛胜仲《陈去非诗集序》又记载说，他的诗为时人争相传诵，"号称新体"，可见他在江西派诗风笼罩诗坛的情况下，给人们带来了一种新鲜感。

在陈与义许多抒写日常生活情怀的诗篇中，常常可以看到既新颖精巧又自然清丽的特点，如"墙头语鹊衣犹湿，楼外残雷气未平"（《雨晴》）写雨后初晴时的变化，"客子光阴诗卷里，杏花消息雨声中"（《怀天经智老因访之》）写客居他乡的心理，都是如此。《雨》中写"燕子经年梦，梧桐昨暮非"，前句说燕子在秋日即将南去，感觉前迹虚渺如梦，后句说梧桐在雨中凋零，已非昨日之态，都是跳开一层，从景物写出自己的心情，用意是深刻的，语言却很清俊。这些都吸收江西诗派之长，而避免其短处。下面两首诗，同一般江西诗派风格的区别更显著：

飞花两岸照船红，百里榆堤半日风。卧看满天云不动，不知云与

---

①晦斋《简斋诗集引》述陈与义语，见《简斋诗外集》卷首，《宋集珍本丛刊》第39册，影元钞本；《陈与义集》，中华书局1982年版，第4页。

我俱东。(《襄邑道中》)

山空樵斧响，隔岭有人家。日落潭照树，川明风动花。(《出山二首》之二)

在陈与义诗中，另一类感怀世变、苍凉悲愤的作品更引人注目。在国破家亡、辗转逃难的经历中，他与杜甫有了直接的情感契合，更真切地理解了杜诗的精神内涵。逃难时所写的第一首诗《发商水道中》，就说到“草草檀公策，茫茫杜老诗”，而《正月十二日自房州城遇虏至》中，更痛感“但恨平生意，轻了少陵诗”，认为过去对杜诗的理解实是浅薄。所以，他南渡以后的诗，颇有杜甫那种忧患意识和深沉感慨的风格，如《伤春》：

庙堂无策可平戎，坐使甘泉照夕烽。初怪上都闻战马，岂知穷海看飞龙。孤臣霜发三千丈，每岁烟花一万重。稍喜长沙向延阁，疲兵敢犯犬羊锋。

叹息建炎三年（1129）临安失守，宋高宗逃亡海上，赞叹向子諲敢于抗金。此外，如《登岳阳楼》“万里来游还望远，三年多难更凭危。白头吊古风霜里，老木沧波无限悲”；《除夜》“多事鬓毛随节换，尽情灯火向人明。比量旧岁聊堪喜，流转殊方又可惊”，都是把个人命运与国家命运融合在一起，写得慷慨悲凉。特别是七绝《牡丹》：

一自胡尘入汉关，十年伊洛路漫漫。青墩溪畔龙钟客，独立东风看牡丹。

以鲜明的形象写出深深的家国之念。牡丹是陈与义故乡洛阳的名花，离乡10年，人已老去，故乡犹收复无期，所以当他凝视着异乡的牡丹时，心中的痛苦难以言说。

北宋自王安石以后，学杜诗渐渐成为风气，而随着黄庭坚的崛起，这种风气更加兴盛。而在同时代人物中，陈与义最能得杜诗的精髓。不过，杜诗中属于唐人特有的雄壮浑厚，仍然是陈与义很难企及的。另外，由于元代方回把陈与义列为江西诗派的“三宗”之一，习惯上多把他划入这一诗派，但必须注意到陈与义和江西诗派之间的差异。

第四章　中兴诗歌

绍兴二十四年（1154）是南宋诗坛值得记载的年头，开一代诗风的范成大、杨万里等，在本年进士试中崭露头角。陆游本可高中，却因语触秦桧而落榜。随后他们以新鲜的智慧，带着或波澜壮阔，或淳雅婉峭，或颖秀风趣的诗风，虽早年曾受江西诗派的熏染，却最终打破其束缚，一改拘谨严冷的诗学格局，开拓出宋诗中兴的另一境界。被称作“中兴四大诗人”的尤袤、杨万里、范成大和陆游共领一代风骚，南宋中后期，再也没有出现能赶上他们名声的诗人。所以宋末元初的方回跋尤袤诗时，总结说“自中兴以来，言诗者必称尤、杨、范、陆”（《跋遂初先生尚书诗》）。不过尤袤的诗集早已散失，有幸流传下来的诗篇不仅数量很少，质量也很平常，实在不足以当巨擘之称，故对他略而不论。

第一节　杨万里与范成大

一、杨万里

南宋最具探索性的诗人，当为杨万里。江西诗派在北宋末至南宋初风靡一时，其固有的弊病在末流手中显得越发严重。南渡之初，有人试图为之补救，另辟蹊径，但收效甚微，直到杨万里的“诚斋体”出现，才从根本上摆脱其拘束。杨诗以风格独异的创作，打开了新的局面。

杨万里（1127—1206），字廷秀，吉水（今属江西）人，一生服膺抗金名臣张浚的正心诚意之学，名其室为“诚斋”，并以此为号。绍兴二十四年（1154）进士，历任太常博士、宝谟阁直学士等职。韩侂胄当政时，因政见不合，隐居十五年不出，最后忧愤成疾而终。有《诚斋集》。他的创作经历了从模仿、过渡到自成一体的过程。绍兴三十二年（1162）以前，他学江西派风格。淳熙四年（1177），诗风开始转变，一方面向张浚、张栻学习，探求理学的奥旨，同时把从日常生活中体验与领会的见解挪移到诗歌创作中。他在《题唐德明建一斋》诗中说："平生刺头钻故纸，晚知此道无多子。从渠散漫汗牛书，笑倚江枫弄江水。"这种由钻故纸堆改为重视日常生活的态度，成为他诗风转变的契机。正如他的《跋徐恭仲省干近诗》其三所说："传派传宗我替羞，作家各自一风流。黄陈篱下休安脚，陶谢行前更出头。"这种敢于走出宗派樊篱，敏于超出名家头地，擅于自占风流的创新精神，使杨万里在长期的诗歌探索中虽未形成巨大魄力，却直觉新颖、灵性荡漾、幽默有趣、俗白活泼，创造出别有情致的"诚斋体"。

在民族多难之秋，诚斋诗也有沉痛之笔，至晚年痛犹深切。杨万里64岁奉命接待金使，北行到宋、金分界处，即有《初入淮河》绝句："船离洪泽岸头沙，人到淮河意不佳。何必桑干方是远，中流以北即天涯。"淮河边界是这些忧国之士心头的伤痕，船行鸟飞，都会触动心头隐痛。他巡视芜湖，又作《江天暮景有叹》："一鹭南飞道偶然，忽然百百复千千。江淮总属天家管，不肯营巢向北边。"沟通鸟的天性和人的本性，诉说着一个民族认同的寓言。然而"诚斋体"的原创性不在于它的沉痛，而在于它有若蜻蜓立荷角的轻盈、灵动和清爽。这个意象来自其《小池》，并可以作为"诚斋体"诗风的绝妙象征：

> 泉眼无声惜细流，树阴照水爱晴柔。小荷才露尖尖角，早有蜻蜓立上头。

"才露""早有"这种清新和谐的小品画的时空配置，以敏慧无邪的眼光，捕捉自然界瞬间相遇的天机。加上泉眼之"惜"，树阴之"爱"，把一种令人心灵发痒的优美情感，注入自然的一个角落。诚斋体正是这样一种风趣轻快、精于心灵搔痒的诗体。它的生命力来自生活，源于自然。用杨万里的话来说，就是"诗在山林"（《诚斋西归诗集序》）。他在诗中反复写道"不是风烟好，何缘句子新""不是胸中别，何缘句子新"。因此姜夔《送〈朝天续集〉归诚斋》戏言："年年花月无闲日，处处山川怕见君。"这一点在江西诗风弥漫文坛之际，具有革新的价值，他推动诗由书本走入自然，由内省走向感觉，给诗一双聪明伶俐的眼睛和耳朵。比如那首《晓出净慈寺送林子方》，就颜色辉映，令人眼前为之一亮：

毕竟西湖六月中，风光不与四时同。接天莲叶无穷碧，映日荷花别样红。

人的心灵与自然趣味相融合，可以摆脱陈腐的规矩束缚，而获得想象的自由，进入童趣萌生、妙想袭来的精神状态。在这种精神状态中，杨万里自信地夸口："老夫不是寻诗句，诗句自来寻老夫。"（《晚寒题水仙花并湖山》）午睡初醒，蒙眬之际，随手拈来，便是《闲居初夏午睡起二绝句》之一：

梅子留酸软齿牙，芭蕉分绿与窗纱。日长睡起无情思，闲看儿童捉柳花。

留酸、分绿，好像是梅子、芭蕉存心所为，儿童捉柳花，堪称神来之笔。这份闲适中的童趣，当得起前人所说的"胸襟透脱"① 四字。再如《宿新市徐公店》：

篱落疏疏一径深，树头花落未成阴。儿童急走追黄蝶，飞入菜花无处寻。

一般七言绝句，多以前两句写景，后两句写意。像这样四句皆入画者，尤忌呆板平列。由景而人，由静而动，由远而近，使此诗避免了画面的呆板平列。② 淳熙五年（1178）以后，杨万里诗歌的独特风格基本形成，诗学观点也基本成熟。其《荆溪集序》自言此时"忽若有悟，于是辞谢唐人及王（安石）、陈（师道）、江西诸君子，皆不敢学，而后欣如也。……

①〔宋〕罗大经《鹤林玉露》卷十四："杨诚斋丞零陵时，有《春日绝句》云云，张紫岩（浚）见之曰：'廷秀胸襟透脱矣。'"

②参见陈才智《〈宿新市徐公店〉辨析》，《古典文学知识》2013 年第 2 期。

予口占数首，则浏浏焉无复前日之轧轧矣”。而且，这时“步后园，登古城，采撷杞菊，攀翻花竹，万象毕来，献予诗材”，写诗十分顺利。这种重视观察自然、从日常生活中取材的见解，对于江西诗派主张从前人那里“夺胎换骨”“点铁成金”的诗论，正是有力的反动。

不过，“诚斋体”不仅重视从大自然和日常生活中获取新颖生动的素材，还要求具有透脱的胸怀与哲理的思考。诗人在热情地投入自然万物与日常生活，与之打成一片而彼此交融的同时，又必须跳出来冷静理智地观照，领悟其中所蕴含的人生哲理，这样才不仅有自然与生活的盎然生机，而且富于理趣，如“莫言下岭便无难，赚得行人错喜欢。政入万山围子里，一山放出一山拦”（《过松源晨炊漆公店六首》之五），“春迹无痕可得寻，不将诗眼看春心。莺边杨柳鸥边草，一日青来一日深”（《过杨二渡》之一），“碧酒时倾一两杯，船门才闭又还开。好山万皱无人见，都被斜阳拈出来”（《舟过谢潭三首》之三），“溪回路转愁无路，忽有梅花一两枝”（《晚归遇雨》），“绿萍池沼垂杨里，初见芙蕖第一花”（《将至建昌》）等，都表现了“诚斋体”的特点：一是善于敏感地发现、迅速地捕捉在自然万物与日常生活中富于情趣与美感的景象，这正是他抛弃堆垛古人、剥扯古语、模仿古诗而热情地投入生活的结果；二是注意在这些景象中融入主观领悟与体验，使之带有与众不同的理趣，这则是他把理学及禅宗观物体验方式引入诗歌的产物。

在充分发挥自由想象的时候，杨万里也有一些奇幻狂肆之作。比如《醉吟》《云龙歌调陆务观》，都在“身前只解皱两眉，身后还能更杯酒”，“一杯一杯复一杯，管他玉山颓不颓”的纵情抒写中，翻卷着李白式醉态思维的波澜。尤其是那首自称“老夫此作，自谓仿佛李太白”的《重九后二日同徐克章登万花川谷，月下传觞》，充满奇思妙想，更具李白把酒邀月的风范：“老夫渴急月更急，酒落杯中月先入。领取青天并入来，和月和天都蘸湿。……酒入诗肠风火发，月入诗肠冰雪泼。一杯未尽诗已成，诵诗向天天亦惊。焉知万古一骸骨，酌酒更吞一团月。”这种醉人醉语的巅峰状态的生命体验，是由想象力的喷薄而发造成的。这不是诚斋体的主要特征，诗人收敛起来，诗歌有荷立蜻蜓式的清新自然、晶莹剔透，更是轻快自如。

二、范成大

范成大（1126—1193），字致能，号石湖居士，吴县（今江苏苏州）

人。他与杨万里年龄相仿，都是在北宋灭亡前后出生的，又同在绍兴二十四年（1154）中进士。不过范成大在仕途上更为得志，做到参知政事，晚年隐居苏州石湖别墅10年，“园林之胜，甲于东南”，连别墅匾额“石湖”也为皇帝所题。有《石湖居士诗集》，存诗1900馀首。其早期作品深受江西派的影响，常常堆垛典故，语言涩滞，发些似禅非禅、似儒非儒的议论。不过，在学江西诗风的同时，范成大广泛汲取中晚唐诗歌的风格与技巧，在博采众长的基础上，突破江西诗风的笼罩，许多近体诗，委婉清丽中，带有峻拔之气，有自己的特点。如：

一篙新绿浦东西，雪絮漫江雁不飞。宿雨才晴风又转，片帆那得及时归。(《一篙》)

百尺西楼十二栏，日迟花影对人闲。春风已入片时梦，寒食从今数日间。折柳故情多望断，落梅新曲与愁关。诗成欲访江南便，千里烟波万叠山。(《二月三日登楼有怀金陵宣城诸友》)

与诚斋体相比，范成大的诗没有那么透脱自由，更多一些锤炼雕琢；没有那么风趣活泼，更多一些深沉含蓄；字面上没有那么浅俗平易，往往更为典雅华贵。但范诗虽然有杨万里《石湖诗序》所称誉的“清新妩丽，奄有鲍谢；奔逸隽伟，穷追太白”的特点，并兼有中晚唐诸家的风格，却终究没有像杨万里那样形成个性鲜明的一体，因为广泛汲取毕竟不能取代独出机杼的创造。在范成大的诗中，常可以看到模仿痕迹比较重的地方，包括注明“效王建”“效李贺”或“玉台体”者，以及并未注明如《蛇倒退》《滟滪堆》，却可以看出是效仿韩愈风格。还有像《复作耳鸣》《人鲊瓮》等，典故生僻，句式拗峭，发议论，逞学问，给人以涩滞瘦硬之感，显然属于江西诗派的范围。由于未能把各家的风格技巧融为一体，也就难以建立自己成熟的与众不同的风格。所以严羽《沧浪诗话》中有“杨诚斋体”，却没有“范石湖体”。

范成大诗歌的出彩之处，一是反映的生活面广泛，揭露的社会问题比较深刻，这是杨万里所不及的。范成大留意民间疾苦，对租赋伤农尤多感慨。前期曾追随白居易、张籍、王建“新乐府”忧愤直切的讽喻传统，写有《催租行》，揭露农家交完租后还遭受里正骚扰，只好砸破储蓄陶罐，拿出最后的三百铜钱，笑说：“不够供你喝酒，就对付着补偿你跑破的草鞋费吧。”《后催租行》写水灾饥荒，朝廷以黄纸诏令赦免租赋，官吏却以白纸政令依旧催租，农夫连续两年卖女顶租，还解嘲说：“室中更有第三女，明年不怕催租苦！”这些诗篇反语正说，纳心理曲折于短小篇幅中，沉痛处不乏冷峭。这种悯世情怀，在晚年退居石湖时还有延续，悲悯及于卜者、歌者、鱼贩、菜贩、药贩，如《夜坐有感》：“静夜家家闭户眠，满城风雨骤寒天。号呼卖卜谁家子？想欠明朝籴米钱。”不过，“黄纸”“白纸”的催租意象让诗人印象更深，这也写入《四时田园杂兴》的“冬日杂兴”：“黄纸蠲租白纸催，皂衣旁午下乡来。长官头脑冬烘甚，乞汝青钱买酒回。”租、债之忧也写入“秋日杂兴”：“垂成穑事苦艰难，忌雨嫌风更怯寒。笺诉天公休掠剩，半偿私债半输官。”

二是善于写组诗，以组诗形成分量。最有代表性的是中年出使金国时所作七十二首绝句，以及晚年退职闲居时所作《四时田园杂兴六十首》。

乾道六年（1170），宋孝宗决定废除使臣向金国皇帝跪拜受书这一耻辱性的礼仪，大臣均畏惧不敢奉命，经右相虞允文推荐，范成大抱着必死的决心出使金国。他在金国几乎被害，但终于不辱使命，赢得双方朝野的钦赞。使金七十二绝句便是出使往返途中所作。触物感兴，一路风尘，沿途的一桥一驿、一店一庙、一处城池、数处古迹，甚至一番问答、一场歌舞，都牵动着对故国的思念、历史英雄的寻觅和中原父老迎汉使、盼王师的心愿。绝句以感受的直接性和深切性，呼唤着荒凉土地上的民族魂。一个个镜头，反映出这一主题的不同侧面，如《州桥》：

> 州桥南北是天街，父老年年等驾回。忍泪失声询使者：几时真有六军来？

脚踏北宋故都汴梁的御路桥，借中原父老的声泪，质询着民族未来的命运。自注说：“南望朱雀门，北望宣德楼，皆旧御路也。”汴京是北宋的都城，如今却沦入金人之手，那些眷怀宋朝的百姓年年盼，月月盼，始终等不到南宋的军队，却只见使者来回，一句含泪的话语“几时真有六军来”，表达出中原父老的心愿和失望，无疑也是对南宋朝廷乞和政策的讽刺。再如《清远店》：

女僮流汗逐毡軿，云在淮乡有父兄。屠婢杀奴官不问，大书黥面罚犹轻。

写一个逃跑未遂而被脸上刺字的女奴。金的社会制度保留若干落后的成分，对汉人常常采取压迫与奴役的野蛮政策，范成大通过女奴的悲惨遭遇，反映了普通民众在压迫下的痛苦。而在最末一首《会同馆》中，则抒发了作者的慷慨心志：

万里孤臣致命秋，此身何止一沤浮！提携汉节同生死，休问羝羊解乳不。

这组绝句各个侧面的记叙，合起来便成一幅长卷，反映了北方的风物民情和诗人对此的深沉感慨。诗的语言明白浅近，虽然也时有典故点缀和引古抒怀，但大多贴切而不艰涩。

范成大晚年所作的《四时田园杂兴六十首》，在古代田园诗中有重要的意义。过去写农村的诗歌，大抵可分为两类：一类以陶渊明、王维等人为代表，通过歌咏乡村风光和农人朴素的劳作生活，表现士大夫对城市生活、政治生活的厌倦和对大自然的热爱，显示一种恬和淡泊的志向，这类诗大都把乡村田园描写得安宁恬静；另一类如王建、张籍、聂夷中等人的作品，则上承《诗经·豳风·七月》以来的传统，主要揭露农村生活的痛苦，斥责官吏豪强对百姓的盘剥压迫，这类诗重在表现士大夫的社会责任感和同情心，所以大多没有田园风光的描写，更多地让人感到沉重与紧张。这两类诗，一般可以说分别是道家及佛禅的人生情趣与儒家社会观念的诗化表现。本来，这两种趋向在士大夫心中常常是并存的，只是在诗中总是被分离开来表现。范成大的《四时田园杂兴六十首》把这两条线打成一片，完整地反映了田园乡村的生活面貌。除此之外，也比较协调地表现了宋代士大夫儒道合一的人生情趣。诗中既可见农村秀丽的风光和农家劳动、生活习俗的场面，也能看到农民所遭受的剥削和他们困苦的生活，如：

梅子金黄杏子肥，麦花雪白菜花稀。日长篱落无人过，惟有蜻蜓蛱蝶飞。

胡蝶双双入菜花，日长无客到田家。鸡飞过篱犬吠窦，知有行商来习茶。

垂成穑事苦艰难，忌雨嫌风更怯寒。笺诉天公休掠剩，半偿私债半输官。

采菱辛苦废犁锄，血指流丹鬼质枯。无力买田聊种水，近来湖面亦收租。

组诗小序说，这些诗是他隐居石湖时，“野外即事，辄书一绝”而成，也就是由亲身经历、亲眼观察所得，所以全然没有过去那种模拟的痕迹，较之中年所写的使金七十二绝句，笔调更为自然流畅，轻松而犀利，显露出较有个性的风格。从组诗角度来看，《四时田园杂兴六十首》有选择性地借鉴杜甫、刘禹锡夔州竹枝体组诗的七言四句形式、风土题材以及不避俚俗的语言风格；采纳四时体组诗以季节为序的结构模式；继承杂兴体组诗触物起情，即兴而作，渐次汇录一处的创作方式。从单篇作品来看，不少诗篇的字句、艺术构思、表现手法和内容，有从陆龟蒙、苏轼、贺铸、李之仪、李清照等人诗词中脱胎换骨的痕迹。范成大将种种艺术渊源兼收并蓄，巧妙融合，熔铸成一种新的诗体——“石湖田园杂兴体”，对后世产生了重要影响，堪称田园诗史上最成功的诗体之一。

三是民俗趣味颇浓，以民俗趣味酿造诗质。如《腊月村田乐府十首》，记述乡间原始古朴、野趣谐趣兼备的风土习俗，开了以风俗入诗的途径。又如《卖痴呆词》，写小儿沿街叫卖痴呆，诗人问价，“儿云翁买不须钱，奉赊痴呆千百年”。正是这种入乡随俗而且悦俗的心理，使田园杂兴组诗以天真慈祥的眼光，观赏乡间的风情新异、人情厚道和劳动乐趣。组诗具有悦俗和悯世的复调性，荡漾着平淡中偶有不平、乐生中也含忧生的涟漪。姜夔为范成大写挽诗说：“江山平日眼，花鸟暮年心。”平常心所在，正是田园杂兴组诗的独特魅力所在。比如写春日游乐：“骑吹东来里巷喧，行春车马闹如烟。系牛莫碍门前路，移系门西碌碡边。”写夏日农村清静：“蝴蝶双双入菜花，日长无客到田家。鸡飞过篱犬吠窦，知有行商来买茶。”牛马鸡犬，都是家常之物，还有生产方式、商业方式、娱乐方式、游戏方式，范诗都把地道的滋味寄寓于日常行为。如写夏日劳动，却点染童趣："昼出耘田夜绩麻，村庄儿女各当家。童孙未解供耕织，也傍桑阴学种瓜。"写秋日的声音，也充满收获的喜悦："新筑场泥镜面平，家家打稻趁霜晴。笑歌声里轻雷动，一夜连枷响到明。"诗家常好追慕奇思，殊不知平常也同样难得，更难工。田园杂兴组诗的一项贡献，就是走进生活，发现日常之美。

第二节　陆　游

在南宋中期的几位著名诗人中，如果说杨万里和范成大在题材方面各有侧重，在风格方面各有所长，那么，作为整个宋代留存作品最多的诗人，陆游则以更为广泛的题材、更为多样化的风格和更为老练的技巧，以及奔放磊落的气象、绰约多姿的境界，取得更为显著的成就。南宋诗坛的空间和规模，因陆游而变大。虽然与范成大、杨万里、尤袤并称"中兴四大诗人"，但唯有陆游才是足以影响一代诗坛的空间和规模的旷世大才。尤其是他的诗中始终表现出一种激烈而深沉的民族情感，反映着在那山河破碎、民族危亡的年代人们的普遍心愿，在当时以及后世，都赢得了广泛的尊重。

一、陆游的生活道路

陆游（1125—1210），字务观，中年自号放翁，山阴（今浙江绍兴）人。他的祖父陆佃是王安石的学生，当过尚书右丞；父亲陆宰，当过京西路转运副使。在靖康元年（1126）金兵南侵前后，陆宰被免职，带着家眷南归故乡，侥幸地逃过那一场大劫难。但北宋王朝覆灭的耻辱，却深深地铭刻在当时每一个怀有民族自尊感的士大夫心中。据陆游《跋傅给事帖》说，绍兴初年他刚懂事时，经常看到长辈们"相与言及国事，或裂眦嚼齿，或流涕痛哭，人人自期以杀身翊戴王室，虽丑裔方张，视之蔑如也"。这样一种时代、社会与家庭氛围，使陆游从小就受到一种民族意识的熏陶。

成年后的陆游，生活道路大致可以分为三个阶段。

（一）从绍兴十四年（1144）到乾道五年（1169）。大约 20 岁时，陆游与表妹唐琬结婚，不久，由于陆游的母亲不喜欢这位儿媳，这对感情深厚的夫妻硬被拆散。陆游再娶王氏，唐琬也改嫁他人。但这件事使得陆游在精神上受到很大的打击，他一生中写了不少诗追怀唐琬和这段不幸的婚姻。绍兴二十三年（1153），陆游到临安应考，省试第一，然而在第二年的复试中，却因名列于权相秦桧的孙子之前，又喜论恢复，被除了名。直到几年后秦桧死去，他才得到起用，任福州宁德县主簿，不久调回临安任职，后来做过枢密院编修，和范成大、周必大等人一起，担任文字方面的工作。

这时，金主完颜亮率数十万大军南下，进逼川陕、荆襄与淮扬，宋金夹江对峙，发生大规模的激战。幸而金人内部矛盾爆发，完颜亮被杀，宋金又一次达成和议，以淮水为界，南宋王朝才又一次渡过危机。在民族命运面临危难的关头，陆游的热情和理想被充分激发出来，形诸诗篇。至孝宗即位后，主战派占了上风，张浚以右丞相兼枢密使主持北伐，他对陆游十分赏识。但很快北伐失利，隆兴和议签订，张浚被解除职务。不久前刚刚调为隆兴府通判的陆游也被扣上“鼓唱是非，力说张浚用兵”（《宋史》本传）的罪名，罢黜归乡，一住就是 5 年，直到 46 岁时出任夔州通判。

（二）从乾道六年（1170）到淳熙五年（1178）。陆游于乾道六年底到达夔州，一年以后，应四川宣抚使王炎之请，入幕襄理军务。四川宣抚使驻汉中，是抗金的前线，王炎又是一个干练的领导，这时陆游感到非常兴奋，从此生活与创作都呈现出一片新天地。他身穿戎装，骑马走遍汉中一带的军事要塞，置身金戈铁马，面对萧萧边关，耳听刁斗笳鼓，写下不少激昂慷慨的诗词。但这种快意的生活却没有几个月的时间，随着王炎调回临安，陆游也被调至成都，担任安抚司参议官的闲职。他似乎感到抗击女真、收复失地的理想又一次成了泡影，在失望之馀，把时光多半消磨在歌儿舞女、酒宴应酬之中，想在沉醉中平复心头的痛苦。

淳熙二年（1175），陆游几经调动再次回到成都，范成大也以四川制置使的身份来到这里，旧友异地相逢，格外亲热，常在一起饮酒酬唱。陆游原本豪放不羁，这时因抗金的抱负与个人的事业都受到挫折，更是借酒浇愁，放浪形骸。因他“不拘礼法”，被一些人讥为“颓放”（《宋史》本传），并于淳熙三年被罢去知嘉州的官职。陆游索性自号“放翁”，表示对抗和蔑视的态度。尽管他外表上旷达颓放，饮酒寻乐，内心却常常充满忧患、愤慨和悲哀，从他这一年所作的《关山月》可以看出：

和戎诏下十五年，将军不战空临边。朱门沉沉按歌舞，厩马肥死弓断弦。戍楼刁斗催落月，三十从军今白发。笛里谁知壮士心，沙头空照征人骨。中原干戈古亦闻，岂有逆胡传子孙。遗民忍死望恢复，几处今宵垂泪痕。

在川陕，陆游一共住了9年，由于他亲自到了第一线，体验了战场气氛，并经历欲战不能、壮志难酬的感情波澜，所以他在这期间的诗歌创作获得了前所未有的成就。他将全部诗集命名为《剑南诗稿》，正是为了纪念这一段值得留恋的生活。

（三）从淳熙五年（1178）到去世。54岁的陆游于淳熙五年离川东归后，曾担任过提举福建常平茶盐公事，但不久就被赵汝愚弹劾，罢职回乡。此后近30年间，虽几度出任公职，但大部分时间过的是比较清寒的在野生活。在这20多年赋闲的时间里，他一方面与乡民亲切交往，从而对农村生活有了更深的理解，另一方面优游山水，赋诗作词，在大自然的山水中寄托情怀，排遣愁思。但是，他期望抗金北伐的热情始终不曾减退，常常在梦里都想着打到了北方，收复了失地，平时则看到一幅画、几朵花，喝上几杯酒、听了一声雁叫，都会激起他的满腔心事。正因为这种心情，他才在嘉泰、开禧年间以七十几岁高龄又一次复出，并为主战的权臣韩侂胄写了一些颂扬文字。尽管韩侂胄的为人受到很多批评，但毕竟在北伐抗金这一点上，陆游与他是一致的。

可是理想再一次破灭，直到陆游去世，也没有盼到北伐的胜利。嘉定二年（1209）年底（按公历算已是次年元月），85岁的陆游一病不起，在临终前，留下那首《示儿》诗：

死去元知万事空，但悲不见九州同。王师北定中原日，家祭无忘告乃翁。

二、陆游诗歌的内容

陆游一生创作甚富，晚年自称“六十年间万首诗”，其《剑南诗稿》85卷，收诗9400馀首，为历代诗人之翘楚。陆游主要生活在宋金对峙的年代，南宋王朝北伐成功的可能和失败的危险同时存在，因此朝野上下主战主和的争议，如风潮起伏，动荡不息。对于民族自尊心强烈的士大夫来说，为国家和民族洗雪耻辱，收复失去的疆土，解救在金朝统治下的人民，是无论何种情况下都不愿放弃的；而宋代文人通常受到抑制的激情，在这种情况下也可以得到比较充分的宣泄。陆游留下的大量诗篇中，最有代表性的就是反映这一种思想情感的作品。

这类作品同时由两个侧面组成：一方面是渴望万里从戎、以身报国的豪壮理想，另一方面则是壮志难酬、无路请缨的悲愤心情。无论是早年的“战死士所有，耻复守妻孥”（《夜读兵书》），或是中年的“逆胡未灭心未平，孤剑床头铿有声”（《三月十七日夜醉中作》），还是晚年的“一闻战鼓意气生，犹能为国平燕赵”（《老马行》），都始终纠结着上述两方面的情绪。而且，这两者相互激扬：愈是悲愤，对理想愈是执着；对理想愈是执着，悲愤也愈是强烈。这使陆游的诗歌既热情奔放，又深沉悲怆，如下面两首名作：

> 黄金错刀白玉装，夜穿窗扉出光芒。丈夫五十功未立，提刀独立顾八荒。京华结交尽奇士，意气相期共生死。千年史册耻无名，一片丹心报天子。尔来从军天汉滨，南山晓雪玉嶙峋。呜呼！楚虽三户能亡秦，岂有堂堂中国空无人。（《金错刀行》）

> 早岁那知世事艰，中原北望气如山。楼船夜雪瓜洲渡，铁马秋风大散关。塞上长城空自许，镜中衰鬓已先斑。《出师》一表真名世，千载谁堪伯仲间！（《书愤》）

爱国情绪由慷慨悲壮渐次转向悲苦凄怆的精神体验，使他夜不能寐，渗透到梦境。现实中不足以尽言之的理想和忧愤，陆游不是像李白那样借超现实的神仙想象而言之，他毕竟受过杜甫和江西诗派的影响而思超越，便借半超现实的梦境而言之。《剑南诗稿》记梦诗有157首，超过赵翼《瓯北诗话》卷六所说的99首，真可谓“寤寐不忘中原”。中年之作，如49岁作于嘉州的《九月十六日夜梦驻军河外，遣使招降诸城，觉而有作》云“昼飞羽檄下列城，夜脱貂裘抚降将”；“更呼斗酒作长歌，要遣天山健儿唱”。56岁作于抚州的《五月十一日夜且半，梦从大驾亲征，尽复汉唐故地，见城邑人物繁丽，云：西凉府也。喜甚，马上作长句，未终篇而觉，乃足成之》云：“熊罴百万从銮驾，故地不劳传檄下。”“凉州女儿满高楼，梳头已学京都样。”这些诗都血气沸腾，不仅要收复北宋失地，而且要振兴汉唐雄风和版图，浪漫情调极其高昂。

陆游不仅在秋声中会想到“草罢捷书重上马，却从銮驾下辽东”（《秋声》），在夜间独坐也依稀觉得“三更骑报河冰合，铁马何人从我行”（《夜寒》），在雪天更突然热血沸腾，想象“群胡束手仗天亡，弃甲纵横满战场”（《雪中忽起从戎之兴戏作》），在《十一月四日风雨大作（其二）》诗中，他写道：

> 僵卧孤村不自哀，尚思为国戍轮台。夜阑卧听风吹雨，铁马冰河入梦来。

这里的思与梦都流淌着爱国理想，这是贯穿陆游一生的理想，也是他观察和评价一切的价值标准。从这一标准出发，在反省国破梦残的悲剧之时，陆游诗抨击主和派朝政的荒谬，迸发出一种深刻的激情。如《感愤》云：“诸公尚守和亲策，志士虚捐少壮年。”《追感往事》说：“诸公可叹善谋身，误国当时岂一秦？不望夷吾出江左，新亭对泣亦无人！”《关山月》以“遗民忍死望恢复，几处今宵垂泪痕”，追问沉醉歌舞的将领的良心与责任。又如《读范至能〈揽辔录〉，言中原父老见使者多挥涕，感其事，作绝句》说：“公卿有党排宗泽，帷幄无人用岳飞。遗老不应知此恨，亦逢汉节解沾衣。”把北方父老的殷切期待和南宋统治阶层对主战人士的压制加以尖锐的对照，对朝廷的用人政策表示愤慨，对朝廷是否真有收复失地的决心表示质疑。而《秋夜将晓，出篱门迎凉有感二首》，正是从两面来落笔：

> 迢迢天汉西南落，喔喔邻鸡一再鸣。壮志病来消欲尽，出门搔首怆平生。

> 三万里河东入海，五千仞岳上摩天。遗民泪尽胡尘里，南望王师又一年。

上述诗作固然有传统的忠君意识，但表达的仍是在那个特定的历史阶段中的民族情绪，是当时人们普遍的心声。建立在理智上的清醒的政治见解与感情上的爱憎好恶融会在一起，形成陆游这一类诗歌的洪亮声调和阔大气势。

如果说以表现民族意识为主要内容、以豪放悲壮为感情基调的一类作品构成陆游诗歌的主旋律，那么，其另一旋律则是以细腻冲淡的笔法、闲适恬和的情调，描写自然景物和日常生活。只有把两者合起来，我们才能看到陆游完整的人格精神和艺术风格。

后一类作品并不意味着陆游忘却了北方那象征着耻辱的土地，而常常是他在报国无门的情况下，一种无奈的寄托。特别是后期的二三十年，陆游大部分时间闲居在乡，一条无法跨越的鸿沟隔在现实与理想之间，他只能在山水田园中寻求一时的解脱。不过，应该说陆游对自然山水和乡村的日常生活确实是非常热爱的，常常能细心地体会出山水景物的生机和情趣，咀嚼出日常生活里的深长滋味，所以不少诗都写得很有情致。如果说他的抒发报国激情的诗作多是以强烈的感情和奔放的气势来冲击读者的心灵，那么这一类诗作则多以平和朴素的韵味和深永秀逸的意境感染读者，使我们在细细的品味涵泳中，感受到诗人的人生情趣、审美情趣，像《游山西村》：

> 莫笑农家腊酒浑，丰年留客足鸡豚。山重水复疑无路，柳暗花明又一村。箫鼓追随春社近，衣冠简朴古风存。从今若许闲乘月，拄杖无时夜叩门。

这是对农家淳厚俭朴生活的礼赞，在这里诗人的痛苦暂时得到安顿。“从今若许闲乘月”云云，意味着诗人难以完成自己的人格理想，转而在闲常生活中追求另一种人生境界。因为有这种人生境界的存在，他才不至于从冲动走向绝望，而能够保持心境的镇定与恬淡，能够在诗中，以盎然的兴趣，描绘山水景物与日常生活中美的意味，像《临安春雨初霁》：

> 世味年来薄似纱，谁令骑马客京华？小楼一夜听春雨，深巷明朝卖杏花。矮纸斜行闲作草，晴窗细乳戏分茶。素衣莫起风尘叹，犹及清明可到家。

这里写京华，与前一首的乡村是两个不同的世界，表达了不同于前一首之

“自在”的“不自在”的精神体验。世味似纱，素衣风尘，诗人体验到官场的薄情。唯有远离官场的深巷和书斋，才有春雨杏花的自然清新，以及写字品茶的清闲游戏的心情，更何况，清明时分还可以享受那份离京返家、拄杖叩门的亲切呢。诗中冲淡细腻的心思，有沁人心脾的魅力。

再看《剑门道中遇微雨》：

衣上征尘杂酒痕，远游无处不消魂。此身合是诗人未？细雨骑驴入剑门。

情致深婉，神韵隽永，豪情逸兴中夹杂着诗人、征人身份难辨的朦胧。或许对理想事业的热情追求和对生活的热爱加在一起，才合成陆游的完整灵魂。但这两者也常在他心中互相矛盾，引起痛苦，使诗中的自然景象和生活场景染上悲凉的色彩，像“山衔落日青横野，鸦起平沙黑蔽空”（《溪上作》），“寺楼钟鼓催昏晓，墟落云烟自古今”（《度浮桥至南台》），等等；而《小园》末句“行遍天涯千万里，却从邻父学种瓜”，更清楚地表达了心中深藏的事业理想常常冲出情绪的表面，令他在观赏自然和体味日常生活时，“却”不能总是保持平静。

陆游虽然自号“放翁”，其实正统观念还是较强的，所以他的诗歌无论是表现报国的情还是日常生活的趣，大体上都相当“纯正”，而很少出格。在抒发感情的时候，陆游显然受到理智的制约。因此，诗中的情感内容不够丰富复杂、活跃多变。这一点与同样具有强烈的民族意识但性格不那么循规蹈矩而富于豪杰气概的辛弃疾相比，可以看出区别。

三、陆游诗歌的表现

陆游早年学诗于曾幾，曾幾称赞他的诗像吕本中，他自己也很得意，可见他曾深受江西诗派的影响。少年时代打下的烙印，直到老年也并未消除，他不仅始终保持着对诗歌语言精细考究的习惯，而且不时会写出生新瘦硬、雕琢藻饰的诗句。不过，中年以后，广泛学习前人之长，诗风有所变化。从陆游诗中可以看出，屈原、陶谢、李杜、高岑、韩孟、元白，乃至宋代的梅苏，都是他借鉴的榜样；屈原、杜甫、陶渊明诗的情感，李白、杜甫、白居易、梅尧臣诗的风格，从不同角度给予他影响。

当然，陆游并不是简单地模仿古人。他有一句名言：“工夫在诗外。”（《示子遹》）什么是诗外工夫呢？他在《题庐陵萧彦毓秀才诗卷后》中说："法不孤生自古同，痴人乃欲镂虚空。君诗妙处吾能识，正在山程水驿中。"同时，陆游又很重视诗人品格的涵养，《次韵和杨伯子主簿见赠》说："文章最忌百家衣，火龙黼黻世不知。谁能养气塞天地，吐出自足成虹霓。"把生活经历和内在涵养看成写诗根本的依据，所以，他虽然善于学习前人的风格、技巧，化用前人的诗意、典故、词汇、句法，但这些只是用来表现自己的情感和体验的工具，而不是自我禁锢的圈牢。在这一点上，他同江西诗派强调"点铁成金""夺胎换骨"不一样，对陷在古人堆中不能自拔更是给予严厉批评。

由于既广泛汲取前人之长，又能从自身的需要出发灵活运用，各适其宜，因此，陆游诗歌的风格具有多样化的面貌。大体来说，他的好诗以七言为多，其中七言古体往往写得热情奔放；七言绝句或雄快斩截，或轻灵含蕴；七言律诗最为人称道，而由于内容的不同，风格上也有差异：抒发报国之志、悲愤之情的一类，偏向于深沉郁勃，描写自然景物和日常生活的一类，则偏向于简淡古朴。前面所录的《感愤》和《游山西村》，可以作为两种类型的代表来看。

杜甫说"新诗改罢自长吟"（《解闷》），陆游则说"锻诗未就且长吟"（《昼卧初起书事》），可见和杜甫一样，他对诗歌的形式和语言，也很讲究。特别是他的七律，大都结构严整，对于词句经过反复的推敲。像《红楼梦》第四十八回中香菱所摘的一联"重帘不卷留香久，古砚微凹聚墨多"（《书室明暖……》），感受细腻，写得也很精致。陆游读书广博，知识丰富，又受过江西诗派的熏陶，所以也喜欢用典，刘克庄《后村诗话》甚至说："古人好对偶被放翁用尽。"① 像《游近村》"乞浆得酒人情好，卖剑买牛农事兴"化用苏轼《浣溪沙》"卖剑买牛真欲老，乞浆得酒更何求"；《小筑》"生来不啜猩猩酒，老去那营燕燕巢"化用白居易《感兴二首》之二"樽前诱得猩猩血，幕上偷安燕燕窠"。不过，陆游很注意推陈出新，像著名的"山重水复疑无路，柳暗花明又一村"，据说就是从绍兴诗人强彦文诗句"远山初见疑无路，曲径徐行渐有村"（见周煇《清波别志》卷二）化出，但陆诗更自然，更有深意。

陆游是一个很有气象的诗人，虽然讲究作诗的技巧，但他最高的艺术

---

①〔宋〕刘克庄：《后村诗话·前集》卷二，王秀梅点校本，中华书局1983年版，第30页。

追求，却是归于自然平淡。他一再说“诗到无人爱处工”（《明日复理梦中意作》），“俗人犹爱未为诗”（《朝饥示子聿》），“诗到令人不爱时”（《山房》），就是说要使诗达到一种大巧若拙的地步，即所谓“好诗如灵丹，不杂膻荤肠”，“大巧谢雕琢，至刚反摧藏”（《夜坐示桑甥十韵》）。所以，他的许多诗能在锤炼之后，显得温润圆熟，雅致而简朴。

第五章　晚宋诗坛

第一节　江湖诗派

南宋宁宗、理宗年间，杭州书商陈起以富商兼诗人的身份，结交当时的文人雅士，相互应酬唱和，形成一个不固定的诗人群。而陈起以他定居的文化中心杭州的优越条件和拥有的财富，俨然成为这一诗人群体来来往往的联络枢纽。宝历初，他搜集选择一部分诗集出资刻印，称为《江湖集》，以后又陆续印刻《江湖前集》《江湖后集》《江湖续集》《中兴江湖集》等，前人或通称为《江湖诗集》。

诗集的刊刻与流传，扩大了这一群诗人所代表的诗风的影响，也无形中形成一个组织虽然松散、诗风却比较接近的诗歌流派，后人称之为“江湖派”。广义上的江湖诗人的作品几乎代表了南宋中后期诗坛的整个动向。从诗集被刊入《江湖诗集》而本人与陈起等并无来往的早期诗人姜夔到“永嘉四灵”，从刘克庄、戴复古等名列《江湖诗集》的中坚人物，到并未列名《江湖诗集》的方岳等，江湖诗人虽说人数众多，情况复杂，并且他们也没有明确提出过大家公认的诗学标准，但大体上都有两个比较明显的特征：其一，他们多是不务举子业、漂泊江湖而以诗文干谒公卿的游士。随着战争的平息和社会的安定，他们既无法通过从军杀敌、入幕赞画等途径追求理想的人生，也无法在拥挤不堪的科举仕途中获取功名，所以或啸游江湖，或奔走公卿之门。他们大多对政治并没有坚定的信念与明确的主张，对个人的前景出路却常抱有深深的忧虑与怅惘；同时由于经济繁荣、生活安定，他们又不至于缺吃少穿，于是便把对政治理想与个人功业上的失望，转化为追求高逸的情趣，参禅访道，交友吟咏，以此求得心理的平衡。其二，他们大多对诗歌的抒情性比较重视，因而都反对江西派诗风，而提倡一种清丽尖新的诗歌风格。他们的身份、地位及人生情趣都与晚唐诗人相近，晚唐诗轻巧空灵、精致尖新的特点，很合他们的口味，因此，从北宋中叶衰落下去的晚唐诗风又一次被他们张扬，笼罩了整个南宋后期的诗坛。

江湖派中比较出色的诗人是刘克庄、戴复古。

刘克庄（1187—1269），字潜夫，号后村居士，莆田（今属福建）人。在地方小官任上，因《落梅》诗中有“东风谬掌花权柄，却忌孤高不主张”之句，被言官诬为讪谤权相，卷入“江湖诗案”，闲废十年。其后官至权工部尚书兼侍读，为江湖派诗人中少数几位显达者。存诗4500馀首，在南宋诗坛仅次于陆游。编选过《分门纂类唐宋时贤千家诗选》，推进诗的平民化普及进程。早年与“永嘉四灵”中的翁卷、赵师秀等人交往，诗歌受他们影响。后与江湖派戴复古、敖陶孙往来，切磋诗艺。之后对“永嘉四灵”及一般江湖诗人不满，而致力于独辟蹊径，以诗讴歌现实。所以他的诗终于超越了“永嘉四灵”，成就也在其他江湖诗人之上，成为南宋晚期诗坛巨擘。他的诗融中晚唐姚合、贾岛、许浑等大家为一体，亦有专学李贺者。对当代诗人，最推重杨万里和陆游，比拟为李、杜，努力学习诚斋体的活泼跳脱和放翁诗的忧世伤时。取法多方，拓展了诗的格局，却难免学而未化，被讥为“一个瘦人饱吃了一顿好饭，肚子撑得圆鼓鼓的，可是相貌和骨骼都变不过来”①。

他上承唐代新乐府和陆游爱国诗传统，作《军中乐》《国殇行》《筑城行》《苦寒行》，抨击边防弊政。《军中乐》嘲讽行营将军：“更阑酒醒山月落，彩缣百段支女乐。谁知营中血战人，无钱得合金疮药！”《戊辰即事》对宋廷兵败之后，赔纳巨额绢款求和的政策，也不平则鸣：“诗人安得有青衫？今岁和戎百万缣！从此西湖休插柳，剩栽桑树养吴蚕。”其中以切身的小角度透视国家大事，辛辣之馀，饶多回味。在创作上，他追求数量，《八十吟》有云：“诚斋仅有四千首，惟放翁几满万篇。老子胸中有残锦，问天乞与放翁年。”他的年龄几乎追上陆游，但诗的数量没有追上，而且那些“油腔滑调，江湖末流”的作品，在质量上更远逊放翁。他晚年

①钱锺书：《宋诗选注》，人民文学出版社1989年版，第249页。

的诗也疏于辞采，缺乏性情，应酬叠和之作太多，殊无韵味，所以《四库全书总目提要》说他："晚节颓唐，诗亦渐趋潦倒。"

戴复古（1167—1252），字式之，号石屏，台州黄岩（今属浙江）人。一生布衣，交游极广，足迹几遍南中国。他毕生致力于诗歌创作，生前以诗负盛名达50年。早年受"永嘉四灵"的影响，学中晚唐诗，间亦掺杂江西派的风味。后登陆游之门，作《望江南》自嘲云："贾岛形模元自瘦，杜陵言语不妨村，谁解学西昆。"有《石屏集》，集中五言、七言近体诗写得比古体诗好。

他推崇杜甫、陈子昂，常常以诗抒写忧国伤时的情怀，又主张"论诗先论格"（《题郑宁夫玉轩诗卷》），不肯滥作应酬诗，力矫当时风气，艺术成就在"永嘉四灵"、江湖诸人之上。《庚子荐饥》关心民生疾苦，《夜宿田家》以质朴平淡之笔写出乡行宿之情景，颇得杜诗苍茫沉郁的风神。《频酌淮河水》："有客游濠梁，频酌淮河水。东南水多咸，不如此水美。春风吹绿波，郁郁中原气。莫向北岸汲，中有英雄泪。"对中原失陷、国土割裂，深致沉痛。诗末"莫向北岸汲，中有英雄泪"隐喻南宋以淮河自守、不能复争中原、英雄为之泪下的意思。《江阴浮远堂》云："横冈下瞰大江流，浮远堂前万里愁。最苦无山遮望眼，淮南极目尽神州。"更为愁苦凄怆。写景诗如《江村晚眺》："江头落日照平沙，潮退渔船阁岸斜。白鸟一双临水立，见人惊起入芦花。"写江村晚景，明快透脱，极有妙趣。

姜夔的年辈实际比一般江湖诗人早。姜夔（约1155—1209），字尧章，号白石道人，鄱阳（今属江西）人。他的诗被刻入《江湖诗集》是因为诗风相似的关系。姜夔诗初学黄庭坚，后来才改学晚唐诗。他的长处是善于锤炼字面，字句精巧工致而不落痕迹，尤其是一些小诗，清妙秀远，富于悠远的意蕴：

> 细草穿沙雪半销，吴宫烟冷水迢迢。梅花竹里无人见，一夜吹香过石桥。（《除夜自石湖归苕溪》之一）

> 夜暗归云绕柁牙，江涵星影鹭眠沙。行人怅望苏台柳，曾与吴王扫落花。（《姑苏怀古》）

这些诗写得很细腻，情调恬淡而带些惆怅，讲究韵味，语言在自然中显出新巧，颇有晚唐绝句的味道。

叶绍翁的七绝《游园不值》相当知名：

应怜屐齿印苍苔，小叩柴扉久不开。春色满园关不住，一枝红杏出墙来。

清丽又带有理趣，由应怜到寻而不见再到意外而获的心理充满波折，具有曲线美，全诗醒豁而出彩，蕴含着自然生机难以关锁的深意。

第二节　永嘉四灵

在姜夔之后闻名于诗坛的是“永嘉四灵”——赵师秀（号灵秀）、徐照（字灵晖）、翁卷（字灵舒）、徐玑（号灵渊）。除翁卷为温州乐清人外，其馀籍贯都是温州永嘉。由于他们的字号都带“灵”字，永嘉学派巨子叶适又为之汇编《四灵诗选》，这些人遂以“永嘉四灵”的名称在诗史流传。他们的诗虽未刻入《江湖诗集》，但他们中有人也参与了以陈起为中心的文人雅集，而其诗风又与江湖派相近，所以他们在广义上也被归为“江湖诗人”。

“永嘉四灵”都是中下层文人，有的当过小官，有的终生未仕，本来有满肚子的愤懑不平，但却力图从庄禅以及理学中学会自我平衡，在山林自然中寻找解脱愁苦的寄托，而内心的不平其实并不能因此就真的消散无影，只是转化为一种不与世俗同流、清高脱俗的自我标榜。他们明确地把人生遭遇和情趣与之接近的贾岛、姚合作为楷模。①“四灵”的诗都是薄薄一册，每人存诗只有一二百首，与宋初的“九僧”在诗学宗尚、诗体选择乃至艺术风格上都遥相呼应，也是一群格局较小的诗人。方回《瀛奎律髓》卷十批评“四灵”：“所用料不过‘花、竹、鹤、僧、琴、药、茶、酒’，于此数物一步不可离，而气象小矣。”可谓正中“四灵”要害。

他们反对江西诗派拘泥于典故成语出处、“资书以为诗”的作风，主

①赵师秀还专门为贾岛、姚合两位诗人编选《二妙集》。

张“捐书以为诗”，以五律为写作的主要体裁，苦心雕琢，推敲语言，锤炼字句，以表现一种凄清落寞的心境和自然淡泊的高逸情怀。他们的诗境与充满矛盾的、活生生的社会生活相隔，写得清远幽深；他们的语言，则是在固定的形式、狭小的境界中翻空出奇，正如叶适《题刘潜夫南岳诗稿》所评论的“敛情约性，因狭出奇”。

这种狭而深的取法方式，使其审美格局难免狭窄，流于纤巧，带有破碎尖酸之病。当然因为学贾岛、姚合苦思苦吟的功夫，有些诗句确实写得很精致，像赵师秀的“瀑近春风湿，松多晓日青”（《桐柏观》），“地静微泉响，天寒落日红”（《壕上》）；翁卷的“数僧归似客，一佛坏成泥”（《信州草衣寺》）；徐玑的“寒水终朝碧，霜天向晚红”（《冬日书怀》）；徐照的“众船寒渡集，高寺远山齐”（《题衢州石壁寺》），等等，听觉、视觉、触觉的感受，都捕捉得细致、准确，在动静、高低及色调的对比上，都有很好的效果。但他们的五律诗通篇完整的却不多，较好的有徐照《山中》：

世事已无营，翛然物外形。野蔬僧饭洁，山葛道衣轻。扫叶烧茶鼎，标题记药瓶。敲门旧宾客，稚子会相迎。

赵师秀《龟峰寺》：

石路入青莲，来游出偶然。峰高秋月射，岩裂野烟穿。萤冷粘棕上，僧闲坐井边。虚堂留一宿，宛似雁山眠。

描写清邃幽静的景色和枯寂淡泊的隐逸生活，精雕细琢，玲珑雅洁，接近姚贾诗风。相对而言，倒是七绝更见出色，如赵师秀的《约客》：

黄梅时节家家雨，青草池塘处处蛙。有约不来过夜半，闲敲棋子落灯花。

翁卷的《乡村四月》：

绿遍山原白满川，子规声里雨如烟。乡村四月闲人少，才了蚕桑又插田。

表现一种有兴味的等待或有生气的忙碌，共同点则是以白描手法陶写性情，使叙事写景变得清新流丽，展示了萧散清新的乡村风俗画。翁卷的《野望》也望得出色：

> 一天秋色冷晴湾，无数峰峦远近间。闲上山来看野水，忽于水底见青山。

写得清秀潇洒，毫不装腔作势，在山水互映中，透出妙趣天成的喜悦。“永嘉四灵”的这类诗，给宋代诗歌园地增添了平凡的灵性。

第六章　辽金元诗

辽金元三朝诗是在民族文化交融的历史背景下发展的，有内在的连续性，显示出独特的风貌和魅力。辽诗以圣宗即位为断，分为前后二期。金诗经历了前、中、后三个发展时期，尤以金、元易代之际最为繁盛，出现了彪炳千载的诗坛泰斗元好问。和辽、金两朝不同，面对同样博大精深的中原汉族文化，元朝统治者出于维护特权统治的需要，对于汉族文人既利用又防范，最终实际取消了“学而优则仕”的科举制度。虽然过了 80 年，重开科举，但压制汉人、维护民族特权的政策并没有变革。尽管立国时间不足百年，但在诗歌史上，元朝是唐宋与明清之间的不可忽视的引桥。

元诗研究历来积累较少，然而仅清人顾嗣立《元诗选》与《元诗选癸集》中，就选录近 2000 位诗人的 2.5 万首诗。《全元诗》问世以后，可知元诗有 12 万首以上，分属 5000 位诗人。元代诗歌是在对宋诗的反思中发展的。在宋诗的发展过程中，“以议论为诗”和“以文为诗”的倾向表现得相当突出，至于所谓“诗者持也”，要求诗人自持，实是用理性主义否定诗的抒情特性。元诗的发展，就总体上说，却是诗歌的抒情性回归的过程。这种回归打着复古的旗号，被称作“宗唐得古”，这是元代诗歌最显著的特点。从公元 1234 年蒙古灭金，到 1368 年元朝灭亡，其间 100 多年诗歌的发展，大体与蒙古统一北方、统一全国和元明鼎革的历史进程相对应，可以仁宗延祐初年为界，分为前后两期。前期是元人诗风形成期，后期是成熟期和新变期。元初的北方诗人群，一统后的元诗四大家（虞集、杨载、范梈、揭傒斯），衔接中、后两期的萨都剌和易代之际的铁崖诗派（杨维桢），是镶嵌于元诗史上的明珠。元诗为题画诗、边塞诗、竹枝词、宫词、奁体诗、咏物诗等部类提供了新的基质。元代北方民族诗人群体的出现，也是引人瞩目的现象。

第一节　辽金诗坛

一、辽代诗坛

东北、华北地区的辽，是契丹贵族建立的王朝，先后与中原的五代、北宋并立。唐天祐四年（907），阿保机代遥辇氏自立，进而于后梁贞明二年（916），建立政权，国号大契丹，后改称辽。至宋宣和七年（1125）为金所灭，共有209年的历史。

辽诗是唐代以后异军突起的北方文学的开端。辽朝建立之前，南北诗风融合，孕育了风骨遒劲而又神韵悠远的唐诗，开启了中国诗史上的黄金时代。接踵而来的宋诗，思理清峻，渐老渐熟，别开一番姿态。辽诗，则是以北方民族淳朴质野的文化心态，接受唐诗的滋育，同时在一定程度上受宋诗熏染的产物。作为北方民族的文学传统，辽诗又对金元诗歌产生了不容忽视的影响。辽诗作者大致可分为契丹族诗人与汉族文士两类。其中最能体现辽诗成就的是为数众多的契丹族诗人。在辽诗中，汉族文士的篇什较少，且基本上都是近体律绝。

（一）契丹皇室的诗歌吟咏

在契丹皇族诗人中，耶律倍是开风气之先的人物。耶律倍（899—936），小字图欲，一作突欲。辽太祖阿保机长子，曾被太祖立为太子。不但孔武有力，而且喜爱作诗，是辽初最有成就的诗人。他颇为钦慕白居易，诗风亦受元白一派影响。史载："东丹国长子突欲奔唐，赐姓李，名赞华。工画本国人物鞍马，习举子，能为诗。慕白乐天，每通名刺云：'乡贡进士黄居难字乐地'，欲比白乐天也。"① 太祖死，皇太后立其弟耶律德光（辽太宗），耶律倍受到猜忌，被徙为东丹王，曾作《乐田园诗》明志，后亡命海外，后唐明宗召其来归，他立木于海上，刻《海上诗》于其上：

①〔明〕凌迪知《氏族博考》卷四"慕姓名第八"。又见《焦氏类林》卷六"纰漏"，《尧山堂外纪》卷六十四·宋辽金，《古今谭概》不韵部卷八"拟古人名字"。此前《类说》卷二十六、《困学纪闻》卷十八、《霏雪录》也曾提及有举子好为诗章，每通名刺，云"乡贡进士黄居难，字乐地"，欲比白居易字乐天也，但并未指明为耶律倍。

小山压大山，大山全无力。羞见故乡人，从此投外国。

表现孤危处境以及亡命国外的不得已心情。“山”为契丹小字，其义为汗。“小山压大山，大山全无力”，实际上是写太后立德光，而自己虽系长子却被摒斥的处境。此诗可以视为汉文、契丹文合璧的范例，诗人巧妙地利用汉字“山”兼有契丹文“汗”的含意，既有鲜明的意象感，又有深微的隐喻义。二者互为表里，意蕴相当丰富。赵翼称赏此诗说：“情词凄婉，言短意长，已深合于风人之旨矣。”（《廿二史札记》卷二十七）耶律倍以《海上诗》载书浮海，投奔后唐。后晋代兴，后唐亡国。耶律倍为人刺死，年仅 37 岁。

辽圣宗耶律隆绪（971—1031），也以能诗著称。圣宗深受汉文学濡染，幼喜书翰，10 岁能诗，为诗师法白居易，其《题乐天诗佚句》云“乐天诗集是吾师”，可见其仰慕之情。圣宗在当时赋诗有百馀首，但所存仅《传国玺诗》一首，诗云：

一时制美宝，千载助兴王。中原既失守，此宝归北方。子孙皆慎守，世业当永昌。

此诗咏叹镇国之宝传国玺，五言六句三韵，短小精练，意旨明确。意在表达希望大辽国运永远昌盛的政治理想，体现出契丹统治者诗歌创作的政治功利性。

圣宗之后，兴宗、道宗也喜欢诗赋，且经常濡翰为诗。兴宗耶律宗真（1016—1055），所存完整的诗歌仅一首，即《以司空大师不肯赋诗以诗挑之》：

为避绮吟不肯吟，既吟何必昧真心。吾师如此过形外，弟子争能识浅深。

司空大师是辽代的一位名僧，即海山。此诗可以看出兴宗与佛教的密切关系。这是辽代诗坛上现存的第一首七绝，平仄韵律完全合于七绝的要求，从历史发展的眼光来看，较之东丹王和圣宗的五言诗，艺术上更为精纯。

道宗耶律洪基（1032—1101），在诗歌创作上也颇有造诣。他的现存诗作也很少，只有《题李俨黄菊赋》《戒勖释流偈》以及《赐法均大师句》等几首短诗，其中《戒勖释流偈》并非纯粹的诗，只是以诗的形式所作的偈语，而《赐法均大师句》则只有两句。写得最好、最完整的乃是《题李俨黄菊赋》：

昨日得卿黄菊赋，碎剪金英填作句。袖中犹觉有馀香，冷落西风吹不去。

李俨是道宗宠臣，官至参知政事。道宗此诗，是一首拗体七绝。作者以《黄菊赋》起兴，却不拘泥于对赋作本身的咏赞，而是将黄菊的意象参融其中。“碎剪金英填作句”，想象新异。此诗意象空灵而又巧妙，即便置于唐、宋诗中，也堪称上乘之作。与前述辽诗相比，在艺术上有相当进展。

（二）辽代诗坛的巾帼英杰

从现存作品看来，契丹皇室诗人中最有成就、最具特色的，当推萧观音、萧瑟瑟等女诗人。相形之下，她们的作品数量更多，体裁更为丰富。与其他历代女诗人相比，契丹女诗人的创作有不可取代的特点，就是有高远的胸襟与强烈的政治意识，在艺术风格上也更多地体现出北方游牧民族女性的慷慨豪放。

萧观音（1040—1075），钦哀皇后之弟萧惠之女，道宗封燕赵国王时纳为妃，清宁初年立为懿德皇后。大康元年（1075），因宫廷内部互相倾轧，被诬与伶官有私，被赐自尽。乾统初年，追谥为宣懿皇后。据王鼎《焚椒录》载，萧观音姿容秀美，工诗能书，雅擅音乐，能自制歌词。她的诗作风格多样，有雄豪隽爽、颇见北地豪放之气的篇什，也有委婉深曲的风雅之辞。前者如《伏虎林待制》：

威风万里压南邦，东去能翻鸭绿江。灵怪大千俱破胆，那教猛虎不投降。

风格豪放，意象奇崛，也有气势，很难令人相信是出自宫廷女性之手。据《焚椒录》载：“（清宁）二年八月，上猎秋山，后率妃嫔从行在所。至伏虎林，命后赋诗，后应声曰：‘威风万里压南邦（下略）……上大喜，出示群臣，曰：‘皇后可谓女中才子。’”可见，此诗是狩猎环境的产物，而同时又是契丹民族粗犷雄健之风的显露。

委婉深曲者，如《怀古》：

宫中只数赵家妆，败雨残云误汉王。惟有知情一片月，曾窥飞燕入昭阳。

据《焚椒录》载，枢密使耶律乙辛与萧后家争权，指使宫婢取《十香词》淫词，伪称宋朝皇后所作，骗萧后书写手迹，借以构陷之。萧后书写毕，又在纸尾自作绝句一首，以示自己的批评态度，即这首《怀古》诗。耶律乙辛得诗后，使宫婢及教坊朱顶鹤出首，言萧后与伶官赵惟一私通，以《十香词》及此诗为证，并指摘此诗中藏有“赵惟一”三字。狱成，族诛赵惟一，赐萧后自尽。《怀古》诗有这样一个背景，而就诗作本身看，诗人借汉代赵飞燕姊妹擅宠败政的史实兴发感慨，诗意深刻警醒，意象鲜明而又深婉含蓄，颇有唐诗风味。

另一位女诗人萧瑟瑟，是国舅大父房之女，天祚帝妃，善诗歌创作，又有较深刻的政治见解。现存的《讽谏歌》《咏史》，都语涉朝政，写得英拔不凡。《讽谏歌》云：

勿嗟塞上兮暗红尘，勿伤多难兮畏夷人。不如塞奸邪之路兮选取贤臣。直须卧薪尝胆兮激壮士之捐身，可以朝清漠北兮夕枕燕云。

指出辽朝所面临的危难时刻，劝谏天祚帝励精图治，任用忠良，摒塞奸佞，这样方能力振朝纲，永镇漠北。《咏史》诗云：

丞相来朝兮剑佩鸣，千官侧目兮寂无声。养成外患兮嗟何及，祸尽忠臣兮罚不明。亲戚并居兮藩屏位，私门潜畜兮爪牙兵。可怜往代兮秦天子，犹向宫中兮望太平。

借咏史来讽刺朝政的昏暗壅蔽，任人唯亲，赏罚不明，忠臣罹祸，百官缄口，致使外患临门，大厦将倾。这正是天祚帝朝政的生动写照。作为一名皇妃，萧瑟瑟并不满足于后宫享乐，而是以强烈的政治责任感来指摘朝政，充分表现出其政治卓识。这两首诗都是为讽谏目的而作，诗风剀切直露，缺少馀韵，但情感之激切，见解之深刻，颇使人醒目惊心。诗用骚体写成，句式参差错落，更加强了力度感。

萧观音、萧瑟瑟的诗作，既代表辽代女诗人的杰出成就，同时也凸显了辽诗的特点。

二、金朝诗坛

金朝是东北地区的女真族于北宋末年所建。北宋末年，完颜阿骨打统一女真各部后，建立金朝，自称皇帝，起兵反辽，很快便灭了辽朝。不久金朝又进兵中原，直捣宋都汴京，俘虏北宋徽、钦二帝，占据大半个中国，与偏安江南的南宋对峙。以后逐渐衰落，至金哀宗天兴三年（1234）被蒙古贵族所灭。金朝立国前后共120年。

金诗不仅在数量上远远超过辽诗，艺术上也远比辽诗成熟，形成了有别于唐宋诗的独特风貌。金代优秀诗人（尤其是元好问等人）在学习宋诗名家的同时，兼师汉魏、盛唐，并更多地出以己意，来进行艺术创造。金诗融进有异于宋诗的地域特色、民族心理及审美风尚等多种组合因素，形成以质朴刚劲、沉雄伉爽为特征的独立诗派。这个屹立于唐宋与元明之间的诗歌劲旅，是宋诗所无法替代和掩盖的，尽管它的作品数量和艺术成就不及宋诗。《四库全书总目》云：“宋自南渡以后，议论多而事功少，道学盛而文章衰，中原文献，实并入于金。”① 金诗与南宋诗，一北一南，共同构成当时中国诗坛的全貌。

（一）金诗的发轫：借才异代

金诗发轫期的作家都是从辽、宋引进的，他们的诗作在很大程度上是宋诗的移植，前人称之为“借才异代”②。由于不同的社会条件、文化氛围的作用，宋诗中那些最有代表性的特征在他们的诗中已经发生变异，不少作品开启了金代诗歌的风格。

宇文虚中（1079—1146），字叔通，别号龙溪居士，成都华阳（今四川成都）人。在宋任黄门侍郎，颇有文名。因奉使金朝而被羁留，仕至翰林学士承旨，被金人奉为“国师”。他的经历与庾信颇为相似，但更多南

①《四库全书总目》卷一百九十《御定全金诗提要》。

②〔清〕庄仲方《金文雅序》：“金初无文字也，自太祖得辽人韩昉而言始文；太宗入汴州，取经籍图书。宋宇文虚中、张斛、蔡松年、高士谈辈后先归之，而文字煨兴，然犹借才异代也。”

国士大夫的气节。后因谋夺兵杖南奔，被金人杀害。其文集已失传，只有50首诗因《中州集》选录而得以留存。宇文虚中的诗作充溢着强烈而深沉的故国之思，读来恻恻动人，如《又和九日》：

老畏年光短，愁随秋色来。一持旌节出，五见菊花开。强忍玄猿泪，聊浮绿蚁杯。不堪南向望，故国又丛台。

情感真挚，意象凄清，抒发去国怀乡的羁愁。诗人以苏武自喻，使诗作在凄清之中，平添几分气骨。

宇文虚中还善于借物言志，《古剑行》《白菊》《岁寒堂》等都通过物象来抒发自己的怀抱，如《古剑行》：

公家祖皇提三尺，素灵中断开王迹。自从武库冲屋飞，化作文星照东壁。夫君安得此龙泉，秋水湛湛浮青天。夔魖奔喘禹强护，中夜跃出光蜿蜒。拄颐檑具男儿饰，弹铗长歌气填臆。嶙峋折槛霁天威，将军拜伏奸臣泣。龙泉尔莫矜雄芒，不见鸟尽良弓藏。会当铸汝为农器，一剑不如书数行。

通过对龙泉古剑的咏叹，抒发昂藏不平的内心世界，古剑冲屋而飞的意象，凝聚着诗人的雄心大志；“弹铗长歌”，倾吐着诗人的慷慨不平之气。全诗贯穿着一种雄强的生命感，意象奇崛，意脉曲折回旋，有顿挫之致。

吴激（？—1142），字彦高，号东山，建州（今福建建瓯）人，系宋宰相吴拭之子，著名书画家米芾之婿。他奉宋朝之命使金，金人慕其文名，留不遣返，命为翰林待制。吴激的诗作，也以故国之思为基本主题，对江南故园的忆念缱绻浓酽，处处萦绕于诗中，如《岁暮江南四忆》（选一）：

吴松潮水平，月上小舟横。旋斫四腮鲙，未输十里羹。捣荠香不厌，照箸雪无声。几见秋风起，空悲白发生。

化用晋人张翰见秋风而思故乡鲈鱼莼菜的典故，借以展开意境，对江南风物充满美好的忆念，结尾则以“空悲白发生”的反跌，写出内心深处的莫大痛苦。

（二）国朝文派：金诗迎来成熟与繁盛

金世宗、章宗时期，堪称金朝政治与文化上的黄金时代。世宗朝被称为“小尧舜”，章宗朝更重礼乐文治，因此这一时期形成了浓郁的尚文气氛。皇帝本人濡翰弄诗，对于美文大力提倡，推动了诗坛上益加活跃的创作势头，在大定、明昌诗坛上涌现出不少有成就、有个性的诗人。从整体上看，这个时期已经形成金诗区别于唐、不同于宋、能自立于中华诗史之林的特色。元好问说：“国初文士如宇文大学、蔡丞相、吴深州等，不可不谓之豪杰之士，然皆宋儒，难以国朝文派论之。故断自正甫（蔡珪字）为正传之宗，党竹溪次之，礼部闲闲公又次之。自萧户部真卿倡此论，天下迄今无异议云。”（《中州集·蔡珪小传》）这里明确提出“国朝文派”的命题，这不是某一文学流派的称谓，也不仅仅指区别于“宋儒”的金朝本土诗人，实际上是指金诗区别于其他时代诗歌的整体特色。

这个时期的主要作家有蔡珪、党怀英、周昂、王寂、王庭筠、赵秉文等。他们都是在金朝出生和成长起来的作家，以各自的特色，展示着“国朝文派”的实绩。

蔡珪（？—1174），字正甫，蔡松年长子，在金代诗坛上有独特的地位与成就。他的诗作有鲜明的北方文学特征，与金初“借才异代”的宋儒之风迥然而异，如《野鹰来》：

> 南山有奇鹰，置穴千仞山。网罗虽欲施，藤石不可攀。鹰朝飞，耸肩下视平芜低，健狐跃兔藏何迟；鹰暮来，腹肉一饱精神开，招呼不上刘表台。锦衣少年莫留意，饥饱不能随尔辈。

“野鹰”的意象有鲜明的象征意义。诗人通过对“野鹰”的描写，充分展示了自己的主体寄托。字里行间有一股雄悍朴野之气，显示着与“宋儒”之诗不同的体貌。风格上体现了金诗语言“硬语盘空”“气力劲健”的特点。其他篇什如《医巫闾》等，也体现出“国朝文派”的特点。

这一时期另一位重要诗人党怀英也是“国朝文派”的代表人物。党怀英（1134—1211），字世杰，号竹溪，奉符（今山东泰安）人。大定十年（1170）进士。曾与辛弃疾同学于刘汲门下。辛南渡归宋，成为南宋最杰出的词人；党留在金朝，成为文学宗主。党怀英的诗较为清淡，元好问评他“诗似陶谢，奄有魏晋”（《中州集》卷一）。《西湖晚菊》可以代表他的风格特征：

> 重湖汇城曲，佳菊被水涯。高寒逼素秋，无人自芳菲。鲜飚散幽馥，晴露堕馀滋。蹊荒绿苔合，采采叹后时。古瓶贮清泚，芳樽湔尘霏。远怀渊明贤，独往谁与期。徘徊东篱月，岁晏有馀悲。

诗中寄寓着幽独的情怀，通过晚菊意象的刻画，写出对尘俗的鄙弃，对雅趣的喜爱。

本时期成就较大的重要诗人是王庭筠，明昌年间曾主盟诗坛。王庭筠（1156—1202），字子端，自号黄华山主，出身于渤海望族，文学世家。元好问推崇王庭筠的文学成就：“子端诗文有师法，高出时辈之右。”（《中州集》卷三）王庭筠常选择一些清幽、冷寂的意象，来寄托深沉苍茫的孤独感，如《孙氏午沟桥亭》：

> 闲来桥北行，偶过桥南去。寂寞独归时，沙鸥晚无数。

意象清冷生新，其中蕴含的孤独意识，令人深有感触。比他晚出的金代诗人李纯甫评论说：“东坡变而山谷，山谷变而黄华，人难及也。”（《归潜志》卷十）王庭筠承绪苏、黄加以发展，其诗峻洁而不险怪，清新而不生涩。

（三）南渡诗坛：金诗的振起

以金宣宗贞祐二年（1214）南渡迁都汴京为转折点，金代社会进入后期，走向衰亡。但这时诗坛却出现了新的生机。南渡后的诗坛，改变了明昌、承安年间的尖新浮艳之风，诗的主流转向质朴刚健。现实的困境使诗人们洗褪恬和浮艳的诗风，有了更多的矫厉勃郁之气。这一时期诗坛的领袖人物是赵秉文、李纯甫。他们都致力于扭转诗坛上的不良风气，把创作引向质朴健康的轨道。但他们在诗学观念上有很大分歧，互相辩难，又都各自团结了一批诗人，形成了不同的诗歌流派，赵秉文一派以赵秉文、王若虚为代表，李纯甫一派以李纯甫、雷希颜、李经等人为代表。在诗歌创作上，赵秉文主张取诸家之长，转益多师，以多方继承古人为尚，李纯甫更强调摆脱蹊径，自成一家，勿随人脚跟。赵秉文力主含蓄平淡的风格，而反对李纯甫等人的奇险风格。赵秉文一派重在纪实，李纯甫一派重在主观抒情，抒发峥嵘胸臆。

赵秉文（1159—1232），字周臣，磁州滏阳（今河北磁县）人。大定二十五年（1185）登进士第，入为应奉翰林文字，同知制诰。兴定元年（1217），拜礼部尚书，兼侍读学士。赵秉文在南渡后主盟文坛多年，诗文创作非常丰富，有《闲闲老人滏水文集》30 卷存世，其中存诗 600 馀首。赵诗多有一种清远冲和之风，颇具含蓄蕴藉之致，如《雨晴》：

> 东风时送瓦沟声，敧枕幽窗梦自惊。睡起不知云已散，夕阳偏向柳梢明。

再如《效王右丞独步幽篁里》：

> 独坐幽林下，谈玄复观易。西山隐半峰，返照林间石。石上多古苔，山花间红碧。花落人不知，山空水流出。

意境清远，风格冲和平淡，语言古朴而隽永，深得王孟一脉精神。

王若虚（1177—1246），字从之，号慵夫，又号滹南遗老，藁城（今河北石家庄附近）人。金章宗承安二年（1197）经义进士，历任鄜州录事、国史院编修官、左司谏、延州刺史等职。金亡不仕。王若虚是金代著名诗论家，他在《滹南诗话》这部诗学名著中有一些引人注目的观点，如力倡“以意为主，字语为之役”，要求语言形式为表现诗人之“意”服务。他还主张创作要出于“自得”：“古之诗人，虽趣尚不同，体制不一，要皆出于自得。至其辞达理顺，皆足以名家，何尝有以句法绳人者！”“自得”，也即诗人独特的内心体验。他还主张“求真”“求是”，力排“尚奇”之风。这些构成其诗论的基本要点。

王若虚不仅是诗论家，也是重要诗人。《滹南遗老集》存诗 40 馀首。他的诗风，正如自己所说“典实过于浮华，平易多于奇险”。无论抒情、写景还是叙事，都较为典实平淡，但却生动凝练。

李纯甫一派的创作，与赵秉文、王若虚等人的诗风形成鲜明的对照。奇险狠重，是其共同风格倾向。李纯甫（1177—1223），字之纯，襄阴（今河北阳原）人，自号屏山居士。承安二年（1197）经义进士。年少中举，声名显赫，后入翰林，仕至尚书左司都事。《中州集》录存其诗29首。他的诗峥嵘怒张，且又瑰丽多姿，举《怪松谣》为例：

> 阿谁栽汝来几时，轮囷臃肿苍虬姿。鳞皴百怪雄牙髭，拿空夭矫蟠枯枝。疑是秘魔岩中老慵物，旱火烧天鞭不出。睡中失却照海珠，羞入黄泉蜕其骨。石钳沙锢汗且僵，埋头卧角正摧藏。试与摩挲定何似，怒我枨触须髯张。壮士囚缚不得住，神物世间无着处。提防半夜雷破山，尾血淋漓飞却去。

这首诗描绘“怪松”形象，是一首咏物之作，但却有强烈的抒情性。“怪松”生就一副峥嵘奇相，却又洋溢着一种怒张飞动的生命力。诗的意象奇突怪戾，实际上表现的是诗人“感士不遇”的不平之气。这类诗作在《屏山集》中很普遍。

第二节　金元之际的泰斗元好问

金诗经历上述三个阶段的发展演变之后，进入最末一个阶段——金亡前后。这是一个虽然社会动乱，但文学却获得丰收和升华的特殊时期。这一时期文学繁荣的主要标志，便是出现金代文学的巍峨主峰——元好问。赵翼《题遗山诗》以元好问为例总结这一时期，评说道：“国家不幸诗家幸，赋到沧桑句便工。”

元好问（1190—1257），字裕之，号遗山，太原秀容（今山西忻州）人，出身于鲜卑族后裔的士大夫家庭。早年随做官的叔父在金朝治下宦游各地。金宣宗兴定五年（1221）进士及第。正大年间出任镇平、内乡、南阳等地县令。后任国史院编修官。蒙古军包围汴京时，他在朝任尚书省掾、左司都事。汴京城破后，随被俘官民北渡黄河，被羁管于聊城。金亡后不仕，隐居故乡，致力于金代史料的收集，编成金诗总集《中州集》。元好问晚年，在藩邸的元世祖忽必烈闻其名，拟“以馆阁处之”，但“未用而卒”①。

元好问8岁就能作诗，曾受教于路铎、郝天挺，肆力于典籍研究，具备较高的文艺修养。其时，金诗正酝酿着变革，但一般作者缺乏卓见，创作上模仿气息浓厚，无力摆脱旧的影响。元好问进入诗坛以后，才使情况发生根本性改变。当时金源诗坛的有识之士纷纷反对宋诗中的江西诗派，而大多倾向于学习苏轼，形成“苏学盛于北”（清翁方纲《斋中与友人论诗》）的局面。元好问就是在这种变革中孕育出来的杰出诗人。他植根于金末动乱多艰的社会土壤，从学习苏轼入手，进而师法杜甫，克服金诗中多少存在的“直于宋而伤浅，质于元而少情”（明王世贞《艺苑卮言》卷三）的弊病，为金诗在文学史上争得了突出的地位。

元好问存诗1400馀首，有清人施国祁笺注的《元遗山诗集》传世，不仅数量上占金源诗人之首，而且题材广博，内容丰厚，技法精熟而风格多样，具备诗史上第一流作家的风范。他工于七古、七律和绝句。其诗大多兴象深邃，风格遒劲，无江湖派末流轻易油滑之习，亦无江西派末流生拗粗犷之失。他的写景诗境界优美，富有生活气息，其中一些名句如“寒波淡淡起，白鸟悠悠下”（《颍亭留别》）等，脍炙人口。他的不少写闲情、友谊、怀古、羁旅行役的作品也斐然可观。但其中成就最高，因而奠定其文学史地位的是其“丧乱诗”。这些诗广泛而深刻地反映了国破家亡的现实，被视为“诗史”。比如：

> 百二关河草不横，十年戎马暗秦京。岐阳西望无来信，陇水东流闻哭声。野蔓有情萦战骨，残阳何意照空城。从谁细向苍苍问，争遣蚩尤作五兵？（《岐阳三首》之二）

> 惨淡龙蛇日斗争，干戈直欲尽生灵。高原水出山河改，战地风来草木腥。精卫有冤填瀚海，包胥无泪哭秦庭。并州豪杰知谁在，莫拟分军下井陉。（《壬辰十二月车驾东狩后即事》其二）

堪称是沉痛至极亦有力至极的不朽之作。清代赵翼高度评价这些丧乱诗说：“七言律则更沉挚悲凉，自成声调。唐以来律诗之可歌可泣者，少陵

①《元诗选》初集元好问小传，中华书局1987年版，第5页。

十数联外，绝无嗣响，遗山则往往有之。如《车驾遁入归德》之‘白骨又多兵死鬼，青山原有地行仙’‘蛟龙岂是池中物，虮虱空悲地上臣’；《出京》之‘只知灞上真儿戏，谁谓神州竟陆沉’；《送徐威卿》之‘荡荡青天非向日，萧萧春色是他乡’；《镇州》之‘只知终老归唐土，忽漫相看是楚囚。日月尽随天北转，古今谁见海西流’；《还冠氏》之‘千里关河高骨马，四更风雪短檠灯’；《座主闲闲公讳日》之‘赠官不暇如平日，草诏空传似奉天’，此等感时触事，声泪俱下，千载后犹使读者低徊不能置。盖事关家国，尤易感人。”（《瓯北诗话》卷八）元好问的“丧乱诗”真实地写出鼎革之际的历史情况，抒尽国破家亡的深哀剧痛。它们从时代的深处涌出，感应着那段血与火的历史，又经创作主体的统摄融化，寄寓着强烈的兴亡之感，为诗史提供了新的艺术范本。

第三节　元初北方诗坛

耶律楚材被元人称为一代词臣，他的诗歌创作，可以上溯到成吉思汗时期，他随成吉思汗西征到达西域时写了大量诗歌。他去世前10年，蒙古王朝已经统一北方，但继他而出现的忠于蒙古王朝的诗人并不受他的影响，而是受金末著名诗人元好问的影响，其中有刘秉忠、郝经、王恽、卢挚和刘因等。这些诗人又大都是忽必烈作大汗前招致的文人。到忽必烈建元称帝后，北方诗坛已相当活跃。在至元、大德间南方诗人纷纷北上之前，北方诗歌一直沿着自己的道路发展着，正如顾嗣立《元诗选》所说：

> 元兴，承金宋之季，遗山元裕之以鸿朗高华之作振起于中州，而郝伯常、刘梦吉之徒继之。故北方之学，至中统、至元而大盛。

这里说的就是元初北方诗歌的特点，但耶律楚材既然是蒙古王朝第一位著名诗人，论述元诗，当以他为起首。

耶律楚材（1190—1244），字晋卿，契丹族。籍贯弘政（今辽宁义县)①，生长在燕京（今北京）。家世可以上推到辽太祖耶律阿保机的长子耶律倍（899—936）。耶律倍精通契丹、汉双语，是辽代文学的创立人之一，耶律楚材不但继承“双语”传统，而且成了辽—契丹文明的最后体现者。只不过这之间相隔七八代，两百馀年。耶律楚材仕金为左右司员外郎。曾从禅师行秀学佛，得法名从源，号湛然居士。后被召至成吉思汗幕府，随军西征到今乌兹别克一带，写下大量西域诗。到窝阔台时期，官中书令，在保护文献与儒士方面立下大功，深受文人敬仰。有《湛然居士文集》14 卷。

耶律楚材在元代的影响，以事功而不以文艺。但他的确是早期蒙古王朝中一枝独秀的诗人。他论诗尚平易自然、推崇古雅，又重清新雄奇。诗作今存600 多首，风格多样，时人王邻、孟攀鳞分别为其文集作序，指出其诗有天然、雄豪、绚烂、温纯诸多风格。雄奇之作如《过阴山和人韵》：

> 阴山千里横东西，秋声浩浩鸣秋溪。猿猱鸿鹄不能过，天兵百万驰霜蹄。万顷松风落松子，郁郁苍苍映流水。天丁何事夸神威，天台罗浮移到此。云霞掩翳山重重，峰峦突兀何雄雄。古来天险阻西域，人烟不与中原通。细路萦纡斜复直，山角摩天不盈尺。

本诗明显受到李白影响，虽然气势尚逊，但自有特色。如此雄奇之作，还有《过夏国新安县》《阴山》等。耶律楚材诗中最令人神往的，是那些以清新优美之笔写异域风情的作品，其中《西域河中十咏》最具代表，其三道：“寂寞河中府，遐荒僻一隅。葡萄垂马乳，杷榄灿牛酥。酿春无输课，耕田不纳租。西行万馀里，谁谓乃良图。”他如“杷榄花前风弄麦，葡萄架底雨沾尘”（《十七日早行始忆昨日立春》），“匀和豌豆揉葱白，细剪蒌蒿点韭黄”（《是日驿中作穷春盘》），写西域风光，都很有特色。还有不少富于神韵的小诗，如《过济源登裴公亭》《和薛伯通韵四绝》等，都属绝句佳作。

郝经（1223—1275），字伯常，泽州陵川（今山西晋城）人。生于六世业儒之家，祖父郝天挺是元好问的老师，学问亲承元好问指授，后又接受赵复所传朱熹之学。蒙哥时代，入忽必烈幕府，以条陈方略，为忽必烈

①关于耶律楚材家族的籍贯，参见王国维《耶律文正公年谱馀记》。

器重。忽必烈即位，他以翰林学士充国信使使宋，被宋相贾似道羁留于仪真（今江苏仪征）16年而志节不屈，元人比之汉代苏武，衍成富于传奇色彩的“雁足帛书”的故事，广为朝野所知。元世祖大举南下时，派人责问拘押使臣之罪，他才得以北还。还朝不久，宿疾发作，其子执笔问以后事，他写下“天海风涛”四字，馀无所言。卒，谥文忠。有《陵川集》19卷。

郝经诗以使宋被留为界，分为前后两期。前期受李贺影响，多写雄奇警拔的长篇歌行，如《白沟行》《入燕行》《听角行》《贤台行》《青城行》等。他推崇李贺，至有“人间不复见奇才”（《长歌哀李长吉》）之叹，有些诗也写得较为奇崛，如写亡金之痛的《青城行》：

> 坏山压城杀气黑，一夜京城忽流血。弓刀合沓满掖庭，妃主喧呼总狼藉。驱出宫门不敢哭，血泪满面无人色。戴楼门外是青城，匍匐赴死谁敢停？

可看出有意于体现警策之神，纵姿之力，郁抑之思，骇愕之奇。后期在诗歌艺术上有较大进步，长歌减少，短诗增多，雄奇之气变为含蓄悲凉。如在被软禁的客馆里写下的《馆中春晚》：

> 花落深庭日正长，蜂何撩乱燕何忙？匡床不下凝尘满，消尽年光一炷香。

在貌似闲淡的笔墨背后，是深悲极怨，而表达出的风格却极为微婉。又如写于仪真客馆的七律《落花》：

> 彩云红雨暗长门，翡翠枝馀萼绿痕。桃李东风蝴蝶梦，关山明月杜鹃魂。玉阑烟冷空千树，金谷香销谩一尊。狼藉满庭君莫扫，且留春色到黄昏。

其他写于拘押在仪真的诗篇，还有七言律诗《秋兴五首》，无论从题目到写作契机，都受到杜甫的影响，而《冬至后在仪真馆赋诗以赠三伴使》《仪真馆中暑一百韵》等，则是鸿篇巨制，内涵丰富。《幽思》是一组多达60首的组诗，力图承继阮籍《咏怀诗》及陈子昂《感遇》诗风的初衷。

王恽（1227—1304），字仲谋[①]，号秋涧。卫州汲县（今属河南卫辉）人。好学善属文，早年受知于元好问，历仕翰林修撰、监察御史、河南北道提刑按察副使、山东诸道提刑按察副使、福建闽海道提刑按察使。

在作品数量上，王恽是元人之冠，其《秋涧集》是元人别集中卷帙最多的一种，[②] 存诗3241首，[③] 也是元人存诗数量之最。其诗题材广泛，举凡侠客义士、节女烈妇、将帅勇健、僧侣道流、文人墨客、商贾百工诸色人等，咏史怀古、行役羁旅、听歌看舞、祝寿赠答、登临送别、节序游乐、耕作渔猎、锄耧笔砚、商鼎古碑等各种题材，无不写入诗篇，笔力雄浑，"才气横溢，欲驰骋唐宋大家间。然所存过多，颇少持择，必痛加芟削，则精彩愈见"[④]。在诗歌体式上，更偏重近体。《秋涧集》中近体诗有2877首，古体诗有364首，其中五言古诗4卷，七言古诗6卷，五言律绝2卷，最多的则是七言律绝，达21卷之多，不仅数量乃元诗之最，成就也很突出。风格上，取径较宽，《日蚀诗》《苦热叹四十六韵（效昌黎体）》等古体诗学韩昌黎，而近体诗则效白乐天者居多，仅在诗题中标明"效乐天体"者就不少。[⑤] 对于韩白二人的诗风，王恽在兼收并蓄的基础上，略有抑扬轩轾。乐府诗，如《刘山人歌》，颇得乐天《新乐府》之遗韵。《哀老叚辞》是对《新乐府·驯犀》的遥遥致意。闲适之篇，如《良宵散步诗》具有浅近闲适的白体诗风。节令诗如《汴梁清明》、咏物诗如《小桃》、题画诗如《题烟江叠嶂图》、记游诗如《清苑道中》，大多清新自然，浅淡平易，得乐天体之真传。因为其论艺以中和醇正为理想，主张平淡而含蓄，雍容而不迫切，所以对金末元初专效李贺、卢仝，务以险怪为尚者有所不满。集中多有颇具元和体闲适之风之作，如下面几首：

---

①案：《广雅》："恽，谋也。"义本此。

②《四库全书》本《吴文正集》也是100卷，但是将原本50卷拆分而成。许有壬《至正集》也有100卷之数，但它长期以来就只存有81卷。

③此据刘青松《王恽诗词用韵研究》（《古汉语研究》1996年第4期）及《王恽诗词的韵系》（《怀化师专学报》1990年第5期）。杨镰《元诗史》统计为3126首，人民文学出版社2003年版，第287页。

④〔清〕顾嗣立：《元诗选·王恽小传》。

⑤详见陈才智《元人王恽对白居易的接受》，《文学评论》2011年第2期。

旋收柏实炷炉熏，纸帐低垂自有春。竹几隐眠无俗梦，蒲团容膝胜华裀。窗间白日惊涛迅，门外黄尘万事新。幸与圣贤相晤语，未辞藜藿此生贫。(《自适》)

醉头扶起日三竿，扫罢幽轩到药阑。傍架整齐书帙乱，绕篱料理菊枝残。日融虚阁留馀暖，雨积高空促早寒。处置身心闲里过，不将勋业镜中看。(《秋怀》)

送客当年过玉泉，醉中游赏得奇观。一泓湛碧浮僧钵，几叶秋黄打石阑。山色空蒙金界湿，松声清泛海波寒。吟鞭回首都门道，斜日归时翠满鞍。(《题香山寺画卷》)

刘因（1249—1293），字梦吉，原名刘骃，字梦骥。雄州容城（今河北徐水）人。早年丧父，家虽贫，在乡里授徒度日。爱诸葛亮“静以修身”之语，题居室为“静修”。有《和陶诗》1卷，无论写诗还是做人，他都视陶渊明为楷模。由不忽木举荐于朝，元世祖至元十九年（1282）擢承德郎、右赞善大夫。以母病辞归。至元二十八年（1291），又再次征召，仍不受职。延祐年间追封容城郡公，谥文靖。有《静修集》。

元代第一种本朝诗选集《皇元风雅》和元人选元诗的重要总集《元风雅》《元音》《乾坤清气》均以刘因为元诗之首。后人对刘因的议论，集中在两个问题上：一是他为何坚不赴忽必烈之召，二是他生于蒙古时的北方，并非南宋臣民，却眷念南宋，写了大量怀念南宋的诗。元世祖攻宋时，他还写下《渡江赋》，力陈宋不可伐。

第一个问题，或说他有遗民情绪，或说他志在“为往圣继绝学”，或说他认为忽必烈难以共事，不过他有《幼安濯足图》诗，可供参考。诗写汉魏之际的名士管宁，可看作刘因的心灵自白。诗中说，管宁之所以“有死不为丕太中”，首先是“汉家无复云台功”，这是时势天命，刘汉已不可为；其次是“关东诸公亦英雄，百年能辨山阳封”，曹丕之流，不过是草莽英雄，非天下正统；再次是由于自己“丹青白帽凛冰雪”，清介之质，难与世合，只能“高山目断冥飞鸿”，高蹈远遁。尽管如此，面对世事沧桑，他内心仍难免悲凉：“乾坤故物两足在，霜海浮云空复空。”这正是刘因的自我写照，由此可以窥见他的心灵幽处。

第二个问题，涉及刘因的民族感情。其实，刘因不光写诗悼宋，也悼金。在这些诗篇中，又往往超越对宋、金王朝的悼念，而上升到对随宋金灭亡而毁灭的文化的哀悼。悼金之诗如《金太子允恭墨竹》：

> 文采不随焦土尽，风节直与幽兰崇。百年图籍有萧相，一代英雄谁蔡公。策书纷纷少颜色，空山夜哭遗山翁。我亦飘零感白发，哀歌对此吟双蓬。

悼宋之诗如《观梅有感》：

> 东风吹落战尘沙，梦想西湖处士家。只恐江南春意减，此心元不为梅花。

就在这前后，江南以至全国，最大的新闻是南宋皇陵被掘。“西湖处士”林逋的墓也曾被盗掘，其中只有玉簪一支。又如《巫山图》：“朔风卷地声如雷，西南想见巫山摧。江南图籍二百年，一炬尽作江陵灰。”《宋度宗熙明殿古墨》：“君王弄墨熙明殿，不觉江头度白雁。”这些都可说明，刘因讴唱的是文化之挽歌。

刘因很推崇李贺，所作如《登镇州隆兴寺阁》等，想象奇特，色彩浓烈，风格奇崛近李贺，就总体说，刘因诗作可以分为豪迈苍凉与闲婉冲淡两格，前者如以高迈之笔述伤悼之情的《白雁行》：

> 北风初起易水寒，北风再起吹江干。北风三起白雁来，寒气直薄朱崖山。乾坤噫气三百年，一风扫地无留残。万里江湖想潇洒，伫看春水雁来还。

后者如写闲适生活的《夏日饮山亭》：“借住郊园旧有缘，绿阴清昼静中便。空钩意钓鱼亦乐，高枕卧游山自前。”他的诗富有唐人风味，而未脱宋人议论，咏史诗沉郁悲壮中有高亢，写景和闲居诗清新生动而饶有情趣。

卢挚（约1242—约1315），字处道，一字莘老，号疏斋，又号嵩翁，颍川（今河南许昌）人。博学工诗文，以诸生受元世祖赏识，任侍从。元成宗大德年间，官至翰林承旨。有《疏斋集》，已失传。① 卢挚在当时是影响一代诗风的人物。苏天爵《书吴子高诗稿后》云："我国家平定中原，士踵金宋馀习，率皆粗豪衰苶，涿郡卢公始以清新飘逸为之倡。"可知他是北方诗风转变的先导。吴澄《送卢廉使还朝为翰林学士序》里说："众推能文辞、有风致者，曰姚曰卢。"他在当时诗与刘因并称，文与姚燧比肩。柯劭忞《新元史》本传说："元初能文者姚卢，谓姚燧及挚也；古今体诗则以挚与刘因为首。"

卢挚论诗尚古，其《文章宗旨》说："盖清庙茅屋谓之古，朱门大厦谓之华屋可，谓之古不可。大羹玄酒谓之古，八珍谓之美味可，谓之古不可。"可见他追求的是古淡风格。吴澄《盛子渊撷稿序》说他"所作古诗类魏晋清言"，近魏晋风味。五言诗风致淡泊，如《清华观西轩》：

> 琳宇夏天晓，官曹今日闲。深松欲无路，疏竹不遮山。静对黄冠语，时看白鸟还。平生林壑趣，聊复此窗间。

清空虚静，一洗俗虑。这也许就是他追求的"大雅清风"（《题太白墓》）。他的一些小诗，既洒脱也有风趣，如《游茅山五首》之二："涧边瑶草洞中花，细水流春带碧沙。昨夜山中酒初熟，道人不暇读《南华》。"与同时代北方其他诗人的诗风判然相别。程文海《卢疏斋江东稿引》称其诗"疏翁意尚清拔，深造绝诣""往往隔千载与古人相见"。

第四节　元初南方诗坛

南宋末年，诗弊已极。江西末流的瘦硬为人厌弃，"永嘉四灵"起而以清润圆熟矫之，但诗格卑弱，难当人意。江湖诗派亦有境界不高、气度

①〔清〕顾嗣立《元诗选》辑其诗53首，今人李修生辑《卢疏斋集辑存》4卷，其中诗57首。刘奉文有《元卢疏斋佚作补辑》，《文献》1992年第4期，于李修生书外补辑诗16首。

狭小之通病。严羽倡导学汉、魏晋、盛唐，提出：“诗者，吟咏性情也。”①方回则提出“一祖三宗”说，以杜甫为律诗之祖，企图重振江西以救诗风萎弱之病。正值此时，元军灭宋，南宋国势之弱带来的士风之弱、诗风之弱，一下子被强烈的亡国之痛所代替，大量文士遁入山林，唱起或愤慨、或悲凉、或哀伤的悲歌，另一些人陆续出仕元朝，他们反思宋诗的历史，寻求诗学的出路。方回始则取“江西”与“四灵”两派之长，提出“格高”与“圆熟”互济，继而由学唐上溯至学魏晋。戴表元发展这种主张并概括为“宗唐得古”，这“古”就是汉魏晋古诗，他又反对各立门户，倡导转益多师。

戴表元（1244—1310），字帅初，一字曾伯，号剡源，奉化（今浙江宁波）人。幼习诗文，南宋咸淳间入太学，试礼部中第十名，登乙科进士，授建康府教授。宋恭帝德祐元年（1275）告归故里，改授临安教授，辞不赴职。元兵南下攻临安，戴表元避兵邻郡，两年后才回到奉化。经过战乱，家无生计，戴表元反而专意读书授徒，以卖文养家糊口。元成宗大德八年（1304），执政者荐于朝，拜信州教授。晚年翰林、集贤两院以修撰、博士二职论荐，但已老病不能起。半生所教学生很多，最著名的是袁桷。早年戴表元以振起宋末萎靡文风为己任，并就学于王应麟、舒岳祥。其文清深雅洁，被称为能化腐朽为神奇。尽管入元曾任一届教官，但内心淡泊，安于贫贱。曾自号质野翁、充安老人，表示与新朝保持距离。由于身经宋、元易代的大动乱，诗多伤时闵乱、悲忧感愤之词。有《剡源集》30卷。

戴表元曾学于方回，又是揄扬“四灵”的永嘉叶适的四传弟子。就师承说，他与“江西”“四灵”都有关系。但他论诗，对“江西”“四灵”以及理学害艺都深致不满。他的学生袁桷在《戴先生墓志铭》中说：

> 后宋百五十馀年，理学兴而文艺绝；永嘉之学志非不勤也，挈之而不至，其失也萎。江西诸贤，力肆于辞，断章近语，杂然陈列，体益新而变日多。故言浩漫者荡而倨，极援证者广而颣，俳谐之词，获绝于近世，而一切直致，弃坏绳墨，棼烂不可举。

①〔宋〕严羽：《沧浪诗话·诗辨》，郭绍虞校释本，人民文学出版社1961年版，第26页。

戴表元实是沿着方回晚年的诗论推进，他提出“宗唐得古”，主张转益多师。他认为宋代梅尧臣（圣俞）的冲淡，黄庭坚（鲁直）的雄厚，“四灵”的清圜，都出自唐，冲淡、雄厚、清圜达到极致，也都可归于唐，但时人都“安于圣俞、鲁直”“托于四灵”而“不自暇为唐”，“唐且不暇，尚安得古?”（《洪潜甫诗序》）他之宗唐，不主某人某派，而提出所谓“酿蜜法”，在《蜜喻赠李元忠秀才》一文中说：“酿诗如酿蜜，酿诗法如酿蜜法。”山蜂杂采众花酿成蜜，作诗也应遍学各家而不模仿一家。模仿一家，结果就会“似而伤于似矣”。从方回早期的专主“江西”，到戴表元的“酿蜜法”，诗学上完成了从宋代各立门户到元代不立门户、转益多师的转变。

戴表元上与方回为师弟，下与赵孟頫为挚友。方回尚带宋人馀习，赵孟頫已开启“四大家”诗风，戴表元则是从方回到赵孟頫之间的过渡。他在这一过渡中的作用，就是“力变宋季馀习”。① 宋濂对他变化风气的功绩给予极高评价，《元史》本传说：“表元闵宋季文章气萎薾而辞骩骳，积弊已甚，慨然以振起斯文为己任。”称“其学博而肆，其文清深而雅洁，化陈腐为神奇”。又说：“至元、大德间，东南以文章大家名重一时者，唯表元而已。”《戴剡源先生文集序》云：“先生之作，新而不刊，清而不露，如青峦出云，姿态横逸而连翩弗断，如通川萦纡，十步九折，而无直泻怒奔之失。……四方之士，争相师法。”

他诗歌的内容主要是伤时闵乱、悲忧感愤之辞与故国之思，诗风清新、深婉，有晚唐风致。如《秋尽》：

> 秋尽空山无处寻，西风吹入鬓华深。十年世事同纨扇，一夜交情到楮衾。骨警如医知冷热，诗多当历记晴阴。无聊最苦梧桐树，搅动江湖万里心。

戴表元力辟“四灵”，但他的诗仍与“四灵”有某种内在的联系。

赵孟頫（1254—1322），字子昂，号松雪道人，又号水精宫道人，湖州（今属浙江）人。宋太祖十一世孙，高祖父是宋孝宗同母兄。14 岁时以父荫补官。宋亡后闲居。元至元二十三年（1286），以程钜夫荐为兵部郎

①〔清〕顾嗣立：《元诗选·送旨上人西湖并寄邓善之》按语。

中，历世祖至英亲五朝，官至翰林学士承旨，死后追封魏国公，谥文敏。“被遇五朝，官登一品，名满天下”。在元为一代书画宗匠、诗文名家，精通音乐及文物鉴赏，而又神采秀异，忽必烈称之为“神仙中人”（杨载《赵公行状》），元仁宗曾把他比作唐代李白、宋代苏轼，诚可谓史上不可多得的多才多艺的文化巨匠。有《松雪斋集》。

赵孟頫于宋亡后生活艰难，又难耐贫穷，更想在新朝有所作为而出仕，元世祖曾让他评论南宋降臣叶李与留梦炎优劣。赵孟頫赋诗云：“往事已非那可说，且将忠直报皇元。”受到赏识。不料时论大加谴责，宗族不予谅解，甚至断绝往来。在朝中，他以宋宗室而特蒙皇帝恩宠，也招致权贵排斥、打击甚至侮辱。他既羞愧又悔恨，追悔自谴的沉痛感情，成为诗歌的情感基调。代表作有《罪出》：

在山为远志，出山为小草。古语以云然，见事若不早。平生独往愿，丘壑寄怀抱。图书时自娱，野性期自保。谁令堕尘网，宛转受缠绕。昔为水上鸥，今为笼中鸟。哀鸣谁复顾，毛羽日摧槁。……深愁无一语，目断南云杳。恸哭悲风来，如何诉穹昊！

作为元初南方诗人，赵孟頫与其他同道一起奠定了宗唐诗风，影响所及，推动元诗出现繁荣局面。戴表元为《松雪斋集》作序时说，赵孟頫古诗沉涵鲍（鲍照）、谢（谢灵运），这是行家的定评。袁桷《跋子昂赠李公茂诗》说：“松雪翁诗法，高踵魏晋，为律诗则专守唐法。”杨载《赵公行状》称其“诗赋文辞，清邃高古，殆非食烟火人语，读之使人飘飘然若出尘世外”。胡应麟《诗薮》外编卷六说他“首倡元音……体裁端雅，音节和平”。顾嗣立《元诗选》初集卷十九称其“风流儒雅，冠绝一时”。他于唐学陈子昂、李白，有时又近李商隐，上追晋风，鲍、谢之外，还学郭璞、陶潜，加上清才逸调，确使其诗歌独树一帜，颇有成就。但诗中感情，却以悲惋沉痛为主。如《岳鄂王墓》：

鄂王坟上草离离，秋日荒凉石兽危。南渡君臣轻社稷，中原父老望旌旗。英雄已死嗟何及，天下中分遂不支。莫向西湖歌此曲，水光山色不胜悲！

借咏岳飞表达对宋朝国运兴衰、天下分合大事的看法。陶宗仪《辍耕录》卷三说，此诗是他读到的不下数十百篇吊岳飞墓中最脍炙人口者之一，其中当然含有作者身份特殊这一因素。再如《和姚子敬秋怀》其三：

> 搔首风尘双短鬓，侧身天地一儒冠。中原人物思王猛，江左功名愧谢安。苜蓿秋高戎马健，江湖日短白鸥寒。金尊绿酒无钱共，安得愁中却暂欢。

还有《钱塘怀古》等，大抵凄婉动人，有真情实感，抒之而合度，且音韵优美。另外，反映民生疾苦、描写农家生活的田园诗《题耕织图二十四首》也为人称道。

作为这一时期南方诗风的代表，赵孟頫主导着元初南方诗坛的走向，使诗界告别宋末馀习，成为元中叶“四大家”诗风的先导。

第五节　元诗四大家

元诗四大家虞集、杨载、范梈、揭傒斯是元代中期影响比较大的诗人群体。皇庆、延祐年间，籍贯东南的文人在京师形成　个文化圈，如袁桷、虞集、柳贯、黄溍、贡奎、范梈、杨载、揭傒斯等人，都任职于集贤、翰林两院，驰骋清要，翰墨往复，相互唱酬。虞、杨、范、揭更是交往密切而且齐名当世，时人称之为“四家”。他们都宗法唐诗，诗歌创作在题材内容上大致相同，艺术上也比较相近，典型地体现出当时流行的文学观念和风尚。胡应麟《诗薮》外编卷六评此期诗风特征，“皆雄浑流丽，步骤中程。然格调音响，人人如一，大概多模往局，少创新规。视宋人藻绘有馀，古淡不足”，正道出他们的共性。

四人的诗风，虞集曾概括为：“杨仲弘诗如百战健儿，范德机诗如唐临晋帖。”揭傒斯“为三日新妇”“而自比汉廷老吏也”（揭傒斯《范德机诗集序》）。胡应麟《诗薮》外编卷六则具体化为：“‘百战健儿’，悍而苍也。‘三日新妇’，鲜而丽也。‘唐临晋帖’，近而肖也。‘汉法令师’，刻而深也。”这是经典性的批评。但也异议颇多，揭傒斯听说之后，很不高兴，“尝中夜过伯生问及兹事，一言不合，挥袂遽去。后以‘天历年间秘阁开’诗寄公，中有‘奎章分署隔窗纱，学士诗成每自夸’之句。公得诗，谓门人曰：‘揭公才力竭矣。’就答以诗云：‘故人不肯宿山家，夜半驱车踏月华。寄语旁人休大笑，诗成端的向谁夸。’并题其后云：‘今日新妇老矣。’揭召至都，果疾卒。”① 虞集这样回复揭傒斯的责问：“此非集言，乃天下公论也。”

确实，虞集在当时最负盛名，为元诗“四大家”之首。他坚持传统的儒家诗论，却不排斥所谓“变体”诗歌，又能提携后进，这些使他成为元代诗坛的重要人物。杨载、范梈、揭傒斯也是当时京都的著名诗人。杨载才具不及虞集，范梈、揭傒斯又次之。四家均以古诗、歌行见长，杨载五言律诗、排律较见功力，范梈七绝较优秀，揭傒斯工于七律，虞集则众体兼备。应酬之作太多是四人通病。四家除杨载，其他三人都是江西籍，但元诗彻底走出宋代江西诗派的阴影，就是从四家开始。

虞集（1272—1348），字伯生，号道园，其书室名邵庵，因亦以邵庵为号，祖籍仁寿（今属四川），宋亡后，其父汲侨寓临川崇仁（今属江西）。南宋丞相虞允文五世孙，因此而自豪，有诗说：“我家西蜀忠孝门。”大德六年（1302），荐授大都路儒学教授，任国子助教，升国子博士，在职以师道自任。元仁宗即位，除太常博士，迁集贤修撰。延祐六年（1319）改翰林待制。丁忧还江南。泰定初授国子司业，迁秘书少监。曾与集贤侍读学士王结讲经上都。拜翰林直学士，不久兼任国子祭酒。元文宗即位，命虞集仍兼经筵。除奎章阁侍书学士，与中书平章赵世延同任《经世大典》总裁。书成，虞集以目疾请求解职归里，未获准许。元文宗崩，称病辞还临川。一生最后10馀年间，一直受眼疾折磨，几近失明。至正八年（1348），病故于家，谥文靖，追封仁寿郡公。有《道园学古录》等。

虞集现存诗歌1536首，题材以题咏寄赠、抒情咏怀和写景状物较多，质量也较高。其中题画之作多达400馀首，或概括、提炼和欣赏画面景色，或赞美、议论和品评画技与画法，或由画面而感慨议论，有所寄托，如《题昭君出塞图》：

①〔明〕蒋一葵：《尧山堂外纪》卷七十三。

天下为家百不忧，玉颜锦帐度春秋。如何一段琵琶曲，青草离离咏未休?①

就“昭君出塞”一事感慨议论。昭君和亲，使汉、匈成为一家，她在匈奴也生活得不错。如此看来，昭君出塞，于国于己，皆有裨益。那为什么后人还常常感慨她琵琶声怨、一心思汉呢？诗到此为止。读者却不难领会：元朝入主中原，也强调天下一家，但实际上却始终实行民族分治、种族歧视政策。诗人作为社会最末等级“南人”的代表，自然对此不满，故借题画曲折地抒发郁闷。

虞诗风格多样，正如钱基博所云：“五言古襟怀冲旷，辞笔轩爽，而出以游仙，发其逸趣，欲攀陈子昂，上参郭璞。七言古朗丽而出以驰骤，惝恍而不害现实，俊迈跌宕，具体李白。五言律意趣清真，妙能秀润，王维之遗音也。七言律格律深严，绰有变化，杜陵之矩矱也。其诗颇以唐音之柔厚，而欲湔宋诗之伧野。”② 或挥洒自如，如七绝名篇《腊日偶题》：“旧时燕子尾毵毵，重觅新巢冷未堪。为报道人归去也，杏花春雨在江南。”或清新感人，如《听雨》名句“京国多年情尽改，忽听春雨忆江南”，但以典重浑厚为主，格律精深，法度谨严；隶事恰切而深微；善于点化前人语句或意境入诗。兼擅众体，但尤长于七言律绝，数量占其全部诗作的62%。其压卷之作《挽文山丞相》可为代表：

徒把金戈挽落晖，南冠无奈北风吹。子房本为韩仇出，诸葛宁知汉祚移。云暗鼎湖龙去远，月明华表鹤归迟。不须更向新亭望，大不如前洒泪时。

陶宗仪《辍耕录》卷三评价说，读此诗“而不堕泪者几希”。诗写得含蓄蕴藉，沉郁悲凉，几乎句句用典，但却毫不生涩呆板，赖有真情贯注其中，因而显得凝练浑融；深沉的历史感慨寓于严整的艺术形式之中，故李东阳、胡应麟说虞集“学杜”，并有“得少陵家法”之评语。

杨载（1271—1323），字仲弘。祖籍浦城（今属福建），后迁居杭州

①《道园学古录》卷三十，四部丛刊本。

②钱基博：《中国文学史》，中华书局1993年版，第811页。

（今属浙江）。少孤，博涉群书。40岁尚未出仕，由贾国英举荐于朝，以布衣召为翰林国史院编修官，与修《武宗实录》。延祐初恢复科举，杨载重新应举，登首科进士第，授承务郎、浮梁州同知，迁儒林郎、宁国路总管府推官，未到任而卒。

杨载早年受赵孟頫推重，作诗颇重诗法，旧题其著《诗法家数》，是影响较大的元代诗学著作，但或以为是托名之作。《元史》称他“于诗尤有法”，清顾嗣立《元诗选》认为“当时之论诗法者，以杨仲弘称首”，陶宗仪《辍耕录》甚至说虞集得诗法于杨载。杨载论诗推崇汉魏、盛唐，主张学诗应由此入门，说“诗当取材于汉魏，而音节则以唐为宗”①。《诗法家数》又提倡“诗要练字，字者，眼也”“使字当，用字响”。在《归田诗话》中，瞿佑说他曾亲见杨载诗稿，“字画端谨，而前后点窜几尽，盖不苟作如是”。唯其注重诗法，一丝不苟，词句锻炼便见功力。如《宿浚仪公湖亭》诗，写飞鸟“背人斜去落渔矶”，写雨“犹向前山拥翠微”，其中“斜”“拥”二字得当，使全篇顿生情致。

在“四大家”中，杨诗流传下来最少，因他死时，其子尚幼，残稿流落。虽然如此，现存各体诗中均有佳构，同虞集一样，题画、赠答、送别等应酬之作所占比例很高，《四库全书总目》评其诗：“清思不及范梈，秀韵不及揭傒斯，权奇飞动尤不及虞集。而四家并称，终无怍色。”五古《雪轩》写大雪纷飞时，与友人在雪轩击鼓衔杯，醉意蒙眬中，轩外大雪幻化为仙人、玉童，于是与之携手共入蓬莱。此诗既有汉魏诗的朴实，又有唐诗的风致，写得气韵生动，一气呵成。而最为人传诵的是七律《宗阳宫望月分韵得声字》：

> 老君台上凉如水，坐看冰轮转二更。大地山河微有影，九天风露寂无声。蛟龙并起承金榜，鸾凤双飞载玉笙。不信弱流三万里，此身今夕到蓬瀛。②

声律圆润，意境清空，颇有唐风，是其成名之作。在当时的分韵赋诗

---

①《元史·杨载传》。这句话相当知名，它出于元人蒋易《清江碧嶂集序》，《全元文》第48册，凤凰出版社2004年版，第49页。

②《杨仲弘集》卷六，四库全书本。

者中，杨作“首唱”，又被人称作是杨诗中的“绝唱”。诗中有一股蓬勃向上的气势，读后令人感奋，正见虞集评杨诗所说“百战健儿”的风貌。所谓“百战健儿”，当是指诗法娴熟，运用自如，诗风豪健而言。但律诗往往有佳句而乏完篇，名句如“气蒸云雾藏乔岳，声转沧溟放大河”“窗间夜雨消银烛，城上春云压彩旗”等，工整可诵，曾受到诗论家与诗选家的称赏，而少见通篇俱佳的好诗。五言绝句也有佳作，如《题高尚书竹石》：“矫龙疑苍筠，踞虎肖白石。傥乘风云会，变化那可测。”一、二句比喻特别，本体与喻体颠倒之，极写二者之逼真相似。三、四句系风云际会的联想。范梈序杨诗所说“开口议论，直视千古”，可能即指这类诗而言。此外，七言歌行《古墙行》《梅梁歌》“皆为时所推许”（《归田诗话》），《神马歌次韵陈元之》气势磅礴，颇有李白之风。

范梈（1272—1330），字亨父，一字德机，人称文白先生，临江清江（今属江西）人。家贫，少孤，赖慈母教育成人。36 岁北游京师，卖卜燕市，即有声名，被荐为左卫教授。迁翰林院编修，又先后在海北、江西、闽海三道廉访司任职。为官廉正淡泊，所至兴学教民，雪理冤狱，为民兴利除弊。后因病归故里，并徙家新喻（今江西新馀）百丈山。母病故，哀毁逾恒。次年亦以疾卒。吴澄以道学自任，很少称许他人，但称范梈为“特立独行之士”，并为撰墓志铭。①

范梈有《范德机诗集》7 卷，另著有论诗文章《木天禁语》《诗学禁脔》两篇，但真伪有异说。虞集评范诗“如唐临晋帖”，有以偏概全之病，揭傒斯《范德机诗集序》指出此评“终未逼真”，称范梈“工诗，尤好为歌行”，其现存诗集中歌行体约占四分之一，呈现出多种情调和色彩，揭傒斯形象比喻为：“如秋空行云，晴雷卷雨，纵横变化，出入无朕；又如空山道者，辟谷学仙，瘦骨崚嶒，神气自若；如豪鹰掠野，独鹤叫群，四顾无人，一碧万里。”其长篇歌行佳作《题李白郎官湖》云：

当时郎官奉使出咸京，仙人千里来相迎。画船吹笛弄渌水，何意芳洲遗旧名。唐祠芜没知何代，惟有东流水长在。黎侯独起梁栋之，仿佛云中昔轩盖。南飞越鸟北飞鸿，今古悠悠去住同。富贵何如一杯酒，愁来无地酹西风。大别山高几千尺，隔城正与祠相值。青猿夜抱

①《元史》卷一百八十一《范梈传》，中华书局点校本 1976 年版，第 4184 页。

月光啼，挂在东湖之石壁。黎侯本在斗南家，枕戈犹自忆烟霞。只拟将身报天子，不负胸中书五车。昨者相逢玉阙下，别来几日秋潇洒。黄叶当头乱打人，门前系着青骢马。君今归去钓晴湖，我亦明年辞帝都。若过湖边定相见，为问仙人安稳无?①

诗思跳跃，高华飘逸，音节和谐，婉转流畅，熔历史、现实为一炉，流露出世事无常、及时行乐的感慨，诗中情景相生，首尾呼应，写得颇为流利，堪称是范梈关于布局谋篇、从容不迫作法的具体实践。《王氏能远楼》抒发未能施展抱负的苦闷，自由挥洒，写得纵横奔放，有李白歌行的风格，被胡应麟《诗薮》当作元人歌行的代表作，称为“雄浑流丽，步骤中程”，诗中“醉捧勾吴匣中剑，斫断千秋万古愁”，气势之雄，可见一斑。《宿夏庄》《古干将》《二杏》《郡中即事十二韵》等五古及《题秋山图》《京下思归》等五律，沉郁凝练，追步杜甫。颇受时论称誉的五古《苍山感秋》，表达欲挽雅颂颓波的诗学主张，深邃幽冷，其中“雨止修竹闲，流萤夜深至”一联，尤为人所激赏。

揭傒斯（1274—1344），字曼硕，龙兴富州（今江西丰城）人。出身书香门第，幼贫，刻苦读书，早有文名。大德初年出游两湖，程钜夫时为湖北宪使，一见奇其才，并以表妹许配。皇庆初年，程钜夫入朝，揭傒斯随行，受到朝中士大夫器重。延祐元年（1314）荐为翰林编修。天历二年（1329），元文宗开奎章阁，置授经郎，揭傒斯首获其选。至顺元年（1330）预修《经世大典》。此后数任集贤、翰林学士，至正三年（1343）总裁辽、金、宋三史，四年病卒。追封豫章郡公，谥文安。有《揭文安公全集》。

在“四大家”中，揭傒斯名在最后，但他实际上是一个相当活跃、颇有影响的人物，朝廷典册诏令多经其手。元文宗很赏识他的文才，每逢中书省奏用儒臣，必问：“其才何如揭曼硕?”虞集评他的诗如“三日新妇”，这引起他的不满。所谓“三日新妇”，《诗薮》外编卷六解释为“鲜而丽”，即艳丽。虞集之评不免片面，揭诗虽有艳丽之作，但艳而不靡，更不是揭诗的全貌。《四库全书总目提要》指出：“揭傒斯独于诗则清丽婉转，别饶风韵，与其文如出二手，然神骨秀削，寄托自深，要非嫣红姹

①《范德机诗集》卷四，四库全书本。

紫、徒矜姿媚者所可比也。”此说较为公允。

揭傒斯歌行师法李白，如《赠颠上人》篇，写得气势奔腾，一泻千里。杂言乐府《居庸行》刻画居庸关的雄壮险要，诗人化静为动，以龙腾虎跃状写居庸关，既气度不凡，又出人意料。这是揭诗豪放的一面。他的景物诗则淡雅清新，如《寒夜作》：“疏星冻霜空，流月湿林薄。虚馆人不眠，时闻一叶落。”月本不可以湿林，诗中却由月光如水想象而出，具有新意。在“四大家”中，揭诗反映现实最为突出，其《临川女》《雨述》《祖生》等诗，都刻画出一幕幕的人生惨剧。揭傒斯也写乐府、歌谣体，平易流畅，有民歌风，如《杨柳青谣》，但最擅长五古，尤其是五言短古，写得甚为圆熟。如《杂诗》（其四）：“青青孤生松，高出浮云中。下无嘉树林，上有万里风。俯视原上草，秀色何丰茸。自顾岂不高，独立难为容。常恐本根蠹，委此蒿与蓬。”① 上述《寒夜作》也属五言短古。“律诗伟然有盛唐风”②，如晚年之作《梦武昌》：

> 黄鹤楼前鹦鹉洲，梦中浑似昔时游。苍山斜入三湘路，落日平铺七泽流。鼓角沉雄遥动地，帆樯高下乱维舟。故人虽在多分散，独向池南看白鸥。③

写这首七律时，“四大家”凋零殆尽，只剩下诗人自己。诗中表达无可诉说的孤单寂寞，沉郁苍凉，颇为可诵。

第六节　西域作家群

有元一代出现了一批优秀的少数民族诗人，如萨都剌、马祖常、余阙、迺贤、丁鹤年等。顾嗣立《元诗选》称之为“西北子弟”，称赞他们“各逞才华，标奇竞秀，亦可谓极一时之盛”。西北子弟因先世均为西域

---

①李梦生标校《揭傒斯全集·诗集》卷一，上海古籍出版社1985年版，第1页。

②〔元〕黄溍：《翰林侍讲学士中奉大夫知制诰同修国史同知经筵事追封豫章郡公谥文安揭公神道碑》，《金华黄先生文集》卷二十六，四部丛刊本。

③李梦生标校《揭傒斯全集·诗集》卷一，上海古籍出版社1985年版，第26页。

人，故又称西域作家。萨都剌工于诗词，又善书画，其画尚有珍品传世。马祖常与虞集、萨都剌等人常有唱和，是延祐、天历间享有盛名的诗人。余阙的五言古体格力遒壮，清代四库馆臣赞为“于元人中别为一格”。明人徐𤊹在《元人十种诗序》中将迺贤与萨都剌相提并论，但迺贤诗作稍逊于萨都剌。丁鹤年辈分更晚，被誉为“元季诸人后劲”①。此外，当时著名的少数民族诗人还有贯云石、薛昂夫、辛文房等。

萨都剌（1280？—1345？），字天锡，号直斋，回族。其祖父和父亲均为武官，因功镇云、代，定居雁门（今山西代县），萨都剌遂为雁门人。他虽为将门之后，但家道中落，已处于“家无田，囊无储”（《溪行中秋玩月自序》）的境地，不得不外出经商，在吴越一带奔走，直到50多岁才考中进士，授京口录事司达鲁花赤，复入翰林国史院，出为江南行御史台掾吏，除燕南宪司照磨，改闽海宪司知事，改除河南江北道经历，擢国史院应奉文字，后以弹劾权贵，左迁淮西江北道廉访司经历。其晚年情况不可确考，钱谦益《列朝诗集小传》说他投方国珍幕，而据他的裔孙萨龙光考证，萨都剌晚年致仕，寓居杭州，因战乱避走绍兴、安庆等地，不知所终。有《雁门集》。

萨都剌是元代重要诗人，一生写有大量作品，佳作很多。前人评论他的诗作，往往着眼于他的宫词，杨维桢《西湖竹枝集》说：“天历间，余同年进士萨天锡善于宫词。”并称赞其宫词“虽王建、张籍无以过矣”，这些宫词曾使他的“座主”虞集“忽见新诗实失惊”。但在《雁门集》中这类诗歌并不很多，它们大抵写宫中女性生活，如《醉起》：“杨柳楼心月满床，锦屏绣褥夜生香。不知门外春多少，自起移灯看海棠。”自唐以来，宫词众多，这可说是其中的上乘之作，诗显得富丽，写宫女有感于春而夜不能寐，即传统所说“宫怨”。

由于萨都剌早年为生计而四处奔波，入仕后主要做品秩较低的地方官，又大抵在“南人”地区，这种经历使他能广泛接触社会，写出一些比较深刻地反映现实的作品，如《鬻女谣》《早发黄河即事》二诗，以对比的手法揭露当时尖锐的社会矛盾、严重的贫富对立。他也有诗反映元皇室内部的矛盾斗争，被瞿佑称为“直言时事不讳”的《记事》诗写的便是元文宗为与其兄争夺帝位，不惜骨肉相残的史实，诗人对此予以讽刺。他的

①〔清〕顾嗣立：《元诗选》初集卷六十三。

《鼎湖哀》也对元王朝内部争斗予以批评。清人顾嗣立称之为“诗史”。这种反映元王朝内部争斗而以兵戎相见的，还有《过居庸关》《秋夜京口》《漫兴》等诗，这种内容的诗歌在元人诗中比较罕见。

萨都剌足迹遍及大江南北，乃至长城内外，由于亲临其境，体物精细，因而对自然景物有不少耐人咀嚼的描写。江南美丽的自然风光，塞外风沙、草原落日的雄浑景象，在他笔下都有细致动人的描绘，如写江南景色的《过嘉兴》：“三山云海几千里，十幅蒲帆挂烟水。吴中过客莫思家，江南画船如屋里。芦芽短短穿碧沙，船头鲤鱼吹浪花。吴姬荡桨入城去，细雨小寒生绿纱。我歌水调无人续，江上月凉吹紫竹。春风一曲《鹧鸪吟》，花落莺啼满城绿。”明人张习在《雁门集》跋语中赞此诗“婉而丽，切而畅”。写大漠景象的《上京即事》五首之一：“牛羊散漫落日下，野草生香乳酪甜。卷地朔风沙似雪，家家行帐下毡帘。”描绘不同地域各具特色的自然景观，至今仍可从中欣赏到大好河山的绚丽多姿。他的怀古之作有相当高的成就，《台山怀古》是元人同题材的压卷之作：

越王故国四围山，云气犹屯虎豹关。铜兽暗随秋露泣，海鸦多背夕阳还。一时人物风尘外，千古英雄草莽间。日暮鹧鸪啼更急，荒台丛竹雨斑斑。

“一时”一联，历来传诵不息。萨都剌诗题材广泛，风格多样，古体雄浑，律诗沉郁，绝句清丽，他以多样的艺术风格在元代诗坛上卓然独立，顾嗣立《元诗选》认为他“真能于袁（桷）、赵（孟頫）、虞（集）、杨（载）之外，别开生面”。他能多方汲取唐诗精华，学唐之三李（李白、李贺、李商隐），这有助于他多种艺术风格的形成。他的一部分诗无论语言或意境，受李贺影响颇为明显，如《汉宫早春曲》：

女夷鼓吹招摇东，羲和驭日骑苍龙。金环宝胜晓翠浓，梅花飞入寿阳宫。寿阳宫中锁香雾，满面春风吹不去。鞭却灵鳌驾五山，芙蓉夜暖光阑干。鸡人一唱晓星起，四野天开春万里。

这首被认为是萨诗中最有李贺诗风的诗作，据萨龙光的看法，系“为文宗后而发，故语微而婉”，因内容涉及宁宗死后帝位的继承问题，故全篇纯用比兴手法，诗思之奇以及意象跳跃之大，与李贺诗相似，又有李商隐诗委婉迷离之美。

马祖常（1279—1338），字伯庸，先世为西域聂思脱里贵族，辽时迁居临洮狄道（今属甘肃），东迁后的第二代帖穆尔越歌曾任辽之马步军指挥使，人称“马元帅”，其子孙循以官为氏之例，遂以马为姓氏。《元史》称马祖常“世为雍古部，居靖州天山”，应是入金以后的事。所谓雍古，即汪古，也称“白鞑靼”，曾被视作蒙古族的一部。其曾祖月合乃随元世祖南征至汴，累官礼部尚书。父润任漳州同知，又移家光州定城（今属河南），马祖常遂为光州人。他自幼好学，受业蜀儒张翌之门。延祐初参加科举，乡贡、会试皆中第一，廷试第二，授应奉翰林文字，拜监察御史，改宣政院经历，因弹劾奸相铁木迭儿，左迁开平县尹。铁木迭儿死后，任翰林待制，除礼部尚书，官至枢密副使，后辞官归光州。后至元四年卒，年六十。有《石田文集》15 卷。

马祖常工于诗，是延祐、天历年间的著名诗人，与虞集、袁桷、萨都剌等常有唱和。他曾漫游黄河流域和长江流域，又到过上都及西夏故地，其诗内容丰富，题材多样，有写少数民族风习的，如《河西歌效李长吉体》：“贺兰山下河西地，女郎十八梳高髻。茜根染衣光如霞，却召瞿昙作夫婿。紫驼载酒凉州西，换得黄金铸马蹄。沙羊冰脂蜜脾白，个中饮酒声澌澌。”诗中女郎装扮奇特，光彩照人，自主婚姻，经济独立，又极粗犷，与内地汉族女子全然不同。他曾“问俗西夏国，驿过流沙地”（《壮游八十韵》），所以能写出如此栩栩如生的诗篇。他关心同情人民的疾苦，对达官贵人、贪官污吏、无耻小人以及当时弊政，都有揭露和讽刺，如《踏水车行》描写农民忍着饥饿抗旱，有一位“识字农夫”“脚欲踏车脚失力”，这时传来农民的痛苦歌谣，诗人感叹“谁能听此无凄恻”。诗中又写官府胥吏“日日得钱歌饮酒，朝朝买绢与豪奴”，这是继承白居易《新乐府》的手法。又如《缫丝行》《拾麦女歌》《古乐府》等，反映现实都很深刻。诗人还揭露富商以钱买官的腐败现象，如《湖北驿中偶成》写扬州盐商“明年载米入长安，妻封县君身有官”。元制，纳粟可以得官，此盐商不但自己得官，而且妻子得封，这便是元代卖官鬻爵的现实。

马祖常最擅七绝，集中包括乐府在内的七绝多达 270 首，可谓元代诗坛的七绝高手。由于七绝体裁精练，意蕴深长，西域诗人似乎特别偏爱“竹枝词”或便于咏唱的七言四句的小诗。元末由于杨维桢的提倡，“竹枝词”体曾风行一时，而马祖常是开风气之先者。

马祖常诗颇有雄浑的一面，如《龙虎台》“天将山海为城堑，人倚云霞作绮罗”，写出龙虎台的雄奇之景，《送董仁甫之西台幕》的“秦树浮天去，巴山带雪来”，《河湟书事》的“青海无波春雁下，草生碛里见牛羊”，也都写出如画的壮美景象。他的长篇古体，如《都门一百韵用韩文公会合联句诗韵》和《壮游八十韵》，则有磅礴奔腾的气势。此外，他的诗作又有绮丽纤巧的一面，戴良《丁鹤年诗集序》指出“论者以马公之诗似商隐”，这种风格的诗则有《无题》《拟唐宫词》等。

迺贤（1309—1368），字易之，典出《论语》“贤贤易色”，别字河朔外史，本突厥葛逻禄氏，葛逻禄汉语意为马，故又名马易之。先世居金山（即今新疆北部阿尔泰山）之西，元统一中国后移居南阳（今属河南），迺贤即生于此，所以自称南阳人。早年随兄宦游江浙一带，后定居鄞（今浙江宁波）。20馀岁时，曾与浙人韩与玉（善书法）、王子充（善古文）同至京师，被视为“江南三绝”。后至元六年（1340）回到家乡，不久辟为东湖书院山长。至正年间再次北上，游历齐鲁河朔。后被荐为国史院编修，出参桑歌失里军幕。卒于东蓟州军中。有《金台集》《河朔访古记》。

在京期间，迺贤得欧阳玄、揭傒斯赏识，又与危素、梁友及王冕唱和。危素、李好文都在序文中说他无意于仕进，但他在诗中又流露出仕进无门的叹惋，如《三月十日得小安童书》：“贾生空抱忧时策，季子难求负郭田。但得南归茅屋底，尽将书册教灯前。”又在《京城杂言》其八中写道：“千金筑高台，远致天下士。郭生去千载，闻者尚兴起。我亦慷慨人，投笔弃田里。平生十万言，抱之献天子。九关虎豹严，抚卷发长喟。”其别集名为《金台集》，既是因为在大都曾寄居在金台坊，也是怀念燕昭王求贤若渴，筑黄金台以处郭隗的举措。看来他不是不愿仕，而是未能仕，张起岩《题金台集》有“长使马周贫作客，令人千古愧常何”句，为他的不遇鸣不平。

迺贤潜心于诗，曾携诗稿见贡师泰说：“仆于世甚拙，知焉不能出奇于时，钩连强近，以有禄爵；力焉不能操弓挟矢，驰骤风雨，以自效于时；又不能占占逐利，如鹰鹳鸷鸟之发也。此心泊然无他好，其有好而得之者，尽在是矣。”（见《金台集》贡师泰序）黄溍也说他“平生之学，悉资以为诗”。其诗在当时即有盛誉，欧阳玄序称其诗“清新俊逸而有温润缜栗之容”。

今存迺贤160首诗，大体而言，近体以清丽为特色，而其七古有豪气，五古多冲淡，律体工整，有唐人风致。西域民族的基因，中原文化的滋养，江南山水的浸润，河朔访古的感动，共同造就迺贤诗歌超逸与温润兼有、雄放与细腻并存的风格，儒学的根基，史学的累积，淡泊的心志，率真的性情，使他的诗歌学古而不泥古，自然清雄，朴实厚重，在元代诗人中独具特色。其诗歌题材大体有记行怀古、感时伤事、送别怀人等内容，因长期生活于民间，在游历中又往来于大江南北，因此，他深知民间疾苦。他的一些古乐府体诗歌作品，不少是讽喻现实之作，颇有白居易新乐府的遗风，如《新乡媪》《颍州老翁歌》《新堤谣》《卖盐妇》等，直面现实，颇得风人之旨，甚得时人称赞。《卖盐妇》结尾说："君不见绣衣使者浙河东，采诗正欲观民风。莫弃吾侬卖盐妇，归朝先奏明光宫。"这正是白居易"唯歌生民病，愿得天子闻"的传统。①

由于怀才不遇，迺贤有的诗抒发内心的郁闷，表达归隐之愿，"明年我亦山中去，剩采瑶芝满药囊"（《玄圃为上清周道士赋》），"病里思家怜稚子，灯前听雨忆江乡。墓田丙舍知何所，一夜令人白发长"（《秋夜有怀侄元童》）等，都是这种心情的反映。

迺贤曾去上都，写了不少歌咏边地风光和少数民族风俗的作品，如《塞上曲五首》其三云："双鬟小女玉娟娟，自卷毡帘出帐前。忽见一枝长十八，折来簪在帽檐边。"（原注：长十八，草花名）这类诗当属贡师泰所说的"清润纤华"的作品。

余阙（1303—1358），字廷心，一字天心，人称青阳先生，唐兀氏羌人，西夏时世居河西武威（今甘肃武威），著文常称"吾夏人"（《送归彦温赴河西廉使序》）、"西夏余阙"（《题黄氏贞节集》）。父沙剌臧官于庐州（今安徽合肥），遂居家庐州。元惠宗元统元年（1333）进士及第，初命泗州同知，擢翰林应奉，迁刑部主事。一度因不阿权贵而弃官，不久复入翰林，修撰辽、宋、金三史。后任监察御史，转礼部员外郎，出为湖广行省郎中，入集贤为经历，寻改翰林待制，又出为浙东廉访佥事。惠宗至正十三年（1353）任都元帅、淮南行省左丞，出守安庆；至正十七年（1357）冬为陈友谅部所围，次年春（1358），城破自杀身死。有《青阳先生文

①详见陈才智《白居易对元代西域诗人的影响》，《民族文学研究》2016年第2期。

集》。余阙身为西夏党项羌人，生长在庐州，在经济生活、风俗习惯等方面都受到中原文化的影响和熏染，但在思想感情深处，仍保持着对西夏故地和党项民族的眷恋。在《送归彦温赴河西廉使序》中，余阙以赞美的笔触，记述西夏族胞的体貌、性格和风俗，传达出真切而诚挚的民族感情。

余阙诗作在艺术上很有造诣，七律对仗工整，音律和谐，七绝则写得含蓄蕴藉，深沉邈远。其他五言各体，亦多有佳构。胡应麟《诗薮》外编卷六说："元人制作，大概诸家如一。惟余廷心古诗近体，咸规仿六朝，清新明丽，颇足自赏。"余阙的很多五言古体诗，如《拟古》二首、《白马谁家子》《九日盛宴唐门》等，宗法汉魏，笔力苍劲雄健，字里行间充溢着慷慨之气，如《白马谁家子》：

白马谁家子，绿辔缦胡缨。腰间双宝剑，璀璨雪花明。甫出金华省，还过五凤城。君王赐颜色，七宝奉威声。夜入琼楼饮，金樽满绣楹。燕姬陈屡舞，楚女奏鸣筝。慨慨顾宾从，英风四座生。一朝富贵尽，不如秋草荣。黔娄固贫贱，千载有馀名。

这样的作品不仅具有建安文学批判现实的精神，也颇见汉魏诗歌风调高雅、格力遒壮的风骨。正如《四库全书总目提要》所称"其诗以汉魏为宗，优柔沉涵，于元人中别为一格"。

余阙的咏物诗，大多寄情于物，托物言志，所咏之物，人都有倔强高洁的品格。如《大别山柏树》：

奇树如蛟蜃，盘骫上虚空。孤生虽异桂，半死反如桐。香带金炉气，色映绮钱中。灵从后皇服，年随天地终。常瞻北枝翠，终古郁葱葱。

余阙的送别诗一般都写得情真意切，如《别樊时中》：

桃花灼灼柳丝柔，立马看君发鄂州。懊恼人生是离别，不如江汉共东流。

丁鹤年（1335—1424），本名不详，字鹤年，以字行，一字永庚，回族人。曾祖阿老丁及曾叔祖乌马儿皆巨商，曾以资财捐助忽必烈，从忽必烈征西北诸国，阿老丁年老不愿仕，留京为奉朝请，乌马儿累官甘肃行中书省左丞。父职马禄丁官武昌县达鲁花赤，有惠政，死后留葬武昌。鹤年曾祖以下名字都有一个“丁”字，鹤年便为丁姓。至正年间刘福通义军攻打武昌，他奉母走镇江，避地越江上，又徙四明，行台征辟，不就。长期在东南沿海漂泊，或授徒，或寄居僧舍卖药自给，诗有“避地长年大海东，萧条生计野人同”句，是其时生活写照。元亡后十二年才回到武昌，晚年学佛，所谓“闲修净土缘”。结庐居父墓，屏绝酒肉。乌斯道为作《丁孝子传》。有《海巢集》，取“海上巢居”之意。

丁鹤年生当元末乱世，又以家世仕元，诸兄登进士第者三人，从而忠于元室，其诗多国亡家破之感，他的好友戴良为其诗作序，以为一篇一句皆寓忧君爱国之心，读之不觉涕泗横流。淡居老人《题海巢集》也说其诗“忠义慷慨，有《骚》《雅》之遗意”。惠宗北遁后，他常饮泣赋诗，情调凄恻，如多首《自咏》便充满对故元的怀念之情。在诗中他以“草泽遗民”自许，悲叹“九鼎神州竟陆沉”，为此而“独立苍茫望北辰”，以“北辰”暗喻逃亡漠北的惠宗。

《蟫精隽》说：“丁鹤年诗律极工。”他尤工于五言、七言近体，炼句精致，如七律《题凤浦方氏梧竹轩》云：“凤鸟曾闻此地过，至今梧竹满丘阿。政怀剪叶书周史，却恨翻枝入楚歌。金井月明秋影薄，石坛风细晚凉多。中郎去后知音少，共负奇才奈老何。”用典稍嫌堆砌，但格律老苍，又见工巧，故深得时人赞许，“时作者已满卷，此诗一出，皆为敛衽”（瞿佑《归田诗话》卷下）。他的题画诗也为人称赏，胡应麟《诗薮》外编卷六就赞赏他的两首《长江万里图》颇具“天趣”：

长江千万里，何处是侬乡？忽见晴川树，依稀认汉阳。

长啸还江国，迟回别海乡。春潮如有意，相送过浔阳。

诗写得自然流畅，构思精巧，充溢着乡关之思。丁鹤年还写过一些具有民歌风味的作品，如《采莲曲》《竹枝词》，前者有南朝乐府民歌的韵味。顾嗣立《元诗选》称丁鹤年诗为“元季诸人后劲”。确实，丁鹤年以其诗歌成就无愧于此一称誉，也显示了元代少数民族诗人的最后辉煌。

第七节　杨维桢与铁崖诗派

“四大家”之后，诗坛并未因为失去“泰斗”而寂寞片刻。以杨维桢为中心，又形成了“铁崖诗派”。杨维桢的时代，是元诗的全盛期，也是元诗向明过渡的踏板。

杨维桢（1296—1370），字廉夫，号铁崖，一号铁笛道人，诸暨（今属浙江）人。泰定四年（1327）进士，署天台尹，改钱清场盐司令，10年不调。至正初，元政府修辽、金、宋三史，杨维桢作《正统辩》，认为元继宋为正统，辽、金不得列为正统。在尊奉元朝的同时，实有卫护南宋正统之意。他的意见未被采纳，但却得到总裁官欧阳玄的赏识。后调任江浙行省四务提举，转建德路推官。再调江西等处儒学提举时，因兵乱未到任，避地富春山，徙钱塘。农民义军领袖张士诚占领平江后，召他，他往而不留。后又因事违忤坐镇杭州的江浙行省左丞达识帖睦迩，徙松江。因行为放荡，颇为时人所讥。明洪武二年（1369），朱元璋召他修礼乐书，他说：“岂有八十老妇人，就木不远而再理嫁者耶!”① 所著诗文甚多，今传有《东维子集》《铁崖先生古乐府》《铁崖先生复古诗集》《铁崖文集》等。

杨维桢的诗论和创作都明显地表现出排斥律诗而提倡古乐府的倾向，他认为：“诗至律，诗家一厄也。”② 甚至说：“律诗不古，不作可也。”③ 对他潜心写作的古乐府，则十分自许，他的学生也以此宣扬他为“一代诗宗”④。他的这种“复古”主要是为了运用较少束缚的体裁来更好地抒写作者的性情，所以他反对亦步亦趋的拟古。他在《吴复诗录序》中说：“后之人执笔呻吟，摹朱拟白以为诗，尚为有诗也哉！故摹拟愈逼，而去古愈远。”所以他认为不能只凭师学，而要凭借自己的“资”，“诗得于师，

①见〔明〕朱存理《珊瑚木难》。

②〔元〕杨维桢《蕉窗律选序》，见《东维子文集》卷七，四部丛刊景旧钞本。

③〔元〕杨维桢《铁雅先生拗律序》，见《东维子文集》卷七，四部丛刊景旧钞本。

④〔元〕章琬：《辑铁雅先生复古诗集序》。

固不若得于资之为优也。诗者，人之情性也。人各有情性，则人各有诗也，得于师者，其得为吾自家之诗哉!”他在学杜（甫）问题上主张“学杜者必先得其情性语言而后可”（《漫兴诗序》），他在《剡韶诗序》中说“诗本情性”“未有不依情而出也”。又说：“虽然不可学，诗之所出者，不可以无学也。”实际上也是说，诗人的“资”“性情”是主要的，师法是次要的。

元代大德、延祐以来，宗唐之风盛极一时，随之而来出现一种弊病，即只在模仿词句上下功夫。杨维桢的诗论观点在一定程度上即是针对这种弊端而发的。诗写性情，本非新见，问题的关键在于对“性情”的解释。从杨维桢的创作实践看，他在写作“闵时病俗，陈善闭邪”的诗歌的同时，又醉心于写作艳情、游宴诗歌，后者影响很大，甚至被认为是他“平生性格所好”，乃至是他的“诗格”。因此，他的“性情说”和传统的“性情之正”观点显得不同。可以说，杨维桢的“诗本情性”“人各有情性，则人各有诗”的观点，正是明中叶后兴起的尊情抑理观点的先声。

杨维桢诗歌中最著名的是古乐府。杨维桢的朋友张雨在《铁崖先生古乐府序》中说：“三百篇而下，不失比兴之旨，惟古乐府为近。今代善用吴才老韵书，以古语驾御之，李季和（李孝光）、杨廉夫遂称作者。廉夫又纵横其间，上法汉、魏，而出入于少陵、二李（即李白、李贺）之间，故其所作古乐府辞，隐然有旷世金石声，人之望而畏者，又时出龙鬼蛇神以眩荡一世之耳目，斯亦奇矣。”杨维桢的古乐府大致有四个特点：第一是用古韵。第二是不沿袭乐府古题，多数题目是新创，少数沿用乐府古题而自制新辞，实际上又像是古体诗。第三是题材好用历史故事，但以作者之意来“翻新”，同时也注意描写当时的社会“世故”，反映民间疾苦。第四是在诗风上耽嗜瑰奇，沉沦绮藻，主要学李贺。

在杨维桢古乐府中，《鸿门会》是其得意之作，此诗写道：

天迷关，地迷户，东龙白日西龙雨。撞钟饮酒愁海翻，碧火吹巢双猰㺄。照天万古无二乌，残星破月开天馀。座中有客天子气，左股七十二子连明珠。军声十万振屋瓦，拔剑当人面如赭。将军下马力排山，气卷黄河酒中泻。剑光上天寒彗残，明朝画地分河山。将军呼龙将客走，石破青天撞玉斗。

他的学生吴复曾说杨维桢“酒酣时常自歌是诗，此诗本用贺体而气则过之”。李贺有《公莫舞歌》，写鸿门宴上项伯保护刘邦，颂美刘邦是天命有归的“真人”。杨诗在词句上稍有变化，夸张描写更多。这是体现杨维桢的学李观点的，他曾说：“故袭贺者贵袭势，不袭其词也。袭势者，虽蹴贺可也；袭词者，其去贺日远矣。今诗人袭贺者多矣，类袭词耳。”（《大数谣》吴复注语）元代诗坛学李贺之风颇盛，但不停留于色泽、词句而能真正掌握李贺诗作艺术特点的，杨维桢是少数作者之一。由于他和他的弟子及追随者实际上形成了一个诗派，加上他们在很大程度上恢复了南宋诗坛盛行的标宗立派的门户做法，自我标榜，相互炫耀，所以声名很大。

和李贺的不少诗歌一样，杨维桢的古乐府往往呈现跳跃的诗思方式，如《五湖游》：

> 鸱夷湖上水仙舟，舟中仙人十二楼。桃花春水连天浮，七十二黛吹落天外如青沤。道人谪世三千秋，手把一支青玉虬。东扶海日红桑樛，海风约住吴王洲。吴王洲前校水战，水犀十万如浮鸥。水声一夜入台沼，麋鹿已无台上游。歌吴歈，舞吴钩，招鸱夷兮狎阳侯。楼船不须到蓬丘，西施郑旦坐两头。道人卧舟吹铁笛，仰看青天天倒流。商老人，橘几奕？东方生，桃几偷？精卫塞海成瓯窭，海荡邙山漂髑髅，胡为不饮成春愁。

诗中仙境与人世杂陈，战争与游乐更迭，时空频频转换，想象跳跃奇幻。吴复评论《五湖游》时说：“先生此诗雄伟奇丽，逸气飘飘然在万物之表，真天仙之语也。如‘海荡邙山漂髑髅’之句，使长吉复生，不能过也。”着重欣赏“漂髑髅”句，说明杨维桢和他的弟子对李贺诗风多少存在片面理解，他们过于注重李贺的所谓“诗鬼”特点，杨维桢《书寄鹿皮子（陈樵）》曾说：“天仙快语为大李（指李白），鬼仙吃语为小李（指李贺）。”所以他的诗歌中就不仅“时出龙鬼蛇神”，令人耳目一新，而且还不时用“海荡邙山漂髑髅”或者是“黄金无方铸髑髅”这类句子来显示其特色，有时还在李贺式的怪诞中掺入李白式的豪放清奇。

除古乐府之外，杨维桢的竹枝词也很有影响，颇为杨士奇和胡应麟所欣赏。如：

劝郎莫上南高峰，劝侬莫上北高峰。南高峰云北高雨，云雨相催愁杀侬。(《西湖竹枝歌》之四)

麻姑今夜过青丘，玉醴催斟白玉舟。莫向外人矜指爪，酒酣为我擘箜篌。(《小游仙二十首》之五)

第一首“劝郎莫上南高峰”，是杨维桢《竹枝歌》中的最佳篇什，最得刘禹锡《竹枝词》清新旷野的气息。清代王士禛和翁方纲等人也很激赏，王士禛《渔洋诗话》中曾有“竹枝古称刘梦得、杨廉夫”的说法。翁方纲《石洲诗话》中说：“廉夫自负五言小乐府在七言绝句之上。然七言竹枝诸篇，当与小乐府俱为绝唱。刘梦得以后，罕有伦比。而竹枝尤妙。”

此外，杨维桢的宫词和香奁诗也颇驰名，以浮艳著称，尊情抑理。杨维桢把宫词看作古乐府的别体，“复古诗集”中有《古乐府宫词》，认为“宫词，诗家之大香奁也，不许村学究语”。曾被明代诗评家捧到天上去的宫词《秋千》写道：“齐云楼外红络索，是谁飞下云中仙？刚风吹起望不极，一对金莲倒插天。”这类诗确实没有村学究语，却令人联想到杨维桢好女色和“鞋杯行酒”的怪癖，如陶宗仪《辍耕录》卷二十三记载：“杨铁崖耽好声色，每于筵间见歌儿舞女有缠足纤小者，则脱其鞋，载盏以行酒，谓之金莲怀。”这类宫词还有写相思、初婚、房事者，多见挑战礼教的“末世颓废”的情调。

杨维桢的古乐府被称为“铁崖诗”或“铁体”，当时影响相当可观，有许多人与杨维桢唱和古乐府，他的一些学生也纷纷效仿，渐渐形成所谓的“铁崖诗派”。杨维桢自己也有意于开创诗派，有“吾铁崖派”之说(见《一沤集序》)，并自称“吾铁门称能诗者，南北凡百馀人”(为袁华《可传集》所作序)，又在《冷斋诗集序》中说张雨、李孝光推许他的诗为“铁崖诗”，并说：“今年过祁，上人出《冷斋全集》求余评，内有和余古乐府题，其辞多警策，余益奇之，嘻，可与震、报同列吾派矣。”到了清代，钱谦益在《列朝诗集小传》中也称杨维桢以古乐府自负，以为前无古人，“承学之徒，流传沿袭，槎牙钩棘，号为铁体，靡靡成风，久而未艾”。朱彝尊《静志居诗话》卷二也有“铁崖流派”的说法。由此可以看出，“铁崖诗派”在当时和后世都有较大的影响，这个诗派有两个基本特点，一是他们都与杨维桢交往密切，或为师，或为友，均有诗歌往来；

二是都学李长吉体，诗风明显受李贺的影响，好作古乐府。以下介绍两位有代表性的作家——李孝光和张宪。

李孝光（1285—1350），字季和，号五峰狂客，温州乐清（今属浙江）人。60岁后才出仕，至正四年（1344）被召入京，任秘书监著作郎，至正七年任文林郎、秘书监丞，至正十年南归，途中去世。有《五峰集》。

李孝光和杨维桢、萨都剌、张雨等为好友。章琬在《辑铁雅先生复古诗集序》中说："天历以来，会稽杨先生与五峰李先生始相唱和，为古乐府辞。先生尝曰：'诗难，乐府为尤难。……善和余者，唯李季和。季和死，和者寡矣。'且命吴复录季和死后凡若干首，至其墓焚白之。"当时还有"李杨"并称的说法。杨维桢对李孝光的古乐府颇为激赏，在《箕山操和铁雅先生首唱》一诗后，杨维桢评道："善作琴操，然后能作古乐府。和余操者，李季和为最。"最受杨维桢称道的是《太乙真人歌题莲舟图》：

银河跨西海，秋至天为白。一片玉芙蓉，洗出明月魄。太乙真人挟两龙，脱巾大笑眠其中。凤麟洲西与天通，扶桑乃在碧海东。手把白云有两童，掣翻二鸟开金笼。

写星神太乙真人睡在莲舟中，手挟两龙，畅游银河，西望凤麟洲，东望扶桑。凤麟洲和扶桑都是《十洲记》中描绘的奇境。末两句，似写太乙真人举着金笼戏鸟，打开笼门，"二鸟"变为"两童"，御云而去。此诗想象颇呈奇特，但无深意。杨维桢《潇湘集序》说他和李孝光颇多古乐府唱和，但今存《五峰集》中古乐府并不很多，佳作也罕见，已难以想见"李杨"并称的情景。

张宪（1320？—1373？），字思廉，号玉笥生，山阴（今浙江绍兴）人。早年负才不羁，浪游四方，自言不娶亲，也不归乡里。至正年间曾到京师，与人纵论天下大事，使人骇为狂生。在京不遇，回浙入富春山中，常和道士为伍。他在《琴操序》中曾透露对元王朝的报效之志。张士诚占领吴中并归顺元室后，招张宪为太尉府参谋，后迁枢密院都事。张士诚政权败亡后，他改变姓名，走杭州，寄食寺院以终。有《玉笥集》传世。

张宪曾从杨维桢学作诗，是杨维桢学生中的佼佼者，朱彝尊《静志居诗话》卷二十四甚至认为："铁崖诸弟子，才锋犀利，莫过张思廉。读其长歌，波澜横溢，弟子不必不如师也。"张宪写诗长于乐府体和歌行体，据章琬为杨维桢《古乐府二十二首》所写识语中说，杨维桢自言他用七言绝句体、古乐府体和古乐府小绝句体咏史，并说："古乐府不易到，吾门张宪能之。"可见杨维桢欣赏张宪的乐府体诗，惜已散失殆尽。四库馆臣则说张宪的感时怀古诗"磊落肮脏，豪气坌涌"。戴良《玉笥集序》中说张宪诗风"固以兼取二李诸人之所长"，"二李"当指李贺和李商隐。但从张宪现存作品看，他的诗风主要受李贺影响，色彩浓烈，形象奇特。如《二月八日游皇城西华门外观走马歌》描写走马场面："潜蛟双绾玉抱肚，朱鬣分光散红雾。金龙五爪蟠彩袍，满背真珠撒秋露。生猿俊健双臂长，左脚拨镫右蹴缰。铜铙四扇绕十指，玉声珠碎金琅珰。黄蛇下饮电掣地，锦鹰打兔起复坠。袖云突兀鞍面空，银瓮驼囊两边缒。"他的《题黑神庙》和《神弦十一曲》写得光怪陆离，《神弦十一曲》之一的《湖龙姑》写道："洞庭八月明月寒，湖龙捧出玻璃盘。湖风忽来浪如山，银城雪屋相飞翻。白鼍树尾月中泣，倒卷君山轻一粒。浪花拍碎回仙楼，万斛龙骧半天立。雨师骑羊轰昼雷，红旗照波水路开。青娥鬓发红蓝腮，紫丝络头垂黄能，神弦调急龙姑来。"此外，他的律诗遣词用语也常显得尖新纤巧，像是宋末"四灵"诗人的遗响。

中国诗歌史

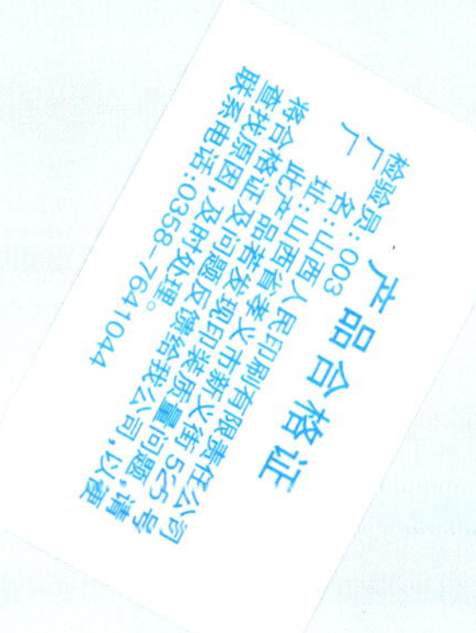

陈才智
—— 著

山西出版传媒集团　山西教育出版社

图书在版编目（CIP）数据

中国诗歌史 / 陈才智著 .—太原：山西教育出版社，2021.2
（中国分类文学史 / 张炯，郎樱，仲呈祥主编）
ISBN 978-7-5703-1457-7

Ⅰ．①中… Ⅱ．①陈… Ⅲ．①诗歌史—中国 Ⅳ．① I207.209

中国版本图书馆 CIP 数据核字 (2021) 第 032792 号

中国诗歌史
ZHONGGUO SHIGE SHI

出版人 李 飞
责任编辑 刘晓露
复 审 郭志强
终 审 杨 文
装帧设计 王春声 薛 菲
印装监制 蔡 洁
出版发行 山西出版传媒集团·山西教育出版社
（地址：太原市水西门街馒头巷7号 电话：0351-4729801 邮编：030002）
印 装 山西人民印刷有限责任公司
开 本 720×1020 1/16
印 张 49.25
字 数 808千字
版 次 2021年9月第1版 2021年9月山西第1次印刷
书 号 ISBN 978-7-5703-1457-7
定 价 190.00元（上、下册）

目　录

第四编　明代诗歌

第五编　清代诗歌

第六编　现代诗歌

第七编　当代诗歌

第四编　明代诗歌

导 言

从太祖朱元璋洪武元年（1368）开国，到思宗朱由检崇祯十七年（1644）自缢，明代前后共计277年。这一朝代虽然受到新兴通俗文艺的冲击，但诗歌领域却是集团并起，思潮纷争，流派众多。明代诗坛流派的分立，除了家族、地域、师承等因素之外，在诗学思想和主张方面，主要的争议是围绕着宗唐和宗宋展开的。明代声势最大的诗派是前后七子，他们都主唐音。“前七子”以李梦阳、何景明为领袖，主要活动在弘治、正德年间。“后七子”以李攀龙、王世贞、谢榛为中坚，主要活动在嘉靖时期。“后七子”和“前七子”一样宗唐抑宋，只是更加细密，对宋诗稍有宽容。前后七子批评宋诗，的确击中了宋诗的要害，总的来说，宋诗成就当然不及唐诗，他们的判断无疑是正确的。但宋人在诗歌创作上毕竟多有探索和创新，写出了许多优秀作品，总体的评价固然唐高于宋，但就个别诗人而论，未必唐人个个高过宋人。而唐朝以后的诗歌创作，与其模仿不可企及的盛唐，而成为优孟衣冠，还不如另求新变。所以宗唐的前后七子，他们的诗反不及另辟蹊径的宋诗。于是又有“公安三袁”（宗道字伯修、宏道字中郎、中道字小修）力排“七子”。“七子”宗唐流于肤廓，三袁宗宋又流于浅率，遂又有锺惺、谭元春纠正之，史称“竟陵派”。总之，有明一代，宗唐是诗坛主流，但贯穿始终的唐宋诗之争，各树一帜，亦互相补充。唐宋诗至此成为古典诗歌美学的两大范式，对后代诗歌产生了极为深远的影响。

第一章　明初诗派

明初，指明朝初创至洪武、永乐两朝，前后历时五六十年。元末由浙江方国珍起兵、河南红巾军起义开始的社会大动乱，经过二十多年的鏖战，终归结束。倍感苦闷的士大夫终于被解放出来，但战火、杀戮、饥饿、疾病、颠沛流离以及死亡还都历历在目，明朝建立给士大夫带来新的希望。痛苦的回忆与愉快的憧憬交织在一起，成为由元入明诗人讴歌的主题。

但是，随着明王朝的巩固，开国君主与圣贤、盗贼兼而有之的朱元璋推行极端专制的文化政策，亲自处理以文字冲撞他的人，或是杀戮，或是拘禁，许多文人不得善终。在朝为官成为很危险的事，彷徨无归的心态开始蔓延。有些文人向往归隐全身，但这个消极选择也很难如愿。在《大诰三编》（明洪武内府刻本）中，朱元璋说："寰中士夫不为君用，是外其教者，诛其身而没其家不为之过。"仕与隐本来是中国士大夫调节其心理平衡，使其人格能够保持相对独立的两端，朱元璋的极端政策使得文人陷入痛苦和迷茫，许多诗人把忧惧写入诗篇。且不说那些与张士诚有些瓜葛的"吴中四士"（高启、张羽、杨基、徐贲），即使是刘基这样"遭逢圣祖，佐命帷幄，列爵五等，蔚为宗臣"的开国元勋，也为朱元璋所疑忌。刘基在入明以后的诗作远不如元末动乱期间的作品那样具有"飞扬硉矹之气"，而变得"悲惋衰飒，先后异致，其深衷托寄，有非国史家状所能表其微者，每盡然伤之"①。刘基诗中隐含的难以形诸显言的忧惧，实际上是当时文人的普遍情绪。

明初诗歌创作的政治文化背景，从正反两面刺激了诗歌创作的发展。

①〔清〕钱谦益：《列朝诗集》甲集卷一，清顺治九年毛氏汲古阁刻本。

《明史》列传第一百七十三《文苑传一》论明代诗文流变："明初，文学之士承元季虞、柳、黄、吴之后，师友讲贯，学有本原。宋濂、王袆、方孝孺以文雄，高、杨、张、徐、刘基、袁凯以诗著。其他胜代遗逸，风流标映，不可指数，盖蔚然称盛已。永、宣以还，作者递兴，皆冲融演迤，不事钩棘，而气体渐弱。弘、正之间，李东阳出入宋、元，溯流唐代，擅声馆阁。而李梦阳、何景明倡言复古，文自西京、诗自中唐而下，一切吐弃，操觚谈艺之士翕然宗之。明之诗文，于斯一变。迨嘉靖时，王慎中、唐顺之辈，文宗欧、曾，诗仿初唐。李攀龙、王世贞辈，文主秦、汉，诗规盛唐。王、李之持论，大率与梦阳、景明相倡和也。归有光颇后出，以司马、欧阳自命，力排李、何、王、李，而徐渭、汤显祖、袁宏道、锺惺之属，亦各争鸣一时，于是宗李、何、王、李者稍衰。至启、祯时，钱谦益、艾南英准北宋之矩矱，张溥、陈子龙撷东汉之芳华，又一变矣。有明一代，文士卓卓表见者，其源流大抵如此。"钱谦益（1582—1664）《列朝诗集小传》指出有明一代"诗派"的流弊，① 针对于此，朱彝尊（1629—1709）《静志居诗话》也曾提出对明诗流变的见解。②

清末陈田《明诗纪事·甲签序》说："凡论明诗者，莫不谓盛于弘（治）、正（德），极于嘉（靖）、隆（庆），衰于公安、竟陵。余谓莫盛于明初。若犁眉（刘基）、海叟（袁凯）、子高（刘崧）、翠屏（张以宁）、朝宗（汪广洋）、一山（李延兴）、吴四杰、粤五子（孙蕡等）、闽十子（林鸿等）、会稽二肃（唐肃、谢肃）、崇安二蓝（蓝仁、蓝智）以及草阁（李晔）、南村（陶宗仪）、子英（袁华）、了宜（张适）、虚白（胡奎）、子宪（刘绍）之流，以视弘、正、嘉、隆时孰多孰少也。明初诗家各抒心得，隽旨名篇，自在流出，无前、后'七子'相矜相轧之习。"③ 这里陈田指出明诗之盛在明初，并对过去重视明中叶、忽视明初的意见提出批评。明初诗坛确实是群星丽天的时代，但明初的繁荣不仅表现在作者众多上，而且还反映在流派纷呈且各现异彩上。

明代诗歌流派带有明显的地域色彩，不仅明初如此。清曹溶在《海日

---

①〔清〕钱谦益《列朝诗集小传》出版说明，古典文学出版社1957年版。

②参见郭英德《中国古代文人集团与文学风貌》，北京师范大学出版社1998年版，第202页；郭英德等《中国古典文学研究史》，中华书局1995年版，第430—443页。朱彝尊论明诗之大旨，亦见《曝书亭集》卷三十三《答刑部王尚书论明诗书》。

③明诗总集中，《明诗纪事》搜罗较为详备，可据之考查明初诗人分布状况。

堂集·序》中说：

> 明之盛时，学士大夫无不力学好古，能诗者，盖十人而九。吴越之诗，矜风华而尚才分；河朔之诗，苍莽任质，锐意自喜；五岭之士，处其间，无河朔之强立，而亦不为江左之修靡，可谓偏方之擅胜者也。

这篇曹溶给广东诗人程可则诗集写的序，指出明代诗人风格的地域差异，这正是形成流派的重要特征。为什么风格特征有那么明显的地域色彩，这与古代交通不发达和自然经济的闭塞有关。因为闭塞，使得一些地区与其他地区，特别是与当时的政治中心、文化中心很少交流。再因为物产、气候、语言、风俗乃至开发早晚等一系列因素的差别，从而形成每地文化传统的独特性，即地域文化传统。这种地域文化传统的差别影响到诗歌创作，于是形成以地域为特征的诗歌流派。

明初众多的诗人按照地域的不同分成五大创作群体，即吴、越、江右、闽、粤五派。① 晚明诗论家胡应麟（1551—1602）《诗薮》说："国初吴诗派昉高季迪（启），越诗派昉刘伯温（基），闽诗派昉林子羽（鸿），岭南诗派昉于孙蕡仲衍，江右诗派昉于刘崧子高。五家才力，咸足雄踞一方，先驱当代。"② 从中可知明初诗歌创作群体是以地域为分野，而且还可以看出明初各诗派皆活跃于南方。前引陈田提到的35位诗人，除李延兴是北平人外，其他皆为南方人。《明诗纪事》甲签三卷至三十卷所收洪武一朝诗人375人，乙签一至二卷收26人为建文朝人，两朝共401人，而北方人仅有李延兴、宋讷、张昌、张绅、朱谅等五六人而已。

为什么明初诗人多出于南方呢？首先因为自五代以来文化中心逐渐由北向南转移，更重要的是元代北方主要文学形式是俗语文学（包括杂剧、散曲），北方文人多趋于此，杂剧与散曲最繁荣时期的作者几乎都是北方人（见钟嗣成《录鬼簿》），被士大夫视为正统文学形式的诗歌则在南方（特别是东南一带）得到充分的发展。士大夫固守诗歌这种传统的文学形

---

①参见王学泰《地域分野的明初诗歌流派论》（《文学遗产》1989年第5期），修订后又题为《明初诗歌流派论》，收入其《清词丽句细评量》，东方出版社2015年版。

②《诗薮》续编卷一"国朝·上"，王国安校补本，上海古籍出版社1979年版，第342页。

式，和他们的民族情绪也有关系。宋亡后南方汉人社会地位最低，受压迫最深，他们的民族意识也最强。为了排遣自己的愤懑，结社赋诗成为遗民发泄不满的孔道，许多诗社还带有政治色彩（如月泉吟社），成为团结遗民的纽带。直到元末明初，结诗社在东南一带仍很普遍。李东阳《麓堂诗话》说："元季国初，东南人士重诗社，每一有力者为主。聘诗人为考官，隔岁封题于诸郡之能诗者，期以明春集卷。私试开榜次名，仍刻其优者，略如科举之法。"《明史·张简传》也说："当元季，浙东西士大夫以文墨相尚，每岁必联诗社，聘一二文章钜公主之。"这些诗社促进了南方诗歌的发展，使得明初有影响的诗人和诗派都集中在南方。

明初独特的文化背景基本上是以地域为分野的。各派诗人由于成长生活地域的不同，当地风俗、文化传统、诗学承受的差别必然形成对诗人有直接影响的小文化背景，这个小文化环境是诗人目承肤受的，因之对作者影响更大，是形成各诗派独特性的根本原因。

第一节　越诗派

"越"指绍兴、金华、温州、处州、台州、衢州等钱塘江以东一带，越诗派明确说应是浙东诗派，包括宋濂、刘基与王祎等。

《明诗纪事》所收明初浙东诗人共80馀人，占其所收全部明初诗人的20%左右。浙东自南宋以来是理学家活跃的地区。宋代有金华、永康、永嘉三大学派，都比较注重经世致用。

元末明初的越派诗人多是学有师承的儒者，希望在社会变革中建立不世之功，耻于厕身文士之列。元末动乱，群雄割据，纷纷争取士人。这为他们建功立业的向往提供了可能性。朱元璋攻下金华后，两次派人敦请刘基。后来宋濂、王祎、胡翰、苏伯衡等也被召出山，他们投身政治，希望在新王朝中实现自己的社会理想。有的后来官位通显，成为明初政治斗争中的风云人物。

越派的诗论注重实用，强调文学的社会功用。刘基特别强调诗歌的讽喻作用，认为诗歌应该而且能够救当世之失。刘基（1311—1375），字伯温，浙江青田（今属文成）人。少时受教于浙江名儒郑复初，后中进士。

元至正二十年（1360）受聘于朱元璋，为其出谋划策，运筹帷幄，成为明朝第一谋臣。明初授太史令，累迁御史中丞，封诚意伯。洪武四年（1371）辞官，为丞相胡惟庸所构陷，忧愤而卒。他说："故祭公谋父赋《祈招》以感穆王，穆王早寤焉，周室赖以不坏，诗之力也。是故家父之诵，寺人之章，仲尼咸取焉，纵不能救当时之失，亦可垂戒警于后世，夫岂徒然哉！"①

宋濂论诗与刘基相近。宋濂（1310—1381），字景濂，号潜溪，浙江浦江人。少受学于名儒柳贯与吴莱，为朱元璋所聘。明初官至翰林学士承旨，以老致仕，受长孙宋慎株连，被贬茂州而卒。他认为诗应是"忠信，近道之质，优柔不反之思，主文谲谏之言"②。他注重气充言雄之作。对于格局褊促、辞语纤巧之"永嘉四灵"，则大加排击，言其"识趣凡近，而音调卑促"(《林伯恭诗集序》)。对于当时以倪瓒、顾瑛以及稍后一些的高启等为代表的吴中诗人的诗风十分不满，曾说："今世以诗鸣者，蜂起而泉涌；其视唐宋又似有所未逮，姑置之勿论。间有倡为'江南体'者，轻儇浅躁，殆类闾阎小人，骤习雅淡，而杂以亵语。"③ 与此相反，宋濂十分推崇杜甫，在为《杜诗举隅》写的序中认为，唯有杜诗才能寄托忠君爱国之思。刘基更进一步肯定杜诗中的"忧愁怨抑之气"，并认为这是因为见到"民物凋耗，伤心满目"的现实后"发于性情"，而且是由"真不得已"的感情造成的(《项伯高诗序》)。越派晚期代表人物方孝孺认为，杜诗"包综庶类，凌跨六合，辞高旨远，兼众长而挺出，追风雅以为友。盖有得乎《史记》之叙事，《离骚》之爱君；而忧民闵世之心，又若有合乎《成相》之所陈者。微意所属，时以古昔命世圣贤自拟"④。这些论诗主张在越派诗人的创作中都有所体现。

由于越派诗人是积极投入或向往政治斗争的儒者，所以他们的作品政治性强，表现出极强的社会责任感。这一点在刘基作品中有着深刻的体现。他的《二鬼》诗是这派诗人精神面貌的写照。此诗长达1193字。诗

①〔明〕刘基：《唱和集序》，《诚意伯文集》卷五，四部丛刊景明本。

②〔明〕宋濂：《清啸后稿序》，《宋学士文集》卷七《銮坡集》卷七，四部丛刊景明正德本。

③〔明〕宋濂：《(许存礼)樗散杂言序》，《明文海》卷二百三十三。

④〔明〕方孝孺：《成都杜先生草堂碑》，《逊志斋集》卷二十二，四部丛刊景明本。

中以二鬼喻自己和宋濂，他们希望以周公孔子的社会理想改造世界，使得人们“敬习《书》《易》《礼》《乐》《春秋》《诗》，履正直，屏邪敧，引顽嚚，入规矩。雍雍熙熙，不冻不饥，避刑远罪趋祥祺”，实现自然和融的社会：

> 不意天帝错怪恚，谓此是我所当为，眇眇末两鬼，何敢越分生思惟。

于是天帝命人将他们捉来：

> 养在银丝铁栅内，衣以文采食以麋。莫教突出笼络外，踏折地轴倾天维。

刘、宋都是开国功臣，从诗中可以看出他们的目的远不只是建立新的王朝。他们的悲剧在于他们不是单纯的政治家，还是诗人。刘基写了许多表现政治理想的作品，如《感时述事》组诗系统表达自己的政治主张和抱负。诗中虽然多议论，但因出自胸臆，朱彝尊《明诗综》卷三引录程嘉燧语云：“《感时》诸诗，可谓诗史，追配杜老，迈元白矣。”并非夸大之词。

刘基还有许多作品再现元末明初的社会动乱，以及人民在动乱中所遭受的种种苦难，寄托报国拯民之志、悯时伤乱之情，表现出强烈的社会责任感。如乐府《筑城词》《北风行》《买马词》《畦桑词》等，或表达对时事的忧虑，或讽刺政令繁苛，或暴露苦乐不均，都表现出政治家的眼光。对于人民的武装反抗，封建士大夫一般都持敌视态度，而刘基则表现出一定的理解和同情。如《赠周道宗六十四韵》揭露地方官吏和土豪劣绅向人民敲诈勒索的罪行：

> 破廪取菽粟，夷垣劫牛羊……稍或违所求，便以贼见戕。

官兵行同强盗，怎能不把人民逼上梁山呢？

> 负屈无处诉，哀号动穹苍。斩木为戈矛，染红作巾裳。民情大不甘，怨气结肾肠……恨不斩官头，剐骨取肉尝。

这些诗句突破儒家温柔敦厚的诗教，显露出战斗精神。诗中大胆肯定的红巾军起义，是为当时多数士大夫所否定的，刘基还在《咏史》中肯定武力反抗暴政的正义性：

秦人任法令，斩艾尊君师。六合始一家，恩爱终乖离。一旦山东客，揭竿以为旗。叫呼骊山徒，天下响应之。素车拜轵道，谁复为嗟咨。

这不仅是历史经验，也是从现实生活中总结出的教训。另外如《旅兴》14首、《感怀》4首等，记录和描写旅途不得安定、豺虎纵横的情景，风格苍凉而古雅。

宋濂的成就主要在文，诗的成就不大，但五古亦颇可观。如《晓行》描写一位奔走国事的士人：

荒鸡一再号，驱车事晨征。寥寥秋风肃，况此华月明。万顷琉璃中，著吾一身行。肝胆皆冰雪，毛发亦含情。超然鸿蒙初，顿觉百虑冥。安得王子乔，为言此时情。

他如《义侠歌》《予奉诏总裁元史故人操公琬实与纂修寻以病归作诗序旧》《次刘经历韵》等，都可见其诗才力，其格调规模杜甫、韩愈，但更为平易。如《送方生归宁海》，方即方孝孺，此时宋70馀岁，方仅19岁，而宋却用平等的态度勉励他：

昔在词垣时，英材常骏奔。水碧与金膏，价重骇见闻。然终无根蒂，敛散空中云。方生海上来，玉栗而春温。袖携缔绣书，面带黼黻文。揖逊入礼域，陈义凌秋旻。

情辞恳切，富于感染力，表现出朋友、师徒之间以道义相勖勉。

另一位与宋濂齐名的越派诗人是王祎。王祎（1321—1372），字子充，义乌（今属浙江）人。幼聪慧，及长师事柳贯、黄溍，入明为翰林待制，以招抚云南，死于节。有《王忠文公集》。俞宪《盛明百家诗选》评其诗云："忠文诗平易切实，然在当时与宋潜溪首倡浙东，功不可泯。"

王袆壮年出游，经历丰富，多借记游摅写情志怀抱：“蚤年志湖海，嘉遁非所甘。驱车燕赵北，弭节吴越南。季子夸远适，虞卿劳负儋。谓将风翮翔，讵能辙鳞淹。”（《七月八日同季高渡北东归述怀分得“龛”字》）不甘于隐居和终老江湖确实是越派诗人的共同志向。在《长安杂诗》中，诗人看到山河壮丽，想到世事兴衰，感慨万分：“淑灵之所钟，宜有异人作。如何千载间，踪迹转萧索。姬旦不复生，三代已云邈。后来王佐才，劳我思景略。”越派诗人都以“王佐才”自诩，他们许多抒情诗都以此为基调。其他如苏伯衡、朱右、陶凯、胡奎都有相似之处。

越派的晚期代表是方孝孺。其诗表面上看来十分平淡，但却有一股“毅然自命之气，发扬蹈厉，时露于笔墨之间”。其志向抱负极大，《闲居感怀》诗云：

> 我非今世人，空怀今世忧。所忧谅非他，慨想禹九州。商君以为秦，周公以为周。哀哉万年后，谁为斯民谋？

所想已经超越一姓一国的局限（由此也可以看到，后来他拒绝为燕王朱棣篡位草诏并不完全是出于正统观念）。他对生死问题也作过严肃的思考，在《次王仲缙感怀韵》中说：

> 翠鸟质微细，乃以羽自戕。犀象兽之雄，每因齿角亡。彭聃死于寿，夭者死于殇。万生谁长存，所贵德誉光。古来志节士，立身有大方。孰云萧艾聚，果胜兰蕙芳？

其他如《勉学诗》《感橙树有作》也都是说理之作，诗中多议论。但这些道理多是诗人对世界和人生进行严肃思考之后而产生的，并采用抒情形式来表达，所以还是能打动读者的。

总之，越派诗人的共同特点是善于用抒情方式表达对政治问题的感受，摅写自己的报国之志。其中除刘基兼善诸体外，大多只是以五言古体见长，虽质朴平淡，但感情激越。越派诗人虽然也多平易之作，不尚华藻，但他们的作品是真正的诗。像宋濂、方孝孺这样较为纯粹的儒者，他们诗作的骨力、气格不仅为邵雍“击壤体”所不及，即使与朱熹等善写诗的理学家相比，也毫不逊色。这对明代理学家有好的影响。另外明代许多处于尊位，对于社会进步有贡献的政治家也多擅长写诗，如于谦、杨一清、王越、王守仁等，他们与越派作者在精神上有相承之处，在诗风上也近于越派。

第二节　吴诗派

吴诗派指以苏州为中心的苏南和浙西一带的诗人。胡应麟《诗薮·续编一》说："诗人则出吴中，高（启）、杨（基）、张（羽）、徐（贲）、贝琼、袁凯皆雄视海内。"其中高启成就最大。"吴中四杰"又称吴中四士，包括高启、杨基、张羽、徐贲，除去杨基，加入王行、高逊志、唐肃、宋克、余尧臣、吕敏、陈则等七人，又号称"北郭十友"。这实际上是个相互酬唱的诗社。这些作者并非都是吴人，因苏州为张士诚占领10馀年，比较稳定，仿佛是元末动乱的一片绿洲，许多诗人迁居至此。他们互相唱和，彼此切磋，审美情趣比较接近。元末吴中盛行的"江南体"也对他们有或深或浅的影响。如富商顾瑛"卜筑玉山草堂，园池亭榭、饩馆声妓之盛，甲于天下。日夜与高人俊流，置酒赋诗，觞咏倡和，都为一集，曰《玉山名胜》"①。

《明诗纪事》明初部分所收属于吴派的诗人共100馀人，占所收明初诗人的33%左右。可以看出这里是诗人最集中的地区，如果说越派诗人在政治上多与明政权关系密切，其中一些代表作者曾为朱元璋所礼遇，因之在明政权中有较高的政治地位的话，那么，吴派诗人则多与张士诚政权有些瓜葛。由于政治上的原因，他们中间的许多人都受到过朱元璋的挫抑。在思想上越派诗人多与理学有些承继关系，或重修养，或重事功；吴派诗人则多追求个性自由放任，缺乏对政治事业的热情。他们是纯粹的诗人。

元末无锡画家倪瓒也是吴中富翁兼画家、诗人，富于浪漫主义气质，崇尚道教。中年以后变卖家产，浪迹江湖，其诗风流倜傥。顾、倪等人都是追逐享乐和放荡不羁、不受礼制约束的才人。他们名噪一时，对吴中士风、诗风有很大影响。苏州在被张士诚占领期间，吴中诗人生活是较为安

①《列朝诗集》甲集前编卷八上。

定的，张又能礼贤下士，许多诗人都受到优待。朱元璋在至正二十七年（1367）攻下苏州，他恨苏州士民支持张士诚，在赋税刑罚上对苏州特别繁苛，迫害与张士诚政权有关的士人，吴中诗人得善终者更少。这些在吴中诗人的创作中留下了痕迹。明建立后聚集在吴的诗人虽然星散四方，但在诗歌题材和风格上还保持着共同倾向。

吴派的代表诗人高启是明代成就最大的诗人。高启（1336—1374），字季迪，长洲（今江苏苏州）人，自号青丘子。洪武初参与修撰《元史》，曾被授户部侍郎，不受，后为朱元璋借故腰斩。他论诗偏重于创作论，注重个人情感的抒发，社会意识比较淡薄。他主张诗要“发乎性情之自然”（《凫藻集序》）。提出诗之要点有三：

> 一曰格，二曰意，三曰趣。
> 格以辨其体，意以达其情，趣以致其妙也。（《独庵集序》）

其核心还在于把情表达得至善至美。其《缶鸣集序》引《诗经》为例说：“国风之作，发于性情之不能已。”与高启一同被朱元璋腰斩的吴中诗人王彝在为高启诗集作序时指出，诗歌就是宣泄感情的工具：“人有喜怒爱恶哀惧之发者，情也；言而成章，以宣其喜怒爱恶哀惧之情者，诗也。”

从这些言论中可见，吴派诗人的文学观念是与越派不同的。越派以儒者自命，耻与文人同列；而吴派则直接宣称他们只是诗人。前面提到《二鬼》诗是越派诗人精神面貌的写照，而反映大多吴派诗人精神状态的则是高启的《青丘子歌》：

> 青丘子，臞而清。本是五云阁下之仙卿。何年降谪在世间，向人不道姓与名。蹑屩厌远游，荷锄懒躬耕。有剑任羞涩，有书任纵横。不肯折腰为五斗米，不肯掉舌下七十城。但好觅诗句，自吟自酬赓。田间曳杖复带索，旁人不识笑且轻，谓是鲁迂儒、楚狂生。青丘子闻之不介意，吟声出吻不绝咿咿鸣。朝吟忘其饥，暮吟散不平。当其苦吟时，兀兀如被酲。头发不暇栉，家事不及营。儿啼不知怜，客至不果迎。不忧回也空，不慕猗氏盈。不惭被宽褐，不羡垂华缨。不问龙虎苦战斗，不管乌兔忙奔倾。向水际独坐，林中独行，斫元气，搜元精，造化万物难隐情。冥茫八极游心兵，坐令无象作有声。微如破悬

虱，壮若屠长鲸。清同吸沆瀣，险比排峥嵘。霭霭晴云披，轧轧冻草萌。高攀天根探月窟，犀照牛渚万怪呈。妙意俄同鬼神会，佳景每与江山争。星虹助光气，烟露滋华英；听音谐韶乐，咀味得大羹。世间无物为我娱，自出金石相轰铿。江边茅屋风雨晴，闭门睡足诗初成。叩壶自高歌，不顾俗耳惊。欲呼君山老父携诸仙所弄之长笛，和我此歌吹月明。但愁欻忽波浪起，鸟兽骇叫山摇崩。天帝闻之怒，下遣白鹤迎。不容在世作狡狯，复结飞佩还瑶京。

摅写的志趣不是和越派诗人大异其趣吗？元末本是一个群雄逐鹿的时代，人们的社会地位浮沉升降、变化莫测。积极进取，投笔从戎，因利乘时，也可能视功名如草芥，标名青史；消极退缩，无所作为，也可能荒山茅屋了其一生，与草木同腐。吴派诗人，才子气浓，浪漫气息重，他们仿佛已把事业功名看透，只甘心退居民间，做个诗人。这样才能无拘无束，个性得到自由，因为这是保持个人尊严的前提，尊严高于一切。这首诗构思奇特，富于想象，气势雄迈奔放，在明代诗歌史上是不可多得之作。

高启《钓台歌送严陵徐尊生太史》对于有良史之才而不愿意仕宦的徐尊生再三唱叹歌咏：

先生当代词林载笔有良史才，不展调元手，居鼎台，却思钓台亟归去，胸襟洒落何如哉！胸中之乐何如哉！

虽是赞美徐尊生，实际上也是高启自己胸襟的写照。他们蔑视世俗礼法，对个性自由的追求与明初日渐加强的专制主义气氛是不和谐的。

朱元璋喜怒无常，不仅屠戮功臣大僚，还常以语言文字杀害朝野士人，造成人人自危的恐怖气氛。读吴派诗人入明以后的作品，能感受到惴惴不安的气氛。高启这类作品极多，像《京师苦寒》："北风忽发浮云昏，积明惨惨愁乾坤。龙蛇蛰泥兽入穴，怪石冻裂生皴痕。"其中所写包括当时的政治气候。长篇七古《答余新郑》（余即"北郭十友"之一的余尧臣）以深挚的诗笔描写这位被编管临濠的朋友的悲苦情景（"北郭十友"其他诗人也有这类题材的作品）。还有《牧》：

一笛去茫茫，平郊绿草长。但知牛背稳，应笑马蹄忙。度陇冲朝雨，归村带夕阳。相逢休挟策，回首恐亡羊。

诗写得意味深长，他时时提防着不虞之灾，不知道这种“牛背稳”的日子能有多久。高启写了大量歌颂隐居生活的作品，希望能在田园中求得安稳的一隅。但他落空了，竟在39岁的盛年被朱元璋腰斩于市。

吴派其他代表性诗人的遭遇和高启大同小异。被何景明誉为“国初诗人之冠”① 的袁凯，为朱元璋所恶，只好装疯以免祸，经过多次痛苦的考验之后才被放归故里，总算捡了一条命。袁凯（约1310—?），字景文，自号海叟，松江华亭（今上海市松江区）人。洪武间为御史，朱元璋令其把一些罪犯的罪状和量刑记录给太子看，太子多予减刑。朱问袁：“朕与太子孰是?”袁答：“陛下法之正，东宫心之慈。”朱元璋认为他是首鼠两端的滑头。袁凯后半生遭遇很悲惨，但这些并未能在其作品中充分反映出来，严酷的统治只能使人噤若寒蝉。只有在一些短小的五律或绝句中可以看到诗人对战乱、黑暗专制的厌恶和对和平安宁生活的向往。这类作品颇具晚唐风韵，富于才情，如《邹园十咏》《茅宇》《置酒》等。

他的小诗非常感人，如《龙江夜行》：

细雨过江头，孤篷夜未休。归心与烟浪，相逐下扬州。

《京师得家书》：

江水一千里，家书十五行。行行无别语，只道早还乡。

这确实是发自诗人内心的呼喊，因此，具有震撼人心的力量。实际上对于明初士大夫来说，归隐很难做到，对吴派诗人则更是如此，而出仕又危险万端，诗人内心的苦痛可想而知。这一点在杨基那里表现得更为明显。杨基（1326—1378后），字孟载，号眉庵，原籍嘉州（今四川乐山），生长于吴中。明初官至山西按察使，后削职为输作，死于工所。

杨基与张士诚关系更深，曾入张幕为记室，在明朝为官时，他切实地感到朱元璋的冷峻目光和前途的危险性。他在《樟树镇舟中作》中写道：

---

①〔明〕何景明：《海叟集序》，见《大复集》卷三十四，明嘉靖刻本。

侬是吴淞钓鱼叟，全家生长吴江口。迟钝长飞众鸟先，迂疏每落诸人后。城中父老少相知，乡里儿童亦见欺。几上细抄《高士传》，壁间大篆《考槃》诗。春风百草承膏沐，强掷渔蓑亲案牍。胥史犹嘲吏事疏，妻孥欲笑形容俗。羸马长途恐不堪，君恩何日许投簪？半篷秋雨烟笼水，数点寒星月满潭。

有自我表白，也有难以摆脱的痛苦。有时这种痛苦化为自嘲和愤世嫉俗：

眉苍四十未闻道，偶于世事无所好。寻常惟看东家竹，屈指十年今不到。微躯之外无长物，寒暑一裘兼一帽。妻孥屡欲升斗绝，不独无烟亦无灶。身轻自笑可驾鹤，眼明岂止堪窥豹。人情世故看烂熟，皎不如污恭胜傲。有瑕可指未为辱，无善足称方入妙。此意于今觉更深，静倚南风听蝉噪。(《闻蝉》)

从中可以感受到诗人对所谓人情世故的痛恨，他希望能够超脱其外，做自己的主宰，但现实生活使他只能羡慕与世无争的蝉。

“吴中四杰”中的张羽、徐贲，比高、杨略逊一些。张羽（1333—1385），字来仪，更字附凤，本浔阳（今江西九江）人，侨居吴兴（今浙江湖州），洪武初征为太常丞，未几窜岭南，半途召回，自投龙江死。徐贲（1335—1393），字幼文，号北郭生。其先蜀人，徙居苏州。曾为张士诚记室，入明后，官至河南布政使，以犒军不时，下狱死。他们作品中最富于特色的，是经常流露出的忧惧畏祸之情和对平安闲适生活的向往。如张羽《金川门》是奉旨往凤阳祭祀皇陵时所作，最后写道：

吾来犯清晓，天空霜露繁。列宿森在列，北斗峭可援。江光合海气，溟涬神攸存。俯视不敢唾，中有蛟龙蟠。浮屠者谁子，高居凌风幡。下见渡口人，扰扰蜂蚁喧。愧彼超世士，去去将何言？

简直是如履薄冰，这种动荡不安，乃至森然可怖的气氛是具有时代特点的。洪武九年（1376），徐贲奉使晋冀间写下记行诗 14 首，这些表面平淡的记事诗中，有一些篇章借对山川险怪风物的描绘寄托了对政治现实的感受。

张羽有些作品直接控诉统治者对文人才士的迫害。如《题陈长司画》描写画家陈惟允临刑时从容作画的情景，控诉统治者对文学艺术的摧残。这类作品还有《悼高启》三首，表现对诗人无辜被害的痛悼。《槎史赴台》写道：

> 平生五千卷，宁救此时艰。天网岂恢恢，康庄遍榛菅。所恃莫可灭，才名穹壤间。

吴派诗人作品的艺术性在明初诸派诗人中最高，因为他们多是专力作诗的诗人，取径也宽，不拘一格。作品具有浪漫色彩，富于才情，注重辞藻，许多诗人兼擅诸体。如高启七言歌行、五古、五七言近体皆有佳作，特别是七言歌行，气魄宏伟，骨力雄健，情辞酣畅，多秀逸之句。袁凯则长于五律和五七言绝句，特别是五律，苍凉感慨，颇有神似杜甫之作。杨基长于五七古体和七律，特别是七律，属对工切，才情、意境、辞藻、音调在明代均属翘楚。张羽长于五言、七言古体。徐贲长于五古，张、徐亦以五言和七言绝句见长。

张、徐的五古与越派五古也不同，不以质朴、激越见长，而多表现为精密工丽。明代李东阳之后，诗人多重格调而往往流于肤廓，缺少精致工丽、韵味隽永的名句。而吴派诗人，特别是高启、杨基，则工于造句，精美而情辞并茂的名句比比皆是。如高启的“千里断云随雁鹜，半村残照送牛羊”（《秋日江居写怀》），“雪满山中高士卧，月明林下美人来”（《梅花》），“半湖月色偏宜夜，十里荼香已欲秋”（《泛舟西湖观荷》）；袁凯的“看人儿女大，为客岁年长”（《客中除夜》），“柳絮池塘春入梦，梨花庭院雨沾衣”（《白燕》）；杨基的“六朝旧恨斜阳里，南浦新愁细雨中”（《春草》），“花里小楼双燕入，柳边深巷一莺啼”（《浦口逢春忆禁苑旧游》），“无数白鸥闲似我，一江春水碧于天”（《村居病起写怀》）……这些诗句用词妥帖，精警动人，给读者留下深刻印象。

吴派诗人的人生态度和诗风形成一种传统，在吴中一带有着深远的影响。由于吴中一带经济和商业的繁荣，吴中才子形成异于其他地区的生活方式。他们多才多艺多能，兼诗、书、画，放荡不羁，风流自赏，不走封建统治者为士子所规定的道路，并以此自豪。如后来的沈周、祝允明、文征明、唐寅、王穉登、徐渭等，在精神上与吴中诗派才子有相通之处。其诗歌创作与明中叶以后高涨起来的复古主义思潮大相径庭。他们不法古，不为形式所约束，注重富于色彩的辞藻，有些通俗流畅，以致被主流社会的正统人士讥讽为："如乞儿唱莲花落。"这种士风和诗风直接影响了公安派。

第三节　江西派

江西派又称"江右诗派"，所涵盖的地域与今江西省大致相似。《明诗纪事》收江西诗人 55 人，占所收明初诗人的 12% 左右。代表人物为刘崧、刘绍、刘炳、陈谟、梁兰、周德等。

宋代就有江西派，但明代江西派与之不同，他们不提倡脱胎换骨、点铁成金，也不效法宋江西派学习杜甫夔州以后风格劲健奇险的诗篇，刘崧甚至断言"宋朝绝无诗"。他们标榜唐音，接受影响最深的是乡贤虞集、范椁、揭傒斯等。刘崧在《槎翁诗选》序中言："年十六得临川虞翰林（集）、清江范太史（椁）诗诵之，昼夜不废。"刘炳等人也是如此。虞诗风格圆润，如珠走盘；范诗从容不迫，素雅淡泊。虞、范二人皆长于歌行，今存《范太史集》，其中歌行竟占四分之一以上。

江西派诗人中成就最高的是刘崧。刘崧（1321—1381），字子高，初名楚，太和（今江西泰和）人。元末举于乡，洪武初，以经明行修授职方郎中。官至国子司业，卒于官。有《槎翁诗文集》。他论诗平正通达而无道学气，主张"诗本诸人性，咏之物理，凡欢欣哀怨之节之发之于其中也"，"而不在屑乎一句一字之间而已"（《槎翁诗选自序》）。刘诗也不以字句见奇，而以完篇取胜。刘崧善于运用长篇五古和七言歌行，反映动乱给社会带来的灾难和人民所遭受的痛苦，这一点比越派的刘基、吴派的高启更为突出。

《壬辰感事》六首以古体叙事形式，描写江西动乱的由来和发展，虽对徐寿辉、彭莹玉的反元斗争持否定的态度，但客观地描写了战争的残酷和人民辗转于水火的苦难，也暴露了农民军的许多弱点。

《南山谣》写淮西在天灾中南徙的流民给江西人民带来的苦难，这个题材过去很少有人涉及：

> 淮西流民望南徙，掠财昼入南山里。裹枪负梃八十人，拒敌乡民四人死。流民只说江西熟，得食仍嗔食无肉。扶伤救死官不闻，乡民还对流民哭。东家击豕西家牛，撤屋烧火当街头。自言性命如粪土，一死不异淮西州。乡民不怕逢豺虎，共承只怕流民怒。老翁夜出烧纸钱，祈神夜送流民去。从今莫愿多丰年，第一莫旱淮西田。流民不来贫亦好，鸡犬全家永相保。

流民主要由失去土地的农民构成，但他们又不是佃家雇农，往往以游荡或暂时出卖劳动力为生。有的流入城市，成为城市游民。他们见识广，好勇斗狠，不怕死。“自言性命如粪土，一死不异淮西州”，不怕死不讲理的流民成帮结队，真是所向无敌。他们不仅吃大户，普通农民也在所难免，其性质与近代流氓无产者相似。《水浒传》中就有不少这类角色。过去很少有人在诗歌中描写这些人。刘崧这首诗把他们的形象及其与农民的对立描写得十分真实生动。

在元末明初的社会动乱中，不少土豪富户结寨自保，建立地方武装，但素质很差，毫无纪律。如《养牛叹》写农民养牛不易，爱牛之甚，可是“军来牵去谁敢争，拦街号哭送牛去”。拦街抢牛的人就是这些山寨军，他们“前日亦是耕锄人，即今打粮不耕土。身着牛皮食牛脯”。《采野菜》描写人民如何以野菜充饥，但是“贫家食菜苦不足，寨军掠人还食肉”。这些诗深刻地揭露了封建时代武装力量与民众的对立。在刘崧笔下，当时社会是混乱不堪的。《南乡怨歌》写兵匪相续，虎去狼来，“杀尽丁男掳妇女”。《筑城叹》写兵匪拉锯战，你去我来，但无不拉老百姓筑城。《布谷鸟》写“丁壮从军”，中男筑城，春来土地无人耕种。《有虎行》写猛虎入城市，公然食人，军队不敢制止。《虎逐狼》写各种军队如虎似狼，无不扰民害民，人们备受痛苦。后两首可作为寓言诗读。它们形象地展示了那个“想为奴隶而不可得的时代”，人们的出路仿佛只有死。

《凶年有弃子于江渚者诗以寄哀》更令人不忍卒读：

> 骨肉岂不亲，无食难为恩。抱子弃水中，哭声吐复吞。母饥骨髓枯，儿饥眼眶出。终然两难存，何以共忧恤。岁月不相贷，恩爱从此

分。我死尚可忍，儿啼那复闻。儿啼那复闻，江水流浩浩。不忍回视之，衔悲入秋草。

汉末王粲《七哀》写的就是这个题材，但刘崧这种细腻的描写才能充分展示出这类事件的悲惨。

刘崧还有一首《石炭行》，写挖煤工人之苦：

乡夫如鬼入地道，鞭血哭泪交滂沱。斸深掘远不知返，土囊砑空忽崩反。十人同入几人归，接绠篝灯出牵挽。

从中可见当时采煤的规模和采煤工人的辛苦与危险，这个题材很少有人涉及。

刘崧善于以七言歌行叙事，平易畅达，少用辞藻，写诗如常人说话，娓娓道来，但却富于感染力，在他所描写的世界中充满悲哀和血泪。

刘炳的社会意识较刘崧淡薄。刘炳（生卒年不详），字彦昺，以字行，鄱阳（今江西波阳）人。早年从军于浙，后从朱元璋，授中书典签，洪武初为东阿知县。其诗多以其生平经历为题材，也擅长七言歌行。许多作品与其从军生活有关。如《东武吟》回忆其"壮年投笔去，手提三尺棰。戎衣才至骭，短剑光陆离"。这正是在动乱中许多士人的出路，他们穿着不合身的军服，拿着不顺手的武器，四处奔波。

《予昔与孟思鲁参戎事于三衢监司宋公幕府及兵溃得间道还乡遂归休之志故历叙之》叙述从军作战及归乡的过程。作者站在军队一方，很少看到军队对人民的祸害，但也感到战乱给社会带来的萧条，因此怀古伤今之作多表现出感伤情绪，如《浔阳行》《明妃曲》《题李陵苏武泣别图》以及一些古乐府等。在刘炳描写自己生平遭际的作品中，也有不少反映了沧海桑田之变，从而笼罩着悲剧气氛，如《寄徐宗周兼柬杨焕文阮宗泰》《寒食客秦淮忆旧》等。特别是《见月行》，通过不同时间、不同地方、不同情境下望月的描写，从一个侧面再现了作者一生之中时局的重大变化。宋濂对于刘炳诗评价很高，他为刘集写的序中说：

璞玉辉春，蠙珠浴月，温润清逸，何其似韦应物欤？胜军百万，鼓行沙漠，风酸霜苦，铁骑惊秋，雄浑悲壮，何其类岑嘉州欤？英英

> 乎芙蓉，濯太液之波；楚楚乎兰茝，沐沅湘之雨，气韵秀丽，何其近谢康乐欤？商敦周彝，朱湮翠蚀，龙章鸟迹，款识独存，典刑古雅，若乐府诸题，又何骎骎乎汉魏之风也。

实际上刘炳古体歌行随着题材的不同，其辞藻色彩虽然有异，但从文气脉络、章法结构乃至造语用韵等方面来看，主要还是师承虞集、揭傒斯等元代江西诗人。诗风亦以平易流丽、素雅淡泊为主。例如《金铜仙人辞汉歌》：

> 汉家黄金如土积，铸作仙人一千尺。缑氏山头晓日红，太一祠前露华碧。璚浆凝彩剪云澌，玉屑无痕浸寒液。安期日日候神仙，王母朝朝见凫舄。

除几个词是李贺常用外，风采与李贺迥异，用“商敦周彝，朱湮翠蚀”形容其风格是不准确的。

周德是江西派的晚期代表。周德（1355—1403），字是修，以字行。太和（今江西泰和）人，洪武中举明经，建文时死于靖难。有《刍荛集》。他主要生活在社会生活已趋于安定的时期，擅长七古歌行，用这种体裁写了大量反映平民日常生活的作品。如《牧童谣》写牧童的辛苦和乐趣。《渔郎谣》“载歌一曲沧浪晚，棹入烟波何处寻”，描写带有隐士色彩的渔翁。《桑妇谣》《临川女》《瞿塘贾》描写养蚕女、军人妻子、商人妻子的忧愁与烦恼，可见当时不同阶层妇女生活的断面。《归宁妇》写一个在娘家住得时间久了一些的女子，她懂得“母恩亦如郎爱厚”，但她还是“独守罗幛愁断肠”，因此当她“忽向楼前听嘶马，报郎迎妾将同行”，还是抑制不住自己的兴奋。

其他如《柳条长》《种粟谣》《樵夫谣》，都是一诗一事，描写普通人的生活。朱彝尊说周氏此类作品“犹存张王遗韵”（《明诗综》卷十八），也就是说这类叙事诗很像张籍、王建的乐府诗。张王乐府平淡质朴，多取材于现实生活，结尾精警。周德叙事诗只在平淡质朴方面类似张王，但在生活提炼方面较差，给读者以拖沓之感。张王乐府是“成如容易却艰辛”，而周诗则较为草率，情节、语言都缺少锤炼。

总之，明初江西诗人一般长于叙事作品，擅长七言歌行，也有的长于五古，如前面提到的刘绍、梁兰。刘以五言纪行诗见长，梁的五言闲适诗较佳。风格平易自然也是他们的共同特点。江西派中除了刘崧外，成就都不大。

江西派的直接产物就是永乐、宣德之间的台阁体。台阁体创始者为杨士奇。他是江西泰和人，陈谟之外甥，少时曾从梁兰学习诗文。刘崧作为其乡先贤，对杨士奇也有很大影响。杨士奇历任四朝内税大臣，为太平时期宰相。江西平易自然的诗风正宜于颂圣、歌咏升平。因此，钱谦益说："江西之派，中降而归东里（杨士奇），步趋台阁，其流也卑冗而不振。"（《列朝诗集》甲集卷十四）

第四节　闽诗派

真正对明代诗歌创作有全局影响的是闽派。"闽"指福建。《明诗纪事》收闽派诗人 40 人，约占所收明初诗人的 10%。福建在唐代还是个文化落后地区，没有出现过卓有成就的文学家。五代以后，特别是宋南迁后闽文学才有了长足的进步。南宋中叶出现著名诗论家严羽。他提倡兴趣说，主张妙悟，推崇盛唐诗，对闽诗有极大影响。明初闽派诗人继承和发展严氏诗论，并力图用自己的创作证明这一点。

闽派较早的代表人物是张以宁。张以宁（1301—1370），字志道，号翠屏山人，福建古田人。元进士，入明为翰林侍讲学士，奉使安南还，卒于道。他上承严羽，下启"闽中十子"。他在《黄子肃诗集序》中指出："古之为诗者……有常有变，一是悟言而已矣。"并意识到"世隆诗道固从而隆也"。他长于七古和五律。七古劲健拗折，与气象浑原的唐盛之音是大不相同的。张以宁多题画之作，如《题马致远〈清溪晚渡图〉》《题李遂卿画》等，善于选用富于色彩的辞藻，描绘图画中的各种景色，有较高的艺术水平。

使闽诗成为一派的是"闽中十子"的出现。他们以林鸿、高棅为首，包括陈亮、王恭、王偁、唐泰、王褒、郑定、周玄、黄玄等。与明初其他流派不同，这是集团意识、流派意识比较强的创作团体，对相同风格的诗作有着强烈的认同感①。他们以林鸿、高棅为首，彼此有密切往来或师承关系。创作上成就最高的是林鸿。林鸿（生卒年不详），字子羽，福清（今属福建）人。洪武初以荐入京，试诗得名，官至礼部精膳司员外郎。他明确提出作诗要师法盛唐："开元、天宝间声律大备，学者当以是为楷式。"（《明史・林鸿传》）其集名曰《鸣盛集》，既包含对新王朝的肯定和拥护，也反映他对自己诗歌的评价。

高棅（1350—1423），一名廷礼，字彦恢，号漫士，福建长乐（今福州市长东区）人。永乐间征为翰林待诏，升为典籍。高棅因编选《唐诗品汇》和《唐诗正声》而享大名。他用唐诗选本为诗人提供学习和模拟的范本。这两个选本中把唐诗发展分为四个阶段，即初、盛、中、晚。推崇李白，把他看成盛唐的代表人物，多种体裁的作品被列为正宗，成为模仿的样板。杜诗入选也很多，但只许为大家，被排斥于正宗之外。高棅还强调诗歌的源流正变和诗教，主张熟参致悟，并用唐代作品印证了《沧浪诗话》的论诗主张。

闽派诗人的创作成就和他们在理论上的向往并不相称。他们意识到明代建立必然意味着一个兴盛时代的到来，也有意识地去"鸣一代之盛"。实际上，他们对诗人如何反映"盛世"问题并不理解，以为歌颂当代统治者就是表现"盛世"；另一方面，他们倾心的"盛世"也没有提供表现盛世的条件。专制主义对于文化的排斥和管制，使得诗人不能放喉歌唱。"闽中十子"作品内容比较贫乏，他们把歌功颂德的谀词看成"盛世之音"。只要是有过仕宦经历的人，应制奉和之作就特别多。林鸿、高棅都是这样。如林鸿《春日游东苑应制》就很为当时人所称赞：

> 长乐钟鸣玉殿开，千官步辇出蓬莱。已教旭日催龙驭，更借春流泛羽杯。堤柳欲眠莺唤起，宫花乍落鸟衔来。宸游好续箫韶奏，京国于今有凤台。

高棅《拟岑补阙参奉和早朝大明宫之作》等都是这类作品的代表。它们在意境、音调、辞藻上亦步亦趋刻意模仿初唐、盛唐应制之作，却不考

①无锡诗人浦源慕林鸿之名，逾岭访之，造其门，二玄（周玄、黄玄）诵其作，曰吾家诗也，林鸿乃延之入社。

虑时代地域和历史差别。

林鸿、高棅等送别怀人、记游记行之作很多，反而表现了作者对出仕做官的渴望。如王恭《感怀》一诗把他的牢骚、不满表现得淋漓尽致：

> 不弹贡禹冠，不结萧朱绶。几处移家任转蓬，半生失路惟耽酒。兔园挟策竟徒然，欲逐长沮学种田……万事萧然一布衣，白头梦想故山薇。抱琴欲奏《猗兰曲》，目送云天一雁飞。

他们不是以天下为己任的志士，只是以做官为人生之路、吃饭之道的士人。因此，他们的悲愤已不具有崇高的意义。但从中也可以看出新王朝的建立并未给所有的士人以出路。王恭把这种失落的哀怨表达得生动感人：

> 西风乌桕叶先零，黄菊杯深酒未醒。何处砧声忽惊觉，露华明月满中庭。①

“闽中十子”处于明朝已经稳定的时期，他们只走着封建社会为士人所规定的道路，生活面狭隘，又要写诗，因此，诗中意象多重复，诗意相同，甚至诗句雷同者也颇多。

闽中诗人标举盛唐，他们本身缺少盛唐诗人的品格，社会亦非盛唐，故其诗风与盛唐差别颇大。《四库全书总目提要》的《白云樵唱集》提要言王恭诗“吐言清拔，不染俗尘，得大历十子之遗意”。用这段话评价林鸿、高棅、王偁诗亦无不可。“十子”中其他一些人的作品更是等而下之。

闽派诗人的作品有一个共同点就在于“拟”字。李东阳《麓堂诗话》说：“林子羽《鸣盛集》专学唐，袁凯《在野集》专学杜，盖皆极力模拟，不但字面句法，并其题目亦效之，开卷骤视，宛若旧本。”钱谦益也指出：“膳部（指林鸿）之学唐诗，摹其色象，按其音节，庶几似之矣。其所不及唐人者，正以摹仿形似，而不知由悟以入也。”（《列朝诗集小传》乙集卷三）不仅林鸿，“十子”皆有此病。高棅把盛唐有成就的诗人的作品几乎拟遍，如拟李白、王维、孟浩然、岑参、高適、李颀、崔颢、张说等，而且多拟他们高华典雅的七律，可是他没有模拟出一首稍带些灵气的

①〔明〕王恭：《秋窗睡觉》，四库全书本《草泽狂歌》卷五。

诗篇。如林鸿的“五月台江水，孤舟去国人。苍山低戍垒，野日暗行尘”（《送殷秀之武功》），仿佛是集唐人诗句，杂凑而板滞。有些模拟流于抄袭，如王恭的“更尽一杯秋雨外，故山曾有几人回”（《小楼对酒》），“肠断十三弦上月，一弦一柱总关情”（《月下闻笛》），简直是生吞活剥，改头换面。王恭《冬猎》直抄李白诗句：“弯弓射杀平原鹿，笑入吴姬酒馆中。”但李白诗的风采全都失去。抄一遍还觉得不够，在他的《观猎》中又再抄一遍：“弯弓射杀南山豹，归醉吴姬卖酒垆。”而且抄得更为拙劣。模拟之风虽然宋元两代也有，但没有明代这么普遍。明代模拟风气的始作俑者应该说是“闽中十子”。

闽派对明诗有全局的影响，不仅因为他们自己有作品，并为模仿唐诗提供了两个范本，而且他们提倡的学习盛唐之音，正反映了时代的要求，以及明统治者和士大夫对于明王朝的看法与评价。另外，诗人们也想利用诗歌黄金时代的创作经验为正在日趋没落的正统文学形式——诗歌注射一针强心剂。《明史·文苑传》认为：

> 终明之世，馆阁以此（指闽派）为宗。厥后李梦阳、何景明摹拟盛唐，名为崛起，其胚胎实兆于此。

作为明代诗歌主流的茶陵派、前后“七子”，一直到明末的复社、云间派，都提倡“诗必盛唐”，注重模拟。他们以临帖的方法学习作诗，在精神和方法上与闽派一脉相承。作为明代诗歌的结束者，钱谦益对有明一代的诗歌创作，不无感慨地说：“自闽诗一派盛行永、天之际，六十馀载，柔音曼节，卑靡成风。风雅道衰，谁执其咎！自时厥后，弘、正之衣冠老杜，嘉、隆之颦笑盛唐，传变滋多，受病则一。”① 这种“病”应该说是社会环境造成的，但在明代最早的受感染者和传播者则是闽派诗人。

第五节　粤诗派

除了越、吴、江西、闽四省诗人比较集中外，安徽省诗人也不少。但

①〔清〕钱谦益：《列朝诗集》乙集卷三高棅小传，清顺治九年毛氏汲古阁刻本。

是由于没有出现成就较高、有代表意义的作者，在地域上也缺少独特的传统，因此不能构成在思想内容、艺术形式上有共同倾向的创作群体。而粤（今广东）出现的诗人并不多，《明诗纪事》中只收6人，但因为出现了卓有成就的诗人孙蕡和以其为首的“南园诗社”，他们有着共同的创作倾向，对于粤地以后的诗歌创作有着深刻的影响，因此，形成人们所谓的粤派，也称岭南诗派。

孙蕡（1334—1389），字仲衍，号西庵。顺德（今广东佛山市顺德区）人。以博学工诗文，知名于至正间。洪武三年（1370）举于乡，旋登进士第。授工部织染局使，迁虹县主簿。召为翰林典籍，与修《洪武正韵》。出为平原簿，坐累逮系，俾策京师城垣。旋获释，起苏州经历。再坐累戍辽东，以尝为蓝玉题书，论死。粤地在明朝以前除了张九龄、邵谒、郑愚、陈陶、余靖外，没有出现过什么有影响的文人。而且这些唐宋时代的文化精英多是粤北人，至于粤南，即广州一带在中国诗歌史上还是空白。明初孙蕡、黄哲、李德、王佐组织了南园诗社，再加上赵介，号称“岭南五杰”，又称“南园五先生”或“岭南五先生”。粤派诗人没有留下什么论诗或论文主张，但他们在创作上的确有共同之处，这与其彼此唱和、相互影响有关，他们的群体意识是在创作中自然形成的。

孙蕡有《南园歌·赠王给事彦举》，生动描写了南园诗社成员欢聚和共同创作的情景：

> 昔在越江曲，南园抗风轩。群英结诗社，尽是琪琳仙。南园二月千花明，当门绿柳啼春莺。群英组络照江水，与予共结沧州盟。沧州之盟谁最雄？王郎独有谪仙风。狂歌放浪玉壶缺，剧饮淋漓宫锦红。青山日落情未已，王郎拂袖花前起。欢呼小玉弹鸣筝，醉倚庭梧按宫徵。哀弦泠泠乐未终，忽看华月出天东。裁诗复作夜游曲，银烛飞光白似虹。当时意气凌寰宇，湖海诗声万人许。酒徒散落黄金空，独卧茅檐夜深雨。分飞几载远离群，归来城市还相亲。闲来重访旧游处，苍烟万顷波粼粼。波粼粼，日将夕。西风一叶凌虚舟，犹可题诗寄青壁。

黄哲的《王彦举听雨轩》也描写王佐、孙蕡等人狂歌醉饮的浪漫生活，从这些作品中可以想象远离中原战乱的广州一带，其生产和经济仍然在发展，在此基础上，士人的浪漫生活和当地文化的繁荣才成为可能。黄哲（生卒年不详），字庸之，广东番禺人。明初拜翰林待制，后出知东阿县。因上疏陈时务，放归。后以他事被杀。

岭南五子均长于七言歌行，他们学习初唐卢照邻、骆宾王豪纵流丽的诗风，用富于才藻的诗章描写经过长期战乱、经济恢复后城市的繁荣和他们家乡的风物。孙蕡的《广州行》很有代表性：

> 广南富庶天下闻，四时风气长如春。长城百雉白云里，城下一带春江水。少年行乐随处佳，城南南畔更繁华。朱楼十里映杨柳，帘栊上下开户牖。闽姬越女颜如花，蛮歌野曲声咿哑。岢峨大舶映云日，贾客千家万家室。春风列屋艳神仙，夜月满江闻管弦。良辰吉日天气好，翡翠明珠照烟岛。乱鸣鼍鼓竞龙舟，争睹金钗斗百草。游冶留连忘所归，千门灯火烂相辉。游人过处锦成阵，公子醉时花满堤。扶留叶青蚬灰白，盆钉槟榔邀上客。丹荔枇杷火齐山，素馨茉莉天香国。别来风物不堪论，寥落秋花对酒尊。回首旧游歌舞地，西风斜日淡黄昏。

明朝以前只有贬谪或编管南荒的士人写过广州的景色和风物，他们多是中原或江浙一带的士人，广州在他们眼中还是化外荒蛮所居之地，是充满烟瘴、令人恐怖之地。孙蕡是第一个以这样饱满的热情描写广州的繁华和它作为国际性商业城市的特征之人。直到 20 世纪 30 年代，屈向邦还在《粤东诗话》中写道：

> 广州自南越立国、南汉建都以来，以地势重要、交通便利，故民物殷繁，商贾荟集，蔚然岭南之大都会。重以物既阜饶，景尤优美，绿杨城郭，风月无边，视古扬州，未遑多让。孙西庵特为之歌，读之，昔日风光，令人神往。较之近代，不胜沧桑之感。诗笔秀丽，宜为后世所艳称。

孙蕡也善于描绘南国风景，而且在这类作品中都洋溢着一种喜悦之情，例如《白云山》：

白云山下春光早，少年冶游风景好。载酒秦陀避暑宫，蹋青刘鋹呼銮道。木棉花落鹧鸪啼，朝汉台前日未西。歌罢美人簪茉莉，饮阑稚子唱铜鞮。繁华往似东流水，昔时少年今老矣。荔子杨梅几度红，柴门寂寂秋风里。

这里是诗人家乡，所以他寄寓着深情。《南京行》则着力铺排作为明朝首都的南京的宏伟气势和蔚为壮观的宫室与市容。

其他如《长安篇》《上京行》《湖州乐》《蒋陵儿》《紫骝马》等，或以城市景物，或以城市豪门少年的浪漫生活为题材，反映社会的安定和明王朝的开国气象。

王佐（1334—?），字彦举，其先为河东（今山西晋南地区）人。其父为官南雄，中原乱不能归，遂占籍南海（今广东广州）。明洪武间曾官给事中，后乞归。王佐《唐仙方伎图》、孙蕡《骊山老妓行·补唐天宝遗事戏效白乐天体》（此诗长达1231字）都是借题发挥，借写唐代开元、天宝之盛，首都长安的辉煌壮丽以颂美新朝。粤派诗人生活在距离元末动乱中心比较遥远的南国，不像其他地区的诗人那样饱经战乱，心灵布满创伤，生活较为优裕，因此他们的诗歌欢快明朗。

粤派诗人善于以七言歌行或七律、七绝描写明丽的景色和风物。像赵介①的《怀仙吟·题玉枢经卷后》《南楼对月》，李德②的《天上谣》《春兴》六首，或写超凡脱尘的仙境，或写清秋空明的月色，或写明媚鲜亮的春光，都玲珑剔透。他们作品中的意境，与美丽的南国风光是一致的。

粤派诗人及其作品在明代的广东诗歌史上具有重要地位，是起开创作用的作家。他们组织的“南园诗社”已经成为广东的文学圣地。屈向邦《粤东诗话》说：“吾粤风雅之地，首推南园。”在“岭南五子”的带动下，广东一带的文化与诗歌创作在明朝200徐年中有了长足的发展。后来又出现“南园后五子”（区大相、梁有誉、黎民表、吴旦、李时行），步武“前五子”。明末还产生了陈子壮、黎燧球这样杰出的诗人。特别是黎燧

①赵介（1344—1389），字伯贞，广东番禺人。入明不仕，后被逮入朝，途中，死于南昌舟次。参见陈恩维《试论明初岭南诗人赵介的生平、结社与创作》，《佛山科学技术学院学报》2009年第2期。

②李德，生卒年不详，字仲修，广东番禺人。洪武三年以明经授洛阳典史，后改汉阳教谕。

球，他的诗歌从内容到艺术风格都明显地受到孙蕡等人的影响。因此，明末清初屈大均《广东新语》谈到广东诗歌创作时说：“五先生以胜国遗佚与‘吴四杰’‘闽十子’并起，皆南音，风雅之功，于今为烈。”

第六节　茶陵派

明初以三杨（杨士奇、杨荣、杨溥）为首的台阁体，在台阁内部即引起不满。以台阁重臣李东阳为首的茶陵派就是其反拨和革新。李东阳(1447—1516)，字宾之，号西涯。祖籍茶陵（今属湖南），迁居北京。自幼聪慧，学习勤奋，4岁就能写径尺大字，顺天府以“神童”推荐给皇帝。天顺七年（1464），进士及第。次年，殿试后选为翰林院庶吉士，从此开始近50年的馆阁生涯。除三次短时外出，基本生活在北京。有《怀麓堂集》。

在诗歌创作上，李东阳以深厚雄浑的风格代替呆板冗沓的三杨台阁体。胡应麟《诗薮》续编卷一认为：“成化以还，诗道旁落，唐人风致，几于尽隳。独李文正才具宏通，格律严整，高步一时，兴起李、何，厥功甚伟。”尽管李东阳长期生活在京师，视野比较狭窄，他的诗作内容多为歌咏、唱酬身边琐事，但他力求用词雅正而雄浑，争取诗风有“唐人风致”。如《幽怀四首》之三：

> 墙根老树碧生苔，门卷疏帘一半开。岩影乍晴云欲散，雷声忽动雨还来。长堤隔水疑无路，瘦马冲泥念不才。朝径暮归缘底事，只须形影自相猜。

看似白描，但所选择的意象群颇能和他的“幽怀”水乳交融。又如其四：

> 懒携竹杖踏莓苔，寂寂残樽对雨开。开口只应心独语，闭门休问客谁来。幽居有道堪藏拙，巧宦逢时亦自才。试问白头冠盖地，几人相见绝嫌猜？

隐约地表现出仕途中的某种孤寂与厌倦，刻画出诗人生活与内心世界的一角，特别是官场的互相猜忌争斗，使他感到压抑。又如《过沙河有感》："几家茅屋住荒洲，风景凄然感去秋。沙壅断桥还旧路，水藏深涧有横舟。虎谈在耳神犹动，鱼葬伤心骨未收。对此不堪怀故侣，野烟溪日重回头。"作者所感，无论在时间里还是在空间中，都包孕着一定的内涵。

李东阳一生三次外出，开阔了生活视野，接触到一些下层人民的生活，看到京师无法见到的景观，触景生情，见事起咏，因而创作出一些生活气息比较浓厚、感情形态比较真挚的诗歌，诗境自然也深厚雄浑得多。如《白杨行》：

> 路经白杨河，河水浅且浑。居人蔽川下，出没无完裈。俯首若有得，昂然共腾欢。停舟问何为，蹙额向我言。始知沙中蚬，可代盘间飧。此物能几何，岁荒乃加繁。吾人未沟壑，生意谅斯存。仓皇为朝夕，岂不念丘园。边河种官柳，一株费百钱。茫茫江淮地，千里惟荒田。十岁久不雨，摧枯固其然。况复苦迎送，诛求到心肝。生当要路冲，鸡狗不得安。嗟我独何为，听之坐长叹。微心不盈寸，引此万虑端。民风古有赋，历历谁能宣。悲哉《白杨行》，观者幸勿删。

这是亲眼所见、有感而发的诗作，所描绘的是十分悲惨的情景：一群"出没无完裈"的饥民觅得一点"可代盘间飧"的"沙中蚬"，竟然会欢腾雀跃。追溯其原因，不仅有天灾，而且有人祸。这里有劳役之累："边河种官柳，一株费百钱。"还有诛求之苦："生当要路冲，鸡狗不得安。"这些都是明代较为明显的蠹政。

另外，李东阳还看到许多更为开阔的情景，因而能写出壮观的场面，抒写较为深沉的情怀。他的《长江行》描绘长江的无穷变化，有一种气势磅礴的感染力量，不是泛泛的套语："或如重胎抱混沌，或如颢气开穹窿；或如织女拖素练，或如天马驰风鬃；空山怒哮饱后虎，巨壑下饮渴死虹；或如轩辕铸九鼎，大冶鼓动洪炉风；或如夸父逐三足，曳杖狂走无西东；或如甲兵宵驰聚啸满山谷，或如神鬼昼露万象出入虚无中。"《九日渡江》抒写"风帆东下"时的情怀，颇为蕴藉隽永："秋风江口听鸣榔，远客归心正渺茫。万古乾坤此江水，百年风日几重阳。烟中树色浮瓜步，城上山形绕建康。直过真州更东下，夜深灯火宿维扬。"雄浑而感慨，的确不同凡响。

李东阳重视乐府诗。弘治十七年（1504），他将历年所撰古乐府编辑成集，冠以《拟古乐府引》，其中高度评价汉魏乐府歌辞“质而不俚，腴而不艳，有古诗言志依永之遗意”，因而能“播之乡国，各有攸宜”，对汉魏以降的乐府诗则颇有微词。由此引申出其拟古乐府的原则和意旨：“取史册所载，忠臣义士，幽人贞妇……或因人命题，或缘事立义，托诸韵语，各为篇什。长短丰约，惟其所止；徐疾高下，随所会而为之。内取达意，外求合律。”尽管自视甚高，但径拟汉唐古乐府题而规守其本义者极少，往往以己独悟之“合律”，标举古乐府创作之新题新义，取径实为张籍、王建乐府，规摹对象则是白居易《新乐府》，体现在：（一）句律多以“三三七”为主，全部101首古乐府中，“合律”的“三三七”句律者39题，约占39%。（二）命意指向现实。如《尊经阁》虽仅四句：“尊经阁，阁高不可攀。前有文宣宫，后有钟陵山。”① 然所述乃有明一代最为敏感的建文、永乐间事，跟其他作品“间取史册所载”不同，可见与新乐府之声气潜通。李东阳拟古乐府，使咏史乐府一体在古代乐府创作史中占据一席之地，当时颇有好评。王世贞《书西涯古乐府后》即云：“余向者于李宾之先生拟古乐府，病其太涉议论，过尔剪抑，以为十不得一。自今观之，奇旨创造，名语叠出。纵未可被之管弦，自是天地间一种文字。”（引自钱谦益《列朝诗集小传》）胡缵宗《拟涯翁拟古乐府引》亦称：“我明元老西涯公独取其豪迈，爰因事命题，因题措义，而拟乐府百篇，举世珍之，不啻隋珠赵璧。”（《四库全书存目丛书》，集部第62册）

茶陵派成为较有影响的文学流派，不仅因为李东阳创作上的功力，还因为它有一定的声势。在李东阳周围，有许多门生、故旧，创作上与他同调。何良俊《四友斋丛说》卷二十六描述过李东阳与其门生讲艺谈文的情况：“李西涯当国时，其门生满朝，西涯又喜延纳奖拔，故门生或朝罢、或散衙后，即群集其家，讲艺谈文，通日彻夜，率岁中以为常。”属于李东阳故旧者，有谢铎、张泰、陆钱等；属于李东阳门生者，有石珤、罗玘、邵宝、顾清、鲁铎、何孟春、储巏、汪俊、陆深、乔宇、林俊等。他的门生中的前六人，钱谦益在《列朝诗集》里比之为“苏门六君子”。

另外，茶陵派在理论上有比较系统的主张，这主要体现于李东阳的

①《李东阳集》第1册，岳麓书社2008年版，第94页。

《怀麓堂诗话》。“其论诗主于法度音调”（《四库全书总目提要》），从辨析诗文体制的不同入手，李东阳认为诗歌不同于古文，就在于它具有“存于声”的节奏和律度，并进而追溯其诗歌的起源，就是诗、乐融合，由此他强调：“观《乐记》论乐声处，便识得诗法。”从声律讽咏出发，他对声调各方面的“细故末节”都作了比较深入的探讨。如对古律与乐府长短句不同声调的论述，对音调的轻重、清浊、高下、缓急以及用字的虚实以显出“开合呼唤，悠扬委曲”的论述，很多都是自己创作上有所体验的会心之论。他认为诗歌的最高境界，不仅“必有具眼”，而且“必有具耳”，并形象地说明：“眼主格，耳主声。闻琴断知为第几弦，此具耳也；月下隔窗辨五色线，此具眼也。”以此为准绳，可以辨别出唐音、宋调的区别：“试取所未见诗，即能识其时代格调，十不失一，乃为有得。”从格调角度考察、审视诗歌，也看出唐音的优胜之处，尤其是杜甫高于其他作者的地方所在：“惟杜子美顿挫起伏，变化不测，可骇可愕，盖其音调与格律正相称，回视诸作，皆在下风。”这实际上已开启了“前七子”的复古主义诗风。

第二章 前后七子

第一节 前七子之复古

尽管茶陵派反对以三杨为首的台阁体有一定的作用，但由于范围基本上局限在李东阳的故旧、门生中，反拨口号也不够鲜明，所以影响不算大。只有前七子复古运动的兴起，文坛首领“下移郎署”①，才发生了更为广泛的影响，比较彻底地扫除了冗弱的台阁体诗风。正如《明史·文苑传》所说：“弘、正之间，李东阳出入宋元，溯流唐代，擅声馆阁，而李梦阳、何景明倡言复古，文自西京，诗自中唐而下，一切吐弃。操觚谈艺之士翕然宗之，明之诗文于斯一变。”②

前七子首领是李梦阳、何景明，羽翼有徐祯卿、康海、王九思、边贡、王廷相。前七子成员并不属于同一地域，考察其聚合活动，须从科举切入，从前七子进士登科时间看，李梦阳最早，他在弘治六年（1493）即中进士，而真正登上文坛，开始具有创作影响是在5年后拜户部主事时。王九思是前七子中年龄最大者，弘治九年（1496）中进士，边贡也同年进士及第。弘治十五年（1502），康海擢进士第一，何景明、王廷相也中举。徐祯卿虽参加了弘治十五年会试，但并未考中，旋即南下，与诸人聚合极为短暂，除李梦阳之外，与其他七子成员的赠答诗非常少，他被列入前七子，多半因为与李梦阳的交往；从籍贯地域分布来看，列入徐祯卿，有扩

①〔清〕陈田：《明诗纪事·丙签序》。

②《明史》，中华书局1974年版，第7307页。

大影响的因素。

前七子在诗歌学习上尊崇诗必盛唐以上；中唐而下，一切吐弃。他们认为，只有通过这入门须正、直截根源的学习，甚至模拟，才能走向正道，彻底扫除台阁体的影响。这的确是一股比茶陵派还要强大的冲击力量。因此，《四库全书总目提要》也认为："考明自洪武以来，运当开国，多昌明博大之音；成化以后，安享太平，多台阁雍容之作，愈久愈弊，陈陈相因，遂至啴缓冗沓，千篇一律。梦阳振起痿痹，使天下复知有古书，不可谓之无功。"

前七子的诗歌理论渊源可寻。早在宋末，严羽《沧浪诗话》即认为，学诗应"以汉、魏、晋、盛唐为师，不作开元、天宝以下人物。"盛唐诗人，尤其是杜甫，往往成为宋、金、元一些有识之士的学习对象。元代诗坛的主要风气就是宗法魏晋唐。元人欧阳玄《赠舜美诗序》曾说："我元延祐以来，弥文日盛，京师诸名公咸宗魏晋唐，一去金宋季世之弊，而趋于雅正，诗丕变而近古。"当然这里所说的"唐"并不专指盛唐。到了明初，林鸿、高棅则以盛唐相号召。高棅编《唐诗品汇》就是这种思想的体现。而茶陵派首领李东阳也主张唐音。前七子的文学主张，正是这种诗歌传统在新的历史条件下的发展，因为更理论化、系统化，所以具有强烈的现实针对性和号召力。

前七子的复古运动产生了巨大的影响，使当时文坛审视诗歌的视角均以他们的主张为准绳，弘治以来明人汇刻的《唐百家诗》（朱警辑刻）、《唐十二家诗》（张逊业辑刻）、《唐诗二十六家》（黄贯曾辑刻）、《广十二家唐诗》（蒋孝辑刻）等选本，其重点也多收中唐以前的诗歌，这并非盲从，确实是一种社会性需要。

第二节　李梦阳与何景明

李梦阳（1473—1530），字献吉，号空同子。庆阳（今属甘肃）人。出身寒微，曾祖父入赘王家，到父亲这辈才恢复李姓。后来他随父亲迁居河南扶沟。弘治六年（1493）考为进士。因连连丧亡父母，在家守制，直到弘治十一年（1498）才出任户部主事，后迁郎中。弘治十八年（1505），他因弹劾“势如翼虎”的张鹤龄被捕入锦衣狱，不久释放。出狱后，有一次在路上遇见张鹤龄，他竟扬起马鞭打掉张鹤龄的两颗牙齿，可见他那疾恶如仇的强势态度。正德元年（1506），因替尚书韩文起草弹劾刘瑾奏章，被贬为山西布政司经历，不久，又被捕入狱。刘瑾拟杀他，全靠康海说情才得以释放。刘瑾被杀后，起故官，不久迁江西提学副使。后又因替朱宸濠阳春书院作记，削籍为民。有《空同集》。

李梦阳倡言复古，是对创作上要有一个完美境界的刻意追求。他鼓吹古诗必汉魏、近体必盛唐，要求诗歌创作应具有两方面的内涵：一是重视情韵，认为诗歌应有自然、真挚的情感活动；二是重视和谐，认为诗歌应该“情质宛洽”、诸种因素混融一体。他的《缶音序》批评“宋人主理，作理语”“人不复知诗”；《与徐氏论文书》批评中晚唐“连联斗押，累累数百言不相上下”的排律诗，犹如“登场角戏”的木偶；《梅月先生诗序》提倡“遇者因乎情，诗者形乎遇”，有着自然感情的诗作；《诗集自序》赞赏民歌是具有“自然之音”的“真诗”，这都充分说明他提倡诗歌要有情韵，要有真情实感。在《潜虬山人记》中，他感慨诗有七难：“格古，调逸，气舒，句浑，音圆，思冲，情以发之”，认为只有“七者备而后诗昌”。他在《与徐氏论文书》中要求诗歌“宣志而道和”，所以提倡“贵宛不贵崄，贵质不贵靡，贵情不贵繁，贵融洽不贵工巧”。这都说明他对诗作应情质宛洽、浑融和谐的追求。不过，他提倡的学习途径不对，他忽视变化、创新，甚至认为，法古就是“刻意范古，铸形宿模，而独守尺寸”，这就进入了认识上的误区。

李梦阳是较有正义感的中层官吏，有比较急切的用世之心，所以他的诗歌敢于面对现实，寄寓感慨，这为他诗学汉魏盛唐提供了坚实的基础。如《朝行马送陈子出塞》揭露明朝军队的腐败，“万里黄尘哭震天，城门昼闭无人战”；表现下层人民筑城的悲惨，“今年下令修筑边，丁夫半死长城前”，笔力颇为苍劲沉重。《君马黄》将君王出巡的骄横刻画得栩栩如生：

> 君马黄，臣四骊。飞轩駊騀交路逵，锦衣有曜都且驰。前径狭以斜，曲巷不容车。攘臂叱前兵，掉头麾后驱：“毁彼之庐行我舆！”大兵拆屋梁，中兵摇楣栌，小兵无所为，张势骂蛮奴：“尔慎勿言谍者来，幸非君马汝不夷。”

锦衣卫如此骄横，诗歌辛辣嘲讽的对象依稀可见。《玄明宫行》铺叙刘瑾所筑玄明宫的盛衰，表现了鲜明的爱憎。抨击宦官“掊克四海真困穷”的极奢穷欲，也表达了“人心嗟怨入骨髓”的义愤，更嘲讽了这些家伙顷刻烟消云灭的可悲下场。《士兵行》表现调来镇压“反贼”的士兵更为贪残嗜杀的罪行，很有针对性。《空城雀》通过对群雀啄麦、坐享其成的描绘，表示对既无利弹又无网罗的“翁妪”的同情，也颇有深意。这种忧时伤世的情怀，李梦阳还通过咏史诗有所表现。如《观灯行》，以北宋末年观灯盛况为引线，痛斥“群臣谀佞只自计，天下骚然始怨苦”的现实，指明宴安生忧患的道理：“常言宴安成祸基，从来乐极还生悲。君看二帝蒙尘日，数月东京荒蒺藜。”寄寓的感慨颇为深沉。

李梦阳诗歌的艺术成就，突出地体现在七律。他才思雄鸷，所作七律常以气象高古、意象开阔取胜，有一种崇高美。如《台寺夏日》，气势磅礴欲动，同时蕴藏着鉴古知今的脉脉情思：

古台高并郁客峣，断塔棱层锁寂寥。积雪洞门常惨惨，炎天松柏转萧萧。云雷画壁丹青壮，神鬼虚堂世代遥。惆怅宋宫偏泯灭，二灵哀怨不堪招。

他的七律还善于开阖变化，突兀作结，以此开拓诗境，寄托深意。如《秋望》中“闻道朔方多勇略，只今谁是郭汾阳”的诘问，《艮岳篇》中“漫倚南云望南土，古今龙战是中州”的感慨，都可见布局的工巧。王维桢认为：“七言律自杜甫以后，善用顿挫倒插之法，惟梦阳一人。”① 虽不免夸大，但的确能准确洞悉李梦阳七律的艺术特长。还应该看到，李梦阳的七律并非全是雄浑健拔之作，尚有少数兴象飘逸、风味盎然的创作，也很有诗情。例如：

贪数岸花杯不记，已冲江雨缆犹牵。(《舟次》)

荷因有暑先擎盖，柳为无寒渐脱绵。(《春暮》)

---

①《明史》卷二百八十六列传第一百七十四，中华书局 1974 年版，第 7348 页。参见《列朝诗集》丁集卷二。

穿径独蜂犹觅蕊，倚墙馀杏漫留枝。(《东园夏集》)

用词精警而又自然，情趣横生而又不落俗套，另具一种特色，对前二联“俱有风味”的诗句，鼓吹性灵说的袁枚也表示击节欣赏。(《随园诗话》卷七)

对于李梦阳古体诗的艺术成就，历来的评价分歧较大。褒之者誉为“开阖纵横，人不能过者”，贬之者讥为“突兀不相照应”，屡有脱节之处。这种趋于极端的评价，都不准确。比较起来，他写的七言古体略强一些，有些写得纵横变化，讲究结构、章法，比如《林良画两角鹰歌》，就有如沈德潜所阐述的那种优点：“从画说到猎，从猎开出议论，后画、猎双收，何等章法，笔力亦如神龙蜿蜒，捕捉不住。”（《明诗别裁集》卷四）但有的细枝末节不免做作，未能臻于自然流转的神境。他的五古诗作虽然弱一些，但也有一些诗作尚能具有魏晋诗歌古朴、苍崛的风骨，不可一笔抹杀。当然，李梦阳也有模拟痕迹明显的诗作，如《泰山》：“俯首无齐鲁，东瞻海似杯。斗然一峰上，不信万山开。日抱扶桑跃，天横碣石来。君看秦始后，仍有汉皇台。”格调声吻，显然是学杜甫《望岳》，气魄不可说不大，但毕竟显得肤廓，内涵不像杜诗那样充实。有些还标出“效初唐”“效李白”“效杜甫”“效陶渊明”，多数都不甚佳。那些变动几个字攘为己作的乐府诗，更不足为训。

何景明（1483—1521），字仲默，号白坡，又号大复山人。汝宁信阳（今属河南）人。自小聪明颖悟。弘治十一年（1498）举于乡，年方十六。弘治十五年（1502）考中进士。弘治十七年（1504），授中书舍人，与李梦阳等交游，倡言复古，即从此时开始。武宗接位后，刘瑾窃权，他上书吏部尚书许进，劝其“秉政毋挠”，次年，恐祸及，谢病归。刘瑾伏诛后，因李东阳的推荐，直内阁制敕房。正德九年（1514），上奏《应诏陈言治安疏》，针对各种弊端，提出“义子不当畜，边军不当留，番僧不当宠，宦官不当任”，显出明智的政治识见。后来升为吏部员外郎。不久，提拔为陕西提学副使，在任期间敢于摧折豪强。正德十六年（1521）病卒，年仅 39 岁。有《大复集》。

何景明有与李梦阳同样的创作心态，即通过学习汉魏、盛唐诗歌，以臻完美的诗境。他在《海叟集序》里自述：“景明学歌行、近体，有取于二家（指李白、杜甫），旁及唐初、盛唐诸人，而古作必从汉魏求之。”他同样鄙薄宋元诗，认为“宋人似苍老而实疏卤，元人似秀峻而实浅俗”（《与李空同论诗书》）。这也正是他能和李梦阳共同倡导复古主义运动的思想基础。只是何景明对“法”的理解与李梦阳稍有不同，由此引发出的如何法古，也有较大区别，因而产生了一场文学批评史上著名的李、何之争。何景明强调法古“欲富于材积，领会神情，临景结构，不仿形迹”，并进而认为要从古人入，还要从古人出，做到“舍筏达岸”。

何景明能在“德日新而道广”“道化”的思想指引下，要求诗歌创作“推类极变，开其未发”，较好解决了文学中继承与创新的关系问题，是有识之见。在这封信里，他鼓励李梦阳应“自创一堂室，开一户牖，成一家之言”，更表明他有创新意识。只可惜他自己在创作中并未能彻底贯彻。

何景明较有政治识见，因而能敏感地发现当时社会的一些弊端，在诗歌中表现出来。他的与李梦阳同题的《玄明宫行》，不但生动描绘宦官窃权、作威作福的情景，而且在“昔日富贵今寂寞”的无限感慨中，提出发人深省的问题，正因为“古来祸乱非偶然”，所以“作新”必须“持纲纪”，可是武宗虽然诛罚刘瑾，但并无“持纲纪”的任何行动：“玄明之宫今已矣，京师土木何时止？南海犹催花石纲，西山又起金银寺。”显然，思考比李梦阳深入。《点兵行》揭露“富豪输钱脱籍伍，贫者驱之充介胄。京师土木岁未已，一身百役无不受”的征兵、徭役制度，以及皇帝为了应急，调边军守卫京师的荒唐，都说明何景明敏锐地看出了当时社会的混乱和缺立纲纪。《岁晏行》感喟征收租税，广及狐兔，以致农民无法交差的惨状：“近闻狐兔亦征及，列网持矰遍山域。野人知田不知猎，蓬矢桑弓射不得。”不难看出，何景明反映现实的诗作，往往不是慷慨陈词，而是婉而多讽。这也和他创作诗歌的指导思想有一定关系。在李、何的辩论中，他批评李梦阳的诗歌“若摇鞞铎”，这是“独取杀直”① 的结果，而他作诗决不采取这种方法，所以他的现实诗，多怨恨而无震怒。

何景明诗的艺术风格以俊逸为主，不像李梦阳那样劲健。他的七言歌行，因为兼学唐初“四杰”，颇能注意换韵自然、音节和畅，全诗往往有婉转抑扬之感，如他自许甚高的《明月篇》等诗作。他的歌行还善于将两种情景自然对照，让读者从中领会旨意，如《津市打鱼歌》，一面着意描写酒楼“割鬐斫鲙”时“楚姬玉手挥双刀，雪花错落金盘高”的情景，一

①〔明〕何景明：《与李空同论诗书》，明嘉靖刻本《大复集》卷三十二。

面表现:“独有邻家思妇清晨起,买得兰江一双鲤。箍箍红尾三尺长,操刀具案不忍伤。呼童放鲤撇波去,寄我素书向郎处。”主题因相对照而得以彰明,但不剑拔弩张,很有情趣。这些手法与李梦阳歌行注意“开阖纵横”显然异趣。他的近体诗风格也是如此,例如著名的《鲥鱼》:

五月鲥鱼已至燕,荔枝卢橘未能先。赐鲜遍及中珰第,荐熟谁开寝庙筵?白日风尘驰驿骑,炎天冰雪护江船。银鳞细骨堪怜汝,玉箸金盘敢望传?

这是一首发牢骚的诗作,南方鲥鱼运到北京,连寝庙都未得到,却遍及中珰第,更何况像何景明这样的官员呢?但本诗写得颇为蕴藉。他的一些绝句清新俊逸,如《秋日杂兴》之二和之五:

雨花风叶总堪怜,海燕江鸿各渺然。莫向高楼空怅望,暮蝉多在夕阳边。

道上高坟古郁林,夕园空锁碧藤阴。人言啼鸟多情思,却为谁家作好音?

他的近体诗手法,也与李梦阳注意“顿挫倒插”有所不同。风格俊逸,讨人喜爱,所以薛蕙发出“俊逸终怜何大复,粗豪不解李空同”① 的感叹。总的说来,李梦阳诗风以劲健为主,间有俊逸;何景明诗风以俊逸为主,间有劲健,可谓各有千秋。

第三节 徐祯卿、边贡、王廷相、王九思与康海

徐祯卿(1479—1511),字昌穀,一作昌国。吴县(今江苏苏州)人。少与唐寅、祝允明、文徵明齐名,号吴中四才子。弘治十八年(1505)考

①〔明〕薛蕙:《戏成五绝》其四,影印文渊阁四库全书本《考功集》卷八。

中进士，授大理左寺副，因失囚，降为国子监博士。卒于京师，年仅33岁。有《迪功集》。徐祯卿《谈艺录》谈诗，颇有会心之论。他既反对过分雕琢的华藻，认为“陈采以眩目”，又反对毫无情韵的“直戆之词”（《谈艺录》）。这种比较辩证、通达的诗歌观，使他的创作虽然格局稍小但情文并茂。清代倡言“神韵说”的王士禛也赞叹：“更怜《谈艺》是吾师。”① 他的诗歌创作有个变化的过程。早年沉酣六朝，辞采华艳，情韵缠绵。登第后，与李梦阳相交，悔其少作，改而趋宗汉魏、盛唐，诗风为之一变。其诗古朴成分有所增加，但仍具有标格清妍的基本特色。所以李梦阳讥笑他“蹊径未化”②。

边贡（1476—1532），字廷实，号华泉。历城（今山东济南）人。弘治九年（1496）进士，历官至户部尚书。后因人弹劾他纵酒废职，罢归。有《华泉集》。纵观其一生，仕途基本顺遂，所以诗歌内容比较狭窄，偶尔流露出宦海浮沉中的淡淡哀愁。他的某些律绝较有艺术功力，有人认为是兴象飘逸、辞采清圆。仔细考察就能发现，他的一些律绝之所以能引起人们这样的审美感受，主要因为他比较典型地表现了一位居官者闲适化的情感形态和心理变化。

王廷相（1474—1544），字子衡，号浚川。仪封（今河南兰考东）人。弘治十五年（1502）进士，历官至兵部尚书。嘉靖二十年（1541），因处理郭勋事不及时，被革职为民。有《王氏家藏集》。他善作歌行，其中有些诗作能面对现实，如《西山行》揭露宦官横行不法的罪行，《西京篇》讽刺漫求神仙的虚妄，都很有社会意义。所作歌行，喜用排比句，常有回肠荡气的艺术效果。只是他的不少诗缺乏剪裁，故有的论者讥其粗硬。他也是理学家，有些小诗写得颇有理趣，耐人寻味。

王九思和康海在前七子中亦有诗名，但成就稍弱，故略而不谈。

---

①〔清〕王士禛：《戏效元遗山论诗绝句三十六首》其二十五，清康熙五十年程哲七略书堂刻本《带经堂集》卷十四。

②〔清〕朱彝尊：《明诗综》卷三十六，影印文渊阁四库全书本。

第四节　后七子之复古

后七子复古运动的首领是李攀龙、王世贞，羽翼有谢榛、宗臣、徐中行、梁有誉、吴国伦。“七子”说最早见于王世贞《归怀示舍弟》“谬忝七子列，居然五君选”①，在其他诗文中，他也曾提及“七子”，如“七子翩翩共邺游”②“当时七子大名齐”③“当时七子许应刘”④“空传七子世无多”⑤，但仍非固定称谓，所列人物也与后世文学史所谓的“后七子”有出入。直到编修《四库全书》，为明人别集作提要之时，前后“七子”的说法才大致固定下来。由于“后七子”名称的出现而命名“前七子”，只因两者之间理论主张相近，创作成果相仿，同时并提也朗朗上口，不仅上承“建安七子”“竹林七贤”，下启“吴中七子”⑥“燕台七子”⑦“毗陵七子”⑧，蕴含着创作上的垂范之意，也体现着“七”这一数字背后的文化暗示。⑨ 因此被四库馆臣所继承，渐次为人们所接受。

后七子的理论核心与前七子一脉相承。王世贞《徐汝思诗集序》认

①〔明〕王世贞：《弇州四部稿》卷十，影印文渊阁四库全书本。

②〔明〕王世贞：《弇州四部稿》卷三十八《肖甫自江北移滇臬，走使以诗见问，赋此奉答》。

③〔明〕王世贞：《弇州四部稿》卷四十一《喜肖甫中丞开府吴中》其二。

④〔明〕王世贞：《弇州四部稿》卷四十四《殷子以七言长韵见投聊抒鄙怀奉答凡二十韵》。

⑤〔明〕王世贞：《弇州四部续稿》卷十四《姚匡叔以道术为用，晦诸王上客，携其书来访，惓惓七子之盛有感而赠》。

⑥指王昶、王鸣盛、吴泰来、钱大昕、赵文哲、曹仁虎、黄文莲七人，合称“吴中七子”。“吴中七子”得名是因为沈德潜主持紫阳书院时，选了七人的诗，在乾隆十八年汇刻成《七子诗选》。

⑦指施闰章、丁澎、严沆、赵宾、张文光、宋琬、周茂源，具体人物可参李静《关于清初“燕台七子”的几个问题》，《现代语文（文学研究版）》2008 年第 1 期。

⑧指洪亮吉、黄景仁、孙星衍、杨伦、赵怀玉、徐书受、吕星垣等人。

⑨关于数字“七”的分析，可参见叶舒宪、田大宪《中国古代神秘数字》第七章《七星高照》，社会科学文献出版社 1992 年第 2 版。

为："盛唐之于诗也，其气完，其声铿以平，其色丽以雅，其力沈而雄，其意融而无迹，故曰盛唐其则也。"他从"气""声""色""力""意"这些方面论述了盛唐诗歌的完美性，自然会成为人们师从的榜样。基于这样的原因，也可将前后七子统称为"七子"，因为他们的理论主张的确有一致性。

当然，后七子影响文坛的时间比前七子还要长，所以各个时期的复古情况也有所变化和发展。开始，"李攀龙、王世贞辈结诗社，（谢）榛为长，攀龙次之"（《明史·谢榛传》）。谢榛虽也主张模拟盛唐，但他持论较宽，也不过分拘泥。待到李攀龙声名大盛，把复古理论推向极端。由于他的组织作用，其时复古运动实已达到最兴盛时期。李攀龙之后，王世贞主盟文坛，表面上看来，他的追随者比李攀龙时期还要多，"（王世贞）声华意气，笼盖海内，一时士大夫及山人、词客、衲子、羽流，莫不奔走门下，片言褒赏，声价骤起"（《明史·王世贞传》），后来还有所谓"前五子""后五子""广五子""续五子"等名目，但实际上，复古只是一个口号，追随者的创作已呈现出多元化的局面。而且，王世贞本人也渐渐觉察到复古运动中的一些流弊，曾经自悔年未四十所作《艺苑卮言》，认识到"代不能废人"（《宋诗选序》）的道理，有取于宋元诗。并且，在品评他人诗歌时，常常以直写性灵为其赞词。一旦后七子的首领看到自身理论的片面性，就表明统治明代诗坛百年之久的复古运动的瓦解已潜具内在因素。

由于后七子诸成员的立论有的褊狭一些，有的通达一些，所以他们创作中模拟的程度也有所区别。尽管他们的创作成就也不尽一致，但都有一些面对现实、发抒真情实感的创作。在艺术上，后七子成员在七律上都有一定的功力，如李攀龙俊洁响亮，王世贞精切雅致，吴国伦整密沉雄，徐中行闳大雄整，谢榛神闲气定，都与他们注意学习盛唐（尤其是杜诗）有关。当然，即使在七律领域，重复雷同的现象也还是比较严重的。

后来在公安、竟陵两派的连续攻击下，后七子的复古运动已不能左右文坛。但他们的一些主张，比如墨守唐音的部分看法，仍然为许多诗论家和诗人所接受。明末的陈子龙积极赞赏七子"其功不可掩，其宗尚不可非"，清初诗家如李因笃、朱彝尊、屈大均、毛奇龄的手眼也多继承七子。朱彝尊论诗显然是沿袭七子之教，沈德潜编选《明诗别裁集》，立论也多与七子有同调之处。

第五节　李攀龙与王世贞

李攀龙（1514—1570），字于鳞，号沧溟。历城（今山东济南）人。9岁时丧父，因家境贫寒，无力延师，但刻苦自学。稍稍长大后，嗜好诗歌，讨厌“时师”的训诂学，自己经常阅读“古书”，周围的人把他看成一位“狂生”。嘉靖二十三年（1544）考中进士，初授刑部主事，历员外、郎中。在京期间，先后与谢榛、王世贞、宗臣、徐中行、梁有誉、吴国伦结诗社，“诸人多少年，才高气锐，互相标榜，视当世无人，七才子之名播天下”（《明史·李攀龙传》）。嘉靖三十二年（1553），出守顺德，饶有政绩，三年后提拔为陕西提学副使。不久，以病归里。归里后，在华不注山、鲍山之间自构白雪楼读书吟诗。隆庆元年（1567），被荐为浙江副使，两年后迁为学政，后又提拔为河南按察使。因母亲亡故，持丧还家。由于哀伤过度，不久死去。有《沧溟集》。

李攀龙的复古主张相当严格，《明史·李攀龙传》说他“文自西京、诗自天宝而下，俱无足观，于本朝独推李梦阳”，就表明他的这种理论风格。他论诗很严格，“论古则判唐、选为鸿沟，言今则别中、盛如河汉”（钱谦益《列朝诗集小传》丁集卷五），可谓泾渭分明。他编选的《古今诗删》，一首宋元诗不选，也表明了这种态度。正因为立论严格，他才能成为复古运动中的代表人物，成为后七子的首领。也正因为立论严格，使得他的理论主张比其他成员更显得褊狭。

李攀龙较为褊狭的立论，给他的创作留下不良的影响。比如他的乐府诗，自视甚高，实则模拟最为严重，“止规字句而遗其神明”（朱彝尊《静志居诗话》卷十三）。其模拟的情况，钱谦益《列朝诗集小传》丁集卷五阐述得很清楚：

> 易五字而为《翁离》，易数句而为《东门行》。《战城南》盗《思悲翁》之句，而云“乌子五，乌母六”；《陌上桑》窃《孔雀东南飞》

之诗，而云“西邻焦仲卿，兰芝对道隅”。①

连他的好友王世贞也承认，李攀龙的乐府诗“不堪与古乐府并看，看则似临摹帖耳”（《艺苑卮言》卷七）。但是，也不能以模拟之病来概括他的全部。李攀龙是个性格孤傲、头脑较为清醒的封建官吏，也是才力较为富健的创作者，当他能面对现实、能抒发自己内心感情时，也能写出一些比较佳好的作品。有时他感时伤世，忧旱问饥：“地胜纡王事，年饥损吏才。难将忧旱意，涕泣向蒿莱”（《广阳山道中》）；有时面对潦水，感慨万端：“潦水阴相积，蒹葭晚自寒。大夫方跋涉，天步属艰难”（《赵州道中》），都表现出对社会、现实的一种深切的关注。有时他抒发自己宦海浮沉里的哀怨和牢骚，“天涯谁借穷交泪，海内空传拙宦名”（《冬日登楼》），“夙昔黄金收骏马，高台空在有谁怜”（《宣武门眺望》），其中也流露出某种自负的心态。有时他向往隐居，孤芳自赏，“多病恰堪成卧隐，浊醪真足抵穷愁”（《九日登楼》），“只今海内无同调，高枕从君老物华”（《和余德甫江上杂咏》），这种傲气实是他的自洁心理的外化。尽管这些作品取材的视野还有待拓宽，但表现的是真情实感。

在诸体诗作中，李攀龙的七律和七绝比较优秀。他的七律的成功就在于能以俊亮的辞采描写出雄浑的意境。比如以“金牛忽见湖中影，铁骑初回海上潮”（《与子与游保叔塔同赋》）来勾勒保俶塔下的西湖，以“浮沤并结金瓮丽，飞窦双衔石瓮圆”（《酬张转运龙洞山之作》）来形容龙洞山石瓮和金瓮的情状，都具有这样的特点。又如《使君重过山楼分赋得空字》：

使君千骑入从东，此日登临作赋雄。树杪平湖元在地，檐前叠嶂半浮空。烟霞色借双幡动，牛斗光摇一剑通。自入鹿门常谢客，谁能浊酒过庞公？

起句突兀，气势磅礴；结以诘问，情韵深长。中间嵌入的景色，是经过登楼者的审美化的观照，所以其位置、色彩均含有浓浓的诗意。三个层次也能浑然一体。正因为李攀龙七律有这样的优点，所以入选《明诗别裁集》

①《列朝诗集小传》丁集卷五，下册，上海古籍出版社 1983 年版，第 428 页。

的李攀龙七律引起许多读者的重视和喜爱。当然他的七律也有构思、用词雷同的现象。叶矫然《龙性堂诗话续集》认为："于鳞七言律多至三百馀首，只一格调，数见不鲜。"这样的品评虽有些夸大，但也确实说明他七律的弱点。李攀龙的七绝也有一定特色，其中风调自然之作，颇耐人寻味。如《和聂仪部明妃曲》："天山雪后北风寒，抱着琵琶马上弹。曲罢不知青海月，徘徊犹作汉宫看。"沈德潜《明诗别裁集》品评此诗"不著议论，而一切著议论者皆在其下"，充分说明了此诗在构思上的匠心独运之处。

王世贞（1526—1590），字元美，号凤洲、弇州山人。太仓（今属江苏）人。少年时代就表现出较高的才华，嘉靖二十六年（1547）考中进士。初授刑部主事，历员外、郎中。在京做官期间能够不避权贵。弹劾权相严嵩的杨继盛下狱时，他常常进送汤药，并为他的妻子草疏文稿。杨继盛被处死后，他张罗棺材收殓其尸。严嵩对此十分嫉恨，吏部曾两次准备提拔他为"提学"，均未获准，后出为山东副使。不久，其父以泺河失事，入狱，于是他解官与其弟王世懋天天到严嵩门前请求宽恕，但其父还是被处死，兄弟两人号泣持丧归。隆庆元年（1567），兄弟二人到朝廷诉讼父亲的冤情，得到复官的处理。他做官累官至南京刑部尚书。后因病还乡。著作甚丰，有《弇州山人四部稿》等。

他的诗文观前后有所变化。前期的思想主要表现在《艺苑卮言》里。虽然也主张文必秦汉、诗必汉魏、盛唐，但因学问渊博，持论不像李攀龙那样偏激，所以也有不少会心的见解。他虽然十分强调诗歌创作要以格调为中心，但也认识到才思的重要："才生思，思生调，调生格；思即才之用，调即思之境，格即思之界。"这就将创作者的才思与作品的格调密切联系起来，看到才思生格调、格调因人而异的必然性。① 他虽然也主张从学古入手，但特别注意"捃拾宜博"，强调"渐渍汪洋"，最终的要求是"一师心匠"，并且认为，唯有这样的创作方法才能"由工入微，不犯痕

①明代格调说有三个发展阶段：一是明辨体制，推崇盛唐的始创期。这一期间自明初高棅至成化时的李东阳，然而溯其源则在宋末严羽。二是以高古为尚，追摹汉魏的兴盛期。这一时期约为明代弘治、正德两朝，是明代文学中复古派最盛行的时期。代表人是李梦阳、何景明。他们由盛唐上溯汉魏，探本索源。三是后七子代表王世贞主张将格调与才思融为一体，称为综合期。胡应麟又继王世贞之后，将风神与格调融合，许学夷又在胡应麟之后，将格调与神韵融合，到公安派崛起，七子派格调说才受到攻击。

迹”，达到“气从辞畅，神与境合”的完美境界。基于这种思想，他对那种“招之而后来，麾之而后却”、终是“痕迹宛然”的古人影子也深致不满。这显然与一味主张模古范型者有别。到了晚年，他的思想更有一些变化。在谈诗的创作体会时，强调“毋凿空，毋角险以求胜人，而刿损吾性灵”（《湖西草堂诗集序》）。他赞赏何伦“发为声诗”，能“直写性真，不颛为藻”（《孝廉何次公墓表》）。他夸称邓俨诗作是“发性灵，开志意，而不求工于色象雕绘”（《邓太史传》）。由此可见，这时他更强调“一师心匠”的重要性，这实际上也就更深刻地认识到只注意模拟的弊病。

王世贞的诗歌创作中有不少感时伤世的政治诗，现实感较为强烈。从《乐府变》序言来看，他主张创作要继承国风的批判现实精神，要求诗歌创作不避禁网，批评时事，以成一代“信史”。如《钧州变》揭露贵族藩王的荒淫残暴，《袁江流钤山岗当庐江小吏行》在浓墨叙述严嵩父子横行不法，造成“不复问诏书，但取相公旨”的局面之后，严厉呵责他们“负国”的累累罪行：

谁令汝纵臾？谁纳庶僚贿？谁朘诸边储？谁僇直谏臣？谁为开佞谀？谁仆国梁柱？谁剪国爪牙？

愤恨之情，溢于言表。义正词严，气势磅礴。《太保歌》以鲜明的对比手法描写陆炳生前的嚣张气焰（“一言忤太保，中堂生荆棘”）和死后的破败景象(“称诏籍家财，金宝尽流离。妻子逐归故郡，兄弟作长流。家人大小鼠窜，不窜作俘囚”)，寄寓着诗人的无限感慨。王世贞不仅对统治阶级中的腐朽势力有所抨击，而且对君王也进行旁敲侧击的嘲讽。“玉水垂杨面面栽，豹房官邸接天开。行人莫爱缠头锦，万乘亲歌压酒杯”（《正德宫词》之四)，对沉湎酒色的明武宗有所讽喻。“两角鸦青双箸红，灵犀一点未曾通。自缘身作延年药，憔悴春风雨露中”（《西城宫词》之六)，对听信道士胡言、选少女炼丹铅的明世宗也极尽揶揄。另外，王世贞的咏史诗，通过对“固始祠中”的忠节公许远，犹有“父老椎牲考钟鼓”（《过固始许忠节公祠》）的赞叹，通过对“丈夫变名难变心，此心在宋不在身”（《题仙岩文丞相祠》）的文天祥所流露的崇敬，表明了他的政治抱负和气节。

王世贞各体诗作都有好作品，显示出“天分既高，学殖亦富”的才能。如五古《将军行》，将抽象勾勒和具象描述有机统一，既质朴又劲健，颇有纵横捭阖的艺术匠心。沈德潜《明诗别裁集》说："此诗为仇鸾作，铺叙丰腴，中带古劲，最近汉人。"这是有识之见。又如七律《盘山》：

千盘历尽更茫然，回首中原暝色前。峡转琳宫藏皓月，峰排紫剑插遥天。云根桧坼龙鳞起，磴道泉归玉乳悬。深夜不须惊鼓吹，看予箕坐啸风烟。

将"峡转""峰排"的奇异景色，与"箕坐""风烟"的潇洒形象融为一体，铸造意境，很有诗味。这种既注意高华宏丽的气势，又较注意错综变化、回旋自然的创作构思的作品，在王世贞七律中还有一定的数量。他的七绝最少模拟成分，意到调成，自然婉转。《西城宫词》之二："新传牌子赐昭容，第一仙班雨露浓。袋里相公书疏在，莫教香汗湿泥封。"舒缓的调子里，暗藏讽刺，弥有风趣。

随着文学思想的变化，王世贞诗风前后也有所差异。晚年的一些诗作往往不复检束，任意挥洒。只有少数诗篇还能做到语俗而意深，如《弃官》：

人生欲官不可得，我今得官胡弃之？六月绣襦绮袷黄金胄，行人拍手好威仪。与君谈苦君未信，请君自衣还自知。

但绝大多数诗作的诗味却不浓。由此可见，诗作成功的关键并不在于创作者是否提倡学古。

第六节　谢榛、宗臣、徐中行、梁有誉与吴国伦

谢榛（1495—1575），字茂秦，号四溟山人，又号脱屣老人。东昌临清（今属山东）人。布衣终身。有《四溟集》。他论诗取径较宽，其《四溟诗话》认为初盛唐许多大家都可成为学习对象："有雄浑如大海奔涛，秀拔如孤峰峭壁，壮丽如层楼叠阁，古雅如瑶瑟朱弦，老健如朔漠横雕，

清逸如九皋鸣鹤，明净如乱山积雪，高远如长空片云，芳润如露蕙春兰，奇绝如鲸波蜃气。”学习者的创作也要注意发挥自己的“天机”和“超悟”。他推崇情真，反对“不老曰老，无病曰病”，要求创作者有“人不敢道，我则道之；人不肯为，我则为之”的勇气。正因为他有这样的诗学思想，所以他的诗作模拟成分不重。擅长五律，常显出风度端凝、坚整如城的艺术功力。由于长期游历秦、晋、燕、赵等地，所以他的诗经常描述一些塞外风光，并倾吐出渴望良将守边的激情，表现了一种壮美的诗境。同时，由于长期转徙于公卿、藩王之间，过着幕客生活，所以他的诗歌也常常抒发漂泊四方的凄苦情怀。

宗臣（1525—1560），字子相，号方城山人。兴化（今属江苏）人。嘉靖二十九年（1550）进士。因作文祭奠杨继盛而得罪严嵩，被贬为福州布政司左参议。不久升为提学副使。卒于官。有《宗子相集》。他开始学习李白，颇以歌行的跌宕自喜。后来注意近体诗创作，但往往有隽句而无完篇。

徐中行（？—1578），字子舆（一作子与），号龙湾、天目山人。湖州长兴（今属浙江）人。嘉靖二十九年（1550）进士，累官至江西布政使。有《天目山堂集》《青萝馆诗》。他一生到处为官做宦，诗篇多能描绘各地的山川风貌和社会习俗，并寄寓着到处奔波的羁宦感慨、怀念乡土的悠悠情思。《初入滇关》以“白日开南徼，青天豁大荒”来概括滇境景色，显出观察敏锐、笔力苍劲的艺术功力。陈田《明诗纪事》己签卷二认为后句“非至滇境者不知其妙”，实为会心之论。《盘江驿舍阻雨寄汪惟一》在勾勒出盘江驿舍景观后，流露出“谁怜道远妻孥累，实恐衰年瘴疠侵”的惆怅，即使是面对“悬崖青欲滴，芳草绿堪迷”（《暮发滁阳》）的滁阳美景，也会发出“洵美非吾土，翻然忆故溪”的感喟。徐中行也擅长七律，胡应麟《诗薮·续编二》认为：“闳大雄整，卓然名家。”如《山陵道中风雨》《答孙侍御秦中见怀之作》《送莫廷尉之任南郊》等，都是苍然爽健的创作。

梁有誉（1521—1556），字公实，号兰汀。顺德（今广东佛山市顺德区）人。嘉靖二十九年（1550）进士，授刑部主事。不久，以病归里。后因得寒疾而卒，年仅36岁。有《兰汀存稿》。尽管他存诗不多，但颇有一些关怀现实的作品。就是在他告别朋友回乡的诗作里，也能描述当时内忧外患的情况，“疮痍未苏息，戈甲转绵延”（《喜归述怀留别李于鳞、王元美、徐子与与宗子相四子一百韵》），表现出对当时政局的忧虑之情。他的诗基调深情婉约、如怨如慕，辞采虽然华美，但并不过分浓艳。只是笔力稍嫌纤弱。

吴国伦（1524—1593），字明卿，号川楼、南岳山人。兴国（今湖北阳新）人。嘉靖二十九年（1550）进士，官至河南左参政。后罢归。归里后，诗名甚盛，当时求名之士，不东走太仓（王世贞），则西走兴国（吴国伦）。有《甔甀洞稿》《续稿》等。他较善于描写各地的奇风异俗，沈德潜《明诗别裁集》品评其《高州杂咏》说："风土诗，须此奇警之笔，方写得生动。"关于吴国伦诗作的艺术特色，王世贞《增补艺苑卮言》卷五的评价比较恰切："能求诣实境，务使首尾匀称，宫商谐律，情实相配。"无论描述风景，或抒发情怀，他的作品都比较真实朴素，很少有过分的夸张之词，读来有一种亲切感。比如《抵毕节》写"铜符扼险依三蜀，铁柱临关锁七星"的毕节，《过层台驿》写"编篱半护邛王竹，筑坞新移望帝花"的层台驿，《过白崖驿》写"崖间板屋依云架，塞外芒山入雨空"的白崖驿，都是实地考察后的真切描绘。

第三章　公安派　竟陵派

第一节　公安派

公安派是由于袁氏兄弟都是公安（今属湖北）人而得名。其中袁宏道成就尤为突出。袁宏道（1568—1610），字中郎，号石公。自幼读书广泛，"知程墨之外大有书帙，科名之外大有学问"，十五六岁时所作诗文，就"有声里中"，显露出才华。曾师事李贽，深得赞誉，认为其"胆力识力，皆迥绝于世，真英灵男子"。万历二十年（1592）考中进士。万历二十二年（1594）选为吴县令，饶有政绩。但对县官生涯颇为厌倦，感慨："人间恶趣，令一身尝尽矣。"（《袁中郎全集》卷二十《丘长孺》）两年后解官而去，遍游西湖孤山、西陵桥、飞来峰等江南名胜。游览后客居扬州。万历二十六年（1598），再次入京，授顺天教授，后补礼部仪制司主事。与在京文人结社城西，切磋诗艺，名曰"蒲桃社"。万历二十八年（1600）八月，返回乡里，卜居柳浪湖，除庐山、桃源之游外，基本上于此参禅吟诗。万历三十四年（1606）入京补仪曹主事，曾编《公安县志》。不久又辞官归里。万历三十六年（1608）再次入京，先为吏部主事，后移考功员外郎。万历三十七年（1609），为稽勋郎中，赴秦中主持典试。借机漫游华、嵩二山。次年事毕后请假归里。九月病逝。有《袁中郎全集》。

袁宏道是公安派的主将。"独抒性灵"是公安派理论的核心口号，见于袁宏道《叙小修诗》，其中评述其弟袁中道的诗曰：

大都独抒性灵，不拘格套，非从自己胸臆流出，不肯下笔。有时

> 情与境会，顷刻千言，如水东注，令人夺魂。其间有佳处，亦有疵处。佳处自不必言，即疵处亦多本色独造语。然予则极喜其疵处，而所谓佳者，尚不能不以粉饰蹈袭为恨，以为未能尽脱近代文人气习故也。

从诗歌创作的角度强调表现个性的重要性，反对各种条条框框的约束以及"粉饰蹈袭"。做到这一点，即使有"疵处"，也值得赞赏，因为"情至之语，自能感人，是谓真诗"。不但如此，抒发"性灵"还要摆脱道理闻见的束缚。这一说法源自李贽"童心说"。从反道学的角度，"童心说"把"道理闻见"看成是"童心"（或"真心"）失却的根本原因。袁宏道在此基础上，将"无闻无识"与"真声"的创作作因果联系，肯定"性灵"中蕴含的各色各样的个人情感与生活意欲的合理性，将表现个体自由当成创作的重要内容。

袁宏道的诗歌大约有1600首，内容丰富多样，尤其以山水纪游诗数量最多，另外，还有佛禅诗、闲适诗、述怀诗、感时诗、赠别诗、咏物诗、唱和酬答诗、咏怀古迹诗等。体裁包括拟古乐府、五古、七古，还有五律和七律，五绝和七绝，以五言、七言古诗和律诗的数量最多。袁宏道诗歌创作的特点与其诗歌理论有密切联系，最大特点就是有真情。无论感慨时世，或逃避现实、发抒苦闷，都是真情实感的自然宣泄和流露。面对现实，他时常发出痛心的感慨，"屈指悲时事，停杯忆远人"（《登高有怀》）；"时事不堪书，下笔每惊悸"（《戊戌除夕》）；"邸报传来闷，民膏到处难"（《初夏同江进之坐孙内使池台感赋》）；"痛民心似病，感事泪成诗"（《赠江进之》）；"甲虫蠹太平，搜利及邱空'（《猛虎行》），都是见景生情，决无半点伪饰。当然，按照袁宏道的处世态度，他只有选择逃避现实的道路，但悠长的苦闷又总是郁结心头，这种复杂的真情和心境在《显灵宫集诸公以城市山林为韵》第二首里有生动的表现：

> 野花遮眼酒沾涕，塞耳愁听新朝事。邸报束作一筐灰，朝衣典与栽花市。新诗日日千馀言，诗中无一忧民字。旁人道我真聩聩，口不能答指山翠。自从老杜得诗名，忧君爱国成儿戏。言既无庸默不可，阮家那得不沉醉？眼底浓浓一杯春，恸于洛阳年少泪。

清醒、沉醉交织的情绪，忧君成儿戏的逆反心理，“言”“默”两难选择的心态，得到清晰描述。至于他与朋友交往的诗作，更是情真意切，其为人与性格在这里得到充分显露。

袁宏道诗歌创作的另一特点是有生趣。有时表现在他寄情山水、花鸟之中，一种自娱、自适的心情得到惬意的满足。如《柳浪馆》第二首：“一春博得几开颜，欲买湖居先买闲。鹤有累心犹被斥，梅无高韵也遭删。凿窗每欲当流水，咏物长如画远山。客雾屯烟青篋里，不知僧在那溪湾。”任何“有累心”“无高韵”的东西都要荡涤干净，情趣从中油然而生。又如《梨花初月夜》：“梨花陈点贴窗流，斜月笙箫处处楼。醉里不知花是影，隔纱惊唤小扬州。”通过月夜场景，来表达自适心情。他的生趣更多地表现在追求诙谐。他有许多戏题的诗作，如《戏题君山》《戏别唐客，客丰城人》《戏题离壁》《戏柬江进之》《戏题飞来峰》《徽谣戏谏陈正甫》《过吴戏柬江进之》《石公解嘲诗》《戏题黄道元瓶花斋》等。在诙谐的氛围中，可以看到诗人天真无邪的性情：“朝看一瓶花，暮看一瓶花。花枝虽浅淡，幸可托贫家。一枝两枝正，三枝四枝斜。宜直不宜曲，斗清不斗奢。仿佛杨枝水，入碗酪奴茶。以此颜君斋，一倍添妍华。”(《戏题黄道元瓶花斋》)

袁宗道（1560—1600），字伯修，号石浦、玉蟠。他早有文名，弱冠之年就编有文集。后因病滋生神仙思想，阅读了大量的养生书籍。万历十四年（1586），会试第一，官翰林院编修。在京期间，渐受佛教影响，遍阅大慧、中峰诸录。万历十七年（1589）归里后，复读孔孟书，认为“至宝原在家内，何必向外寻求”。万历二十一年（1593），他和宏道、中道曾一起去麻城龙潭拜访李贽。万历二十五年（1597）夏入北京，官右春坊右庶子、皇长子经筵讲官。病逝于北京。有《白苏斋类集》。

钱谦益《列朝诗集小传》丁集卷十二说：“伯修在词垣，当王、李词章盛行之日，独与同馆黄昭素（辉），厌薄俗学，力排假借盗窃之失。于唐好香山，于宋好眉山，名其斋曰白苏，所以自别于时流也。其才或不逮二仲，而公安一派实自伯修发之。”这段论述点明袁宗道在公安派发展过程中的先导作用。《白苏斋类集》存诗173题、250首。体裁上包括古体、近体、绝句各种体式；从内容和思想看，涉及咏物言志、写景抒怀、题画论艺、赠答唱和等。与袁宏道的清新俊朗、袁中道的流丽多奇相比，他的诗显得清润和雅、典正沉郁，追求自适又不失稳实典雅，是其性格和学术思想的自然倾泻。陈田《明诗纪事》庚签卷五评其诗曰："伯修深入禅理，兴趣萧远，诗特寄耳。其《同人读唐诗有感》云：'数卷陈言逐字新，眼前君是赏音人。家家椟玉谁知赝，处处描龙总忌真。再舍肉黥居易句，重捐金铸浪仙身。一从马粪卮言出，难洗诗家入骨尘。'意在翻王、李窠臼，中郎、小修从而煽之，遂令天下靡然从之，亦伯修所不及料。"

袁宗道诗议论坦率，语言直白，如《咏怀效白》：

> 人各有一适，汝性何独偏？爱闲亦爱官，讳讥亦讳钱。一心持两端，一身期万全。顾此而失彼，忧愁伤肺肝。人生朝露促，世福谁能兼。

直道内心想法，坦言欲望和感受，毫不掩饰，这也是公安派提倡的"做真人""写真情"文学主张的见证。

袁中道（1570—1626），字小修，晚年号凫隐居士、柴紫居士等。同两位兄长一样，少年时就显露出文学才能，10岁多写出《黄山赋》《雪赋》，长达五千多言。但和二兄不同的是，他长期未能考中进士，因而壮年时到处漫游，泛舟西陵，走马塞上，穷览燕、赵、齐、鲁、吴、越之地，足迹几半天下。直到万历四十四年（1616）才考中进士，时已47岁。先授徽州教授，历任国子监博士、南京礼部仪制司主事，后官至吏部郎中。有《珂雪斋集》。

袁中道的诗论与他的兄长相近，其《阮集之诗序》强调诗文要"以发抒性灵为主"，要"极其韵致，穷其变化"，《中郎先生全集序》强调"以意役法，不以法役意"，只有这样才能"一洗应酬格套之习，而诗文之精光始出"。《宋元诗序》赞赏某些宋元诗也是因为它们能"各出手眼，各为机局，以达其意所欲言，终不肯雷同剿袭，拾他人残唾，死前人语下"，这一切也为扩大公安派的影响作出了贡献。他去世较晚，也看到某些人效法公安派所产生的"为俚俗，为纤巧，为莽荡"的弊病，所以反对那种"冲口而出，不复检点"的"俚易之作"。他想以既重性灵又重格调的方法来纠正当时的偏向，在《阮集之诗序》中强调，善学中郎者应"学其发抒性灵而力塞后来俚易之习"。《蔡石瑕诗序》要求学诗者"取汉魏三唐诸诗，细心研入，合而离，离而复合，不效七子诗，亦不效袁氏少年未定诗，而宛然复传盛唐诗之神，则善矣"。尽管袁中道是公安派文学思想的修正者，但强调抒写性灵这一点并没有改变。这个基本点同样影响着当时正在兴起的竟陵派。作为一种诗体，公安派在当时影响巨大，但并不久远，甚至不如竟陵派。然而公安派强调张扬个性的文化精神却具有永恒的魅力，清代一些较为开通的文人以及五四以来的一些作家，都受其影响，原因就在这里。

袁中道的性情不像大哥袁宗道那样内向，而近似二哥袁宏道，比较外露，因而他的诗也同袁宏道一样，有重情重趣的艺术倾向。他的诗有两类题材引人注目。一是山水寄情之作，正如他的《珂雪斋前集自序》所说，其诗多“模写山容水态之语”。如《山中晓行》：“秀壁牵人往，途崎步转轻。初曦千叶影，浩露一山声。颇厌桃花俗，偏怜石骨清。风柯与谷鸟，相对话无生。”① 而且他在大自然怀抱里，经常寻找自我愉悦、自我解脱的情趣。二是他“屡困锁院”，所以其诗也多自怨自嘲的情绪。如《下第咏怀》其一：“人生能几何，愁思郁肺肝。行年二十五，惨无一日欢。生长爱豪华，长剑与危冠。宝马黄金勒，宾从佩珊珊。时兮竟寂寞，小弟空无官。窜伏蓬蒿内，妻子嘲饥寒。”② 而且在自怨自嘲的氛围里，常抒发一种苦笑两难的诙谐和幽默。由于他反对过分俚俗，所以也力求使自己的诗作严饬一些，但实际成就并不理想，反而不如袁宏道，可以说雅不如宏道清新、明朗，俗不如宏道亲切、风趣。

第二节 竟陵派

与公安派一样，竟陵派在强调独创性的同时，特别重视诗歌表现真情。锺惺《寄吴康虞》说：“意于林壑近，诗取性情真。”③ 并在《陪郎草序》里把有感而发的诗歌称为“性情之言”，反之称为“声誉之言”，认为：“其兴其废不出于性情而出于声誉，于诗何与哉！”④ 谭元春《题客心草》更形象地说明，自己“独行乎五千里之间，无穆满之荒，无仲宣之

①钱伯城点校《珂雪斋集》前集卷七，上海古籍出版社 1989 年 1 月版，第 297 页。

②钱伯城点校《珂雪斋集》前集卷一，上海古籍出版社 1989 年 1 月版，第 43 页。

③〔明〕锺惺：《隐秀轩集》黄集五言律一，明天启二年沈春泽刻本。

④〔明〕锺惺：《隐秀轩集》文昃集序又二，明天启二年沈春泽刻本。

卑，无子美之沉，无灵均之怨，亦无子骥之高尚，无供奉之旷宕，而自成其为客心”，突出地表现自己不同于他人的独特感受。还强调说：“人各有心，不可强也。”① 谭元春《诗归序》揭示了独创与表现真情的“性灵之言”的密切关系：“夫真有性灵之言，常浮出纸上，决不与众言伍；而自出眼光之人，专其力，壹其思，以达于古人，觉古人亦有炯炯双眸，从纸上还瞩人，想亦非苟然而已。”原来这部寻找古人真精神的《诗归》，实际上也是寻求他们各自不同的“性灵之言”，难怪钱谦益《列朝诗集小传》说：“锺、谭一出，海内始知性灵二字。”

但是，竟陵派也有与公安派的不同之处，就是注意诗歌的构思和锤炼，注意诗歌所应具有的含蓄美。这的确抓住了公安派之所以有近俚浅薄倾向的症结所在。锺惺《文天瑞诗义序》认为：“诗之为教，和平冲淡，使人有一唱三叹、深永不尽之趣。”《与谭友夏书》指出：“文字一篇中佳事佳语，必欲一一使尽，亦是文之一病。”《唐诗归》卷二十八，锺惺认为：“元白浅俚处，皆不足为病，正恶其太直耳。诗贵言其所欲言，非直之谓也，直则不必为诗矣。”为了使诗歌有隽永的情韵，他们十分注意诗歌的篇法之妙。锺惺评点杜甫《咏怀五百字》的优点就是：“当于潦倒、淋漓、忽正、忽反、若整、若乱、时断、时续处，得其篇法之妙。”可见，他们反对诗歌一味俚俗、浅直。

竟陵派注意诗歌的构思和锤炼，重视含蓄美，逐渐形成深幽孤峭的诗体。这种诗体有个专注精神、勇于探索的过程。这个过程，在锺惺、谭元春为《诗归》所作的序里阐述得很清楚。锺惺认为：

> 真诗者，精神所为也。察其幽情单绪，孤行静寄于喧杂之中；而乃以其虚怀定力，独往冥游于寥廓之外，如访者之几于一逢，求者之幸于一获，入者之欣于一至。

谭元春也认为：

> 夫人有孤怀，有孤诣，其名必孤行于古今之间，不肯遍满寥廓；而世有一二赏心之人，独为之咨嗟彷徨者，此诗品也。

①〔明〕谭元春《谭友夏合集》卷二十三，明崇祯六年刻本。

在他们看来，真诗实是一种精神性的追求。锺惺的要求是孤行在“喧杂之中”，独特地表现出“幽情单绪”，是独往在“寥廓之外”，显示出“虚怀定力”。而谭元春的要求是“孤行于古今之间”，所表现出的“孤诣”“孤怀”，与之可谓是不谋而合。这样独往独来的精神性追求，自然会形成深幽孤峭的诗体。这样诗体并非轻而易举就能获得，要付出访求者“几于一逢”“幸于一获”“欣于一至”的艰辛，不是任何粗枝大叶者所能体会的，而是只有“一二赏心之人”，才能“为之咨嗟彷徨”。不难看出，锺惺、谭元春在《诗归》中对古诗的评点，渗透着对理想诗体的向往和追求，核心就是对诗人创造力的重视和发挥。

在“人人中郎”的时候，竟陵派吸取公安派长处，又克服其弱点，更注意把握诗歌的美学特点，更重视发挥诗人的创造力，这样的诗体无疑具有更大的吸引力。所以，竟陵派出现后，“海内称诗者靡然从之，谓之锺谭体”（《列朝诗集小传》丁集卷十二）。当然，竟陵派诗体也有弱点。为了强调诗人的“幽情单绪”，竟陵派的艺术追求有过于穿凿的神秘化倾向。《诗归》不少评点很能说明问题。他们常常割裂诗句，附和文义，使人莫名其妙，不得其解。尤其是对一些虚字的解释，显得穿凿。储光羲《题太玄观》诗：“所喧既非我，真道其冥冥。”谭元春认为“着一‘其’字，神妙遂不可言”。锺惺认为陶渊明诗歌成功的秘法在于：“每于庸常语意，着数虚字回旋，便深便警，此陶诗秘法也。”① 难怪他所创作的诗歌有时爱用虚字而使诗味顿减。

锺惺（1574—1625），字伯敬，号退谷、止公居士等，临终受戒，自起法名断残。竟陵（今湖北天门）人。万历三十八年（1610）中进士，时年 37 岁，授行人。据谭元春《退谷先生墓志铭》载，他本想在政治上有所作为，但“终不能有所表现”。但他的文学活动却产生了巨大的影响。在万历四十二年至四十三年（1614—1615）这两年期间，他与谭元春互相切磋，共同评选《古诗归》15 卷、《唐诗归》36 卷，合称《诗归》。出版后深受欢迎，“承学之士，家置一编”。另外，他还到过四川、山东、贵州，开阔了眼界，激发了文学创作。后来他申请调任南部，万历四十四年（1616）授南礼部仪制司主事，后提升为祠祭司郎中。这些都是无多少事

①明刻本《唐诗归》卷二十六，韦应物《林园晚霁》，锺惺评语。

可做的闲职，除外出典试之外，就是认真读书与写作，他“僦秦淮一水阁，闭门读史，笔其所见，题曰《史怀》。孤衷静影，常借歌管往来；陶写文心，每游午夜棹回。曲倦酒尽，两岸寂不闻声，而犹有一灯荧荧，守笔墨不收者，窥窗视之，则嗒然退谷也”。后官至福建提学佥事。晚年沉湎于佛教，认为“读书不读内典，如乞匄食，终非自爨，男子住世数十年，不明生死大事，贸贸而去，一妄庸人耳。乃研精《楞严》，眠食藩溷，皆执卷熟思，著《如说》十卷”，可见其志趣。

锺惺有一些感时伤世的诗歌，但风格却和袁宏道不同，袁宏道是一触即发的激情倾吐，锺惺则是经过理性思索后的深沉抒发。当“数十万馀言，两三月中事”的邸报送到诗人面前，他不能不对朋党互相攻讦表示惊叹和忧虑：“野人得寓目，吐舌叹且悸。耳目化齿牙，世界成骂詈。哓哓自哓哓，愦愦终愦愦。”（《邸报》）在《于鼎先北上过白门，持同年夏祠部正甫书相访，策辽事，赋此赠行》一诗里，他深感“迂虑谓今患，不独在虏尘”，因而提出一种治本的主张：“岂云焦烂后，遂无可徙薪?”他的《王文肃公专祠诗》还对那些尸位素餐、庸于职守的官员给予严厉谴责：“年来误国人，巧于逃大戮。不居权奸名，猥以庸自赎。大臣系安危，庸即同凶族。医以庸杀人，参苓等鸩毒。”这是锺惺在政治上具有清醒头脑的表现，也是颇为深刻的真知灼见。

当然，更多的是山水、纪游诗。这和锺惺的生活经历、审美情趣有密切联系。谭元春《退谷先生墓志铭》载，锺惺“所至名山川必游，游必足目渊渺，极升降萦缭之美。使巴蜀，历三峡；入东鲁，观日出；较闽士，陟武夷。东南之久客如家，吴越之一游忘返。山川豫待，人士欢迎，其诗文未尝不勇进而勤徙也。”这自然会产生丰富多彩的山水、纪游诗。这类诗作在下列三个方面尤为引人注目。

一、一些纪游诗，不仅是山水画，而且是风俗图，给人以多方位的生活感受。如《江行俳体》12 首，这是诗人起自鄂渚、经过金陵、直到吴门这段漫长舟行生活的艺术概括，他将沿途的所见所闻皆化为诗料加以歌咏。既描绘“畏路刺船频裸体”的艰苦跋涉，也表现“乘流开柁缓梳头”的顺流而行；既有对“近道计臣心转细，官钱曾未漏渔蛮”的讽刺，也有对“乞子施竿觅剩盘”“奚奴亭午未朝餐”的同情。它对“鸦食肉能谋底事，獭衔鱼欲祭何神”微露幽默，也对“持符官卒尊于吏，附舶儒生贱似佣”表示愤懑；既展现“泽国火耕兼水耨，霜林枣地接枫天”的大地风貌，也勾勒“岚堆积翠深藏壑，雨隔残红半露岩”的金焦名胜。真是兼收并蓄，五光十色。这样的纪游诗，不仅能让人欣赏到山水风光，还能感受到诗人感情的起伏变化。

二、善于运用硬毫健笔来描写险奇的山水。这些诗既体现“游必足目渊渺”的探险精神，也是形成深幽孤峭诗体的重要因素。有的诗歌描写“兹岩云所为，云与山为一”的飞云岩上，“石飞云或住，动定理难诘。草树过泉声，寻之莫可觌”的奇异景色，并蕴含着哲理性的沉思(《飞云岩》)；有的诗歌描写“众灵果奔赴，如水无不东”的岱山顶，“日月生没际，金火光熊熊。是诸种种象，煜然熔其中”的壮丽景象，并倾吐诗人的向往(《登岱》)；有的诗歌以江势往还、前山茹吐，两岸相争、终古相拒，水石摩戛、无触而怒，立石如墙、中劈一缕来形容瞿塘峡的险峻，表现诗人雕镂镵刻、匠心独运的匠心(《瞿唐》)。其他如《巫峡》《归州峡》《新滩》《西陵峡》等诗，都有类似的笔力和风格。这些诗初读似有几分苦涩，但反复咀嚼数次，则能体会诗人那独到的苦心，还有无穷的韵味。

三、一些纪游诗注意描写月景、雨景、雪景，往往带有一种朦胧的气氛。之所以选择这些物象，一方面是想以月幽雪洁为背景表现耿介绝俗、洁身自好的情怀，另一方面也反映出幽情单绪的审美选择。如《山月》《竹月》《舟二月》《雨行巫山》《雨宿会圣岩》《舟雨》《雨泊》二首以及《庆都早发望晴雪》《舟雪》《雪集茂之馆》等。锺惺说得好，“素心朝夕近，僻径往来清”(《月夜过胡彭举》)，月下的“僻径”与清洁的“素心”，通过诗境的烘染，紧紧地融合在一起。这样的意象，是形成深幽孤峭诗体的重要因素。

锺惺之所以形成深幽孤峭的诗体，还得力于出色的语言创造。他常常运用新颖、新奇的句式来表现意境：

可怜三月草，未了六朝青。(《三月三日雨中登雨花台》)

蜂狂花约束，莺过柳遮留。(《乌龙潭吴太学林亭》)

岸迫衔江浅，山纡出峡残。(《月》)

戏拈生灭候，静阅寂喧音。(《夜》)

鸦鸣半树日，虫乱一汀烟。(《舟晓》)

这些诗句，或错杂时空，或化用通感，或构图新巧，语言的有效配置而形成的必要张力，也使意境的深幽孤峭得以充分地显现。当然，锺惺的探索并不都是成功的，也留下一些教训。钱锺书曾批评锺惺诗“欲为简远，每成促窘”①。还有他不适当地多用虚词，时常使文理不够通畅，诗境较为扞格。

谭元春（1586—1637），字友夏，号鹄湾。竟陵（今湖北天门）人。18岁为诸生，天启七年（1627）才考中举人，但几次会试均未考上进士。崇祯十年（1637），再次进京参加会试，病死在旅途中。有《谭友夏合集》。他生平未仕，所以一生精力基本用在文学上。他在《答刘同人书》中说：“惟生来有志于述作，不敢不尽心。初年求之于神骨，逾数年乃求之于气格，又数年乃求之于词章，前后缓急、难易加减之候，惟己得用之，故常以此为快。”谭元春的性格与严冷的锺惺有所不同，锺惺《与金陵友人》曾这样介绍他：“谭郎友夏，楚之才子也，比于不佞十倍，而风流又倍之。”晚年的锺惺曾劝谭元春学道，他也表示异议。可见谭元春性格比锺惺风流、疏荡一些。尽管他们的文学思想基本一致，文体风格基本接近，但由于性格差异，因此在表情达意的方式上有些不同。

谭元春诗歌创作的样式比较多样，其中有一部分是语朴情真的作品。比如《远村》之一：

投足礼天竺，闲院木石香。有一长眉叟，背手看稻粱。近前果父执，朴野无他肠。随我至我家，不揖径坐床。呼我以小子，语笑皆上皇。见我多僮仆，导我凿藕塘。翻案睹陶诗，欣然求数章。何以润我笔，归即献百觞。不然春蚕出，赠我丝衣裳。喜为纵横写，字亦不寻常。与订来往约，年高恐健忘。

以朴实无华的语言极其逼真地描述富有生活情趣的农村场景，栩栩如生地勾勒出性格开朗的“长眉叟”的形象。他如《客夜闻布谷》《踏青词》《华洞》等诗都具有这样的特点。

当然，谭元春更多的作品体现出的还是深幽孤峭的风格。这些诗作无

①钱锺书：《谈艺录》，中华书局1984年版，第102页。

论在构思上，还是在语言上，都有些不同凡响的创造。如《登清凉台》：“台与夕阳平，同来为晚晴。隔江山欲动，半壑树无声。艇子遥归浦，庵僧近掩荆。烟岚处处合，残兴尚能清。”首联中“为”字的运用就很奇特，“隔江山欲动，半壑树无声”，因对比而构成的意境，也别有风味。至于他在《太和庵前坐泉》里写的诗句“鱼出声中立，花开影外吹”，则有几分艰涩。由于这样的诗句思维跳跃性大，需要读者填补的空白较多，因而有人讥为进入“鬼国”“鼠穴”。其实，诗歌园地应该是多种多样的，这样奇特而耐人寻味的诗句，也应得到宽容与接纳。

第四章 复社 幾社 云间派

第一节 张溥、吴应箕

复社是明末的文社组织，崇祯二年（1629）成立于吴江（今属江苏），由云间幾社、江北南社、江西则社、历亭席社、昆阳社、云簪社、吴门羽朋社、吴门匡社、武林读书社、山左朋大社、中州端社、莱阳邑社、浙东超社、浙西庄社、江南应社及黄州质社等许多小社集合而成，规模之大，联系之广，史所少见。该社春社集会时，衣冠盈路，一城出观，有极大的社会影响。复社主要领导人是张溥、张采，主要成员有黄宗羲、陈贞慧、吴应箕、陈子龙、孙临、杨廷枢等人。复社的宗旨是"期与庶方多士，共兴复古学，将使异日者务为有用，因名曰'复社'"（清陆世仪《复社纪略》卷一）。表面看，复社只是一个文化团体，主要任务是揣摩八股，切磋学问，砥砺品行，但实际上带有很强的政治色彩。复社的出现是东林党同阉党斗争的继续，其成员多具有强烈的爱国精神和民族气节。复社成员受前后七子的影响，主张复古，但他们身处阶级矛盾和民族矛盾特别尖锐的时代，又大都积极参加实际政治斗争，所以他们所主张的"复古"，实际是要求古为今用，古学要为现实服务。他们的一些作品，能较注意反映社会生活，感情真挚。因此，复社成员的"复古"与前后七子的拟古有很大区别，又与公安派、竟陵派的空疏文风有明显不同。复社产生了一批有影响的诗人，如吴伟业、陈子龙等，他们的作品慷慨激昂，有强烈的爱国主义色彩，艺术上凝练深沉，别具一格。复社成员与魏忠贤馀党马士英等人以及清统治者进行过长期斗争，或者被害身亡，或者抗清赴难，直到清顺治九年（1652），才被迫解散。

张溥（1602—1641），字天如，太仓（今属江苏）人。自幼学习刻苦，所读书必亲自抄录至六七遍，故以“七录”名其书斋。他和同县张采齐名，人称“娄东二张”。崇祯元年（1628），他们以贡生入都考进士，张采得中，两人名满都下。崇祯二年，合诸文社为复社，自定条规云：“自世教衰，士子不通经术，但剽耳侩目，几幸弋获于有司，登明堂不能致君，长郡邑不知泽民。人材日下，吏治日偷，皆由于此。溥不度德、不量力，期与庶方多士，共兴复古学，将使异日者务为有用。”崇祯四年，张溥中进士，选庶吉士，积极参与朝政，这时复社几成政治团体，受到许多士子的爱戴，名列其门者近万人。编有《汉魏六朝百三名家集》，著有《七录斋诗文合集》。

张溥写诗较晚，不以诗名，曾自云“学诗非予能也”，然好咏不辍，集中现有诗歌5卷，凡874首，从内容来看，正如其自云“大都怀人伤别之辞”，送别和怀人诗占较大部分，同时唱和赠答、祝贺诗也不少，反映了张溥社会活动的繁多。此外，还有一些哀挽、怀古、咏怀、纪游、题画诗。在张溥诗中，写得感情真挚、艺术性较高的主要是送别、怀人、艳歌、哀挽、怀古、纪游、题画等题材。在诗风上表现出有意趋于平易的特点，一方面是因为不满于竟陵派幽僻峭诡的诗风，而以平易予以拨正；另一方面也是受其史学观的影响。

吴应箕（1594—1645），字风之，更字次尾，号楼山，贵池（今安徽池州）人。久试不第，崇祯十五年（1642）应南京府试，中副榜。清军破南京，他在池州起兵，奉唐王正朔，兵败被执，引颈受刃，神色自若。有《楼山堂集》。

作为复社有名的活动家，吴应箕地位不高，但影响很大。他的诗胜于文。其作品多以重大社会问题为题材。明末社会面貌在他的诗中有比较多的反映。《南都社集》描写复社的活动，并表达对于士大夫结社的认识：“皇风开浩荡，大雅时奋兴。结交陈古义，理笃物自应。云起从肤寸，众流以海承。抗志各窈窕，舒文信崚嶒。聚高能动宿，道大不辞憎。弦管纷以进，觞飞散郁蒸。霄路何辽阔，金石无沉升。我愿敦圣戒，利贞久于恒。”写出了文人士大夫们在共同的政治目标下组织起来的力量。

《和周仲驭十四哀》也是他的佳作。周仲驭即周镳，著名东林党人，《留都防乱公揭》的幕后支持者。“十四哀”是哀悼与歌颂东林党人的。

《五人墓》表彰与东林党人共同奋斗并勇于牺牲的市井细民。《苏州行》歌颂明中叶以后新出现的市民阶层反抗暴政的斗争，他们蔑视皇权，敢于驱散奉诏到苏州逮捕东林党人的厂卫人员，“须臾缇骑鸟兽奔，天子之诏吾何有”。吴应箕希望多一些像苏州市民一样敢于抗暴的人民：“呜呼天下几苏州！呜呼五人名不朽。”

吴应箕的诗歌还描写人们反抗的原因，即政治腐败与社会黑暗。《何以》写道：“塘报刁为欺，上下徒牵掣。”官吏相互牵制，朝廷通报都是一片谎言。《京口行》写军队的腐败：“兵骄亦已久，纪律安所知。勉强驱行役，操束反见欺。”在这种情况下，人们的生活怎么能有保障呢？《皇华来》写道：“自出大明门，人命即蜉蚁。……菜色满四郊，相率沟中委。剥凿与僇生，残忍甘父子。历邑鲜人烟，县宰徂步履。……”只要出了皇宫，人命贱如蝼蚁，不是饿死沟壑，就是父子相食，这是多么令人恐怖的世界。“昨我行都市，豺虎攫人食。今我宿空江，鼋鼍狎柁侧”（《朝发》），举国危机四伏，没有一块乐土。

明末大饥荒中有不少惨绝人寰的事件，吴应箕《食土行》描写饥民吃观音土的情景。序云：“今年丁丑正月，予乡数十里中皆谓‘神开土仓’。掘食者日以万计。其土出凡数处，赤白异色。予取尝，则固土也。因感而为诗。”诗云：

> 岂知土亦出予乡，白色垒垒始截肪。有时渥丹间斑驳，要使负戴日踉跄。东家老妪先悬釜，西邻幼子如搏蜣。共言不复泥滋味，食之不饥充稻粱……①

诗中没有描写人们食土后胀肚而死的悲剧，而是留给读者去想象，然而作者所写到的人们争食观音土的“踊跃”场面，读之却令人酸鼻。

吴应箕的一些诗作还善于渲染气氛和描写场面。如《大风行简周仲驭狱中》：“南京九月大风起，木拔石走怒不已。太平门外谷夜号，玄武湖水跃过几。豺狼满市攫人肉，不知天变良有以。华阳先生整衣笑，泰岱崩前若无视。”写南明弘光小朝廷中当权者阮大铖、马士英等迫害复社支持者周镳，从而导致天怒人怨。环境气氛和人物性格都写得十分生动。吴应箕

---

①〔明〕吴应箕：《楼山堂集》卷二十三，清粤雅堂丛书本。

的诗还富于概括性。他的律诗，如《近事示侄子相》六首以及《莫道》《瓜架》《又题泥湾》《春兴》八首等，都以极精练的诗句揭露弘光小朝廷的种种腐败现象，再现了这个小朝廷灭亡的过程。

第二节 陈子龙

陈子龙（1608—1647），字人中、卧子，号轶符、大樽，松江华亭（今上海松江）人。在青年时代即有文名，与宋征舆、李雯并称“云间三子”。崇祯十年（1637）进士，选绍兴推官，以定乱功擢兵科给事中。清兵南下，弘光小朝廷灭亡，陈子龙联络松江水师抗清。事败，又先后受唐王、鲁王封衔，结太湖兵起义。事发被捕，投水自杀殉国。著有《陈忠裕公全集》。

陈子龙早年受到前后七子的影响，对于当时弥漫文坛的公安派、竟陵派表示不满。在《遇桐城方密之于湖上，归复相访，赠之以诗》中说：“仙才寂寞两悠悠，文苑荒凉尽古丘。汉体昔年称北地，楚风今日满南州。”对于产生于楚地的公安、竟陵两派颇有微词，诗的结尾说：“颇厌人间枯槁句，裁云剪月画三秋。”反映了文人士大夫在国家多难之际的一种新选择。他对公安派末流和竟陵派的孤僻生疏十分不满，但分歧还不单纯表现在诗风上。更重要的是，陈子龙认为，在那个时候，文学不能只是表现个人，应该面向远方。陈子龙曾在《白云草自序》《六子诗序》中说：“诗者，非仅以适己，将以施诸远也。”“今之为诗者，我惑焉。当其放形山泽之中，意不在远，适境而止。”“夫作诗而不足以导扬盛美，刺讥当时，托物联类而见其志，则是《风》不必列十五国，而《雅》不必分大小也，虽工而余不好也。”可见他主张文学创作不能只是表现自己，而应该反映社会现实，“导扬盛美，刺讥当时”，从而使读者对所处的时代有清醒的认识。陈子龙在和宋征舆、李雯共同编纂《皇明诗选》时，贯穿了他的论诗主张。序文说：“诗由人心也，发于哀乐而止于礼义，故王者以观风俗、知得失、自考正也。”因此，陈子龙等人主张复古是与他们力图挽救明王朝的政治态度密切相关的。崇祯初，陈子龙与夏允彝等结幾社，后并入复社，并成为其中的中坚人物。他很重视经世致用之学，曾编过《皇明经世文编》，又整理过徐光启的《农政全书》。这种积极用世的人生态度，和他的诗歌理论是一致的。

陈子龙以诗名世，他的诗有明显的发展脉络。早年多为窗课社稿，以拟古为主，也有一些描写江南才子浪漫生活和反映人民疾苦的作品，如《秋夕沉雨，偕燕友、让木集杨姬馆中》二首，写与名姬柳如是之间的深情。这类作品俊秀婉丽，如《梦中吹箫》：

> 梦到江南弄紫箫，秃衿倚柱和红绡。玉铃小阁风吹雨，银钥雕栏夜与朝。岂有火禽称凤律，曾无神女属鸾翘。鄂君添得兰桡恨，近过扬州明月桥。

另一类作品反映现实生活，写忧国忧民的情怀。如《白靴校尉行》写天启年间魏忠贤统领特务机关东厂，大搞恐怖统治；《檀州乐》对最高统治者信任宦官监军给军队带来的恶果做了生动刻画；《卖儿行》写出当时贫苦百姓卖儿鬻女的情景："高颡长髯清源贾，十钱买一男，百钱买一女。"而且，这些人贩子都不让可怜的父母们问一下他们要把孩子弄到什么地方去；《小车行》是写逃荒流亡者的痛苦："小车班班黄尘晚，夫为推，妇为挽。"但他们的目的地在何处呢？无处可去是流浪者最大的悲哀。从这些充满血泪的作品中，可以感到时局的艰危。

崇祯以来，国事日非，他的诗歌多忧边之作。如《寄石斋先生》抒发对忠而获谴的黄道周的同情，表达对奸臣当道的愤怒："赭衣墨帻安鱼服，予亦相逢淮水曲。京华时事不足论，惨淡相看日弥促。镰刀谁留门外兰，庖厨肯恕山中鹿……"《壬午除夕》二首和《辽事杂诗》八首也都是关切和忧虑边患之作。这个时期的作品表达了念乱望治之情。两都倾覆，陈子龙连同他的创作一起投身抗清斗争之中，不少作品写得长歌当哭，酣畅淋漓。此时，许多文人士大夫都把诗文创作当作鼓舞自己和勉励朋友不要忘记士节的一种手段。他的《易水歌》还唱出绝望中的希望："白虹照天光未灭，七尺屏风袖将绝。督亢图中不杀人，咸阳殿上空流血。可怜六合归一家，美人钟鼓如云霞。庆卿成尘渐离死，异日还逢博浪沙。"《晚秋杂兴》八首、《秋日杂感》十首都表现了诗人对故国的怀念和知其不可为而为之的坚持不懈的斗争精神：

行吟坐啸独悲秋，海雾江云引暮愁。不信有天常似醉，最怜无地可埋忧。荒荒葵井多新鬼，寂寂瓜田识故侯。见说五湖供饮马，沧浪何处着渔舟？

经年憔悴客吴关，江草江花莫破颜。岂惜馀生终蹈海？独怜无力可移山。八厨旧侣谁奔走，三户遗民自往还。圯上隆中俱避地，侧身怀古一追攀。

这是《秋日杂感》中的两首，写于崇祯亡后第二年。此时他的许多老朋友、同志都已牺牲，作为后死者，虽然觉得独自移山也许困难，但是他想成为圯上老人或隆中的诸葛亮，去策划和鼓动更大的反抗行动。诗中既有国破家亡的悲痛、对清朝的愤恨，又有抱定为国献身的决心，种种复杂的情感交织在一起，使得陈子龙晚年诗作分外悲壮。《九日虎丘大风雨》："君不见龙山置酒桓宣武，参佐风流映千古。又不见宋公秉钺真奇才，横槊赋诗戏马台。江左英雄安在哉！"《岁晏仿子美同谷七歌》："生平慷慨追贤豪，垂头屏气栖蓬蒿。固知杀身良不易，报韩复楚心徒劳。百年奄忽竟同尽，可怜七尺如鸿毛。呜呼七歌兮歌不息，青天为我无颜色！"这些都是悲歌慷慨之作，不仅具有感染力，而且使读者联想到作者的处境和人格，因而产生垂范的力量。

陈子龙最擅长七古、七律，《明诗综》卷七十五引朱云子之说，"七古直兼高、岑、李颀之风轨，视《长安》《帝京》，更进一格"；"七律格清气老，秀亮淡逸"。在艺术上，陈子龙欣赏复古派的格调、气势、法度，但他毕竟是吴中人，吴中传统的注重词章的形式美、注重辞藻的作风，在他的诗中也有表现。特别是他的早期作品，富于辞采。陈子龙在学古时也兼采六朝与初唐，因此他的作品不流于一些复古派作者的粗犷和单调，《明诗综》卷七十五引魏楚白所说："昔人诗'芙蓉露下落，杨柳月中疏'，黄门近体佳境，往往相似。"这种境界与风格在其他复古派中是很少见的。

第三节　夏完淳与张煌言

夏完淳（1631—1647），初名复，明亡后改为此名，小名乳哥，字存古，号小隐，又号灵胥（或作灵首），也称玉樊。松江华亭（今上海松江）人。夏完淳是中国传统文化孕育出的一位奇才。他仅有短短的16年生命，在如此短暂的时间里，他的做人品格，他在挽救国家危亡斗争中的表现，他在诗文创作上的成就，都是光彩夺目的。他是幾社名士夏允彝之子、陈子龙的学生，与他家往来的都是讲究文章气节的人，他从小就受到环境的熏陶，“四岁能属文，诵群书数十万言，文采宏逸，江左绝俪”（侯玄涵《吏部夏瑗公传》）。他从6岁起随父游宦四方，增长了阅历，表现出卓越的见解和超人的文学才能，受到一些著名的文学家如陈继儒、钱谦益的推重。14岁参加抗清斗争，其父夏允彝在抗清斗争失败后投水自杀，有《绝命词》说：“少受父训，长荷国恩。以身殉国，无愧忠贞。”“人谁不死，不泯者心。修身俟命，敬励后人。”父亲的品格和文采，对夏完淳有着直接的影响。对父亲的牺牲，他没有感到惊恐与动摇，反而更加坚定，抱定为国捐躯的决心，义无反顾地投入反清的武装斗争。夏完淳与其老师陈子龙、岳父钱栴歃血为盟，并且毁家捐资给反清义军。失败后被俘，关押两个多月，不屈而死。在狱中，他写了许多诗文表达自己的献身精神，以激励后人。结集为《南冠草》。他在狱中所写《土室馀论》叙述自父牺牲三年以来，自己湖海飘零、风胼霜胝的艰难历程，并且表明国恨家仇不共戴天，既然被捕，自当一死以报国的精神。最后他激切地表达自己的心曲：“呜呼！家仇未报，臣功未成，赍志重泉，流恨千古。今生已矣，来世为期。万岁千秋，不销义魄。九天八表，永励英魂！”这种战斗精神，对后代爱国志士有深刻影响。

和陈子龙一样，夏完淳也受到复古主义影响，在早期创作中表现明显，拟古、模仿之作很多。以五言古体为例，魏晋名家几乎模拟殆尽。夏完淳的名作大多写于甲申之后，现实生活给予他的感受，早已超越了从书本中领受的教诲。他的诗主题只有一个，就是具有浓重的英雄主义色彩的爱国主义激情。明末抗清文人的诗多倾向悲壮，而夏完淳的诗壮多于悲。这可能和他的年龄、才性有关。打开夏完淳的集子，一股英雄之气扑面而来，任何艰难困苦，甚至酷刑死亡，他都能从容处之，视之蔑如。在战斗中自不必言，他坚信并力行“一身湖海茫茫恨，缟素秦庭矢报仇”（《鱼服》）；“沧海一椎亡命后，桥边黄石待人来”（《鹑衣》）；“闻道扶桑天子气，何人不向五云看”（《春兴八首同钱大作》）。即使在危难之中，也充满一往无前的奋斗精神，“交情牢落乾坤外，旧业荒茫战伐中。万里行踪浑未定，水云何处不相逢”（《柬遗民沈师弘济》）；“何时壮志酬明主，几日浮生哭故人。万里飞腾仍有路，莫愁四海正风尘”（《舟中忆邵景说寄张子退》）。这是在武装斗争失败后流浪江湖时写下的诗篇，或是鼓舞朋友，或是自勉，都十分乐观。在被捕之后，带着刑具，“一片银铛影，还同剑佩看”（《被羁待鞫在皇城故内珰宅》）。写给被捕后稍示软弱的岳父钱栴的诗《柬半村先生》：

乐令竟如此，王郎又若斯。自羞秦狱鬼，犹是羽林儿。月白劳人唱，霜空毅魂悲。英雄先死路，却似壮游时。

正是这样的英雄气概，使他以 16 岁的年纪在生死面前做出极其自觉的选择。他的人格与诗格互相辉映。既是英雄，更是诗人。他的诗中，英雄气和亲子情交融在一起。被捕时拜别嫡母写的《拜辞家恭人》充满血泪：

孤儿哭无泪，山鬼日为邻。古道麻衣客，空堂白发亲。循陔犹有梦，负米竟谁人。忠孝家门事，何须问此身。

抱了必死的决心，所以他想到：此去之后，白发高堂由谁来照料呢？真是欲哭无泪！这种深挚的情感在《寄内》《寄荆隐女兄兼武功侯甥》也表达得很充分。他对妻子说：“九原应待汝，珍重腹中儿。”嘱咐 10 岁的外甥道：“大仇俱未报，赖尔后生贤！”慷慨赴义、生死去就之际，正是至情至性、精神升华之时。

哀悼牺牲的战友，怀念志同道合的老师、朋友，是夏完淳诗的重要内容，像《忆侯几道云俱兄弟》《闻大鸿仲熊讣》《二哀诗》《吴江野哭》《哭吴都督》等都是。《细林野哭》哀悼老师、朋友和同志陈子龙，是声情并茂的杰作：

细林山上夜乌啼，细林山下秋草齐。有客扁舟不系缆，乘风直下松江西。却忆当年细林客，孟公四海文章伯。昔日曾来访白云，落叶满山寻不得。始知孟公湖海人，荒台古月水粼粼。相逢对哭天下事，酒酣睥睨意气亲。去岁平陵鼓声死，与公同渡吴江水。今年梦断九峰云，旌旗犹映暮山紫。潇洒秦庭泪已挥，仿佛聊城矢更飞。黄鹄欲举六翮折，茫茫四海将安归！天地跼蹐日月促，气如长虹葬鱼腹。肠断当年国士恩，剪纸招魂为公哭。烈皇乘云御六龙，攀髯控驭先文忠。君臣地下会相见，泪洒阊阖生悲风。我欲归来振羽翼，谁知一举入罗弋！家世堪怜赵氏孤，到今竟作田横客。呜呼！抚膺一声江云开，身在罗网且莫哀。公乎，公乎！为我筑室傍夜台，霜寒月苦行当来。

郭沫若《历史人物》评此诗说："真可谓声与泪下，一字一咽。其早欲追随其师，存心一死，固已情见乎辞。16 岁之少年如此慷慨沉着，谁能读之不为之凛然生感耶！"夏完淳这类"慷慨沉着"的诗歌是他感情热烈的表现。但他也有冷峻的时候，那是对待在民族压迫下改变初衷的人。这可以从《毗陵遇辕文》中看得分明：

宋生裘马客，慷慨故人心。有憾留天地，为君问古今。风尘非昔友，湖海变知音。洒尽穷途泪，关河雨雪深。

"辕文"就是宋征舆，他和陈子龙、李雯并称"云间三子"，是夏完淳的师辈。可是他却投降了，成了新朝的进士。两人邂逅相遇，一个衣鲜马肥；一个镣铐锒铛。夏完淳以冷漠而又略带鄙视的笔调写了这首赠诗。诗中的二、三两联可以说是千秋史评。

张煌言（1620—1664），字玄著，号苍水，鄞县（今浙江宁波）人。崇祯十五年（1642）举人。南明弘光元年（1645）与同邑人钱肃乐起兵于鄞，奉鲁王至绍兴为监国，被授进士，任为翰林检讨掌制诰，兼行人司事、兵科给事中。顺治三年（1646），绍兴破，张名振奉鲁王至闽海，煌言则留舟山，曾联络荆襄十三家农民义军合力抗清，坚持斗争 19 年。他曾一度与郑成功分兵北征，连下芜湖四府、三州、二十四县，终因未能克江宁而返回台州。后因南明诸王的抗清斗争都被扑灭，康熙三年（1664）六月，他解散军队，退居悬岙岛。七月，被人出卖而被捕。九月，在杭州英勇就义。

张煌言是位能文能武的抗清领袖，与清军周旋 20 馀年，历经艰难困苦，斗志始终不懈，才智武略可以想见。他的诗是严酷艰苦的抗清战斗生活的记录，也是坚韧不拔、不屈不挠的战斗意志的写照。明末许多抗清志士都能写诗，但反映战斗生活及反抗民族压迫的作品仅仅是其全部作品的一部分，而张煌言不同，他从26岁参加武装抗清斗争，一直到被害，战斗是其生活的全部，因此，他的诗几乎都是以抗清复国为主题的。《张书绅与范子瞻论余十馀年来戎马劳苦孤危，以诗见赠，读之怅然，因次其韵》是他在军旅生涯中极端困难时的自白：

相业侯封非我望，伯图王业向谁论。可怜节在旄全落，独恨交亡剑尚存。上客摄衣空有铗，孤军裹甲已无裈。也知戈朽难回日，誓死何妨绝影奔。

他的奉献牺牲完全是出于爱国赤忱，功名得失早被置之度外，知其不可为而为之，因此，最后的献身对他来说也是一个完满的结局。张煌言的生命完全与国家、民族联系在一起，唯一属于他个人的心愿是：希望就义后能与岳飞、于谦同葬西子湖畔。《甲辰八月辞故里》写他在被俘后告别家乡时的心情：

国破家亡欲何之，西子湖头有我师。日月双悬于氏墓，乾坤半壁岳家祠。惭将素手分三席，拟为丹心借一枝。他日素车东浙路，怒涛岂必属鸱夷！

这是他最后一次表达自己的愿望与壮志，表示自己的灵魂将化为钱塘江的怒涛，会永远拍打后世爱国者的心扉。

除一度打到南京城下的短暂兴奋外，张煌言在反清斗争中一直处于逆境，但是他的诗却高昂有力。全祖望《张苍水集序》说：“呜呼！古来亡国之大夫，其音必凄楚郁结，独尚书之著述，噌吰博大，含钟应吕，俨然承平庙堂巨手，一洗亡国之音。岂天地间伟人，固不容以常例论耶？”全祖望不仅指出其艺术风格特点，还说明它是作者伟大人格的体现。张煌言也是复社成员。全祖望在序中还说：“尚书诗古文词，皆自丁亥以后，才笔横溢，藻采缤纷，大略出华亭一派。”又云：华亭陈子龙为节推，“于浙东行其教，尚书之薪传出于此。及在海上，徐都御史闇公（孚远）故与人中（即陈子龙）同主社事，而尚书壬午齐年也，是以尚书之诗古文词无不与之合”，因此，张煌言的作品不仅是明诗光辉的终结，也为明代复古主义画上了完满的句号。

第五编　清代诗歌

导　言

诗歌发展到清代，由于人口递增，文献保存趋易，传世诗歌可谓汗牛充栋。同样是长约300年的朝代，《全唐诗》所收唐代诗人不过3600馀家，作品总数5.5万首左右。《全宋诗》所收宋代诗人也不过9000多家，27万多首，成书72册。而有清一代的诗歌，有作品传世的作家远在10万人以上①，其中仅女诗人就超过2万家②。就作品数量而论，仅乾隆皇帝一人就多达4.3万馀首③。清诗的数量，无疑比此前历代诗歌的总和还要多出许多倍。清诗之前有丰富、优秀的诗歌传统，既提供方便，也带来困难——“好诗多被古人先”④。同时，清朝“文字狱”盛行，出于忌讳，有许多东西不敢去写，写出来也不敢保存。但即使如此，清诗仍涌现出许多优秀作品，出现众多作家和流派⑤，显示出特色，从悼念亡国、反映现实，到点缀盛世、歌舞升平，再到反对封建、追求民主；从专摹盛唐，转向广师唐宋，又发展到独创清诗，最终得以超越元明，直追唐宋，成为诗歌史上的第三座高峰。⑥

①朱则杰：《论〈全清诗〉的体例与规模》，《古籍研究》1994年第1期。

②郭蓁：《清代女诗人研究》，北京大学博士学位论文，2001年5月，第3页。

③戴逸：《我国最多产的一位诗人乾隆帝》，《吉林大学学报》1985年第5期。

④〔清〕赵翼：《瓯北集》卷二十七《即事》二首之一。

⑤参见刘世南《清诗流派史》，人民文学出版社2004年版。

⑥参见钱仲联《梦苕庵论集》，中华书局1993年版；朱则杰《清诗史》（修订本），江苏古籍出版社2000年版；严迪昌《清诗史》（修订本），浙江古籍出版社2002年版；蒋寅主编《中国古代文学通论·清代卷》，辽宁人民出版社2005年版。

第一章　清初期诗派

清代初期约 80 年是诗歌创作比较活跃的时期，诗人甚多，作品丰富，诗派林立。主盟诗坛的是“江左三大家”钱谦益、吴伟业和龚鼎孳。他们是由明入清、早已成名的诗人，其中，钱谦益可谓清诗的开山宗将，主盟文坛达 50 年之久，为清诗开山立派的作用不可低估。

第一节　虞山派：钱谦益

钱谦益（1582—1664），字受之，号牧斋、蒙叟、绛云老人、虞乡老民、东涧遗老等，学者称虞山先生。常熟（今属江苏）人。万历三十八年（1610）进士，授编修，官至礼部侍郎，但仕途蹭蹬，几度浮沉。曾讲学东林书院，为清流众望所归。南明弘光朝时期，又依附阮大铖、马士英，任礼部尚书。清兵南下，钱谦益跪迎清军，授礼部侍郎管秘书院事，充修明史副总裁。旋归乡里，从事著述，秘密进行反清活动。钱谦益的性格和经历都十分复杂，在不断的政治旋涡与人生抉择之中备受煎熬。他首鼠两端，反复无常，为时人所诟病，亦为清廷疑忌和憎厌，文集在乾隆朝遭到查禁。

钱谦益生当明末清初，他的诗歌理论主要是针对明诗流弊而来。明代复古派以前后七子为代表，力图恢复古典的传统而造成抒情的阻隔；反复古派的公安、竟陵两派又破坏了古典的审美趣味而流于俚俗与纤仄。钱谦益对这两派均予以批评，也各有所取。他尖锐批评七子派盲目崇古，只讲求形式格调的做法，重新回到诗言志的古老命题，认为“诗不本于言志，非诗也”（《徐元叹诗序》），“夫诗者，言其志之所之也。志之所之，盈于情，奋于气，而击发于境风识浪，奔昏交凑之时世，于是乎朝庙亦诗，房中亦诗，吉人亦诗，棘人亦诗，燕好亦诗，穷苦亦诗，春哀亦诗，秋悲亦诗，吴咏亦诗，越吟亦诗，劳歌亦诗，相春亦诗”（《爱琴馆评选诗慰序》）。只要是人生真的际遇、真的感情，无论政治、爱情、欢喜、忧伤、春恨秋悲，甚至劳动歌吟都是诗，判定什么是诗的标准，就是看它是否有感而发，是否抒写性情。针对复古派仅仅推崇汉魏盛唐的诗学主张，钱谦益将学习的范围推广到中晚唐、宋金元乃至本朝，兼收并蓄，转益多师。对公安派的浅薄空疏与竟陵派的纤仄诡僻，钱谦益也不遗馀力地否定。他一方面接受他们“独抒性灵”的主张，另一方面又要求不悖于风雅。对于他们师心而妄的弊端，则主张济之以学问。

钱谦益诗作于明者收入《初学集》，入清后所作收入《有学集》，晚年所作为《投笔集》。钱氏极为服膺杜甫，人称其学杜而入其堂奥。同时亦广泛借鉴前代其他诗人，不拘一格，加上思深学博，形成沉雄博丽的总体风格。钱氏在明代仕途坎坷，屡起屡踬，《初学集》中家国之忧、身世之感与得失之戚交织在一起，诸如天启年间写的《乙丑五月奉诏削籍南归十首》《十一月初六日召对文华殿，旋奉严旨，革职戴罪，感恩述事凡二十首》及《狱中杂诗》三十首等，皆典雅华美，使事用典，妥帖而工稳。入清后，由于经历与心境的复杂万端，他的诗愈发沉郁悲凉，骨力苍劲，托旨遥深。悼念故国之情，深痛悔恨之意，见于笔端。例如《辛卯春尽歌者王郎北游告别戏题十四绝句》之十：

> 江南才子杜秋诗，垂老心情故国思。金缕歌残休怅恨，铜人泪下已多时。

铜人尚且下泪，故国之思，亡国之痛自不待言。再如《丙申春就医秦淮，寓丁家水阁浃两月，临行作绝句三十首》之四：

> 苑外杨花待暮潮，隔溪桃叶限红桥。夕阳凝望春如水，丁字帘前是六朝。

秦淮风物依旧，但物是人非，沧桑巨变，一种深沉的历史感喟令人为之动容。钱谦益所作多为抒情诗，各体兼擅，尤工近体。特别是《投笔集》所收七律组诗《后秋兴》，为次韵杜甫《秋兴八首》之作，共104首，内容大抵与清初抗清斗争及南明政权有关，被称为“明清诗史”。整组诗浑然一体，鸿篇巨制，澜翻不穷，显示出作者深厚的艺术功力。

第二节　梅村体：吴伟业

对清初诗坛影响较大的还有与钱谦益并称的吴伟业。

吴伟业（1609—1672），字骏公，号梅村，太仓（今属江苏）人。崇祯四年（1631）进士，授翰林院编修，官至左庶子。南明时任少詹事，因与阮大铖等奸党不和，很快便辞归故里。顺治十年（1653）清廷征召，他迫于各方压力不得不北上，内心却感到失节的痛苦折磨。他后期的诗词很多即表现了这种凄苦痛悔的心情，如《过淮阴有感二首》之二云：“浮生所欠止一死，尘世无繇识九还。我本淮王旧鸡犬，不随仙去落人间。”《临终诗四首》更是自怨自艾，悲感无端，其一云：“忍死偷生廿载馀，而今罪孽怎消除？受恩欠债须填补，纵比鸿毛也不如！”一种个人在历史剧变之中的悲哀与无奈溢于言表，因此，他的失节得到大多数人的谅解。顺治十三年（1656），吴伟业以丁忧南归，从此不复出仕。临终之际，遗命后人殓以僧装，既不敢着汉衣冠，也不愿着清服，并于墓碑上题“诗人吴梅村之墓”，不署新朝所封官诰，以此表示对自己身仕二姓的痛悔，同时亦可见出他对于自己作为诗人的自信。

吴伟业早年春风得意，多风华绮丽之作；后身经明清易代，遭逢丧乱，所感特深，发而为诗，风格转向苍凉凄楚，多黍离之悲、伤亡悼国之痛，《过吴江有感》《扬州》四首、《杂感》二十一首、《怀古兼吊侯朝宗》等，都是近体诗佳作。不过，使其名扬天下的是七言歌行，时称“梅村体”。梅村体所指大约有百馀首七言叙事古诗，尤以作于顺治二年（1645）到顺治八年（1651）的《圆圆曲》《琵琶行》《永和宫词》《临淮老妓行》《听女道士下玉京弹琴歌》《萧史青门曲》等长篇歌行成就最高。这些诗作取材当代史实，描绘明清之际的历史风貌，记录王侯将相、歌儿舞女在历史变迁中的命运遭际，“可备一代诗史”，语言绮丽，声调流转，喜使事用典，极为讲究声律，多用律句，韵脚整饬，四句一转，平仄交替，于整齐之中寓变化，读来有一种跌宕流走、回环往复的音乐美。如《琵琶行》：

琵琶急响多秦声，对山慷慨称入神。同时渼陂亦第一，两人失志遭迁谪。绝调王康并盛名，昆仑摩诘无颜色。百馀年来操南风，竹枝水调讴吴侬。里人度曲魏良辅，高士填词梁伯龙。北调犹存止弦索，朔管胡琴相间作。尽失传头误后生，谁知却唱江南乐。今春偶步城南斜，王家池馆弹琵琶。悄听失声叫奇绝，主人招客同看花。为问按歌人姓白，家住通州好寻觅。袴褶新更回鹘装，虬须错认龟兹客。偶因同坐话先皇，手把檀槽泪数行。抱向人前诉遗事，其时月黑花茫茫。

初拨鹍弦秋雨滴，刀剑相磨毂相击。惊沙拂面鼓沉沉，砉然一声飞霹雳。南山石裂黄河倾，马蹄迸散车徒行。铁凤铜盘柱摧塌，四条弦上烟尘生。忽焉摧藏若枯木，寂寞空城乌啄肉。辘轳夜半转咿哑，呜咽无声贵人哭。碎珮丛铃断续风，冰泉冻壑泻淙淙。明珠瑟瑟抛残尽，却在轻拢慢捻中。斜抹轻挑中一摘，漻栗飕飗憯肌骨。衔枚铁骑饮桑干，白草黄沙夜吹笛。可怜风雪满关山，乌鹊南飞行路难。猿啸鼯啼山鬼语，瞿塘千尺响鸣滩。

坐中有客泪如霰，先朝旧直乾清殿。穿宫近侍拜长秋，咬春燕九陪游燕。先皇驾幸玉熙宫，凤纸佥名唤乐工。苑内水嬉金傀儡，殿头过锦玉玲珑。一自中原盛豺虎，暖阁才人撤歌舞。插柳停挡素手筝，烧灯罢击花奴鼓。我亦承明侍至尊，止闻鼓乐奏云门。段师沦落延年死，不见君王赐予恩。一人劳悴深宫里，贼骑西来趋易水。万岁山前鼙鼓鸣，九龙池畔悲笳起。换羽移宫总断肠，江村花落听霓裳。龟年哽咽歌长恨，力士凄凉说上皇。前辈风流最堪羡，明时迁客犹嗟怨。即今相对苦南冠，升平乐事难重见。白生尔尽一杯酒，繇来此伎推能手。岐王席散少陵穷，五陵召客君知否。独有风尘潦倒人，偶逢丝竹便沾巾。江湖满地南乡子，铁笛哀歌何处寻。①

一唱三叹，动人心魄，不愧是感事而发的佳作，既有风雨骤至、哀促繁

①李学颖集评标校《吴梅村全集》上册，上海古籍出版社1990年版，第55—57页。

乱、倏往倏来的名山之技，更有滚动于心底无法排遣的故国之悲。中国古典诗歌中叙事诗一向相对薄弱，因此“梅村体”弥足珍贵。“梅村体”的艺术特点，既继承初唐四杰华藻缤纷的特点，又善于学习元白“长庆体”的表现技巧，进一步融会贯通，综合变化，最终形成自身的风格，诚如《四库全书总目提要》所说：“格律本乎四杰而情韵为深，叙述类乎香山而风华为胜。”① 但在叙事结构上，则打破“长庆体”按照时序叙事的线性结构，代之以跳跃性的倒叙式结构，采用顺叙、倒叙、插叙、分写、合写、映衬、呼应等各种手法，腾挪变化，错综穿插，创造出种种全新的叙事结构；在叙事手法上，“长庆体”有人物、有故事情节，属于典型的叙事诗，而“梅村体”还兼有对事件的咏叹和评述，将叙事与抒情、议论相结合。另外，“梅村体”比“长庆体”用情更深，表现出浓郁而又不失真的抒情性特征，与元、白浓郁而浪漫的抒情性特征不同。在塑造人物形象方面，“梅村体”继承并发展了“长庆体”细腻地刻画人物心理的手法，表现出对人性心理纤敏而富有深度的揭示。可以说，“梅村体”将中国古典叙事诗的艺术水平推向一个新的高峰。② 陈维崧、吴兆骞、王闿运、樊增祥、王国维等不断模仿，相继产生大量佳作，形成诗歌史上一个独特的系列。

第三节　南施北宋

继由明入清诗人之后，严格意义上的清代本朝诗人成批成长。这些诗人或入清以后才应举做官，或直接出生在清代。与由明入清诗人不同，他们的政治立场站在清朝一边。他们生活的清代社会，也日益从战乱走向和平，乃至进入康熙盛世。随着时间的推移，这些诗人的故国之思和亡国之痛越来越弱。其中的代表是并称“国初六家”的施闰章、宋琬，朱彝尊、王士禛，查慎行、赵执信。国初六家每两人为一组，每组各一南一北，各

①《四库全书总目提要》卷一百七十三。

②参见叶君远《吴梅村年谱》，江苏古籍出版社 1990 年版；《吴伟业评传》，首都师范大学出版社 1999 年版；《清代诗坛第一家——吴梅村研究》，中华书局 2002 年版；裴世骏《吴梅村诗歌创作探析》，宁夏人民出版社 1994 年版。

组之间分别间隔约一个辈分，连起来则刚好贯穿清初顺治、康熙、雍正三朝，个别延伸至中叶乾隆初。第一组“南施北宋”，诗歌主要反映与明清易代密切相关的个人身世和民生疾苦，同由明入清诗人还颇多相似；到第三组“南查北赵”，这种内容相对减少。而整个清初诗歌思想主题的变化，又大抵同艺术道路的发展变迁相联系。

宋琬（1614—1674），字玉叔，号荔裳。莱阳（今属山东）人。顺治四年（1647）进士，官至四川按察使。其诗初宗明七子，后扩大取径范围，师法韩愈、陆游。吴伟业《宋玉叔诗文集序》评其诗“才情隽丽，格合声谐，明艳如华，温润如璧。而抚时触事，类多凄清激宕之调”。其抚时触事之作，多抒写怀才不遇的感慨，如《舟中见猎犬有感》：

> 秋水芦花一片明，难同鹰隼共功名。樯边饱饭垂头睡，也似英雄髀肉生。

感慨舟中猎犬无用武之地，流露出渴望报国建业的热情。《狱中对月》抒写无辜系狱的悲愤之情，多凄怆激荡之音。《庚寅腊月读子美同谷七歌效其体以咏哀》《登西岳庙万寿阁》《埋忧》等，均以雄健磊落见称。

施闰章（1618—1683），字尚白，号愚山，又号蠖斋。宣城（今属安徽）人。顺治六年（1649）进士。官至侍读。他也是由师法明七子而扩大到取径中唐，写作技巧圆熟，擅长以洗练的笔墨勾勒山水景观。尤工五言，例如《钱塘江观潮》：

> 海色雨中开，涛飞江上台。声驱千骑疾，气卷万山来。绝岸愁倾覆，轻舟故溯洄。鸱夷有遗恨，终古使人哀。

寥寥数语便写出江潮惊天动地的声势，并借用伍子胥化为钱塘江神的传说，寄寓世事的感慨。又如《燕子矶》：

> 绝壁寒云外，孤亭落照间。六朝流水急，终古白鸥闲。树暗江城雨，天青吴楚山。矶头谁把钓？向夕未知还。

描写山川形胜的同时，融注历史感喟，笔触空灵，意蕴含蓄。《历代诗评注读本》称："王渔洋《池北偶谈》云，施愚山五言诗章法之妙，如天衣无缝，读此信然。"

施闰章还创作过不少古风。如《青藤引》《白龙潭上桃花源作》等，笔意洒脱，汪洋恣肆，想象奇特，诗境瑰伟，与近体诗风格很不相同。他有不少关注现实的作品，如古风《临江悯旱》《壮丁篇》《牵船夫行》《老女行》等，乐府《浮萍兔丝篇》《鸡鸣曲》《病儿词》等，从不同角度反映民生凋敝。但他的诗基本格调是温婉、平和的，可谓盛世之音，与由明入清的"衰世之音"明显不同。

第四节　秀水派：朱彝尊

朱彝尊（1629—1709），字锡鬯，号竹垞，晚号小长芦钓鱼师，秀水（今属浙江嘉兴）人。早年曾参加抗清活动。长期游幕四方，康熙十八年（1679）举博学鸿词，授翰林院检讨，充《明史》纂修官。康熙三十一年（1692）罢官归里，著述终老。有《曝书亭集》《日下旧闻》《瀛洲道古录》《经义考》等著作，另编有《词综》《明诗综》等。

朱彝尊早期宗汉魏盛唐，晚年则由唐入宋。但总体上说，因为经学深湛，所以他的诗有学者气，又特重才藻，主性情，求典雅，而缺乏初盛唐诗激荡奔放的气概。如《送袁骏还吴门》：

> 袁郎失意归去来，弹铗长歌空复哀。天寒好向汝南卧，酒尽谁逢河朔杯。远岸枫林孤棹入，平江秋水夕阳开。要离墓上经过地，知尔相思日几回。

引用冯谖弹铗、袁安卧雪、刘松与袁绍子弟酣饮以避暑和皋伯通葬梁鸿于要离墓旁等典故，表现对友人的理解和情谊，可以看出其诗的一般特点。他的抒发个人不平之愤的诗，语言则较为明快，如《寂寞行》等；长篇五言排律《风怀二百韵》，原原本本写他个人的婚外恋；另有部分短小的写景诗和歌谣体的诗，像《永嘉杂诗二十首》中的《孤屿》："孤屿题诗处，中川激乱流。相看风色暮，未可缆轻舟。"写得很轻灵。

第五节 神韵派：王士禛

王士禛（1634—1711），字子真，又字贻上，号阮亭，新城（今属山东桓台）人。顺治十二年（1655）会试中试，未与殿试。顺治十五年（1658）应殿试，进士及第，官至刑部尚书。有《带经堂集》。

王士禛少有才名，早年受前辈钱谦益奖掖，许其与已代兴。后果然不负所望，主持风雅数十年，执吟坛牛耳者几五十年。其诗初宗汉魏盛唐，“中岁越三唐而事两宋”（俞兆晟《渔洋诗话序》），晚年复以盛唐为归，尤喜王、孟清音，提倡神韵之说，辑《唐诗三昧集》等宣扬其说。神韵说是以明人的名辞、锺嵘《诗品》、司空图诗“味”说、严羽《沧浪诗话》、徐祯卿《谈艺录》及大量禅宗语录、张彦远画论中语化而为一的。① 标举“羚羊挂角，无迹可求”“不著一字，尽得风流”，首重清、远二端。清，指诗情诗境清雅脱俗；远，指诗韵诗味含蓄无尽。

王士禛诗作甚丰，且多编年辑录，甚至可以具体至月日，每到一处必有诗，又多附以自注，俨然自成诗传。诗体兼有五言、七言、杂言，涵盖绝句、律诗、歌行、乐府；内容涉及记事、纪游、咏史、咏物、讽喻等，大到天地人文，小到个人琐事，微如牙齿脱落，无不借诗而抒。这一点，与他曾经鄙薄的白居易颇为相似。② 其成名之作是24岁在济南参加一次名士聚会时所作的《秋柳四首》，其一云：

> 秋来何处最销魂？残照西风白下门。他日差池春燕影，只今憔悴晚烟痕。愁生陌上黄骢曲，梦远江南乌夜村。莫听临风三弄笛，玉关

①参见张寅彭《清代诗学考述》，《上海大学学报》2005年第1期。蒋寅《王渔洋“神韵”概念溯源》，《北京大学学报》2009年第2期，《王渔洋“神韵”的审美内涵及艺术精神》，《中国社会科学》2012年第3期及《清代诗学史》，第1卷第6章“清代诗学的发轫——山东诗学”，中国社会科学出版社2012年版，对“神韵”语源、审美内涵和艺术精神有详细阐发。

②详见陈才智《王渔洋之于白香山——取舍避就之道》，《文学遗产》2016年第3期。

哀怨总难论！

意象优美，情调感伤。诗咏济南大明湖畔的秋日衰柳，一开始就关涉咏叹兴亡的传统对象南京。又由“秋柳”联想到美的消逝，和由此引起的幻灭。但这种幻灭感，通过陌上黄骢曲、江南乌夜村的衬托，被处理成过去式的或谓历史的悲哀。美丽的语汇和意象，流动的节奏，又减少了这种幻灭感对人心的刺激，使之转化为优美的忧伤。歌行《南将军庙行》《龙门阁》等，律诗《过古城》《晚登夔府东城楼望八阵图》等，也堪称佳作。不过，最能代表他艺术风格的是以神韵为宗的绝句，许多写景名句传诵一时。如《再过露筋祠》：

翠羽明珰尚俨然，湖云祠树碧于烟。行人系缆月初堕，门外野风开白莲。

《江上二首》之二：

吴头楚尾路如何？烟雨秋深暗白波。晚趁寒潮渡江去，满林黄叶雁声多。

其馀如《秦淮杂诗》《寄陈伯玑金陵》《雨中度故关》《夹江道上》《真州绝句》等，亦冲淡闲远，风致清新，惨淡经营又不露斧凿痕，有很高的艺术魅力。

王士禛驾鹤之际即被誉为“典型”，身后更被誉为“一代正宗”“一代之宗”“一代宗匠”“一代宗工”“一代诗宗”等，在世时，还被许为“非一代之诗”“非一世之诗”“可以传后世”。不知是否是为了匹配古文八大家，曾有人将他与屈灵均、陶渊明、李太白、杜子美、白香山、苏东坡、陆放翁并列，合称中国八大诗人①。一代名家，世所公认，不过是否当得起跨代之大家、隔世之通才，恐怕还需要历史的检验。

①胡怀琛：《中国八大诗人》，上海商务印书馆1925年版，收入“国学小丛书”。前七位争议不大，唯独殿尾的王渔洋，未见哪部文学史将其与前七位相提并论。

第六节　宗宋派：查慎行

清初标举宋诗且成绩斐然的是查慎行。

查慎行（1650—1727），字悔馀，号初白，原名嗣琏，字夏重，浙江海宁人。官翰林院编修。有《敬业堂集》。他早年从军西南，又遍游南北，凡地方风物、人民生活以及山川形势，多见于诗篇，既供奉内廷，脱离现实，诗风稍变。查慎行的诗宗法苏轼、陆游，对苏尤为倾心，曾费时多年撰《补注东坡编年诗》。五、七言古诗得力于苏轼为多，辞意婉转畅达，如《月夜自湖口泛舟还湓城》《高斯亿为余画竹以诗报之》等。近体则颇学陆游，如《夜观烧山》云："赤帜千人争赵壁，火牛百道走燕军。危时莫以烽为戏，我意方忧玉亦焚。"运意灵活，属对自然。又如《题杜集后》云："漂泊西南且未还，几曾蒿目委时艰。三重茅底床床漏，突兀胸中屋万间。"凝练有力，风格逼近剑南。他曾说："平生怕拾杨刘唾，甘让西昆号作家。"（《自题癸未以后诗稿》）

他的诗较多反映社会民生，用意在于引起统治者的注意，表现忧国忧民的责任感，故叙述多而激情少。如《麻阳运船行》写西南用兵，人民转运粮草的苦难；《偏桥田家行》写军队纵马吃稻苗并连根踏毁的惨状；《养蚕行》和《麦无秋行》写田家蚕麦歉收复遭到剥削的痛苦。晚年诗多歌功颂德。优秀之作是描述关山行旅、自然景色和风土人情的诗，如《自湘东驿遵陆至芦溪》：

> 黄花古渡接芦溪，行过萍乡路渐低。吠犬鸣鸡村远近，乳鹅新鸭岸东西。丝缫细雨沾衣润，刀剪良苗出水齐。犹与湖南风土近，春深无处不耕犁。

用语浅淡，不尚藻丽，而辞意畅达，描摹出农家的生活气息，能得苏轼、陆游同类诗的白描之长。《四库全书总目提要》谓其"得宋人之长而不染其弊"，评价甚高。

第七节　饴山派：赵执信

赵执信（1662—1744），字伸符，号秋谷，晚号饴山，益都（今山东青州）人。9岁即显露才华，14岁中秀才，17岁中举人，18岁中进士，选翰林院庶吉士，散馆授编修。23岁任山西乡试正考官，25岁升右春坊右赞善，兼翰林院检讨，同时任《明史》纂修官，并参与修《大清会典》。至此堪称官运亨通，春风得意。不料28岁时，因国恤期间观看《长生殿》，被劾革职。“可怜一曲长生殿，断送功名到白头”①，此后息影仕途，浪迹江湖，漫游南北，徜徉林壑，以诗文及书法驰名于世。64岁退居家乡，72岁因病目盲，83岁卒于因园。

赵执信留下1126首诗，内容包括讴歌壮丽山河、田园风光，也有对人民疾苦的同情和对贪官污吏的揭露。诗风兼有深沉、质朴、浪漫、新巧。吴雯《赵秋谷〈并门集〉序》评论说：“结体清真，脱去凡近。”“直而不俚，高而不诡。”陈恭尹《观海集序》也说：“片言只字，不苟下笔，其要归于自写性真，力去浮靡。”总的来说，赵诗思路劖刻，欲以清新取胜，但含蓄蕴藉不足，情韵较逊。古体如《太行绝颠望黄河歌》《雪晴过海上，适海市见之罘下，自亭午至晡，快睹有述，时十月十日》《蓬莱阁望诸岛

①〔清〕金埴《不下带编》卷一：“孙太常莪山勷，寄赵宫坊秋谷执信诗云：‘可怜一曲长生殿，断送宫坊到白头。’《长生殿》者，埴友钱塘洪君昉思升所谱乐府也。康熙戊辰，昉思挟以游都，首赏之者东海徐尚书乾学也。则命勾栏部精习之，朝彦群公，醵金演观。会国服未阕，嫉者借以构难，翰部名流有罢官者，宫坊与焉。宫坊年十七，联飞入翰苑，蚤播时名，而坐是废闲以老。著《谈龙录》，称诗，海内推为宗匠。”（王湜华点校本，中华书局1982年版，第14页）〔清〕袁枚《随园诗话》卷五引作：“可怜一曲《长生殿》，直误功名到白头！”〔清〕阮葵生《茶馀客话》卷九“《长生殿》事件”载：“都人有口号云：‘国服虽除未满丧，何如便入戏文场？自家原有三分错，莫把弹章怨老黄。’‘秋谷才华迥绝俦，少年科第尽风流。可怜一出《长生殿》，断送功名到白头。’‘周王庙祝本轻浮，也向长生殿里游。抖擞香金求脱网，聚和班里制行头。’”（《清代笔记小说大观》第3册，上海古籍出版社2007年版，第2645—2646页，李保民校点）又见徐珂编《清稗类钞·戏剧类·演长生殿传奇》第11册，中华书局1984年版，第11册，第5054页。

歌》等，律诗如《山行杂诗四首》《归途即目》《遣怀》《夜泊扬州》等，都刻意为工。而绝句如《昭阳湖书所见四首》《凤凰山下感南宋遗事四绝句》《金陵杂感六绝句》等，则较为自然有风致。《昭阳湖书所见四首》其三云：

屋角参差漏晚晖，黄头闲绢绿蓑衣。倦来枕石无人唤，鹅鸭如云解自归。

他的诗歌风格前后亦有变化。《观海集》诗“气则包括混茫，心则细若毫发，片言只字，不苟下笔”（陈恭尹《观海集序》中语）；《磺庵集》诗由明直朗爽转为沉着厚重，从中可以看到由少年得意到废斥不用，由穷愁忧愤到寄情于名山大川的遨游，表现上下千古的磊落气概，一路不断变化的痕迹。

第二章　清中叶诗派

清朝中叶，诗坛人才辈出，派别林立，沈德潜的“格调”说、翁方纲的“肌理”说和袁枚的“性灵”说设坛立坫，分庭抗礼，还有与袁枚并称“乾隆三大家”（又称“江右三大家”）的赵翼、蒋士铨，诗学观点和创作精神同袁枚大抵相似，成就也基本相当。浙派的厉鹗，自成一格的黄景仁、郑燮等亦竞逐其间，诗坛呈现多元发展的格局。其中，以袁枚为首的“性灵”派为这一时期影响较大、最为活跃的诗派。

第一节　格调派：沈德潜

沈德潜（1673—1769），字确士，号归愚，长洲（今江苏苏州）人。早有诗名，但屡困场屋，直到乾隆三年（1738）始中举人，翌年与袁枚同科中进士，时已67岁。此后以诗受知于乾隆，从此青云直上，官运亨通，数年间从翰林院编修超擢至礼部侍郎，以太子太傅致仕。享年97岁，卒赠太子太师，谥文悫。有《归愚诗文钞》《说诗晬语》等。

沈德潜论诗倡言“格调”说。主张“诗贵性情，亦须论法”，强调诗歌的“体格声调”或者说“风标品格”，落实到具体则近体宗唐，古体学汉魏。他先后编选《古诗源》《唐诗别裁集》《明诗别裁集》与《清诗别裁集》，以诗教为标准进行别裁，重新建构诗歌史的风雅正统，树立学习的范本，影响颇大。他提出评诗的标准为：“先审宗旨，继论体裁，继论音节，继论神韵，而一归于中正和平。”力图综合性情、格调、神韵三说。在有清一代宗唐宗宋之争中，可谓宗唐派的集大成者。

沈德潜现存诗歌作品2419首，风格既中正平和，又健笔从容；端庄而不板滞，活泼而不流媚，在题材内容上，涉及忧时悯世、怀古咏史、咏物述怀、山水纪游、叙事怀人、赠别悼亡、题画论诗、唱和酬答，可见他于坐馆执教、做官侍驾之馀不时关注忧国忧民的大题材，也处处留意描绘生活琐事的小题材。沈德潜自幼即学习杜甫、白居易，早期作品如《后秋霖叹》，直承《新乐府》风神。此后《制府来》《吏胥》《挽船夫》等讽喻诗也颇具批判精神。而抒写江南的短篇，则构思精巧，清新灵动，如五律《晚秋》（《归愚诗钞馀集》卷八）：

山低去鸟路，人聚晚霞天。一水明残照，孤村上暮烟。牛羊归断阪，凫雁集平田。举目天然画，松年未易传（刘松年自谓最工晚景）。

山自低回，鸟自高飞，人自聚合，一派自然和谐，用笔简洁明快。颔联工笔细画村庄远景：夕阳西下，炊烟袅袅。颈联转到近景牛羊返圈、凫雁归巢的描绘。尾联抒发沉醉于晚秋村归美景中的感慨：如此天然美景，即便自信“最工晚景”的名家也不一定能传达出来吧。沈德潜性喜游赏，几乎遍游江南，游则有诗，所经之地的山水风光和家乡的四季景致均收于笔下。再看《望岳》（《归愚诗钞》卷六）：

大造爱奇崛，产兹东海间。五为群长岱，儿宇总兀山。青帝灵难接，天门路可攀。何须凌绝顶，胸已隘尘寰。

颇有少陵《望岳》的韵致，但化用很好，且有所申发，别有意趣。在“会当凌绝顶，一览众山小”的基础上宕开一笔，以“退一步海阔天空”的思路感叹：其实不用登上绝顶，也能体会到“荡胸生层云”的境界。

第二节　肌理派：翁方纲

无论王士禛的“神韵”说，还是沈德潜的“格调”说，都是对汉魏盛唐诗歌美学传统的总结，而翁方纲的“肌理”说却是建立在宋诗的基础上，对宋诗传统的理论总结。宋如珊《翁方纲诗学之研究》从原理论、方法论、创作论、风格论、流变论、体裁论、声律论等方面建立“肌理说”的诗学体系，“就诗论而言，清代以神韵、格调、性灵、肌理四说最为流行：前三者皆不始于清，然经王士禛、沈德潜、袁枚的阐扬，遂立宗派；肌理说则始于清代，自翁方纲拈取‘肌理’二字，又镕裁格调、神韵诸说，遂成一家之言，其影响几乎风靡清季整个诗坛”①。

翁方纲（1733—1818），字正三，号覃溪，又号苏斋，顺天大兴（今北京）人。乾隆十七年（1752）进士，累官至内阁学士。平生精研经术，博学多闻，于金石、谱录、书画、辞章之学皆有著述，造诣颇深。有《复初斋集》《石洲诗话》等。

中国古典诗歌存在以抒情为主的审美传统，其最高典范就是唐诗，旗帜鲜明的诗论则是严羽的“诗有别材，非关书也；诗有别趣，非关理也”。而宋诗发展出迥异于唐诗的美学风貌，重议论，有理趣。但如何评价宋诗，历代却有截然相反的意见。翁方纲的“肌理”说从打通诗与理的界限入手，肯定诗歌言理的必要。“肌理”二字源于杜甫《丽人行》“肌理细腻骨肉匀”，包含义理与文理两方面。在思想内容方面要求以六经为本，合乎儒家传统道德规范；在艺术形式方面要求讲究诗法，针线细密，穷形尽变而又合乎绳墨规矩，尤其注重创作主体的学术修养，甚至直接在诗歌中灌注学问。在翁方纲看来，理统贯一切，义理、考据、辞章可以相通，因为它们的本原乃是一理，他反对把义理与文辞截然分开。这样，他就把诗学放到一个普遍的学术框架中去，诗歌是其中一项，并没有什么特殊的。如此，学理就成为诗歌的根本，诗中谈理就成为天经地义，所谓“在心为志，发言为诗，一衷诸理而已”。这显然是乾隆年间考据学风盛行在诗歌领域中的折光反射。②

翁方纲早年曾受业于王士禛的学生黄叔琳，论诗尊崇王士禛。他论诗以“肌理”的另一原因是认为王士禛的神韵说固然超妙，但易流于空调，故拈出“肌理”二字，欲以实救虚，主张“诗必研诸肌理而文必求实际”，“为学必以考证为准，为诗必以肌理为准”（《志言集序》），认为学问是作

①宋如珊：《翁方纲诗学之研究》，文津出版社1993年版，第29页。

②相关研究可参见王英志《古典美学传统与诗论》，南京出版社1991年版；王英志《清人诗论研究》，江苏古籍出版社1986年版；张健《清代诗学研究》，北京大学出版社1999年版。

诗的根本，“宜博精经史考订，而后其诗大醇”（《粤东三子诗序》）。但如此一来，诗不就成为押韵的学术文章了吗？翁方纲的诗论虽然确立了“理”在诗歌中的本然地位，建立了与唐诗抒情传统相抗衡的宋诗美学风尚，但抒情的传统是巨大的，他的诗论遭到袁枚等人的批评，其诗亦颇受非议。

翁方纲的诗歌创作质实而少情趣，因为他将经史的考据、金石的勘研都写进诗中，成为令人生厌的“学问诗”。袁枚《论诗绝句》“天涯有客号詅痴，误把抄书当作诗”就是针对他。清末朱庭珍《筱园诗话》谓：“翁以考据为诗，饾饤书卷，死气满纸，了无性情，最为可厌。”钱锺书云：“同光以前，最好以学入诗者，惟翁覃溪。随园《论诗绝句》已有夫己氏‘抄书作诗’之嘲。而覃溪当时强附学人，后世蒙讥‘学究’。以詅痴符、买驴券之体，夸于世曰‘此学人之诗’；窃恐就诗而论，若人固不得为诗人，据诗以求，亦未可遽信为学人。萚石、覃溪，先鉴勿远。”① 但他的古诗尤其是七古，善于状景题画，铺张才力，济以学问，自有特色。如《青玉峡》《阅江楼歌》《洋画歌》《宣城北楼歌寄蕴山》等作，熔李杜苏韩于一炉，诚如清代陶樑所云：“学问既博，而才力足以副之，故能洋溢纵横，别开生面，不可谓非当代大家也。”（徐世昌《晚晴簃诗汇》卷八十二引陶凫芗语）

第三节　性灵派：袁枚

袁枚（1716—1797），字子才，号简斋，钱塘（今浙江杭州）人。乾隆四年（1739）进士，改庶吉士，入翰林院，后外放于江苏溧阳、江宁等地任县令，中年后退居于南京小仓山之随园，过着诗酒放浪、优游卒岁的名士生涯，世称“随园先生”。袁枚一生涉猎颇广，著述甚富，有《小仓山房集》《随园诗话》及笔记小说《子不语》等。袁枚论诗主张性灵，反对拟古。“性灵”一指性情，一指灵机。一般研究者都将袁枚的“性灵说”上溯到晚明公安派的“独抒性灵，不拘格套”，但公安派的诗歌理论源于

①钱锺书：《谈艺录》，中华书局1984年版，第178页。

心学，其性灵可以由本心直接引出；袁枚的“性灵说”虽然也强调个性和自我，但同时指出还必须具备灵机和学识，更多地试图从传统诗学内部（如锺嵘《诗品》、南宋杨万里等）寻找立论的依据，用重新解释经典来论证自己，这是他与公安派的不同之处。

儒家诗学强调诗歌的政治伦理价值，是善与真的统一，这样的理论无疑使诗歌的领域变得狭窄；同时，为了使诗歌具有较高的政治伦理价值，也要求诗人自身拥有较高的道德水准，所谓“有第一等襟抱，第一等学识，斯有第一等真诗”（沈德潜语），如此的高标准严要求极易造成唱高调、假道学。袁枚对于抨击假道学是不遗馀力的，他说：“得千百伪濂、洛、关、闽，不如得一二真白傅、樊川。”（《答蕺园论诗书》）他的诗学主张摒弃了儒家诗学的伦理中心，只讲求“真”，认为诗歌应该写个体真的性情，“性情以外本无诗”。论诗主性情其实是各家的共识，但袁枚的“性情”并不以“善”，即不以政治伦理内容为最高的准则，而是更多肯定个体感性生命的合理性，要求诗歌描写活泼自然的个体生命的全部，特别倡言“情所最先，莫如男女”。如此，无论善与不善、道德与不道德、雅或俗、感性或理性，只要是真的“性情”就是被袁枚所肯定的。从这种角度理解袁枚的“性灵”说，才能理解为什么他一方面写有抨击现实、关心民瘼的符合传统儒家诗学理论的诗作，一方面又大量写有为人所诟病的《苦疮》《病起六首》《旧痢又作》《留须》《镊须》《染须》《不染须》《齿痛》《拔齿》等生活琐事的无聊之作以及偎红倚翠、格调不高的艳体诗，因为在袁枚看来这些都是他自身真实的性情。讥评袁枚的人认为他人品不高、诗品也不高，铃木虎雄甚至说袁枚的性情是“近乎妓女嫖客的性情”（《支那诗论史》），而当代研究者又大都盛赞其反封建精神，其实这都是袁枚之“性情”的一部分。袁枚的“性灵”说既有解放传统的束缚，追求文学上自由的一面，这一面给予正统的儒家诗教以巨大的冲击；同时又有很大的局限性，因为完全摒弃“善”的标准，必然造成价值评判上的相对论，实际上并不是所有的“真”都是值得讴歌的。

从真的性情出发，自然反对拟古、厌弃模仿。袁枚认为：“赋诗作文，都是自写胸襟。人心不同，各如其面。故好丑虽殊，而不同则一也。”（《寄奇方伯》）他讥讽那些盲目尊唐或崇宋的人“胸中有已亡之国号，而无自得之性情”；诗应写自家的真性情，自然超越了唐、宋诗之争，“诗者，各人之性情耳，与唐、宋无与也”（《答施兰垞论诗书》）。从灵机方面来说，袁枚强调诗人的天分，认为“诗文之道，全关天分”“作诗如作史也，才、学、识三者宜兼，而才为尤先”。此外，袁枚也重视学习古人，主张“不学古人，法无一可”。在审美风格上，袁枚偏爱杨万里、白居易那样风趣诙谐的诗风，其诗亦以轻松俏皮、新颖灵巧为特色，而不以深沉博大见长。他的长处是信手拈来，写来明白畅达，所谓“夕阳芳草寻常物，解用都为绝妙词”（《遣兴》）。七律格局严整、声调沉稳，颇见功力。咏古尤为所长，《澶渊》《铜雀台二首》等堪称杰作。《秦中杂感八首》之一云：

> 百战风云一望收，龙蛇白骨几堆愁。旌旗影没南山在，歌舞台空渭水流。天近易回三辅雁，地高先得九州秋。扶风豪士能怜我，应是当年马少游。

意境、句法都苍老浑成，颇得李颀、李益神髓。不过，这样的作品并不太多，袁枚大量的诗给人的深刻印象是精致风趣，表现性灵，例如五绝《苔》：

> 白日不到处，青春恰自来。苔花如米小，也学牡丹开。

感受和语言都很新鲜，的确是属于他自己的。又如《春日杂诗》：

> 清明连日雨潇潇，看送春痕上鹊巢。明月有情还约我，夜来相见杏花梢。

思致活泼，情调轻灵跳脱，最能代表袁枚诗的风格。《沙沟》《马嵬》《湖上杂诗》《寄聪娘》以及传诵一时的名句“人家门户多临水，儿女生涯总是桑”“半天凉月色，一笛酒人心”“十里烟笼村店小，一枝风压酒旗偏”等均类此。对风趣诗风强调过分，难免导致浮薄滑易，可以说，袁枚诗歌理论的局限限制了他的创作成就。他的诗很有特色，无愧名家，但难称大家。①

在袁枚的周围聚集着一批诗人，多为其门生弟子、家人朋友，他们追随袁枚，诗风亦与之相近，其中最有特色的当属席佩兰、金逸、严蕊珠、归懋仪等袁门女弟子。有清一代的女诗人多得令人惊奇，风气即从袁枚首先公开、成批地招收女弟子开始，它从社会观念和客观实际上促进了清代才女的大批涌现，使女性从事诗歌创作形成风气，成为中国诗歌有史以来一道独特的风景线。

此外可列入性灵派的，还有被称为“后三家”的舒位、王昙、孙原湘，以及张问陶。张问陶（1764—1814），字仲冶，号船山，又号药庵退守，四川遂宁人。乾隆五十五年（1790）进士，历官吏部郎中，出为莱州知府，病乞归。有《船山诗草》。生平最服膺袁枚，论诗也发挥“性灵说”，有“天籁自鸣天趣足，好诗不过近人情”（《论诗十二绝句》）之句，但他的诗较袁枚多一分沉实。长于白描，通俗晓畅，七律多意气慷慨之作，寓身世之感；七绝用笔轻灵，别有意趣。他也和袁枚一样注重风趣诙谐，但时代的烙印也使其诗多“骚屑之音”。张维屏称其诗“近体则极空灵，亦极沉郁，能刻入，亦能清超”，大致是贴切的。②

第四节　浙派诗：厉鹗

厉鹗（1692—1752），字太鸿，号樊榭，别署南湖花隐、西溪渔者，钱塘（今浙江杭州）人。康熙五十九年（1720）中举。但自此以后，功名便再无上进。康熙六十年（1721），试进士不第。乾隆元年（1736）荐举博学鸿词，又以答卷规格不符而被黜。后依例待选县令，应铨入都，行至天津而中途折返。有《樊榭山房全集》。

厉鹗是典型的文人雅士，一生功名无就，遂致力于学术，寄情山水，因此他的创作“十诗九山水”。举凡登临游览之地均见诸题咏，尤其是杭

①相关研究可参见王英志《袁枚评传》，南京大学出版社2002年版；王英志《性灵派研究》，辽宁大学出版社1998年版。

②相关研究可参见刘扬忠、王本杰主编《张船山全国学术研讨会论文集》，中国三峡出版社2002年版。

州西湖周遭的一山一水、一草一木几吟咏殆遍，如《四月十日湖上作》《初晴晓行湖上》《初秋雨中泛湖》《春湖夜泛歌》；写孤山，如《早春登孤山四照亭》《同麟征、西颢、瑶圃放舟孤山探梅，得低字》《初夏放舟至孤山》；写湖心亭，如《湖心亭大风快凉，得绝句二首》《湖心亭见柳花作》《秋日同穆门、江声、葰林、竹田、鸥亭泛舟至湖心寺》；写三潭，如《雨中泛舟三潭，同沈确士作》《二月十五夜泛舟三潭，同穆门、柳渔、竹田、恒公作》，等等。哪怕是西湖上从来不大为人注意的角落，也可以在厉鹗诗中找到投影，这是从空间的角度来说。如就时间方面而言，则一年之内，春夏秋冬；一日之中，朝暮昼夜，任何一个时节的西湖美景，同样都未能逃过厉鹗诗笔的捕捉。其写西溪，由于那里离城市较远，每一出游总是竟日联夕，诗歌于是题题相接，首首紧次，构成一系列的山水长卷，简直“可当山经一卷读也”（《樊榭山房全集》附录引吴城《云蠖斋诗话》）。整个杭州，几乎凡有风景之处，都有厉鹗诗。在历代描写杭州风景的无数山水诗人中，成就当以厉鹗为最高。

厉鹗论诗不主派别，但以宗宋为主，学习的对象主要是“永嘉四灵”，旁及陈与义、姜夔等。风格清幽，情韵浅淡。同样是描摹杭州风景，厉鹗不像苏轼那样反映得开阔潇洒，而是善于刻画小境界。如《理安寺》：

> 老禅伏虎处，遗迹在涧西。岩翠多冷光，竹禽无惊啼。僧楼满落叶，幽思穷扳跻。穿林日堕规，泉咽风凄凄。

沈德潜评此诗说：“寒翠欲滴，野禽无声，非此神来之笔不能传写。”（《清诗别裁集》卷二十四）诗歌状景的确很工，但幽复清冷，是出世者的静僻境界。诗风显然受到“永嘉四灵”的影响。不过，“永嘉四灵”是“捐书以为诗”，不尚故实，而厉鹗则好用典故。但是，厉鹗精于辽宋史，又熟于说部，所以喜欢用宋代僻典，好用替代字，难免琐碎饾饤，格局狭小，沈德潜批评他“沿宋习，败唐风”。

厉鹗诗歌既用学问，又写得空灵，特别是写景和宗宋二者相融，这就是浙派诗的特征。厉鹗诸人尊崇宋诗并臻于极限，形成以地缘为纽带的“浙派”，独建坛坫，有与格调派争胜的意图，也确实产生了广泛的影响。“浙派”的成员有分别与厉鹗齐名的杭世骏、金农，以及符曾、丁敬、全祖望、吴颖芳、汪沆、吴锡麒等人，而以厉鹗为领袖。清人言及“浙派”，主要从狭义出发，专指厉鹗所代表的诗风；后来又逐渐扩大，形成广义上的“浙派”。①

第五节　桐城派：姚鼐

桐城诗派形成于乾隆、嘉庆时期，以姚鼐为代表。姚莹最早指出桐城诗派的存在，并说明姚鼐的贡献，② 钱锺书则指出：“桐城亦有诗派，其端自姚南菁范发之。”③ 姚范是姚鼐的伯父，字南菁，号姜坞，乾隆七年（1742）进士，曾任翰林院编修，有《援鹑堂文集》《援鹑堂笔记》。据陈康祺《郎潜纪闻二笔》卷四记载：“惜抱之世父姜坞编修范，博闻强识，诵法先儒，与海峰友善。诸子中尤爱惜抱，每谈文必令侍侧。”可见，姚鼐古文创作跟随刘大櫆，是受姚范启发。姚范论诗，肯定本朝王士禛，折中评价明七子，甚推宋代黄庭坚。

姚鼐（1732—1815），字姬传，一字梦穀，室名惜抱轩，称惜抱先生，安徽桐城人。清乾隆二十八年（1763）进士，历官刑部郎中、四库馆纂修官，不久自动退职。归后主讲江南紫阳、钟山书院40馀年。有《惜抱轩全集》。

姚鼐论诗以“熔铸唐宋”为宗旨，这看起来似乎比此前的强分唐宋要

①相关研究可参见张仲谋《清代文化与浙派诗》，东方出版社1997年版；朱则杰《朱彝尊研究》，浙江古籍出版社1993年版。

②〔清〕姚莹《桐旧集序》称：“国朝持论之善足治天下大公者，前有新城尚书（王士禛），后有吾家惜翁（姚鼐），庶几其允乎。归愚沈氏所得本浅，论诗仅存面貌，而神味茫如，其当乎人心之大公者盖寡矣。……吾桐则不然，窃尝论之，自齐蓉川给谏以诗著有明中叶，钱田间振于晚季，自是作者如林。康熙中，潘木厓先生是以有《龙眠风雅》之选，犹未极其盛也。海峰（刘大櫆）出而大振，惜抱起而继之，然后诗道大昌，盖汉魏六朝三唐两宋以及元明诸大家之美，无不一备矣。海内诸贤谓古文之道在桐城，岂知诗亦有然哉。”其后〔清〕吴汝纶《桐城吴先生文集》卷三复指出：“方侍郎顾不为诗，至姚郎中乃以诗法教人，其徒方植之东树益推演姚氏绪论，自是桐城学诗者一以姚氏为归，视世所称诗家若断潢野潦，不足当正流也。”再次肯定姚鼐在桐城诗派中的地位。

③钱锺书：《谈艺录》，中华书局1984年版，第145页。

通达得多，但其实质还是在古人的圈子里讨生活。其矛头所向主要是袁枚为代表的性灵派，同时也兼及沈德潜为代表的格调派。他又接受姚范之说，提倡学习黄庭坚，以药性灵派轻浅之病，救格调派肤廓之弊。但学山谷诗易流于枯瘠，因此，姚鼐又主张兼而取法李商隐之绮密。其诗论对于其后的梅曾亮、方东树、曾国藩以及近代宋诗派和清末同光体都有较大的影响，其诗歌创作，也在实践上为一脉相承的桐城诗派打下了基础。

姚鼐今存诗 784 首，其中古体诗 218 首，约占 30%；五古略多于七古，占六成。以学汉魏六朝和唐代为主。七言古体有些接近李白，如《望庐山》；有些接近韩愈，如《桃核砚歌为庶子叶书山先生赋》。然而，更多则是效法苏轼，讲究章法，开合有度，以古文结构入诗。如《紫藤花下醉歌用竹垞原韵》，先写京师朱彝尊古藤书屋之清幽环境，引出对昔日主人朱彝尊的怀念，然后宕开一笔，叙写作者自己的境况，接着再转回来，仔细描绘眼前的紫藤花架，由满藤的鲜花引起对人生的感慨，主客合为一处。结尾回到开头，以告别书屋收束："鄙人欲作鸡栖桀，多士自欣鱼在藻。乘舸春水向江湖，回首花前几人好。"但更精彩的七古则兼有唐宋体格，气势雄浑，多为带有歌行性质的长篇。如《岁除日与子颖登日观观日出作歌》：

> 泰山到海五百里，日观东看直一指。万峰海上碧沉沉，象伏龙蹲呼不起。夜半云海浮岩空，雪山灭没空云中。参旗正拂天门西，云汉却跨沧海东。海隅云光一线动，山如舞袖招长风。使君长髯真虬龙，我亦鹤骨撑青穹。天风飘飘拂东向，拄杖探出扶桑红。地底金轮几及丈，海右天鸡才一唱。不知万顷冯夷宫，并作红光上天上。使君昔者大峨眉，坚冰磴滑乘如脂。攀空极险才到顶，夜看日出尝如斯。其下濛濛万青岭，中道江水而东之。孤臣羁迹自叹息，中原有路归无时。此生忽忽俄在此，故人偕君良共喜。天以昌君画与诗，又使分符泰山址。男儿自负乔岳身，胸有大海光明暾。即今同立岱宗顶，岂复犹如世上人。大地川原纷四下，中天日月环双循。山海微茫一卷石，云烟变灭千朝昏。驭气终超万物表，东岱西峨何复论？

挟情韵以行，爽利畅达，景物逼真，境界沉厚，句式在骈散之间，没有明七子的陈熟格套，令人耳目一新。

姚鼐近体诗566首，约占70%。五言律诗较少，以学唐为主，靠近王、孟，而长篇排律则显然宗法杜甫。七律是其近体诗的真正代表，举两首为例：

> 高楼深夜静秋空，荡荡江湖积气通。万顷波平天四面，九霄风定月当中。云间朱鸟峰何处？水上苍龙瑟未终。便欲拂衣琼岛外，止留清啸落湘东。(《夜起岳阳楼见月》)

> 杨刘兵度大梁危，饮泣犹当奋一麾。乱世鸟飞难择木，男儿豹死自留皮。天连白草横残垒，日落阴风拥大旗。莫问夹河争战地，浑流徙去黍离离。(《过汶上吊王彦章》)

气势宏大，又壮丽精切；结构沉稳，又不落俗套，正是姚鼐七律的创格。

刘大櫆（1698—1779），字才甫，号海峰，安徽桐城人。其诗宗法唐人，不尚雕琢，率性而行，代表作如《吴大椿置酒丁香花下》（《海峰诗集》今体诗二，《续修四库全书》影印清刻本）：

> 江南三月江水清，风暄日暖鱼苗生。客子飘零惯车辙，辜负故园春景晴。今朝喜见草芽出，丁香枝上苍玉明。延陵公子动逸兴，安排酒盏招刘伶。平生抵死荷一锸，况闻牛与羊鱼腥。侑觞复有好弦管，《连昌宫辞》《琵琶行》。吾闻阮嗣宗，因人善酿求步兵。又闻灌仲孺，一钱不直卫尉程。我辈天涯久沦落，春光入座谁能醒。画史解衣槃礴羸，淳于失笑冠绝缨。饮者身在即不朽，何须刻作钟鼎铭。君不见此花含吐如瓶瓴，欲开不开殊有情。一夜东风起苹末，纷纷霰雪铺檐楹。

抒写真情，意兴豪迈，波澜老成，对桐城派后学颇有影响。

桐城诗派成员多为刘大櫆、姚鼐弟子或再传弟子。姚鼐晚年主讲紫阳、钟山书院数十年，学生尤多，其中颇有能诗者，突出者有姚莹、梅曾亮、方东树、鲍桂星、吴德旋、鲁九皋、陈用光、朱孝纯、马宗琏、姚椿等。姚莹（1785—1853），字石甫，号明叔，晚号展如，安徽桐城人。嘉庆十三年（1808）进士，历官护盐运使、台湾兵备道、广西按察使、湖南按察使。集中有不少慷慨激昂之作，如：

> 耸身缥缈立飞楼，万里浮云作壮游。白日有灵应照我，青山抵死不埋忧。百年竞逐原头鹿，终古浮沉水上鸥。北望更须凌绝顶，黄河如带是中州。(《登何氏楼》)

> 崖山风雨昼冥冥，犹是当时战水腥。仓促纪年同外丙，艰难立国下零丁。人间草木无王土，海底鱼龙识帝庭。一代君臣波浪尽，杜鹃何处叫冬青。(《崖门怀古》)

悲壮慷慨而不乏深沉含蓄，寄托遥深且富苍凉劲直之气、清转婉妙之思。这样的七律正是姚莹所长。

梅曾亮（1786—1856），字伯言，上元（今江苏南京）人。道光二年（1822）进士，历官户部郎中。与方东树、管同、姚莹并称为姚鼐的四大弟子。以文为诗，风格沉雄坚实，平朴古劲，而不及姚鼐的圆润流畅。七言古今体学习黄庭坚及苏轼、陆游，比姚鼐走得更远。

第六节　孤独的天才：黄景仁

黄景仁是独立于当时诗坛各种派别的诗人，生前诗名虽不像袁枚等那么卓著，但其过人的才华深为同道所倾倒，身后更是声名日隆，影响所及直到现代。

黄景仁（1749—1783），字仲则，一字汉镛，号鹿菲子，武进（今江苏常州）人。黄景仁家境贫寒，身世孤苦，且少赋异秉，聪颖绝伦。他忧郁的气质与孤傲的性格都一发于诗歌。16 岁时应童子试，于三千人中名列第一，但随后却屡试不第，不得不以游幕为生，以诗才受知于安徽学政朱筠等人。乾隆四十一年（1776）始授武英殿签官，名动公卿间，自翁方纲、纪晓岚以下都对他青眼有加。稍后又捐资为候选县丞，但尚未获铨，即于乾隆四十八年（1783）病逝，年仅 35 岁。有《两当轩集》，存诗 1172 首。

黄景仁短暂的一生潦倒多病，备尝人世艰辛，其诗亦多啼饥号寒之作，“全家都在风声里，九月衣裳未剪裁”（《都门秋思》），“惨惨柴门风雪夜，此时有子不如无”（《别老母》），写尽寒士悲苦。浓重的伤感情绪是他诗作的基调，春雨、秋风、雁鸣、鹃啼固然引起他的愁思，就是面对滚滚长江，也令他感到“滔滔江汉不胜愁”（《黄鹤楼用崔韵》）。他亲密的朋友洪亮吉形容他的诗“如咽露秋虫，舞风病鹤”（《北江诗话》）。孤傲高贵的气质、幽抑而凄苦的情调，正是黄景仁诗最突出的特征。如《杂感》：

仙佛茫茫两未成，只知独夜不平鸣。风蓬飘尽悲歌气，泥絮沾来薄幸名。十有九人堪白眼，百无一用是书生。莫因诗卷愁成谶，春鸟秋虫自作声。

写此诗时黄景仁年仅 17 岁，尚未经历多少坎坷，但敏感的心灵、悲观的态度好像与生俱来，诗人已意识到自己与世俗的尖锐对立，预感到日后路途的艰辛。诗中对自身与群体命运的终极体认，在无数怀才不遇的士人心中引起深深的共鸣，成为他最早为人传诵的名篇。怀才不遇本是中国古典文学的基本主题，但黄景仁的特出之处在于将这一主题表达得伤感而缠绵，有他自身异于他人的独特体验，被人称为“千古伤心语”。应该说，忧伤与哀怨本身并不一定能打动人，黄景仁诗的魅力在于深刻地传达出那个时代读书人心底的孤独、悲哀与绝望。“百无一用是书生”是对才华的绝望，“岂宜便绝风云路，但悔不为田舍郎”（《移家南旋是日报罢》）是对科举的绝望，“汝辈何知吾自悔，枉抛心力作诗人”（《癸巳除夕偶成》）是对命运的绝望，“结束铅华归少作，屏除丝竹入中年”（《绮怀》其十六）是对爱情的绝望，“茫茫来日愁如海，寄语羲和快著鞭”（《绮怀》其十六）更是对生命本身的绝望。

千家笑语漏迟迟，忧患潜从物外知。悄立市桥人不识，一星如月看多时。（《癸巳除夕偶成》之一）

这首小诗之所以万口传诵，感人至深，就在于它是一篇杜甫《与诸公登慈恩寺塔》式的盛世危言，“万物有同命，先见为之悲”（《杂诗》），吐露了某种对盛极衰来之危机的天才预感。

黄景仁的诗主要取法李白、李商隐，兼及韩愈、苏轼诸家，又能自出机杼。七言歌行在其创作中占有相当大的比例，他的许多名作，如前后《观潮行》《游九华山放歌》《元夜独登天桥酒楼醉歌》等都是七言歌行，受李白影响尤为明显。他24岁时参加朱筠（号笥河）在采石矶举行的盛会，即席所写《笥河先生偕宴太白楼醉中作歌》一诗就颇有太白风神，“是日江上同云开，天门淡扫双娥眉。江从慈母矶边转，潮到燃犀亭下回”“高会题诗最上头，姓名未死重山丘。请将诗卷掷江水，定不与江东向流”等句，恣肆奔放、舒卷自如。此诗曾让与会士子搁笔，论者比之于当年滕王阁作赋的王勃。

七律是黄景仁写得最多最好的诗体。翁方纲谓其诗“沉郁清壮”（《黄仲则悔存诗钞序》，《复初斋文集》卷四），单指其七律而言是非常贴切的。黄景仁的七律可见出杜甫、杜牧、苏轼、黄庭坚、元好问等多家的影响；不过，对他影响最深的是李商隐。相似的失意境遇、相似的幕僚经历、相似的孤傲性格，使黄景仁对李商隐的诗情有独钟。当同样经历了无望的恋爱，经受了长久的感情折磨后，黄景仁的诗心就不期然地酝酿出李商隐式的诗句：

别后相思空一水，重来回首已三生。（《感旧》）

心如莲子常含苦，愁似春蚕未断丝。（《秋夕》）

自过百花生日日，一分春是一分愁。（《十六日》）

著名的《绮怀》十六首，从所写的内容、情境到表现手法都明显见出李商隐《无题》诗的痕迹。例如第七首：

检点相思灰一寸，抛离密约锦千重。何须更说蓬山远，一角屏山便不逢。

黄景仁诗以鲜明的独创性在诗史上占有重要的地位，“乾隆六十年间，论诗者推为第一”（包世臣《黄征君传》）。近代以来，张维屏、谭献、文廷式、张恨水、郁达夫、瞿秋白、阿英等都十分喜爱黄景仁的诗。

第七节　嘉庆三才子

从嘉庆元年（1796）到道光二十年（1840）鸦片战争之前，中国古代诗歌进入最后的时期。这个时期，诗坛上著名的人物有舒位、孙原湘和王昙，世称“嘉庆三才子”。他们成就不一，但有一个共同特点，都倾向于袁枚的性灵说。

舒位（1765—1815），字立人，号铁云，大兴（今北京）人。乾隆五十三年（1788）中恩科举人后，九度应进士试都名落孙山。迫于生计，寄身幕府，潦倒终生。他一生共写诗 2000 馀首，编为《瓶水斋诗集》17 卷、《瓶水斋诗别集》2 卷，还有诗话 2 卷。从论诗主张来看，他是性灵派的后起之秀，强调诗以真性情为尚：“性情各有真，片语不能强。非心所欲言，虽奇亦不赏。”（《与守斋论诗三首》之三）反对当时以学问为诗、以考据为诗的习气，“今诗具文章，经史之所聚”“考据与应酬，皆非我辈语”（同上）。舒位一生漂泊，足迹遍天下，对祖国的名山大川、风土人情有广泛的了解。他的诗在清代名家中具有题材广泛、内容丰富的特点，无论是写景咏物、游览怀古，还是论诗品艺，都有不少成功的作品。咏春秋历史与记述贵州民情风俗的组诗《春秋咏史乐府》《黔苗竹枝词》，颇为人称道。舒位诗当时评价极高，赵翼称“开径如凿山破，下语如铸铁成。无一意不奇，无一句不妥，无一字无来历。是真能于长吉、玉溪、八叉之外别成一家，遂独有千古，宋元以来所未见也”（《瓶水斋诗集跋》）。但是，舒位的诗过于用才，对仗务工，使事务博，未免求深反浅，挽强反弱。前人谓其才大而缺乏淘汰之功，切中其弊。

孙原湘（1760—1829），字子潇，晚号心青，昭文（今江苏常熟）人。嘉庆十年（1805）进士，官至武英殿协修，以疾还乡。孙原湘有《天真阁集》，其妻席佩兰为袁枚女弟子，有《长真阁稿》，伉俪双美，为时所称。孙原湘诗取材不够广泛，内容稍嫌单薄，他的才华在于描写风景，善于形容佳山胜水，如《晓过寒山》诗前半首：“舟行先鸟起，反唤鸟梦醒。霜华纳窗白，水气袭衣冷。山头数游鱼，倒浸插天影。云起失前林，萍开见孤岭。”刻画细腻，体物入微。此外著名的还有《登白云栖绝顶》，极尽山顶云气吞吐变化之妙："峰低峰昂云作怪，云合云离变山态。殷勤挽山入云中，倏忽推山出云外。"《月午楼歌》写月、写云、写楼："山下万顷云海铺，天心一丝云气无。清光愈高读愈苦，月照书丛月色古。"空灵壮丽的景色，全为读书而铺设。

王昙（1759—1816），又名良士，字仲瞿，秀水（今浙江嘉兴）人。乾隆五十九年（1794）举人，此后应进士不第，辗转幕府，潦倒而终。著作丰富，有《西夏书》《历代神史》，诗文汇为《烟霞万古楼集》。王昙生秉异才，通兵法，娴弓马，任侠使气，行事富有传奇色彩，有"文如谢灵运，武如郭子仪"（舒位《江上停云诗》）之誉，在当时才名极大。诗如其人，奇伟瑰丽，逸荡不群，咏古论史常有目空千古之意，也最见才识。潦倒的境遇使他常抱"名士文章成画饼"（舒位《分明》）之叹，但他从不气馁："五色明珠一斛才，大罗天榜又横开。红纱古鬼魔宜退，老女当梁嫁也该。名将七擒终得贼，死胎三堕或生孩。金丹火字泥金纸，逼得灯光响爆来。"（《奉和舒铁云姨丈见赠之作》，清咸丰元年徐渭仁刻本《仲瞿诗录》）其光怪陆离的艳俗色彩，狰狞粗恶的喻象，不仅体现出个性化的风趣，也流露出对世俗价值的戏谑和哂笑。

第三章　清后期诗派

道光二十年（1840）鸦片战争爆发以后的清代后期，学界习惯上又称为近代。有关近代诗歌，汪辟疆、郭延礼、管林、马亚中等均有专门论述。① 近代诗歌，两股诗风影响较大。一股是由倡导志士之诗发展为爱国诗潮，为诗风新变之始；另一股则是以学人之诗为特征的学宋诗派，开学古诗风之先。后者的发展，形成延续至清末的所谓“近代宋诗派”或称“宋诗运动”。②

第一节　划时代者：龚自珍

龚自珍是首开近代新诗风的杰出诗人。龚自珍（1792—1841），字瑟人，号定盦，仁和（今浙江杭州）人。出身官僚文士家庭，27 岁中举，38 岁中进士；由内阁中书官至礼部祠祭司行走、主客司主事，“一生困厄下僚”。48 岁辞官南归，50 岁暴卒于江苏丹阳云阳书院。

---

①汪辟疆：《汪辟疆说近代诗》，上海古籍出版社 2001 年版；郭延礼：《中国近代文学发展史》，山东教育出版社 1991 年版，高等教育出版社 2001 年版；管林、钟贤培主编《中国近代文学发展史》，中国文联出版公司 1991 年版；马亚中：《中国近代诗歌史》，学生书局 1992 年版，又复旦大学出版社 2011 年版。

②“宋诗派”和“宋诗运动”之名均出现于民国以后。此前李慈铭等对道咸以后“动拟苏韩”的现象有所评论，并未称“派”。1912 年陈衍在《石遗室诗话》历述并推许道光以后学宋诸家，此后“宋诗派”之名遂立。1929 年陈子展在《中国近代文学之变迁》中又提出“宋诗运动”的概念。

他自称“精严”的少作大都佚失，今存600多首诗，主要是30岁以后的作品，同样堪称“精严”。他的诗紧紧围绕现实政治，或批判，或抒慨，富有社会历史内容，如著名的《咏史》：

金粉东南十五州，万重恩怨属名流。牢盆狎客操全算，团扇才人踞上游。避席畏闻文字狱，著书都为稻粱谋。田横五百人安在，难道归来尽列侯？

这是身处古代黄昏、近代前夜这一特定时代，一位具有独立不羁人格的诗人阅历和真情的凝结。地方上是幕府中帮闲人物“操全算”，朝廷里是皇帝左右亲贵把持大权，这就是政治现状。而一般官僚文士慑于文字狱，不敢议论国家大事，著书为文不过是为衣食打算。高压专制把人们变成浑浑噩噩的庸才，全无生气，这又是一般士风的现状。国家就是在这样的状态中一步步日薄西山。

“不是无端悲怨深，直将阅历写成吟”（《题红禅室诗尾》），“下笔情深不自持”（《杂诗·己卯自春徂夏在京师作，得十有四首》其十四），其精粹之作，创造了一系列兼具时代特征和个性特征、并含哀艳与雄奇审美风格的独特意象，如“狂剑”“怨箫”“秋魂”“少年”“落花”“风雷”等，表现出身处衰世的启蒙思想家敏锐的危机感、深沉的忧患意识，表现出理想的朦胧和对这种朦胧理想的执着追求。其中固然有对古代诗歌传统的广泛继承，但更具有不同于前代的现实社会投影和幻想境界的写意，展现了不同于前代诗人的心路历程、感情波澜和心理矛盾，如《杂诗·己卯自春徂夏在京师作，得十有四首》其十二曰：

楼阁参差未上灯，菰芦深处有人行。凭君且莫登高望，忽忽中原暮霭生。

“忽忽中原暮霭生”，即《尊隐》中所谓的“日之将夕”，以高度概括的诗句形象地表现出清王朝没落的形势与气氛，可与唐代李商隐的“夕阳无限好，只是近黄昏”媲美，不过现在连那将落的夕阳也没有了，只是“暮霭”蒸腾，即将进入暗夜。作者深知前途与希望在于风雷飙发，人才蔚起，以强有力的变革使社会重获生机，因而喊出了时代的最强音。《己亥杂诗》第125首：

> 九州生气恃风雷，万马齐喑究可哀！我劝天公重抖擞，不拘一格降人材。

这富有震撼力的诗句，发出要求改革的强烈呼声，包含着深邃的意蕴，屡被后人作为倡导改革的经典来引用。这里所谓的“人材”，就是《乙丙之际箸议第九》中所说的“才士”“才民”，《京师乐籍说》中所称的“豪杰”，《尊隐》中所讴歌的“山中之民”。他们是不受统治者愚弄而能够打破万马齐喑局面、掀起风雷、改造现实的力量。作者的《西郊落花歌》以奔放酣畅的笔墨热情歌咏落花，也是对人材的颂美：“如钱塘潮夜澎湃，如昆阳战晨披靡；如八万四千天女洗脸罢，齐向此地倾胭脂。奇龙怪凤爱漂泊，琴高之鲤何反欲上天为？玉皇宫中空若洗，三十六界无一青蛾眉。”“落花”就是“奇龙怪凤”，是被统治者排斥的奇才，他们都从“玉皇宫中”“漂泊”下来了，那里已经“空若洗”，而人间则出现了宏伟壮丽的奇观。

诗人的拔俗特立，在当时的社会里是孤立无援的，“侧身天地本孤绝”（《十月廿夜大风不寐起而书怀》），他的不少抒怀诗，充满奇才忧国伤时而不容于世的压抑感、孤寂感。《夜坐》云：

> 春夜伤心坐画屏，不如放眼入青冥。一山突起丘陵妒，万籁无言帝坐灵。塞上似腾奇女气，江东久陨少微星。平生不蓄湘累问，唤出嫦娥诗与听。

在难以忍受的压抑情境中，诗人想放眼青冥一舒心绪。然而入眼的景象，是庸才妒抑奇才，是万马齐喑而只有朝廷一种声音，是边域将有事而中原人材寥落的倾危形势。屈原曾作《天问》，诗人知道他所面对的现实是“天问有灵难置对，阴符无效勿虚陈”（《秋心》其二），提出问题是没有意义的，向月亮倾诉一下心曲算了。此中含有多少深沉的感愤！这里抒发的感情迥异于一般士子的不遇之叹。在极度压抑之中，作者有时也追求某种精神上的解脱，《能令公少年行》是这一方面的代表，也是一篇奇作。诗人以流丽的长篇歌行酣畅淋漓地描写出一个想象中的太湖隐居天地，它高雅脱俗，自由纯洁，优美充实，与污浊的现实形成鲜明的对比，这与诗人常常在诗中呼唤童心、怀恋真情的精神是一脉相通的。《己亥杂诗》第170首："少年哀乐过于人，歌泣无端字字真。既壮周旋杂痴黠，童心来复梦中身。"在名场中周旋，有时不能不装呆卖傻，所谓"痴"；有时又不得不要弄狡狯，所谓"黠"，真个是"客气渐多真气少，汩没心灵何已"(《百字令·投袁大琴南》)。诗人十分厌憎这种逐渐失去真人面目的生活，也是个性解放精神的一种体现。批判、呼唤、期望，集中反映了诗人高度关怀民族、国家命运的爱国激情。直到他辞官南归之日，还唱出"落红不是无情物，化作春泥更护花"（《己亥杂诗》第五首）的动人诗句，即使已是落花身世，仍要用自己的全部生命去培植新的花朵。

龚自珍的诗基本不出旧体范围，可以明显看出受到前代一些作家的影响，但他吸收前人的滋养乃如蜂酿蜜，酿就出自己独特的创作路数。他的诗主要是围绕社会政治着议抒慨，基本倾向是重意而多陈述的笔墨。但他着议抒慨，既富有概括力，含义深远，又多出以象征隐喻，富有形象性。如《秋心》其一：

> 秋心如海复如潮，但有秋魂不可招。漠漠郁金香在臂，亭亭古玉佩当腰。气寒西北何人剑？声满东南几处箫。斗大明星烂无数，长天一月坠林梢。

悼念奇才友人的亡故，抒发忧时的深怀，全都出之以陈述式笔墨。剑气、箫心之交织，生成"秋魂"等意象，同时也是龚自珍内心的自我。以"秋心"指愁绪，以"秋魂"指逝者，以"郁金香""古玉"写亡友的品德，以"气寒"喻西北的严重形势，以"何人剑"感慨报国乏人，以"箫"声寥落暗指哀时之士的匮乏，以"斗大明星"无数言庸才充斥，以"月坠林梢"喻才友沦亡，思想深刻，形象鲜明，感情浓挚，意象含蓄，耐人玩味。诗中的形象事物大半是用为象征隐喻，而非意在描写其本身。这种艺术表现上的特点广泛地体现在作者常用的"剑""箫""落花""春""秋"等意象上。如"剑"之代表功业报国的壮怀，"箫"之代表忧国伤时的情思等。龚诗既是政治家、历史家的诗，又是真正诗人的诗。其浓郁的诗情近唐，以表意与陈述为主近宋，近唐而不流于兴象空浮，近宋而不流于枯瘠乏象，可谓融汇了唐音、宋调的优点而避其流弊，以宋诗的面子包裹唐诗的里子，以独特的创造，自成一路，为古典诗歌艺术作了很好的总结。

龚自珍自称“庄骚两灵鬼，盘踞肝肠深”（《自春徂秋，偶有所触……》其三），其诗多用象征影喻，想象奇特，文辞瑰玮，受庄子与屈原影响较大，然而其中贯穿一种诗人独有的凌厉剽悍之气，所谓“以霸气行之”（谭献《复堂日记》），晶光外射，飞动郁勃，富有力度。如“叱起海红帘底月，四厢花影怒于潮”（《梦中作四截句》之二）、“西池酒罢龙娇语，东海潮来月怒明”（《梦得“东海潮来月怒明”之句……》）、“畿辅于山互长雄，太行一臂怒趋东”（《张诗舲前辈游西山归索赠》）、“猛忆儿时心力异，一灯红接混茫前”（《猛忆》）等，展示出剽悍奇丽之美，在古人诗中是少见的；从这一方面说，又是对古代理想化诗歌艺术的总结与发展。①

第二节 宋诗派

此所谓“宋诗”，并非朝代意义上的界限，而是风格意义上的区分，大体以师承宋人，尤以苏轼、黄庭坚为主而上溯开启宋代诗风的杜甫、韩愈等。“宋诗派”这个名称，仅指出主要学古趋向或风格宗尚，不能认为概括了此派全貌。“宋诗派”自有其时代印痕。② 其发展阶段可分三期。

（一）道光、咸丰之间，为“学人之诗”时期。程恩泽、祁寯藻首倡，何绍基、郑珍、莫友芝为中坚。此派当时并未明确以“宗宋”相号召或自标榜，时人也未以“宋诗派”目之。只是他们的诗论与“以文字为诗，以才学为诗”的宋诗有相通处，创作多取法韩愈、苏轼、黄庭坚，主张以学问充实性情，刊落浮艳之词，诗风庄雅平和、盘郁深厚，兼峭拗与清穆之胜。故清末同光体诗论家陈衍将近代学宋诗风推源至“道、咸以来，何子贞（绍基）、祁春圃（寯藻）、魏默深（源）、曾涤生（国藩）、欧阳磵

---

①参见管林、钟贤培、陈新璋《龚自珍研究》，人民文学出版社 1984 年版；龚自珍纪念馆编《龚自珍研究文集》，浙江古籍出版社 1994 年版。

②汪辟疆《近代诗人评述》（《南京大学学报》1962 年第 1 期）曾对“宋诗派”之说提出质疑，认为“道咸以后，丧乱云膴，诗人吟咏，固亦尝取径宋贤”，而“实多不类”，故“不曰宋诗，而曰清诗”。

（辂）、郑子尹（珍）、莫子偲（友芝）诸老，始喜言宋诗。何、郑、莫皆出程春海侍郎恩泽门下”（陈衍《石遗室诗话》卷一），又指出：“有清一代诗宗杜韩者，嘉道以前推钱箨石侍郎，嘉道以来则程春海侍郎、祁春圃相国，而何子贞编修、郑子尹大令皆出程侍郎之门。益以莫子偲大令、曾涤生相国诸公，率以开元、天宝、元和、元祐诸大家为职志，不规则于王文简之标举神韵，沈文悫之主持温柔敦厚，盖合学人诗人之诗二而为一也。”（陈衍《陈衍诗论合集·近代诗钞述评》）

（二）咸丰末至同治，为“诵法江西”时期。曾国藩推尊“杜、韩、苏、黄”而特“宗涪公（黄庭坚）”，明确宗宋方向。但正如改造桐城派以使中兴一样，他对何绍基等人的学人之诗也有所不满，① 而提倡一种琢辞倔强、傲兀不群、糅文入诗、摧直为曲的诗境。曾氏诗歌成就不高，但位高权重，时流借以标榜声气，于是“自曾国藩自以为功，诵法江西诸家，矜其奇诡，天下骛逐”（章太炎《国故论衡·辨诗》）。

（三）光绪、宣统以降，为“同光体”时期。处在内忧外患交侵、易代鼎革之世的陈三立、沈曾植、郑孝胥、陈衍等，已难有学人之雍容，更无复曾国藩的倔强。这群曾历政治风云而身处落潮中的诗人，意识到时代“去小雅废而诗亡也不远”，欲以“宋人力破馀地”的精神垦殖古典诗歌残馀的疆土，虽学宋为主而标榜“不专宗盛唐”以扩大取径范围，各尽其能，但最终流落于“荒寒之路”。

其实“喜言宋诗”或“学人之诗”都不始于道、咸。清初已有“诎唐而尊宋”（叶燮《原诗》）者。桐城派姚范、姚鼐论诗也主根柢学问，推尊黄庭坚。但是程恩泽一派的诗学、诗风有其特点和特殊背景。道、咸之世，时代剧变，而嘉庆以来官风、士风颓靡之弊暴露无遗。程恩泽、祁寯藻、何绍基等人感到风雨来袭，“胸亦颇有天下事，如何眼看流民哀”（何绍基《中丞见和拙诗复叠韵奉报三首》，《东洲草堂诗钞》卷十七），都支持禁烟抗英。何绍基与龚自珍、汤鹏、张际亮还交往甚密。但是，身为正直而正统的封建士大夫，思想上谨遵“立身涉世，除却克己慎独，更无着力处”的儒者之道、学人本分，诗学上恪守“温柔敦厚”的诗教，他们更忧虑、反感的是“流俗污世，到处相习成风”及其在诗坛的表现，所

①〔清〕曾国藩《感春六首》云：“何（子贞）吴（南屏）朱（伯韩）邵（蕙西）不知羞，终日肝肾困锤凿。”

谓“豪诞语、牢骚语、绮艳语、疵贬语”（何绍基《东洲草堂诗钞自序》）。因此，他们不是像张际亮等那样在“才人、学人之诗”之外别倡“志士之诗”，只是“合学人诗人二而一也”。此所谓“合”不再是简单地把“书”当作“诗源”“诗材”，而是在治学弥合汉、宋学之争的基础上，主张“通训诂，明义理”，以学问陶冶性情，寻求儒者的道德修养与诗人的个性才情、诗教规范与艺术独创、做人与作诗的统一，表现学者诗人的精神品格和审美情趣。正是这一“合”，使他们的创作呈现出与清前期各派不同的风貌，“有清一代诗体，自道、咸而一大变”①；也正是这一“合”，说明此所谓“大变”，实质仍是传统诗学的融通、衍变和延续。

祁寯藻（1793—1866），字叔颖，又字淳甫，号春圃，山西寿阳人，官至大学士，卒谥文端。有《䜞䜣亭集》。他论学主张“义理与训诂不可偏重”，论诗强调“穷通显晦，情遇各殊；温柔敦厚，体要斯在”（《䜞䜣亭集自序》）。陈衍评其《自题䜞䜣亭图》云：“证据精确，比例切当，所谓学人之诗也，而诗中带着写景言情，则又诗人之诗矣”，代表“学人之言与诗人之言合”（陈衍《近代诗钞序》）。“其诗原本香山、东坡，致力颇深，故其前集颇多清雅之作”②。但除少数有关民生世风如写鸦片烟的《新乐府三章》等外，多为官场酬应、赴任旅行、受赐感恩、扈从出游之诗，用他自己的话说，是“惟有呻吟馀病后，更无裨补在人间”（《丁巳岁自题䜞䜣亭后集》）。

此后于诗学上立一家之说以完善宋诗派理论者，为何绍基；在创作上成一家之诗而壮大此派成就者，是郑珍。

何绍基（1799—1873），字子贞，号东洲，晚号蝯叟，道州（今湖南道县）人。道光十六年（1836）进士，任翰林院编修、国史馆总纂，历典闽、黔、粤省乡试。咸丰二年（1852）迁四川学政，任内将地方吏治腐败、科考积弊等情形据实上奏，致权贵侧目，终以条陈时务被斥为“肆意妄言”而降职。遂辞官，历游山水，讲学鲁、湘，晚年主持扬州书局。他自早年求学，入仕后致力文教，晚年讲学、校书，可以说一生为学人。于《说文》考订颇深，尤以书法名世。有《东洲草堂诗钞》。

何绍基提出一套较系统的诗论。宗旨是温柔敦厚，他从做人说起，力

①王揖唐：《今传是楼诗话》，《民国诗话丛编》第三册，第262页。

②〔清〕李慈铭：《越缦堂诗话》，上海书店出版社2000年版，第1129页。

图使温柔敦厚成为诗人内在品格的流露，成为体现于诗的原则，这就是他的“先学为人”“人与文一”“人成文立”论。从正面讲要有“真性情”，从反面说为“不俗”。何绍基诗论的特点，是把清前期各派诗学和诗歌创作中的矛盾，各去其偏，调和为一，统归于温柔敦厚。

何绍基的诗，表现出学人本色，如张穆所说，“无他高妙，只是本色而已”（张穆《〈使黔草〉序》，《东洲草堂诗钞》卷首）。他并非对时世完全漠然，世道陵夷也冲击其心灵：“计从夷艘扰江海，权与通商安小腆。行省偏灾何岁无，又苦霖涛荒沃衍。”（《五十岁初度日……》）他写过一些关切在灾荒与战乱中人民苦难的作品，如《南村耦耕图》《吃饭》《普贤向西》等。晚年所作《沪上杂书》等更表达爱国之情：“黄浦江心积渐填，浅滩往往搁轮船。何年涨出吴淞口，还我中原海与天。”这类诗有忧悯而少激愤，数量不多。更多的是“句子推敲日细哦，讴吟声韵贵平和”（《击楫高歌》）这种平和清逸的学人之诗。大体可分山水写景、论书题画、金石题跋、酬答抒怀几类，成就较高的是写景诗。“诗人腹底本无诗，日把青山当书读”（《爱山》）。他往往并不着意描摹山水本身的奇险秀丽，而更多写从中“读”出来的特有境象、意趣和理致。如写贵州奇景的《飞云岩》，通篇似在写“云”，这“云”都有神有态，或伸、或却、或奋舞、或凝立，无奇不有；又写“云”与松涛、瀑布交映，“云”与亭中人对话、和声，直至篇末才点明“我所道云都是石”。此时返读全篇，始觉句句似乎写“云”，实则是写如云之岩石。而以人拟“云”、石，又以“云”、石拟人间百态，可谓妙喻连发，奇想破空。《望雪同子毅作》写山中风雪，造语险峭，设喻奇特。这种博喻手法，承苏轼而来，也是学人之能事，如朱琦所谓“随境触发，郁勃横恣，非积之厚而能达其意所欲出者，不能尔也”（朱琦《〈使黔草〉序》）。还有些诗，则从一些人所不经意的景物中，发现自然美和生活情趣，富有理蕴。如《小树》：“大雨吞山百丈斜，山隈摧落几人家。中间小树浑闲事，颠倒生根又放花。”又如《山雨》：“短笠团团避树枝，初凉天气野行宜。溪云到处自相聚，山雨忽来人不知。马上衣巾任沾湿，村边瓜豆也离披。新晴尽放峰峦出，万瀑齐飞又一奇。”极目所见，移步换景，落笔轻快，意度洒脱。此类诗深得宋诗，尤其是苏轼诗造境之神韵，后人推为“晚清学苏第一人”①。

①钱仲联：《梦苕庵诗话》，齐鲁书社1986年版，第286页。

其论书法、题金石之作，往往以议论、考订入诗。《猿臂翁》开首以李广练射喻学书之理，尚有兴味，后篇纯论书理，便觉滞涩。《竟宁铜雁足灯诗》以长序考证雁足灯上铭文释义，复在诗中与厉鹗辩驳。30 年后再作《题竟宁雁足灯款识拓本为潘玉泉作》，仅“就‘足’‘疋’二字义演成一篇”。此类诗，演为近代“钟彝奇字，敷以长言，碑碣荒文，发为韵语”（徐世昌《晚晴簃诗汇序》）一流，学者气浓而诗味寡淡。

郑珍（1806—1864），字子尹，号柴翁，贵州遵义人。家境清寒。20 岁为贵州学政程恩泽所识，拔为贡生。32 岁中举后，数试不第，任本省古州、荔波等县训导、教谕。一生局促困顿，而学术成就甚著，承程恩泽之教，潜心经学、训诂，被尊为“西南巨儒”。有《巢经巢诗钞》及《后集》《巢经巢文集》。

郑珍论诗，认为学古人之诗，“当自学其人始。诚似其人之所学而志，则性情、抱负、才识、气象皆其人”，诗也就“不似犹似”（《郘亭诗钞序》）了。又说：“言必是我言，字是古人字。固宜多读书，尤贵养其气。气正斯有我，学赡乃相济……从来立言人，绝非随俗士。”（《论诗示诸生时代者将至》）首重为人，强调读书养气，诗贵有我，不随流俗，持论与何绍基一致。

但郑珍诗有所成就，却主要不在其胸积卷轴，而在于生活阅历。不像同派其他诗人那样仕途通达，郑珍长期局促于偏僻而贫瘠的贵州山乡，穷愁清苦，时为糊口或避难而奔波，加之战乱兵匪，备经困厄忧虞。“凡所遭际，山川之险阻，跋涉之窘艰，友朋之聚散，室家之流离，与夫盗贼纵横，官吏割剥，人民涂炭，一见之于诗”（唐炯《巢经巢遗稿序》）。他的许多诗写自己贫病饥寒的窘境：“雪风刁调吹破篱，吾独穷困于此时。天寒拥卷作跏坐，日暮向人赊夕炊。”（《雪风》）“愁苦又一岁，何时开我怀。欲死不得死，欲生无一佳。”（《愁苦又一岁赠郘亭》）《屋漏诗》《湿薪行》《贷米》《断盐》写穷愁之态，体验真切，时杂自嘲，而中含酸辛。如《瓮尽》：“日出起披衣，山妻前致辞：‘瓮馀二升米，不足供晨炊。’仰天一大笑：能盗今亦迟……”笑中有泪，寓愤于谐。这种困苦的生活，使诗人对百姓苦难有较深切的体会，写出了一些记述农民悲惨境遇，揭露官吏敲骨吸髓罪恶的诗，如《经死哀》：

虎卒未去虎隶来，催纳捐欠声如雷。雷声不住哭声起，走报其翁已经死。长官切齿目怒嗔："吾不要命只要银！若图作鬼即宽减，恐此一县无生人。"促呼捉子来，且与杖一百："陷父不义罪何极，欲解父悬速足陌！"呜呼，北城卖屋虫出户，南城又报缢三五。

诗作于1861年，清政府在镇压太平军的同时加强对农民的压榨，以致民不堪命，满城南北，宛如地狱。《抽厘哀》《南乡哀》《禹门哀》《江边老叟诗》都揭露清政府的苛捐重税，层层盘剥，如同"坐吃人"。《捕豺行》直接把官府清兵比作豺狼："人豺夜行如楦麟，官豺昼聚称上宾。邑中豺伯纵豺食，群豺饱卧东城闉。民命若彼官若此，豺尔何幸逢此君。"此外，《煮海铅厂三首》《吴公岭》等描写铅厂工人和运盐劳工环境的恶劣、劳动的繁重和生活的凄惨，连"鬼亦掉头还"。前者更是诗史上最早反映矿工生活的作品之一。

郑珍擅于把"元柳未经目，陶谢屐不逮"（《正月陪黎雪楼舅游碧霄洞》）的贵州奇特山川景物形诸笔端。《白水瀑布》用贴切的比拟，展现瀑布飞流的磅礴气势和雄奇变幻。《清浪滩》写滩石险峻"上如刀山立，怒挺索人命。下藏万千剑，欲剸暗中刃"，造语奇警。《正月陪黎雪楼舅游碧霄洞》写溶洞奇景，形容钟乳石千姿百态，刻画工肖，极尽描摹之能事，又以《河图》《禹贡》《史记》及佛经术语入诗，奥衍谲诡，诚可谓"造化之手信幻极，四海不作雷同文"（《飞云岩》）。其写景诗也有流丽之作，如《春尽日》："绿荷扶夏出，嫩立如婴儿。春风欲舍去，尽日抱之吹。"构想新异，诗笔隽妙，出于自然而见锤炼之功。

郑珍诗中占绝大比重者风格都是平易近人的，用韩愈、孟郊雕刻洗练之手段，而以白居易风格面目出之。所谓"以苏、韩为骨，元、白为面目"（胡先骕《评胡适〈五十年来中国之文学〉》），"以韩杜之风骨，而傅以元白之面目"（钱仲联《梦苕庵诗话》）。此外亦取径于学杜甫、黄庭坚，但不一意模仿。大部分作品以俗事俗语入诗，多用白描手法，形成一种融雕刻洗练于平易近人之中的独特风格。另一部分作品以奇峭之笔写怪石奇洞、危崖险水和稽古考证、题咏金石，风格则奇奥生涩，"语必惊人，字忌习见"（陈衍《石遗室诗话》卷三），多散文句式、生僻词语。此类诗是学程恩泽："捣烂经子作醯鬻，一串贯自轩与羲。""峭者拗者旷者驰，宏肆而奥者相随。"（《留别程春海先生》）郑珍终身服膺程恩泽，他推许程氏"伟哉夫子文章医，当今山斗非公谁"，表示："敬再拜受请力之，头童牙豁或庶几。”(《留别程春海先生》)因此，虽然部分作品在揭露现实和风格自铸方面较之同派诗人稍胜一筹，但总体上仍属学人之诗。偏居一隅的生活环境和毕生力学的人生经历，也多少限制了其眼界和诗境。大多数诗还是写平居琐俗、旅途行役、骨肉亲情、友朋谈艺、碑石钟铭、咏物怀古之类，所以梁启超说：“时流咸称子尹诗能自辟门户，有清作者举莫及。以余观之，吾乡黎二樵(简)之俦匹耳。立格遣词，有独到处，惜意境狭。”(梁启超《巢经巢诗钞跋》)

“意境狭”不仅是郑珍，也是与之齐名、并称“郑莫”的莫友芝，乃至宋诗派学人之诗的共同缺憾。

莫友芝(1811—1871)，字子偲，自号郘亭，又号紫泉，晚称眲叟，贵州独山人，学者、诗人兼书法家，《清史稿·文苑传》誉诗学书三绝的莫友芝为“西南大师”。留有1500馀首诗歌。不少诗作体现出宋诗以议论为诗、以学问为诗、以文字为诗的特点，如《为巢经巢释跋〈汉人记右扶风丞武阳李君永寿末完褒斜大台刻字〉而系以诗》，注的字数几乎与诗字数相等；《红崖古刻歌并序》序大于诗；《芦酒》三首七律，后附考证近2000字；《哭杜杏东及其子云木三首》三首五律，亦有记千百言附后……这可以说是典型的学人之诗。但莫友芝一生漂泊，对现实的诸多黑暗洞若观火，更亲身经历过遵义战乱和太平天国战争，以学者之眼冷静观照、理性反思，使部分诗歌具有诗史意味和忧世情怀。《郘亭遗诗》卷二所收的26首七言古律《遵乱纪事》，诗与注相互辉映，详细记录咸丰四年(1854)遵义杨龙喜义军围攻遵义的过程，堪补史阙。陈衍《石遗室诗话》卷二十八称：“《遵乱纪事》廿馀首，皆有注，可称诗史。”《望都梦京师诸同好，明日次翁叔平同龢修撰〈赠行〉诗韵，却寄，兼示尹杏农、李眉生》《读八月初一、初六两日〈邸钞〉，迭前韵》《有感二首》等诗篇则侧面反映了咸丰十年(1860)英法联军攻打京津的战况，表达了“悠悠逐客泪”的无奈和“卧榻事殊南越远，可容鳞介混冠裳”的忧愤。汪国垣论及道光、咸丰诗歌指出：“龚自珍、魏源、陈沆、程恩泽、邓显鹤、祁寯藻、何绍基、曾国藩、郑珍、莫友芝、江湜诸家，类皆思流虑远，骨力坚苍，每于咏叹之中，时寓忧勤之感，异时讽诵，动移人情。”① 郭绍虞《中国文

①汪国垣：《近代诗派与地域》，《文艺丛刊》(国立中央大学)第2卷第2期，1934年。

学批评史》说：“当时海禁已开，国家多故，具有敏锐感的文人更觉前途黯淡不安，于是言愁欲愁，其表现力量，也就更能深刻而真挚。黔中诗人莫友芝与郑珍，尤足为其代表。”① 姚永概《书郑子尹诗后》云“生平怕读郑莫诗，字字酸人心肝脾”，指的就是此类诗歌。

莫友芝诗歌内容丰富，风格多样，有沉郁悲愤的纪实之作，有凄苦幽怨的亲情诗，也有明丽奇崛的田园山水诗，更有苍劲古秀的咏史、抒情作品，还有描写节日风情、蚕桑农事的作品。② 特别是山水纪游之作，数量既众，质量也多臻上乘。莫友芝性喜游历，踪迹半天下，早年遍涉黔中山水；六赴礼闱，饱览沿途风光；十年江表，访书论学，尽涉江南名胜。“咫尺不辨黄茅冈……隔竹幽泉佩环响”（《晓过望山堂》）的晨雾，“电光水影恣吞吐，千门万户江河声”（《喜雨》）的雷雨，“回风云波碎，日气漏前山”（《残雨》）的残雨，“山光落户牖，空翠若可摘”（《荆门雨后谒陆子静祠观蒙泉》）的初晴……他眼中的自然，如此多姿多彩；“阴藏太古雪，腹断摩霄翮。日浴千嶂青，云缠一峰白”（《南望坡》），“平田半熟迎秋稻，野圃新滋过雨菘。沮溺偶然烟语久，夕阳明灭度青枫”（《意行》）的黔中景色，“日脚斜通一线齐，风头横截半天低。惊沙迭浪翻鳌背，乱石长雷散马蹄”（《风走襄城》）的北国风沙，“小秦淮水绿漪漪，杨柳春风又此时。山色有无浑梦寐，井花浮动转然疑”（《平山堂》）的江南温柔……他笔下的山水，如此变幻无穷。正是这些山水诗，使人看到宋诗派之外莫友芝的另一面貌。

第三节 汉魏六朝诗派

当宋诗派因曾国藩扶植倡导而称盛之时，同出于湘中而后起的王闿运却别树一帜，以“复古”相号召，独尊汉魏六朝。湘楚诗人，从者颇众，邻近之赣、蜀，亦不乏桴鼓相应者，史称汉魏六朝派，或称湖湘派。

王闿运（1833—1916），字壬秋，一字壬父，自号湘绮，湖南湘潭人。

①郭绍虞：《中国文学批评史》，上海古籍出版社 1979 年版，第 690 页。

②参见黄万机《郘亭诗钞笺注·序》，三秦出版社 2003 年版，第 3 页。

咸丰七年（1857）补行癸丑（1853）科乡试时中举。早年幕游湘军诸帅营，会试入都，为肃顺礼为上宾。然自负奇才而仕宦不达，遂归隐石门，10 馀年不出。46 岁应聘主持成都尊经书院，后掌教湘、赣诸书院，清末授翰林院检讨，加侍读。民国初一度任国史馆长。他一生历道、咸、同、光、宣五朝至民国，学问、诗文名重一时，后人推为“诗坛旧头领”（汪辟疆《光宣诗坛点将录》）。有《湘绮楼文集》《湘绮楼诗集》，其论诗之言别刊为《湘绮楼说诗》，并编《八代诗选》《八代文粹》。

王闿运平生处世、行事、治学、论文，皆夷然自若于时代进步潮流，又傲然自异于统治层中的主流。他对洋务运动、维新变法、辛亥革命皆心有所非，故置身事外。太平天国时出入曾国藩幕中，却不任僚属，言不合辄去；后撰《湘军志》，对曾氏集团颇有微词。晚年任国史馆长是袁世凯所礼聘，他却借口老眼昏花，指“新华门”为“新莽门”，并曾撰联刺之：“民犹如是，国犹如是，何分南北；总而言之，统而言之，不是东西。”治学非汉非宋，主今文经学，“好为异说”，在尊经书院别开“蜀学”，培养了廖平等一批弟子。康有为转向今文经学，即受廖平影响。而其诗文理论也表现出这一特点，既不循时代，又异于时流，这使他的理论和创作既表现出独特性，又多有偏谬，甚至自相矛盾。

其实，复古并非王闿运一家之言。当时各种传统诗文流派都以崇古、学古为方向。王闿运之言“复古”，另有一套逻辑。他论诗的基本观点本于陆机的“诗缘情而绮靡”，认为“诗以养性，且达难言之情”“情动于中而形于言，无所感则无诗，有所感而不能微妙则不成诗”。这些认识符合诗的抒情本质，虽多为前人所已言，但他的独特处，是由此提出“古”“今”诗之辨：“古之诗以正得失，今之诗以养性情。”“古人以教谏为本，专为人作，今以托兴为本，乃为己作。”“兴者，因事发端，托物寓意，随时成咏……亦以自发情性，与人无干，虽是讽上化下，而非为人作。”此所谓“古”“今”诗之辨，实际上反映了古典诗歌体系内部经常出现，有时表现得相当突出的一种矛盾，即诗歌教化功能的强化、直接体现与诗歌本体抒情特征的矛盾。王闿运意识到这种矛盾，企图加以调整。他并不反对教化作用，甚至视之为诗的本义所含：“诗，承也，持也，承人心性而持之，以风上化下。”但这种作用的方式应该是“感于无形，动于自然”，因而在创作上“贵以词掩意，托物寄兴，使吾志曲隐而自达，闻者激昂而欲赴”；要“持其志无暴其气，掩其情无露其词”。并且这只是客观上的作用，诗人创作还是“诗由心声”，“要取自适”，非“供人之喜怒”①。作为深于诗学的诗人、学者，王闿运强调诗的艺术特性，有一定合理性。

从“古”“今”诗之辨，本应引出崇今非古的结论，王闿运却相反，原来他所谓“古”“今”诗有特定含义。“古之诗”指“三百篇”即《诗经》，其实还隐指推源于《诗经》的唐、宋诗，他反复申论：“兴”与“风雅颂异体”，“近人论作诗，皆托源‘三百篇’，此巨谬也。诗有六义，今之诗乃兴体耳，与风雅分途，亦不同貌……盖风雅国政，兴则己情，风雅反复咏叹，恐意之不显；兴则无端感触，患词之不隐”。而唐人“直指时事”，“放弛其词，下逮宋人，遂成俳曲”②。他认为作为“兴体”之诗的起源，是比四言《诗经》更古的五言古谣。“五言出于唐虞时，其在三百篇千年前”，“《卿云》《麦秀》《暇予》《猗兰》是其先型，至汉而大开法门”。此后才由五言发展为古、近各体。他从缘情说出发，对古代诗史作了虽不无独见却在总体上显失偏颇、有违史实的评论，旨在论证独尊汉魏六朝。就诗体论，他说八代诗人“皆知情不可放，言不可肆，婉而多思，寓情于文”，合乎缘情托兴之理，所以力斥“近代儒生，深讳绮靡”“轻诋六朝”。就诗法论，“作诗则必先学五言，五言必读汉诗”“诗法备于魏晋”，宋齐扩充，陈隋开新，所以须“从八代入手”。因此，王闿运之尊汉魏六朝，不只是一种风格宗尚或取径方向，而是把“八代”作为体现其诗学观的一种限制性范型，与其他诗派不尽相同。

在此基础上他提出“诗必法古”论，包括三个层次。首先是写诗拟古，“于全篇模拟之中，能自运一两句，久之可一两联，久之可一两行，则自成家数矣”。其次是神貌肖古，“成家又不在字模句拟，而在得其神理”，而“神寄于貌，遗貌何所得神”？最后达到本体意义上的复古，即复缘情托兴之体，“古人之诗，尽善尽美，典型不远，又何加焉”？以古为范，而自见性情，则“不失古格而出新意”。王闿运甚至连前人主张“师古”，但要“遗貌而取神”都否定，似颇极端，实际上很有代表性。学诗从模拟入手，作诗、评诗以“逼肖古人”“置之古人集中而莫辨”为尚，以“不失古格而出新意”自诩自期，是当时普遍现象。因此，毋宁说王闿

①以上所引见王闿运《湘绮楼说诗》。

②〔清〕王闿运对唐代诗人各有具体评论，并非一概否定，尤其是对初、盛唐诗人，认为他们承汉魏六朝，“不走古法”；而对韩愈以后，尤其是宋代诗人则多贬。

运的复古论是近代学古诗风的代表性理论，只不过是更集中露骨且坚执不移。

王闿运《诗法一首示黄生》自称："余则尽法古人之美，一一而仿之，熔铸而出之。"晚年作《忆昔行》又云："五十年来事事新，吟成诗句定惊人。"反映了他创作思想上的两面性，也构成其创作实践"古格"与"新事"的矛盾。不仅许多拟汉乐府，拟《古诗十九首》，拟曹植、鲍照、傅玄之作古色斑斓，一些咏当世之诗，也在意境格调上刻意肖古，往往"新意"浅平而为古色所掩。《拟焦仲卿妻诗一首，李青照妻墓下作》叙一用人之妻，容貌姣好，为做高官的主人凌逼，携子逃走，途遇恶少欺辱，投江而死。题材有一定社会意义，而遣词描摹仿《孔雀东南飞》，又落笔于"昔为役人妇，今为礼都旌""纲纪贵贱人，作诗诵清风"，使诗蒙上一层陈旧感。名篇《圆明园词》传诵一时，辇下争写。钱基博谓此诗虽"韵律调新，风情宛然""然要其归引之于节俭，而以监戒规讽终篇，亦仿元稹《连昌宫词》之体"①，所言甚是。连昌宫之废与圆明园之毁的时代原因大不相同，此诗却在立意上也蹈袭元稹，对英法联军毁园一笔带过，仍侧重写"百年成毁何匆促，四海荒残如在目"，就宫苑兴废，发盛衰之叹，劝戒奢兴利。尽管藻采丽密，情韵婉转，但事新言陈，意落平庸。

另一些诗，学古而较能脱化，感怀写景，熔铸己情，表现出一位以"帝王学"自负又身处政治漩涡之外，"逍遥通世法"② 的士大夫特殊的性格和情感。"斗室非宾亦非主，坐卧在床立当户……即今皇天意惨淡，自古豪贤尽羁旅"（《壬子七月乐平县作》），世运惨淡，自命豪贤，却又非宾非主，独立门户，道出王闿运的人生定位。其关涉时事之作，如《独行谣三十章》《铜官行寄章寿麟题感旧图》记湘军与太平军战史，《游仙诗》檃括甲午战争史实，每多对当政权要暗讽冷讥，而讥讽中透露的则是以

①钱基博：《现代中国文学史》，岳麓书社 1986 年版，第 50 页。参见此书所引姚大荣对《圆明园词》中失实之处考证之文，文中批评此诗："置巴酋（按：指英领事、侵华军代表巴夏礼）修怨之师不讲，只归狱于园居过侈以示炯戒，岂非言之成理而隔膜太甚！……不斥洋酋挟屡胜之威，纵火焚掠，而归罪于孱弱之贫民，何其不衷于事实乎！"

②杨度挽王闿运联云："旷古圣人才，能以逍遥通世法；平生帝王学，只今颠沛愧师承。"朱德裳《三十年闻见录》谓此"廿四字，能将湘绮学问文章写尽"。

“豪贤”自命者对无能之辈的“旁观犹感叹”①。《巫山高》《形势感赋》也表达对“天荒破处虚室碎，豆分瓜剖竟何似”的忧虑，但诗中多“非宾非主”的智者之忧而乏切己之痛。“忧思从中来，骤若奔万骑。我心信慷慨，万籁转相慰”（《述怀》），在忧思骤然来去之后，转向万籁寻求心灵的平复。只有在那些时代性、社会性并不很强的山水写景和思亲怀友之作中，他追求的“古格”和“自适”，才达到某种统一。五言写景，追蹑谢灵运，幽邃清雅，研炼工致。如“残云藉落日，隔岸明我衣。平畴上馀青，暝色合众微”（《湘上》），“众青不断色，远响惊清秋……素湍照白日，玄涧[illegible]愈幽”（《朱陵洞瀑》）。其七言近体，不入《湘绮楼诗集》②，然咏泰岱诗，冲容包举，时有奇气，如“黄河如线海如杯，表里泱泱四望开”（《雪霁登玉皇顶》），“秦碑古藓青成字，汉柏神风绿晕衣”（《泰安岱祠》）。王闿运此类诗境，可用他的两句诗概括：“孤吟人事外，残梦水声中。”（《发祁门杂诗》）

汉魏六朝派的诗人，还有邓辅纶（1828—1893）和高心夔（1835—1883）。邓多是山水诗，主要学谢灵运、鲍照，镵刻雕炼，尽量不落斧痕，追求高华古秀。如《湘江晚行作》：“气苍霭馀润，昏凝暧已晦。明景匿霞曜，孤光得萤态。练色远如界，秋影倒将坠。”《岳寺》：“雾深时断径，云倦欲栖楹。冷雨湿灯色，寒烟闻语声。”高学李商隐，较工七律，山水诗仍学谢灵运等。

第四节　新派诗

近代诗歌史上，黄遵宪具有重要地位。

黄遵宪（1848—1905），字公度，嘉应（今广东梅州）人。出身经营典肆致富的官宦之家。光绪二年（1876）中举。次年受任为使日大臣参赞，随使日本，成为近代中国第一代外交官。此后度过10馀年外交生涯。

①郭则沄《十朝诗乘》评《独行谣》语。

②《湘绮楼诗集》中只收五言诗（古体、律体）及七言古体，其七律、七绝别刊为《湘绮楼七言近体诗》。

后加入强学会，创办《时务报》，与康有为、梁启超一起宣传变法。旋任湖南盐法道，署按察使，与巡抚陈宝箴、学政江标，在湘试行新政，任用和支持梁启超、谭嗣同等维新人士，成为资产阶级改良运动的重要人物。戊戌政变后被革职，蛰居乡里。

黄遵宪诗论基本纲领是“诗外有事，诗中有人”“言志为体，感人为用”①，而其所言“事、人、志、体、用”的内涵与达此诗境之途辙，则随时代、经历、思想变化而更新。试探逐步脱出古人束缚，去古从今，“别创诗界”，是黄遵宪诗学观的特点。从19世纪60年代末到20世纪初，黄遵宪在诗歌领域多方探索，向“新派诗”努力。今存千馀首诗，可分三类。

第一类是海外诗。这位足迹遍及东亚、北美、西欧、南洋的外交官的海外诗，为中国诗界开拓了一片新大陆。他不是第一个写海外诗的人，却第一个艺术地再现了海外世界之“新”，并且写出了一个中国人走入近代世界后新的感受、新的认识和幻想。《日本杂事诗》是初使日本期间所作，以七绝组诗、每诗加注的形式吟咏日本自神话时代至明治维新的历史、风土、政俗、民物。一些诗颇能传达异国风韵。如写富士山：“拔地摩天独立高，莲峰涌出海东涛。二千五百年前雪，一白茫茫积未消。”写观赏樱花：“朝曦看到夕阳斜，流水游龙斗宝车。宴罢红云歌绛雪，东皇第一看樱花。”黄遵宪的海外诗，既写“奇景”，亦寄“新思”。一方面，他虽所见甚广，却选择甚精，着意吟咏那些最具异国特征的景物，并且尽量少用传统意象比拟，而纵笔直寻，如实状景传神。《纪事》以幽默的笔调写1884年美国总统选举中的百怪千状。两党各自夸耀竞选纲领，又互相攻讦：“彼党讦此党，党魁乃下流。少作无赖贼，曾闻盗人牛。又闻挟某妓，好作狭邪游。”“此党讦彼党，众口同一咻。”竞选者发表演说，游行壮威，握手请托，拉选票，不一而足。与同出于19世纪后期的马克·吐温《竞选州长》异曲同工，而由一位中国诗人以古典诗歌形式描写，尤属难得。虽然这一见闻成为他从赞成共和转向主张立宪的关节点，诗中却仍表达了对民主国家的向往，结尾云：

吁嗟华盛顿，及今百年矣。自树独立旗，不复受压制。红黄黑白

①光绪三十年致梁启超书云：“吾论诗以言志为体，以感人为用。”

种，一律平等视。人人得自由，万物咸遂利。民智益发扬，国富乃倍蓰。泱泱大国风，闻乐叹观止……倘能无党争，尚想太平世。

此诗或为其晚年补作，因而用了更多的新名词。诗境、内涵、语言、格调，也非传统诗歌所有。

第二类为纪事诗。以史家之笔，传写中国危亡的历史，寄寓爱国义愤与忧国悲思。青年时代所作《香港感怀》《羊城感赋》，追怀两次鸦片战争的惨痛史；《乙丑十一月避乱大埔三河虚》写身历太平天国起义的冲击；《冯将军歌》歌颂中法战争中冯子材抗法事；《悲平壤》《台湾行》等反映中日甲午战争；《放归》《感事》等是对戊戌变法的回顾；《七月二十一日外国联军入犯京师》《天津纪乱》等感愤八国联军侵略和义和团运动。《饮冰室诗话》说："公度之诗，诗史也。"

写甲午之战的一组诗，体现了黄遵宪写"今之世""今之人"且"以古文家伸缩离合之法入诗"（《人境庐诗草自序》）的主张。但他不是一般地以文为诗，其特点是以史传文笔法入诗。诗中很少直接议论，也很少直接抒情，几乎全为形象实录。或以浓笔酣墨描摹渲染激战场面，如《悲平壤》《东沟行》；或以典型言行刻画特写人物形象，如《降将军歌》《度辽将军歌》。叙事抑扬开合，波澜起伏，而中隐线索。如《哭威海》以"龙"为暗线。先依地势，将处海口中间的刘公岛比作"龙偃卧，盘之中"；继写海战，舰遭炮击，"船蔽裂，龙见血"；海军败绩，舰沉人亡，"地日蹙，龙局缩"；最后全军覆没，"海漫漫，风浩浩，龙之旗，望杳杳"。此"龙"不仅喻刘公岛，也暗喻清王朝。这些诗中，诗人的悲痛，诗人的激愤，都渗入形象，并通过形象表达，是主观感情与客体形象的内在结合，较之一般纪事诗更为成功。

第三类为述志诗。青年时代的《感怀》《杂感》，表达早期改革派的"变法"思想。出国以后的诗，突出抒写环顾世界、处危自强的志向："鄂罗英法联翩起，四邻逼处环相伺。着鞭空让他人先，卧榻一任旁侧睡。古今事变奇至此，彼己不知宁勿耻……劝君一骋四方志。"（《感事三首》）不过，他接触资本主义社会后萌育的一些新的政治观点，长时间内很少在诗中透露。直到戊戌变法，尤其是政变后，他才以新的诗歌语言，抒发新的理想。最早显示此类"新派诗"特色的是维新运动时所作《赠梁任父同年》：

列国纵横六七帝，斯文兴废五千年。黄人捧日撑空起，要放光明照大千。

寸寸山河寸寸金，侨离分裂力谁任。杜鹃再拜忧天泪，精卫无穷填海心。

“黄人捧日”这一包含着近代民族意识和理想的意象，后来在丘逢甲等人诗作中反复出现。

1899年，经历了变法失败，经历了血腥政变，被放归故里的黄遵宪在悲愤中沉静下来，回顾一生，写下与60年前龚自珍同题的《己亥杂诗》，把蓄积在胸中多年的理想坦露于诗：

滔滔海水日趋东，万法从新要大同。后二十年言定验，手书《心史》井函中。

一人奋臂万人呼，欲废称臣等废奴。民贵遂忘皇帝贵，莫将让国比唐虞。

赫赫红轮上大空，摇天海绿化为虹。从今要约黄人捧，此是扶桑东海东。

黄遵宪上承龚自珍和鸦片战争时期爱国诗潮的创作方向，下开清末诗界革命的先声，是最早有志于“别创诗界”的诗人。在维新运动之前的20馀年中，他不断艰难地探索诗歌改革的道路，为诗界革命的发动提供实践经验，随后又成为诗界革命的支持者和推进者。他以初步展现近代世界、反映近代历史、表达近代思想的“新派诗”，开拓诗歌新境界，成为代表那一时代的诗人。

黄遵宪的创作是诗界革命的先导，却不是诗界革命的止境。黄遵宪大部分作品创作于19世纪后期，即洋务运动和甲午战争时期。在诗歌改革方面，那时他几乎是独行者。在学古诗风尚盛行诗坛的时候，他转变创作方向，开拓诗歌疆界，具有新意境。对于黄遵宪与诗界革命的关系和在清末诗坛的地位，这位毕生致力于“别创诗界”并有远大瞩望的诗人，有一段自我评价：

> 少日喜为诗，谬有别创诗界之论，然才力薄弱，终不克自践其言。譬之西半球新国，弟不过独立风雪中清教徒之一人耳。若华盛顿、哲非逊、富兰克令，不能不属望于诸君子也。①

并非有意自谦，所以较同时人或后人的评价更为准确。

第五节　同光体

同光体是清末民初势力较大的诗派，代表诗人有陈三立、沈曾植、郑孝胥、陈衍等。1901 年，陈衍《沈乙盦诗序》回忆，“癸未（1883）、丙戌（1886）间”，郑孝胥已叹赏沈曾植为“同光体之魁杰”，并解释说：“‘同光体’者，苏堪（郑孝胥）与余戏称同（同治）光（光绪）以来诗人不墨守盛唐者。”1912 年，陈衍在《石遗室诗话》卷一重提此事，只是将“不墨守盛唐”稍变为“不专宗盛唐”。这个“戏称”是包罗很广的笼统概念，但实际上同、光间如汉魏六朝诗派、中晚唐诗派等，都“不专宗盛唐”，却并不在陈衍所论“同光体”之列。“同光体”诗人都是学宋人而上溯杜甫、韩愈、孟郊、贾岛，或兼取谢灵运等。所谓“不墨守”“不专宗盛唐”只是以学宋为主而不以此自限、也不明言宗宋而采取的一种说法。同时，此数人在同治末年尚年轻，他们主要的创作活动和今存诗集编年之始，多在光绪中叶以降。因此，“同光体”也就成为光绪、宣统至民国以后宋诗派的别称。

同光体出现的原因，论者或引所谓“口餍粱肉，则苦笋生味；耳倦筝笛，斯芦吹亦韵”② 来说明。用审美趣味、风尚转移来解释当然无可厚非，但此说论乾、嘉之后，道、咸之世何绍基、郑珍等宋诗派尚可，用以论同

---

①〔清〕黄遵宪：《致丘菽园函》（光绪二十八年），《黄遵宪全集》，中华书局 2005 年版，第 440 页。

②金天羽：《答樊山老人论诗书》，见《天放楼文言》，台北：文海出版社 1969 年版，第 350 页。

光体则未必切当。陈衍《石遗室诗话》卷三说“前清诗学，道光以来一大关捩”，自道光讫“同光体”之前，学宋诗风已有数十年。因此同光体之形成，另有原因。陈衍有两段话很能说明问题：

> 文端（祁寯藻）、文正（曾国藩）时，丧乱云朊，迄于今，变故相寻而未有届，其去小雅废而诗亡也不远矣！（《近代诗钞序》）

> 余谓诗莫盛于三元：上元开元，中元元和，下元元祐也。君（沈曾植）谓三元皆外国探险家觅新世界、殖民政策、开埠头本领，故有“开天启疆域”云云。余言今人强分唐诗宋诗，宋人皆推本唐人诗法，力破馀地耳。（《石遗室诗话》卷一）

这是一群“身丁变风变雅，以迄于将废将亡”（《近代诗钞序》）时代的士大夫。他们大多在戊戌前后有过倾向维新、支持变法的经历，但变法失败之后，他们从时代大潮中退落下来，面对列强欺侮，“丧乱云朊”，革命兴起，“变故相寻”，他们预感到封建王朝和“诗”废亡的命运都已不远。在社会领域里，这群地位不高的士大夫只能眼看清王朝覆亡而成为遗老；而在诗歌疆域内，他们却希望以探险家的本领去开拓最后的馀地，以延长古典诗歌的生命。因此，他们之宗宋，主要是学宋人“力破馀地”的精神和经验，力求生新，有所创变，而并不注重形迹模拟，并标榜“不专宗盛唐”以扩大取径范围。但是，正如他们不能接受甚至反对革命新潮一样，他们在诗歌艺术上的努力，并没有发现“新世界”，也未能挽救“小雅废而诗亡”的命运。

同光体诗人中成就较高者是陈三立。

陈三立（1852—1937），字伯严，号散原，义宁（今江西修水）人。光绪十五年（1889）进士，官吏部主事。维新变法时期，他列名上海强学会，助其父湖南巡抚陈宝箴创办新政，提倡新学，支持梁启超等宣传变法，与谭嗣同并称“两公子”。政变后，父子同被革职，从此退隐南昌西山，筑崝庐以居。虽未忘情国事，而“一生政治抱负遂尽于此”（吴宗慈《陈三立传略》）。入民国后以遗老自处，但后来他接受民国存在的事实。日军占领北平后，悲愤绝食而死，表现了一位爱国士大夫的民族气节。有《散原精舍诗》《散原精舍诗续集》《散原精舍诗别集》及《散原精舍诗文集》。

陈三立早年诗多不存，诗集所收始于1901年。梁启超《饮冰室诗话》曾录其残句："凭栏一片风云气，来作神州袖手人。"这两句却可概括陈三立诗。这位遭严谴退隐的"袖手人"的诗中，依然存留着有时甚至郁勃着一股"风云气"：

纪年三十日已除，儿童鹅鸭相喧呼。高烛照筵杂羹饼，被酒突兀增长吁。国家大事识一二，今夕何夕能追摹。西南寇盗累数载，出没蹂躏骄负嵎。东尽黄海北岭徼，蛟鲸搏噬豺虎趋。雌雄彼此迄未决，发祥郡县频见屠。群岛万酋益嬲我，阴阳开阖方龃龉：当今事势岂不瞭，奈何馀气同尸居。自顷五载号变法，卤莽窃剽滋矫诬。中外拱手徇故事，朝暮三四绐众狙。任蒿作柱亦已矣，僵桃代李胡为乎。宏纲钜目那訾省，限权立宪供揶揄。何况疲癃塞钧轴，嗫嚅澳涊别有图。剜肉补疮利眉睫，举国颠倒从嬉娱……岁时胸臆结垒块，今我不吐诚非夫。闻者慎勿嗤醉语，点滴泪血沾衣襦。(《除夕被酒奋笔写所感》)

忧列强虎噬鲸吞，愤清廷虚假"立宪"，沉痛悲切。《书感》《孟乐大令出示纪愤旧句和答二首》及《园馆夜集闻俄罗斯日本战事甚亟感赋用前韵》等，写庚子国难、日俄战争之作，都表现出"合眼风涛移枕上，抚膺家国逼灯前"(《晓抵九江作》)，"百忧千哀在家国，激荡骚雅思荒淫"(《上元夜次申招坐小艇泛秦淮观游》)的情志。其《读侯官严复氏所译英儒穆勒约翰群己权界论偶题》慨叹中国思想界"侵寻狃糟粕，滋党世议隘。夭阏缚制之，视息偷以惫"，称赞"卓彼穆勒说，倾海挈众派……萌芽新道德，取足持善败"。但是，伴随着"风云气"而越来越浓重的，是"袖手人"面对国事日非，"痴儿只有伤春泪"(《得熊孝廉海上奇书言俄约警报用前韵》)的无奈，"已将世变付烟云"(《次韵答王义门内翰枉赠一首》)的孤独和凄凉彻骨的悲怆：

陆沉几桀更何辞，剩有人间澈骨悲……苦拨死灰话怀抱，新亭雨泣恐多时。(《次韵再答义门》)

泣闻时事箕煎豆，痴对宾宴饭煮沙。飘堕秋香凉到骨，独依病树

问年华。(《秋讯依韵答樊山》)

生涯获谤馀无事，老去耽吟倘见怜。胸有万言艰一字，摩莎泪眼问青天。(《衡儿就沪学……令持呈代柬》)

吴芳吉十分推赏其“西山哭墓”① 诗。陈宝箴死后，三立所作《崝庐述哀》诸作，哀父而兼哀国，寒鸟、零雁、斜阳、乱峰、衰草、落枫、荒庭、昏灯组成“荒寒萧索之景”②。和他一样坎坷不遇的朋友一个个逝去，他唯有以悼友挽伤诗寄托自己的酸辛。而当清王朝也死去，“袖手人”终成遗老，他的诗便成了夕阳的凭吊、鬼魂的恸哭：“一庭暝色苍然至，独向天边驻夕阳”(《桐叶一树落尽一树尽黄坐看至暮》)，“膏血长榛梗，风劲齐万矢。故宫影憧憧，恍啼人立豕”(《乙盦太夷有唱和鬼趣诗……怆抚兵乱亦继咏之》)。他为俞明震所作《俞觚庵诗集序》云：“余尝以为辛亥之乱兴，绝羲纽，沸禹甸，天维人纪，寝以坏灭。兼兵战连岁不定……冤苦烦毒愤痛，毕宣于诗。”可见其辛亥革命后委曲而悲痛之诗境。

陈三立的诗，是中国最后一个封建王朝终将死亡的哀歌和终于死亡的挽歌，驻留着最后一代忧国爱国、然而浸淫着君国观念的士大夫的精魂。在学古方向上，他推尊黄庭坚“镵刻造化手，初不用意为”(《漫题豫章四贤像拓本》)，“我诵涪翁诗，奥莹出妩媚。冥搜贯万象，往往天机备。世儒苦涩硬，了未省初意”(《为濮青士观察丈题山谷老人尺牍卷子》)，追求在奥衍中见出自然，“神理有馀，蕴藉而锋芒内敛”(《俞觚庵诗集序》)的风格。陈衍《近代诗钞》说他“为诗不肯作一习见语”，“盖其恶俗恶熟者至矣”，“然其佳处，可以泣鬼神，诉真宰者，未尝不在文从字顺中也”。陈三立之避俗避熟，虽时用奇字僻典，但主要则在运用出人意料的奇比、移情、通感手法，以及倒装、跳跃的句式，构造陌生化的意境。如：

露气如微虫，波势如卧牛。明月如茧素，裹我江上舟。(《十一月

①吴芳吉：《与周光午书》，收入《吴白屋先生遗书》。

②陈衍：《近代诗钞评语》，收入《陈衍诗论合集》，福建人民出版社 1999 年版，第 907 页。

十四日夜发南昌月江舟行》）

高枝噤鹊语，欹石活蜗涎。冻压千街静，愁明万象前。（《园居看微雪》）

这种对陌生化的追求，正是“力破馀地”的努力。然而，他大多数诗表达的情意基本上仍是传统士大夫型的，在诗艺上追求生新，固然浇铸成异样的风格，但总体上仍给人似曾相识之感。

被推为“同光体之魁杰”的沈曾植（1851—1922），字子培，号乙盦，晚号寐叟，浙江嘉兴人。光绪六年（1880）进士。曾支持康有为上书言变法，赞助开强学会于京师。戊戌变法时适为张之洞聘主武昌两湖书院史席，故政变后幸免于祸。后官至安徽布政使，护理巡抚。清亡后以遗老居上海。有《海日楼诗集》。

沈曾植是一位学者，治辽金元史、边疆地理，并精佛学、刑律。其治西北史地，乃承龚自珍的治学传统，他在《书龚定庵文集后》中对龚自珍推崇备至。其诗论也有明显学人特点，主要见于《与金甸丞太守论诗书》。他提出打通宋元祐、唐元和、晋元嘉“三关”说，又以佛学“空、假、中三谛”喻诗中“意、色、笔”三者融通，而核心则是主张通“两晋玄学、两宋理学”以及“经训菑畬”以为诗。他由宋上溯至晋，取“康乐（谢灵运）善用《易》、光禄（颜延之）长于《诗》（自注：兼经纬）”，此所谓“活六朝”。而取唐“杜、韩树骨之本”则指“道”：“韩子因文见道，诗独不可为见道因乎？”在以学为诗的理论方面，他“开埠头的本领”确实比宋人更大。但未必是开出了新埠头，只是让本以言志缘情为职的诗去占领载道之文的地盘，也要“因诗见道”而已。

因此，他的诗也有“学人之诗”的特点。少数诗如《野哭》悼戊戌变法中死难的刘光第，《寄上虞相国师》为翁同龢“松高独受寒风厄，凤老甘当众鸟侵”鸣不平，《长素海外寄诗次韵答之》抒写政变后他和康有为“麻衣我断蜉蝣世，醯瓮君为果赢师”的孤愤。大部分则“以六籍百氏叶典洞笈为之溉，而度材于绝去笔墨畦町者，以意为輗而以辞为辖”①，形成

①张尔田：《寐叟乙卯稿后序》，转引自钱仲联主编《清诗纪事·光绪朝卷》，江苏古籍出版社1989年版，第12820页。

奇奥僻涩的风格。《病僧行》《寒雨闷甚杂书遣怀襞积成篇为石遗居士一笑》《杂诗》《病山示我鬻医篇喜其怪伟属和一章》等，发挥哲理、诗学、医道，“沈博奥邃，陆离斑驳，如列古鼎彝法”①。林纾讥“同光体”诗人“搜取枯瘠无华者，用以矜其识力，张其坛坫”②，以沈曾植诗观之，虽或讥贬稍苛，却也不为无因。

郑孝胥（1860—1938），字太夷，号苏戡，一字苏龛，又号海藏，福建闽县（今福州）人。光绪八年（1882）举人。曾任驻日本神户等地领事，官至湖南布政使。辛亥革命后为遗臣，入商务印书馆10馀年。1923年投奔废帝溥仪，为总理内务府首席大臣。九一八事变后，甘隶日本，经营伪满洲国，任总理大臣，身败名裂。有《海藏楼诗》。

1905年，郑孝胥序陈三立《散原精舍诗》，曾对张之洞论诗“务以清切为主”提出质疑，认为“世事万变，纷扰于外，心绪百态，腾沸于内”，故诗之道，殆有未能以“清切”限之者。待后来作《答樊云门冬雨剧谈之作》，则曰：“尝序伯严诗，持论辟清切。自嫌误后世，流浪或失实……浅语莫非深，天壤在毫末。何须填难字，苦作酸生活。会心可忘言，即此意已达。”可以看出他诗学主张的转变，以及与陈三立、沈曾植的不同。所以陈衍论道、咸以来诗，以陈、沈属“生涩奥衍”一派，而归郑于“清苍幽峭”③一流，并说他“原本大谢（谢灵运），浸淫柳州（柳宗元），参以东野（孟郊）、荆公（王安石），于韩（韩愈）专学清隽一路”④。在同光体诗中，《海藏楼诗》较清隽莹澈。

郑孝胥早年一些诗确曾表现了“世事万变”中的“心绪百态”。《泰安道中》作于甲午战败之后：

> 陇上清晨得纵眸，停车聊自释幽忧。乱峰出没争初日，残雪高低带数州。回首会成沈陆叹，收身行作入山谋。渡河登岱增萧瑟，莫信时人说壮游。

①陈三立：《海日楼诗集跋》，《清诗纪事》，江苏古籍出版社1989年版，第12819页。

②林纾译作《旅行述异·画征》识语，《畏庐小品》，北京出版社1998年版，第98页。

③陈衍：《石遗室诗话》卷三。

④陈衍：《知稼轩诗序》，《石遗室文集》卷九。

苍茫萧瑟之景、苍茫萧瑟之世、苍茫萧瑟之心，融为一体："乱峰"一联，允称寥廓。梁启超还曾揭载他两首戊戌政变感事之作（载《清议报》第二十册）：

江汉汤汤昔昔回，北书缄泪湿初开。忧天已分身将压，感逝还祈骨易灰。阙下惊魂飘落日，车中残梦带春雷。吾侪未死才难尽，歌哭行看老更哀。（《戊戌政变后由都至鄂感事答友人》）

如雪刀光照胆寒，道旁万众尽汍澜。书生自报君恩重，廿载头颅十日官。（《哭林烈士》）

痛心时局，伤悼烈士，而且词隐愤慨，语带讥讽。但这两首诗，《海藏楼诗》却未收入。

郑孝胥善作重九登高诗，有"郑重九"之雅号。于是"登高望天"也就成为他诗中的独特意象。"登高聊欲去浊世，负手天际终旁皇"（《癸巳九日大阪登高》），是他未获重用时的心态。戊戌变法时，他受到光绪帝召对。"皇帝破资格，不忽一士微""于时实忘身，长跽纷陈辞"，他提出"积竭非一朝，无兵决难支""以我亿兆人，溃此千万围"。最后"忠愤见声色，封章出诸怀。上意为之动，引手受所赍。再拜奉身退，踟蹰独含凄。耿耿宫烛光，摇摇在心脾"（《七月二十日召对纪恩》）。从此这耿耿辉光永存心脾："龙颜日角萦魂梦，玉宇琼楼警岁寒。"（《闻君卒于苏州感赋二首》）清亡后的1913年，这位遗老依然"登高望天"。《癸丑九日病愈出游》诗云："国亡安用频伤世，病起犹思一仰天。"1922年重九《壬戌九日》诗云："十年几见海扬尘，犹是登高北望人……晚途莫问功名意，往事惟馀梦寐亲。"次年他就投奔了溥仪。"登高望天"之意绪，把"郑重九"引上与"袖手人"陈三立不同的人生道路，终至复辟叛国，也成为积淀着忠君、功名、治平理想等封建意识和末世士大夫复杂心态的悲剧性意象。

陈衍（1856—1937），字叔伊，号石遗，福建侯官（今福州）人。光绪八年（1882）举人。官学部主事，为京师大学堂教习。清亡后，讲授南北各大学，任无锡国专教授。所著《石遗室诗集》《石遗室文集》等合刊为《石遗室丛书》，另有《石遗室诗话》《元诗纪事》《宋诗精华录》《近代诗钞》等。

陈衍是同光体的鼓吹者、总结者和诗论家。其《近代诗钞》24 册，辑选道光以迄民初 370 位诗人作品，包括近代各学古诗派，而以宋诗派为主。自 1912 年起，先后在《庸言》《东方杂志》《青鹤》上刊载《石遗室诗话》及《续编》，后汇集刊行，总结近代宋诗运动相承沿流过程，通过品评同光体各家诗的特点和造诣以壮大声势，提出“三元”说，即“诗莫盛于三元：上元开元，中元元和，下元元祐”。反对强分唐诗宋诗，认为“开元、元和者，世所分唐、宋诗之枢干也”，则宋诗本源于唐；且“宋人皆推本唐人诗法”，宋代各大家皆唐诗人之变化。他指出唐、宋诗的承变关系是有道理的。但其旨在打破唐宋诗界限，使宋诗获得与唐诗同等的地位。既为学宋张目，又可不独标宗宋。又倡“合学人诗人二而一之”，认为“诗也者，有别才而又关学者也”，无学问而徒仗别才，则所言“皆人而能知而能言者”，必“千篇而一致”（《瘿唵诗叙》）；“学问有馀，性情不足”“往往终于学人，不能到真诗人境界”。其实同光体诗人除沈曾植外，都难称学人。这只是陈衍从近代宋诗派中总结出来的“变化”之道，“力破馀地”之法。在他看来，循此途径即可异于前人而高于其他学古派：“学人之言与诗人之言合，而恣其所诣。于是貌为汉魏、六朝、盛唐者，夫人觉其面目性情之过于相类，无以别其为若人之言也。”（《近代诗钞序》）学宋而求有所变化，学古而避过于相类，是同光体追求的目标。

陈衍的诗基本上体现其诗学观。他写过一些有关时事之作，甚至有时以新名词、白话入诗，但这不是他的追求。他追求在园居山景的描写中寄寓“兴味高妙”，诗笔流畅清健。“昨闻东山下，寒色足泱漭。千松聚一壑，中有一泉响。稍为群赭山，一洗貌粗犷”（《冬述四首视子培》），此诗亦可用来形容他的诗。

“同光体”诗人还有陈宝琛、袁昶、林旭、范当世、陈曾寿、夏敬观、沈瑜庆、胡朝梁、金蓉镜等。南社因柳亚子批评同光体引起唐宋诗之争而分裂，胡适与柳亚子因对同光体与南社评价不同而争执，可见此派影响之大。所以柳亚子说：“从晚清末年到现在，四五十年间的旧诗坛，是比较保守的同光体诗人和比较进步的南社派诗人争霸的时代。”① 当时，柳亚子

①柳亚子：《介绍一位现代的女诗人》，《磨剑室文录》，上海人民出版社 1993 年版，第 1414 页。

就尖锐抨击他们是“一二罢官废吏，身见放逐，利禄之怀，耿耿勿忘。既不得逞，则涂饰章句，附庸风雅，造为艰深以文浅陋”①。南社诗人林学衡则指出他们“不知时世去古日以远，举文物典章以讫士大夫齐民日常之生活，皆前乎此者所未有，于此而仅求似于古人，则观其诗无以知其时与世，章句虽工，末矣”，称“同光体诗人捋撦古人之残骸于墟墓中者”②。虽稍欠析论，但指出同光体诗派在思想上和艺术上都背离了时代，这的确是此派称盛一时而终于衰微的原因。

第六节　中晚唐诗派

与同光体大致同时著名于清末民初诗坛的樊增祥、易顺鼎是两位才子，诗作以才情富艳、藻采丽密、属对工巧、用典精切而著称，近温庭筠、李商隐者居多，史称中晚唐诗派。

樊增祥（1846—1931），字嘉父，号云门，别号樊山，湖北恩施人。光绪三年（1877）进士，任陕西宜川、富平、渭南等地县令10馀年，官至江宁布政使。清亡后曾任袁世凯政府参政。晚年以卖文鬻字为生。一生作诗号称3万首，有《樊山全集》。

樊增祥早年“自言初涉温、李，后溯刘（禹锡）、白（居易）”③。他前期游幕南北，作宰关中时，一些诗确实风格逼近刘、白。内容虽多为扫室焚香、僚友赠答、官邸消夏、山中寻秋，却不乏清新之作：

云鬟金钗出左家，清明随分看桃花。谁知螺钿溪边女，一月蓬头自采茶。（《采茶词》）

①柳亚子：《胡寄尘诗序》，《磨剑室文录》，上海人民出版社1993年版，第256页。

②林庚白：《今诗选自序》，转引自钱仲联《梦苕庵清代文学论集·论同光体》，齐鲁书社1983年版，第126、133页。

③〔清〕张佩纶：《樊山诗集叙》，涂小马、陈宇俊校点《樊樊山诗集》附录二，上海古籍出版社2004年版，第2026页。

柳色黄于陌上尘，秋来长是翠眉颦。一弯月更黄于柳，愁煞桥南系马人。(《丁亥八月六日过灞桥口占》)

其七律多学温、李，而藻采秾丽，情调亦尚蕴藉绵邈。如《八月十六城上望月》：“尺八横吹缥缈音，满衣风露此登临。月如秦镜无圆缺，天与紫窑孰浅深。烟霭四垂碧罗幕，山川全镀紫磨金。碧城十二无消息，空负阑干万里心。”

甲午战败，曾引起他内心的震动和愤慨。《有感》《重有感》《马关》《陆沉》等七律，学李商隐诗感事愤世一类，而语颇激切。《书愤》云：“庙堂强半利和戎，大计安危属相公。九度节师俱战北，七防倭镇尽朝东。密输情款中行说，断送河山左企弓。辽沈旧京天下重，园陵佳气夕阳中。”他讥嘲那些败将“尽抛肘印去麾幢，胜算惟馀走与降……大言空指黄龙府，羞面难窥鸭绿江”(《重有感》)。《陆沉》一诗中“君家世世修降表，始自南唐直到今”，直刺李鸿章。

但是，戊戌政变后，他投靠荣禄而升迁，尤其是在庚子事变中，趁时飞黄腾达之后，其官位日高，诗格日低。八国联军兵犯京津时，他为慈禧逃奔长安“愿效犬马，作为前驱”，兼程西驰，筹办“接驾”，遂得慈禧“天眷”，超擢政务处提调，掌拟“机要文字”，旋升陕西按察使。攀缘得意的樊增祥，为向慈禧献花、“恩蒙”赐粥之类而连篇累牍写诗，显出官场才子庸俗的一面。有关时事之作，也不再讥议朝臣，甚至谓列强入侵是中国“崇仇弃好”所致，无可自辩，所以他“不患鲸吞患鱼烂”，只恨义和团招致清朝危亡：“崇仇弃好复何言，十国扬兵日月昏……天柱地维三百载，不图蜂蚁毁乾坤。”(《庚子五月都门纪事》)他最关注的不是百姓涂炭，而是王公遭劫，“玉牒瑶潢绝可伤”“犬衔朱邸焚馀骨，乌啄黄骢战后疮”“蛾眉身世惟青冢，貂珥门庭但落花”“崇恺珊瑚兵子手，宋元书画冷摊中”(《闻都门消息》)，写劫后惨状，犹典丽工稳，却使人感到一种隔膜的伤感，缺少真挚的痛愤，形似李商隐，但失去李商隐诗的真谛。后期诗中传诵一时的代表作《彩云曲》与《后彩云曲》，咏妓女傅彩云即“赛金花”与洪钧、瓦德西事，题材无可厚非，然序中岸然作道德劝诫状，诗中却竭才倾力以绮词香语，敷陈艳迹，借隐喻丽典，渲染色欲。诸如：“春风肯坠绿珠楼，香径还思苎罗水。一点奴星照玉壶，樵青婉娈渔僮美。”(《彩云曲》)“普法战罢又今年，枕席行师老无力。……此时锦帐双鸳鸯，皓躯惊起无襦袴。”（《后彩云曲》）所道非“情”非“史”，只是“欲”，透露了风流文人的猎艳心理。时人比之《长恨歌》《圆圆曲》，实属不类。

清亡之后的樊增祥，人格诗格益趋卑下。一面写谀颂袁世凯、黎元洪、徐世昌等大总统的干谒诗，谋求“得栖一枝，至生百感”；一面出入歌楼戏园，写诗捧角。“老涉歌场不自羞，直须日日恣情游。逢鸡便吃逢花醉，莫问诗中几酒楼”（《三月十二日同阎公阅市遂至酒肆小饮》其四），人既颓唐，诗亦庸烂，“诗道至此，可称一厄”①。

易顺鼎（1858—1920），字中硕，一字实甫，号频伽，自号哭盦，湖南龙阳（今汉寿）人。光绪元年（1875）举人，后入张之洞幕。历官广西、云南、广东。袁世凯称帝时，一度任印铸局长。所刻诗集多以地为名，一地一集，诗文合刻为《琴志楼全书》。

樊、易并称，而易顺鼎较樊增祥才气更纵横，行事更狂放，诗歌成就略高于樊。他自称：“初为神童，为才子，继为酒人，为游侠，少年为名士，为经生，为学人，为贵官，为隐士。”“其操行无定，若儒若墨。”“为文章亦然，或古或今，或朴或华，莫能以一诣绳之。”（《哭盦传》）又说：“平生择术，不好孔孟，而好杨墨。”“冥顽不灵，放达不羁。其自视也忽轻忽重，其自命也忽高忽卑。”（《与陈伯严书》）他有两句诗说明了这种飘忽不定的操行与性格的来由：“三十功名尘与土，五千道德粕与糟。”与前代一些固执理想而傲世的才子不同，这是一个因时代巨变动摇了传统价值观，而失去信念支撑也失去道德羁绊的末世才子。

易顺鼎的诗也表现出这种充满矛盾而狂放不定的性格。“屡变其面目，为大小谢，为长庆体，为皮、陆，为李贺，为卢仝，而风流自赏，近于温、李者居多”②。前期诗中，山水游览之作居其大半，尤以《庐山诗》著称。这些诗多渗入诗人主观情感。《万杉寺五爪樟歌》写寺前老樟“全张数爪鳞之而，俯视众木形傀儡……虽言乾坤要支柱，未免得罪庸与猥。下穿已愁伤富媪，上拏又恐妨真宰。独立无友大哉謷，众人皆忌甚矣殆。”不啻其心目中自我的幻化。《朱陵洞观瀑布》《喷雪亭瀑》《鼎湖山观瀑布

①钱仲联：《论近代诗四十家》之二十三自注，《梦苕庵清代文学论集》，齐鲁书社1983年版，第149页。

②陈衍：《近代诗钞·石遗室诗话》，见王飚校点《琴志楼诗集》下册，上海古籍出版社2004年版，第1526页。

歌》《拜松拜瀑歌》等咏瀑七古，泄其横放狂荡之气。而《天童山中月夜独坐六首》等则耽于一种远离尘世的“冷趣”和孤寂：“青天无一尘，青山无一云。天上惟一月，山中惟一人。”“此时闻松声，此时闻钟声，此时闻涧声，此时闻虫声。”他在诗中融入并坦露自己，技法也较多变化而不尺步绳趋，这是他高于樊增祥之处。

甲午战争时，激于爱国义愤，也出于建功扬名的希冀，易顺鼎欲东赴投军；闻《马关条约》签订，随即北上诣阙，上《请罢和议褫权奸疏》，痛斥李鸿章；旋南下赴台，欲助刘永福抗日；西返乞张之洞支持，不果，望海遥哭。《四魂集》包括《魂东》《魂北》《魂南》《归魂》四集即此期所作，多慷慨愤激，悲歌恸哭：

> 横海楼船惨鼓鼙，临淮壁垒黯旌旗。棘门灞上皆儿戏，太液昆明是水嬉。久费赞皇筹的博，空闻德远败符离。却将杜老陈涛痛，併作灵均楚泽悲。（《书事》）

> 鼠端持两技终穷，兔窟营三计枉工。黄屋何劳效椎髻，乌江早拟渡重瞳。蜃楼人物形才具，蚁国衣冠梦已空。如此颓波谁为挽，焚香泣血叩苍穹。（《书愤》）

前一首讥甲午陆战、海战中清军皆如同嬉戏，颔联刺李鸿章。后一首愤反割台斗争中巡抚唐景崧等首鼠两端，临阵逃逸，导致抗日保台斗争失败。这都是他的“魂”东投南下时见闻经历，悲痛泣血，情动于中。这两首诗，句句用典；除后一首末联外，又句句对仗，显示了他隶事裁对之才。《四魂集》中多类此。

《四魂集》是他唯一一次政治热情应和时代怒潮的迸发。有真切的内容和情感，则讲求技法本无可厚非。但后来他自夸于人，却只以隶事裁对为能：“余自信此集为空前绝后、少二寡双之作。羞毁余者皆以好用巧对为病……不知对属为工，乃诗之正宗，凡开国盛时之诗，无不讲对属者，如唐之初盛、宋之西昆、明之高刘皆然。自作诗者不讲对属而诗衰，诗衰而世亦衰矣。”“《四魂集》中不仅以属对工巧为尚也；其隶事之精切，设色之富丽，用意之新颖，皆兼而有之。”并大量摘句，以夸其“人名对”“虚字对”“成语对”如何“工巧浑成”，“自有诗家以来，要自余独开此派”，“对仗之工，古今无两矣”，云云。（《琴志楼摘句诗话》，《庸言》第1卷第19号）这套“诗随属对工拙而盛衰”论，的确是易顺鼎的独创，但他说反了，实际是世衰而诗亦将衰，专讲属对隶事，徒以此为能则诗益衰。

助台抗日的希望破灭，易顺鼎失去了功成名就的机会。此后以诗词写其牢骚，益玩世不恭。而在仕途上则工逢迎之术，献诗谀颂张之洞、荣禄、慈禧。辛亥革命后，依附袁世凯之子袁克文。袁世凯死后，他失意潦倒，恣娱声色。其隶事裁对之才，已流为浮靡侧艳之诗。他和樊增祥所代表的中晚唐诗派，也随之潦倒以终。

第七节　南　社

1909年南社成立，由此在诗坛形成革命新诗潮。高旭《南社启》是南社宣言。其文云：“国有魂则国存，国无魂则国将从此亡矣。”“欲存国魂，必自存国学始；而中国国学中尤可贵者，断推文学。”而“今世之学为文章者，为诗词者，举丧其国魂者也。荒芜榛莽，万方一辙”，故南社“欲一洗前代结社之积弊，以作海内文学之导师”。南社历史大体可分三期：从成立到辛亥革命为发展与兴盛期，1912年至1916年为壮大与转折期，1917年至1923年为分裂、解体期。南社的创作，最多的是诗。1924年，胡韫玉编《南社丛选》，诗选12卷，收167人3000馀首诗。除南社之外，还活跃着一些旧体诗社团，如周梦坡在上海续办的春音诗社、唐素元在上海创立的丽泽文社，以及扬州的冶春后社、云南的桂香诗社等，这些社团成为旧体诗延续的保障。

一、柳亚子

在20世纪最初几年出现于诗坛的青年诗人中，柳亚子年龄最小，当时只有十六七岁。南社成立时，他在三位发起人中位列第三。然而，在后来的发展中，他迅速成长为南社的实际主持者、辛亥前后革命诗潮的代表诗人，并且始终紧随时代前进，坚持革命诗歌的创作方向。茅盾推崇柳亚子为“前清末年到解放后这一长期内在旧体诗词方面最卓越的革命诗人”①。

柳亚子（1887—1958），原名慰高，字安如。1902 年读卢梭《民约论》，崇信天赋人权，遂更名人权，字亚卢，一作亚庐；又更名弃疾，号亚子。江苏吴江人。少年时代从《清议报》《新民丛报》中接受维新变法和资产阶级启蒙思想影响，当时，梁启超和龚自珍是他“脑中两尊偶像”（《我对于创作旧诗和新诗的感想》）。1903 年入上海爱国学社，结识黄宗仰、章太炎、邹容等，转向革命。1906 年加入同盟会、光复会。南社成立后，以主要精力从事南社社务。辛亥革命后，先后主《天铎》《民声》《太平洋》等报笔政，坚持反对南京临时政府与袁世凯妥协议和，反对袁世凯复辟和北洋军阀。

这一时期的柳亚子，是一位年轻的革命宣传家，也是对诗界革命向革命文学阶段发展起了重要推动作用的文学家。柳亚子一开始就是诗界革命的响应者。16 岁读《饮冰室诗话》及《诗界潮音集》中的诗，便热心诗学革命，将此前所作诗付之一炬。后来虽然在政治上反对梁启超，却仍肯定其文学功绩，以为“荒江却有鸿文在”（《题饮冰室集》）。实际上，他从《新民丛报》上接受的，主要是启蒙思想。1902 年所作《岁暮述怀》反映了当时的激动心情：“思想界中初革命，欲凭文字播风潮。共和民政标新谛，专制君威扫旧骄。误国千年仇吕政，传薪一脉拜卢骚。寒宵欲睡不成睡，起看吴儿百炼刀。”同时，诗界革命的一些基本理论，如“以新意境入旧风格”“当革其精神，非革其形式”等，对他影响很深，直到“五四”，这种影响仍存在。不过，柳亚子文学思想的一个突出特点，是把一种新的、民主主义的“国民意识”与文学联系起来。后来他反对朱玺等吹捧同光体诗人，也不仅是“思振唐音以斥伦楚”（《胡寄尘诗序》），主要是以“共和国民”之诗反对“亡国士大夫”之音(《斥鸳雏》)。这种自觉与士大夫文学对立的“国民”文学意识，反映了清末文学界“革命”的本质。由此出发，他提倡激烈铿锵的风格：“国仇家恨，耿耿胸臆间……于是发为文章，噌嗒镗鞳，足以惊天地泣鬼神。”（《天潮阁集序》）

柳亚子的诗主要是政治抒情诗。其最显著的特点，是表现民主革命者的精神面貌、思想感情。1903 年所作《放歌》，是一位 17 岁少年唱出的时

①茅盾：《解放思想，发扬文艺民主——在中国文学艺术工作者第四次代表大会及中国作家协会第三次会员代表大会上的讲话》，《人民文学》1979 年第 11 期。

代新声：

……听我前致辞，血气同感伤。上言专制酷，罗网重重强。人权既蹂躏，天演终沦亡。众生尚酣睡，民气苦不扬。豺狼方当道，燕雀犹处堂。天骄闯然入，踞我卧榻旁。瓜分与豆剖，横议声洋洋。世界大风潮，鬼泣神亦瞠。盘涡日以急，欲渡河无梁。沉沉四百洲，尸冢遥相望。他人殖民地，何处为故乡？下言女贼盛，兰蕙暗不芳。女权痛零落，女界遭厄殃……我思欧人种，贤哲用斗量。私心窃景仰，二圣难颉颃。卢梭第一人，铜像巍天阊。民约创鸿著，大义君民昌。胚胎革命军，一扫秕与糠。百年来欧陆，幸福日恢张。继者斯宾塞，女界赖一匡。平权富想象，公理方翔翔。……独笑支那士，论理魔为障。乡愿倡誓言，毒人纲与常。横流今泛滥，洪祸谁能当？安得有豪杰，重使此理彰！

这是他《磨剑室诗词集》中的第一首，典型地代表了那一时代革命青年、“新国民”的思想境界。诗中痛詈封建专制、伦理纲常，预言它终将沦亡；诗人心目中的圣人不是周公孔孟，而是欧人卢梭、斯宾塞；他把反对殖民侵略与民权革命结合为一体；呼唤政治“革命军”的同时，呼唤思想革命的“豪杰”。

柳亚子辛亥前后的诗作，几乎无不围绕爱国主义和民主主义的主题。大体可分三类：第一类通过言志、抒愤或怀人、赠友、题词等直接表达对清王朝统治的愤恨，批判封建专制和纲常名教，鼓吹民主共和、自由、女权，寄托或激励反清革命意志。如《元旦感怀》：“忍看祖国沦非种，苦恨儒冠误此身。穷海何人存汉腊？中原满目正胡尘。黑龙王气消沈未，独上昆仑吊国魂。”第二类是咏明末抗清志士的怀古诗，歌颂张煌言、陈子龙、夏完淳等志士的民族气节和英雄气概，寄托反清之志。如《题张苍水集》：“北望中原涕泪多，胡尘惨淡汉山河。盲风晦雨凄其夜，起读先生正气歌。”第三类是直接歌咏反清起义的感事诗，悼念起义中死难烈士之作，如：

漫说天飞六月霜，珠沉玉碎不须伤。已拼侠骨成孤注，赢得英名震万方。碧血摧残酬祖国，怒潮呜咽怨钱塘。于祠岳庙中间路，留取

荒坟葬女郎。(《吊鉴湖秋女士》)

柳亚子诗多承陆游、陈子龙、夏完淳之风，他尤其崇拜龚自珍，许多诗化用龚自珍诗句。他的诗慷慨激昂兼郁愤沉悲，所谓“剑态箫心不可羁”(《自题磨剑室诗后》)。不过，这与其说是柳诗风格，不如说是时代风格。同时，他与龚自珍诗也有区别，缺少龚诗那种含蓄、朦胧之美，他的诗更坦荡淋漓。

二、高旭、马君武

高旭(1877—1925)，字天梅，号剑公，金山(今属上海)人。青年时代倾向康、梁维新变法，但较早萌育反清思想。1904年留学日本，次年成为同盟会最早的会员。1906年回国，创办健行公学，从事革命宣传与组织活动，并发起成立南社。其诗名初在柳亚子之上。

高旭诗突出特点是渗透着民主意识，如“鼓吹欧潮脑力坚，民权与我前有缘”(《杂感》)，“放出毫端五色霞，国民主义始萌芽”(《题所爱诵之书五首》)。其《海上大风潮起作歌》云：

……亡国惨状不堪说，奔走海上狂呼号。非种未锄气益奋，雄心郁勃胸中烧。……相期创造新世界，簸山荡海吼蒲牢。沐日浴月热潮涌，鱼鳖瑟缩魍魉逃。自由钟铸声初发，独夫台上风萧萧。当头殷殷飞霹雳，鲁易十四心旌摇。何来咄咄此妖孽，助桀为虐狐狸骄。文明有例购以血，愿戴我头试汝刀。有倡之者必有继，掷万髑髅剑花飘。中夏侠风太冷落，自此激出千卢骚。要使民权大发达，独立独立呼声嚣。全国人民公许可，从兹高涨红锦潮。……

高旭诗另一特点是鲜明的反帝爱国主义。如《路亡国亡歌》以近乎白话的语言，揭露帝国主义侵略野心，号召团结御侮：“日凄凄，黄云飞，路亡国亡将安归……诸公知否欧风美雨横渡太平洋，帝国侵略主义其势日扩张？二十世纪大恐怖，疾雷掩耳不及防。倘使我民一心一身一脑一胆团结与之竞，彼恐狡焉思启难逞强权强。”

他的诗往往有英雄主义色彩：“砍头便砍头，男儿保国休。无魂人尽死，有血我须流。”(《读谭壮飞先生传感赋》)也有些诗写得瑰奇雄丽，如《登富士山放歌》：“火云烧天天色变为赤，朱霞片片飞散光熊熊。六鳌扬鬐怒触霹雳斧，血花万缕喷吐五色虹。瞭望微茫一发白齿齿，海波照眼摇荡珊瑚红。”描绘旭日喷薄而出之壮丽，落笔于“警叫”中华“睡狮”苏醒。奇景深意，足成“新意境”。但此类诗不多。他对龚自珍十分倾倒，“箫心剑气两徘徊”（《题红薇感旧记为钝安作》），“花魂剑魂时相从”（《自题花前说剑图》），其前期诗多“剑气”，后期诗渐多“箫心”“花魂”。

马君武（1881—1940），原名道凝，字厚山；更名和，字贵公，号君武。祖籍湖北蒲圻，寄籍广西桂林。早年曾列康有为弟子。1902 年留学日本，为《新民丛报》撰稿员。同盟会成立，任秘书长兼广西主盟人。1906 年回国，任教于上海中国公学。因避清廷密捕，次年赴德国柏林大学。武昌起义后归国，任南京临时政府实业部次长。加入南社。

《马君武诗稿·自序》所言“鼓吹新学思潮，标榜爱国主义”可概括其诗。他的“新学”知识远胜谭嗣同等，他的一些新学诗化用自然科学入诗，毫不奥僻，蕴含哲理，别具一格：

> 海枯生物化新土，石烂流金结幻晶。几处青山息喷火，百年赤道有流冰。不须终日忧人事，且值阳春听鸟声。如使气球竟成就，孑身辟地适金星。（《劳登谷独居》）

他译过黑格尔《一元哲学》。这首诗演绎辩证世界观：一切都在变化发展、对立转化，人类社会也是如此。这和《地球》一诗所言“春秋相代谢，上帝亦将老”一样，都表现出新陈代谢、争存进取的信念。把这种新学哲理与爱国主义结合，是马君武诗的一个特点。如《华族祖国歌》：

> 地球之寿不能详，生物竞存始洪荒。万族次第归灭亡，最宜之族惟最强。优胜劣败理彰彰，天择无情彷徨何所望？华族！华族！肩枪腰剑奋勇赴战场。

以物竞天择、优胜劣汰的进化论，激励国民自强奋进，保国救亡。马君武抒发爱国情思之作，与当时多数忧国悲愤之诗相比，显出乐观、昂扬的格调。如《变雅楼三十年诗征题词》勉励高旭：

多谢松江高剑公，殷勤万里寄诗筒。浮云岂久遮红日，健翮终当遇顺风。誓使华严从地起，莫临沧海患途穷。文明开发真吾事，欧墨新潮尽向东。

三、陈去病、苏曼殊

陈去病（1874—1933），字佩忍，号巢南，江苏吴江人。自言早岁读《史记》，为霍去病“匈奴未灭，何以家为”之语所感奋，遂易名去病。甲午战争后，愤慨国耻，倾向维新，1898 年与同里金天羽、柳念曾（柳亚子父）创设雪耻学会。1903 年留学日本，参加拒俄运动，主持《江苏》笔政。次年归国后，主持《警钟日报》《二十世纪大舞台》，参编《国粹学报》，同时执教上海爱国女校等校，加入同盟会。1907 年秋瑾牺牲后，与徐自华设秋社于杭州，创竞雄女学于上海。他是南社创始人之一，并建越社于绍兴。

陈去病诗，第一类为指陈事变，抒写心志，多悲歌痛哭，沉雄愤切。如《自厦门泛海登鼓浪屿有感》：

西风落日晚天晴，列岛遥看战一枰。番舶正连鹅鹳阵，怒涛如振鼓鼙声。凭高独揽沧溟远，斫地谁为楚汉争。海水自深山自壮，不堪重忆郑延平。

《辛丑条约》签订之后，清政府又与英、美等签订通商行船条例，列强在通商口岸增辟“租界”，舰船任意游弋于中国沿海，鹰瞵虎视。诗人目击此状，沉痛愤激。尾句既包含着感叹郑成功尚能收复台湾，而今却不仅台湾已割，甚至领海亦为敌所据，不堪回首之悲，也隐含着渴望郑成功式的英雄出来驱逐敌寇之意。

第二类追咏汉族历史，缅怀宋、明遗民和抗清英雄，寄托反清之志。如《题明孝陵图》云：

燕云一夕悲笳多，匹夫濠上挥金戈。怒捉胡儿大声唾，咄尔胡兮久居汉土将云何？……尔何不闻我汉自有轩羲之种族，蔓延纠结如藤萝。尔何不闻我疆我理自有完全之制度，秩如棋布如星罗。……一朝大地削蹄迹，光复旧物还淳和。扫荡胡尘归朔漠，独完民族奠风波。

建都金陵势雄壮，跨江越海鞭蛟鼍。……即今展卷忆前事，令人涕泪挥滂沱。吁嗟乎，玄武湖中生白荷，故宫魑魅逼人过。凄凉尽属悲秋况，凭吊空怜壮志磨。消磨壮志奈何许，起舞横刀发浩歌。西望墓门三叹息，几时还我旧山河。

这首诗可以说是“摅思古之幽情，振大汉之天声”的代表作。

第三类为凭吊故人、伤悼烈士之作。《江上哀》为伤悼徐锡麟、秋瑾、陈伯平、马宗汉所作，诗中歌颂起义者“一朝发奋誓亡秦，巾帼须眉并磨砺。越国三千君子多，居然拔戟俄成队。军名光复阵堂堂，越角吴根互投袂。……人亡国瘁待如何，渺渺予怀独凝睇”，而落笔于“城头悬布要须登，前仆何妨后来继”。辛亥革命后哀悼宋教仁被刺的《哭钝初》则在悲痛中蕴含对袁世凯“豺狼当道”的仇恨和对民国前途的忧虑：“柳残花谢宛三秋，雨阁云低风撼楼……只恐中朝元气尽，极天烽火掩神州。”

陈去病诗以抒情寄志为主，也有不少写景诗。有些在写景中寄寓一种恢宏气势、昂扬情调。如《中元节自黄浦出吴淞泛海》：

舵楼高唱大江东，万里苍茫一览空。海上波涛回荡极，眼前洲渚有无中。云磨雨洗天如碧，日炙风翻水泛红。唯有胥涛若银练，素车白马战秋风。

南社中有一位风格独特的奇才，即浪漫诗人苏曼殊。苏曼殊（1884—1918），名戬，字子穀，后更名元瑛，曼殊为其出家后的法号，笔名苏堤、印禅等。香山（今广东珠海）人，生于日本横滨。父苏杰生是横滨英商茶行的商人，往返日本与广东间，与日本女子若子生下曼殊，转由苏杰生妾、若子之姐河合仙抚养。因是私生子，曼殊常有“身世之恫”。6 岁随嫡母黄氏回归广东原籍，13 岁去上海学习中文与英文。1898 年和表兄林紫恒东渡日本横滨，在大同学校读书。第二年，擅自返广州，披剃于蒲涧寺。不久又还俗，重至横滨，入东京早稻田大学高等预科，又转成城学校，并参加革命团体青年会。1903 年加入拒俄义勇军和军国民教育会，因积极参加革命活动，被迫回国。于广东惠州再度出家。历游暹罗（泰国）、锡兰，学习梵文。1907 年，在日本与鲁迅等办《新生》杂志，未果。1909 年南游新加坡、印尼。1912 年在上海参加南社，在《太平洋报》主笔政。1913

年“宋教仁案”激起南社同人的强烈公愤。“托身世外”的苏曼殊对“不恤兵连祸结，涂炭生灵”的袁世凯发出“起而褫尔之魂”的怒吼，发表《讨袁宣言》，历数袁贼窃国之罪恶。随后又东渡日本，服务于中华革命党的机关刊物《民国杂志》。苏曼殊曾多次参加同盟会活动，孙中山称他为“革命的和尚”。1916 年回国，病逝上海，年仅 35 岁。孙中山出资命陈去病料理其后事，葬于杭州西湖孤山之阴。

苏曼殊虽参加革命，但还是富有才华的作家。他具有多方面的才能，诗、文、小说、绘画无不精通，又深谙中、日、英、法、梵五种文字，精于翻译，是不可多得的异才。苏曼殊身入法门，但未忘俗世，既有爱国志士火热的激情，又有文人墨客的浪漫风流。既是诗僧，又是情圣，有悲怆痛苦的个人身世，本欲遁迹空门，两度披剃；但又向往革命，热爱生活，追求爱情，不得已而逃禅，往往又在出世入世、情爱矛盾的纠结之网中，用佛家的戒律约束抑制灵魂的喧嚣、自我折磨和毁害，备尝凡人不得体会的痛苦，加之个性纯真，豪放不羁，又聪慧敏悟超于常人，他的诗大都一腔真情，喷涌而出，诗兴一发，下笔成篇，歌咏不足，还要伏案作画，或挥剑起舞。因而脱口所吟，一如珠玉落盘，耐人回味遐想，具有震撼和动人的力量。

现存最早的两首诗《以诗并画留别汤国顿》，表现昂扬的革命激情和英雄气概。诗云：

蹈海鲁连不帝秦，茫茫烟水著浮身。国民孤愤英雄泪，洒上鲛绡赠故人。

海天龙战血玄黄，披发长歌览大荒。易水萧萧人去也，一天明月白如霜。

以义不帝秦的鲁仲连和舍身刺秦王的荆轲自况，描绘出一幅悲壮雄丽的画面。

苏曼殊诗多系七绝，有明显学龚自珍的痕迹。郁达夫《杂评曼殊的作品》说：“他的诗是出于定庵的《己亥杂诗》，而又加上一层清新的近代味的。所以用词很纤巧，择韵很清谐，使人读下去就能感到一种快味。”如《春雨》：

春雨楼头尺八箫，何时归看浙江潮。芒鞋破钵无人识，踏过樱花第几桥？

情景如画，清新自然。于右任《独树斋笔记》称其“在明灵境中，尤入神化”。杨德邻《锦笈珠囊笔记》赞曰：“不著迹相，御风冷然。”博得南社诗人的同声赞誉。曼殊的诗，虽然有悲壮激昂的高歌，也有低回哀怨的愁唱。如“狂歌走马遍天涯”（《憩平原别邸赠玄玄》）、“极目神州馀子尽，袈裟和泪伏碑前”（《谒平户延平诞生地》）、“秋风海上已黄昏，独向遗编吊拜伦”（《题〈拜伦集〉》）、“相逢莫问人间事，故国伤心只泪流”（《东居杂诗》）等，总体风格是哀婉悲怆的。诚如诗人所言，在百般磨难中，他的那颗“不安宁的灵魂”，“无端狂笑无端哭，纵有欢肠已似冰”（《过若松町有感示仲兄》）。

苏曼殊的爱情诗占有相当的比重。《为调筝人绘像》二首、《寄调筝人》三首、《本事诗》十首、《无题》八首、《东居杂诗》十九首等，处处表现出爱心与禅心矛盾的痛苦，最是抒情诗中的上乘作品，如“收拾禅心侍镜台，沾泥残絮有沉哀”“还卿一钵无情泪，恨不相逢未剃时”“禅心一任蛾眉妒，佛说原来怨是亲。雨笠烟蓑归去也，与人无爱亦无嗔”，缠绵悱恻，哀婉凄绝，不染轻薄的习气，不落香奁的窠臼。

四、秋瑾、吕碧城

辛亥革命前后，在思想启蒙、民主革命推动下，妇女解放运动蓬勃展开，女性文学出现新的高潮。以秋瑾为代表的爱国革命女诗人脱颖而出。

秋瑾（1875—1907），字璿卿，号竞雄，又号鉴湖女侠、汉侠女儿，浙江绍兴人。出身封建官宦家庭，曾随父母从福建到浙江、湖南，自幼胸襟见识不同一般闺秀，个性独特，“伉爽明快，意气自雄；读书敏悟，为文章奇警雄健如其人”，常“高谈雄辩，惊其座人”①。如其《满江红·小住京华》词所云：“身不得，男儿列，心却比，男儿烈。算平生肝胆，因人常热。”她10岁多即能吟咏，“偶成小诗，清丽可喜”，诗作“流播人间，一时有女才子之目”②。她的创作可以1904年东渡日本为界，分为前

①徐自华：《鉴湖女侠秋君墓表》，周芾棠、秋仲英、陈德和《秋瑾史料》，湖南人民出版社1981年版，第13页。

②陶在东：《苗山今昔谈·秋瑾遗闻》，刊香港《大风旬刊》第15期，1938年；王去病、陈德和主编《秋瑾史集》，华文出版社1989年版，第179页。

期和后期。

前期作品反映从一个封建家庭的闺秀走上救国救民的革命道路之经历。秋瑾少女时代之生活、性格和憧憬，在诗词中均有表现，风格温婉明丽。往往借题咏梅、菊、荷花、水仙，寄托对于孤标独立、侠骨傲世、高贵情操的追求。《题芝龛记》《杞人忧》等，赞美秦良玉、花木兰等巾帼英雄，抒写一种隐约的忧世之感，透露了日后立志救国的消息。婚后所作则添怨愤。秋瑾的丈夫王子芳，字廷钧，是典型的纨绔子弟。秋瑾对婚姻很痛苦。“知己不逢归俗子，终身长恨咽深闺”（《精卫石》），这成为她后来与封建家庭决裂、提倡女权的导因。1903 年，秋瑾随夫到北京；正值庚子事变之后，国势险危，民不聊生，而清政府更加腐败，帝国主义侵华日益加剧。秋瑾深感：“人生处世，当匡济艰危，以吐抱负，宁能米盐琐屑终其身乎?”① 她从《新民丛报》《新小说》读到《近世第一女杰罗兰夫人传》，思想日趋先进，决心投身救国救民的社会洪流。《宝刀歌》沉痛写道：“几番回首京华望，亡国悲歌泪涕多。北上联军八国众，把我河山又赠送。”“主人赠我金错刀，我今得此人雄豪。赤铁主义当今日，百万头颅等一毛。”她还有《宝剑歌》等，莫不充满豪情，“颇有上下千古，慷慨悲歌之致”②。不久，秋瑾决心东渡日本，献身革命，这是她一生的转折点，留学途中赋诗云：

漫云女子不英雄，万里乘风独向东。诗思一帆海空阔，梦魂三岛月玲珑。铜驼已陷悲回首，汗马终惭未有功。如许伤心家国恨，那堪客里度春风。（《日人石井君索和即用原韵》）

从 1904 年东渡日本留学到英勇就义，秋瑾诗歌创作的思想性和艺术性都升华到一个新阶段，后期作品反映出爱国者参加革命活动的经历。一是表现爱国主义的激情，立志扭转乾坤、救国救民的英雄气概。如“祖国陆沉人有责，天涯飘泊我无家”（《感时》）；“时局如斯危已甚，闺装愿尔换吴钩”（《柬徐寄尘》）；“好将十万头颅血，一洗腥膻祖国尘”（《赠蒋鹿珊先生言志……》）。二是揭露清王朝的黑暗与腐败，发动人民推翻清王朝。

①徐自华：《鉴湖女侠秋君墓表》。

②吴芝瑛：《记秋女士遗事》，《时报》1907 年 7 月 23 日。

当时在人们心目中，“革命”和“反清”是同义语，如“饥时欲啖仇人头，渴时欲饮匈奴血”（《宝剑歌》）；“金甲披来战胡狗，胡奴百万回头走。将军大笑呼汉儿，痛饮黄龙自由酒”（《秋风曲》）。还发出“我今必必兴师，扫荡毒雾见青天。手提白刃觅民贼，舍身救民是圣贤”的誓言。

秋瑾诗歌的另一重要内容是提倡男女平权和妇女解放。《题芝龛记》八首对古今女英雄进行讴歌，呼吁“莫重男儿薄女儿”。《勉女权歌》说：“旧习最堪羞，女子竟同牛马偶。”批判妇女缠足自戕的陋俗，“放足湔除千载毒，热心唤起百花魂”（《有怀》），提出“男女平权天赋就”（《勉女权歌》）。《赠女弟子徐小淑和韵》说：“我欲期君为女杰，莫抛心力苦吟诗。”鼓励女子投身革命，莫尚空谈。《赠语溪女士徐寄尘和原韵》说：“欲从大地拯危局，先向同胞说爱群。今日舞台新世界，国民责任总应分。”《柬徐寄尘》说：“祖国沦亡已若斯，家庭苦恋太情痴。只愁转眼瓜分惨，百首空成花蕊词。”号召全国女界结成团体，学习欧美妇女，奋斗自拔，为争取自身解放而斗争。秋瑾的诗歌最大的价值在于它真实地反映出了封建时代的女性变为革命民主主义者的精神历程，开创了中国女性文学的新阶段。因此，秋瑾不仅是近代诗歌史上也是中国文学史上杰出的革命女诗人。

秋瑾的诗在旧形式中注入崭新的革命内容，明显受到“诗界革命”积极方面的影响，并在形式上进行了大胆的创新，具有刚健遒劲、雄浑豪放的男性化特点，与其英雄豪侠的性格分不开。她的作品中那种磅礴的气势，高亢悲壮的格调，丰富而大胆的夸张和直率任情的自抒胸臆，具有令人奋发昂扬、撼人心魄的艺术魅力，对当时“诗界革命”向革命诗歌发展起到不可低估的作用。

以秋瑾为代表的女诗人，是妇女解放运动的先驱，在秋瑾生前和身后围绕着相当数量的女诗人。她们在争取妇女解放运动和参加民主主义革命中，成为一代新女性，突出的有吴芝瑛、徐自华、徐蕴华、张默君、唐群英、张汉英、吕碧城等。这些女诗人不少是南社社员，她们的创作反映了那个时代的特点。其中较有成就者是吕碧城。

吕碧城（1883—1943），字圣因，一字兰因，号遁夫，别署宝莲、晓珠、信芳词侣等。安徽旌德人。提学使吕瑞田之季女。以家学渊源，其姊妹四人并工文艺，碧城尤才情卓荦。初随母居乡，父逝后，往依天津塘沽舅氏。曾从樊增祥游，樊许为“笔扫千人”。后又从严复学名学（逻辑），问西学，胸襟益开拓。同情政体改革，力主女子自立。光绪二十九年（1903）前后，为天津《大公报》主笔英华（字敛之）佐笔政，时名已著于京、津。秋瑾赴日前特意来会，约助文字之役。后为秋瑾所创《中国女报》撰文，倡女子速结团体。光绪三十年（1904），创办北洋女子公学，主讲席，兼综理教务。光绪三十二年（1906），公学设师范科，任主事。后改北洋女子师范学校，任校长。宣统三年（1911）至上海，为南社社员。1921 年赴美国哥伦比亚大学学习美术。次年归，居上海。倡交际舞，开上海摩登风气之先，称一时风流。1926 年夏游欧美。1928 年创中国动物保护会，次年赴维也纳参加国际动物保护大会。1930 年后皈依佛法，绝笔文艺。后卜居瑞士。第二次世界大战爆发后，移居新加坡，又移香港。殁于香港。终身未嫁，遗命火化，骨灰和面为丸，投诸大海，结缘水族。

吕碧城是近代向现代转型期的优秀女性，在女权运动和女性文学发展史上，贡献不亚于秋瑾。秋瑾出国前，特意到天津拜访吕碧城。秋瑾曾自号“碧城”，会晤后便自动舍弃。吕碧城与秋瑾一见如故，密商大计。秋瑾东渡，吕碧城利用《大公报》发表她的书简，宣传秋瑾的思想。1907 年秋瑾遇难后，吕碧城用英文撰写《革命女侠秋瑾传》，发表在美国纽约、芝加哥各报上，引起国外反响。由于特立独行的性格和丰富多彩的生活阅历，吕碧城的诗别有特色。如《抒怀》为女性同胞所受到的不公正待遇而愤恨：“眼看沧海竟成尘，寂锁荒陬百感频。流俗待看除旧弊，深闺有愿作新民。江湖以外留馀兴，脂粉丛中惜此身。谁起平权倡独立，普天尺蠖待同伸。”作为女性，吕碧城是近代中国较早接受西方自由民主、平等独立思想影响的先觉者，早期作品渗透着此种情怀。为实现心中的理想，她在旧时代行将灭亡前充满血雨腥风的黑暗长夜里，无所畏惧地为“平权”“独立”大声呐喊。

吕碧城的诗歌题材涉及抒怀、纪游、题咏、酬唱、咏物、游仙等，侧面反映了近代中国社会的历史变迁和精神历程，表达了渴望女性解放的内心感受，具有独特的思想价值和文化蕴含。其诗才情高雅，典丽清婉。受楚骚传统影响很深，吕碧城对于与骚辩文学有着密切传承关系的诗人如李商隐有着一份特别的偏爱，“碧城”之名便是取自李商隐《碧城》三律。她留下的一百来首诗歌，多处化用李商隐诗句，而《若有》更明显带有李诗特点：

> 若有人兮不可招，九天风露任扶摇。纵横剑气排阊阖，撩乱琴心入海潮。来处冷云迷玉步，归途花雨著轻绡。梦回更唤青鸾语，为问沧桑几劫消。

诗中暗用象征的艺术手法，借助梦境，展开想象，渲染一种扑朔迷离、捉摸不定的情感，在若有若无之间铺展缱绻如梦的绮情，既富暗示性，又笼罩着朦胧迷离的色调，极具义山诗的神韵。

第六编　现代诗歌

导　言

现代诗歌，时间是从20世纪初至1949年中华人民共和国成立。这一时期，即20世纪上半叶，中国诗歌发生了剧烈的变化。传统的旧体诗走向式微，以白话为媒介的现代诗渐渐占据诗坛的主导地位。这种变化与社会的剧烈变革和转型分不开，也与引进西方思潮的新文化运动分不开。原已沦为半殖民地半封建社会的中国，从辛亥革命一直到新中国成立，先后出现了军阀混战、北伐战争、十年内战、抗日战争和解放战争，近半个世纪，人民都在战乱中度过，而后迎来了新中国的成立和社会主义革命与建设的崭新历史时期。在思想文化领域，以源于西方资产阶级革命的鼓吹个人主义和自由、平等、博爱的人文主义思潮与后来以马克思主义为标志的社会主义思潮，成为20世纪影响中国的相互纠缠与激荡的两大意识形态。而西方的浪漫主义、现实主义和现代主义、后现代主义等文艺思潮，则先后影响了20世纪中国的整个文坛，包括诗坛。

20世纪上半叶，中国诗歌的历史根脉和艺术走向，源于特定的社会现实和文化思潮递进。各种诗歌流派和创作倾向及其题材、主题、形式、风格的发展，同样与之具有深刻的关系，表现了特定时代不同阶层、不同思想文化追求的诗人的创作努力。面对艰难的现实变动和曲折，以空前的热情从事诗歌形式的创新和诗歌内涵的扩展，并不同程度地表达自己根源于生活的情感和沉思，是这一时期中国许多优秀诗人共有的创作特色。

第一章 尝试诗派

现代新诗的出现跟整个社会的变革分不开。鸦片战争后，中国便开启了现代化进程，大规模引进西方的技术、制度和思想观念。战败导致中国社会失衡，而引进西方文化则加剧社会变迁。作为反映世界、抒发情思甚至表达思想的诗歌，面对社会剧变所带来的复杂世界与激荡情思，其原有的功能再次受到考验。晚清诗人试图通过诗界革命拓展古典诗歌的涵容能力，但最终以失败告终；新文化运动中崛起的新诗革命，成功地为汉语诗歌指出方向。

第一节 晚清诗歌变革的探索

在新诗革命之前，梁启超和黄遵宪被认为是两个激发旧体诗最终潜能的诗人。黄、梁深感“非有诗界革命，则诗运殆将绝”。他们把革命集中在三点：“欲为诗界之哥伦布……不可不备三长：第一要新意境，第二要新语句，而又须以古人之风格入之，然后成其为诗。”①

新意境是指近代世界新兴的观念和事物，因此“不可不求之于欧洲”，黄遵宪组诗《今别离》是这方面的代表，诗歌分咏火车、轮船、电报、照相等新事物和东西半球昼夜相反的自然现象。诗人抱着好奇的态度描绘西方新工具新观念，并把它与中国传统习惯对比。如《今离别·其一》：

①梁启超：《夏威夷游记》，《饮冰室文集》，云南教育出版社 2001 年版，第 1833—1834 页。

> 别肠转如轮，一刻既万周。眼见双轮驰，益增心中忧。古亦有山川，古亦有车舟。车舟载离别，行止有自由。今日舟与车，并力生离愁。明知须臾景，不许稍绸缪。钟声一及时，顷刻不少留。虽有万钧柁，动如绕指柔。岂无打头风，亦不畏石尤。送者未及返，君在天尽头。望影倏不见，烟波杳悠悠。去矣一何速，归定留滞不？所愿君归时，快乘轻气球。

这是咏写由蒸汽作为动力的火车和轮船，但诗中不见“火车”“轮船”等新名词，它带给诗人不同于古人的体验。诗人把这些新鲜事物放在离别的场景中进行刻画，尤其渲染现代性的体验，这也呼应题目的“今”字。但从语言、句法和韵味，与古典诗歌并没有根本区别。梁启超《夏威夷游记》说这组诗“皆纯以欧洲意境行之，然新语句尚少。盖由新语句与古风格，常相背驰。公度重风格者，故勉避之也”。

新语句主要是指外文移译过来的新词汇。谭嗣同、夏曾佑等作“新学之诗”，梁启超就说他们“颇喜挦撦新名词以自表异”，如谭诗《金陵听说法》云：“纲伦惨以喀私德，法会盛于巴力门。”“喀私德”即 caste 之译音，指印度等级制度；“巴力门”即 parliament 之译音，指英国议院。

旧风格的核心是传统诗词声律和文言语法结构，以及古香古色的风味。对新语句和新意境的强调，给诗坛带来取用新名词来表达的形式主义，于是梁启超强调“以旧风格含新意境”，他认为诗界革命“当革其精神，非革其形式”（《夏威夷游记》），新意境是“精神”，新语句、旧风格是“形式”。

黄、梁只是在新意境和新语句上迈出尝试，取得一定的成就，当面对复杂的新语句和新意境，在古风格难以容纳时，便退而以古风格为基点，谨慎而有限地容纳新意境和新语句。从梁启超对《今离别》的评论可知，他已经意识到“新语句”与“古风格”的矛盾，但对新语句的态度较为保守，他说“虽间杂一二新名词，亦不为病”（《夏威夷游记》）。换而言之，如果超过“一二”这个极小比例，与古风格相背驰，那就得慎重考虑。梁启超的保守态度，或许并不是因为他不懂词汇语法对于表达（新意境）的重要性，而是因为对于“诗意”的理解局限在传统审美范畴，就像穿惯长袍的人会认为西装是怪异的。

这里留下的问题是：古风格有足够的潜能去包含新意境吗？古风格与新语句的矛盾，是技术、经验上的，还是功能系统上的？如果是前者，那么通过提高写作技巧和积累经验，便可以得到完美化解；如果是后者，那么“以旧风格含新意境”的主张，是否更多只是一种姿态？

无论如何，晚清的诗界革命已经意识到古典诗歌的危机，并宣扬变革。同时在具体创作上也进行探索。它们是古典诗歌向新诗的过渡。

第二节　新诗的理论探索

中国现代新诗的产生，是当时新文化运动中文学革命的重要组成部分。

1917 年至 1921 年是中国诗歌进程的一大转折点。这期间，中国诗歌开始从古典向现代过渡。发起并完成这种过渡的是“尝试派”诗人。该诗派以胡适在 1920 年出版的新诗史上第一部诗集《尝试集》而得名，也因为是第一个提倡和践行白话诗的群体，所以有人也称为白话诗派。本书选择以“尝试”来命名这个诗派，不仅因为《尝试集》是新诗史上的第一部诗集，收集着新诗史上的第一批诗作，具有划时代的开创性，而且还因为“尝试”二字的实验精神和开拓精神，以及因此导致的稚嫩，也象征着这个诗派的过渡性质。

以胡适为代表的早期白话诗派，就是从解决黄、梁留下的难题开始的。胡适在其纲领性的诗歌理论《谈新诗》中认为，包括黄、梁在内的人们“却不知道形式和内容有密切的关系。形式上的束缚，使精神不能自由发展，使良好的内容不能充分表现。若想有一种新内容和新精神，不能不先打破那些束缚精神的枷锁镣铐”①。新内容和新精神相当于梁启超的新意境，但胡适却不是用旧风格来纳含，而是提倡新形式：白话的语言和自由的文体。“这一次中国文学的革命运动，也是先要求语言文字和文体的解放。新文学的语言是白话的，新文学的文体是自由的，是不拘格律的”。

---

①胡适：《谈新诗》，杨匡汉、刘福春编《中国现代诗论》（上册），花城出版社 1995 年版，胡文见于该书第 1—17 页。本节对该文引用较多，后文不再具体注出。

中国诗歌在进入现当代之后，其借鉴的资源已不局限在本土，它同时或者说更主要地，是向西方汲取新诗发展的理论资源以及写作技巧。在思想上也不再非儒家即佛老，西方各种现代思想，如自由、民主、平等、进化、科学真理等观念更成为新诗在思想上的底色。也就是说，新诗的资源来自两个源头，既有本土的，也有西方的，而且很多时候像政治上、经济上的变革一样，都是借西方来变革本土厚滞的传统阻力。

胡适《谈新诗》从古今中外的诗歌发展经验来为自己辩护："文学革命的运动，不论古今中外，大概都是从'文的形式'一方面下手，大概都是先要求语言文字文体等方面的大解放。"他说十八、十九世纪英国和法国"所提倡的文学改革，是诗的语言的解放"，而"若用历史进化的眼光来看中国诗的变迁，方可看出自《三百篇》到现在，诗的进化没有一回不是跟着诗体的进化来的"。胡适还历数诗歌史上的四次诗体大解放，包括从诗经体到楚辞体，到五言、七言，到词曲长短句，再到新诗的四次诗体大解放。

首先是诗体上的解放。胡适主张自由体诗，这也是往后新诗的主要体式之一。格律是古典诗歌的精要，要颠覆古典诗歌，就必须摧毁格律。胡适就指出格律对内容表达的严重限制，"五七言八句的律诗决不能容丰富的材料，二十八字的绝句决不能写精密的观察，长短一定的七言、五言决不能委婉表达出高深的理想与复杂的感情"。接着设计新诗的音节。"诗的音节全靠两个重要分子：一是语气的自然节奏，二是每句内部所用字的自然和谐"（例子详见《谈新诗》）。至于句末的韵脚，句中的平仄，都是不重要的事。语气自然，用字和谐，即使句末无韵也不要紧。"因为有了这一层诗体的解放，所以丰富的材料，精密的观察，高深的理想，复杂的感情，方才能跑到诗里去"。

其次是语言上的解放。胡适在《文学改良刍议》"文须八事"中的后四点都涉及语言："五曰，务去滥调套语。六曰，不用典。七曰，不讲对仗。八曰，不避俗字俗语。"①《尝试集》中就力避古典诗歌陈旧因袭的套语，代之以新鲜口语。这样新诗可以读又可以听得懂。胡适作过一首打油诗："文字没有雅俗，却有死可活道。/古人叫做欲，今人叫做要；/古人

---

①胡适：《文学改良刍议》，欧阳哲生编《胡适文集》（第1卷），北京大学出版社1998年版，第6页。

叫做至，今人叫做到；/古人叫做溺，今人叫做尿；/本来同一字，声音少许变了。/并无雅俗可言，何必纷纷胡闹。/至于古人叫字，今人叫号；/古人悬梁，今人上吊；/古名虽未必佳，今名又何尝不妙？/至于古人乘舆，今人坐轿，/古人加冠束帻，今人但知戴帽；/若必叫帽作巾，叫轿作舆，岂非张冠李戴，认虎作豹？……”①

新诗就这样从格律、句式和语言彻底颠覆古典诗歌，也在理论上获得其合法性。这种合法性来自它们能更好地容纳新内容和新精神。

伴随着诗体和语言的解放，胡适在写什么和怎么写上，也有其设想：在“写什么”方面，主张面向平民生活，强调言之有物，鄙弃无病呻吟。胡适在《文学改良刍议》中提到作文“须言之有物”，“不作无病之呻吟”。胡适自己的解释就是要写出真情实感，写出思想。并说：“文学无此二物，便如无灵魂无脑筋之美人，虽有秾丽富厚之外观，抑亦未矣。”陈独秀在《文学革命论》中对文学的内容进一步地规定：“曰，推倒雕琢的阿谀的贵族文学，建设平易的抒情的国民文学；曰，推倒陈腐的铺张的古典文学，建设新鲜的立诚的写实文学；曰，推倒迂晦的艰涩的山林文学，建设明了的通俗的社会文学。”② 这种思潮是为新文学运动所认同的。其实白话诗就有一种平民的气质在，也就是反对“贵族化”诗风。这与当时民主与科学的思潮息息相关。《尝试集》在内容上就向往民主自由，提倡人性解放，同时体现出积极进取的时代精神。

胡适在《谈新诗》中还谈到“新诗的方法”，主张“诗须用具体的做法”“注重实地的描写”“以质朴的文辞写人性”；同时还倡导“可懂性”和“明白清楚主义”。诗的具体做法，概括起来有两种：一种是白描，一种是比喻，与古代的赋和比相近。

这种写什么和怎么写，都是基于胡适的经验主义理论，朱自清说胡适“提倡‘诗的经验主义’，可以代表当时一般作诗的态度。那便是以描写实生活为主题，而不重想象，中国诗的传统原本如此，因此有人称这时期诗为自然主义”③。这也造就了尝试派通俗平实的诗歌风格。

---

①该诗无题名，见于《尝试集·自序》，人民文学出版社 1984 年版，第 143 页。

②陈独秀：《文学革命论》，载于 1917 年 2 月 1 日《新青年》第 2 卷第 6 号。

③朱自清：《现代诗歌导论》，《中国新文学大系·导论集》，上海书店 1982 年版，第 350—351 页。

第三节　诗歌创作实绩与不足

胡适（1891—1962）是现代著名学者、诗人，同时也是新文化运动的领袖之一。于1920年出版的《尝试集》，其书名是把宋代陆游的诗句“尝试成功自古无”转化为“自古成功在尝试”，借以表达一种“实验的精神”。在这部诗集初版《自序》中，胡适说：“要想把这本集子所代表的‘实验的精神’贡献给全国的文人，请他们大家都来尝试尝试。”

《尝试集》共三编。第一编大多是脱胎于旧诗词的作品，句式主要是以五言、七言为主的齐言。第二、三编在运用自由诗体、音韵节奏的改革等方面做出大胆尝试。这部诗集显示出新诗从传统诗词中蜕变的艰辛历程。作为新诗史上的第一部诗集，正如其书名“尝试”所言，草创阶段的稚嫩无处不在，如有些诗歌全用五言体，虽然语言明白流畅，但旧风格的痕迹依然过重。集子中的名作《鸽子》就显示出新诗的“过渡性”：

天淡云高，好一片晚秋天气！
有一群鸽子，在空中游戏。
看他们三三两两，
回环来往，夷犹如意，——
忽地里，翻身映日，白羽衬青天，十分鲜丽！

描写鸽子欢快游戏的场景，简单而清新，体式自由，是对自由自在的生活的赞美，颇有传达人性解放的意味。这首诗无论在语言上和句法上，都有传统诗词的痕迹。“夷犹如意”就是文言的用法，而“白羽衬青天”则有把文言句法拼在白话上的感觉。但对于尝试的诗人来说，是难以完全避免的。诚如胡适在为汪静之的诗集《蕙的风》写的序中说：“我们虽然认清了方向，努力朝着‘解放’去做，然而当日加入白话诗的尝试的人，大都是对于旧诗词用过一番功夫的人，一时不容易打破旧诗词的镣铐枷锁。”

新诗史上的这个发端时期，可以说是胡适时代。胡适是第一个提倡白话诗，也是第一个写白话诗，同时还是第一个出版白话诗集的人。在他的提倡和带动下，一大批人开始尝试新诗写作，其中较有代表性的是沈尹默（1883—1971）、俞平伯（1900—1995）、康白情（1896—1958）和傅斯年（1896—1950）。他们虽然也是过渡性的诗人，但诗集中还是有不少可喜之作。只不过这些诗作更多还是在彰显新诗的潜能，而不是成为新诗的经典，如康白情《窗外》：

窗外的闲月，
紧恋着窗内蜜也似的相思。
相思都恼了，
他还涎着脸儿在墙上相窥。
回头月也恼了，
一抽身儿就没了。
月倒没了，
相思倒觉着舍不得了。

诗歌细腻地呈现“相思”的情感变化，由被“月”紧恋着而恼，到“月”也恼怒地离去后的舍不得。它是在说月，也是在说相思，更在说由月与相思二者之间关系的演变而隐喻的所指。这层关系，若用古典诗歌来表达，恐怕不能说得如此细腻。同样的例子还有胡适的《应该》，其中有一句是：“他也许爱我，——也许还爱我。”这十个字里蕴含着多层意思，也是古典诗歌难以做得到的。

在写景诗上，诗体的解放也显示出功能上的优越性，如傅斯年《深秋永定门晚景》中的一段：

……那树边，地边，天边，
如云，如水，如烟，
望不断，——一线。
忽地里扑喇喇一响。
一个野鸭飞去水塘，
仿佛像大车音浪，慢慢的工——东——当。
又有种说不出的声息，若续若不响。

这种生动细致的描写，尤其是“工——东——当”这个拟声，以及破折号所显示的声音的延宕过程，让刻画更加准确而生动。这是古典诗歌所难以达到的。

周作人（1885—1967）也曾尝试写作诗歌，他并不以诗人名世，但却写出尝试诗派中少有的杰作，例如那首著名的《小河》。

一条小河，稳稳的向前流动。
经过的地方，两面全是乌黑的土，
生满了红的花，碧绿的叶，黄的果实。
一个农夫背了锄来，在小河中间筑起一道堰。

这是诗歌的开头部分。语言非常的自然，基本看不到旧诗的痕迹。可以体现胡适所说的自然的音节和白话。接下来是水稻在诉说着河的困境：

他本是我的好朋友，
只怕他如今不认识我了，
他在地底里呻吟，
听去虽然微细，却又如何可怕！
这不像我朋友平日的声音，
被轻风挽着走上河滩来时，
快活的声音。

完全没有文言的痕迹，描写非常细腻又很流畅，生动地描绘出被拦后的小河的痛苦。这首诗在形式上是自由的，没有押韵，也谈不上平仄，更没有固定的字数或节奏，完全是自然的音节节奏。诗歌在表达上采用象征手法，但却不会像早期的诗歌（如胡适《乌鸦》）那样失之于简单和生硬，而是能做到融情于景。它也有丰满而生动的情节，其内涵是在表达对自由人性的追求，对暴力干涉和强制的不满，这是现代的思想。使用新的形式、新的语言，表达新的内容，所以胡适称它为“新诗中的第一首杰作”，朱自清更赞赏它“全然摆脱了旧镣铐”，并且是“新诗成立”的标志。

但从整体而言，尝试诗派的绝大多数作品，还是极为疏浅的。它们想言之有物，想表达新的思想，却更多在枯燥地说理。它们注重对现实世界做实地的描写，但却常常给人停留在浅层的感觉，这样的诗有时读起来像流水账。这是一种科学的求实态度、实证态度。它把诗歌与社会科学混同起来，像是社会科学调查中的实录。但它要求诗人把目光投向社会，投向日常生活，向其中求诗意，这种方向是有益的。在表达上追求清楚明白主义，缺少诗意的提炼，让诗歌没有馀味可言。诚如周作人批评那时的诗歌“一切作品都像是一个玻璃球，晶莹透澈得太厉害了，没有一点儿朦胧，因此也似乎缺少了一种馀香与回味”①。这种不足（充斥着道理以及清楚明白主义）是与诗歌的定位分不开的。诗歌在新文化运动中更接近于宣传工具，是社会精英向普通民众传达（灌输）先进思想的工具，这与晚清梁启超的文学革命的动机似乎是一致的。基于这种启蒙的目的，基于接受者是普通民众，诗歌中多涉说理，而且说得清楚明白，这自然可以理解，甚至不可避免。

①周作人：《〈扬鞭集〉序》，《语丝》第82期，1926年。

第二章　浪漫诗派

到1921年，新诗已经得到广泛认可。在1921年至1925年期间，诗坛出现多个新诗流派，有面向惨淡现实的人生派，有重在表现自我的浪漫主义派，有富于哲理和韵味的小诗派，有写作清新可人的爱情诗的湖畔诗派。多种风格诗派的出现，标志着新诗走向成熟。但从对诗歌史推进的角度来看，浪漫主义最能代表新诗在这个时期取得的成就。它从内容到诗体都推动着新诗步入更成熟的一个层次。

第一节　浪漫派的诗歌理论

尝试诗派重在对古典诗歌权威和规范的“破”，他们把更多的努力放在对形式的变革上，并致力于建立一种看起来是新诗的诗歌写作。他们明确指出，诗体解放和语言解放是为了更好地容纳新精神和新内容，但没有很好地指出新精神和新内容应该是什么，至少没有结合时代精神，指出这些新精神和新内容。他们只是指出“诗的经验主义”，这种写作原则，对社会现象和自然景物的摹写带有浓重的写实倾向。浪漫诗派的崛起便是对新精神的回答。如果说，尝试诗派的批评是针对古典诗歌，而且主要集中在形式层面，是新诗对古典诗歌的颠覆，那么，浪漫诗派的批判则是针对尝试诗派，主要在诗质层面展开，是新诗内部的自我批判，自我完善。

《三叶集》（1920年5月）是郭沫若、宗白华和田汉三人的通信集。它较为系统地阐释了浪漫主义的诗学观。与尝试派主张诗的经验主义不同，浪漫派认为诗的本质在抒情，在情感的表现，在自我的表现。郭沫若在《三叶集》中说“诗的本职专在抒情”“抒情的诗的文字，便是情绪自身的表现”“诗的主要成分总算是‘自我表现’了”。宗白华《新诗略谈》（1920 年 2 月）对诗进行定义：诗歌是“用一种美的文字——音律的绘画的文字，表写人底情绪中的意境。……诗的‘形’就是诗中的音节和词句的构造，诗中的‘质’就是诗人感想的情绪”。浪漫派诗歌是受英国浪漫主义诗歌的影响。如情感论上，英国诗人华兹华斯（1770—1850）有一个著名的定义：“所有的好诗，都是从强烈的感情中自然而然地溢出的。”①郭沫若说：“我想我们的诗只要是我们心中的诗意诗境底纯真表现，命泉中流出来的 strain（张力），心琴上弹出来的 melody（旋律），生底颤动，灵底喊叫，那便是真诗，好诗。”尝试诗派主张诗的经验主义，倾向于对客观世界的逼真描绘，但浪漫主义诗歌立足于“自我表现”。尝试诗派的衰落与浪漫诗派的兴起，是再现诗观与表现诗观的轮替，是新的诗歌审美的建立。

尝试派主张诗的经验主义，相应地注重白描、叙事，具有明显的现实主义倾向。但浪漫主义则让诗来表现自我，更加依赖想象的驰骋。情感的强烈抒发，很难通过对现实的精细描摹来达成，要么是直接地呐喊，要么就是通过奇异壮阔的景象来寄托。前者往往失之于浅露无遗，后者常常能创造出独特的境界。浪漫派在表达上，与尝试派最明显的区别，就是想象力的驰骋。这可能受到屈原以来浪漫主义的影响。屈骚就是以出奇的想象、宏阔的境界以及浓烈的抒情为特征的。

这种基于宏大想象的抒情，如果是用理性去构建，会显得生硬，只能用强烈的情感去支撑，这样一首诗才不会失去整体性，才不会显得拼凑，才不会是为了猎奇而想象。所以浪漫派在创作的态度上，便推崇“灵感”。尝试派抱着“尝试”的实验态度，许多诗歌是在理念的支配下写作的。存在为了“尝试”而写作的目的性，也就是在一种理性的动机下进行写作，浪漫主义的创作态度与之相反。浪漫主义推崇灵感，惯于在灵感到来的时候喷发而出。也就是说，诗不是作出来的，而是写出来的。尝试派诗作的理性痕迹过于突出，这源于他们理性的作诗态度，是为文造情，而不是因情造文。郭沫若则主张“对于诗的真感，总觉得心‘自然流露’的为上乘，若是出以‘矫揉造作’，不过是些园艺盆栽，只好供诸富贵人赏玩了。

①伍蠡甫主编《西方文论选》下册，上海译文出版社 1979 年版，第 3 页。

天然界的现象，……没一件不是自然流露出来的东西”。这是创作态度的不同。

郭沫若把诗歌的特征概括为如下公式：

诗 =（直觉 + 情调 + 想象）+（适当的文字）
inhalt（内容）　　form（形式）

情调就是情感，这是诗的本质观。直觉就相当于灵感。适当的文字就是自由的形式和情绪的内在律。

对情感主义的过度信任，会导致把规范认为是妨碍，特别是当诗人还缺乏诗歌写作经验时。浪漫诗派即是这样一群冲动而年轻的诗歌写作者。他们没有多少新诗写作经验，甚至没有多少古典诗歌写作经验。他们一心想着创新，想着创造，想凸显自我，所以敌对一切妨碍“我”的对象。创新心切以及写作经验的缺乏，使他们把已有的形式规范视为镣铐。郭沫若在诗歌形式上主张绝对的自由，他说：“他人已成的形式只是自己的镣铐，形式方面我主张绝端的自由，绝端的自主。”他们那种喷薄而出的情感，是难以用精心的形式去规范的。虽然他们声称反对已成的形式，但运用最多的还是排比这种“老套”（古老）的修辞艺术。由这种排比生成篇章。尝试派在音节上强调自然的音节，郭沫若也大致相似，但他提出内在律，他说：“诗之精神在其内在的韵律（Intrinsic Rhythm），内在的韵律（或曰无形律）并不是甚么平上去入、高下抑扬、强弱长短、宫商徵羽；也并不是甚么双声叠韵，甚么押在句中的韵文！这些都是外在的韵律或有形律（Extraneous Rhythm）。内在的韵律便是‘情绪的自然消涨’……诗应该是纯粹的内在律，表示它的工具用外在律也可，便不用外在律，也正是裸体的美人。”① 浪漫派能对尝试派取而代之，不仅因为其理论主张受到赞赏，更是因为他们在诗歌写作中显示出时代精神，这最容易引起那个时代年轻人的共鸣。

①郭沫若：《文艺论集》，人民文学出版社 1979 年版，第 204—205 页。

第二节 《女神》与郭沫若早期诗歌

郭沫若（1892—1978），原名郭开贞，四川乐山人，文学家、诗人、考古学家、古文字学家、历史学家、社会活动家。1921 年与郁达夫、田汉、张资平创立“创造社”。新中国成立后曾任中国科学院院长和全国政协副主席。主要诗集有《女神》《星空》《前茅》《恢复》等。

1920 年 8 月《女神》初版，后不断增改。它是浪漫诗派的典型作品集。通行本收入 1919 年到 1921 年之间的主要诗作，连同序诗共 57 篇，多为诗人留学日本时所作。这个诗集一面世即受到追捧，主要因为主题与时代精神契合，让世人为之感到振奋。这主题首先是破坏欲望与创造欲望的宣泄，如《立在地球边上放号》：

无数的白云正在空中怒涌，
啊啊！好幅壮丽的北冰洋的情景哟！
无限的太平洋提起他全身的力量来要把地球推倒。
啊啊！我眼前来了的滚滚的洪涛哟！
啊啊！不断的毁坏，不断的创造，不断的努力哟！
啊啊！力哟！力哟！
力的绘画，力的舞蹈，力的音乐，力的诗歌，力的 Rhythm 哟！

站在地球边上，这种想象何其雄伟。诗中只有简单的起兴，紧接着就是激烈情感的抒发。这种破坏与创造的欲望，还表现在《女神之再生》：“新造的葡萄酒浆，不能盛在那旧了的皮囊”“破了的天体”“我们尽他破坏也不用再补他了！待我们新造的太阳出来，要照彻天内的世界，天外的世界！”还有《梅花树下的醉歌》：“一切的偶像都在我面前毁破！破！破！破！”最著名的就是《凤凰涅槃》。凤凰的死就是破坏，凤凰的重生就是创造。“涅槃”一语正阐释着郭沫若心目中的破坏与创造的关系。如果把破坏与创造坐实，可以说是对让人备感压抑的传统社会的诅咒，以及对未来理想社会的呼唤。在《匪徒颂》中诗人就赞美政治、社会、宗教、学说、文艺以及教育上的革命的“匪徒”，匪徒既是破坏者又是创造者。朱自清在《中国新文学大系·诗集导言》中说，郭沫若的诗“有两样新东西，都是我们传统里没有的，——不但诗里没有——泛神论与二十世纪的动的和反抗的精神”。

对这种破坏与创造精神的呼唤，是因为诗人相信人的力量，相信我自己的力量。这是现代社会个人意识极度扩张的产物，是对个性自由和精神解放的追求。诗人像一个极度叛逆又极度乐观的少年。如在《我是个偶像崇拜者》中说的：

我崇拜创造的精神，崇拜力，崇拜血，崇拜心脏；
我崇拜炸弹，崇拜悲哀，崇拜破坏；
我崇拜偶像破坏者，崇拜我！
我又是个偶像破坏者哟！

诗人崇拜破坏与创造，然后归结到崇拜自己，因为自己身上充满破坏与创造的能量，俨然就是以一个英雄的口吻道出。又如在《湘累》中借屈原的口说出：“我效法造化底精神，我自由创造，自由地表现我自己。我创造尊严的山岳、宏伟的海洋，我创造日月星辰，我驰骋风云雷雨。”“我”能自由地创造，这是对个人的极度推崇。所以诗人说“我赞美我自己”。(《梅花树下的醉歌》)

《女神》是新诗对时代精神的呼应。当新诗在形式上打破缺口，并尝试建立新的语体时，其内蕴却显得有些单薄。虽然有些像乐府那样反映社会现实的诗作，但这只是古典风雅精神的延续，并不比古典诗体做得更出色。《女神》的出现为新诗体找到灵魂，也就是用自由的诗体表现自由的精神。这是形式与情思吻合的经典，就像《诗经》的二拍四言句式与礼乐精神的节制，楚辞“兮”字句与浓烈情感的抒发，自由的新诗也更加适合那无拘无束的自由精神。

这种破坏与创造是符合那个刚从帝国制度走出来的时代的社会氛围的，而那种自我崇拜的信心，也是那个时代乐观主义情绪使然。这种少年的心态也与那个时代的年轻人的心态相符。所以说《女神》是那个时代精神的集中抒发，它一发表也就受到人们的喜爱和模仿，如程少怀《火焰》一诗中高亢地唱道：

火！火！火！
力！力！力！
摧毁宇宙的囚牢，
烧毁宇宙的狼豹，
火的力，力的叫，
我在欢叫，我在欢叫，
……我在颂祷，我在叫号。

这明显具有《女神》的痕迹，也是热烈而奔放的“叫号”，洋溢着破坏的快感。

如果《女神》是狂飙突进的乐观“叫号”，那么写于1921年与1922年间，并在1923年出版的《星空》，则是感伤的彷徨。郭沫若讲：“我要坦白地说一句话，自从《女神》以后，我已经不再是‘诗人’了。自然，其后我也还出过好几个诗集，有《星空》、有《瓶》、有《前茅》、有《恢复》，特别像《瓶》，似乎也陶醉过好些人，在我自己是不够味的。要从技巧的立场来说吧，或许《女神》以后的东西要高明一些，但像产生《女神》时代的那种火山爆发式的内发情感是没有了。潮退后的一些微波，或甚至是死寂，有些人是特别的喜欢，但我始终是感觉着只有在最高潮时候的生命感是最够味的。”①《恢复》是郭沫若转向现实主义创作的标志。郭沫若的诗歌创作延续到新中国成立后，但鲜有佳作，也失去了在诗坛的影响。

第三节　浪漫派诗歌的艺术特色

乐观主义激情的抒发，难以依靠对现实的准确描绘来实现，浪漫派诗歌便经常采用极度夸张的想象。如上文引用的《立在地球边上放号》。“立在地球边上”这种场景只能存在于想象中，想象力的奔放。这与胡适经验主义的提法是不同的。经验主义重视现实的可能性，但因为是近乎自然主

①郭沫若：《〈凤凰〉序》，明天出版社1944年版。

义的实地的描写，不免失之于浅层化，同时这也不符合新文化运动时代的热烈焕发的精神。这种自由的时代精神，也在呼唤奔放的想象，也只有通过奔放的想象才能传递那种对束缚的反抗和对自由的追求。这是一个屈原的时代、李白的时代。而不是诗经的时代、杜甫的时代。

这种想象加上气势，使得《女神》诗歌的境界十分雄阔，如《晨安》中每句都以“晨安”唤起，然后诗人道晨安的对象，从自然界的大海、旭阳、白云、丝雨、海山、晨风到祖国、同胞、长江、黄河、长城、雪域，再到世界各国的名声和名人。这种并列抒写的累加不断壮阔诗歌的境界，而排比句式运用则带来滔滔不尽的气势。这种宏阔的境界、排山倒海的气势，在《女神》中随处可见。

《女神》的境界不仅宏阔，很多时候还显得极其主观或奇异，如《天狗》：

> 我是一条天狗呀！
> 我把月来吞了，
> 我把日来吞了，
> 我把一切的星球来吞了，
> 我把全宇宙来吞了。
> 我便是我了！
> ……
> 我飞奔，
> 我狂叫，
> 我燃烧。
> 我如烈火一样地燃烧！
> 我如大海一样地狂叫！
> 我如电气一样地飞跑！
> ……
> 我便是我呀！
> 我的我要爆了！

第一节“天狗”的形象是宏伟的，下引一节则极富动态。这种意境是雄奇飞动的，令人想起韩愈那种排比的跳踔不凡的意象。简单的排比句式，带来一泻而下的气势，但也一览无馀。像《天狗》这种近乎号叫式的写作，虽然略显粗糙，但那奔放的情绪，那宣泄式的写作，却与那个时代的脉搏——压抑又充满憧憬的时代是合拍的。

这只“天狗”来自神话，或者说是虚构出来的，诗人用天狗吞掉一切的想象，来表达心中膨胀的激情。像《立在地球边上放号》也属于这种奇思异想。《凤凰涅槃》更是想象的狂欢曲。这种想象的奇异，跟郭沫若接受的西方泛神论的世界观有关。但从中国诗歌本身寻找脉络，则可以说它继承的是屈原以来的怪奇的自然观，即大自然不是用来悟道和栖息的，如山水田园诗作那样，栖息于山水，体悟宇宙人生，《离骚》中的大自然是用来供我驱使的，如《离骚》主人公出游的那一段：“前望舒使先驱兮，后飞廉使奔属。鸾皇为余先戒兮，雷师告余以未具。吾令凤鸟飞腾兮，继之以日夜。飘风屯其相离兮，帅云霓而来御。”望舒是月神、飞廉是风神，此外还有自然界并不存在的凤凰，而“帅”与“御”字的使用也使得“飘风”和“云霓”人格化。这里的自然万物显然是变形的，为我所用的。对屈原高度认同的郭沫若，无法排除《离骚》以来那种把自然变形以表达自我主观意愿的传统的影响。

《女神》修辞的显著特征就是复沓和排比。叠词的使用，句式的复沓，甚至节的复沓，这在《凤凰涅槃》中比比皆是。而排比手法适合表达强烈的情感，《女神》中那些最具“女神”特色的诗歌，绝大多数都是采用排比的构篇方式。这虽然是学习美国诗人惠特曼的表现技巧，但我们也能从中感受到韩愈那种用排比表达力与气势的美学。这些复沓和排比，配合着诗歌内在情绪的自然消涨，就成为“形式上的绝对自由”之下的“内在律”。

采用情感喷薄而出的写作方式，加上对力和宏大境界的追求，给郭沫若的诗歌带来雄健奔放的风格。

第三章　新月诗派

古典诗歌经过3000年的发展，已经有自己系统的审美规范，有自己的诗美：平仄带来的抑扬顿挫，意象性词汇的感发性，文言语法的简洁凝练，情景交融的审美理想等，形成古典诗歌的审美规范。那新诗的诗美体现在哪里呢？像作文那样作诗，那诗文的界限在哪儿呢？随着新诗写作实践的展开，新诗自身的问题暴露出来；随着新诗理论的深入，作为深一层的诗美问题也要求得到回答。新诗在经过初期的喧嚣之后，开始走向对诗美本身的体认，也就是对诗本体的探求，这表现在诗歌形式和表现技巧等的革新。对初期新诗的完善，在此时由两个诗派担当：新月诗派和象征诗派。

新月诗派因新月社而得名。新月社成立于1923年，是一个具有社交性质的文化团体。1926年4月，新月社诗人徐志摩创建《晨报副刊·诗镌》，至该年6月份停刊。但在上面发表的一批诗作和诗论，对新诗起到了不小的推进作用。这批作品的作者主要有闻一多、朱湘、饶孟侃、孙大雨、刘梦苇等，他们大都是新月社成员，新月诗派由此形成。1927年春，胡适、徐志摩、闻一多、梁实秋等人创办新月书店，1928年3月，徐、闻、饶等人又创办了《新月》月刊，“新月派”的主要活动转移到上海，这是后期新月派。它以《新月》月刊和1930年创刊的《诗刊》季刊为主要阵地，新加入成员有陈梦家、方玮德、卞之琳等。新月派意在“使诗的内容及形式双方表现出美的力量，成为一种完美的艺术”①，或者说“使新诗成为诗”。

①于赓虞：《志摩的诗》，载1931年12月9日北京《晨报·学园》。

第一节　新月诗派的诗歌理论和艺术探索

新月派的主要诗人，起初也受到郭沫若诗风的影响，用号叫的方式写诗，但1925年之后，他们开始进行反思，虽然坚持诗歌要表达情感，但同时认为更要用“理性节制情感”。浪漫派诗歌的情感宣泄过于粗糙、直露、泛滥。新月派诗人认为：“如果只是在感情的漩涡里沉浮着，旋转着，而没有一个具体的境遇以作知觉依皈的凭借，结果不是无病呻吟，便是言之无物了。”① 情感本身并不是诗意。新月诗派提倡“做”诗。他们认为郭沫若诗歌中那种“过于欧化的毛病也许就是太不‘做’诗的结果”，所以认为“选择是创造艺术的程序中最紧要的一层手续，自然的不都是美的；美不是现成的”。这是新月诗派对诗歌的规定，不能想到什么就写什么，要用“理性”的眼光加以筛选。“理性节制情感”的“理性”不是指在诗中说理，而是用艺术美来包装情感，提炼情感，不能任它毫无节制地宣泄。

新月派也在探求表现这种理念的表达方法以及形式规范。理性节制情感的途径，一是情感抒发的客观对象化。为情感找到意象的外衣，避免赤裸裸地宣泄。闻一多《口供》就是这种手法的运用。

我不骗你，我不是什么诗人，
纵然我爱的是白石的坚贞，
青松和大海，鸦背驮着夕阳，
黄昏里织满了蝙蝠的翅膀。
你知道我爱英雄，还爱高山，
我爱一幅国旗在风中招展，
自从鹅黄到古铜色的菊花。
记着我的粮食是一壶苦茶！
可是还有一个我，你怕不怕？——
苍蝇似的思想，垃圾桶里爬。

①邓以蛰：《诗与历史》，载1926年4月8日《晨报·诗镌》第2号。

这份“口供”是诗人坦陈其内心的矛盾，既有美好品格和爱国情怀的展示，也有肮脏思想的交代；同时还可视为在揭示人性的复杂性，即崇高与卑鄙并陈，这才是人性的真实。诗人并没有明确地道出情绪类型和意旨所在，也没有交代引发这种情思的具体事物，只是诉诸具有类型化的意象群。闻一多的《死水》、徐志摩的《雪花的快乐》《我不知道风在哪一个方向吹》，也是这种写法，只是这些物象具有整体象征性。

另一种途径是引入叙事。闻一多提出过“诗的前途是小说戏剧化”，他说：“在一个小说戏剧的时代，诗得尽量采取小说戏剧的态度，和用小说戏剧技巧，才能获得广大读众。”① 即提倡诗歌借鉴小说和戏剧的对话以及人物塑造等表现方法。这也是古代乐府诗常用的手法。闻一多《死水》诗集中的《罪过》《天安门》《飞毛腿》《洗衣歌》等，徐志摩的《大帅》《一条金色的光痕》《罪与罚（二）》，“新月”时期卞之琳的《几个人》《寒夜》《酸梅汤》等，就是通过对场景或人物的塑造，来寄寓诗人的情感和思考。诗中的“我”也不再是诗人自己，而是戏剧化角色化的人物，如《洗衣歌》中的“我”，是以洗衣工的口吻在说话。这种“诗的戏剧化”在20世纪40年代九叶诗派那里得到大力提倡。

在新诗规范的建设上，他们“要把创格的新诗当一件认真事情做”（徐志摩《诗刊弁言》）。如果说尝试派是从形式上激进地颠覆古典诗歌，浪漫派也是主张诗歌形式要“绝端的自由，绝端的自主”，它们都重在形式的“解放”，用郭沫若的语言，就是一种“破坏”，但在破坏之时还需要“创造”。这种“创造”的使命便由新月诗派承担。梁实秋的《新诗的格调及其他》说：“新诗运动最早的几年，大家注重的是‘白话’，不是‘诗’，大家努力的是如何摆脱旧诗的藩篱，不是如何建设新诗的根基。”他认为新月派的写作是“诗”的实验，而不是“白话”的实验。

在《诗的格律》中，闻一多提出“戴着脚镣跳舞”的观点，他说“越有魄力的作家，越是要戴着脚镣跳舞才跳得痛快，跳得好。只有不会跳舞的才怪脚镣碍事。只有不会作诗的才感觉格律的束缚”。这是针对早期新诗写作的散文化倾向而言。闻一多对新诗形式美的概括最有代表性，

①闻一多：《新诗前途》，《闻一多论新诗》，武汉大学出版社1985年版，第116页。

即“三美”原则：音乐美、绘画美、建筑美。“音乐美”是说诗歌要“有音尺、有平仄、有韵脚”，“音尺”也就是“顿”。“绘画美”是就辞藻的选择而言，强调要秾丽、鲜明，有色彩感、画面感、直观感。“建筑美”强调“有节的匀称，有句的均齐”。这可以说是在声韵节奏、词汇意象和诗体形式上的规划。这被称为新诗的格律规范。诗中要贯穿“和谐”“均齐”“调和”“整齐”等这些规范的美学原则。但闻一多认为现代格律诗与古代格律诗存在明显区别：一、“律诗永远只有一个格式，但是新诗的格式是层出不穷的”。二、“律诗的格式与内容不发生关系，新诗的格式是根据内容的精神创造的”。三、“律诗的格式是别人替我们定的，新诗的格式可以由我们自己的意匠来随意构造”①。这凸显新诗格律注重形式与内容的统一，同时也注重自身格律的灵活性。新月诗派也用写作来印证这些理论。其中最有代表性的是徐志摩、闻一多和朱湘。

后期的新月派仍然坚持超功利的、自我表现的、贵族化的“纯诗”的立场，提出“健康”“尊严”的原则，但开始反思前期过分严谨的格律追求，在诗的形式上有从格律向自由发展的转变趋势。《晨报・诗镌》停刊时，徐志摩已表示他们所标榜的“格律”理论存在“可怕的流弊”②。1931 年 9 月，陈梦家编选《新月诗选》时，在宣称“主张本质的醇正、技巧的周密和格律的谨严”的同时，又说“我们不怕格律，格律是圈，它使诗更显明更美。形式是官感赏乐的外助。格律在不影响内容的程度上，我们要它”“我们并不是在起造自己的镣铐，我们是求规范的利用”“不坚持非格律不可的论调，因为情绪的空气不允许格律来应用时，还是得听诗的意义不受拘束的自由发展”。③ 在这篇被认为是后期新月诗派宣言的序中，陈梦家还说：“始终忠实于自己，诚实表现自己渺小的一掬情感，不做夸大的梦。”“夸大的梦”是对中国诗歌会的嘲讽。

---

①闻一多：《诗的格律》，《闻一多论新诗》，武汉大学出版社 1985 年版，第 85 页。
②徐志摩：《诗刊放假》，《诗镌》第 11 期。
③陈梦家：《〈新月诗选〉序》，《新月诗选》，解放军文艺出版社 2000 年版。

第二节　徐志摩

新月诗派主要的代表人物是徐志摩。徐志摩（1897—1931），生于浙江海宁一个富商家庭。1918 年至 1922 年先后在美国哥伦比亚大学和英国剑桥大学学习。在剑桥两年深受西方教育熏陶及欧美浪漫主义和唯美派诗人的影响。1922 年秋回国后从事著译活动，有诗歌、散文、小说及译作等，并在北京、上海、南京等地多所大学执教。1931 年 11 月乘飞机离南京赴北平，在济南附近失事遇难。诗集有《志摩的诗》（1925）、《翡冷翠的一夜》（1927）、《猛虎集》（1931）和去世后出版的《云游》。

清新飘逸的风格，是徐志摩诗歌给人最深的印象。这是继郭沫若那种雄阔激烈的诗歌之后，新诗史上又一种具有高度成熟形态的风格。这是他倜傥不羁的个性使然，也和他对人生的理解有关："他的人生观真是一种单纯的信仰，这里面只有三个大字：一个是爱，一个是自由，一个是美。"① 爱、自由、美，但这是个人主义式的追求，不过它在人类心灵中具有普遍性，这也就生成徐志摩诗中的追求主题。这在前期诗歌中体现尤为明显，如《雪花的快乐》（1925 年）就是这样一首诗，一朵自由飘飞的雪花，在追求神往的爱情，而其艺术表达又是这样美妙：

假如我是一朵雪花，
翩翩的在半空里潇洒，
我一定认清我的方向——
飞扬，飞扬，飞扬，——
这地面上有我的方向。

不去那冷寞的幽谷，
不去那凄清的山麓，

①胡适：《追悼志摩》，《朋友心中的徐志摩》，百花文艺出版社 1992 年版，第 8 页。

也不上荒街去惆怅——
飞扬，飞扬，飞扬，——
你看，我有我的方向！

在半空里娟娟地飞舞，
认明了那清幽的住处，
等着她来花园里探望——
飞扬，飞扬，飞扬，——
啊，她身上有朱砂梅的清香！

那时我凭借我的身轻，
盈盈的，沾住了她的衣襟，
贴近她柔波似的心胸——
消溶，消溶，消溶——
溶入了她柔波似的心胸

通过雪花飘落的归处，抒写对恋人的爱慕之情，也可以视为整体象征，表现对理想的追求。形式整齐，节奏轻盈，想象奇妙，可以成为闻一多所倡导的诗歌“三美”的例诗。整首诗就像一朵快乐的雪花，轻快、飘逸、美妙。《偶然》《沙扬娜拉》也是这类轻盈含蓄的作品。

有追求，就有追求不到的苦闷。这是徐志摩诗歌世界中的应有之义，同时这种苦闷也成为后期诗歌的主色调。比较前期《志摩的诗》与后期《猛虎集》《云游集》，显示出由“单纯的信仰”转向“怀疑的颓废”①。后期的诗歌代表作有写于1928年的《我不知道风在哪一个方向吹》，后半部分：

我不知道风
是在哪一个方向吹——
我是在梦中，

①徐志摩：《〈猛虎集〉序》，《徐志摩研究资料》，陕西人民出版社1988年版，第231页。

她的负心，我的伤悲。

我不知道风
是在哪一个方向吹——
我是在梦中，
在梦的悲哀里心碎！

我不知道风
是在哪一个方向吹——
我是在梦中，
黯淡是梦里的光辉。

虽然在写梦，但却没有《快乐的雪花》里的那种理想主义，代之以莫名的苦闷。负心、伤悲、悲哀、心碎、暗淡等构成这首诗的灰色调。这种苦闷既与当时社会政治的压抑有关，也与诗人选择纯诗的立场有关。因为“纯诗”力图避免成为时代的号角，但他们又不是智者，所以难以在个人的内心世界找到出路。《寻找一颗启明星》就是这种寻找以失败告终的象征，《两个月亮》也是这类主题的诗作。

但即使在后期，徐志摩也还延续着他一贯的清新，如后期诗作《再别康桥》（1928 年底）第一节：

轻轻的我走了，
　　正如我轻轻的来；
我轻轻的招手，
　　作别西天的云彩。

写得轻盈潇洒。接下来用各种优美的意象，如金柳、青荇、清泉、星辉等，来表达对康桥的依恋不舍之情。虽然是离别的忧愁，但却是淡淡的，而不是激烈的、泛滥的，显得非常有节制。

徐志摩把新诗提到纯美的境界，获得广大读者的喜爱，甚至让一向贬损新诗的保守者也开始对新诗刮目相看。卞之琳回忆说：“过去许多读书人，习惯于读中国旧诗（词曲），以至读西方诗而自己不写诗的（例如林语堂等)，还是读到了徐志摩的新诗才感到白话新体诗也真像诗。”①

第三节　闻一多、朱湘

闻一多是新月诗派的理论家。闻一多（1899—1946），原名闻家骅，出生于湖北黄冈一个秀才家庭。1922年留学美国，专修美术，同时研读中西方古典诗歌，尤其是英国诗歌。诗歌创作主要集中在1928年之前，此后把精力转向中国文化遗产的系统研究，在学术上贡献颇大。1946年遭刺杀身亡。主要诗集有《红烛》(1923)、《死水》(1928)。

闻一多诗歌的情感是深沉的。与徐志摩诗歌多吟咏个人的哀乐不同，闻一多诗中表现出强烈的国家情感，一方面是留学时写下的对故国的思念，这时的祖国被美化、理想化；另一方面是回国后对压抑的社会现实的不满。前者有《孤雁》《太阳吟》《忆菊》，收录于诗集《红烛》；后者如《发现》《一句话》《死水》，收录于诗集《死水》。闻一多说：“我个人同《女神》底作者态度不同之处在：我爱中国……尤因他是有他那种可敬爱的文化的国家。”“东方底文化是绝对地美的，是韵雅的。”② 这种情感和观念，可以解释闻一多诗歌主题以国家情感为主，以及意象、艺术形式中对传统元素的汲取。

在《太阳吟》中，诗人把太阳幻想成来自故乡的亲人，并希望能像它一样每天都看到故国。“太阳啊，这不像是我的山川，太阳！/这里的风云另有一般颜色，/这里的鸟儿唱的调子格外凄凉”。这是“以我观物，物皆着我之色彩”，这类诗得从“物”之色彩来解读“我”之情感。这首诗背后的情感就是思念故国之情，由此也使得山川、风云、鸟儿格外凄凉。《孤雁》也是以“不幸的失群的孤客”比拟身在他国的自己，孤雁是古典诗歌中熟悉的意象。《忆菊》也是写对作为中国传统文化象征的菊花的思念，以表达对故国的悠悠思念之情。

---

①卞之琳：《〈徐志摩选集〉序》，《人与诗：忆旧说新》，三联书店1984年版，第34页。

②闻一多：《〈女神〉之地方色彩》，见《闻一多论新诗》，武汉大学出版社1985年版，第69页。

最代表闻一多艺术成就的是诗集《死水》，其中以同题诗《死水》最为典型：

这是一沟绝望的死水，
清风吹不起半点漪沦。
不如多扔些破铜烂铁，
爽性泼你的剩菜残羹。

也许铜的要绿成翡翠，
铁罐上锈出几瓣桃花；
再让油腻织一层罗绮，
霉菌给他蒸出些云霞。

让死水酵成一沟绿酒，
漂满了珍珠似的白沫；
小珠笑一声变成大珠，
又被偷酒的花蚊咬破。

那么一沟绝望的死水，
也就夸得上几分鲜明。
如果青蛙耐不住寂寞，
又算死水叫出了歌声。

这是一沟绝望的死水，
这里断不是美的所在，
不如让给丑恶来开垦，
看它造出个什么世界。

这首诗严格实践诗人自己关于诗歌的主张，并没有正面抒写对社会的失望之情，而是将之寄寓在一潭死水中，以美写臭。这种对情感的理性约束，使诗歌情思浓烈，但又含蓄。全诗典型地体现节的匀称和句的均齐，每节四行，每行三顿九个字，方正整齐。《口供》也是这种形式，每行十一个字，总共八行，从中间切开，就像豆腐块。所以这种每句字数一致的格律诗，也被戏称为“豆腐干体”。同时诗人还使用艳丽鲜明的词汇如“翡翠”“桃花”“罗绮”“云霞”“珍珠”来描绘“死水”，此诗的意象极为繁复，《口供》也是这样。基本一句话中就有一个，甚至两个新意象，而徐志摩诗歌的意象则较为疏朗，一般是一节里有一两个主导的意象。

整体而言，闻一多诗歌的构思和语句存在雕琢痕迹，是典型的“做”出来的诗歌。他写诗的态度很认真，在构思、结构、遣词造句方面都很严谨，加之情感的深沉，所以可以用沉郁来概括闻一多的诗歌。

朱湘（1904—1933），原籍安徽，生于湖南沅陵。主要诗集有《夏天》（1925）、《草莽》（1927），及自编但身后由友人整理出版的《石门集》（1934）。沈从文指出，朱湘在生活中极为焦躁，但写出的诗歌却极为平静。他塑造出一批恬静柔婉的形象，如《采莲曲》中的采莲少女，《催妆曲》中即将出嫁的新娘，《摇篮曲》中给婴儿哼唱催眠曲的少妇，这真正体现出闻一多所说的，“东方底文化是绝对地美的，是韵雅的”。从闻一多、徐志摩到朱湘，他们的诗作中都可以发现古典诗歌的流脉。朱湘的贡献在于形式上的探索，例如在诗行的构造上，他尝试过一字到十一字，最终认定不宜超过十一字。

情韵上的东方韵味，以及诗行节奏上的音乐性，这两者在《采莲曲》中完美地结合在一起：

> 小船呀轻飘，/杨柳呀风里颠摇，/荷叶呀翠盖，/荷花呀人样妖娆。/日落，微波，/金线闪动过小河，/左行，右撑，/莲舟上扬起歌声。
>
> 菡萏呀半开，/蜂蝶呀不许轻来，/绿水呀相伴，/清净呀不染尘埃。/溪间，采莲，/水珠滑走过荷钱。/拍紧，拍轻，/桨声应答着歌声。

这首诗总共五节，这里是前两节，每一节行数、对应位置句子的字数和顿数都是一样的，形式上极为整饬。格调欢快，意境清纯恬静，加之节奏具有强烈的民歌色彩，让人想起六朝时期的采莲曲。

第四章　象征主义诗派

1925 年李金发《微雨》出版，标志着象征诗派的诞生。其他象征派诗人有创造社的王独清、穆木天、冯乃超，前期新月派诗人于赓虞、邵洵美以及蓬子、石民等。他们或直接吸取法国象征诗派艺术手法，或接受李金发诗风影响而从事创作。象征诗派没有统一的社团组织，也没有共同刊物作为阵地，而是以艺术审美观点的近似，共同汇成一股象征派诗歌的创作潮流。象征诗派在革新诗歌观念和艺术体系上，像极尝试诗派在诗体和文字上的革新，他们都具有拓荒性但同时显得稚嫩。象征诗派对新诗的推进是全面的，包括表现领域、思维方式以及艺术手法。

第一节　象征主义诗派及其诗美理论

当时诗坛存在两类情形，一是以尝试派和浪漫派为代表的过于直白的表达方式，一是写实主义诗歌对社会政治的直接参与。对此，象征诗派提出纯诗理论。穆木天说："我们的要求是'纯粹诗歌'，我们的要求是诗与散文的纯粹的分界。我们的要求是'诗的世界'。"① 这一般被概括为"纯诗"的宣言。这种与散文的分界，既有表现领域的，也有思维方式、审美观念的。这是对新诗革命以来"作诗如作文"的浅白以及现实主义诗歌对政治直接干预的彻底反思。

①穆木天：《谭诗——寄沫若的一封信》，载《创造月刊》第 1 卷第 1 期，1926 年。

首先，在表现领域要求转向个人内心深处。象征诗派认为，诗与散文有着完全不同的领域，“诗的世界是潜在意识的世界”，诗是“内生命的反射”“是内生活真实的象征”，主张“把纯粹的表现世界给了诗作领域，人间生活则让给散文来担任”①。李金发也说：“艺术是不顾道德，也与社会不是共同的世界。艺术上唯一的目的，就是创造美；艺术家唯一的工作，就是忠实表现自己的世界。所以他的美的世界，是创造在艺术上，不是建设在社会上。”② 他们不仅否定诗歌对社会政治的直接参与，也认为诗歌不应只是一般的抒情说理，它应该只表现内心的深微的世界。即使是在个人的内心世界，象征派诗人也不再满足于情感的抒发，而是把表现领域转向情绪和感觉，它更为深层、幽微、捉摸不定，尤其是异化的生存感受，表现为压抑、苦闷、彷徨、失落、莫名愁绪。这是现代人心灵中幽暗但却异常真实的存在。以往诗人更倾向于呈现“正面”主题，以显示自己“积极”的个人形象。而象征派诗人更喜欢颓废、苦闷、抑郁这些“负面”题材，如李金发诗集中“恸哭”“悲哀”“忧愁”“恐怖”等字样不可胜数。这是现代审美中的“审愁”。这种纯诗写作就是避免诗歌的功利性或实用主义。当时流行的诗歌可以分为创造社的浪漫主义和文学研究会的现实主义。这两者在表现方法上不一样，但都是怀着革命的热情。尤其是现实主义与现实世界的过分粘着，把诗沦为革命的道具，这被认为是损害诗歌的“尊严”。象征派提倡纯诗，就像新月派提倡把诗当诗来写一样。他们都把诗歌的审美放在首要位置。

其次，审美趣味上要求朦胧化，主张表现方式要使用暗示、象征。象征派认为，诗应有与散文不同的思维方式与表现方式。“诗是要暗示的，诗最忌说明的。说明是散文世界里的东西，诗的背后要有大的哲学，但诗不能说明哲学”，穆木天强调的是诗的“暗示”与“朦胧”的性质。当时整个诗坛陷入“单调乏味”的境况：“一切作品都像个玻璃球，晶莹透亮得太厉害了，没有一点朦胧。因此也似乎缺少了一种馀香和回味。”③ 梁宗岱对“纯诗”的阐释是：“所谓纯诗，便是摒除一切的客观的写景、叙事、说理以至感伤的情调，而纯粹凭借那构成它形体的元素——音韵和色彩——产生

①穆木天：《谭诗——寄沫若的一封信》，载《创造月刊》第1卷第1期，1926年。

②李金发：《烈火》，《美育》创刊号，1928年1月。

③周作人：《〈扬鞭集〉序》，《语丝》第82期，1926年5月。

一种符咒似的暗示力，以唤起我们感官与想象底感应，而超度我们底灵魂到一种神游物表的光明极乐的境域。”① 使用暗示、象征，这在诗学上有其必然性。因为象征诗派致力于表现内心幽微的情绪、感觉，而内心的情绪、感觉是飘忽甚至神秘的，所以在传达方式上也就不适宜使用描述或者直接抒写，而更适宜采用更加曲折的方式去认知，必须打破习惯的认识方式和理性的认识方式，采用非理性的、直觉的途径去呈现内心的真实。

最后，象征主义诗派对丑恶事物情有独钟。如果说对哀愁、感伤的倾心，可以称为“审愁”，那么对丑恶事物的喜爱，则可以说是“审丑”。他们试图把这些丑和愁写得唯美。这是法国象征主义宗师波德莱尔的审美倾向，就如其著名诗集《恶之花》的题名所示，发现“恶”并把它写得唯美。这是对诗歌审美传统的新挑战。只不过波德莱尔带有强烈的文明批判性，这一点没有被中国象征派诗人拿来。新月诗派喜欢的是“星光的闪动，草叶上露珠的颤动，花须在微风中的摇动，雷雨时云空的变动，大海中波涛的汹涌”② 这类被称为“绘画美”的意象；象征诗派则倾心于“与鲜血之急流，枯骨之沉睡”（李金发《弃妇》），“奄奄垂灭的烛火”（冯乃超《残烛》），“听残朽的古钟在灰黄的谷中”（穆木天《苍白的钟声》）。

第二节　诗歌技巧革新

表现领域的视点内化，以及审美上对朦胧多义的追求，必然要求表现方式和技巧的变革。以往言志抒情的手法，在这种新诗歌观念面前，显得隔靴搔痒。

陌生化是这种技巧革新的核心之一。为了达到诗歌朦胧化的目的，象征主义诗人力图增加诗歌阅读的“难度”，或者说延长读者阅读每句诗的感受时间，不让它一滑而过，为此象征主义派诗人追求通感，在上下文之间采用省略关联提示词，在意象组合上避免公共化、模式化的想象，同时还杂用古文辞，甚至外语词汇。尝试诗派的白话诗运动，以白话诗作为文

①梁宗岱：《象征主义》，《现代》第2卷第1期，1932年11月。

②徐志摩：《自剖》，《晨报副刊》，1926年4月。

化启蒙工具，所以追求清楚明白主义，这种诗歌写作从内容到技巧都是平民化的。浪漫主义诗派宣泄式的写作，也是让诗歌明明白白地呈现在读者面前。

象征诗派也像同时的新月诗派一样，重视意象在诗中的作用。“诗之需要 image（指想象中之形象）犹人身之需要血液。现实中没有什么了不得的美，美是蕴藏在想象中、象征中、抽象的推敲中”①。通过意象暗示和传达情感，是治疗赤裸裸抒情和自然主义描写的秘方，这也是新月诗派节制情感的途径之一。但象征诗派意象的情调，跟新月诗派有明显区别，它们之间总体的意象要求，可用“美”“丑”之别形容；再者象征诗派的意象内涵更具个人色彩，更难索读。象征的表达法给诗歌带来曲折幽深、含蓄朦胧的风格。

通感也是象征诗派大量采用的手法之一。通感，即各种感觉限定词的移用，就是颜色可以有声音，声音可以有视觉形象，味觉可以有颜色。如“粉红之记忆，/如道旁朽兽，发出奇臭”（《夜之歌》），“窗外之夜色，染蓝了孤客之心”（《寒夜之幻觉》），比喻极其新奇谲怪，抽象的记忆有着粉红的颜色，而且它还能发出奇臭（抒写这段记忆，看上去是光鲜美好，但实质却像噩梦般困扰人）。孤客之心很抽象，但能着以蓝色，而施染的竟然是黑夜。“奈寒气之光辉/发出遥空之哀吟”（李金发《一瞥间的感觉》），色彩能发出哀伤的声音。“苍白的钟声”（穆木天《苍白的钟声》），通过色与声的联通，暗示内心深处的忧郁。

通感不单单是一种人为强加的艺术手法，人处在深度的感觉之中，就会出现通感所表示的感觉错接。例如人在凝视中、晕眩中或者深度地处于某种感觉中，在他面前的世界就不再视觉是视觉，听觉是听觉，往往会互相交错，或者产生“错觉”。通感是一种艺术手法，但其实符合人对世界的深度体验。这种深度的心理体验，正是象征诗派所乐于表现的。

“远取譬”也是象征诗派的常用手段。“象征诗派要表现的是些微妙的情境，比喻是他们的生命，但是‘远取譬’而不是‘近取譬’。他们能在普通人以为不同的事物中看出同来”②，例如绚丽的落日晚霞被喻成“新丧者之殓衣”（蓬子《新丧》）；“街头的更鼓/如肺病的老人之咳嗽”（胡也

①李金发：《序林英强的〈凄凉之街〉》，《橄榄月刊》第 35 期，1933 年 8 月。

②朱自清：《中国新文学大系·诗集·导言》，上海文艺出版社 1935 年版。

频《杂乱的意识》)；“青春是瓶里的残花/爱情是黄昏的云霞”（冯乃超《红纱灯》序诗）。李金发更是把生命说成“死神唇边的笑”，打破传统比喻注重形似和日常感觉相似的倾向。传统诗歌的比喻建立在对世界的物质性理解上，它的关联主要是物质性的相似性，比喻关系明了、单一。而象征主义诗歌的比喻则建立在对世界的精神性理解上，它的关联主要是心理上的感受相似性，比喻关系隐蔽复杂，同时也有关系对应上的神秘性成分。这种能从常人以为不同的地方看出联系，说明象征诗派具有超群的想象力，有时显得新鲜、奇妙，道出人所未道，但经常也失之于艰涩，难以解读。

第三节　李金发等的诗歌写作

李金发（1900—1976），原名李淑良，广东梅县人，曾留学法国，并在那里开始诗歌创作。1925 年出版诗集《微雨》，诗作大多创作于 1922—1923 年在法国期间，这是中国象征主义的第一部作品。李金发也因此被朱自清称为中国现代主义诗歌的“第一人”①。

李金发受法国象征主义诗歌尤其是波德莱尔的《恶之花》和魏尔伦的影响，又试图将这些外来因素与本土的晚唐诗风调和，但稍缺融汇创造之功。其诗歌在当时颇为独特，晦涩难懂，但又新鲜罕见，被以“诗怪”目之。卞之琳说他的功绩是“引进”法国象征派诗。

李金发诗歌多是抒写颓废忧郁的个人情绪，主要有人生和命运的悲哀，吟咏死亡和梦幻的无奈，歌唱爱情的欢乐和痛苦，还有自然景色和个人感受，既没有昂扬向上的情调，也没有社会矛盾的回音。这种黯淡的内心世界，往往通过丑恶的事物予以表现，如黑夜、丘墓、残叶、枯骨等。《弃妇》是这方面的代表作：

长发披遍我两眼之前，
遂隔断了一切羞恶之疾视，

①朱自清：《中国新文学大系·诗集·导言》，上海文艺出版社 1935 年版。

与鲜血之急流，枯骨之沉睡。
黑夜与蚊虫联步徐来，
越此短墙之角，
狂呼在我清白之耳后，
如荒野狂风怒号：
战栗了无数游牧。

靠一根草儿，与上帝之灵往返在空谷里。
我的哀戚惟游蜂之脑能深印着；
或与山泉长泻在悬崖，
然后随红叶而俱去。

弃妇之隐忧堆积在动作上，
夕阳之火不能把时间之烦闷
化成灰烬，从烟突里飞去，
长染在游鸦之羽，
将同栖止于海啸之石上，
静听舟子之歌。

衰老的裙裾发出哀吟，
徜徉在丘墓之侧，
永无热泪，
点滴在草地
为世界之装饰。

这是诗集《微雨》中的第一首，诗中充斥鲜血、枯骨、黑夜、蚊虫、游蜂、灰烬等丑恶的颠覆古典美的意象，带来强烈的视觉冲击，这固然受到《恶之花》的影响，但在中唐孟郊、韩愈诗中也可见其本土传统。但这些分体性的意象，都在共同衬托“弃妇”这个总体性意象。这首诗从字面上看是写弃妇内心的痛苦、孤独、绝望和悲哀，但诗人的用意是透过“弃妇”这个形象，来暗示、传达自身命运的不幸和悲苦。“弃妇”只是诗人内心思绪的“客观对应物”。这首诗另一个为人称道的地方，在于其通感的使用：如无形的隐忧能“堆积”，无形的烦闷也能化为可见的灰烬，裙裾不仅能衰老，还能发出哀吟。

被广为传诵的《有感》，也出现残叶、血、半死的月、裂喉、死神等灰暗意象，最后两节是对开头两节的完全重复，虽然“血腥”，但却很“美”：

如残叶溅
　血在我们
　　脚上，

生命便是
　死神唇边
　　的笑。

李金发的诗很少讲究诗歌外在的音乐性和整饬性，形式参差不齐，也很少注意韵脚的和谐。即使像《有感》那样稍显形式上的经营之功，也是模仿法国诗人魏尔伦《秋歌》而来，欠缺足够的独创性。

与李金发相比，同属象征诗派的王独清、穆木天和冯乃超更注重形式美、音乐性和色彩感。这在形式上与同时期的新月诗派并驾齐驱，或者说，李金发对音、色的把握是内在的，体现在意象、动作的通感上，不像王、穆、冯那么兼重形式美。

王独清（1898—1940），陕西长安（今西安）人，诗集有《圣母像前》（1926）、《死前》（1927）、《威尼斯》（1928）、《零乱章》（1933）等。他希望“把色与音放在文字中，使语言完全受我们底操纵”①。这种对诗中有画效果的追求，在《玫瑰花》一诗中得到体现：“在这水绿色的灯下，我痴看着她，/我痴看着她淡黄的头发，/她深蓝的眼睛，她苍白的面颊，/啊，这迷人的水绿色的灯下！”最能体现王独清在形式上的追求的诗歌，是《我从 CAFE 中出来》：

我从 Cafe 中出来，

①王独清：《再谭诗——寄给木天伯奇》，《创造月刊》第 1 卷第 1 期，1926 年。

身上添了
中酒的
疲乏，
我不知道
向那一处走去，才是我底
暂时的住家……
啊，冷静的街衢，
黄昏，细雨！

我从 Cafe 中出来，
在带着醉
无言地
独走，
我底心内
感着一种，要失了故国的
浪人底哀愁……
啊，冷静的街衢，
黄昏，细雨！

此诗描写诗人醉后走在路上，情调冷清哀怨。但此诗的妙处，在于形式与内容的高度契合。该诗语句断断续续，每行长短不一，韵脚参差不齐，这正好是诗人醉后走路歪歪斜斜、思维断断续续的写照。“冷静的街衢，黄昏，细雨”构成灰冷色调，它与吞吐断续的音调，已不是与主题无关的装饰，它们本身就是情绪。

穆木天（1900—1971），吉林伊通县人，曾赴日本留学，1921 年参加创造社，1931 年在上海参加“左联”，负责左联诗歌组工作，并参与成立中国诗歌会。诗集有《旅心》（1927）、《流亡者之歌》（1937）、《新的旅途》（1942）。他追求纯诗的理念在代表作《苍白的钟声》中得到充分的体现：

苍白的　钟声　衰腐的　朦胧
疏散　玲珑　荒凉的　蒙蒙的　谷中

——衰草　千重　万重——
听　永远的　荒唐的　古钟
听　千声　万声

古钟　飘散　在水波之皎皎
古钟　飘散　在灰绿的　白杨之梢
古钟　飘散　在风声之萧萧
——月影　逍遥　逍遥——
古钟　飘散　在白云之飘飘

一缕　一缕　的　腥香
水滨　枯草　荒径的　近旁
——先年的悲哀　永久的　憧憬　新觞——
听　一声　一声的　荒凉
从古钟　飘荡　飘荡　不知哪里　朦胧之乡

古钟　消散　入　丝动的　游烟
古钟　寂蛰　入　睡水的　微波　潺潺
古钟　寂蛰　入　淡淡的　远远的　云山
古钟　飘流　入　茫茫　四海　之间
——暝暝的　先年　永远的欢乐　辛酸

软软的　古钟　飞荡随　月光之波
软软的　古钟　绪绪的　人　带带之银河
——呀　远远的　古钟　反响　古乡之歌
渺渺的　古钟　反映出　故乡之歌
远远的　古钟　入　苍茫之乡　无何

听　残朽的　古钟　在灰黄的　谷中
入　无限之　茫茫　散淡　玲珑
枯叶　衰草　随　呆呆之　北风
听　千声　万声——朦胧　朦胧——

荒唐　茫茫　败废的　永远的　故乡　之　钟声
听　黄昏之深谷中

诗歌形式上的探索就是在字词间留出空白，加上重复、叠声、押韵等手段，从视觉上和听觉上模拟“苍白的钟声”传播的效果——似断似续、若有若无的缥缈感。同时正如题目用“苍白”这一视觉化的词汇修饰钟声一样，在诗中也采用大量通感塑造一种朦胧的诗境，完全符合“苍白的钟声”这一颓唐的形象所唤起的联想、情绪。诗歌通过形式、音乐、色调，来暗示诗人心中那种“颓废的情绪”。穆木天《雨丝》《薄光》等诗，也具有类似的语言风格和情调色彩。

冯乃超（1901—1983）也注重形式美和音韵节奏的拟情效果，如《消沉的古伽蓝》第一节：“树林的幽语，嗡嗡；/暮霭的氛氲，朦胧；/远寺的古塔，峙空；/沉潜的残照，暗红；/飘零的游心，哀痛；/片片的乡愁，晚钟。”这首诗每节六行，共三节十八行，每行都像这样分成两部分，前五言，后二言，中间隔以逗号。全诗多达十八行，完全一致，营造出单调感，与古寺沉寂刻板的生活，在形式上与主题上高度契合。《红纱灯》中冗缓的节奏，也契合神秘幽深的寺院生活。

第五章　现代诗派

现代派是以创刊于 1932 年的《现代》（终刊于 1935 年）杂志命名。这是发表现代派诗歌作品的主要刊物。但现代派的出现比《现代》期刊更早，一般认为戴望舒于 1929 年创作的《我的记忆》一诗是现代诗派的起点。戴望舒是该派最主要的诗人，此外还有施蛰存、卞之琳、何其芳、废名、林庚、李白凤、金克木等。该派极盛于 1936 年和 1937 年，抗日战争全面爆发后，诗歌主潮随之让位于救亡诗。

第一节　现代诗派的理论

现代诗派是对新月诗派和象征诗派的继承和超越。现代派诗歌中不缺对诗歌形式格律的实验，也继承了象征诗派对纯诗的追求。但最引人注目的还是他们对诗歌现代性的探索。《现代》主编施蛰存给现代派诗歌的定义是：“《现代》中的诗是诗，而且是纯然的现代的诗。它们是现代人在现代生活中所感受的现代的情绪，用现代的辞藻排列成的现代的诗形。”① 这里还是内容与形式的二分法。

现代生活和现代情绪属于内容：“所谓现代生活，这里面包括着各式各样独特的形态：汇聚着大船舶的港湾，轰响着噪音的工场，深入地下的矿坑，奏着爵士乐的舞场，摩天大楼的百货店，飞机的空中战，广大的竞马场——甚至连自然景物也和前代的不同了。这种生活所给予我们的诗人

①施蛰存：《又关于本刊中的诗》，《现代》第 4 卷第 1 期，1933 年 11 月。

的感情，难道会与上代诗人从他们的生活中所得到的感情相同吗?”这就是描写现代工业社会特有的景观，或者称为都市景观。如郁琪《夜的舞会》中对舞会情状的描写：“散乱的天蓝、朱黑、惨绿、媚黄的衣饰幻成的几何形体，/若万花镜的拥聚惊散在眼的网膜上。/并剪样的威斯忌。有膨胀性的 Allegro 三拍子 G 调。/飘动地有大飞船感觉的夜的舞会哪。”这是现代诗歌对古典诗歌的超越。因为古典诗歌如果繁杂地描写现代工业的事物，并且出现大量的新名词，那会如梁启超所言，失去古的风格。这种对现代社会新事物的容纳，使新诗题材比古典诗歌更具包含性。

现代的情绪是从现代生活中生发出来的，尤其是在大都市的生活。由于诗人们在大都市中并不如意，也由于他们的批判意识，他们诗歌中的情绪大多是灰暗的。其中有来自生活压抑所造成的忧郁、焦躁，有梦想难以实现的失落，有对压抑生命的现实的不满，也有对平庸生活的失望，还有精神世界的空虚无聊，也即抒写内心的异化感受。这就是现代主义诗歌的向内转。或者说，现代派诗歌主要是在描写人的存在状况，而不是描摹抒发人的苦乐爱恨。他们是在哀吟，也是在批判。这种批判不像现实主义或风雅传统那样，是基于社会大众的生死温饱的批判，也不像爱情诗那样吟咏心中的忧愁爱恨。他们通过一己的体验，揭示人的生存的精神状况。当然这些很多时候是属于知识分子特有的压抑。他们关注精神自由、心灵自由这些非道德和非政治领域的事情。这看似沉浸于一己的哀吟，境界狭窄，格调卑弱，近于病态，但从对人生体验的广度和深度来看，却不失深化与拓展。他们是在揭示人的灵魂诗意栖息的问题，所以把中国诗歌带到了一种新的高度。

在对现代生活和现代情绪的表现中，“荒原”现象对汉语诗歌的境界而言，具有拓荒性质。“荒原”现象不仅是对现实世界的象征性描写，也是灰暗的内心世界的象征。“荒原”意象来自美国诗人艾略特的著名长诗《荒原》，该诗描写第一次世界大战后，诗人对西方文明衰微的忧虑，以及西方社会普遍存在的悲观失望的情绪和精神的空虚。例如戴望舒《乐园鸟》中荒芜的天上花园和《深闭的园子》中那个无主的园林。而汉园三诗人笔下的北方世界，也具有浓重的荒凉意味，如卞之琳《古镇的梦》中小镇那死水般的停滞，《古城的心》中小镇黄昏时的死寂和凄清，《苦雨》《叫卖》《几个人》也是对北国荒凉和人群麻木的描写；何其芳《古城》《夜景》（一、二）、《失眠夜》《风沙日》同样浸透着荒原的意识。何其芳说，当他开始关注艾略特时，他的情感便“带着零落的盛夏的记忆走入荒凉的季节”①。废名的《理发匠》《街头》写人们之间的隔阂和寂寞，《北平街上》更直接地揭示战争中北京社会的失衡以及生活的荒谬。

现代诗派的诗形强调“现代的辞藻”。施蛰存说：“《现代》中有许多诗的作者曾在他们的诗篇中采用一些比较生疏的古字，或甚至是所谓‘文言文’的虚字，但他们并不是在有意地‘搜扬古董’。对于这些字，他们并没有‘古’的或‘文言’的概念。只要适宜于表达一个意义、一种情绪，或甚至是完成一个音节，他们就采用了这些字，所以我说它们是现代的辞藻。”这是在更包容的角度实现其现代性。如果说尝试派诗歌中的文言现象，是对古典诗歌挣脱得不够干净，那么从李金发开始在诗中引入文言的实验，却是自觉的，虽然当时颇受非议，现代诗派有意识地继续这种实验，如“于是遂有了家乡小园的神往”（戴望舒《小病》），“孤心逐浮云之炫烨的卷舒”（戴望舒《古意答客问》），“如不胜你低抑之脚步”（何其芳《脚步》），“寂寞的砧声散满寒塘”（何其芳《休洗红》），“乃自慰于一壁灯光之温柔”（李广田《灯下》）。

在诗歌形式的理论中，早期写出《雨巷》的戴望舒，在20世纪30年代提倡以诗的情绪的抑扬顿挫，替代诗的音乐性。他说：“诗不能借重音乐，它应该去了音乐的成分。诗的韵律不在字的抑扬顿挫上，而在诗的情绪的抑扬顿挫上，即在诗情的程度上。韵和整齐的字句会妨碍诗情，或使诗情成为畸形的。倘把诗的情绪去适应呆滞的、表面的旧规律，就和把自己的足去穿别的人的鞋子一样。”② 废名也在这个角度上说：新诗的内容是诗，形式则是散文的。③

第二节　戴望舒

戴望舒（1905—1950），生于浙江杭州，1922年在杭州宗文中学读书

---

①《论梦中道路》，载于1936年7月19日天津《大公报》副刊《文艺》第182期（《诗歌特刊》）第1期。

②戴望舒：《望舒诗论》，《现代》第2卷第1期，1932年12月。

③废名：《谈新诗》，人民文学出版社1984年版，第24页。

期间，即开始写诗。无论理论还是创作实践，都对中国新诗的发展产生过相当大的影响。诗集有《我底记忆》《望舒草》《望舒诗稿》《灾难的岁月》《戴望舒诗选》《戴望舒诗集》，另有译著等数十种。戴望舒的诗歌创作可分三个时期：从感伤的浪漫主义到现代主义再到现实主义。

第一个时期大约从 1922 年至 1929 年，被称为“雨巷”时期，此期诗歌特点集中体现在 1929 年出版的诗集《我底记忆》中。这时还受到古典诗歌和新月派诗歌的影响，不少诗作具有明显的格律的痕迹。最著名的是为诗人带来“雨巷诗人”美誉的《雨巷》：

撑着油纸伞，独自
彷徨在悠长、悠长
又寂寥的雨巷
我希望逢着
一个丁香一样地
结着愁怨的姑娘……

这是从李璟《摊破浣溪沙》“丁香空结雨中愁”幻造出来的场景，可以视为诗人用来寄托寻梦者的惆怅。这首诗之所以广泛传诵，并不是因为它说了什么，而是体现出来的音乐效果。诗律糅合双声叠韵以及诗句诗节的复沓，收到了回环往复、馀音缭绕的音响效果，同早期象征诗对诗歌音乐性的追求合为一体。在意象意境上，它具有古典美，但具有象征倾向，丁香一样的结着愁怨的姑娘，可能就是那美丽而难以接近的理想的象征。所以这首诗是古典美与现代诗的结合。这时期的另一首代表作是《我底记忆》，“记忆”也是被象征化的：

它生存在燃着的烟卷上，
它生存在绘着百合花的笔杆上，
它生存在破旧的粉盒上，
它生存在颓垣的木莓上，
它生存在喝了一半的酒瓶上，
……
在一切有灵魂没有灵魂的东西上，

……

它是胆小的，
它怕着人们的喧嚣，
但在寂寥时，
它便对我来作密切的拜访。
它的声音是低微的，
但它的话却很长，很长，
很长，很琐碎，而且永远不肯休。

诗节、诗句、诗韵更自由，表明戴望舒诗歌从前期向中期的转变，更重视诗情本身的节奏，而不是外在的形式的格律。这首诗的排比句，虽然形式不整齐也不押韵，但排比本身却能表现“记忆”的无处不在。这种似乎是散文化的叙述本身，是富有节奏感的，这种富有节奏感的随意，比程式化的格律更显示“记忆”的亲切。

第二个时期是“乐园鸟”时期。这一时期的诗歌艺术日趋成熟，集中表现在1933年出版的诗集《望舒草》。这个时期的代表作都是用自由体写成的。如《秋蝇》通过一个垂死的苍蝇的眼，来面对捉摸不定的、变动不居的世界：“木叶的红色，/木叶的黄色，/木叶的土灰色：/窗外的下午。”三种颜色的杂错暗示晕眩的幻觉，接下来：“身子像木叶一般地轻，/载在巨鸟的翎翮上吗?”暗示魂灵脱窍。此诗没有一丝抒情，只是开发感觉，而又将感觉上升为现代人对世界的一种经验。这个时期的代表作是《乐园鸟》：

飞着，飞着，春，夏，秋，冬，
昼，夜，没有休止，
华羽的乐园鸟，
这是幸福的云游呢，
还是永恒的苦役?

渴的时候也饮露，
饥的时候也饮露，
华羽的乐园鸟，

这是神仙的佳肴呢，
还是为了对于天的乡思？

是从乐园里来的呢，
还是到乐园里去的？
华羽的乐园鸟，
在茫茫的青空中
也觉得你的路途寂寞吗？

假使你是从乐园里来的，
可以对我们说吗，
华羽的乐园鸟，
自从亚当、夏娃被逐后，
那天上的花园已荒芜到怎样了？

“乐园鸟”这个意象结合中西文化传统，就“乐园”本身而言是西方的伊甸园，但鸟的清高以及它的孤独，却有浓重的中国古典诗美色彩。[①] 诗中那种捉摸不定的含义，那种对理想的执着追求又不时感到恍惚，又是现代的技艺和现代的情绪。这首诗完全不押韵，但朗读下来却声情盎然。这是一只清高、执着于理想但又有些不安的鸟。这令人想起《离骚》中的主人公的形象。戴望舒自己也对他这一时期的诗，在理论上进行过总结，认为新诗的中心问题是诗的情绪。“应该有新的情绪和表现这情绪的形式”[②]。诗韵、诗律同诗情来比，是次一位的，他说：“诗的韵律不应只有肤浅的存在，它不应存在于文字的音韵抑扬这表面，而应存在于诗情的抑扬顿挫这内里。”[③] 现代派的诗就是这样一种降低格律要求而提高诗境的作品。

1937年抗日战争全面爆发后，戴望舒的创作进入第三个时期。创作有《元旦祝福》《过旧居》《偶成》等。由于惨烈的社会现实无可回避，戴望舒的诗歌中也出现集体的意识——“大我”。诗体也根据需要在自由体和

---

①如由饮清露的行为可以联想到虞世南咏蝉之高洁的诗句“垂緌饮清露”（《蝉》），而古典诗歌大量咏及“孤雁”这一形象。

②戴望舒：《诗论零札》，载《现代》第2卷第1期，1932年11月。

③戴望舒：《诗论零札》，载香港《华侨日报文艺周刊》第2期，1944年2月6日。

半格律体之间选择，并不拘泥。其中的优秀诗作，没有失去他第二时期建立起的艺术特色，《我用残损的手掌》是这个时期的杰作：

我用残损的手掌
摸索这广大的土地：
这一角已变成灰烬，
那一角只是血和泥；
这一片湖该是我的家乡，
春天，堤上繁花如锦幛，
嫩柳枝折断有奇异的芬芳
我触到荇藻和水的微凉；
这长白山的雪峰冷到彻骨，
这黄河的水夹泥沙在指间滑出；
江南的水田，你当年新生的禾草
是那么细，那么软……现在只有蓬蒿；
岭南的荔枝花寂寞地憔悴，尽那边，
我蘸着南海没有渔船的苦水……
无形的手掌掠过无限的江山，
手指沾了血和灰，手掌沾了阴暗，
只有那辽远的一角依然完整，
温暖，明朗，坚固而蓬勃生春。
在那上面，我用残损的手掌轻抚，
像恋人的柔发，婴孩手中乳。
我把全部的力量运在手掌贴在上面，
寄与爱和一切希望，
因为只有那里是太阳，是春，
将驱逐阴暗，带来苏生，
因为只有那里我们不像牲口一样活，
蝼蚁一样死……那里，永恒的中国！

诗中已经有着浓重的社会气息和集体意识，不再是前期那种独自的忧愁和哀伤。

综观戴望舒的诗作，他的诗情还不属于壮阔的那一类。他反复歌咏的，大部分是悲烦、倦怠、寂寞这样的感情，天地不算宽大。后期的诗，有一些夹杂使用文言和外文，并未达到全体自然无间的程度。但他的影响十分显然：往上溯他接替了李金发，完成了李金发没有真正完成的将西方象征诗移植到中国土壤的使命；中间则带动施蛰存等人创作现代派诗歌，使得许多青年诗人模仿他，最终取代新月派而汇成20世纪30年代诗坛风行的诗派；以后的馀光，一直照射到40年代的“九叶”诗人，把中国现代主义诗歌的河脉前后贯通了。

第三节　卞之琳与“汉园三诗人”

卞之琳、何其芳与李广田被称为“汉园三诗人”，这源自他们三人合集出版过《汉园集》，包括何其芳“燕泥集”、李广田“行云集”、卞之琳“数行集”。《汉园集》于1936年出版，但据卞之琳回忆，书稿是1934年就编好交出的。

何其芳（1912—1977）把《汉园集》里的诗歌分为两部分，前期诗歌富于幻想，喜欢美丽的柔和的事物；后期的主调是苦闷，喜欢表现社会或人性中的荒凉、绝望和阴暗，但总体而言其诗富于青春时代的幻想、感伤，在表达上也更加清新，追求如梦似幻的艺术境界。“我喜欢那种锤炼，那种色彩的配合，那种镜花水月，我喜欢读唐人的绝句。那譬如一微笑，一挥手，纵然表达着意思，但我欣赏的却是姿态”①。其诗常以围绕个人感兴的岁暮、秋思、夏梦、山月、古城、夜景、怀人、怀物为题，作青年梦幻的歌唱，表达对生活、对爱的渴望。如《罗衫怨》写秋忆念夏，《花环》悼夭亡的少女，《爱情》的句子竟是得于梦中！何其芳本来就喜爱晚唐五代的诗词，这时再加上法国象征主义的濡染，意象的铺排更加考究，像《预言》一诗：“这一个心跳的日子终于来临。/你夜的叹息似的渐近的足音/我听得清不是林叶和夜的私语，/麋鹿驰过苔径的细碎的蹄声。/告诉

①何其芳：《梦中道路》，收入《刻意集》，文化生活出版社1938年版，引文据《何其芳文集》第2卷，人民文学出版社1982年版，第64页。

我，用你银铃的歌声告诉我/你是不是预言中的年轻的神?”这青春的足音如此轻盈，通篇以脚步的声音展开想象，贯穿了密集的象征，辞藻是华美雕琢的。这是标准的何其芳的诗句，充溢着对美（情美、形式美）的寻索。何其芳到延安后，诗风转向现实主义，所创作的《黎明》《我为少男少女们歌唱》等转向明朗流畅。

卞之琳（1910—2000），生于江苏海门。他在“汉园”时期（1934 年前）的诗，如《酸梅汤》《寒夜》《西长安街》《几个人》等，“写北平街头灰色景物，显然指得出波德莱尔写巴黎街头穷人、老人以至盲人的启发”①，也就是主要表现古都的衰颓风情和下层人物的冷暖辛酸。但卞之琳成熟的个人风格是在汉园时期之后（1935—1937）建立的。这种风格是机智、冷峻。机智是指卞之琳诗歌从“主情”转向“主智”。这些诗歌不是侧重抒情，或传达自己内心的情绪世界，而是集中表达诗人对世界的思考。这与之前的说理诗、哲理诗不同，它不是抽象地、直接地摆明道理，而是通过形象来思考世界。卞之琳在诗中呈现最多的思考，就是事物之间的相对关系，如《距离的组织》仅是短短的十行诗，就“涉及时空的相对关系”“涉及实体与表象的关系”“涉及微观世界与宏观世界的关系”“涉及存在与觉识的关系”，但这首诗又“并非讲哲理，也不是表达什么玄秘思想，而是沿袭我国诗词的传统，表现一种心情或意境”②。《雨同我》也是表现时间的长与短、宇宙的大与小的相对关联。

最著名的是《断章》这首短诗：“你站在桥上看风景，/看风景的人在楼上看你。//明月装饰了你的窗子，你装饰了别人的梦。”诗歌的意味从“相对性”中生出，表达人本身也是风景，意想不到的风景，具有意想不到的美，具有自己不知觉的美。这种美不是单凭观察或浪漫的幻想所能发现的，它是基于理性、基于哲学的感悟，是一种理语。此诗表达的是一种主客关系的相对关系，是诗人通过两组具体事物所构成的图景来表达的。《圆宝盒》包含更加丰富的相对关系：

　　我幻想在哪儿（天河里?）

---

①卞之琳：《〈雕虫纪历〉自序》，《雕虫纪历》，人民文学出版社 1979 年版。

②卞之琳：《距离的组织》一诗自注，《雕虫纪历》（增订版），生活·读书·新知三联书店 1982 年版，第 61 页。

捞到了一只圆宝盒，
装的是几颗珍珠：
一颗晶莹的水银
掩有全世界的色相，
一颗金黄的灯火
笼罩有一场华宴，
一颗新鲜的雨点
含有你昨夜的叹气……
别上什么钟表店
听你的青春被蚕食，
别上什么古董铺
买你家祖父的旧摆设。
你看我的圆宝盒
跟了我的船顺流
而行了，虽然舱里人
永远在蓝天的怀里，
虽然你们的握手
是桥——是桥！可是桥
也搭在我的圆宝盒里；
而我的圆宝盒在你们
或他们也许就是
好挂在耳边的一颗
珍珠——宝石？——星？

这首诗被认为是写理想追求与现实的矛盾，“圆宝盒”即是人生理想的象征。诗人关于这个问题的智性思考是通过相对性的意象群呈现的。天河与圆宝盒，是广大与微小的对比；一颗水银与全世界的色相，是单一与博大的关联；一颗灯火与一场华宴，也是如此。新鲜的雨点与昨夜的叹气，以及别上什么钟表店四句，都是时间上现在与过去、新生与陈旧的相对。后面桥的大也容纳在小的圆宝盒里，广融博纳的圆宝盒可能就是一颗小的珍珠或宝石或星星。

这些主智的诗歌被称为“新的智慧诗”①，被视为对宋代理趣诗的隔代呼应。对智性的追求，也促使卞之琳诗歌在表达上的内敛和克制，于是形成其个人风格中的冷峻特征。卞之琳说：“我写诗，而且一直是写的抒情诗，也总在不能自已的时候，却总倾向于克制，仿佛故意要做‘冷血动物’。”② 又说：“这时期绝大多数诗里的‘我’也可以和‘你’或‘他’（‘她’）互换。”③ 这些言论学习西方诗歌中的“诗的非个人化”理念，也就是寻找“客观对应物”。如《断章》是写“观光”以及“装饰”等关系，《圆宝盒》是写一只既小又大的盒子，《白螺壳》是写空灵的白螺壳，诗人总是通过外物及它们之间的关系，来隐晦地表达自己的思考和颖悟。即使早期诗歌如《古镇的梦》《几个人》《酸梅汤》等也是冷眼旁观。卞之琳诗歌中的主智和非个人化追求，在20世纪40年代的九叶派诗歌理论中，被概括为“玄学”和“象征”。

①柯可（金克木）：《论中国新诗的新途径》，载1937年1月10日《新诗》第4期。

②卞之琳：《〈雕虫纪历〉自序》，《雕虫纪历》，人民文学出版社1979年版。

③卞之琳：《〈雕虫纪历〉自序》，《雕虫纪历》，人民文学出版社1979年版。

第六章　艾青和七月诗派

20 世纪 30 年代左翼文学的崛起是全球性的现象。中国左翼文艺出现后，诗歌向左翼靠拢和倾斜成为历史的趋势。1937 年抗日战争全面爆发以后，诗坛的氛围和格局发生巨变。在当时的时代背景下，穆木天、冯乃超、何其芳等就转变为革命诗人，即使是戴望舒、卞之琳，也写起表现集体主义情感的诗歌。艾青是最著名的左翼诗人，七月诗派是抗战期间影响最大的诗派，他们都继承并超越以往的革命现实主义诗歌传统，把这一传统的诗歌推向高峰，使之成为在诗歌史上具有重要地位的力量。

第一节　中国诗歌会

中国诗歌会在 1932 年 9 月成立于上海，由穆木天、杨骚、任钧（卢森堡）、蒲风（黄浦芳）等人发起，前身为“左翼作家联盟”领导下的诗歌组，以《新诗歌》作为机关刊物。中国诗歌会的任务是“研究诗歌理论，制作诗歌作品，介绍和努力于诗歌的大众化”。中国诗歌会之前有三位他们的前辈值得注意：郭沫若、蒋光慈和殷夫。

郭沫若在《女神》《星空》之后，创作方向便转向现实主义，表现革命激情，被认为是无产阶级革命诗歌的开拓者之一。诗中满是爱憎分明的歌颂和诅咒，这于当时的革命志士和热血民众，其鼓动力不可置疑。但多数诗篇都是粗糙嘶喊之作，就像后来郭沫若所表示的，他要当政治的“留声机器”“充分写出那些高雅文士所不喜欢的粗暴的口号和标语。我高兴

通知眼睛被渴望所灼痛的人类
和远方的沉浸在苦难里的城市和村庄
请他们来欢迎我——

诗中的“我”是“黎明”的自指，“你”是指“诗人”，这是黎明对诗人的训话。诗人接着以深厚充沛的情感，生动地描绘出一个又一个“通知……他们来欢迎我”的画面。黎明在这里象征未来的胜利，也饱含诗人对美好未来的渴望和坚定的信念。《太阳》中也同样表现出对美好未来的信念：“从远古的墓茔/从黑暗的年代/从人类死亡之流的那边/震惊沉睡的山脉/若火轮飞旋于沙丘之上/太阳向我滚来……/于是我的心胸/被火焰之手撕开/陈腐的灵魂/搁弃在河畔/我乃有对于人类再生之确信。”

艾青说：“我们写诗，是作为一个悲苦的种族争取解放、摆脱枷锁的歌手而写诗。”① 但他的诗歌并没有一般革命诗歌中空洞号叫的弊病。这不仅因为艾青有饱满的感情，还因为他能巧妙运用适当的艺术手法来承载这种感情和希望。首先是象征的手法。艾青诗中有以土地和太阳为中心的两组意象群。但它们不单单是感情依附的对象，同时也具有象征意味。如太阳、黎明、春天，都不是单纯的自然现象的吟咏，而是被视为光明、美好生活、理想的同义词。这些意象并不会产生多大的歧义，它是古典主义的象征，跟现代主义那种象征的模糊不同，这与艾青面向现实世界有关，他在展现农民悲惨命运，在抒发对民族的热爱之情，表达对未来美好生活的信心，这些都是普遍化的情感，也是诗歌史上并不陌生的主题。它跟现代主义试图捕捉那种不确定的颤动，表达一种感觉到但尚不明确的领悟是不同的。这也是由他们的隐含读者决定的。

艾青年轻时主攻过绘画，所以他对色彩比较偏爱。这明显体现在土地和太阳这两类意象给人的视觉感。如“他的衣服像黑泥一样乌暗，他的皮肤像黄土一样灰黄”（《老人》），“呈给你黄土下紫色的灵魂”（《大堰河——我的保姆》）——在描绘“土地”的意象群时，灰、黄、紫是常用色色调，这固然符合土地本身的色调，但诗人予以突出之后，还是给诗歌的画面和情绪蒙上一层凝重的色彩，符合诗人的情感色调。而在表现另一

①艾青：《诗与宣传》，《艾青全集》第3卷，花山文艺出版社1991年版，第77页。

组美好的意象——太阳意象群时，则多是金色、通红等热烈或柔和的明快色调。这让人想起盛唐的一些大诗人，也都是“诗中有画”的高手，他们笔下的意象群也都有色调，如李白对明快色调白、蓝、青等的偏爱。

艾青还提倡诗的散文美，“散文是先天的比韵文美”，它最接近口语，“新鲜而单纯”，“富有人间味，它使我们感到无比的亲切”①，所以艾青很少写作格律诗。自由诗体“受格律的制约少，表达思想感情比较方便，容量比较大——更能适应激烈动荡、瞬息万变的时代”。像郭沫若写作自由体时使用大量排比句一样，艾青诗歌常用的手法之一也是排比。在《大堰河——我的保姆》，还有以上提及的几首代表作中，排比句可以说占据诗歌的主体。这一方面适合表达充沛的感情，也符合新诗的构篇优势；另一方面也便于向民众传播，因为阅读起来朗朗上口，在散文化的白话中容易生成节奏感。

艾青的诗歌创作延续到20世纪80年代，他还迎来了自己创作的两次高潮：50年代出版了《欢呼集》《春天》《宝石的红星》《黑鳗》《海岬上》，70年代末到80年代初出版了《归来的歌》《彩色的诗》《雪莲》等诗集。其中，影响较大的有《光的赞歌》《在浪尖上》《鱼化石》《古罗马的大斗技场》等。

第三节　七月诗派

七月诗派因《七月》杂志而得名。该杂志创刊于1937年9月，终刊于1941年9月，共出32期。艾青《北方》集内的大部分诗作、田间《给战斗者》集内的很多篇章，都在《七月》上发表。在这些诗人诗作的示范下，再加上胡风等在创作理论上的倡导和对新作者的提携，使很多青年加入到《七月》的创作行列中并逐渐茁壮成长，形成一个富有生命力的、具有流派特色的作者群接替着前辈，成为《七月》杂志重要的创作队伍，后又继续活跃于胡风主编的《希望》杂志及多种《七月》丛书上。这批诗人主要有阿垅、绿原、鲁藜、冀汸、芦甸、牛汉、曾卓、邹荻帆、彭燕郊、

①艾青：《诗的散文美》，《艾青全集》第3卷，花山文艺出版社1991年版，第65页。

孙钿、方然、杜谷，还有后来到解放区的田间、贺敬之等。

七月诗派继承郭沫若、蒋光慈、殷夫和中国诗歌会的革命诗歌传统，强调把诗歌作为战斗的武器：“现实主义者底第一义的任务是参加战斗，用他的文艺活动，也用他底行动全部。”① 同时又纠正革命诗歌肤浅的摹写、空洞的叫喊以及泯灭自我个性等弊端。七月诗派要求在诗中突出“主观战斗精神”，认为文学“永远是要求情绪的饱满的。没有情绪，作者将不能突入对象里面，没有情绪，作者更不能把他所要传达的对象在形象上、在感觉上、在主观和客观的融合上表现出来”②。可见，主观情绪在诗中的体现，并不是空洞的口号的呐喊，而是主观和客观的融合，也就是不仅要描写社会现实，还要渗入自己的情绪。但这两者不是分离的，而是要艺术地在形象上融合起来，这样才不会像之前的革命诗歌那样情绪高涨但内容枯燥，只是嘶喊。绿原在《白色花·序》中把七月诗派的这种共同追求概括为：“努力把诗和人联系起来，把诗所体现的美学上的斗争和人的社会职责和战斗任务联系起来。”③

作为《七月》的重要作者，田间后来进入解放区。他的诗不如艾青深邃、丰满，但以激情和朝气以及诗歌风格、形式的不懈探索，对中国新诗的发展产生了自己的影响。田间（1916—1985），原名童天鉴，安徽无为人，1933 年入上海光华大学，后加入“左联”。从 1935 年至 1936 年，出版三部诗集《未明集》《中国牧歌》《中国·农村的故事》。他在诗集“代序”《我怎样写诗的》的自评中说：“没有诳语，诚实的灵魂，解剖在草纸上……”这些诗反映中国的苦难和斗争，表现出对农村深切的关心，也表达出诗人激昂的情绪和强烈的斗志。

1937 年春，他去日本，接触到马雅可夫斯基、裴多菲的诗作。抗日战争全面爆发后即回国从事抗日救亡工作，前期的优秀诗作多发表于《七月》杂志。《给战斗者》是他的代表作，以朴实有力的诗句叙述祖国受侵略欺凌的命运，歌颂人民奋起抗战，充溢爱国主义的精神：

---

①胡风：《论战争期的一个战斗的文艺形式》，《胡风评论集》（中册），人民文学出版社 1984 年版，第 23 页。

②胡风：《论战争期的一个战斗的文艺形式》，《胡风评论集》（中册），人民文学出版社 1984 年版，第 19 页。

③绿原：《白色花·序》，《白色花》，人民文学出版社 1981 年版，第 2 页。

在中国
我们怀爱着——
五月的
麦酒，
九月的
米粉，
十月的
燃料，
十二月的
烟草，
从村落底家里
从四万万五千万灵魂的幻想的领域里，
飘散着
祖国底
芬芳。

诗集包括抒情诗、街头诗、小叙事诗等多种形式，尤有创造性的是一些鼓动性很强的街头短诗，如《给饲养员》：“饲养员呵，/把马喂得它呱呱叫，/因为你该明白，/它底主人/不是我和你，/是/中国！”还有被传诵一时的《义勇军》：

在长白山一带的地方，
中国的高粱
正在血里生长。
在大风沙里
一个义勇军
骑马走过他的家乡，
他回来了：
敌人的头，
挂在铁枪上。

闻一多评论田间的街头诗，肯定他是抗战的“时代的鼓手”，指出这些诗歌“鼓舞你爱，鼓动你恨，鼓励你活着，用最高限度的热与力活着，在这大地上”①。扩而言之，这也是《给战斗者》整个诗集的特点。田间还热衷于创作朗诵诗、诗传单，形成节奏急促的“鼓点”式诗行，在当时产生较大影响。不少青年诗人纷纷仿效。

1939 年的《曲阳营》等小叙事诗，写抗日民主根据地战士、群众的战斗生活和思想成长。同期的《呈在大风沙里奔走的岗卫们》描写参加西北战地服务团的工作、斗争，充溢深厚感情。长诗《她也要杀人》写北方一个农村妇女在民族压迫下日益觉醒，拿起刀来，呼喊着“我要杀人”，奔走在旷野上。“在她底前面，中国的森林、大河、高山和人民底田野道路……已经披起了战斗的武装”。

《抗战诗抄》《戎冠秀》《短歌》《赶车传（第一部）》等诗集，内容沉实，风格上加强对民歌体的汲取。《戎冠秀》歌颂“子弟兵母亲”戎冠秀的英雄事迹，在晋察冀广为流传。《赶车传》的内容是：贫苦农民石不烂自发反抗旧社会，失败后漂泊到河北，看见共产党领导使“天底下出了活路”，回到家乡和共产党员金不换一起发动群众，使穷苦人获得翻身。作品故事生动，结构完整，人物与场景的刻画因采用民歌手法和群众语言，也比较动人，但铺陈过多，冲淡了主题，通篇五字上下的句式，不够自由畅达。中华人民共和国成立后，田间继续《赶车传》的创作，意图反映中国农民走上合作化的变革，可惜并不成功。

除田间外，七月派诗人在创作中也很好地践行了他们的诗歌理念。绿原的名篇《天真的乐观主义者们》第二节写道：

大街上，警察推销着一个国家的命运；然而严禁那些
龌龊的落难者在人行道上用粉笔诉写平凡的自传。
这是一片宝岛：货币集中者们像一堆响尾蛇似的互相呼应，
共同象征着一种意志的实践：光荣的城永远坚强地屹立在地球上。

水门汀，钢筋混凝土……永远支撑着——像陀螺般向半空飞旋上

①《时代的鼓手——读田间的诗》，见《闻一多选集》第 1 卷，四川文艺出版社 1987 年版，第 358 页。

去——

银行，信托部，办事处，胜利大厦，百货商场……

然而，告诉你，灰烬熄灭了，那怕形状团结在一起，也是不能持久的！

破裂的棺材怎样也掩不住死体的臭气和丑样子！

请看，知名的律师充任常年法律顾问，发行了巨批杰作：

扑克，假面会，赛璐珞，玻璃玩具……

坤伶，明星，交际花，肉感的猥亵作家，美食主义者，拆白党，财政敲榨者，肉体偶像……

茶会，午餐，鸡尾酒晚宴，接风，饯行，烹调术座谈会，金融讨论……

勋章，奖状，制服，符号，万能的Pass，鸡毛文书……

赌窟，秘密会社，娼妓馆，热闹的监狱，疯人院……

鸦片批发，灵魂收买，自行失踪，失足落水，签字、画押，走私，诱拐，祈祷和忏悔……

我不知道，可爱的读者，是否你以为我的见解十分荒谬；

或者是否你见到悲惨的严肃的一面，与我的所见完全相反呢。

诗人在这里突出生活，表现对悲惨严肃的社会现实的嘲讽（如第一句就是嘲讽蒋介石借《中国之命运》强化思想控制）和愤怒，情绪激烈，鼓点式的名词排比，蓄起一波又一波的愤怒之情。诗人在诗中直接与读者、听众进行对话、互动，突出“我的所见”以及蕴藏的我的情绪和价值判断。这是主观战斗精神的体现。绿原的另一诗篇《终点，又是一个起点》则是头脑清晰地提醒民众：胜利来之不易，必须通过战斗加以捍卫。阿垅的《纤夫》也是这样一首名作：

偻伛着腰
匍匐着屁股
坚持而又强进！
四十五度倾斜的

铜赤的身体和鹅卵石滩所成的角度
动力和阻力之间的角度,
互相平行地向前的
天空和地面,和天空和地面之间的人底昂奋的脊椎骨
昂奋的方向
向历史走的深远的方向,
动力一定要胜利
而阻力一定要消灭!
这动力是
创造的劳动力
和那一团风暴的大意志力。

这首诗借鉴艾青诗,具有绘画和雕塑的意味。诗中通过动作和角度,通过与天空地面的构图,塑造了一群纤夫的形象。他们在艰辛中坚持行进。因为他们拉着的是“中国的船啊/古老而又破漏的船啊!”这是对当时国家民族命运的象征性拟写。但诗人并不是表面地描写纤夫,而是从纤夫身上突出历史的底色,把纤夫写成是中国民众的象征,表现那种艰苦但又锲而不舍地前进的精神。但这样还不够,诗人还直接在诗中使用更明白如话的引发,对动力表示期许,对阻力表示仇恨。诗人并不是冷静地站在诗歌背后,而是在恰当的时机站到读者面前。这都鲜明地体现出七月派关于主观战斗性的诗歌理念。

曾卓的《铁栏与火》也是用象征的方式雕塑铁栏中的老虎:

站起来,
两眼炯炯地发光,
锋锐的长牙露出,
扑出去的姿势
使笼外发出一片惊呼!

它深深地俯嗅着
自己身上残留的
草莽的气息,

它怀念：
大山，森林，深谷……
无羁的岁月，
庄严的生活。
深夜
它扑站在栏前，
它的凝注着悲愤的长啸
震撼着黑夜
在暗空中流过，
像光芒
流过

铁栏锁着
火！

铁栏是当时社会压抑环境的象征，而老虎——火则是身处困难境地中革命力量的隐喻。它跟《纤夫》一样，都是采用艰难以及突破艰难的模式，这是对现实苦难情状的描写，也是对美好未来的乐观情绪。这里不无艾青似的苦难与光明的构思模式。这种相信未来一定会美好的信念也体现在七月派诗人对现代派和新月派的反拨上，罗洛《我知道风的方向》是对徐志摩《我不知道风在哪一个方向吹》的回击："我知道风的方向/风打从冬天走向春天/我知道风的方向/我们和风正走着同一的道路啊。"体现出对美好未来的坚定信念，跟现代派诗人的迷茫、苦闷、困惑完全不同。

七月派诗歌的切入点可以是纤夫、老虎，也可以是母爱、爱情或其他事物，但都会从中挖掘出民族集体的内涵，也会投入对家国命运的关怀，以及可以清晰感受到的价值判断。七月派在艺术上纠正革命现实主义诗歌传统的资源，一定程度上来自艾青诗歌成就的示范作用，"他们大多数人是在艾青的影响下成长起来的"①。他们学习艾青绘画和雕塑的手法，用从日常生活中突进历史、民族深处的挖掘方式，直面现实苦难，但又对未来充满信心，采用自由诗体和口语化写作。

---

①绿原：《白色花·序》，《白色花》，人民文学出版社 1981 年版。

第七章　臧克家和现实主义诗歌

第一节　臧克家的诗歌

五四新诗所开创的现实主义潮流，在现代诗坛一直绵延不断。除了上述艾青和中国诗歌会及七月派诗人外，还有其他一些著名的诗人，臧克家就是其中卓有成就、诗作丰富的一位。

臧克家（1905—2004），山东诸城人。他自幼喜爱古典诗歌和民间歌谣，受五四运动影响，开始阅读“五四”以后的新诗作品，较早习作诗歌，抒写旧中国农民的苦难与不幸、勤劳与坚忍。例如收在《熔印》里的《老马》：

总得叫大车装个够，
它横竖不说一句话，
背上的压力往肉里扣，
它把头沉重的垂下！
这刻不知道下刻的命，
它有泪只往心里咽，
眼里飘来一道鞭影，
它抬起头望望前面。

以老马象征那时农民背负的苦难和重荷，全诗朴素凝练，间行押韵。《歇午工》和《洋车夫》发表当初都曾传诵一时，其主旨仍是对劳动者的同情、赞美和歌颂。但他也有激发反抗火花的诗篇，如《天火》《不久有那么一天》《罪恶的黑手》，后者揭穿帝国主义披着宗教外衣的罪恶，歌颂工人群众的变革力量。诗中指出，工人们驯服的日子不会长久，有一天他们会：

用蛮横的手撕碎了万年的积卷，
来一个无理性的反叛！

长诗《自己的写照》通过诗人自己的生活道路，在较为广阔的背景下反映曲折前进的时代风貌，是当时一篇优秀的诗作。

臧克家的诗具有中国诗歌会成员的现实主义传统，又注重锤炼，诗歌的形式、韵律、节奏吸收闻一多等新月派诗人的长处，具有清新的诗风。闻一多《〈烙印〉序》称"克家的诗，没有一首不具有一种极顶真的生活的意义"。茅盾《一个青年诗人的〈烙印〉》更认为："在目今青年诗人中，《烙印》的作者也许是最优秀中间的一个了。"

抗日战争全面爆发，臧克家投军，亲历战斗生活。《我们要抗战》一诗曾写道："诗人呵，请放开你们的喉咙，除了高唱战歌，你们的诗句将哑然无声。"他先后写出《从军行》《泥淖集》《淮上吟》《呜咽的云烟》等诗集，激情洋溢，燃烧人们的希望和信心；对战士的牺牲，人民的痛苦，汉奸的无耻，充满悲痛和愤慨。作者自己比较重视的是稍后的诗集《泥土的歌》和长诗《古树的花朵》。前者收录诗歌 52 首，分为《土气息》《人型》《大自然的风貌》三部分。作者自称"是我从深心里发出来的一种最真挚的声音"。其诗风与前期的《烙印》相似，回到农村生活、农民命运等题材中。作者《〈泥土的歌〉当中隔一段战争》自述"我挚爱、偏爱着中国的农村"，但他对农民的歌颂，较多停留于传统美德，缺少新时代产生的新性格。1941 年春所作《古树的花朵》是五千行长诗，描写山东抗日军人范筑先组织群众，团结抗日部队，坚持战斗，直到牺牲的英勇事迹，感情庄严，格式自由。同时创作的还有《向祖国》集，收叙事诗 6 首。

作者于 1942 年秋到重庆，目睹抗战后期日趋腐败的现实，尤其是蒋介石发动内战实行法西斯统治的罪行，深感气愤，先后出版诗集《生命的秋天》《宝贝儿》《生命的零度》《冬天》等，其中相当数量属政治讽刺诗，以尖利的诗句，表达对黑暗现实的强烈憎恨，如《胜利风》一诗揭露道：

政治犯在狱里，
自由在枷锁里，
难民在街头上，
飘飘摇摇的大减价旗子，
飘飘摇摇的工商业，
这一些，这一些点缀着胜利。

这类诗作迅速反映现实政治，又有浓郁的抒情色彩，诗句朴素自然。这时期他还写下不少抒情诗和叙事诗，大多收在《生命的零度》《冬天》等诗集内，抨击黑暗，向往光明。如《冬天》一诗描绘“整个中国的土地，土地上所有的人民，一齐冻结在冰冷之中了”，大地“破碎”“颓败”“凋零”，但作者坚信“这该是最后的一个严冬”。

新中国成立后，臧克家为《诗刊》首任主编，更勤于笔耕，努力以新的风格抒写新的生活，先后出版的诗集有《一颗新星》《春风集》《欢呼集》《凯旋》《忆向阳》《今昔吟》《落照红》等，此外，还著有叙事长诗《李大钊》。他纪念鲁迅的《有的人》一诗，蕴含深刻哲理，成为经典之作，其中诗句久为读者传诵：

有的人
把名字刻入石头想“不朽”；
有的人
情愿作野草，等着地下的火烧。

……把名字刻入石头的，
名字比尸首烂得更早；
只要春风吹到的地方，
到处是青青的野草。

第二节　光未然及解放区诗歌

抗战期间，在大后方沿着现实主义道路前进的诗人还有光未然、力扬、徐迟、袁水拍等。

光未然（1913—2002），原名张光年，湖北光化人。中学时代即参加革命，1936 年抵上海参加抗日救亡运动，同时从事进步文艺活动。他的诗作以歌词和朗诵诗影响广泛。歌词《五月的鲜花》作于 1935 年，后由阎述诗谱曲。它写道：

五月的鲜花开遍了原野，
鲜花掩盖着志士的鲜血。
为了挽救这垂危的民族，
他们曾顽强地抗战不歇。

全诗感慨国土沦亡，控诉投降卑污，最后以高昂的副歌结束："震天的吼声惊起这不幸的一群，被压迫者一齐挥动拳头。"歌词在抗日救亡运动中广泛流传。后来，光未然的创作便以歌词、朗诵诗为主，写出了包括《黄河大合唱》《屈原》等在内的很多优秀作品。

长篇组诗《黄河大合唱》共八段。第一段《黄河船夫曲》在高亢的号子声中表现船夫在激流中搏击的胆魄和勇气，抒发"行船好比上火线，团结一心冲上前"的豪情。第二段《黄河颂》写道：

啊！黄河！
你是中华民族的摇篮！
五千年的古国文化，
从你这儿发源；
多少英雄的故事，
在你的身边扮演！

进而高歌祖国儿女的誓愿："学习你的榜样，像你一样的伟大坚强！"第三段《黄河之水天上来》，诉说日本侵略者造成的"空前的灾难"，所以"千百万民族英雄，为了保卫祖国，洒尽他们的热血"，第四段《黄水谣》像痛苦呻吟的民谣，描写人民遭到日寇"奸淫烧杀，一片凄凉，扶老携幼，四处逃亡……"第五段《河边对口曲》鼓励逃亡者参加抗日："仇和恨，在心里，奔腾如同黄河水！黄河边，定主意，咱们一同打回去！"第六段《黄河怨》写一个受日寇压迫欺凌的妇女对黄河悲歌："我要投在你的怀中，洗清我的千重愁来万重冤！""你要替我把这笔血债清还！"第七段《保卫黄河》歌唱黄河的咆哮和人民的斗争："万山丛中，抗日英雄真不少！青纱帐里，游击健儿逞英豪！"第八段《怒吼吧，黄河》最后高歌：

怒吼吧，怒吼吧，怒吼吧；
向着全中国受难的人民
发出战斗的警号！
向着全世界劳动的人民，
发出战斗的警号！

此诗气势雄伟磅礴，以开阔的视野和充沛的激情，出色地表现了当时中华民族面临侵略的苦难和奋起抗争的壮志豪情，堪称深具现实意义的民族史诗。长诗各段，形式不一，风格多样。依内容表现而变化，或低回，或高昂，或舒缓，或急促。后经冼星海谱曲，演唱获得极大成功，成为继田汉的《义勇军进行曲》之后又一首被经久不衰地传唱的歌曲。

光未然尚创作有六百行的长篇叙事诗《屈原》，书写屈原的抱负和忧愤，揭露楚国朝廷的腐败和昏聩，实则与郭沫若的历史剧《屈原》一样指向国统区的现实。后来他还有长篇叙事诗《阿细的先鸡》问世，写阿细族传说中开天辟地、创造人类的神话，寓含习俗、爱情、苦难的故事。

力扬（1908—1964），原名季信，浙江青田人。1929 年入国立西湖艺术院学习，后为左翼美术家联盟执行委员，两次被捕，在狱中写出《枫》《我在守望着》等诗，从此走上诗歌创作的道路。有《枷锁与自由》《我底竖琴》《射虎者及其家族》和《给诗人》等诗集出版。他初期的诗作已构思精致，富于画面感。这一特色在他后来的作品中被继续体现。

抗战开始，力扬创作视野有所扩展，其时最为动人的诗篇是《同志，再见——给毅》，写难友久别偶遇，握别中激荡一份深情：

你
像一匹
新生的小马
快乐的驰回
你自己战斗过的疆场
向光明的太阳行进
我挥一挥坚实的手臂
从心底吐露出
一声坚实的言辞
——再见，同志

全诗深情绵长。茅盾赞扬它“情绪于哀婉中见激昂，内容与形式很谐和，不拘泥于落脚韵，而字句的自然旋律颇为美妙”①。

进入20世纪40年代，力扬的诗从内容到形式，都出现新的探求，艺术质量和品种数量也有较大发展，并走向创作成熟期，如《我底竖琴》：

在那些晴朗的日子里
你知道的——
我曾经弹起我底竖琴，
嘹亮地歌唱人类的黎明。
在这风雪的日子里，
我默默地前行，我要唱出
对于寒冷的仇恨，
弹着你赐给我底竖琴。

抒情风格中寓有哲理的沉思。皖南事变后，诗人更视“竖琴就是剑”，激发出高昂的斗志。他从“希望的窗子”中仰视“北斗星照耀的地方”——抗日民主根据地，先后在《希望的窗子》《北极星》《茅舍》等诗中多次

①《文艺阵地》第2卷第3期，1938年11月。

吐诉对它的仰望。力扬创作的重要实践，是叙事诗《射虎者及其家族》。此诗反映出深厚的生活实感、历史思考和艺术追求。长诗共八章（初发表时仅七章），以四代人的命运，表现中国农民家族的痛苦、仇恨和反抗。第一章《射虎者》写曾祖父：

他把自己隐藏在茂密的草丛，
伺候下山的猛虎触动引线，
锐利的箭簇带着急响
飞出弓弦；
伺候那愚蠢的仇敌，
舔着流在毒箭上的它自己底血，
发出一声震荡山谷的
绝命的叫喊。

这是诗，更是画，呈现静与动的强烈转化。第二至七章写祖辈们经历有异，却命运相似，不脱贫穷、苦难、仇恨：

他倒在那里，带着五十年的
没有爱情，没有欢笑的日子
倒在那并非属于他自己的土地上，
却又用最后的血温暖着泥土，
用最后的气力，通过抽搐的手指
深深地揿着一生梦想的泥块……

第八章主要写自己。力扬拿起“更好的复仇武器”——诗人的笔。

我虽然不能继承
他们那强大的膂力，
但有什么理由阻止着我
去继承他的唯一的遗产
——那永远的仇恨？
二十年来，我像抓着

决斗助手底胳膊似的
抓住我底笔……

长诗形象鲜明，语言朴实，感情深厚，富有艺术张力，其题旨实已超越个人家史，而属于苦难大众，不愧为中国现代长篇叙事诗创作的重要收获。作为代表作，此后几十年内，力扬与之几乎同名。

第三节　马凡陀的山歌

袁水拍（1916—1982），笔名马凡陀，江苏吴县（今苏州）人。他的第一部诗集《人民》出版于1940年，诉说祖国人民在日本帝国主义侵略下的苦难的生活，更有向往和歌唱，召唤光明与斗争。如《祖国的召唤》《中国的劳动者》等。他后来还出版诗集《冬天冬天》和《向日葵》。但他影响最大的作品却是《马凡陀的山歌》。抗日战争后期，由于国统区日益腐败、民主运动高涨，政治讽刺诗的创作崛起。袁水拍以“马凡陀”为笔名发表了大量这样的诗，后选编成《马凡陀的山歌》《马凡陀的山歌续集》出版。诗歌内容尖锐、形式新颖，极受群众欢迎，影响十分广泛，对当时人民反饥饿、反迫害、反内战的民主运动起到了促进的作用。

《山歌》讽刺内容包括当时国统区的种种怪现象，如“关金票，乌鸦叫；十元法币没人要”揭露“钞票越多钱越少”的通货膨胀真相(《关金票》)；又如“米价涨，活不长！民主民不主；天亮天不亮！”(《米价涨》)反映抗战胜利后群众因物价飞涨而致的困厄。还有《印花税》：

印花税，太简单，
印叶印枝也要税。
交易税不够再抽不交易税，
营业税不够再抽不营业税。
此外，抽不到达官贵人的遗产税和财产税，
索性再抽我们小百姓的破产税和无产税。

《山歌》中很多作品控诉国民党统治的腐朽和反动，如讽刺贪官污吏（《大人物狂想曲》）。还有些作品或在讽刺揭露中表示坚强斗争的决心，或表露美好的心愿和向往，如《怎么办》宣告"冤有头，债要还，血海翻身站起来"；《鲁迅先生墓前》预言："等冬天走过你的墓前，/春天将走过你的墓前，/大群的人，旗帜洪大的声音，/将走向你的墓前！"

冯乃超在《战斗诗歌的方向》中说："马凡陀把小市民的模糊不清的不平不满，心中的怨望与烦恼，提高到政治觉悟的相当的高度，教他们嘲笑贪官污吏，教他们认识自己可怜的地位，引导他们去反对反动的独裁统治。"① 这是对《山歌》的思想意义和社会作用的历史评价。

《山歌》广受欢迎，与它在艺术上的锤炼分不开。它从民间歌谣中汲取营养，对诗歌的民族化、群众化作出探索。《山歌》不论用五言、七言或较自由的形式，都表现出民间文学的新鲜朴素的特点，十分适合朗诵或咏唱。默涵评论说："马凡陀的山歌的方向，就是用了通俗的民间语汇和歌谣的形式，来表现人民（在他主要是市民）所最关心的事物，来歌唱广大人民的感想和情绪。这是使诗歌深入人民，和人民结合的方向。"②

20 世纪 40 年代后期，袁水拍还出版了《沸腾的岁月》（1947）和《解放山歌》（1949）等诗集。

①《大众文艺丛刊》第 1 辑。

②《关于马凡陀的山歌》，载 1947 年 1 月 25 日《新华日报·新华副刊》。

第八章　九叶诗派

抗日战争时期现实主义是诗坛的主流，却不是全部。远在云南的西南联大校园里，正孕育着现代主义诗歌的新生代。代表人物有冯至和穆旦、郑敏、袁可嘉、杜运燮，后四人与辛笛、陈敬容、杭约赫、唐祈和唐湜等五位诗人，后来被称为九叶派。这些现代主义诗歌写作，不仅丰富了20世纪40年代的诗歌格局，也极大地提升了当时诗歌的整体成就。

第一节　冯　至

冯至（1905—1993），原名冯承植，河北涿县人。1921年考入北京大学，1927年出版第一本诗集《昨日之歌》，1929年出版第二本诗集《北游及其他》。1930年去德国留学，1935年回国。1939年春抵昆明，任西南联合大学外文系德语教授，直到1946年返任北京大学西语系教授。

冯至早期诗歌善于通过优美的形象，表达轻柔曼妙的情感，或寂寞、或凄美，诗歌形式大体整齐，节奏舒缓，语言自然。如《我是一条小河》：

我是一条小河，
我无心从你的身边流过，
你无心把你彩霞般的影儿
投入了河水的柔波。

小河带着彩霞的影儿流过“森林”，流过“花丛”，又终于无奈地流入

“无情的大海”，幻散在“无边的地方”，读者可以感受到一种凄美的爱在缓缓流淌。

又如《蛇》：

它月光一般轻轻地，
从你那儿轻轻走过；
它把你的梦境衔了来，
像一只绯红的花朵！

诗人把“寂寞”比作“长蛇”，想象独绝。以上所引两节诗歌，节奏都极为舒缓，四句诗才交代完一个段意。冯至在白话诗早期就能写出如此纯正的白话，又如此纯美的爱情诗，无怪乎被鲁迅称为“中国最为杰出的抒情诗人”①。

但冯至在新诗史上的尊崇地位，主要是由后期的《十四行集》奠定的。《十四行集》主要收十四行体（商籁体）诗 27 首，都作于 1941 年。自 1931 年起他很少写诗。10 年疏于诗作，不是停滞，而是积累和酝酿。前 5 年在德国受欧洲现代文化的熏陶，后 5 年迁徙流转对抗战现实生活的感受，都在新作中得到体现。早年诗作中已有对生命价值和生与死的思索，这时全面深化和延伸开来，如早年对友谊、爱情等温暖的渴望，此时更多扩大为对人与人之间关怀的期待，以及心灵的相通，境界趋高。

《十四行集》中的诗歌，都是从日常经验切入，给人以平易之感，但又把读者逐步带向关于生命存在的沉思，如第二十六首：

我们天天走着一条熟路
回到我们居住的地方；
但是在这林里面还隐藏
许多小路，又深邃、又生疏。

走一条生的，便有些心慌，
怕越走越远，走入迷途，

①《鲁迅全集》第 6 卷，人民文学出版社 1981 年版，第 243 页。

但不知不觉从树疏处
忽然望见我们住的地方，

像座新的岛屿呈在天边。
我们的身边有多少事物
向我们要求新的发现：

不要觉得一切都已熟悉，
到死时抚摸自己的发肤
生了疑问：这是谁的身体？

冯至在西南联大任教时，住在离校园几公里远的一间茅屋，周围20公里是茂密的松林。诗人往返于住处和校园时，就要穿行于山径田埂。“一人在山径上、田埂间，总不免要看，要想，看的好像比往日看的格外多，想的也比往日想的格外丰富”①。这首诗就从穿行山路的经验切入，进入对人生的沉思。走一条陌生的路，不知不觉地，一间熟悉的茅屋便“像座新的岛屿呈在天边”。这个比喻是走生路时感觉的写实，是经验的描述，但诗人把它诗化、普泛化，提升为一种普遍的象征——也是象征，是经验的诗化、经验的提升——不仅走一条回家的生路是这样，在人生的其他方面，也是这样。换一个角度观察原本熟悉的事物，总会有新的发现，所以诗人进一步沉思：“我们的身边有多少事物/向我们要求新的发现。”诗人同样也从昆虫（第一首和第二十四首）、植物（第四首和第三首）、动物（第十五首和第二十三首）这些日常事物切入，经由内心的领悟，走向对宇宙、人类深处的思考。所以十四行集被称作“沉思的诗”②。

《十四行集》可以视为对卞之琳智性写作的延续。冯至在这些诗中，不仅以沉思的平缓避免情感的喷薄而出和赤裸宣泄，而且还摒弃单纯的情感抒发，转向对人生经验的传达。冯至这种观念受到奥地利诗人里尔克关于“诗是经验”论述的影响。在谈到《十四行集》的创作由起时，他说：

①冯至：《〈十四行集〉再版序》，《中国新诗》1948年第3期。

②李广田：《沉思的诗——论冯至的〈十四行集〉》，《诗的艺术》，开明书店1946年版，第106页。

“有些体验，永远在我的脑里再现；有些人物，我不断地从他们那里吸收养分；有些自然现象，它们给我许多启示：我为什么不给他们留下一些感谢的纪念呢？由于这个念头，于是从历史上不朽的精神到无名的村童农妇，从远方的千古的名城到山坡上的飞虫小草，从个人的一小段生活到许多人共同的遭遇，凡是和我的生命发生深切的关联的，对于每件事物我都写出一首诗。”① 这里“和我的生命发生深切的关联的”就相当于“经验”，就是那些人和物已经“成为我们身内的血、我们的目光和姿态，无名地和我们自己再也不能区分”②。也就是说，这些人或物不仅作为它们自身而存在于回忆中，而且是作为某种凝聚着诗人感悟的对象，它们因“透露”某种普遍化的启示，而成为“经验”。这些人和物反复地在我们视野里出现，就像那条陌生的路是多次走过，就像旷野上的孩子和妇人，也是经常看见的，就像加利树，也是经常路过的，那历史上不朽的精神也是时常阅读到的。例如写那座“远方的千古的名城”《威尼斯》：

我永远不会忘记
西方的那座水城，
它是个人世的象征，
千百个寂寞的集体。

一个寂寞是一座岛，
一座座都结成朋友。
当你向我拉一拉手，
便像一座水上的桥；

当你向我笑一笑，

①冯至：《〈十四行集〉再版序》，《中国新诗》1948 年第 3 期。

②里尔克《马尔特·劳利得·布里格随笔》：“诗是经验。为了一首诗我们必须观看许多城市，观看人和物，……（然后）我们有回忆，也还不够。如果回忆很多，我们必须能够忘记，我们要有大的忍耐力等着它们再来。因为只是回忆还不算数。等到它们成为我们身内的血、我们的目光和姿态，无名地和我们自己再也不能区分，那才能得以实现，在一个很稀有的时刻有一行诗的第一个字在它们的中心形成，脱颖而出。”（冯至译，《外国现代派作品选》第 1 册，上海文艺出版社 1980 年版，第 50—51 页）

便像是对面岛上
忽然开了一扇楼窗。

只担心夜深静悄，
楼上的窗儿关闭，
桥上也断了人迹。

威尼斯在诗人心中已经达到“永远不会忘记”的程度，但它能成为诗的经验，并不仅因为它是“一座水城”，更重要的是因为“它是个人世的象征”，诗人从中看到“千百个寂寞的集体”。

从《威尼斯》这首诗中，也可以看出诗人的表达方式，就是力图用“雕塑”的方法来传达自己的经验。人与人之间的隔阂与寂寞，诗人通过描写一座水城来传达。可以视为在雕刻一座水城，但明显又是在写人与人沟通的问题。它不是在表达常识性的道理，而是从生命感悟出来的人生哲理，不是以某种具体的事物来作譬喻，这样“譬喻和理分成两橛，不能打成一片，因此，缺乏暗示的力量”①。它是在描写某种经验，而经验中已凝聚着水城和人世的象征，所以事物和沉思融成一片。第六首也是这方面的代表作：

我时常看见在原野里
一个村童，或一个农妇
向着无语的晴空啼哭，
是为了一个惩罚，可是

为了一个玩具的毁弃？
是为了丈夫的死亡，
可是为了儿子的病创？
啼哭的那样没有停息，

①朱自清：《诗与哲理》，1943年撰，收入其《新诗杂话》，作家书屋1947年版，第34页。

像整个的生命都嵌在
一个框子里，在框子外
没有人生，也没有世界。

我觉得他们好像从古来
就一任眼泪不住地流
为了一个绝望的宇宙。

对一个村童或农妇的啼哭，在猜想中进行不断雕刻，在雕刻中升华为对整个人生的思考。这种表达就像在刻绘一幅嵌在框子里的画，通过这画来表现自己对眼前的村童或农妇啼哭的猜想，进而对整个人生，乃至整个人类的沉思。至于对昆虫、植物和动物等某个单一对象更是如此，冯至还有对某个历史人物的雕塑，如蔡元培（第十首）、鲁迅（第十一首）、杜甫（第十二首）、歌德（第十三首）、梵高（第十四首）等。

冯至这种沉思性写作，这种“诗是经验的传达而非单纯的热情的宣泄”① 的诗歌理念，以及在诗歌传达上对雕塑手法的使用，对九叶派有着导引之功。

《十四行集》是新诗诗体一次成功的探索。它所采用的是十四行体，也叫商籁体，是起源于意大利的一种诗歌体制。冯至在这里采用分节的形式是4－4－3－3，在押韵上也遵循西方的传统，使用交韵（ABAB）或抱韵（ABBA）。这完全不同于中国传统的偶句用韵的习惯。十四行体本来是“最宜于表现沉思的诗的，而我们的诗人却又能运用得这么妥帖，这么自然，这么委婉而尽致”②。

冯至在新中国还写有《韩波砍柴》，受到好评，后来诗作渐少。

---

①袁可嘉：《诗与民主——五论新诗现代化》，《论新诗现代化》，三联书店1988年版，第47页。

②李广田：《沉思的诗——论冯至的〈十四行集〉》，《诗的艺术》，开明书店1946年版，第106页。

第二节 九叶诗派

冯至《十四行集》创作于20世纪40年代前期，那时他正执教于西南联合大学。同时在这所高校里执教的，还有许多知名诗人和学者，如闻一多、朱自清、李广田、卞之琳等。冯至和这些诗人的创作和译著、诗论，给学校里的青年学子带来的影响很大。美国著名诗人燕卜逊也在此授课，介绍艾略特、奥登等西方最前沿的诗人。这些青年学子仰慕或师承冯至等人的诗作，更直接从西方现代诗歌中汲取养分，通过自己的创造，逐渐形成具有现代派特色的诗风。其中的代表是穆旦（1918—1977）、郑敏（1920— ）、袁可嘉（1921—2008）、杜运燮（1915—2002），他们都在此时先后毕业于西南联大。他们与身处其他地区的辛笛（1912—2004）、陈敬容（1917—1989）、杭约赫（1917—1995）、唐祈（1920—1990）、唐湜（1920—2005）等五位诗人，后来被称为“九叶派诗人”。他们基本都是在20世纪30年代后期到40年代初期才先后走进诗坛，但被作为一个流派对待，则要等到40年代末期。他们主要是在1947年7月至1948年10月的《诗创造》杂志，尤其是1948年6月至10月的《中国新诗》杂志上互相聚集并彼此切磋、磨合的。这群诗人被称为“中国新诗”群体或“中国新诗”派。1981年，这九个人的诗作被编选成《九叶集》，他们随后也就被习惯性地称为“九叶诗群”或“九叶诗派”。

在诗歌上，九叶派诗人既不想钻进纯诗的“避难所”，也不想把诗歌当作宣传的武器。九叶派诗歌创作的共同倾向可用袁可嘉的这段话概括：诗的新倾向“纯粹出自内心的心理需求，最后必是现实、象征、玄学的综合的传统：现实表现于对当前世界人生的紧密把握，象征表现于暗示含蓄，玄学则表现于敏感多思、感情、意志的强烈结合及机智的不时流露”①，这是九叶派诗歌主张的纲领式表述。

首先是对现实的解释。与七月派同样身处于战争时期，九叶派诗人并没有选择逃避，而是参与。他们有的直接参加战争，有的成为战争的后勤

---

①袁可嘉：《新诗现代化》，《论新诗现代化》，三联书店1988年版，第7页。

人员或宣传人员。当时最迫切的现实就是战争及其灾难，但九叶派很少正面述写，往往是着眼于战争中人的心态、社会的残破，以及抗战精神的探求。如郑敏《贫穷》就写战争给人民带来的困苦：“一天你明了什么是这一个战争，/看，那褴褛的衣裳，痛苦的嘴唇，/告诉你它的没有光荣，没有止终。”这是对战争的控诉。杭约赫在九叶派诗人中政治意识最强烈，《黎明之前》写在象征苦难的黑夜里，要迈着坚实的脚步，迎接山那边已经透出的曙光。这是对苦难时代的回应：要不屈不挠。《火烧的城》叙述一个小城的历史变迁，生活其中的民众遭受强权者的压迫和摧残，但也有觉醒者的反抗。这是对历史的思考，也是对现实世界的思考。唐湜的长诗《骚动与诗》和唐祈的长诗《时间与旗》都是歌颂民众反抗的精神，流露出美好未来必将到来的信念。杜运燮《滇缅公路》歌颂劳动者以鲜血筑造一项伟大的抗战工程。他们控诉，他们赞美，但不直接呼吁抗战。同为20世纪40年代的诗歌流派，这是九叶诗派与七月诗派在对现实态度上的区别。

与中国诗歌会等革命诗歌对现实的理解不同，九叶派并不局限于社会现实，心灵也在他们的现实涵盖中，即内在现实。凡是能带来实际经验的对象，都是现实的，不管是社会公共的，还是个人的。但内心现实与李金发、戴望舒等所专注的自我情感不同，九叶派诗人反对只关注个人内心世界的自我表现，而是投向残破失衡的社会和处于文明困境中的人类。他们将自我与大我、自我与社会融为一体，由此激发出的真挚的情感，是个人的，但又是关于社会的。总而言之，他们“绝对强调人与社会、人与人、个体生命中诸种因子的相对相成，有机综合”①，所以九叶派的题材更加广泛。

因此，九叶诗派往往通过心理现实来表现社会现实，从而实现二者的融合，如陈敬容的《力的前奏》：

歌者蓄满了声音
在一瞬的震颤中凝神

舞者为一个姿势

①袁可嘉：《新诗现代化》，《论新诗现代化》，三联书店1988年版，第6页。

拼聚了一生的呼吸

天空的云、地上的海洋
在大风暴来到之前
有着可怕的寂静

全人类的热情汇合交融
在痛苦的挣扎里守候
一个共同的黎明

陈敬容说过："现代的诗……首先得要扎根在现实里，但又不要被现实绑住。"① 这首诗就是这种主张的实践。这是诗人发现一个富含哲理的瞬间，就是力爆发之前的寂静，但诗人在表现时，却把它与时代、与现实关联起来，从而把根扎在现实的土壤里。而这种扎根反过来也不是粘在现实的铁板上，作直接的描写和议论，是选择富有象征意味的画面来反映时代的走向，做到不被现实所捆缚。革命爆发前，社会气氛总令人窒息和压抑。这表现在社会失衡、人身迫害以及荒诞现象等方面，但诗人没有像一般现实主义诗人那样，去直接描写这些社会现象。这便是"在现实与艺术之间求得平衡，不让艺术逃避现实，也不让现实扼死艺术"②。

郑敏的《树》也是这样一首社会现实与心理现实融合的佳作：

我从来没有真正听见声音
像我听见树的声音，
……
你走过它也应当像
走过一个失去民族自由的人民
你听不见那封锁在血里的声音吗？
当春天来到时，

①陈敬容（默弓）：《真诚的声音》，《诗创造》第12辑。

②袁可嘉：《诗的新方向》，《论新诗现代化》，三联书店1988年版，第219—220页。

它的每一只强壮的手臂里
埋藏着千百个啼扰的婴儿。

这一段从树的声音这个“内心现实”切入，传达美好未来一定会到来的信念。树本身不会发出声音，但诗人却能听到，这是按照内心体验去迫使外物变形，以达到表现自我内心现实的目的。这就像诗人自己说的：“离开模仿外形的路子，强调对表现中的客观进行艺术的解释、改造，重新组合以表现其深层的实质。”① 而自我内心现实并不是凭空感受，而是基于对社会的认识，是外在世界充分内化为心灵的体验。诗人在表现这种内心现实时，其实也就是在间接地扎根现实。这是社会现实与心理现实的融合，这也就是绝对强调“人与社会、人与人、个体生命中诸种因子的相对相成，有机综合”②。穆旦《赞美》也是这样一首作品：

说不尽的故事是说不尽的灾难，沉默的
是爱情，是在天空飞翔的鹰群，
是干枯的眼睛期待着泉涌的热泪，
当不移的灰色的行列在遥远的天际爬行；
我有太多的话语，太悠久的感情，
我要以荒凉的沙漠，坎坷的小路，骡子车，
我要以槽子船，漫山的野花，阴雨的天气，
我要以一切拥抱你，你，
我到处看见的人民呵，
在耻辱里生活的人民，佝偻的人民，
我要以带血的手和你们一一拥抱。
因为一个民族已经起来。

《赞美》共四节，这是第一节的后半段。诗写民族生存苦难的现状，也是写苦难中坚韧的民族性格，但这些苦难和坚韧，都化入诗人对这个民族的

①郑敏：《回顾中国现代主义新诗的发展，并谈当前先锋派新诗创作》，收入其《诗歌与哲学是近邻——结构—解构诗论》，北京大学出版社1999年版，第228页。

②袁可嘉：《新诗现代化》，1947年3月30日《大公报·星期文艺》。

深沉感情中，融入诗人的赞美中。正如穆旦所说："我是特别主张要写出有时代意义的内容。问题是，首先要把自我扩充到时代那么大，然后再写自我，这样写出的作品就成了时代的作品。"①

其次是关于玄学的解释。九叶派关注现实、表现现实，但他们并不满足于此，而是更深一层地开发现实，从中挖掘出对生命的体悟。他们的诗歌关注至高的生命理性，关怀人的终极问题，表现出一种哲理化、玄学化的倾向，这是九叶派与一般现实主义诗歌的不同之处。这部分作品更能体现出九叶诗人灵魂的丰富与深刻。但这种思考并不抽象，也都是通过对人生经历和自然景物的深入体验来表达的，如袁可嘉《沉钟》：

让我沉默于时空，
如古寺锈绿的洪钟，
负驮三千载沉重，
听窗外风雨匆匆；

把波澜掷给大海，
把无垠还诸苍穹，
我是沉寂的洪钟，
沉寂如蓝色凝冻；

生命脱蒂于苦痛，
苦痛任死寂煎烘，
我是锈绿的洪钟，
收容八方的野风！

抒发对生命的沉思和人生的内省体验，立意高远，意境空旷，而且诗韵极为精美。又如杜运燮《井》：

我是静默。几片草叶，

①穆旦：《致郭保卫的信（1975年9月9日）》，见曹元勇编《蛇的诱惑》，珠海出版社1997年版，第227页。

的综合意识内涵强烈的社会意义，而诗剧形式给予作者在处理题材时，空间、时间、广度、深度诸方面的自由与弹性，都远比其他诗的体裁为多，以诗剧为媒介，现代诗人的社会意识才能得到充分表现，而争取现实倾向的效果；另一方面，诗剧又利用历史做背景，使作者面对现实时有一个不可或缺的透视或距离，使它有象征的功用，不至粘于现实世界，而产生过度的现实写法。”①

为了表现复杂性，九叶诗派在语言上也广纳博采：“现代诗人极端重视日常语言及说话节奏的应用，目的显在二者内蕴的丰富，只有变化多，弹性大，新鲜，生动的文字与节奏才能适当地，有效地，表达现代诗人感觉的奇异敏锐，思想的急遽变化，作为创造最大量意识活动的工具。”② 对新鲜语言的吸取是梁启超以来就在强调的问题，因为像梦呀、青春呀、眼泪呀这些诗意语言，它们会因为反复使用而老化，日常语言和说话节奏是一个新鲜的语言宝藏，只要在合适的经验和体验之下，对其中的“非诗意”语言进行转化，就能恰到好处地表现现代的复杂的经验，如《上海》一诗中就使用了电话铃、陈列窗、办公房、酒吧、写字间、打字小姐等词语。这些现代语汇才符合上海这个大都市的形象，也才符合生活于其中的人们的状态，这是现代的场景、经历，这是表达现代经验所必需的。

第三节　穆　旦

穆旦（1918—1977），原名查良铮，浙江海宁人。1935 年考入北平清华大学外文系，抗日战争全面爆发后，随学校辗转于长沙、昆明等地，并在香港《大公报》副刊和昆明《文聚》上发表大量诗作，成为有名的青年诗人。1940 年在西南联大毕业后留校任教。1949 年赴美国留学，入芝加哥大学英国文学系学习。1952 年获文学硕士学位。1953 年回国后，任南开大学外文系副教授。1958 年受到政治迫害，调图书馆工作。1977 年因心脏病突发去世。生前出版的诗集有《探险队》（1945）、《穆旦诗集（1939—

①袁可嘉：《新诗戏剧化》，《论新诗现代化》，三联书店 1988 年版，第 28 页。

②袁可嘉：《新诗戏剧化》，《论新诗现代化》，三联书店 1988 年版，第 6—7 页。

1945)》(1947)、《旗》(1948)。

穆旦是九叶诗派中最具代表性的诗人,也是新诗史上一位独异的诗人。他参加过战争,目睹过惨烈的场面,并从异常艰苦的环境中生存下来。穆旦的诗歌表现出高度综合的品质。他将社会事件、民族经历,融入个人的经验和反思中,如《森林之魅——祭胡康河上的白骨》“祭歌”部分:

在阴暗的树下,在急流的水边,
逝去的六月和七月,在无人的山间,
你们的身体还挣扎着想要回返,
而无名的野花已在头上开满。

那刻骨的饥饿,那山洪的冲击,
那毒虫的啮咬和痛楚的夜晚,
你们受不了要向人讲述,
如今却是欣欣的树木把一切遗忘。

过去的是你们对死的抗争,
你们死去为了要活的人们的生存,
那白热的纷争还没有停止,
你们却在森林的周期内,不再听闻。

静静的,在那被遗忘的山坡上,
还下着密雨,还吹着细风,
没有人知道历史曾在此走过,
留下了英灵化入树干而滋生。

这是一个民族经历的战争,也是一个人对自己经历的回忆,是社会现实与个人经验的结合。这是给战友的祭歌,祭歌里是民族的战争经历。诗人不是用感伤不已的哀悼,也不是用热情洋溢的歌颂,而是用一种悲痛但内敛、包含情感也包含智性的口语来写诗。是哀痛,但也是反思:这些为了人们的生存的战士,死去并被遗忘在山坡上。这对人类的文明是富有讽刺意味的。社会的和个人的，情感的和理性的，在这首深沉的诗中结合起来。在对社会进行批判时，穆旦也是采用睿智的方式，如《控诉》：

这是死。历史的矛盾压着我们，
平衡，毒戕我们每一个冲动。
那些盲目的会发泄他们所想的，
而智慧使我们懦弱无能。

我们做什么？我们做什么？
呵，谁该负责这样的罪行：
一个平凡的人，里面蕴藏着
无数的暗杀，无数的诞生。

这是对国民党政府专制强权的控诉，它带来压抑、无力感，却给“盲目”的人横行霸道的权力。“无数的暗杀，无数的诞生”，暗杀是冲动的被毒戕，是智慧的被废弃，诞生的则是那些想改变现状的新冲动和新智慧。这种控诉比那种赤裸裸的谩骂和诅咒、谴责更加深刻。

但在穆旦诗歌的主题中，最富有创造性的，是对“丰富、与丰富的痛苦”的自我的解剖。如果说关于历史民族的主题，穆旦在表现性上显示出其创造力，那么自我的解剖，进而从中呈现社会和人类，这才集中着穆旦在主题、意象群以及语言技巧方面的创造力。“穆旦对现代自我的分裂、矛盾与不能自主性的揭示，既是对自我神话的怀疑与批判，同时也是在揭示导致这种自我分裂与不能自主的现代社会的压抑力量与内在危机”①，《我》就是这样一首自我解剖的诗：

从子宫割裂，失去了温暖，
是残缺的部分渴望着救援，
永远是自己，锁在荒野里，
……

①刘志荣：《生命最后的智慧之歌：穆旦在一九七六》，《文学评论》2004 年第 3 期。

遇见部分时在一起哭喊，
是初恋的狂喜，想冲出樊篱，
伸出双手来抱住了自己
幻化的形象，是更深的绝望，
永远是自己，锁在荒野里，
仇恨着母亲给分出了梦境。

这首诗表现残缺的自我，无所适从的自我。“我”在子宫里是安全的，但因为尚未脱离母胎，所以是残缺的。出生之后的“我”是孤独的，没有自足感，因此也是残缺的。这是现代诗派中那种颓废、负面的自我形象的进一步发展。它不仅揭示自我的压抑，还揭示自我的矛盾。穆旦的诗在描写个体时，充斥着“残缺”“绝望”“仇恨”“荒野”“受辱”“痛苦”“挣扎”“死亡”“茫然”“报复”“毁灭”等词汇，它们一起展现了个体丰富的痛苦。

穆旦在表现自我丰富的痛苦时，使用非常具有个性化的肉体意象群，这也被形象地称为“用身体思想”①。从穆旦的诗歌中可以看到如“肉”“白骨”“血液”“骨肉”“身上”“脸”“面孔”“耳”“眼睛”“嘴”“颈项”“身躯”“胸膛”“心房”“胸怀”“乳房”“手”“子宫”“脚”等。他有一首诗的题目就叫《手》，而另一首则干脆叫《我歌颂肉体》。又如在《我》中用到的子宫，在《诗八首》中又出现。穆旦诗歌中的肉体意象，不少是受苦的形象，如《中国哪里去》中“枯瘪的乳房”；《赞美》中“厚重、多纹的”“干枯的”眼睛，“粗糙的”“身躯”；《五月》中被左轮枪“爆进人肉去的左轮”；《冥想》中有“腐烂的手”。这些“受难的肉体”是苦难的直接承受者。这是对受难的主体最形象的描绘，因为肉体是人在这个世界上最敏感的存在。但这些苦难并没有带来颓废、消沉，因为肉体是有血性的，如《野兽》：

黑夜里叫出了野性的呼喊，
是谁，谁噬咬它受了创伤？

①王佐良：《一个中国新诗人》，收入王圣思编选《“九叶诗人”评论资料选》，华东师范大学出版社1996年版，第310页。

在坚实的肉里那些深深的
血的沟渠，血的沟渠，灌溉了
翻白的花，在青铜样的皮上！
是多大的奇迹，从紫色的血泊中
它抖身，它站立，它跃起，
风在鞭挞它痛楚的喘息。

一直被噬咬得血肉模糊的野兽，还从血泊中站起、跃起，诗歌表现出血性的场面，也是在赞颂野兽的坚毅，不妥协。穆旦的诗歌常给人沉郁的感觉，因为它总在揭示社会和人身上的残缺，但又不会像现代派那样带来颓废的印象。这是因为他的诗中总有一种苦难中的坚韧，并对这种坚韧进行赞美的向上的情怀。这是一个身处苦难但有方向的诗人。

如果以上这些肉体是属于写人、写动物时，“自然而然”涉及的意象，那么《春》这首诗则体现出穆旦有意识地把肉体意象泛化到其他对象上去：

绿色的火焰在草上摇曳，
他渴求着拥抱你，花朵。
反抗着土地，花朵伸出来，
当暖风吹来烦恼，或者欢乐。
如果你是醒了，推开窗子，
看这满园的欲望多么美丽。

蓝天下，为永远的谜迷惑着的
是我们二十岁的紧闭的肉体，
一如那泥土做成的鸟的歌，
你们被点燃，却无处归依。
呵，光，影，声，色，都已经赤裸，
痛苦着，等待伸入新的组合。

写春天的景色以及引起的感触，但诗人无论是在形容这些景色，还是在描写被激发的内心世界时，都采用了大量与身体相关的词汇，如拥抱、欲望、肉体、赤裸等。又如《冬》:“我爱在雪花飘飞的不眠之夜,/把已死去或尚存的亲人珍念,/当茫茫白雪铺下遗忘的世界,/我愿意感情的激流溢于心田,/来温暖人生的这严酷的冬天。”同样至今令人震撼。

穆旦在思想内容上的复杂性,也促使他探索相应的表现方法,如戏剧化。《华参先生的疲倦》就设置了戏剧情景,《神魔之争》和《森林之魅》都是诗剧的结构。在语言上也有独到的处理方式,大量新词汇的引入自不待言,此外还有悖论式的词语搭配,如《合唱二章》“干燥,卑湿的草原”“欢欣,忧郁,澎湃的歌声”;《从空虚到充实》“一些影子,愉快又恐惧,在无形的墙里等待着福音”。他还大胆地在同一首诗中使用古体诗和新诗的诗节,如《五月》:

五月里来菜花香
布谷留恋催人忙
万物滋长天明媚
浪子远游思家乡

勃朗宁,毛瑟,三号手提式,
或是爆进人肉去的左轮,
它们能给我绝望后的快乐,
对着漆黑的枪口,你们会看见
从历史的扭转的弹道里,
我是得到了二次的诞生。
无尽的阴谋;生产的痛楚是你们的,
是你们教了我鲁迅的杂文。

在这首诗中,古体和新体相间而生,这可以视为诗歌形式的实验。这种古体新体并置,刚好与诗歌的内容相符合,旧体部分的内容是古典的田园牧歌,新体部分则写现代社会的暴力和不安,两者相对,似乎是古代社会与现代社会的直接碰撞。

第七编　当代诗歌

导　言

当代诗歌，时间是从1949年中华人民共和国成立至今。这一时期，分为“十七年”诗歌、朦胧诗派、现实主义诗歌、新生代诗歌、90年代诗歌、儿童诗歌、台港澳新诗和旧体诗等几个单元。其中，值得强调的是，近百年旧体诗词虽走向式微，却没有完全消亡。它在知识分子和有文化的上层社会中仍被喜爱、被延续，特别是毛泽东的旧体诗词成就，更激发了人们在这方面相当广泛的创作热潮，至今，它仍然构成中国诗坛一道不容忽视的风景。此外，民间歌谣的发掘与发展，少数民族诗人的成长，台港澳地区诗歌的别蘖，儿童诗歌可喜的成就，这些也是20世纪下半叶中国诗坛别开生面的分支诗流。

第一章 “十七年”诗歌

中华人民共和国成立之后，文化面临剧烈转型。当时国民经济还待恢复，又爆发了朝鲜战争。但因旧社会的崩塌和新社会的到来，人们内心充满获得解放的欢欣和对美好未来的憧憬。因此，欢快、明朗的情绪成为诗歌的主旋律。毛泽东《在延安文艺座谈会上的讲话》成为文艺界的纲领。文艺为工农兵服务、为无产阶级政治服务，迅速被文艺工作者所广泛接受和拥护。后来，随着“左”倾思想的发展，在文艺界开展各种政治批判和整肃，文艺创作包括诗歌创作的环境便日益恶化。1956 年中国曾迎来诗歌创作的一次高潮，出现了难得的“百花齐放”的局面，而 1957 年反右扩大化和随后文艺政策的不断收窄，以及“阶级斗争为纲”理论的提出，中国大陆诗歌创作的环境越来越恶劣。许多诗歌成为新的意识形态的传声筒，个人因子也往往被视为与“集体主义”相对立而遭到批判。在民国时期写出过优秀作品的一大批诗人，大都停止创作，即使继续持笔耕耘，其作品也往往由于失去个人独特的艺术追求而价值不高。当然，有些比较优秀的诗人，仍然坚持自己一贯的特色和独到的艺术追求，如郭小川。但从诗歌艺术经验的积累角度而言，从新中国成立初期到 1966 年“文化大革命”开始，这十七年间的诗歌成就，确实难以与“五四”后的三十年相比。

第一节 “十七年”诗歌概述

“十七年”是指中华人民共和国成立的最初十七年，即从 1949 年至

1966 年。“十七年”诗歌由于受到主流意识形态影响，思想内容和艺术风格往往趋于同一，很少有流派的自主追求和差异。

全国基本统一后，实行社会主义改造包括思想改造，文艺管理体制归于一体化，意识形态和文艺思想也被要求统一，全国范围内的文学作品渐渐只能符合主流意识形态的风格，与之有差别者，会有政治压力，因此“十七年”诗歌，与之前流派竞进的局面比较起来，便显得单一单调。许多诗人不再追求个性。

毛泽东强调政治标准是衡量文艺作品的第一标准。他提倡文艺从属并服务于政治，以工人、农民、士兵为隐含读者，要使用他们能看得懂的形式和语言，还主张歌颂光明，暴露黑暗，为了能切实做到这样，文艺工作者要深入到群众中去，斗争中去，改造自己。因此来自解放区的具有工人农民色彩的思想文化、审美趣味，成为新中国的主流文化，民国新文化运动以来的知识分子的思想文化和趣味受到批判和否定。来自国统区的诗人，无一例外地面临无所适从的“新环境”，他们要么噤若寒蝉，要么就变换面孔，总之与之前的追求脱节，面临不得已的转型，因此诗坛的主力是来自解放区的年轻诗人，或是在新政权下成长起来的年轻诗人，如郭小川、贺敬之、李季、闻捷、阮章竞、李瑛、公刘等。

这个时段出现了许多诗歌现象，最著名的诗歌现象应该是 1958 年至 1960 年的新民歌运动，一场由政府主导的诗歌生产运动。当时，身为国家领袖的毛泽东，号召收集民歌，各层政权机关把它视为中心任务，提出“人人是诗人”“村村有李白”等口号，但收集的诗歌不少是虚假的颂歌，如工业上的“跃进”歌：“中国矿藏实在多，走路都挨矿踢脚。口渴河边舀碗水，错把石油当茶喝。”（《中国矿藏实在多》）还有农业上的“跃进”歌：“玉米稻子密又浓，铺天盖地不透风。就是卫星掉下来，也要弹回半空中。”（《玉米稻子密又浓》）将虚假夸大当成豪情浪漫，语言上也与顺口溜无异。这些“大跃进”民歌中很少有真正的民歌。中国古典乐府民歌，之所以成为经典，源自其根植于社会底层民众亲身的生活体验，并且是自发的歌唱，语言新鲜，充满活力。“大跃进”民歌则是官方发起的政治作业，后由郭沫若、周扬编选为《红旗歌谣》，其中来自生活真切体验的佳作很少。

当然，这一时期的诗歌，从题材、格调到形象、意象、语言也具有一定的时代特色，其主旋律被称为颂歌和战歌，歌颂新国家，歌颂执政党，歌颂政治领袖，歌颂人民群众，歌颂新社会新生活，歌颂创造新世界的热情，这里的“颂”延续了《诗经》以来“颂”的传统，对“敌对势力”或错误分子则鞭挞讨伐。这往往与时政紧密结合在一起，如新中国成立时的颂歌，有以郭沫若《新华颂》为首的颂歌大合唱，其中第一节为：“人民中国　屹立亚东/光芒万道　辐射寰空/艰难缔造庆成功/五星红旗遍地红/生者众　物产丰/工农长作主人翁/使我光荣祖国/稳步走向大同。”其他知名的诗人也附和而唱，胡风、何其芳、艾青、田间、臧克家、阮章竞等都加入了这个合唱。

在诗歌文本中，抒情主人公基本是以集体（如人民、工人、战士、农民等）的代言人在发言。虽然有时会以“我”的面貌出现，但这个“我”是大写的，也是阶层、集体的代表，如郭小川的“我”往往就是一个战士，也是战士群体的代言人。真实的“我”作为个人的抒情，不仅不被鼓励，反而还被敌视和遮蔽。

语言上注重通俗易懂。因为诗歌的接受对象被定位为文化水平不高的工人农民，所以诗人在表述时不能太文雅，基本要求清晰明白，必须符合工农兵的审美趣味。许多见于报纸的政治语言，被大量掺入诗中，可以说，精英的审美趣味逐渐趋同为工人农民的审美趣味。

意象也迅速更新。因为是颂歌的时代，而且排斥个人因素的渗入，也要求诗歌表达清晰明白，所以在意象的使用上，就多采用那些崇高的公共词汇，如诞生、伟大、旗帜、红旗、群众、红灯、照耀、前进、太阳等。这是公共的意象、象征，不会产生歧义。诗人的个性不免萎缩。

格调上提倡响亮、豪迈。像现代派那样颓废、迷惘的情绪，被认为是小资产阶级情调，是不健康的；像穆旦那样表现自我矛盾的深沉，也受到批评。诗歌提倡的是高昂的、明朗的情调，流露出困惑、迷茫等情绪，都会受到责难，如郭小川的《望星空》。

在诗歌形式上，根据《在延安文艺座谈会上的讲话》的要求，大众化和民族化成为方向，相应地，民歌加古典诗歌便成为诗歌形式探索的资源，来自苏俄马雅可夫斯基的“楼梯体”诗歌也被广泛模仿。

这期间虽然没有派别的区分，但还是存在以题材区分的诗人诗作，如战士诗人、石油诗人，工业诗歌、农业诗歌等。这些诗歌，风格当然也会有差别。

呵，我知道——
最久的
　　最深的痛苦，
常常是
　　无声的饮泣，
而最初的
最大的
　　欢乐，
一定有
　　甜蜜的泪水
　　　　伴随！

这种诗体，通过强制过行留空，给直白的表述带来节奏感，也给情感的强烈抒发带来节奏上的节制。

另一种是政治抒情短章，如《南泥湾》《回延安》《三门峡——梳妆台》《桂林山水歌》和《西去列车的窗口》。在这类诗中可以感受到诗人的“小我”，虽然它与时代“大我”是一致的，但不至于被淹没。与长篇诗歌主要学习西方的诗体不同，这些诗更多地融入“民族形式”，如《回延安》使用的是新民歌体“信天游”，《三门峡——梳妆台》则选择拟古的乐府歌行体。此外在主题上也有古典诗歌的色彩，如《回延安》与游子思乡传统，《桂林山水歌》与山水诗传统，《西去列车的窗口》与边塞诗传统：

心口呀莫要这么厉害地跳，
灰尘呀莫把我眼睛挡住了……
手抓黄土我不放，
紧紧儿贴在心窝上。
几回回梦里回延安，
双手搂定宝塔山。

——《回延安》

云中的神啊，雾中的仙，

神姿仙态桂林的山！
情一样深啊，梦一样美，
如情似梦漓江的水！
——《桂林山水歌》

在九曲黄河的上游，
在西去列车的窗口……
是大西北一个平静的夏夜，
是高原上月在中天的时候。
——《西去列车的窗口》

这种情感类型和意象，乃至句式和词汇，都在一定程度上飘散出古典诗歌的气息。

闻捷、李季、张志民等也是从解放区来的在新中国创作比较有成就的诗人。

闻捷（1923—1971），江苏丹徒（今镇江）人，1940年到延安，新中国成立后曾到新疆、上海工作。著有《天山牧歌》《闻捷诗选》等六个短诗结集，以及长篇叙事诗《东风催动黄河浪》和《复仇的火焰》。

闻捷的诗，以抒写新疆少数民族地区的题材成就最大。代表作有组诗《吐鲁番情歌》、长篇叙事诗《复仇的火焰》。前者于抒情中往往寓叙事，其中大胆歌唱少数民族爱情生活的诗居多，感情真挚并具地方民族特色，受到读者的喜爱。长达万行、计划写三部的《复仇的火焰》是当代中国叙事长诗创作的卓有成就之作。虽然第三部只有残篇，但它以平息由帝国主义分子在新疆东部巴里坤草原策动的武装叛乱为题材，规模宏大、情节曲折，叙事中有抒情，卓具诗美的魅力。全诗塑造的主要人物性格鲜明、生动典型，特别是青年牧民巴哈尔，他剽悍骁勇，正直善良，却因世代奴仆生活导致愚昧、偏执、虚荣，加之民族和宗教意识强烈，参加了叛乱。长诗以细腻深刻的笔触揭示他在走上歧途后的思想矛盾和痛苦，诗中写道：

一个背弃祖国的人，
如同一只失去树林的夜莺。
失去树林的夜莺会憔悴而死。

背弃祖国只能忍辱偷生。

长诗从哈萨克民歌汲取了许多营养，讲究押韵，注重顿数安排，基本采用诗行顿数，是有规律的、便于抒发反复回旋之情的现代格律诗体。它无疑是当代叙事诗创作中少有的收获。闻捷的诗风，《天山牧歌》恬静清丽，《生活的赞歌》欢快热烈，《复仇的火焰》则为轻快明媚与粗犷豪放的结合。

李季（1922—1980），河南唐河人。1938 年入延安抗日军政大学学习。1946 年发表著名长篇叙事诗《王贵与李香香》。新中国成立后，他几乎走遍全国各个油田，歌唱石油工业建设者们英勇斗争的精神与美好的品格，被一些论者誉为“石油诗人”。已出版的与石油有关的叙事长诗有《生活之歌》《杨高传》等八部，短诗集有《玉门诗抄》《李季诗选》等九部。李季的抒情诗，往往有叙事成分。代表作《我们的油矿》《致北京》等即是如此。

《杨高传》分为《五月端阳》《当红军的哥哥回来了》，《玉门儿女出征记》等三部。写主人公杨高从三边走到玉门，从战争时代走到建设时期，诗风朴实粗犷，从民间歌谣汲取养分。全诗采用说唱体：

山珍海味虽好吃，
没小米怎能够到咱手中？
吃着大米和白面
要记住小米的海样恩情。

基本上每四行为一节，一、三行为七言（二、二、三），二、四行为十言（三、三、四）。《杨高传》所采用的说唱体兼有民歌和鼓词的一些长处，带有作者的独创性，也适合基层群众的欣赏需要，但存在叙事不够精练、缺乏催人深思的内涵和表现手法较为单调的缺陷。

张志民（1926—1998），河北宛平人。1940 年参加八路军。1947 年创作的叙事诗《王九诉苦》有过较大影响。20 世纪 50 年代以后，出版过《死不着》《家乡的春天》《社里的人物》《西行剪影》等反映农村和大西北风情的诗集，也创作了一些政治抒情诗。新时期出版有诗集《祖国，我对你说》《今情，往情》和《张志民抒情诗选》。

张志民写农村新人新事的诗多巧用口语，喜爱勾勒带有喜剧色彩的农村风俗画和人物速写画。如“横走好似蝴蝶阵，/竖走雁行斜，……/一片笑语入闹市，/鲜花满街洒”（《赶“巴扎”》），富于色彩感和动态感。新时期他创作的《蛇口工地》《广深线上》等转向城市建设作品。其中“救国只有干干干！/一滴汗水——/胜过万吨空谈……”等诗句传诵一时，有激情、有哲理，也有虚实结合的诗化处理。

张志民的诗风，前期明快风趣，后来的政治抒情诗多雄浑俊爽。诗歌形式比较自由，并注重发扬民歌和古典诗歌音乐性强的优良传统。

来自解放区的诗人都重视深入现实生活和歌唱工农兵，他们继承了“五四”以来新诗的现实主义传统，并在新的时代表现出对于民族性和地方特色的探索。

第三节　李瑛等的军旅诗歌

军旅诗歌自古就存在。而军人写作的军旅诗在现当代成为中国诗歌的重要分支，是与连绵战争中军人的重要性及其生活体验分不开的。早期红军的歌谣，抗日战争时期艾青、田间、柯仲平等人“炸弹和旗帜”般的“鼓点式”的短章短句，人民解放战争时期毕革飞的快板诗，张志民、李季、阮章竞等民歌体的叙事诗等，都是现代军旅诗的前驱。新中国成立后，军旅诗尤为引人注目。作者比过去多，创作影响也比过去大。主要的军旅诗人有李瑛、公刘、白桦、韩笑以及未央、柯原、胡昭、张永枚等。

李瑛（1926—2019），河北丰润人。原就读于北京大学，1949 年参加人民军队。1944 年至今，先后出版《我骄傲，我是一棵树》《拾落红集》等 58 部诗集、14 卷诗文总集，在军旅诗人中最勤奋多产，他使当代军旅诗臻于成熟，并使之产生了广泛而久远的影响。李瑛后期的诗已超出军旅题材，成为当代中国具有突出成就的少数诗人之一。

虽然从战争的硝烟中走出，但因个人的特性，他的诗歌与更为强悍的“战歌”有别。在当时十分封闭的历史环境中，凭借自己的文化修养和美学造诣，李瑛丰富了军队沿袭下来的限于写枪杆诗、快板诗的单调的诗歌表达形式。20 世纪 50 年代中期，他通过大量平凡生活（站岗、巡逻、潜伏、行军等）中不平凡的发现，来表现和平年代军人神圣的责任感、自豪感和爱国主义、英雄主义精神。他以细腻的艺术感受力和丰厚的诗歌素养，把现实与理想相结合，将意境熔铸于哲理升华的构思和表达中，建构起了一种优美、刚健、雄奇而又委婉的个人风格。“文化大革命”初期乃至此后的大批军旅青年作者，几乎都是以李瑛的诗风作为自己学习写诗的蓝本的。

在军旅诗人中，李瑛的文化储备和艺术修养都相当充分。他在北京大学广泛涉猎中外名著，受中国古典诗词和现代新诗的熏陶，接触了西方从浪漫主义到现代主义的各种诗潮，而温和、柔婉、纤细的个性与气质，也促成他后来诗歌作品的独特风格，如《哨所鸡啼》的最后一节：

看它昂立在群山之上，
拍一拍翅膀，引颈高唱；
牵一线阳光在边境降临，
霎时便染红了万里江山。

又比如《边寨夜歌》的最后一节：

边疆的夜，静悄悄，
山显得太高，月显得太小，
月，在山的肩头睡着，
山，在战士的肩头睡着。

这些诗句成为当时的“经典”，它与一般的军旅诗平白、朴实的表达不同，具有自己独特的视角与感悟。20 世纪 70 年代初他出版的《红花满山》等诗集仍然能保持较高的艺术水准。1977 年发表的悼念周恩来的抒情长诗《一月的哀思》，以磅礴的激情塑造周恩来的光辉形象，成为当时反响强烈的佳作。此后，他将创作方向从军旅转向土地、历史风云和广阔世界，取材广泛，情感深邃，多显示思想的锋芒。诗风也转向沉雄奔放。李瑛的许多诗作曾被译成英、法、朝、罗、俄、德、日等多国文字，在国外发表和出版。

公刘（1927—2003），江西南昌人，20 世纪 40 年代末参加学生运动和进步刊物的编辑工作，并开始发表作品，1949 年参军进驻云南。先后出版诗集有《边地短歌》《神圣的岗位》《黎明的城》，曾获得很高的赞誉。他还参与了长诗《阿诗玛》《望夫云》的整理与创作。1957 年又写出诗集《在北方》，达到自己抒情诗歌水平的一个高峰，随后在反“右”运动中被错划为“右派”。新时期平反复出后，进入创作的第二度“青春期”，出版了长诗《尹灵芝》、诗集《白花·红花》以及《离离原上草》《仙人掌》《母亲——长江》《骆驼》《公刘诗选》《酒的怀念》等十馀种诗文集。公刘被认为是当代最有才华的诗人之一，他的题材与创作影响也超出军旅诗的范围。他前期的诗于清新、俊美中兼有雄浑、厚实，并往往于诗美概括中见出哲理的闪光。后期诗则严峻、深沉。但就军旅诗而言，公刘的贡献和影响主要还是在 50 年代的云南时期。

1955 年，《人民文学》连续发表公刘《卡佤山组诗》《西双版纳组诗》和《西盟的早晨》，艾青称赞他的诗就像是“带着深谷底层的寒气，带着难以捉摸的旭日的光彩”而迎面扑来的“一朵奇异的云”①，如《山间小路》：

一条小路在山间蜿蜒，
每天我沿着它爬上山巅；
这座山是边防阵地的制高点，
而我的刺刀是真正的山尖。

公刘的诗作曾被译为英、法、德、俄、日、意等多国文字。他的诗集《仙人掌》曾获全国第一届（1979—1982）新诗诗集一等奖。

白桦（1930—2019），原名陈佑华，河南信阳人，1947 年参军后随军进入云南。最早以诗成名，后转向戏剧和电影文学创作。白桦才气四溢、激情澎湃，虽不如公刘那样善于提炼和概括，却长于铺排和挥洒。他的主要成就体现在《鹰群》和《孔雀》两部长诗中。前者近四千行，描写滇康边境一支藏族骑兵游击队的成长过程，有意识地运用小说和电影的手法。《孔雀》则根据傣族民间传说的爱情故事创作而成，在民间文化背景中，扩展想象的自由度，在处理叙事和抒情的关系上取得了长足的进步。白桦

①艾青《公刘的诗》，《文艺报》1955 年第 13 期。

出版的诗集还有《金沙江的怀念》《热芭人的歌》《阳光，谁也不能垄断》等。

与公刘、白桦等成长于西南边疆的军旅诗人还有顾工、周良沛、杨星火、高平等。其他部队涌现出的较有成就的军旅诗人还有蓝曼、纪鹏、峭岩、宫玺、石祥、韩作荣、雷抒雁、叶文福等。

第四节　“文化大革命”十年诗歌

“文化大革命”的十年，诗歌创作环境恶劣至极，除一些私下的秘密创作，几乎没有可以走进诗歌史的作品。当时只有“红卫兵”歌谣和少数诗人所写的狂热乃至颠倒黑白之作。这一期间唯一的亮点是1976年出现的悼念周恩来总理，揭批“四人帮”的“天安门革命诗歌”，不拘形式地表达了人民爱憎分明的心声。

“文化大革命”如其名字所表明，在这种语境下，原本已经与政治结缘的诗歌，进一步工具化，因为战斗的需要而成为战歌。主流诗歌写作更加口号化，绝大多数文学刊物也被停刊。即使像郭小川这样的诗人，也有一些作品无法在当时发表。许多诗歌都以手抄方式传播，主流的诗歌如此，不被主流认可的诗歌更是这样。

新中国成立初期，就开始致力于对诗人的教育和改造。虽然绝大部分诗人真心地或违心地参与时代的大合唱，但内心的良知和真诚，并没有完全地被浇灭，如郭小川就在《望星空》中流露出迷惘的内心感受，只是后来遭到批判，诗人从此把这种情感隐藏起来。但对于更年轻的，在新中国成立前后出生的诗人，内心虽然也会受到主流话语的影响，但仍存无畏和反叛精神。他们默默无闻，其作品也不会成为“万众瞩目”的对象，往往具“知青”一代的新的特点。食指、多多、芒克以及根子，就是反叛一代的代表。

食指（1948—　），原名郭路生，是“文化大革命”地下诗歌的先驱。他的诗歌具有双重性，既附和时代主流的歌唱，但也在某些时候，勇敢地写下内心的真实感受。1968年，国家组织由于高考被停止而无学可上的大批知识青年，到农村和偏远地区接受“再教育”。这在当时被当成一项伟大的行动，但食指却写下《这是四点零八分的北京》，诉说与主流话语相区别的内心感受：列车在挥别的声浪中启动，诗人瞬间的心理反应是：

北京车站高大的建筑
突然一阵剧烈地抖
……
我的心骤然一阵疼痛，一定是
妈妈缀扣子的针线穿透了心胸
这时，我的心变成了一只风筝
风筝的线绳就在妈妈的手中
线绳绷得太紧了，就要扯断了

如果用主流话语的写作，应该表现出发时的壮志豪情，但这首诗通过错觉和象征手法，表现诗人内心巨大的震颤、茫然和无助。这是一次精神的“出轨”，是对现存秩序的困惑、怀疑。与20世纪五六十年代充当集体“代言人”的抒情主人公相比，食指笔下的“我”给人一种强烈的印象：这是一个有自由意志、痛苦哀乐的“个人”。他的诗，传达的是发自心灵深处的真实的情绪和感受，而不是来自他者意志的中介和传声筒。诗中所用比喻也非常独特和个人化，不像当时绝大多数诗歌使用内涵基本明确的公共意象。这种对个人主体的关注、对社会现状的审视，在《相信未来》一诗中得到更充分的表现：

当蜘蛛网无情地查封了我的炉台，
当灰烬的余烟叹息着贫困的悲哀，
我依然固执地铺平失望的灰烬，
用美丽的雪花写下：相信未来。

当我的紫葡萄化为深秋的露水，
当我的鲜花依偎在别人的情怀，
我依然固执地用凝露的枯藤，
在凄凉的大地上写下：相信未来。

我要用手指那涌向天边的排浪，
我要用手掌那托住太阳的大海，
摇曳着曙光那支温暖漂亮的笔杆，
用孩子的笔体写下：相信未来……

这首诗值得注意的地方，不是相信未来所体现的理想主义，而是那些象征意象，如蜘蛛网、灰烬、凝露的枯藤等，所表现出的对当时社会的反思和否定。诗人相信历史终归是正义，接着上文他写道：“我之所以坚定地相信未来，/是我相信未来人们的眼睛——/她有拨开历史风尘的睫毛，/她有看透岁月篇章的瞳孔。//不管人们对于我们腐烂的皮肉，/那些迷途的惆怅，失败的苦痛，/是寄予感动的热泪，深切的同情，/还是给以轻蔑的微笑，辛辣的嘲讽。//我坚信人们对于我们的脊骨，/那无数次的探索、迷途、失败和成功，/一定会给予热情、客观、公正的评定，/是的，我焦急地等待着他们的评定。”这显示诗人以其知识分子的良心，开始怀疑、反思并独立思考。这表明年轻一代的觉醒。食指在共和国新史诗上的地位是独特的，其创作被认为是“使诗歌开始了一个回归：一个以阶级性、党性为主体的诗歌开始转变为一个以人为主体的诗歌，恢复了个体的人的尊严，恢复了诗的尊严”①。这些诗通过秘密传播，对其他知青的启迪是巨大的，白洋淀诗群就是这样一群受益者：“食指的《相信未来》，白洋淀的好汉们，差不多都知道，都读过。有人说，那是一种火种的传递。”又说食指的诗歌“真正的力量在于他的诗本身，他的诚挚，他的敏感，他的激情”②。

白洋淀是当年知青下放点之一，地处河北，离北京较近。北京许多高干子弟都选择被下放到这里。这些年轻人因家庭背景优越，能接触到西方文学作品，到白洋淀后组成松散的诗歌交流团体，后被称为“白洋淀诗群”。代表人物有芒克、多多、根子等。北岛、江河等身在异地的年轻人，也到访过白洋淀诗群，这些人后来成为朦胧诗派的主将。

多多（1951— ），原名栗世征，生于北京。1969 年插队到白洋淀，1972 年开始写诗。他是白洋淀诗群中最杰出的诗人。

①宋海泉：《白洋淀琐忆》，《诗探索》1994 年第 4 期。
②张郎郎：《“太阳纵队”传说》，《今天》1990 年第 2 期。

无论是在语言、意象上，还是在表现方法上，多多的诗歌已经告别那个时代的主流话语，但并没有从中超脱出来，而是与社会形成对抗的关系。如果说食指只是描述内心的震颤，只是对社会的不合理表示怀疑，那么多多却是强烈地表现自己的痛苦和愤懑，揭示社会的黑暗和荒谬，站在人道主义的立场上对时代进行批判。这是另一个层面上的“战歌”，是一个有良知的灵魂与现实的对抗。如《当人民从干酪上站起》（1972）已经完全不同于时代主流诗歌的写法：

歌声，省略了革命的血腥
八月像一张残忍的弓
恶毒的儿子走出农舍
携带着烟草和干燥的喉咙
牲口被蒙上了野蛮的眼罩
屁股上挂着发黑的尸体像肿大的鼓
直到篱笆后面的牺牲也渐渐模糊
远远地，又开来冒烟的队伍……

诗人看到的是被“省略去”的那部分。只要了解当时的社会状况，这首充满象征意味的诗歌，并不难理解，甚至诗中“革命”“血腥”“残忍的弓”“发黑的尸体”“冒烟的队伍”都是现实的描绘，完全可以与当时的社会图景对比起来想象。诗人愤怒的情感也通过形容词可以看得出来。

如果说“当人民从干酪上站起”这种不甚通顺明白的句法，是对当时主流语言的挑战，那么把母亲比喻成孤儿，则是思想上的挑战，如《祝福》（1973）：

当社会难产的时候
那黑瘦的寡妇，曾把诅咒绑到竹竿上
向着月亮升起的方向招摇
一条浸血的飘带散发不穷的腥气
吸引四面八方的恶狗狂吠通宵

从那个迷信的时辰起

祖国，就被另一个父亲领走
在伦敦的公园和密支安的街头流浪
用孤儿的眼神注视来往匆匆的脚步
还口吃地重复着先前的侮辱和期望

祖国，在以往的诗歌中都是以“母亲”的形象出现，但在这里，却变成流浪街头的“孤儿”。与内容对比起来，题目“祝福”充满反讽意味。这些诗歌的表现方法，已经背叛时代要求的清晰明白。其情调也不是明朗高昂，而是愤怒痛苦的，充满反省的意识。

黄翔（1941— ）写于1968年的《野兽》也是地下诗歌中值得注意的一首：“我是一只被追捕的野兽/我是一只刚捕获的野兽/我是被野兽践踏的野兽/我是践踏野兽的野兽//我的年代扑倒我/斜乜着眼睛/把脚踏在我的鼻梁架上/撕着/咬着/啃着/直啃到仅仅剩下我的骨头//即使我只仅仅剩下一根骨头/我也要哽住我的可憎年代的咽喉。”诗人以“野兽”来比喻那个疯狂年代里异化的人，非常形象生动。

共和国的诗歌传统，已经在地下诗歌这里被扭转。地下诗歌成为新时代的主流，这就是后来的朦胧诗潮。

第二章 朦胧诗派

中华人民共和国成立以后，新诗基本上走的是直抒胸臆、平易浅露的道路。“五四”以来的现代主义诗歌基本受到否定。到“文化大革命”时期，诗歌更变成了政治宣传品，变得更为浮夸，甚至沦为标语口号。新诗已走向非诗。幸好有一批年轻人，在私底下带着知识分子的良心写作，运用具有现代主义特征的诗歌技巧，其代表就是白洋淀诗群。这股“潜流”在“文化大革命”结束后浮出水面，以朦胧诗派的面目出现，成为 20 世纪七八十年代之交的诗坛引领者。

第一节 朦胧诗派

作为白洋淀诗群主将之一的芒克，与曾到访过白洋淀的诗人北岛，在 1978 年 12 月创办综合性文学刊物《今天》，其中发表数量较多且影响较大的是诗歌。在刊物上发表诗作的主要诗人有北岛、芒克、食指、舒婷、顾城、江河、杨炼、严力、方含等，他们大都成为朦胧诗派的代表诗人。食指是这个诗派的先驱。1980 年年底，《今天》被令停刊。这是一个松散的文学团体，但存在共同倾向。被命名为朦胧诗，起初是由于批评者用“朦胧诗”来贬义性地称呼这类诗歌。朦胧派诗人基本都是共和国的同龄人，在成长过程中目睹社会的恐怖和荒谬；他们又是一批高干子弟，阅读过被当作内部参考资料的西方诗歌和著作，由此得到思想、人格和诗艺上的启蒙。

朦胧诗继承民国以来的诗歌传统，一方面回归到表达上的不确定性，

丝》上就有广告，称赞《微雨》“其体裁、风格、情调，都与现实流行的诗不同，是诗界中别开生面之作”①。

但朦胧诗在感觉上与民国象征诗差别甚大，这首先是因为诗人抒情形象的不同。民国诗人大都是“个人化”写作，他们在表达个人的内心情绪，而朦胧诗却是以启蒙者和导师的姿态出现，不少诗歌充满哲理的意味。这与智性写作相似，但卞之琳、冯至等是表现生命体验，而朦胧诗表现的却是具有社会性的哲理，所以比较容易理解。其次是情调不同，象征诗派多是颓废、哀伤的，以个人内心世界的情感为主体，但朦胧诗派却是昂扬向上的，即使是面对苦难、矛盾，也是一种反抗的姿态，充满刚健之气。

第二节　北　岛

北岛（1949—　），原名赵振开，生于北京，一般被认为是朦胧诗派中最具代表性的诗人。北岛与其他朦胧派诗人的不同，在于他强烈的政治批判色彩，这往往体现为悲剧英雄的姿态。其次是北岛诗歌的思辨色彩较浓，这与他致力于批评以及构建新世界的主张有关。把强烈的思辨思维与象征、隐喻等表现方式结合起来，不时出现绝妙的悖论式警句，这是北岛诗歌显著的艺术特征。

北岛在诗歌中展现出来的姿态，显然是要为社会转型期的年轻人代言。他揭露那非人化的历史记忆，并加以怀疑和批判。这种批判意识和忧患意识，给北岛诗歌蒙上了一层冷色调，不同于“十七年”时期诗歌的乐观热烈，如其代表作《回答》：

卑鄙是卑鄙者的通行证，
高尚是高尚者的墓志铭。
看吧，在那镀金的天空中，
飘满了死者弯曲的倒影。

---

①《语丝》第45期，1925年12月23日。

冰川纪过去了，
为什么到处都是冰凌？
好望角发现了，
为什么死海里千帆相竞？

我来到这个世界上，
只带着纸、绳索和身影。
为了在审判之前，
宣读那些被判决的声音。

告诉你吧，世界，
我——不——相——信！
纵使你脚下有一千名挑战者，
那就把我算作第一千零一名。

我不相信天是蓝的；
我不相信雷的回声；
我不相信梦是假的；
我不相信死无报应。

如果海洋注定要决堤，
就让所有的苦水都注入我心中；
如果陆地注定要上升，
就让人类重新选择生存的峰顶。

新的转机和闪闪星斗，
正在缀满没有遮拦的天空，
那是五千年的象形文字，
那是未来人们凝视的眼睛。

抒情主人公在这里展现出悲剧英雄的姿态。“卑鄙是卑鄙者的通行证，高尚是高尚者的墓志铭”，高度概括出一个时代的荒谬。“死者弯曲的倒影”用象征的手法，记录那个时代的苦难记忆。这种用残酷意象来象征历史记忆中的苦难的做法，也广泛存在于北岛的其他诗作中，如弹洞、绳索、雨夜、断臂、受难者、墓碑、迷途、烧焦的树、灰烬等。这种苦难是由领导者的强权和跟随者的盲目导致的，因此必须对这种盲从说“不”。这个说“不”者是英雄，一个可能被强权踏在脚下的悲剧英雄。“让所有的苦水注入我心中”，这是耶稣式的对人类苦难的担当。所以这首诗的抒情者是一个智者，能看到社会的荒谬；他也是一个勇者，敢喊出怀疑，挑战权威；他又是一个圣者，为天下百姓受苦受难。简而言之，这是一个英雄的姿态，纵然诗人在另一首诗《宣言》中说道：

我并不是英雄
在没有英雄的年代里，
我只想做一个人。

与这里的“一个人”相对的，并不是英雄，而是“非人”。这里的英雄，也似乎不是正面的，并不是《回答》中那个敢于挑战、敢于担当的英雄。在“非人”的时代里，人们都做着不切实际的英雄梦。在一个“非人”的社会里，想做一个普普通通的人——有尊严的人，就是奢求，这是对非人社会的否定，说明“我”在当时的社会里不是“人”。这是反讽式的批判。这其实也是一个英雄者的姿态。

在批判的同时，诗人也呼唤美好的人生。北岛曾说:“诗人应当通过作品建立一个自己的世界，这是一个真诚而独特的世界，正义和人性的世界。”① 如《结局或开始》：

我是人
我需要爱
我渴望在情人的眼睛里
度过每个宁静的黄昏

---

①这是北岛为《上海文学》“百家诗会”写的诗话，见老木编《青年诗人谈诗》，北京大学“五四”文学社出版1985年版，第2页。

在摇篮的晃动中
等待着儿子第一声呼唤
在草地和落叶上
在每一道真挚的目光上
我写下生活的诗
这普普通通的愿望
如今成了做人的全部代价

但这种呼唤反过来也加深了批判的力度。批判是贯穿北岛诗歌的一大主线索，他不仅对“非人”的社会进行挑战，同时也涉及一些更为普遍的人类主题。这其实也是朦胧诗派普遍的特点，即他们在言说关于历史和现实乃至人生时，总是在寻找具有普遍性的表达，这使得他们的诗歌具有哲理性。北岛的《宣告》是如此，舒婷的《致橡树》、顾城的《一代人》也是如此。来看北岛的《触电》：

我曾和一个无形的人
握手，一声惨叫
我的手被烫伤
留下了烙印

当我和那些有形的人
握手，一声惨叫
它们的手被烫伤
留下了烙印

我不敢再和别人握手
总把手藏在背后
可当我祈祷
上苍，双手合十
一声惨叫
在我的内心深处
留下了烙印

四句才揭露出题意：这美丽的形象被当成风景消费，但她们实际所受的苦难却被人忽略。

顾城（1956—1993），生于北京，父亲是知名诗人顾工。后期定居新西兰，1993 年在其新西兰寓所因婚变杀死妻子谢烨后自杀。顾城留下大量诗、文、书法、绘画等，由父亲顾工编辑出版《顾城诗全编》。

顾城被舒婷称为童话诗人："你相信了你编写的童话/自己就成了童话中的幽蓝的花。"（《童话诗人》）这是对顾城诗意而准确的概括。顾城也说："我也有我的梦，遥远而清晰。它不仅仅是一个世界，它是高于世界的天国。它，就是美，最纯净的美。当我打开安徒生的童话，浅浅的脑海里就充满光辉。"①

顾城的童话世界，由三个方面构建起来。一是孩子般纯真的语气，即以一个孩子的视角和语气抒写，如《就义》：

小榆树陌生地站着；
花白的草多么可亲；
土地呵，我的老祖母，
我将永远在这里听你的歌谣，
再不会顽皮，不会……

同伴们也许会来寻找，
她们找不到，我藏得很好，
对于那郊野上
积木般搭起的一切，
我都偷偷地感到惊奇。

这是描写死亡的诗歌，但诗人使用的是孩子天真无邪的口吻。如把"土地"称为"老祖母"并"听你的歌谣"，以及接下来的捉迷藏、搭积木等，都是小孩世界里的情景、语言和事物。

二是清新温暖明亮的意象，如《我是一个任性的孩子》：

①顾城：《启开天国的门》，《顾城散文选集》，百花文艺出版社 1993 年版，第 116—117 页。

也许
我是被妈妈宠坏的孩子
我任性
我希望
每一个时刻
都像彩色蜡笔那样美丽
我希望
能在心爱的白纸上画画
画出笨拙的自由
画下一只永远不会
流泪的眼睛
一片天空
一片属于天空的羽毛和树叶
一个淡绿的夜晚和苹果
我想画下早晨
画下露水
所能看见的微笑
画下所有最年轻的
没有痛苦的爱情
画下想象中
我的爱人
她没有见过阴云
她的眼睛是晴空的颜色

这也是以一个孩子的视角，写出心中的愿望。意象清新优美，色调明朗。

从上引《我是一个任性的孩子》片段，还可以看出顾城诗歌的第三个特点：充满理想主义色彩，或者充满幻想。这表现在他构建的诗歌世界至纯至美，没有杂质，怀着极度的乐观。如《我是一个任性的孩子》中有这样的诗句："我是一个任性的孩子/我想涂去一切不幸/我想在大地上/画满窗子/让所有习惯黑暗的眼睛/都习惯光明。"但顾城的"童话"并不是孩子的无知，而是基于对社会残酷一面的深知，只不过不愿直面或者希望超越。他知道有"不幸"，但想涂去；他只有眼睛有过"习惯黑暗"的时期，但他希望都习惯光明。这让人想起顾城著名的短诗《一代人》。诗人在另一首诗《昨天，像黑色的蛇》中，也用象征的方式展开这种“黑暗”：“昨天/像黑色的蛇/盘在角落/它活着/是那样冷/死了，更不会热/它曾在/许多人的心上/缓缓爬过/留下了青苔/涂去了血色。”

第三章 现实主义诗路

“文化大革命”结束前夕出现的天安门革命诗歌，如迎来新时期的闪电，诗人以多种诗体，表达广大人民对周恩来总理的悼念，以及对当时现实的不满。《天安门革命诗抄》传播全国，影响深远。新时期随之到来，文坛开始复苏，发扬现实主义的传统成为普遍的呼声。李瑛的《一月的早晨》、柯岩的《周总理，你在哪里》都传诵一时。之后，受到迫害、打击的大批诗人艾青、公木、苏金伞、穆旦、绿原、牛汉、公刘、邵燕祥、流沙河、昌耀、梁南等得到平反，唱起不无忧伤的“归来的歌”；远戍西北边疆的诗人杨牧、周涛、章德益等谱写豪迈、慷慨的新“边塞诗”；而知识青年一代的叶延滨、骆耕野等对新的现实的吟唱，都为诗坛现实主义诗歌的赓续，献出一道道亮丽的图景。

第一节 邵燕祥、流沙河、昌耀等归来者的歌

在归来者的诗歌中，艾青掀起新的创作高潮，已如前述。著名诗人苏金伞、穆旦、牛汉、公刘、白桦都有引人注目的新作。如苏金伞的《被埋葬的爱情》、绿原的《西德拾穗录》、牛汉的《悼念一棵枫树》、曾卓的《悬崖边的树》、穆旦的《夏》、公刘的《仙人掌》、白桦的《阳光，谁也不能垄断》。而邵燕祥、昌耀以及流沙河、林希的诗，也受到诗坛重视。

邵燕祥（1933—2020），浙江绍兴人。20 世纪 50 年代出版诗集《歌唱北京城》《到远方去》《给同志们》等。这些诗歌颂劳动和建设的美，思考青春的责任和意义，表现拓荒者的崇高感，洋溢着粗犷豪放、热烈天真

叶延滨（1948—　），四川荣昌人。“文化大革命”期间在陕北延安农村插队，1975 年开始发表诗歌，出版的诗集有《不悔》《二重奏》《乳泉》《心在沉吟》《囚徒与白鸽》《在天堂与地狱之间》《蜜月箴言》《血液的歌声》《都市罗曼史》《禁果的诱惑》《现代九歌》《叶延滨诗选》等。他的成名作是组诗《干妈》，描写一个被视为“狗崽子”的干部子弟被贬到乡村插队，后在黄土高原和乡亲中找到精神依托的故事。叶延滨勤奋而多产。虽然他后来的诗取材较为开阔，既有都市见闻，也有纪游篇什、人生感慨，而他体验的农村生活始终是其诗思的重要资源。从中他深切地体悟出个人与民族生命的沉重和坎坷，以及希望与力量的所在。他的诗偏于雄浑、追慕厚重的情感基调。这在他的长篇抒情组诗《天府巴蜀长赋》、自传体抒情长诗《血色情诗》中，有更集中的体现。

骆耕野（1951—　），重庆人。1979 年开始发表诗作。《不满》一诗引起诗坛注意和广泛共鸣。他以排比铺陈的句式，表现突出的时代精神——不满现状，有力地传达了新时期“思想解放”环境中渴望变革的思想。这首诗和 20 世纪 80 年代初的一些作品，都收入其诗集《不满》。

骆耕野在诗集《再生》后记中，申明追求“以史诗方式昭示民族魂”，这种追求在《车过秦岭》《吊圆明园》《长城：姜女坟潮汐》等诗中有初步体现。早期诗作的现实主义色彩被削弱。《车过秦岭》以象征意象来表达穿越“历史隧道”的内心体验。长诗《再生》，以个人化体验为底蕴，希图再现和铸造民族的人格理想。全诗气势恢宏，想象丰赡，以历史事件或隐或显的场景设置以及超理性的经验复合与文化原型象征，实现艺术的突破。

李发模（1949—　），贵州绥阳人。著有诗集《呼声》《偷来的正午》《有人醒在我梦中》《魂啸》《第三只眼睛》《揣你在心中》《花间一壶酒》《如网的掌纹》和散文诗集《朦胧醉语》等。其长诗《呼声》控诉“文化大革命”对于一位无辜少女的迫害导致其死亡，当时在“伤痕文学”潮流中引起广泛的反响与共鸣。他的诗具有鲜明的现实主义风格。

此外，还有一些女诗人也坚持现实主义的写作。如梅绍静（1948—　），四川广安人，毕业于北京大学中文系。著有诗集《兰岭子》《唢呐声声》《女娲的天空》《莫望落叶风天》等。她的诗既有泥土气息，反映现实的生活，又燃烧着理想和激情。如“昨夜，/乡下的女子们/走进我的梦中。//她们一个个/穿着鲜艳的衣裳，/手里举着五彩的风筝……”（《雪地上的风筝》）。

傅天琳（1946—　），四川资中人。著有诗集《在孩子和世界之间》《音乐岛》《红草莓》《太阳的情人》《另外的预言》《结束与诞生》等。她的诗平易天真、不尚雕饰、表现自然，具有一种清丽的美。如："我的微笑，挂在孩子脸上，/我的甜蜜，流进老人心窝。/我给远航的海员充饥，/我给沙漠的行者解渴。/我使失去信念的病人恢复健康，/我使健康的人更愉快地生活。//我是苹果，/我是一只小小的、红艳艳的苹果。"(《我是苹果》)

著名的女性主义诗人伊蕾、翟永明、唐亚平等的作品也可以归入现实主义的写作。

第四章　新生代诗歌

朦胧诗之后的诗坛，诗群众多，写作方向也是多元和多极的。1986 年安徽《诗歌报》与《深圳青年报》联合推出“中国诗坛 1986，现代诗群体大展”，所标出的诗群有上百个，标志着中国当代诗歌多元化群落的形成，被称为“美丽的混乱”。其中较引人注目的诗群有“他们”“非非”“整体主义”“莽汉主义”“新传统主义”“海上诗群”“大学生诗派”“撒娇派”和“女性诗歌”等。朦胧诗潮之后崛起的这批诗人，被称为新生代诗人。

第一节　新生代诗歌概述

新生代诗人在当时以一种对抗、反叛“朦胧诗”的姿态出现，喊出“pass 北岛”“打倒北岛”等口号。朦胧诗遭到新生代诗人的诟病，主要集中在两个方面：一是朦胧诗与主流意识形态话语的暧昧关系。这被认为会导致诗歌独立性的丧失。朦胧诗虽然在情怀、主题、语言、表达方式等与共和国最初三十年充满意识形态强权的主流诗歌相去甚远，但它们却属于同一个系统中的对立面，即暴力与抗争、愚昧与启蒙、整一与自我、楚与朦胧。它们都是以集体的名义发言。二是经过被大规模仿写，朦胧诗陷入艺术危机。象征意象被反复使用后，阅读上会出现麻木感。这说明朦胧诗自我更新活力的缺失，于是需要用另一种诗学来取代它。

但朦胧诗向新生代诗歌转变，也有社会转型的促成因素。新生代诗人大多是生于 20 世纪 60 年代的年轻人，他们与 50 年代出生的朦胧派诗人，有着不同的人生经历。就像朦胧派诗人的人生经历，不同于“第一代”诗人一样。这一批诗人的少年时期正是“文化大革命”阶段，他们接受自50年代建构起来的英雄与平民、伟大与庸俗、光明与黑暗、美与丑、崇高与邪恶、是与非等观念的教育，但当他们进入青年时期，中国社会向商品经济转型，以前不可置疑的价值观，在新的时期变得脱离实际，难以奏效。年轻诗人由此开始怀疑传统的价值观。“历史决定了朦胧诗的批判意识和英雄主义倾向，这无疑是含有贵族气味儿的。当社会的整体式精神高潮消退，它就离普通中国人的实际生存越来越远”①，但他们并不是像朦胧诗派那样采取批判的态度，而是远离政治，嘲讽宏大叙事，其背后的理论是西方后现代主义思潮。一种形象的说法就是：那“高雅而且优美”的鸟，“老是飞在高高的空中，我们仰望的脖颈已经发酸”②。

由于生活的庸俗琐碎，以及对这种生活的认可或认命，或学会了从中发现“美”，新生代诗人抱定拒绝崇高的诗学立场。他们对朦胧诗人那种英雄主义倾向、忧患意识与使命感格格不入。他们无意成为历史的发声筒，无意代表时代，而只代表自己。他们是一群“腰间挂着诗篇的豪猪”（李亚伟《硬汉》），“是一群小人物，是一群凡人，喝酒、抽烟、跳迪斯科、性爱，甚至有时酗酒、打架”③。这种吊儿郎当、睥睨一切的生活态度，在莽汉诗派中表现得淋漓尽致，如李亚伟《中文系》：

中文系是一条洒满钓饵的大河
浅滩边，一个教授和一群讲师正在撒网
网住的鱼儿
上岸就当助教，然后
当屈原的秘书，当李白的随从
然后再去撒网

有时，一个树桩般的老太婆
来到河埠头——鲁迅的洗手处

①徐敬亚：《历史将收割一切》，《中国现代主义诗群大观1986—1988》“前言一”，同济大学出版社1988年版。

②程蔚东：《别了，舒婷北岛》，载《鸭绿江》1988年第7期。

③徐敬亚：《圭臬之死》，《鸭绿江》1988年第7、8期。

搅起些早已沉滞的肥皂泡
让孩子们吃下。一个老头
在讲桌上爆炒野草的时候
放些失效的味精
这些要吃透《野草》《花边》的人
把鲁迅存进银行，吃他的利息

当一个大诗人率领一伙小诗人在古代写诗
写王维写过的那块石头
一些蠢鲫鱼或一条傻白鲢
就可能在期末渔汛的尾声
挨一记考试的耳光飞跌出门外
老师说过要做伟人
就得吃伟人的剩饭背诵伟人的咳嗽
亚伟想做伟人
想和古代的伟人一起干
他每天咳着各种各样的声音从图书馆
回到寝室

亚伟和朋友们读了庄子以后
就模仿白云到山顶徜徉
其中部分哥们
在周末啃了干面包之后还要去
啃《地狱》的第八层，直到睡觉
被盖里还感到地狱之火的熊熊
有时他们未睡着就摆动着身子
从思想的门户游进燃烧着的电影院
或别的不愿提及的去处

一年级的学生，那些
小金鱼小鲫鱼还不太到图书馆及
茶馆酒楼去吃细菌，常停泊在教室或

老乡的身边，有时在黑桃 Q 的桌下
快活地穿梭

诗人胡玉是个老油子
就是溜冰不太在行，于是
常常踏着自己的长发溜进
女生密集的场所用腮
唱一首关于晚风吹了澎湖湾的歌
更多的时间是和亚伟
在酒馆里吐各种气泡

类似的还有胡冬《我想乘上一艘慢船到巴黎去》。他们不是一群温文尔雅的诗人，不是一群正义凛然的诗人。他们就是一群写诗的小人物。诗歌不再只用来抒写激烈的情怀和崇高的事物，而必须摹写日常生活，而日常生活是平庸的，是崇高与琐屑并存，绚丽与暗淡相间，不是非善即恶，非错即对。

新生代诗人注重当下的真实，特别是那些以往诗歌所忽略的题材，用口语叙写小人物或日常琐事，就属于这一种，如于坚的《罗家生》；对传统的崇高的事物进行解构，如韩东的《有关大雁塔》和《你见过大海》。此外还有性意识的泛起。在此之前的本土诗歌史中，诗歌中的性意识，被认为是有伤风化，为高雅的诗歌所不齿，基本上只存于民间诗歌中。一直在民歌中欲说还休的性意识，在当代文化中终于获得公开言说的合法性。这首先因为它是真实的存在，真实本身是其存在的根基，在后现代文化那里，它甚至被认为比追求崇高更加真实，也是人更为根本的存在。因为崇高、伟大这些概念，都是被建构起来维护政治秩序的，它们具有虚妄性，只有感觉才是实实在在的存在，感觉中有确确实实的“我”。这些诗歌有些也被称为“下半身写作”，如女诗人伊蕾的《独身女人的卧室》中反复出现“你不来与我同居”。

新生代诗歌在表现方法上也拒绝朦胧诗的意象连缀，选择了更容易贴近日常生活的叙事和描写。朦胧诗人往往淡化具体的现实生活，而把自己独特的感受融入意象中，通过象征、比喻等手段把心理过程具体化。感受的意象化成为朦胧诗人诗意表达的最重要的手段。但意象一般是在主体性强烈的情况下，围绕着主体意象或情思盘旋的，这些意象可以脱离现实环境中的时空而存在，甚至可以虚拟。如“从星星的弹孔里/将流出血红的黎明”（北岛《宣告》），弹孔可以脱离其实际的环境，而以象征的内涵出现。但作为力图逼近现实的后现代诗，这些意象的盘旋是难以重现具体而复杂的现实，所以后现代诗不是采用连缀意象的方式，而是采用有情节性和现实情境性的叙述。他们的诗歌都给人以现实感，而不是高翔的虚构。

但这样切入日常生活还不够。诗人在创作时采取旁观者的姿态，对所写的人、景、事、物等保持冷静克制的态度，避免情感的直接介入。这也就是“冷抒情”，又称“零度写作”。非非主义诗人杨黎的《冷风景》就是这方面的典型之作。由此，朦胧诗中那青春的激情转化为冷静的观察。

语言上也表现出口语化，甚至俚俗化。以前诗歌写作总是在寻找诗化的词汇，避免无诗意的语言。诗化的语言也意味着一些词汇和语句在诗歌中被反复使用，从而滚爬出一身的诗味，但这也意味着它来自“以前”，来自诗歌文本，而不是来自现实生活中的新鲜语言。新生代诗歌为了真切地描述当下，便启用生活中的语言，尤其是口语，其中包括脏话。如娄方的《印象》中写道：“把流出的泪水咽进肚子里/在厕所里尽量把屁放响。”像“厕所”“屁”这些被认为是不文雅的词汇，在以前一般是避讳入诗的，但它们却又是实实在在的日常生活存在。作为进入现实的诗歌，这种词汇是不可避免的。甚至“他妈的”这种词汇也不时可见：如“这几天/我的英雄牌金笔/一直在拉肚子/于是我的诗里尽是他妈的/左一句他妈的/右一句他妈的/结尾还是他——妈——的/屋子里的空气越来越臭”（柳沄《无题》）。一支笔是“英雄牌”，而且还是“金”的，“英雄”和“金”等高贵的词汇，暗示这支笔应该是“了不起”的，但它却“拉肚子”，并且与“他妈的”“臭”等内容相关联，这也就达到戏谑的效果。在语言使用上还有走向极端的，就是拒绝象征，提倡诗到语言为止。杨黎《非非一号 A 之三》的读音识象方法就是这方面的典型：“现在/我们一起念/我们念：安/多动听/我们念：麻/一片片长在地上/风一吹/就动/我们念：力/看不见/只是感到/它的大小/方向和/害怕/我们念：八/一张纸从楼上/飘了下来/我们念：米/有时候/我们也念/咪/我们念：哞/鸟飞下来/不留下痕迹/我们念/我们念/安麻力/八咪哞/……”

第二节　韩东、于坚与“他们”

“他们”诗群是基于韩东、于坚、小海、丁当等创办的期刊《他们》(1985—1995 年，其中 1989—1992 年休刊)。其中最具代表性的人物是韩东和于坚。

韩东（1961—　），生于南京。著有诗集《吉祥的老虎》《爸爸在天上看我》。韩东的诗歌拒绝政治、道德等方面的使命。他通过解构诗歌传统来践行其观点，其中最著名的是《有关大雁塔》：

有关大雁塔
我们又能知道些什么
有很多人从远方赶来
为了爬上去
做一次英雄
也有的还来做第二次
或者更多
那些不得意的人们
那些发福的人们
统统爬上去
做一做英雄
然后下来
走进这条大街
转眼不见了
也有有种的往下跳
在台阶上开一朵红花
那就真的成了英雄
当代英雄
有关大雁塔
我们又能知道什么

我们爬上去
看看四周的风景
然后再下来

大雁塔是唐朝遗留下来的古迹，在历来的诗歌文本中，被塑造成民族精神的象征、民族记忆的寄托。朦胧诗人杨炼在《大雁塔》中就说："我被固定在这里/已经千年/在中国/古老的都城/我像一个人那样站立着/粗壮的肩膀，昂起的头颅/面对无边无际的金黄色土地/我被固定在这里/山峰似的一动不动/墓碑似的一动不动/记寻下民族的痛苦和生命。"这里大雁塔被人格化，是民族痛苦记忆和生命力的象征，是一个英雄和思想者的形象。但在韩东笔下，就是一处建筑，一处供人游览的古迹，此外别无意义。其核心是对宏大叙事的质疑。诗人认为大雁塔身上的崇高、伟大，都是人为构建起来的。可见，后现代诗人拒绝象征，认为它是虚假的；也拒绝崇高的情思，认为它是矫情的。诗歌的叙事角度回归到一个平常人的视角，带点庸俗肤浅的视角，显示出反文化、反英雄、反崇高的平民意识。同样的诗作还有《你见过大海》：

你见过大海
你想象过
大海
你想象过大海
然后见到它
就是这样
你见过了大海
并想象过它
可你不是
一个水手
就是这样
你想象过大海
你见过大海
也许你还喜欢大海
顶多是这样

你见过大海
你也想象过大海
你不情愿
让海水给淹死
就是这样
人人都这样

“大海”就像“大雁塔”一样，也一直被诗人们崇高化。从普希金《致大海》到舒婷《致大海》，大海都被拟人化，从而成为尊敬的对象，需要“致”。但韩东诗作则在絮絮叨叨中，想把大海拉回一个物质的海。跟大海接触的“人”也不是什么精神崇高的智者、思想者或英雄，而是一个“就是这样”的人而已。这些都是从平常人的视角，重新审视诗歌史上的伟大抒写，结果看到的是虚伪和谎言，或者说造作。正如于坚在《对一只乌鸦的命名》中所说：“我要说的/不是它的象征/它的隐喻或神话//要说的只是一只乌鸦。”那些象征和隐喻，总是遮蔽事物的真实性、鲜活性。

韩东这类诗歌具有互文色彩，如果没有诗歌史上同类题材诗歌的存在和广泛传播，那韩东的诗歌就难以显示出独特性，至少不会具有在对比语境中解读起来所产生的那么丰富的内涵。这些诗歌也没有朦胧诗派的象征意象，同时还剔除修饰语，特别是使诗句产生变形的修饰语。这样的诗歌显得质朴、具体、清晰。

于坚（1954—　），生于昆明。在年龄上属于“第二代”诗人，但在诗歌精神上却属于第三代诗人。不仅如此，他还是第三代诗人的代表性人物。如果说韩东是从解构的角度展现平民的视角，那么于坚则是在日常生活的叙述中，呈现平民的意识和心态。

于坚曾将自己20世纪80年代至90年代的写作分为三个阶段：早期，80年代初以云南人文地理环境为背景的“高原诗”时期；80年代中期以日常生活为题材的口语化写作时期；90年代以来“更注重语言作为存在之现象”的时期。第二个阶段是于坚彰显出巨大创造力的时期。

《尚义街六号》是于坚80年代中期的代表作：

尚义街六号
法国式的黄房子

老吴的裤子晾在二楼
喊一声胯下就钻出戴眼镜的脑袋

隔壁的大厕所
天天清早排着长队
我们往往在黄昏光临
打开烟盒打开嘴巴
打开灯

墙上钉着于坚的画
许多人不以为然
他们只认识梵高
老卡的衬衣，揉成一团抹布
我们用它拭手上的果汁
他在翻一本黄书
后来他恋爱了
常常双双来临
在这里吵架在这里调情
有一天他们宣告分手
朋友们一阵轻松很高兴
次日他又送来结婚的请柬
大家也衣冠楚楚前去赴宴

桌上总是摊开朱小羊的手稿
那些字乱七八糟
这个杂种警察一样盯牢我们
面对那双红丝丝的眼睛
我们只好说得朦胧
像一首时髦的诗

……

没有妓女的城市
童男子们老练地谈论着女人
偶尔有裙子们进来
大家就扣好纽扣
那年纪我们都渴望钻进一条裙子
又不肯弯下腰去

……

恩恩怨怨吵吵嚷嚷
大家终于走散
剩下一片空地板
像一张空唱片　再也不响
在别的地方
我们常常提到尚义街六号
说是很多年后的一天
孩子们要来参观

这些口语化的叙事，读起来很亲切，像是在拉家常，但没有冗赘之感，而是非常简洁。如果与朦胧诗凝练的意象连缀法对比阅读，这首诗的巨大创造力就更加一目了然。在口语之外，还能看到这些诗歌在题材和情思上的个人化。这种“个人”不是抽象的“自我”，而是“具体的独立的人”，具有“生命的具体性、自足性、一次性、现时性和不可替代性”①。以一种简洁的口语叙述个人化的生存体验，这是于坚对当代诗歌的改造，也是其重大贡献。

在《尚义街六号》中已经出现对小人物的描写，不过笔墨不如《罗家生》那样集中，后者全诗如下：

他天天骑一辆旧“来铃”
在烟囱冒烟的时候

①韩东、于坚：《现代诗歌二人谈》，《云南文艺通讯》1986年第9期。

来上班

驶过办公楼
驶过锻工车间
驶过仓库的围墙
走进那间木板搭成的小屋

工人们站在车间门口
看到他
就说
罗家生来了

谁也不知道他是谁
谁也不问他是谁
全厂都叫他罗家生

工人常常去敲他的小屋
找他修手表
修电表
找他修收音机

“文化大革命”
他被赶出厂
在他的箱子里
搜出一条领带
他再来上班的时候
还是骑那辆“来铃”
罗家生
悄悄地结了婚
一个人也没有请
四十二岁
当了父亲

就在这一年
他死了
电炉把他的头
炸开了一大条口
真可怕

埋他的那天
他老婆没有来
几个工人把他抬到山上
他们说
他个头小
抬着不重
从前他修的表
比新的还好

烟囱冒烟了
工人们站在车间门口
罗家生
没有来上班

这首诗刻意回避文雅的书面语，使用简洁的口语刻画都市里的小人物。这与朦胧诗派倾向于塑造英雄式的抒情主人公不同。如朦胧诗人江河在其代表作《纪念碑》中说："斗争就是我的主题/我把我的诗和我的生命/献给了/纪念碑。"写的是抗争、启蒙和自我奉献的英雄形象，但于坚在同题诗歌中却写道："高兴时踩踩地/孤独时看看天/想看外国翻翻画报/想谈恋爱读读诗刊。"（《纪念碑》）诗人在《罗家生》中还采取旁观者的视角，不进行主观的评论。但这并不意味着就是对现实生活进行照相机式的描摹，而是渗透着诗人的关怀。如在《罗家生》中可以品出诗人淡淡的同情，以及对社会冷漠的无奈。

这个时期的诗作还有《远方的朋友》《作品第52号》等，也都广为传诵。于坚等人的这些诗歌揭示了"渺小、平庸、琐碎的个人生活细节的文化意义和用它构建诗歌空间的可能性”①，而他“使用鲜活口语”的写作方式也“影响过一代人”②。

于坚在20世纪90年代的诗歌，风格上并没有出现大的转变，但在语言的探索上更进一步，叙事上也变得更为复杂。这时的代表作是两首长诗《〇档案》和《飞行》。

第三节　海　子

海子（1964—1989），安徽安庆人，原名查海生。患忧郁症，1989年在山海关卧轨自杀。他“单纯，敏锐，富于创造性，同时急躁，易于受到伤害，迷恋于荒凉的泥土”“所关心和坚信的是那些正在消亡而又必将在永恒的高度放射金辉的事物”③。这种性格和理想导致他对现实的失望，乃至绝望。所以很多人认为其自杀是不可避免的，也有人用“殉诗”来形容海子之死。之所以把海子放在“新生代”诗人行列中，主要是从其出生年代以及写作年代而言。从精神实质上而言，海子的诗与具有自己风格特征的新生代诗歌，存在明显的反差。海子的诗歌作品中含有250馀首抒情短诗，以及《太阳·七部书》，即诗剧《太阳》、诗剧《断头篇》、诗剧《但是水，水》、长诗《土地篇》、第一合唱剧《弥赛亚》、仪式和祭祀剧《弑》、诗体小说《你是父亲的好女儿》等。

海子的诗歌可分为两个部分，一类是抒情诗，一类是史诗。抒情诗歌往往单纯、优美、充满想象力。海子说过：“有两类抒情诗人，第一种诗人，他热爱生命，但他热爱的是生命中的自我，他认为生命可能只是自我的官能的抽搐和内分泌。而另一类诗人，虽然只热爱风景，热爱景色，热爱冬天的朝霞和晚霞，但他所热爱的是景色中的灵魂，是风景中大生命的呼吸。梵高和荷尔德林就是后一类诗人。他们流着泪迎接朝霞。他们光着脑袋画天空和石头，让太阳做洗礼。这是一些把宇宙当庙堂的诗人。从

①王光明：《现代汉语诗的百年演变》，河北人民出版社2003年版，第621页。

②杨克：《朋友于坚》，《作家报》1998年11月26日。

③西川：《我们时代的神话》，收入《利斧下的童话》，上海三联书店1994年版，第246页。

‘热爱自我’进入‘热爱景色’，把景色当成‘大宇宙神秘’的一部分来热爱，就超出了第一类狭窄的抒情诗人的队伍。”① 海子显然希望自己进入第二类诗人中，把生命融入风景。他诗中的麦地、村庄、月亮、大海就是这样一些“有生命”的风景。海子之所以把生命融入这些风景，与他生于斯长于斯的经历不无关系，如在《两个村庄》中写道：“五月的麦地上 天鹅的村庄/沉默孤独的村庄/一个在前一个在后/这就是普希金和我 诞生的地方。”不仅如此，这些风景或土地中还流淌着祖辈的汗水，承载着传统历史文明，如《亚洲铜》：

亚洲铜亚洲铜
祖父死在这里父亲死在这里我也会死在这里
你是唯一的一块埋人的地方

亚洲铜亚洲铜
爱怀疑和爱飞翔的是鸟淹没一切的是海水
你的主人却是青草住在自己细小的腰上
守住野花的手掌和秘密

亚洲铜亚洲铜
看见了吗？那两只白鸽子它是屈原遗落在沙滩上的白鞋子
让我们——我们和河流一起穿上它吧

亚洲铜亚洲铜
击鼓之后我们把在黑暗中跳舞的心脏叫做月亮
这月亮主要由你构成

第一遍阅读这首诗时，可能不理解其深层含义，但却立刻为充满想象力的诗句着迷。亚洲铜可以视为亚洲黄土地的另一种表述，进而是如铜般坚硬的精神的象征。这是一首象征诗，所以它不同于新生代整体倾向中的拒绝

①海子：《我热爱的诗人——荷尔德林》，《海子、骆一禾作品集》，南京出版社1991年版，第183页。

隐喻的写实诗，倒是与朦胧诗比较接近，但又不同于后者，因为朦胧诗多是使用公共象征，语义较为清晰，但这首诗却属于私人象征，语义模糊不清。不过这不影响它成为经典。其语句矫健，充满创造力，境界壮阔深邃，从天上写到地面，从父亲写到两千年前的屈原。但每节开头重复的“亚洲铜亚洲铜”，让这些看似互不关联的内容，在形式上被流畅地关联起来。

海子诗歌中的风景，寄托着他的生活理想，如《面朝大海，春暖花开》：

从明天起，做一个幸福的人
喂马，劈柴，周游世界
从明天起，关心粮食和蔬菜
我有一所房子，面朝大海，春暖花开

从明天起，和每一个亲人通信
告诉他们我的幸福
那幸福的闪电告诉我的
我将告诉每一个人

给每一条河每一座山取一个温暖的名字
陌生人，我也为你祝福
愿你有一个灿烂的前程
愿你有情人终成眷属
愿你在尘世获得幸福
我只愿面朝大海，春暖花开

这首诗写于诗人去世不久前。乍看充满温馨，甚至有些田园风，但底下却是诗人对现实生活的不满，以致产生“愿面朝大海，春暖花开”的想法。

海子并不满足于写抒情诗。他认为只有史诗才能称得上伟大的诗歌或真诗。他在这方面的榜样是但丁、歌德和莎士比亚等享誉世界的大家。这方面的创作主要是《太阳·七部书》，既有长诗，又有诗剧和诗体小说。“我写长诗总是迫不得已，出于某种巨大的元素对我的召唤，也是因为我有太多的话要说。这些元素和伟大材料的东西总会涨破我的诗歌外壳”①，但海子这些史诗并没有像他的抒情诗那样获得广泛的赞誉。

①海子：《诗学：一份提纲》，《海子、骆一禾作品集》，南京出版社 1991 年版，第 154 页。

第五章　20 世纪 90 年代诗歌

20 世纪 90 年代，在商品大潮的冲击下，诗坛一时高尚与庸俗混杂并出，天才与庸才泥沙俱下，从终极关怀到世俗生存，从追求崇高到价值虚无，从人文精神到灵魂溃败，汉语诗歌的生存景观出现前所少见的混乱、焦虑、迷茫，一时间，由单一的抒情性独白，到叙事性、戏剧性因素，纷纷登场。也有学者从诗人身份出发，概括为："从一体化的体制内的文化祭司，到七十年代末至八十年代末的与'体制''庞然大物'既反抗又共谋又共生的文化精英，到九十年代以来身份难以指认的松散的一群人。"①

第一节　概述：世纪末之争

20 世纪 90 年代的汉语诗歌不是凭空产生的。80 年代末诗坛高涨的社会文化激情，一夜之间冷却下来，市场经济飞快发展，商业文化和大众文化迅速渗透社会每个角落，诗歌转眼间走向边缘化。传统的"人文关怀""社会批判""忧患与反思"等价值体系纷纷失效，20 世纪初以来启蒙和革命的诗歌传统，失去其社会环境。曾经受人追捧的诗人，瞬间被排挤至社会边缘，其创作不再获得全社会的关注。这些因素使原来的诗歌写作者面临"写还是不写"的选择。对诗的迷狂消退之后，沽名钓誉者转身离开诗坛。有坏也有好，诗坛沉静了许多，也愈加纯粹起来。留下的是坚守者，诗歌写作更接近"诗歌回归其自身"的立场和主张。

①周瓒语，见《在北大课堂读诗》，长江文艺出版社 2002 年版，第 424 页。

20世纪90年代最引人注目的诗歌事件，是发生在世纪末的“民间写作”与“知识分子写作”之争，它导源于1988年民间诗刊《倾向》第1期“编者前记”，其中明确倡导诗歌写作中的“知识分子精神”。1998年，因程光炜编选的《岁月的遗照——90年代诗歌》出版，于坚、韩东等分别撰文阐明“民间立场”，公开表示对这一诗选的不满不屑，并在次年2月组织出版杨克主编的《1998年新诗年鉴》，按“民间立场”，对90年代诗歌重新排序。1999年4月16日，北京市作协、《诗探索》和《北京文学》在北京平谷县盘峰宾馆联合召开“世纪之交：中国诗歌创作态势与理论建设研讨会”（简称“盘峰诗会”或“盘峰论战”），与会诗人和评论家争论的结果之一，就是发明了“民间写作”和“知识分子写作”两个派别。作为不同的写作方向，民间写作与知识分子写作贯穿整个90年代。这种论争充满歧解和误会，但也激发出不少具有启发性的新见。提倡民间写作的诗人和理论家，主要有于坚、谢有顺、杨克、伊沙、沈奇等，提倡知识分子写作的代表诗人和理论家有程光炜、西川、王家新、臧棣等。

首先，来看两个阵营对“民间写作”的辩争。于坚说：“民间的意思就是一种独立的品质。民间诗歌的精神在于，它从不依附于任何庞然大物，它仅仅为诗歌本身的目的而存在。”① 庞然大物指“政治的、社会的、道德的或其他价值判断方面的”（韩东语）话语权力。于坚这段话，最直接的理解就是，作为民间写作的诗歌，不会与意识形态共谋。于坚的观点，在诗歌史上的根据，或源自古典诗歌，其典型就是汉乐府和南北朝民歌。这些诗歌与官方倡导的诗学主张不同，不为“政教”目的存在，多是富有生命力的爱情诗及直面现实的写实之作。但作为知识分子写作代表的西川，却认为“‘民间’那么容易被引诱，被鼓动，被利用”②，其潜在的典型例子可能是“十七年”新民歌以及“文化大革命”诗歌。可见，于坚侧重“民间”与“权力”（尤其是政治权力）的疏远，以及由此带来的独立；西川似乎侧重“民间”的愚昧和容易盲从。

其次，来看他们对“知识分子写作”的不同观点。知识分子写作被认为是为了“切入我们当下最根本的生存处境和文化困惑中”“担当起诗歌

①于坚：《穿越汉语的诗歌之光》，《1998中国新诗年鉴代序》，花城出版社1999年版，第9页。

②西川：《思考比谩骂更重要》，收入王家新、孙文波编《中国诗歌90年代备忘录》，人民文学出版社2000年版，第83页。

的道义责任和文化责任”①，“我的所作所为，一方面是希望对于当时业已泛滥成灾的平民诗歌进行校正，另一方面也是希望能表明自己对于服务于意识形态的正统文学和以反抗的姿态依附于意识形态的朦胧诗的态度”②。这是基于现代公共知识分子精神，从其思想独立以及对社会批判的角度来认同知识分子写作。但民间写作提倡者则质疑中国知识分子的独立性，因为知识分子会为了“政治的、社会的和道德的”目的写作，其负面典型就是各个时期的御用文人。于坚就说：“作为文本的‘知识分子写作’是没有读者的‘少数’，一个‘圈子气候’，作为‘知识分子’却企图扮演秩序、立场、权威、明灯之类的主流、多数的角色。”③

两个阵营之争还集中在诗歌写作资源及其来源上。知识分子写作注重对西方经典文本的化用。西川曾说：“由于我在一个相对单纯的环境长大，又渴望了解世界，书本便成了我主要可以依赖的东西。书本的世界是无限的，它不仅向我们提供场景、人物、情节、对话，它还迫使我们去寻找世界的本质。它使萨特甘愿生于书本，死于书本。它使得本雅明意欲告别独创，而用引文搭建思想的大厦。相形之下，现实世界仿佛成了书本世界的衍生物，现在时态的现实世界仿佛由于过去时态的书本世界叠加而成。”④从西川的诗歌中可以看出，这里的书本很多是来自于西方。王家新也认为，20 世纪 90 年代以来，“中国现代诗歌与西方诗歌的基本关系已发生一种重大改变，即由以前的‘影响与被影响’关系变为一种对话关系或互文关系”“中国诗人已由盲目被动地接受西方影响，转向有意识地‘误读’与‘改写’西方文本，进而转向主动、自觉、创造性地与西方诗歌建立一种‘互文’关系”⑤。知识分子写作对西方诗歌文本的重视，乃至倚重，成为民间写作者诟病的重点。于坚说，知识分子写作是“渴望与西方接轨”，

---

①王家新：《知识分子写作，或曰“献给无限的少数人”》，收入王家新、孙文波编《中国诗歌九十年代备忘录》，人民文学出版社 2000 年版，第 154 页。

②西川：《答鲍夏兰、鲁索四问》，见《让蒙面人说话》，东方出版中心 1997 年版，第 271 页。

③于坚：《真相——关于“知识分子写作”和新潮诗歌批评》，《诗探索》1999 年第 3 辑，第 31 页。

④西川：《大意如此・自序》，湖南文艺出版社 1997 年版。

⑤王家新：《“迟到的孩子”：中国现代诗歌的自我建构》，见《没有英雄的诗》，中国社会科学出版社 2002 年版，第 77 页。

把它和“诗歌的日常性对立起来”①；并认为知识分子写作“对诗歌精神的彻底背叛，其要害在于使汉语诗歌成为西方‘语言资源’‘知识体系’的附庸”“用味同嚼蜡的‘知识’吓唬盲目的读者”②。这里有把知识分子写作简化为知识写作之嫌。

20 世纪 90 年代诗歌的另一个关键词是叙事性。“既然生活与历史，现在与过去，善与恶，美与丑，纯粹与污浊处于一种混生状态，为什么我们不能将诗歌的叙事性、歌唱性、戏剧性熔于一炉？一个灵感打开另一个灵感，一个幻象启动另一个幻象，一个形式向另一种形式渗透，一种语调与另一种语调并置”“既然诗歌必须向世界敞开，那么经验、矛盾、悖论、噩梦，必须找到一种能够承担反讽的表现形式，这样，歌唱的诗歌便必须向叙事的诗歌过渡”③。现实世界已经变得复杂，诗歌要真正获得与现实的对话关系，必须寻找到进入现实肌体的恰当武器，“叙事”就是最有效的武器之一。叙事更为具体的功能体现在：

> 一、它的目的是借此打破规定每个人命运的意识形态幻觉，使诗人不是在旧的知识—权力的框架里思想并写作，而是把自己毕生的思想激情和想象力交给真正的而非虚假的写作生涯。
>
> 二、因此，在此前提下的叙事不只是一种技巧的转变，而实际上是文化态度、眼光、心情、知识的转变，或者说是人生态度的转变。换言之，它不再是原先那个被“叙述”的人，不是那个离开了宏大叙事就茫然无措、不能生活、丧失主体内涵的人，而第一次具有了极其强盛的“叙述”别人的能力和高度的灵魂自觉性。
>
> 三、叙事的任务毕竟需要叙事的形式和技巧来承担。它们显然包括了经验利用、角度调换、语感处理、文本间离、意图误读等更加细屑的工作，以及在这一过程中每个人显然不同的创造力。
>
> 四、最后，叙事意图的实现有赖于写作之外的高水准、对话性和创造性的阅读。④

---

①臧棣：《诗歌：作为一种特殊的知识》，《北京文学》1999 年第 8 期。

②于坚：《穿越汉语的诗歌之光》，《1998 中国新诗年鉴代序》，花城出版社 1999 年版，第 7 页。

③西川：《大意如此·自序》，湖南文艺出版社 1997 年版。

④程光炜：《不知所终的旅行：90 年代诗歌综论》，《山花》1997 年第 11 期。

正是因为叙事性拥有这样的能力，因此诗歌不再是独语者，而是对话者，在某些时候甚至采取祈祷者的姿态；诗歌不再成为语言暴力的实施者，而是开始理解生活、宽容生活，理解他人、宽容他人。西川的《致敬》、王家新的《词语》、肖开愚的《动物园》、西渡的《在硬卧车厢里》、于坚的《〇档案》都是这方面的代表作。

第二节　知识分子写作：西川、王家新、臧棣

西川（1963—　），本名刘军，生于江苏徐州。早年就读于北京大学西语系。大学时代开始写诗，并投身当时全国性的诗歌运动，倡导诗歌写作中的知识分子精神。在20世纪80年代即已经写出代表作《在哈尔盖仰望星空》：

有一种神秘你无法驾驭
你只能充当旁观者的角色
听凭那神秘的力量
从遥远的地方发出信号
射出光来，穿透你的心
像今夜，在哈尔盖
在这个远离城市的荒凉的
地方，在这青藏高原上的
一个蚕豆般大小的火车站旁
我抬起头来眺望星空
这时河汉无声，鸟翼稀薄
青草向群星疯狂地生长
马群忘记了飞翔
风吹着空旷的夜 也吹着我
风吹着未来 也吹着过去
我成为某个人，某间

点着油灯的陋室
而这陋室冰凉的屋顶
被群星的亿万只脚踩成祭坛
我像一个领取圣餐的孩子
放大了胆子，但屏住呼吸

诗中的星空既是实写，但也被象征化、神秘化，是诗人由眼前经历提升为对形而上世界的发现。这种对精神性和普遍性的追求，是西川诗歌的一大特点。他说："过于私人化的东西难免令我怀疑。它们虽然也是世界的一部分、历史的一部分，但它们毕竟缺少文明所需求的普遍性，它们存在的意义绝超不出社交生活的小圈子。"① 诗中的"祭坛""领取圣餐的孩子"是取用基督教文化，这其实在预示着西川对西方文化资源的"亲近"。西川具有外语专业背景，与西方文化频繁接触。西方文化风靡世界，更容易给人带来普遍性的感觉，所以西川诗中大量出现西方文化中的意象、观念，并不难理解。

《在哈尔盖仰望星空》还不至于过分玄奥，因为那是一次经验的纪实和描述，而不是冥想的翱翔，后者如《十二只天鹅》：

那闪耀于湖面的十二只天鹅
使人肉跳心惊
在水鸭子中间，它们保持着
纯洁的兽性
……
我多想看到九十九只天鹅
在月光里诞生！
必须化作一只天鹅，才能尾随在
它们身后———
靠星座导航

①西川：《命中注定的迟到者》，《让蒙面人说话》，东方出版中心 1997 年版，第 1—2 页。

这首诗也符合知识分子写作对精神、形而上的追求，对人类终极关怀的追寻。西川继承卞之琳、冯至以来沉思与智性的诗歌写作传统。“西川通过想象性的体验使人类的智者们在以往年代的迷失与智慧成为他个人精神生活和诗歌生活的一部分。我们很少能从西川诗里发现激情，而《激情》所展示的，依然主要是沉静的诗思”①，但相比于冯至，西川诗歌存在神秘化的倾向，没有冯至的那种明朗，在表达上也没有冯至那么平易，而是更多散文化和欧化句式。在从日常生活向形而上过渡时，西川的诗歌从一开始就翱翔起来，缺少一个缓慢抬高的过程，这往往会给读者带来阅读的挑战，如《起风》：

起风以前树林一片寂静
起风以前阳光和云影
容易被忽略，仿佛它们没有
存在的必要
起风以前穿过树林的人
是没有记忆的人
一个遁世者
起风以前说不准
是冬天的风刮得更凶
还是夏天的风刮得更凶
我有三年未到过那片树林
我走到那里在起风以后

这是一首象征主义的诗歌，但不是采用意象连缀，而是使用类似叙事的手法。读者可以感受到这首诗颇有意味，但具体解读起来，似乎并不容易。

西川早期抒情诗显得纯净，而且语言节奏富于音乐性，但进入 90 年代后，便逐渐被综合性、复杂性所替代。从意蕴和文体形式两个层面上，反映 90 年代西川诗歌探索的，当属《致敬》这首长诗，其中一段如下：

苦闷。悬挂的锣鼓。地下室中昏睡的豹子。旋转的楼梯。夜间的

①刘纳：《西川诗存在的意义》，《诗探索》1994 年第 2 期。

火把。城门。古老星座下触及草根的寒冷。封闭的肉体。无法饮用的水。似大船般漂移的冰块。作为乘客的鸟。阻断的河道。未诞生的儿女。未成形的泪水。未开始的惩罚。混乱。平衡。上升。空白……怎样谈论苦闷才不算过错?面对岔道上遗落的花冠，请考虑铤而走险的代价!

痛苦：一片搬不动的大海。

在苦难的第七页书写着文明。

这首诗在形式上显得极为粗犷，首先，有些段落不分行；其次，每行长短反差甚大。这似乎在挑战诗歌形式美学。从内涵上看，也充满躁动和不确定性。有论者这样评价这首诗：“全诗基本上是在两个世界的对立、相互改写和转化间展开……如果进一步分析上述两个世界在《致敬》中的关系，会发现其实在具体的词语、段落是交错缠绕、合二而一的，难以区分。当日常的细节、场景大量涌入，但却没有导致所谓‘叙事性’的出现，全诗在芜杂、混乱的同时，仍保持了强烈的寓言的、崇高的风格。”① 这类长诗还有《鹰的话语》《厄运》《芳名》《思想练习》等。或许在西川看来，复杂的写作策略，才衬得上诡谲、神秘、内省、幽思、悖论，对必然性和宿命的领悟和捕捉，才更适合表达其诗歌理想，所以其长诗大多具有追求浑厚但显得复杂的构架，更多借助其他文体的语言结构方式，以“综合写作”的姿态来完成其晦涩而深沉的诗意呈现。

王家新（1957— ），生于湖北丹江口。1978 年考入武汉大学中文系，大学期间开始发表诗作。海子、西川、王家新等人都是在朦胧诗影响下开始写作。他们虽然力图摆脱朦胧诗的笼罩，但同时也继承朦胧诗人的理性精神和知识分子的道德担当。他们在追求诗歌纯粹性的同时，强调诗人的担当意识和使命意识。或者说这是对九叶派“现实、象征、玄学”追求的趋近。西方现代诗歌也是王家新的写作资源。他在诗中经常与西方现代派诗人对话，这方面的作品有《瓦雷金诺叙事曲》《帕斯捷尔纳克》《卡夫卡》《挽歌》《伦敦随笔》《布罗茨基之死》，其中最著名的当属《帕斯捷尔纳克》:

①姜涛:《混杂的语言：诗歌批评的社会学可能》,《上海文学》2004 年第 9 期。

终于能按照自己的内心写作了
却不能按一个人的内心生活
这是我们共同的悲剧
你的嘴角更加缄默，那是
命运的秘密，你不能说出
只是承受、承受，让笔下的刻痕加深
为了获得，而放弃
为了生，你要求自己去死，彻底地死
……
人民胃中的黑暗、饥饿，我怎能
撇开这一切来谈论我自己
……
这是你目光中的忧伤、探寻和质问
钟声一样，压迫着我的灵魂
这是痛苦，是幸福，要说出它
需要以冰雪来充满我的一生

这首诗通过与俄国诗人帕斯捷尔纳克的对话，实现诗人自我良心的叩问。在“娱乐至死”的年代，诗人坚守社会理想和知识分子使命。王家新说：“真正的作家是穴居动物，而不是那种‘到处发表看法’的人。我们应该能够抵抗这个时代的诱惑。”① 这首诗就是诗人对庸俗化时代的反抗。它是一种宏大的叙事，但并不显得虚伪、自夸。因为它是在反思中缓缓道出，而不是像朦胧诗那样以英雄豪情的口吻在宣说。如引文最后两句的担当意识，很像北岛《回答》中的“如果海洋注定要决堤，/就让所有的苦水注入我心中”，但显然没有后者的豪情。诗人在90年代已经不是万众瞩目下的时代发言人，而是踽踽独行、喃喃自语的夜行人。当代诗人的处境已经发生变迁。

知识分子写作中有许多与西方名人的精神对话。一是使得诗歌文本与外国诗歌文本形成互文。互文性在90年代的知识分子诗歌写作中表现得相当自觉，王家新诗则尤为独特。“他的诗里总是大量出现西方文化场景，

①王家新：《“游动悬崖”及其他》，《大家》1996年第1期。

不断地重写那些现代派经典作家和诗人，发掘他们的精神，构成了诗人写作持续性的主题和灵感”①。他善于从喜爱的文学大师那里汲取营养，将文学史上的典故化用在诗中，将文本和现实糅合在一起，形成独特的互文关系。在这种关系中，显现出了诗人的精神态度和诗歌价值取向。这种诗歌处理方式在90年代的语境下，有相当的开拓性。二是这种精神对话的高端性、形而上性，是知识分子经过训练之后，才达到的玄学玄思的能力，这种能力其实就是哲学的能力。因此这些诗有着哲学的洞察和诗的表达，所以奥涩。这种哲学性在臧棣的诗中显露突出。

臧棣（1964— ），北京人，1983年考入北京大学中文系。毕业后曾任中国新闻社记者，1997年获北京大学文学博士学位，现任职于北京大学中文系。曾参与创办民刊《发现》《标准》等。参与编辑《中国诗歌评论》（丛刊）。出版诗集有《燕园纪事》《风吹草动》《新鲜的荆棘》等。编选诗集《1998中国最佳诗歌》《里尔克诗选》等，是学院派诗人中很有代表性的一位。他熟悉西方象征主义诗歌，其代表作是《菠菜》：

美丽的菠菜不曾把你
藏在它们的绿衬衣里。
你甚至没有穿过
任何一种绿颜色的衬衣，
你回避了这样的形象；
而我能更清楚地记得
你沉默的肉体就像
一粒极端的种子。
为什么菠菜看起来
是美丽的？为什么
我知道你会想到
但不会提出这样的问题？
我冲洗菠菜时感到
它们碧绿的质量摸上去
就像是我和植物的孩子。

①陈晓明：《表意的焦虑》，中央编译出版社2003年版，第144页。

如此，菠菜回答了
我们怎样才能在我们的生活中
看见对他们来说，并不存在的天使的问题。
菠菜的美丽是脆弱的
当我们面对一个只有50平方米的
标准空间时，鲜明的菠菜
是最脆弱的政治。表面上，
它们有些零乱，不易清理；
它们的美丽也可以说
是由烦琐的力量来维持的；
而它们的营养纠正了
它们的价格，不左也不右。

这首诗虽然也是从日常生活切入，但却翱翔于玄思的世界。这种玄思不同于冯至《十四行诗》中的日常化的生命感悟，而更多是基于西方哲学的思辨和洞察，这给本土读者带来阅读上的挑战，使之经常迷失在玄妙的话语中。

在90年代的诗人中，臧棣比较重视诗歌的写作技巧，并且对之有系统的理论阐述。臧棣公开声称过“诗歌是一门特殊的知识”“不自然，是诗的最基本的存在方式。……绝不自然，并不是说诗是反自然的，诗要变成自然的对立面。在内容和立意上，诗歌可以亲近自然，表现自然。但需要明确的是，诗之所以是诗，绝非自然所能定义。甚至在批评的意义上，诗也不是由自然来说明的”。诗歌的技艺（或者技巧），“就是现代诗歌的特征和本质，……所以，技艺不应该以任何借口受到贬损”①。此外，臧棣对诗歌题材具有广泛处理的能力，依靠诗人的良好直觉，可以任意穿梭于地面。②

①臧棣：《绝不自然：我这样理解诗》，《诗选刊》2004年第10期。

②参阅张桃洲《穿梭于地面的技艺——臧棣诗歌论》，《当代作家评论》2004年第4期。

第三节　民间写作：于坚、韩东、伊沙

与知识分子写作相对的是民间写作，较有影响的代表诗人是于坚、韩东、伊沙。

于坚（1954—　），曾当过工人。1984 年毕业于云南大学中文系，1979 年开始诗歌写作，1984 年和韩东等创办《他们》，是 20 世纪 80 年代诗歌运动的重要参与者。出版诗集有《诗十六首》《对一只乌鸦的命名》。

于坚早期的诗作也深受西方诗人的影响，不过，由于对长期生活的云南特殊的地域风物的关注，其诗歌还算简洁、朴素、空灵。80 年代后期以来，于坚一直关注所谓“日常生活”，坚持用口语写诗，这种写作方式在“朦胧诗”式微之际，强调原创性，促进了诗歌观念的革新，产生了积极影响。于坚 90 年代的诗作中，《避雨之树》《感谢父亲》《弗兰茨·卡夫卡》《怀念之二》《对一只乌鸦的命名》引起较多注意。长诗《〇档案》则反响颇大，显示了他在长诗容量和形式方面的探索，全诗 300 多行，戏仿档案，通过对一位活了 30 年的人的档案的展览，呈现其“出生史”“成长史”“恋爱史”和“日常生活”。在不厌其烦的絮絮叨叨中，将个人的历史转换为一种词语之间的搏斗，其中写道：

明锁　暗锁　抽屉锁　最大的一把是“永固牌”挂在外面
上楼　往左　上楼　往右　再往左　再往右　开锁　开锁
通过一个密码　最终打入内部　档案柜靠着档案柜　这个在那个旁边
那个在这个高上　这个在那个底下　那个在这个前面　这个在那个后面
……
鉴定：尊敬老师　关心同学　反对个人主义　不迟到
遵守纪律　热爱劳动　不早退　不讲脏话　不调戏妇女
不说谎　灭四害　讲卫生　不拿群众一针一线　积极肯干
讲文明　心灵美　仪表美　修指甲　喊叔叔　叫阿姨

这篇作品“就像一个词语的‘集中营’，一切不和谐的、异质性的因素都在这里聚集。这个聚集的地方，是词与词之间争斗和较量的舞台，一个有着外部‘完整性’的舞台。但是，这里上演的是一出残酷的戏剧。它的内部是一个‘无政府主义’的状态：充满了喧哗与骚动、斗争和肉搏。在于坚的诗歌呈现给我们的画面中，或者说在带着权威面具的‘档案’里，名词毅然地删除、缓慢地吞噬着动词，而动词则利用自身的力量搅乱了‘档案’虚假的完整性和合法性，从而将自身的意义突现出来了”①。

对日常生活细节的处理，是20世纪90年代以来汉语诗歌写作的总体走向，并非于坚独有的特色，但于坚获得了他自己的方式。于坚在诗歌中对日常生活的处理有效性的获得，就是通过对口语的运用来作诗歌写法上的“纠正”——依据于坚后来的诗学术语，就是要“从隐喻后退”，例如《于坚的诗·7》：

一匹忧伤的马
它为忧伤这个词的
假仁假义
忧伤而死

这首诗可以表现于坚诗歌中典型的“从隐喻后退”的努力。“忧伤”作为一个抒情的象征，其意义对于“马”已经失去了“扶正”的作用，它必须从已经“硬化”了的假仁假义的“忧伤”后退，否则“马”就会不堪重负而“死”。但不可能“后退”到“无”，因为不可能存在一个元意义上的“马”，后退只是一种趋势，而这种“趋势”本身就已经构成了另一重隐喻的意义，让“马”穿上了另一重修辞的外衣，从而形成了于坚所追求的诗效。鉴于此，于坚的“从隐喻后退”的说法必须得到质疑：“这个世界上隐喻是无处不在的，尤其在语言运用中，到处是隐喻布置的陷阱：词不达意、由此及彼、半遮半掩、故弄玄虚、偷梁换柱，如此等等，不一而足。隐喻在本质上是一种隐藏、掩饰的方式，不管出于何种动机，当隐喻出现之际，某种削删或铺衍的行为就发生了——隐喻总是透过言辞在挤

①张柠：《〈〇档案〉：词语集中营》，《作家》1999年第9期。

压、缩减事物的一些方面的同时，凸显、强化事物的另一些方面。”①

韩东（1961— ），1982年毕业于山东大学哲学系。1982—1992年在西安、南京等地高校任教。1985年起主编《他们》，是“第三代诗歌”代表人物。早期诗歌受朦胧诗的影响，不久后发生转变。20世纪80年代前期，有《山民》《有关大雁塔》《你见过大海》《温柔的部分》等，奠定了此后在诗坛上的地位。90年代以来，主要精力在小说创作上，同时也写出一批颇有特色的诗歌。

在80年代中期，韩东就已经是一位优秀的诗人了，进入90年代，又成了一位重要的小说家。在同辈诗人中，韩东起步很早，起点也相当高。80年代，韩东的两个标志性话语是“诗到语言为止”和“口语写作”。80年代后期以来，文学领域内“事件”频发，在相关论述中，韩东有影响的诗歌大多具有“事件”的性质。他在诗歌中表现出的对语言和现实的敏锐、诗歌意义取向，延续到他90年代的诗歌写作和其他的文学写作活动中。引起较多注意的有《甲乙》《爸爸在天上看我》等。韩东的诗注重在日常生活场景中捕捉诗意，大部分诗歌短小精悍，有的具有强烈的实验色彩，读来耐人寻味，但也有人看出了其中的局限，由于“诗人身份在叙述主体中一再出场，在一定程度上妨碍了他对当代生活场景丰富多样性以及当代人普遍生活经验广度上的表现力，这种叙事角色转换的单一，削弱了诗歌包容和消解纷纭复杂的当代生活的能力，而个人情感体验上的局限性和排他性，使他的诗歌缺乏应有的纵深感”②。“他拒绝对生活和写作本身进行追问，拒绝接受历史、进程这样的词汇，也给他的诗歌划定了一个界限”③。由于90年代以来汉语诗歌中的叙事成分普遍增多，韩东本人又将相当多的精力投入小说创作，因此，也有人用小说和诗歌之间的互文性来解读90年代韩东诗歌中出现的新变。④

伊沙（1966— ）的崛起，彰显出民间写作的潜能。伊沙的诗歌给人以桀骜不驯的叛逆者形象。例如写于80年代末的《车过黄河》：

---

①张桃洲：《拆解与还原：从隐喻后退》，《书城》2004年第8期。

②小海：《关于韩东》，《诗探索》1996年第3期。

③西渡：《守望与倾听》，中央编译出版社2000年版，第104页。

④洪子诚主编《在北大课堂读诗》（长江文艺出版社2002年版）中，讨论了韩东《甲乙》一诗，有人从这个视角对此诗作了解读。

列车正经过黄河
我正在厕所小便
我深知这不该
我应该坐在窗前
或站在车门旁边
左手叉腰
右手作眉檐
眺望　像个伟人
至少像个诗人
想点河上的事情
或历史的陈账
那时人们都在眺望
我在厕所里
时间很长
现在这时间属于我
我等了一天一夜
只一泡尿功夫
黄河已经流远

颇有韩东《有关大雁塔》那种解构的趣味。以往文本把黄河塑造成中华文明之源，同时还留下无数关于它的崇高、宏伟的诗篇。但诗人在这里却以“一泡尿”当作送给黄河的见面礼。通过这种卑琐与崇高的对比，诗人玩世不恭以及解构的态度不言而喻。不过伊沙的解构策略，并不是通过意象的对峙来反抗崇高，而是采用对当时情景以及自我心理活动的刻画，来达到对象征崇高的黄河的平视。

伊沙对口语的运用出神入化，简练而富有深味，同时又不失幽默。《结结巴巴》就是这样一首彰显口语能力的诗歌：

结结巴巴我的嘴
二二二等残废
咬不住我狂狂狂奔的思维
还有我的腿

你们四处流流流淌的口水
散着霉味
我我我的肺
多么劳累
我要突突突围
你们莫莫莫名其妙
的节奏
急待突围

我我我的
我的机枪点点点射般
的语言
充满快慰

结结巴巴我的命
我的命里没没没有鬼
你们瞧瞧瞧我
一脸无所谓

这首诗给人一种语言本身的快感。以上两首诗歌都凸显出伊沙提纯口语的才华，也表现出玩世不恭的态度。但伊沙的诗歌并非是流于形式的幽默，他的诗中也充满对现实人生的关怀。《饿死诗人》虽然像是在咒骂诗人，但实际上却揭示了诗人在商业时代的困顿处境。又如《等待戈多》：

实验剧团的
小剧场

正在上演
《等待戈多》

左等右等
戈多不来

知道他不在
没人真在等

有人开始犯困
可就在这时

在《等待戈多》的尾声
有人冲上了台

出乎了“出乎意料”
实在令人振奋

此来者不善
乃剧场看门老头儿的傻公子

拦都拦不住
窜至舞台中央

喊着叔叔
哭着要糖

“戈多来了！”
全体起立热烈鼓掌

把一部荒诞剧与现实生活中的荒诞结合起来，构思巧妙，也表现出诗人对现实生活的思考，只不过这种思考不像知识分子写作那样具有充满高度思辨色彩的语句。

第六章　儿童诗歌

儿童诗歌作为现代新诗崛起的一个部分，在近百年取得了丰硕的收获，开拓了中国诗歌的题材与主题，产生了一批具有新的形式与风格的诗人。

许多饮誉诗界的老诗人如郭沫若、冰心、臧克家、艾青、田间、袁水拍、严辰、李季、阮章竞等，都创作过数量不等的儿童诗。还有一批诗人如郭风、金近、贺宜、袁鹰、鲁兵、张继楼、圣野、田地等，也在新中国成立前就开始儿童诗创作。而以柯岩、金波、樊发稼、高洪波为代表的新一代儿童诗作者则活跃于新中国成立后的诗坛。

第一节　郭风等在新中国成立前较有成就的儿童诗作家

郭风（1918—2010），原名郭嘉桂，福建莆田人。20 世纪 40 年代初开始文学创作。他的成名童话组诗《小野菊的童话》发表于 1944 年，翌年又发表《木偶戏》《油菜花的童话》《豌豆的三姐妹》等诗作。50 年代出版的作品集有《火柴盒的火车》《月亮的船》《蒲公英和虹》《叶笛集》等。他的诗多有童话色彩，风格清新明丽，作品里倾注着对家乡、大自然的深挚眷恋和热爱。如《叶笛》：“叶笛啊，故乡的叶笛。/那只是两片绿叶。把它放在嘴唇上，于是像我们的祖先一样，/吹出了对于乡土的深沉眷恋，吹出了对于故乡景色的激越赞美，/吹出了对于生活的爱，吹出了自由的歌、劳动的歌、火焰似的燃烧着的青春的歌……”郭风的儿童诗题材广泛，有多种探索形式。他的儿童散文诗，想象丰富，意境优美，自成一家。

鲁兵（1924—2006），原名严光化，又名严冰儿，浙江金华人。1946年即在《中国儿童时报》上发表儿童诗作。1948年出版童话集《桥的故事》。20世纪50年代出版两本儿童诗歌集《唱的是山歌》和《大力士》。他多以低幼儿童为读者对象，语言浅显，形象生动，富有旨趣，如《下巴上的洞洞》："从前，/有个奇怪的娃娃，/娃娃，/有个奇怪的下巴，/下巴上，/有个奇怪的洞洞，/洞洞，/谁知道它有多大。/瞧他/一边饭往嘴里划，/一边/从那洞洞往下撒。""如果/饭桌是土地，/而且/饭粒会发芽，/那么/一天三餐饭，/他呀，/餐餐种庄稼；/可惜/啥也没有种出来，/只是/粮食白白被糟蹋。"作品的结尾也很精彩：

你们
听了这笑话，
都要
摸一摸下巴。
要是
也有个洞洞，
那就
赶快塞住它。

鲁兵的儿歌，想象奇特，形象活脱，往往令人忍俊不禁，击节赞赏。

田地（1927—2008），原名吴南薰，浙江奉化人。第一本儿童诗集《告别》1947年出版。20世纪50年代出版的儿童诗集有《南瓜花》《和志愿军叔叔一样》《明天》《轮船就要开了》《他在阳光下走》《小树叶》等。他的儿童诗在50年代有广泛的影响。《祖国的春天》以"春天，/她像一个美丽、幸福的小姑娘，/快乐地走遍了/祖国的每一个地方"始，抒写春天所到之处，都是鸟语、花香、歌声和阳光，然后直抒胸臆：我愿变一条鱼，游在春天的河流里；变一只鸟，在天空飞翔；变一株树，在森林中站立；变一棵麦，在田野生长；变一朵花，开放在草原；变一支歌，在祖国的每一个地方飞扬……因为这些都发生在可爱的祖国的春天。诗篇结尾写道：

只要能使
祖国的春天更美丽，
只要能使
祖国的春天更欢畅，
我可以去做一切！
我可以献出所有的力量！
这就是我
最大的幸福和愿望！

他的童诗主题不离爱国主义，思想感情雄浑而深沉。

于之（1927— ），原名王裕之，上海人。曾出版儿童诗集《海边的孩子》《马戏团演员》《送肥》等。最早为他带来声誉的是组诗《海边的孩子》。如："我们站在海里，/叉开腿，/让三哥悄悄地，/像一条溜滑的鳗鱼/从两腿间钻过。""他钻过大哥的门，/他钻过二哥的门，/但是怎么也钻不过/我的小门。"（《小门》）又如："用细沙堆个枕头，/把海滩当作床，/张一片蔚蓝的天幕，/盖一身灿烂的阳光。"（《白浪里钻出来》）。诗风皆朴素清丽，绘出海边的如画风光和童真童趣。于之说过："诗的一切都应当是美的——美的形体、美的衣衫、美的语言、美的灵魂。"① 清新、优美，正是他的作品的艺术特色。

以歌剧《赤叶河》和长诗《漳河水》蜚声文坛的著名剧作家、诗人阮章竞（1914—2000）写于1955年的长篇童话诗《金色的海螺》，取材于民间故事《田螺姑娘》，经过深入挖掘和推陈出新的艺术再造，焕然一新，熠熠生辉。诗篇热情讴歌劳动人民的勤劳善良，赞颂他们为了追求美好生活而勇敢斗争的可贵精神。作品形象动人，意境浓郁，语言优美，是20世纪50年代儿童诗歌的重要收获。

①见杨放辉等主编《中国当代诗家诗话辞典》，北岳文艺出版社1992年版，第5页。

第二节　金近、袁鹰

金近（1915—1989），原名金知温，浙江上虞人。1937 年在《小朋友》杂志发表第一篇童话《老鹰鸦的起落》。1947 年起主要从事儿童文学创作，先后出版过儿童诗集《小毛的生活》《小河唱歌》。新中国成立后，他创作了大量优秀的儿童诗，出版儿童诗集有《我真想入队》《冬天的玫瑰》《小队长的苦恼》《在我们村子里》《儿歌和小诗》《中队的鼓手》《萝卜联欢会》《小鸭子追麻雀》《跨着大步上学校》《冬天的玫瑰》等。他的儿童诗形式多样，有儿歌、抒情短诗、叙事诗和童话诗。20 世纪 40 年代中后期写的小叙事诗《小毛的生活》《小瘪三的歌唱》，反映旧社会穷苦儿童的悲惨生活，揭露当时反动政府的腐朽和罪恶；《打铁》《松树》《星星》等儿歌则表达劳动人民的积极乐观以及他们对民族解放和世界和平的向往。五六十年代是金近儿童诗创作的旺盛期，这一时期的作品大部分写农村儿童生活，感情真挚，形象生动，语言朴实清新。较著名的有《合作社的大钟》《三个学生》《我做了记工员》《哥哥是个民兵队长》等。

金近尤为人所称道的童话诗是《冬天的玫瑰》和《春姑娘和雪爷爷》。前者取材于民间传说，描写一对小姐妹为了给母亲治病，“冒着大风踏着雪”，到深谷去采冬天里的玫瑰，勇敢机智地战胜恶魔，采到玫瑰而救活了妈妈。全诗赞美了正义和善良，鞭挞了不义和邪恶。《春姑娘和雪爷爷》写道：“春姑娘向天空招招手，/一朵白云飘过来/她请雪爷爷坐上去，/叫春风用力在后面推。”“白云慢慢地向北飘，/雪爷爷送给春姑娘一包糕，/亮晶晶的冰块和白白的雪，/春姑娘捧着呵呵笑，/一口气吹去全化了。”诗人通过优美的形象，将大自然拟人化，卓具艺术感染力。金近还写了不少儿童讽刺诗，如《小队长的苦恼》《最糊涂的同学》《我为什么要哭》《星期天的劳动》等。诗人诙谐幽默，温和亲切地批评了成长中的孩子身上存在的某些缺点和毛病，启发、鼓励他们改正和克服。1978 年之后，金近的儿童诗更加多样化，如组诗《这诗光讲菲律宾》便是游记题材的儿童诗，比喻贴切，画面壮美，把菲律宾的风物特色描写得十分动人。努力保持一颗童心，感情爽朗、用字准确、韵律响亮、形式活泼、内容有趣、形象生动，是金近儿童诗的特点。

袁鹰（1924—　），原名田钟洛，江苏淮安人。1949 年以后主要从事儿童文学和散文创作，出版的儿童诗集有《篝火燃烧的时候》《彩色的幻想》《在美国，有一个孩子被杀死了》《唱一唱北京》《五封信》《刘文学》《袁鹰儿童诗选》等。

袁鹰说，他的儿童诗“都是为红领巾而写的，写的也是少先队的生活，少先队员们的欢欣和苦恼、希望和追求”①。他的《篝火燃烧的时候》《和太阳比赛早起》《小队会餐》《仙杖在哪里?》《少先队员游鞍山》《彩色的幻想》《当我们栽下第一棵树苗》等，都体现出其创作追求。这些作品常常把少先队员的学习和劳动与他们的成长和明天紧密联系起来，描写新中国少年儿童对祖国的热爱和对美好未来的憧憬，鼓舞人积极向上和进取。

《时光老人的礼物》是诗人的名篇。它点出“人说一寸光阴一寸金”，时间“比黄金要贵上千万倍”的道理，表达少先队员为祖国而珍惜时间、努力学习、锻炼身体的信心和决心：“在祖国的每一寸土地上，/谁都抓住你不肯放松；/只有虚度时光的人，/才会一次又一次脸红。”“相信我吧，时光老人，/我们跟往年一样地热爱着你，/当每天晚上撕下一张日历，/难道能向祖国交上白卷?”这首诗，经常被少先队员们朗诵，有广泛的影响。

袁鹰的儿童叙事诗，如《保卫红领巾》《刘文学》《草原小姐妹》《大巴山上小青松》和《打不烂的少先队》等，都是热情讴歌现实中的少年英雄的，富于深刻的教育意义。他的国际题材的儿童诗，有《寄到汤姆斯河去的诗》《在美国，有一个孩子被杀死了》《河内小姑娘》《黎巴嫩小孩》《风雪童年》《五封信》《达卡的春苗》《柬埔寨小司机》《非洲孩子找朋友》《美国儿歌》等，其中揭露帝国主义者推行种族歧视、残酷迫害少年儿童的一些篇什尤为撼人心魄。他的儿童诗情感真挚，语言平白，形象生动感人，深得小读者喜爱。

---

①王泉根：《现代中国儿童文学主潮》，重庆出版社 2000 年版，第 165 页。

第三节　圣野、金波

圣野（1922—　），原名周大鹿，后改名周大康，浙江东阳人。高中时便习写新诗。1947 年他成为《中国儿童时报》的热心撰稿人，翌年儿童诗集《小灯笼》问世。半个世纪以来，他写了 1 万馀首儿童诗，先后出版《欢迎小雨点》《和太阳比一比》《春娃娃》《神奇的窗子》《雷公公与啄木鸟》等近 40 部儿童诗集，在当代中国儿童诗人中产量最丰厚。圣野说，郭风早年所写的许多清新美丽的儿童诗作给了他极深刻的影响。他的早期代表作《欢迎小雨点》等即含有郭风诗歌质朴、婉丽、隽秀的特质，如《夏天》一诗把夏天喻为活泼勤劳的“绿孩子”：

悄悄地，悄悄地
我像一个活泼泼的
爱爬竿子的绿孩子
伸着小腿儿到处爬
……
爬呵，爬呵
给墙绕上绿藤
爬呵，爬呵
给小山坡穿上绿衣……

想象饶富童趣，读来十分亲切。《春娃娃》《秋姑姑》《冬爷爷》等，也都是清新优美的儿童诗佳作。

圣野后来的儿童诗仍然保持着对郭风风格的钟爱，自己在创作中也不断探索创新，形成平中见奇，兼具活泼、深沉、简朴、清新的风格。如《神奇的窗子》《竹林奇遇》《小水坑》等，后者是寓言色彩较浓的短诗：

下了一天雨
小水坑说

太满了
太满了
一天不下雨
小水坑又说
太干了
太干了
水井不说一句话
不管多久没下雨
总是有水
冒出来

全篇平浅中寓深意，给读者以哲理的启迪。

圣野写过形式工整的儿童诗（特别是儿歌），但大多作品用笔比较自由开放，节无定行，行无定字，无拘无束，正如樊发稼评论所说：“他追求的是行云流水般的自然美、自由美和自在美，他注重的是内在的节奏。他的不少诗是无韵诗，甚至不加标点。”①

金波（1935— ），本名王金波，北京人，祖籍河北冀县，是当代另一位有广泛影响的儿童诗人。1963 年，他的第一本儿童诗集《回声》问世，其中的许多作品反映了新中国少年儿童多彩的生活和瑰丽的自然景象，想象丰富，感情真挚，形式上相当重视诗句的节奏和旋律，从此奠定了他诗作的基本艺术风格。改革开放后，先后出版《林中的鸟声》《小妞妞》《会飞的花朵》《我的雪人》《绿色的太阳》《金波儿童诗选》《红苹果》《金波儿童诗集》《在我和你之间》《林中月夜》等十几本儿童诗集以及《追寻小精灵：金波儿童文学评论集》。

金波的诗作有浓郁的抒情性，多取材于美丽的大自然，抒发少年儿童对于祖国河山的热爱和向往之情。他的许多儿童诗都蕴含有“爱”的主题。如《我的雪人》一诗以细腻生动的笔触，写了同学之间真挚感人的友爱；《信》写一个刚学会写信的孩子，想“写许多许多的信”——“替雏鸟给妈妈写，/让妈妈快回巢，/天已近黄昏。//替花朵给蜜蜂写，/请快

①樊发稼：《儿童诗在探索中前进》，载《儿童文学的春天》，河南少年儿童出版社 1986 年版，第 137 页。

来采蜜，/花已姹紫嫣红。//替大海给小船写，/快去航海吧，/海上风平浪静。//替云给云写，/愿变成绵绵春雨；/替树给树写，/愿连成无边的森林”。作品通过写信生出一串童稚的想象，处处表现纯洁的童心对世间万物的温情和挚爱。

追求美也是金波儿童诗鲜明的艺术特色，如《小鹿》：

花的影，叶的影，
给你披一件
斑斓的彩衣。
你站在那儿。
和无边的森林，
融合在一起。
然而你还像一株飞跑的小树，
高昂着你枝枝丫丫的茸角，
闪进密密的大森林里。
一会儿和这棵树，
一会儿和那棵树，
交流着春天的消息。

此诗以简练的诗句勾画出小鹿的可爱形象，描写一种诗美的境界。《流萤》一诗写夏夜“我”和孩子捕捉萤火虫：“我从菜园里拔一根葱管，/好放进几只流萤，/让它闪出柔和的光吧，/孩子，送你一盏翠绿的灯。//放萤火在你的枕边，/我再编一个童话给你听：/说在夏天的夜里，/有一个翠绿的梦……”此种意境，美如梦幻，让读者沉浸在一个绿色的憧憬中。他还有不少诗侧重表现儿童的心灵美，如《绿色的太阳》《电车上的遐想》《通红的柿子》《我守护着他的拐杖》等，无不博得广大小读者的喜爱。

第四节　柯岩、任溶溶

柯岩（1929—2011），原名冯恺，广东南海人。她是新中国知名的女作家，从事多种文学样式的写作，也是一位深受小读者喜爱的儿童诗人。她的处女作《儿童诗三首》发表于1955年12月号《人民文学》上，在其后一两年内，又出版了诗集《“小兵”的故事》，其中包括《帽子的秘密》《两个“将军”》《看球记》《爸爸的眼镜》《小红马的遭遇》《军医和护士》三首等。臧克家曾指出“柯岩写的儿童诗，不论在取材和表现手法方面，都注意到读者对象这一点。这样，孩子们喜欢读，大人看了也觉得有趣味”“她是具有个人的风格，个人的独特艺术表现手法”① 的诗人。她出版的儿童诗集主要有《大红花》《最美的画册》《“小迷糊”阿姨》《我对雷锋叔叔说》《讲给少先队员听》《打电话》《红灯、绿灯和警察叔叔》《春天的消息》《柯岩儿童诗选》《月亮会不会搞错》等。

柯岩早期儿童诗作不少属于“小叙事诗”，以生动的笔触，通过故事情节，将儿童天真可爱的性格和心灵世界表现得惟妙惟肖又饶有诗意。《帽子的秘密》取自儿童的日常游戏，写哥哥的帽子奇怪地没有帽檐，弟弟去侦察，才发现哥哥和同学们“演习”海军。他们将弟弟抓住，哥哥下令要把他当“奸细”枪毙，弟弟就心喊：“这么欺侮人还能行?”“就又踢又打吵个不停，/两个水兵只好安慰我，/说枪毙是假的一点不疼。//我说：‘反正我不能叫你们枪毙，/不管它疼还是不疼，/我长大了要当解放军，/随便说我是奸细就不成!’”作品之感人，除了艺术上构思独特，笔调诙谐，韵律节奏活泼和谐，与诗人对于儿童和儿童生活的熟悉分不开。由于柯岩深谙儿童心理和思维逻辑，当她用儿童的眼光体察儿童的言谈行为时就能发现许多生动的题材，创作出充满童趣的诗篇。进入新时期，柯岩写了大量儿童题画诗，虽大多为小画家的画题写，却皆有独立的文学审美价值。例如《春天最早来到哪里》：“春天，春天，/你最早来到哪里？/爸爸说：‘在温暖的风中，’/妈妈说：‘在燕子的话里。’/妹妹说：‘在哥哥的画上，’/我说：‘在妹妹的笑里。’/大树说：‘在我的身上，’/小草说：‘在我的心里……’”诗调明朗欢快，充满喜悦之情，令人如见明媚春光!

任溶溶（1923—　），原名任根鎏，后改为任一七、任以奇，早期曾用托华、易蓝等笔名，广东鹤山人。他是著名的翻译家，用俄、英、意、日等语言先后翻译了一百多种外国儿童文学作品；他也是一位风格独特的

①臧克家：《柯岩的儿童诗》，载《人民文学》1959年6月号。

诗人。出版有儿童诗集《给巨人的书》、低幼儿童诗《我妈妈的故事》《任溶溶作品选》等。任溶溶的诗大多取材于儿童熟悉、关心的现实生活，善于从生活中捕捉闪光的东西，提炼出“巧妙的诗”。如代表作《爸爸的老师》就是源于生活的一首“巧妙的诗”。它通过父子去看望老教师这样一件平常事，歌颂教师辛勤劳动的不平凡意义。“我才知道我的爸爸，/虽然学问很大，/却有一年级的老师/曾经教导过他”，结尾耐人寻味。《你们说我爸爸是干什么的》通过十个小孩每人出个谜语，“猜他们爸爸，都是干什么的”，赞颂了工人、农民、人民警察、饲养员、电台播音员、解放军战士、电影演员、清洁工人、飞行员和售货员等不同职业的劳动者。如“第七个孩子”说的“谜语”：“不管下雨，不管下雪，/不管春夏秋冬，/我的爸爸站在路口，/他在那里‘办公’。/不管汽车，不管电车，/都听爸爸的话，/要是没有我的爸爸，/它们就会打架。/爸爸常常搀扶老人，/那不是他爹妈；/爸爸常常搀扶孩子，/那不是他娃。/不管大人，不管小孩，/个个爱我爸爸，/只有那些不好的人，/见我爸爸才怕。/你们说我爸爸是干什么的?”诗篇对人民警察的工作特点写得浅显、贴切，采用“猜谜”的形式，更增强了低幼儿童的阅读兴趣。任溶溶的儿童诗，不尚词饰，罕见华丽辞藻；多以口语入诗，风格质朴中寓诙谐风趣。许多儿童诗作，都有小故事，少有通篇抒情之作，多以情节演绎出生活的诗意和哲理。他的艺术构思，往往将深刻的思想寄寓于一定的情节和形象，从而引人入胜，并讲究通过作品给读者以某种思想、品德或哲理、情感、知识的教育，促使儿童奋发向上，健康成长。

其他如刘饶民、张继楼、樊发稼、高洪波等儿童诗人，也各有成就。

第七章 台湾、香港、澳门新诗

澳门、香港、台湾曾沦为葡萄牙、英国和日本的殖民地。台湾在20世纪40年代虽然收复，但由于历史原因，还是与大陆相对隔绝；香港和澳门直至20世纪末才回归中国，但回归后的文化格局也与内地有别。

第一节 20世纪50至60年代台湾诗坛

台湾新诗的繁荣始于20世纪50年代，此前台湾是日本殖民地，诗坛上缺少大家。40年代末，从大陆前往台湾的诗人纪弦，于1953年建立现代诗社，并创办《现代诗》季刊。1954年，覃子豪、余光中等成立蓝星诗社。同年，痖弦、洛夫、张默等成立创世纪诗社。由此形成台湾五六十年代诗坛三足鼎立的格局。这时的新诗创作是对大陆新诗传统的继承和发展。所以新诗现代化传统于五六十年代在大陆被打断，但却在台湾诗坛得到延续。

纪弦（1913—2013），原名路逾，早期笔名路易士，生于河北，在民国时期属于现代派诗人，曾与徐迟、戴望舒等创办《新诗》。纪弦在成立现代诗社时，提出“六大信条”，其中最著名的就是“新诗乃是横的移植，而非纵的继承”①，也就是要学习西方诗歌艺术成就，同时追求诗的纯粹性，强调知性。这些主张既与当时台湾诗坛过于政治化的背景有关，又可以听到民国时期现代主义诗学的回响。针对纪弦诗论中对传统价值的忽

①纪弦：《现代诗的信条》，《现代诗》1956年第13期。

视，蓝星诗社领袖覃子豪（1912—1963）提出六条正确原则，强调抒情，强调发扬新诗的民族精神。虽然三大诗社之间在主张上不无出入，但“《现代诗》《蓝星》和《创世纪》作风都差不多，形成一个时代的风格”①。

现代派为了践行纯粹性，接受西方现代主义文学思潮，强调自我意识，注重个体精神世界的深度表现。这也就导致苏雪林所说的晦涩。余光中（1928—2017）在该时期也认为，现代诗的本质是一种自我意识的觉醒。《创世纪》在20世纪50年代末转型后就倡导超现实主义。所写作品都致力于挖掘表现人的潜意识、梦的世界、个人内心，认为这些才是文学的真实。但将大陆民国时期的诗歌作为参照，这一时期台湾诗坛给人深刻的印象是，桑梓之思的诗作以及对古典诗歌的汲取融化。

这三大诗社的诗人，有一个大致相同的背景，就是都从大陆迁往台湾。他们年少时代是在大陆度过，于今移居于海岛，政治隔绝也剥夺了他们亲临过去空间的可能性。这些人漂泊的身世、文化移民的心态及对回归故土的渴望，都凝结在乡愁和文化怀旧的抒写中。这种乡愁所蕴含的孤绝感，也契合现代主义所追求的个人主义和对内心世界的挖掘。民国时期留学欧美日的诗人，他们的诗中也有思恋故土的内容，其中以闻一多最为强烈，但却没有像这一时期的台湾诗坛，在诗人诗作上数量如此之多，在质量上也有许多经典之作。

纪弦虽然提倡“知性”，但也写下感伤色彩浓厚的怀乡诗，如《槟榔树：我的同类》中“而在这多秋意的岛上，/我怀乡的调子，/终不免带有一些儿凄凉”。更具代表性的是《一片槐树叶》：

> 这是全世界最美的一片，
> 最珍奇，最可贵的一片，
> 而又是最使人伤心，最使人流泪的一片，
> 薄薄的，干的，浅灰黄色的槐树叶。
>
> 忘了是在江南，江北，
> 是在哪一个城市，哪一个园子里捡来的了。

---

①症弦：《现代主义：国际与本土——现代诗运的回顾与前瞻》，《现代诗》，1994年8月复刊第22期。

被夹在一册古老的诗集里，
多年来，竟没有些微的损坏。

蝉翼般轻轻滑落的槐树叶，
细看时，还沾着那些故国的泥土哪。
故国呦，啊啊，要到何年何月何日
才能让我再回到你的怀抱里
去享受一个世界上最愉快的
飘着淡淡的槐花香的季节？……

以一片槐树叶这个意象，寄托诗人的怀乡之思，书本中不经意的发现，引发沉重的感慨和愿望，饱含深情。张默在《时间，我缱绻你》中则说：“时间，我悲怀你/一滴流浪在天涯的眼泪/怔怔地瞪着一幅满面愁容的秋海棠。”张默此外还有《家信》，把亲人之思和故土之思结合起来。

洛夫被称为“诗魔”，其《边界望乡》是广为人知的思乡之作，其中一段是：

雾正升起，我们在茫然中勒马四顾
手掌开始生汗
望远镜中扩大数十倍的乡愁
乱如风中的散发
当距离调整到令人心跳的程度
一座远山迎面飞来
把我撞成了
严重的内伤
病了病了
病得像山坡上那丛凋残的杜鹃

这里采用超现实的手法，形象地表现对故土的深情。边界望乡似乎是现代怀乡诗才有的内容，如郑愁予有《边界酒店》、羊令野有《马山望大陆》。后者写道：“望乡人啊/你的白发一夜三千丈/绕过愁城/绕过醉乡/怎样也绕不住/一次海的黎明洗眼的眺望。”这种可望而不可接近的感受，是由严格的政治边界版图决定的。台湾新诗中最广为人知的思乡曲，当属余光中的《乡愁》：

小时候
乡愁是一枚小小的邮票
我在这头
母亲在那头

长大后
乡愁是一张窄窄的船票
我在这头
新娘在那头

后来啊
乡愁是一方矮矮的坟墓
我在外头
母亲在里头

而现在
乡愁是一湾浅浅的海峡
我在这头
大陆在那头

以整洁的形式，道出人生不同阶段对乡愁的理解。出彩点在最后一节，前三节都是这一节的铺垫，该节把个人之情拓展到家国之情。同类题材还有杨唤的《乡愁》、朵思的《乡愁》、沙漠的《乡愁》、蓉子的《晚秋的乡愁》、舒兰的《乡色酒》等。举杨唤《乡愁》为例：

在从前，我是王，是快乐而富有的，
邻家的公主是我美丽的妻。
我们收获高粱的珍珠，玉蜀黍的宝石，
还有那挂满在老榆树上的金纸。

如今呢？如今我一贫如洗。
流行歌曲和霓虹灯使我的思想贫血。
站在神经错乱的街头，
我不知道该走向哪里。

台湾诗人在抒发空间分离所带来的乡愁时，也在表现文化移民心态所衍生的文化怀旧和自身文化认同。上文列举的诗歌中就包含一些古典意象，如“白发一夜三千丈”，这都是对作为自身历史传统的古典文化的认同的表现。这种怀旧和认同还表现在与古人对话，与古典诗歌传统对话，如洛夫《杜甫草堂》中写道：“我沿着红墙的通道走着/与一个看不见的影子并肩而行/偶尔听到/万里之外你与风雨的对话。”此外，他还写有《长恨歌》《与李贺共饮》《李白传奇》《车上读杜甫》《走向王维》等诗。余光中也说过：“从李白的诗与生平，我曾经企图转化出《戏李白》《寻李白》《念李白》《与李白同游高速公路》等作。杜甫感召了《湘逝》与《不忍开灯的缘故》。屈原附灵于《水仙操》《漂给屈原》与《招魂》。”①又如余光中的代表作《白玉苦瓜》：

似醒似睡，缓缓的柔光里
似悠悠醒自千年的大寐
一只瓜从从容容在成熟
一只苦瓜，不再是涩苦
日磨月磋琢出深孕的清莹
看茎须缭绕，叶掌抚抱
哪一年的丰收像一口要吸尽
古中国喂了又喂的乳浆
完美的圆腻啊酣然而饱
那触觉、不断向外膨胀
充满每一粒酪白的葡萄
直到瓜尖，仍翘着当日的新鲜
茫茫九州只缩成一张舆图

①余光中：《余光中散文选集》第4辑，时代文艺出版社1997年版，第523页。

小时候不知道将它叠起
一任推开那无穷无尽
硕大是记忆母亲，她的胸脯
你便向那片肥沃匍匐
用蒂用根索她的恩液
苦心的悲慈苦苦哺出
不幸呢还是大幸这婴孩
钟整个大陆的爱在一只苦瓜
皮靴踩过，马蹄踩过
重吨战车的履带踩过
一丝伤痕也不曾留下
只留下隔玻璃这奇迹难信
犹带着后土依依的祝福
在时光以外奇异的光中
熟着，一个自足的宇宙
饱满而不虞腐烂，一只仙果
不产在仙山，产在人间
久朽了，你的前身，唉，久朽
为你换胎的那手，那巧腕
千眄万睐将你引渡
笑对灵魂在白玉里流转
一首歌，咏生命曾经是瓜而苦
被永恒引渡，成果而甘

这里是在写白玉苦瓜，又把它象征化，成为一篇文化寻根的佳构。

此外，在艺术表现上对古典诗美的吸取，也是文化怀旧的一种。其中最广为认知的当属郑愁予《错误》：

我打江南走过
那等在季节里的容颜如莲花的开落

东风不来，三月的柳絮不飞

你底心如小小寂寞的城
恰若青石的街道向晚
跫音不响，三月的春帷不揭
你底心是小小的窗扉紧掩

我达达的马蹄是美丽的错误
我不是归人，是个过客……

无论从词语（如“容颜”“向晚”）、意象（如“江南”“春帷”）还是主题（等待游子归来），都呈现出柔和的古典美。该诗的另一种“美”来自“美丽”与“错误”这种富于悖论张力的修辞。余光中《等你，在雨中》也是这方面的名作：

等你，在雨中，在造虹的雨中
蝉声沉落，蛙声升起
一池的红莲如红焰，在雨中

你来不来都一样，竟感觉
每朵莲都像你
尤其隔着黄昏，隔着这样的细雨
……

步雨后的红莲，翩翩，你走来
像一首小令
从一则爱情的典故里你走来
从姜白石的词里，有韵地，你走来

这里非但没有“等你”的烦躁，反而让“等”成为一个发现美的契机。从节奏、意象至意境，无不让人把它与古典诗歌联系起来。这些诗歌被称为新古典主义。

第二节　20 世纪 70 至 80 年代台湾诗坛

20 世纪 50 年代中期以来三足鼎立的诗坛态势，在进入 60 年代中期以后，即被打破。

1962 年成立的葡萄园诗社和创办的《葡萄园》季刊，提倡“明朗化”和“现实主义”，文晓村执笔的《创刊词》中提出：“我们希望：一切游离社会现实与脱离读者的诗人们，能够及早觉醒，勇敢地抛弃虚无、晦涩与怪诞，而回归真实，回归明朗，创造有血有肉的诗章。”这种明朗化主张显示是针对现代派诗人由于“横的移植”所带来的晦涩诗风。但葡萄园诗社的影响有限，未能改变诗坛的固有格局。

1964 年笠诗社成立，同年创办《笠》诗刊。创办者包括詹冰、林亨泰、白萩等知名诗人，均为台湾本土诗人。

笠诗社是一个影响广泛的群体。该诗群的特点之一就是图像诗探索。如詹冰的《雨》，“雨”字重复向下以及省略号的应用，使得一行诗像一串雨珠，几行诗连起来就像雨帘。白萩的《流浪者》、林亨泰的《防风林》等都是被经常引用的名篇。白萩的另一篇名作《广场》则显示出对现实的批判：

所有的群众一哄而散了
回到床上
去拥护有体香的女人

而铜像犹在坚持他的主义
对着无人的广场
振臂高呼

只有风
顽皮地踢着叶子嘻嘻哈哈
在擦拭那些足迹

这是一首讽刺诗。诗人以“广场”为中心，串联民众、铜像和风三者的行为。群众对物质享受的追求，铜像坚持它的理想主义，风则表现得玩世不恭。从对比中，可以作出至少两种解读，一种是对“铜像”所象征的对象的讽刺，可能因为它空呼口号；一种是对“群众”的失望，而对铜像坚持理想表示同情。

1971 年，龙族诗社成立并创办《龙族》诗刊，他们在《龙族》诗刊的封面和封里写着的“宣言”是：“我们敲我们自己的锣打我们自己的鼓舞我们自己的龙。”这是继承葡萄园诗派对抗“横的移植”的主张。他们提倡：“第一，龙族同仁能够肯定地把握此时此地的中国风格；第二，……诚诚恳恳地运用中国文字表达自己的思想；第三，……诗固然是要批判这个社会，但是，也要敞开胸怀让这个社会来批判我们的诗。”① 此外还有成立于 1972 年的大地诗社、成立于 1975 年的草根诗社以及成立于 1977 年的诗潮诗社，它们都加入这一时期的现实主义诗潮中。

20 世纪七八十年代值得注意的诗人，有罗青、夏宇。罗青（1948— ）的诗作被余光中称为象征着“七十年代新现代诗的开启”，他是台湾诗歌走向后现代的过渡性人物，代表作有《一封关于诀别的诀别书》。夏宇（1956— ）是一位女诗人，也是后现代主义写作的代表，其《甜蜜的复仇》一诗广为流传：

把你的影子加点盐
腌起来
风干

老的时候
下酒

语言极为简练，构思充满张力，又非常幽默。

台湾诗坛在走进 80 年代后期时，诗歌创作趋于个人化，不再是社团林立并激烈论争。但这非但没有削弱诗歌发展的势头，反而促使台湾诗歌走

①陈芳明为《龙族诗选》所写的序言《新的一代新的精神》，林白出版社 1973 年版。

向多元化。有的学者就从这个时期的诗歌分出“政治诗”“都市诗”“女性主义诗歌”以及“原住民诗人的抗争之声”等多种类别。①

第三节　香港、澳门新诗

香港新诗始于20世纪20年代末。30年代初，香港青年诗人经常在上海《现代》杂志上发表诗作，不少诗人也在香港和广东来回往返。大批文人如戴望舒、臧克家、力扬、邹荻帆、袁水拍、陈敬容等，南下香港避难，给香港诗歌带来短暂繁荣。戴望舒的《狱中题壁》《我用残损的手掌》就写于香港。随着新中国成立，大批寄居在香港的文人返回大陆，香港诗坛一时陷入沉寂。但同时还有一批对共和国新政权不满的诗人南下香港，其中以力匡、何达和马朗最为知名。这些诗人撑起香港五六十年代的诗坛。这些外来的诗人像台湾诗人一样，有着浓重的漂泊感，如力匡（1927—1991）的《重门》：

然而我是这个岛上的旅人，
我是孤独寒冷得不到暖和，
我怀念在北国的冬天晚上，
纸窗内有温热明亮的炉火。

徐订（1908—1980）的《过客》也说道：“我是一个可怜的过客。”诗人们逃到香港，但却不习惯这个西方化的都市。力匡在《我不喜欢这个地方》中，甚至认为香港社会过于商品化，“这里不容易找到真正的‘人’”。

这个时期还有一批赴台求学的香港人，如蔡炎培、戴天、温健骝。他们的诗歌受台湾诗歌影响较大，基本在同时期台湾诗歌的格局之内。或写怀乡，如戴天《一九五九年残稿》、温健骝《归客》；或者充满古典主义情调，如温健骝《泣柳》。他们更重要的作用是在香港诗坛和台湾诗坛之间

①参看洪子诚、刘登翰《中国当代新诗史》（修订版），北京大学出版社2005年版，第356—366页。

起着沟通的桥梁作用。

进入20世纪70年代后，香港经济已经繁荣起来，成为国际大都市。这时人们对香港的认同感也得到强化，本土意识愈发浓烈。尤其是自小在香港接受教育的年轻一代，他们没有去国怀乡的漂泊感。同时内地逐步开放，香港回归祖国是一件引起香港社会复杂反响的事件。这些都促使香港诗坛格局变化。仅从诗人的籍贯构成，就可以看出诗坛的复杂性。70年代后的诗坛有香港本土的诗人，如70年代活跃的也斯、羁魂、西西、黄国彬、古苍梧等。70年代和90年代也有新人。其次是从内地移民来的诗人，如傅天虹等；还有从台湾、澳门和其他国家移居而来的诗人，如余光中（来自台湾）、韩牧（来自澳门）、陶里（来自越南）。

这时期有两类诗歌值得注意，一是都市诗的出现，这类诗往往结合香港的街容市貌，在题材上体现出香港色彩，可以说是本土意识和都市题材的融合。都市题材在60年代就已出现，如马朗（1933—　）的《北角之夜》：

最后一列的电车落寞地驶过后
远远交叉路口的小红灯熄了
但是一絮一絮濡湿了的凝固的霓虹
沾染了眼和眼之间朦胧的视觉
……
仿佛满街飘荡着薄荷酒的溪流
而春野上一群小银驹似地
散开了，零落急遽的舞娘们的纤足
登登声踏破了那边卷舌的夜歌

但也斯（1948—2013）的《拆建中的摩罗街》更具代表性：

拆建中的摩罗街
正午的太阳照着
一个蹲在路旁的老者
铁灰色的伛偻的背
污水淹至他的后跟

而在前边一幅布上展开
古玩和陶瓷的落果
暗哑的青玉旁
是更多锈棕色的剪刀
在一个偶然的顾客的播弄下
迟钝地开合
弃物铺展至路的尽处
旧式熨斗中没有炭
电钟没有通电
书籍没人翻阅
旧衣服中，没有肢体
蒙尘的镜面上
映出一叠朦胧的古钱……
身后铺子的黑暗中
一列古老的鼻烟壶
分盛着许多零碎的过去
两旁一些铺子已拆去
富有的店家移上一条街道开设新店
另一些留下来在街头摆卖
堆满废铁和旧木板
街道显得更狭窄
也更多灰尘了
那边铁器铺的锤声
一声紧似一声

马朗的《北角之夜》中出现精神的游离，诗人从都市场景想象到乡村田野。也斯这首诗没有出现唯美的描写，而是如数家珍地白描街道中的所见。这两种对都市的观照方式，都具有代表性。还有另外一种是从社会和道德批判的角度，暴露城市的不公和罪恶，如舒巷城出版于70年代初期的《都市诗钞》，其中诸如“城市越胀越大了/他呢，越来越缩越小了/而且被遗忘/像一朵枯萎的小花”（《无题》），“他的心冰冷/脑袋是热的/越琢磨越爱金钱”（《都市人》），就写人在城市中的异化。

另一个值得注意的现象是先锋诗歌的探索。这种探索在五六十年代已经出现，毕竟香港一直深受西方文化的影响，如昆南的《布尔乔亚之歌》：

风，紧搂我；风，狂吻我
我撞向时间，我撞向空间

呵
希望
是
大
大
大
大
呵

车轮滚上，终极的热狂
又似无尽头的绝望
我带着翅膀
飞去闪白的天堂

呵
生命
是
长
长
长
长
呵

这是一首图像诗。通过重复以及拉长，无论从声音还是从形象上，都直观地表现了希望的大和生命的长。西西的《快餐店》也是一首充满先锋精神的诗作：

既然我不会铿鱼
既然我一见到毛虫就会把整棵椰菜花扔出窗外
既然我炒的牛肉像柴皮
既然我烧的饭焦
既然我煎蛋时老是忘记下盐
既然我无论炸什么都会给油烫伤手指
既然我看见了石油气炉的烟就皱眉又负担不起煤气和电费
既然我认为一天花起码三个小时来烹饪是一种时间上的浪费
既然我高兴在街上走来走去
既然我肚子饿了就希望快点有东西可以果腹
既然我习惯了掏几个大硬币出来自己请自己吃饭
既然这里面显然十分热闹四周的色彩像一幅梵谷
既然我可以自由选择青豆虾仁饭或公司三明治
既然我还可以随时来一杯阿华田或西班牙咖啡
既然我认为可以简单解决的事情实在没有加以复杂的必要
既然我的工作已经那么令我疲乏
既然我一直讨厌洗碗洗碟
既然我放下杯碟就可以朝户外跑
既然我反对贴士制度

我常常走进快餐店

为了反映都市里的快餐文化，这首诗也采用“快餐式”的写作。19个以“既然我”开头的句子，让这首诗显得重复又简单，而这种“重复”和“简单”正是快餐文化的特征。

澳门从16世纪开始便沦为葡萄牙殖民地。由于人口数量、文化类型等原因，汉语新诗在澳门迟迟没有繁荣起来。直到20世纪80年代，澳门诗歌才有崛起的迹象，但并没有出现大家。由于澳门社会的开放以及现代世界的流动性，小小的澳门诗坛格局有些复杂，主要可以分出四种类型的写作者，一是本土成长起来的诗人，如若瑟、李安乐、马若龙、汪浩瀚、江思扬、苇鸣、懿灵；二是由内地移居而来的诗人，如高戈、淘空了、流星子、李观鼎、舒望；三是从其他国家地区前来定居的诗人，如陶里和云惟利（笔名云力）；四是生于澳门但漂泊在外的“离岸诗人”，如张错、韩牧、陈德锦、钟伟民等。其中李安乐（1920—1980）是土生土长的澳门诗人的代表，从其作品中能略窥澳门诗歌独特的面貌，如《知道我是谁》：

我父亲来自葡国后山省，
我母亲中国道家的后人，
我这儿呢。嗨，欧亚混合，
百分之百的澳门人！
我的血有葡国
猛牛的勇敢，
又融合了中国
南方的柔和。
…………
我承继了些许贾梅士的优秀
以及一个葡国人的瑕疵
但在某些场合
却又满脑的儒家孔子
…………
确实，我一发脾气
就像个葡国人
但也懂得抑止
以中国人特有的平和。

长着西方的鼻子，
生着东方胡发。
我上教堂，
也进庙宇。

我既向圣母祈祷，也念阿弥陀佛。
总梦想有朝能成为
一个优秀的中葡诗人。
…………

表现出一个文化混血儿在自我身份认同上的焦虑或愿望。

第八章　毛泽东与旧体诗

旧体诗自清末日显式微，新诗崛起也带给它巨大冲击。但由于民族文化传统的顽强生命力，“五四”之后，它虽然失去诗坛主导地位，却并未在人们的视野中完全消失。不少有旧学修养的知识分子仍然喜好旧体诗创作。而毛泽东对旧体诗的喜好，加上他崇高的政治地位、文化声望和卓异的创作成就，使得中国诗坛上旧体诗勃发出新的生机，甚至与新诗显出双水分流的态势。

第一节　毛泽东的诗论和旧体诗

毛泽东（1893—1976），湖南湘潭人，新中国的缔造者，伟大的革命家、政治家和理论家，但却具有诗人本色——饮誉世界的杰出诗人，以杰出的创作和独到的见解，给中国诗坛以深远的影响。

1957 年，在致《诗刊》主编臧克家的信中，毛泽东提出“诗当然应以新诗为主体”。尽管肯定“新诗的成绩不能低估”，但他本人并不喜欢新诗，认为“太散漫”，主张“新诗，应该精练、大体整齐、押大致相同的韵”。他喜爱优秀的旧体诗词，不过认为“旧诗可以写一些，但是不宜在青年中提倡，因为这种体裁束缚思想，又不易学”①。1958 年他在成都会议强调：“中国诗的出路，第一是民歌，第二是古典，在这个基础上产生

①毛泽东：《关于诗的一封信》，《诗刊》1957 年创刊号。

出新诗来。形式是民歌的，内容应是现实主义和浪漫主义对立的统一。”①1965 年在给陈毅的信中，他又进一步指出：“将来趋势，很可能从民歌中吸收养料和形式，发展成为一套吸引广大读者的新体诗歌。”他十分重视旧体诗的艺术形式和内在规律，强调写律诗就要遵守格律，“因律诗要讲平仄，不讲平仄，即非律诗”，指出“用形象思维”和运用赋、比、兴的艺术手法是不能违反的“唐人规律”②。他认为，旧体诗词“源远流长”，“要发展，要改革，一万年也打不倒”，因为它“最能反映中华民族和中国人民的特性和风尚”③。他的上述主张受到许多诗人的推崇和响应。

毛泽东的创作对中国诗坛和广大人民群众的影响，比他的主张更为广泛和深远。他从青年时代即开始旧体诗词的创作，后来出版过多种版本的诗词集。最新的权威版本是中共中央文献研究室所编的《毛泽东诗词集》（中央文献出版社 1996 年版），共收诗词 67 首，其中正编 42 首经毛泽东本人校订定稿。副编 25 首，分两类：一是作者自己保存并曾经反复修改或审定过的诗词；二是作者写作后可能因忘记或手稿散佚而没有再修订的未定稿。

毛泽东的诗反映了党所领导的革命斗争中的重大事件，差不多每个时期的重大斗争都写到了，思想性、艺术性非常高，因此，被称为革命史诗再适当不过。④ 如《七律・长征》：

> 红军不怕远征难，万水千山只等闲。五岭逶迤腾细浪，乌蒙磅礴走泥丸。金沙水拍云崖暖，大渡桥横铁索寒。更喜岷山千里雪，三军过后尽开颜。

运酣畅之笔，抒写四面八方，景致转换自如，风云吐于行间，珠玉生于字里。一首八行七律，概括出二万五千里长征这一重大的主题。又如《七律・人民解

---

①李准、丁振海主编《毛泽东文艺思想全书》，吉林人民出版社 1992 年版，第 843 页。

②毛泽东：《给陈毅同志谈诗的一封信》，见《毛泽东诗词选》，人民文学出版社 1986 年版，第 165 页。

③臧克家：《毛泽东和诗》，《毛泽东文艺思想全书》，吉林人民出版社 1992 年版，第 813 页。

④周振甫：《毛主席诗词浅释・后记》，上海文艺出版社 1961 年版。

放军占领南京》:

> 钟山风雨起苍黄，百万雄师过大江。虎踞龙盘今胜昔，天翻地覆慨而慷。宜将剩勇追穷寇，不可沽名学霸王。天若有情天亦老，人间正道是沧桑。

气度恢宏，语句铿锵，表现出强大的决心和信念。“百万雄师过大江”“天翻地覆慨而慷”的时代画面，导出“人间正道是沧桑”的历史规律。确实，世间万物都要经历产生、发展、消亡的过程，都是作为过程而存在，人类社会同样如此。沧海与桑田更迭，新生总是战胜腐朽，沉舟侧畔千帆过，病树前头万木春。

毛泽东的诗不仅在国内和华人世界广为传诵，还先后被译成英、俄、法、德、日、印度、希腊等几十个国家和民族的文字，在世界许多国家和地区广为流传。

第二节　陈毅、于右任等的诗作

不独毛泽东爱好旧体诗，现当代中国的许多政治家也都雅好它。朱德、周恩来、陈毅、董必武等都写过旧体诗，20 世纪初，在柳亚子、陈去病等发起的南社中，许多政治家也颇有成就，其中，后来去台湾的于右任，便有较大的影响。

陈毅（1901—1972），四川乐至人，中华人民共和国开国元勋之一。一生创作约 370 题、700 馀首诗词。出版有张茜所编的《陈毅诗词选集》和西南师范大学出版社编注的《陈毅诗词选注》。其中《反攻下汀州龙岩》《赣南游击词》《三十五岁生日寄怀》《孟良崮战役》等诗篇，都是广被传诵、脍炙人口的名篇。毛泽东称赞他的诗“大气磅礴”①。他的诗作生动地抒写了自己在不同年代的心灵感受和感情体验，或写战争的残酷艰苦与牺

①毛泽东:《给陈毅同志谈诗的一封信》，见《毛泽东诗词选》，人民文学出版社 1986 年版，第 166 页。

牲，或歌颂新中国的变革与建设，或描述名山大川和名胜古迹，或悼念革命战友，或吟咏国际友谊与抒写反帝反霸的豪情。《梅岭三章》坦露诗人革命家的崇高人格，尤其动人肺腑，气吞牛斗。他的诗灵活运用白话诗和三言、四言、五言、六言、七言、杂言、古诗、格律诗、长短句等形式来抒情写意，对旧体诗有所创新。

董必武（1886—1975），黄安（今湖北红安）人，一生创作2000多首旧体诗，为当代革命家中诗作最多者。《董必武诗选》收入1939年至1975年写就的300多首诗。其诗注重抒写对革命人生独到、深切的体验。如《三台即景》《别延安》《过劳山寄延安诸同志》《重庆办事处五周年纪念》《感时杂咏》《中秋望月》等，均抒发对旧社会黑暗统治的愤慨和对革命战友的挚爱与怀念。新时期，他更加诗情澎湃，创作题材广泛而立意深邃。诗风古朴、醇厚，感情诚挚。毛泽东赞扬“董老善五律”①，其《中秋望月》《挽陈毅同志》《椰庄海边黎民村》《庐山秋雨》《红岩村题诗》等均系五律名篇，格律严谨，语言清新，朴实中见意境。

于右任（1879—1964），陕西三原人，有《于右任诗词曲全集》。他不仅创作丰富，而且从青年时代起便投身革命，为国家和民族的独立、民主、富强和统一奋斗终生。晚年虽然被迫去到台湾，但始终不忘故乡，不忘祖国的统一大业，胸中充满爱国主义的崇高情怀。从他早期的诗作中，可以读到“报仇侠儿志，报国烈士身。寰宇独立史，读之泪盈巾。逝者如斯夫，哀此亡国民”这样充满悲愤、激烈情思的爱国诗句，还有“吾人自当造前程，依赖朝廷时难俟。何况列强帝国主义相逼来，风潮汹恶廿世纪。大呼四万万六千万同胞，伐鼓拟金齐奋起”这样反帝立场鲜明的慷慨激昂有如战鼓雷鸣般的呼唤。他晚年在台湾的名作《望大陆》写道：

> 葬我于高山之上兮，望我故乡；故乡不可见兮，永不能忘！葬我于高山之上兮，望我大陆；大陆不可见兮，只有痛哭！天苍苍，野茫茫，山之上，国有殇！

爱国情愫力透纸背，读者心灵为之战栗，诗人有如屈原般的爱国志士的崇

---

①毛泽东：《给陈毅同志谈诗的一封信》，见《毛泽东诗词选》，人民文学出版社1986年版，第166页。

高形象屹立在面前。于右任的诗形式多样，题材丰富，无论言志、咏物、抒情、记游、赠友、酬亲，无不透露出一腔豪雄之气，旷达而奔放，磊落而坦荡，其视野之开阔、寄意之深邃、情感之浓烈，都给读者留下深刻难忘的印象。他长于近体诗，又有所突破和创新，不拘泥于近体诗句式和韵律，使之更接近现代口语，甚至不忌讳多字组成的现代外来语词，如“帝国主义”“无产阶级”等。以古典诗来表现现代生活题材，在旧体诗向新体诗的过渡中，于右任有自己独特的贡献。

第三节　聂绀弩等文人学者的旧体诗

现当代还有许多文人学者写作旧体诗，其中赵朴初、陈寅恪、夏承焘、吴世昌、钱锺书、胡绳、刘永济、沈祖芬、高亨、邓拓、李锐、聂绀弩、蔡若虹、荒芜等，皆不乏脍炙人口的佳作；香港的饶宗颐、澳门的梁披云也多有旧体诗创作。新诗人中，郭沫若、臧克家、何其芳、贺敬之等晚年也喜写旧体诗词。这里举聂绀弩、赵朴初、胡绳为例。

聂绀弩（1903—1986），湖北京山人。1959 年在北大荒开始写旧体诗七古，又改作律诗，后主要写七律。香港野草出版社出版了他的旧体诗集《三草》（指《北荒草》《赠答草》《南山草》）。人民文学出版社增《第四草》，改名为《散宜生诗》出版。聂绀弩将清峻洒脱、老练泼辣的杂文风格融入诗境，直面人生，写对劳动和生活的感受和身边的凡人琐事，诗味风趣隽永。如《搓草绳》：“冷水浸盆捣杵歌，掌心膝上正翻搓。一双两好缠绵久，万转千回缱绻多。”又如赠妻的《赠周婆》诗：“探春千里情难表，万里迎春难表情。本问归期归未得，初闻喜讯喜还惊。”诙谐幽默中，见出冷峻凄凉。聂绀弩的律诗为旧体变格，古律新声，诗歌生动地表现了苦中见乐、失意中不失信心的精神。有一些写到自己的诗，尤其可见其诗格。如《某事既竟投夏公》：“手提肝胆验阴晴，坐到三更又四更。天狗吞吐惟日月，鲲鱼去住总沧溟。谁知两语三言事，竟是千秋万岁名。失马塞翁今得马，不谈马齿更人情。”抒发的是一股怨气，但读来很有霸气。这类霸气的诗句还有“天寒岁暮归何处，涌血成诗喷土墙”和“男儿脸刻黄金印，一笑心轻白虎堂”以及“手提肝胆轮囷血，互对宵窗望到明”等，皆广为人知。胡乔木称聂绀弩的诗是“以热血和微笑留给我们的一株奇花”“作者所写的诗虽然大都是格律完整的七言律诗，诗中杂用的‘典故’也很不少，但从头到尾却又是用新的感情写成的。他还用了不少新颖的句法，那是从来的旧体诗人所不会用或不敢用的。这就形成了这部诗集在艺术上很难达到的新的风格和新的水平”①。

赵朴初（1907—2000），安徽太湖人，书法家、佛学家，20 世纪 40 年代开始旧体诗写作。新中国成立后的大量诗作，讴歌光明，诅咒黑暗，记录访问印度、缅甸、尼泊尔、日本等国和祖国名胜的游踪，表达对宗教的信仰、对战争的厌恶、对和平的渴望。有《片石集》。1959 年起，创作《寿阳曲》《柳营曲》《阳春曲》《鹦鹉曲》《金缕曲》《雁儿落带过得胜令》以及《天下乐》《喜春来》《天净沙》《不是路》《鬼三台》等。《某公三哭》属脍炙人口的名篇，情真意切、尖锐泼辣。“文化大革命”期间的《反听曲》，新时期的《故宫惊梦（套曲）》，都曾广被传诵。赵朴初还尝试创作一种自定调式和调名的“自度曲”，如《乐新春》《凯歌还》等，流利婉转、朴素自然，充分发挥灵活性大、音乐性强的特点，刚健清新、灵动洒脱，于寻找一种新诗格局的途径有积极的意义。

胡绳（1918—2000），江苏苏州人。青年时代即开始写旧体诗。著有《胡绳诗存》。他在此书自序中说：“余束发从学，窃好吟咏。初效‘五四’后新诗体，未能造堂哜胾。继作五七言旧体诗。”他虽是学者，却具诗人的禀赋，多有感而发，鲜见无病之呻吟，感情真挚，着墨处诗意盎然，情怀跃然纸上。如 1937 年的《过南京夜闻东北流亡学生唱“松花江上”》：“木落山空夜更凉，石头城下唱松江。沃原千里无颜色，志士如何不断肠！”短短四句，山川景色、时代氛围，家国恨、壮士忧，莫不熔铸于苍凉悲怆的意境中，令人读之热血沸腾。写于抗日战争期间的《襄城纪事》《过松坎》《衡阳见柳》《东江》等，均有类似的特色。“文化大革命”中他虽被贬，仍然保持旷达、恬淡、乐观的心情，写出许多令人耳目一新的新田园诗。如 1967 年的《扫地》：“不待鸡鸣破曙光，朝朝拥彗出前廊。和风稍借三分力，夜雨微滋四角墙。功未到时尘不去，学无止境路还长。忽报东方红一曲，惊天震地有华章。”又如 1972 年的《耘田》：“百亩葱茏一望平，高飞燕子喜天清。汗流点点佳禾润，锄落行行莸气盈。与少年游

①胡乔木：《散宜生诗·胡序》，人民文学出版社 1982 年版。

增志锐，芟蒿草尽觉身轻。书生积习尚存否，万事从无唾手成。”还有《春节》：“栖息此村落，四年迎岁华。顽童燃爆竹，邻女剪窗花。鸡熟流香雾，炉红炽绮霞。何需望天末，四海可为家。”尽管写于困厄，仍见诗意盎然。他有许多缅怀故人、感怀沧桑之作，如《赠友人》《悼何伟同志》《有怀》《得家书》等，或追忆友人，或怀念亲人，写得情真意挚，感人至深。他的旅游诗也臻于佳美的境界。如《漓江》：“扑面奇峰叠嶂来，船行碧水画屏开。山灵为媚游人意，故遣烟云绕半腮。”《景洪》：“日照澜沧江上云，凤凰花开粲如焚。傣家少女多聪慧，高髻银环五色裙。”皆色彩斑斓而笔触清新。《胡绳诗存》所录的诗分6辑，收有1937年至1996年的诗共289首，题材相当丰富，形式也颇为多样，以七言绝句、律诗为多，也有五言和词体。其中尤以绝句见长。就风格而论，他的诗除少数悱恻悲怆之作外，大都旷达、雄放，透露出革命者的胸怀和博邃视野。

旧体诗在20世纪的发展，从梁启超、黄遵宪等发动诗界革命，到陈去病、高旭、柳亚子创立南社，以旧体诗宣传民主革命，到新中国成立后各地纷纷成立诗社，创作一直在延续。80年代成立的中华诗词学会，会员逾两万人，出版的《中华诗词》月刊发行量也逾万份，足见旧体诗影响的广泛。在这个过程中，也出现了突破古体韵律的新的旧体诗。

参考书目

《诗史》，李维，北平石棱精舍，1928 年；东方出版社，1996 年。

《中国诗史》，陆侃如、冯沅君，百花文艺出版社，1999 年。

《中国诗史》，吉川幸次郎著，章培恒等译，复旦大学出版社，2012 年。

《中国诗歌美学》，萧驰，北京大学出版社，1986 年。

《中国诗歌艺术研究》，袁行霈，北京大学出版社，1987 年。

《中国诗学通论》，袁行霈等，安徽教育出版社，1994 年。

《中国诗学与传统文化精神》，韩经太，四川人民出版社，1990 年。

《中国诗学体系论》，陈良运，中国社会科学出版社，1992 年。

《中国诗学批评史》，陈良运，江西人民出版社，1995 年。

《中国诗学之精神》，胡晓明，江西人民出版社，1995 年。

《中国诗学思想史》，萧华荣，华东师范大学出版社，1996 年。

《20 世纪中国人文学科学术研究史丛书 · 中国诗学研究》，余恕诚主编，福建人民出版社，2006 年。

《20 世纪中国古代文学研究史 · 诗歌卷》，羊列荣，东方出版中心，2006 年。

《中国古代诗歌研究论辩》，檀作文、唐建、孙华娟，百花洲文艺出版社，2006 年。

《中国诗歌美学史》，庄严、章铸，吉林大学出版社，1994 年。

《中国诗歌史论》，张松如，吉林大学出版社，1985 年。

《中国诗歌史论》，龚鹏程，北京大学出版社，2008 年。

《中国诗歌通史》，赵敏俐、吴思敬主编，人民文学出版社，2012 年。

《中国韵文通论》，陈钟凡，中华书局，1927 年。

《中国韵文史》，龙沐勋，商务印书馆，1934 年。

《乐府文学史》，罗根泽，东方出版社，1996 年。

《乐府诗史》，杨生枝，青海人民出版社，1985 年。

《汉魏六朝乐府文学史》，萧涤非，人民文学出版社，1984 年。

《中唐乐府诗研究》，张修蓉，台北文津出版社，1985 年。

《乐府诗述论》，王运熙，上海古籍出版社，1996 年。

《乐府文学文献研究》，孙尚勇，人民文学出版社，2007 年。

《中国文学史》，曾毅，上海泰东图书局，1915 年。

《中国大文学史》，谢无量，中华书局，1918 年。

《白话文学史》，胡适，上海新月书店，1928 年。

《胡适学术文集・中国文学史》，胡适，中华书局，1998 年。

《中国文学进化史》，谭正璧，上海光明书局，1929 年。

《中国文学流变史》，郑宾于，北平北新书局，1930 年。

《中国文学史解题》，许啸天，上海群学社，1932 年。

《新著中国文学史》，胡云翼，北平北新书局，1932 年。

《中国文学史通论》，朱星元，天津利华印务局，1939 年。

《汉文学史纲要》，鲁迅，人民文学出版社，1973 年。

《插图本中国文学史》，郑振铎，花山文艺出版社，1998 年。

《中国文学发展史》，刘大杰，上海古籍出版社，1982 年。

《中国文学简史》，林庚，北京大学出版社，1995 年。

《中国文学史略稿》，李长之，五十年代出版社，1954 年。

《中国文学史》，中国科学院文学研究所中国文学史编写组编写，人民文学出版社，1962 年。

《中国文学史》，游国恩等主编，人民文学出版社，1963 年。

《中国古代文学史长编》，郭预衡主编，首都师范大学出版社，2000 年。

《中国文学史》，章培恒、骆玉明主编，复旦大学出版社，1996 年。

《程氏汉语文学通史》，程千帆、程章灿，辽海出版社，1999 年。

《中华文学通史》，张炯、邓绍基、樊骏主编，华艺出版社，1997 年。

《中国文学通史》，张炯、邓绍基、郎樱主编，江苏文艺出版社，2012 年。

《中国文学概论》，袁行霈，高等教育出版社，1990 年。

《中国文学史》，袁行霈主编，高等教育出版社，2005 年。

《中国文学编年史》，陈文新总主编，湖南人民出版社，2006 年。

《剑桥中国文学史》，孙康宜、宇文所安主编，三联书店，2013 年。

《中国文学史学史》，董乃斌、陈伯海、刘扬忠主编，河北人民出版社，2003 年。

《文学史学原理研究》，董乃斌主编，河北人民出版社，2008 年。

《金陵生文学史论集》，蒋寅，辽海出版社，2009 年。

《中国诗学通论》，范况，商务印书馆，1930 年。

《绝句论》，洪为法，商务印书馆，1934 年。
《律诗论》，洪为法，商务印书馆，1935 年。
《古诗论》，洪为法，商务印书馆，1937 年。
《诗体释例》，胡才甫，上海中华书局，1937 年。
《诗法通微》，徐澄宇，重庆正中书局，1943 年。
《诗》，蒋伯潜，世界书局，1948 年。
《中诗外形律详说》，刘大白，上海中国联合出版公司，1943 年。
《汉语诗律学》，王力，上海教育出版社，1958 年。
《诗文声律论稿》，启功，中华书局，1977 年。
《汉语现象论丛》，启功，中华书局，1997 年。
《汉语节律学》，吴洁敏、朱宏达，语文出版社，2001 年。
《诗词曲语辞汇释》，张相，中华书局，1967 年。
《杂体诗歌概论》，饶少平，中华书局，2009 年。
《六言诗体研究》，卫绍生，社会科学文献出版社，2010 年。
《中国古代文体概论》，褚斌杰，北京大学出版社，1990 年。
《中国古代文体形态研究》，吴承学，中山大学出版社，2000 年。
《中国古代文体学研究》，吴承学，人民出版社，2011 年。
《中国古代文体学论稿》，郭英德，北京大学出版社，2005 年。
《中国古代文体学》，曾枣庄，上海人民出版社，2012 年。
《中国诗体流变》，程毅中，中华书局，1992 年。
《中国古代诗体简论》，杨仲义，中华书局，1997 年。
《中国诗学·设计篇》，黄永武，台湾巨流图书公司，1976 年。
《中国诗学·鉴赏篇》，黄永武，台湾巨流图书公司，1976 年。
《中国诗学·考据篇》，黄永武，台湾巨流图书公司，1977 年。
《中国诗学·思想篇》，黄永武，台湾巨流图书公司，1979 年。
《中国诗学的思路与实践》，蒋寅，广西师范大学出版社，2001 年。
《古典诗学的现代诠释》，蒋寅，中华书局，2002 年。
《谈艺录》，钱锺书，中华书局，1984 年。
《钱锺书集》，钱锺书，三联书店，2001 年。
《吴世昌全集》，吴世昌，河北教育出版社，2003 年。
《俞平伯全集》，俞平伯，花山文艺出版社，1997 年。
《郑振铎全集》，郑振铎，花山文艺出版社，1998 年。

《程千帆全集》，莫砺锋编，河北教育出版社，2000 年。

《陈友琴集》，陈才智编，中国社会科学出版社，2014 年。

《周勋初文集》，周勋初，江苏古籍出版社，2000 年。

《赵昌平自选集》，赵昌平，广西师范大学出版社，1997 年。

《美的历程》，李泽厚，文物出版社，1981 年。

《艺术魅力的探寻》，林兴宅，四川人民出版社，1985 年。

《汉字的魔方：中国古典诗歌语言学札记》，葛兆光，辽宁教育出版社，1999 年。

《中国古代文学理论辞典》，赵则诚、张连弟、毕万忱主编，吉林文史出版社，1985 年。

《中国古代文学流派辞典》，朱培高，湖南出版社，1991 年。

《中国文学流派史》，朱培高，黄山书社，1998 年。

《中国古代文人集团与文学风貌》，郭英德，北京师范大学出版社，1998 年。

《中国文学流派意识的发生和发展：中国古代文学流派研究导论》，陈文新，武汉大学出版社，2003 年。

《文化建构文学史纲（中唐—北宋）》，林继中，海峡文艺出版社，1993 年。

《文化建构文学史纲（魏晋—北宋）》，林继中，北京大学出版社，2005 年。

《诗国观潮》，林继中，福建教育出版社，1997 年。

《文学风格七讲》，吴功正，上海文艺出版社，1983 年。

《文学风格漫说》，严迪昌，江苏人民出版社，1983 年。

《意境·风格·流派》，王昌猷，广东人民出版社，1986 年。

《意与境：中国古典诗词美学三昧》，陈铭，浙江大学出版社，2001 年。

《文学风格例话》，周振甫，上海教育出版社，1989 年。

《文学风格论》，周振甫，花城出版社，1990 年。

《新二十四诗品：古典诗歌风格鉴赏》，许自强，文化艺术出版社，1990 年。

《中国古典文学风格学》，吴承学，花城出版社，1993 年。

《中国风格源流论》，李伯超，岳麓书社，1994 年。

《唐诗语汇意象论》，松浦友久著，陈植锷、王晓平译，中华书局，1992 年。

《诗歌意象论》，陈植锷，中国社会科学出版社，1990 年。

《诗词意象的魅力》，严云受，安徽教育出版社，2003 年。

《先秦文学史》，褚斌杰、谭家健主编，人民文学出版社，1996 年。

《先秦诗文史》，扬之水，辽宁教育出版社，2002 年。

《先秦文学编年史》，赵逵夫主编，商务印书馆，2010 年。

《先秦两汉文学史料学》，曹道衡、刘跃进，中华书局，2005 年。

《中国古代文学通论·先秦两汉卷》，赵敏俐、谭家健主编，辽宁人民出版社，2004 年。

《周代文艺思想概观》，李炳海，东北师范大学出版社，1992 年。

《两周诗史》，马银琴，社会科学文献出版社，2006 年。

《秦汉文学编年史》，刘跃进，商务印书馆，2006 年。

《汉魏文学嬗变研究》，胡旭，厦门大学出版社，2004 年。

《建安文学编年史》，刘知渐，重庆出版社，1985 年。

《20 世纪魏晋南北朝文学研究》，吴云，北京出版社，2001 年。

《魏晋南北朝诗歌史论》，傅刚，吉林教育出版社，1995 年。

《魏晋南北朝文学思想史》，罗宗强，中华书局，1996 年。

《魏晋文学史》，徐公持，人民文学出版社，1999 年。

《魏晋南北朝诗歌史述》，钱志熙，北京大学出版社，2005 年。

《魏晋诗歌艺术原论（修订本）》，钱志熙，北京大学出版社，2005 年。

《中国古代文学通论·魏晋南北朝卷》，刘跃进主编，辽宁人民出版社，2004 年。

《东晋玄学流派研究》，陈顺智，武汉大学出版社，2003 年。

《东晋文艺系年》，张可礼，山东教育出版社，1992 年。

《中古文学系年》，陆侃如，人民文学出版社，1985 年。

《魏晋南北朝文学史料述略》，穆克宏，中华书局，1997 年。

《中古文学文献学》，刘跃进，江苏古籍出版社，1997 年。

《门阀士族与永明文学》，刘跃进，三联书店，1996 年。

《中古文学理论范畴》，詹福瑞，河北大学出版社，1997 年。

《中古五言诗研究》，吴小平，江苏古籍出版社，1998 年。

《中古文学集团》，胡大雷，广西师范大学出版社，1996 年。

《中古诗人抒情方式的演进》，胡大雷，中华书局，2003 年。

《中古感伤文学原论》，徐国荣，中国社会科学出版社，2001 年。

《中古文人生活研究》，范子烨，山东教育出版社，2001 年。

《六朝文论》，廖蔚卿，联经出版事业公司，1978 年。

《六朝文学论文集》，清水凯夫著，韩基国译，重庆出版社，1989 年。

《北朝文学史》，周建江，中国社会科学出版社，1997 年。
《南北朝文学史》，曹道衡、沈玉成，人民文学出版社，1991 年。
《南北朝文学编年史》，曹道衡、刘跃进，人民文学出版社，2000 年。
《兰陵萧氏与南朝文学》，曹道衡，中华书局，2004 年。
《中国中古诗歌史：四百年民族心灵的展示》，王锺陵，人民出版社，2005 年。
《八代诗史（修订本）》，葛晓音，中华书局，2007 年。
《宫体诗派研究》，石观海，武汉大学出版社，2003 年。
《齐梁诗研究》，阎采平，北京大学出版社，1994 年。
《隋代文学研究》，李建国，中国社会科学出版社，2013 年。
《融合与超越：隋唐之交诗歌之演进》，张采民，江苏文艺出版社，1997 年。
《悠然望南山：文化视域中的陶渊明》，范子烨，东方出版中心，2010 年。
《太康文学研究》，姜剑云，中华书局，2003 年。
《元嘉体诗学研究》，蔡彦峰，中国社会科学出版社，2007 年。
《左思左棻研究》，徐传武，中国文联出版社，1999 年。
《庾信传论》，鲁同群，天津人民出版社，1997 年。
《庾信研究》，林怡，人民文学出版社，2000 年。
《唐诗研究》，费有容，上海大东书局，1926 年。
《唐诗综论》，许文玉，国立北京大学出版部，1929 年。
《唐诗研究》，胡云翼，商务印书馆，1930 年。
《唐诗概论》，苏雪林，商务印书馆，1933 年。
《唐代诗学》，杨启高，南京正中书局，1935 年。
《唐诗四季》，吴经熊，辽宁教育出版社，1997 年 3 月。
《唐诗杂论》，闻一多，上海古籍出版社，1998 年。
《唐诗百话》，施蛰存，上海古籍出版社，1987 年。
《唐代诗人丛考》，傅璇琮，中华书局，1980 年。
《唐代的诗人研究》，芳村弘道著，秦岚等译，中华书局，2014 年。
《唐代文化与诗人之心》，丸山茂著，张剑译，中华书局，2014 年。
《唐诗通论》，刘开扬，四川人民出版社，1981 年。
《唐诗史》，许总，江苏教育出版社，1994 年。
《唐诗纵论》，朱明伦，辽宁大学出版社，1995 年。
《唐诗史》，杨世明，重庆出版社，1996 年。
《唐诗风貌》，余恕诚，安徽大学出版社，1997 年。

《唐诗与其他文体之关系》，余恕诚、吴怀东，中华书局，2012 年。

《诗家三李论集》，余恕诚，中华书局，2014 年。

《唐代集会总集与诗人群研究》，贾晋华，北京大学出版社，2001 年。

《唐诗演进论》，罗时进，江苏古籍出版社，2001 年。

《唐代诗歌演变》，邓中龙，岳麓书社，2005 年。

《唐代诗学》，乔惟德、尚永亮，湖南人民出版社，2000 年。

《唐代诗歌的多元观照》，尚永亮，湖北人民出版社，2005 年。

《唐诗研究》，沈松勤、胡可先、陶然，浙江大学出版社，2006 年。

《唐代韵文研究》，沈文凡，现代出版社，2014 年。

《唐诗发展的地域因缘和空间形态》，胡可先，中国社会科学出版社，2010 年。

《唐代的文学传播研究》，柯卓英，中国社会科学出版社，2009 年。

《唐诗传播与唐诗发展之关系》，吴淑玲，中华书局，2014 年。

《唐诗语言研究》，蒋绍愚，中州古籍出版社，1990 年。

《唐诗格律通论》，徐青，当代中国出版社，2002 年。

《唐代的七言古诗》，王锡九，江苏教育出版社，1991 年。

《唐七律艺术史》，赵谦，文津出版社，1992 年。

《唐绝句史》，周啸天，重庆出版社，2006 年。

《唐代歌行论》，薛天纬，人民文学出版社，2006 年。

《唱和诗研究》，赵以武，甘肃文化出版社，1997 年。

《唱和诗词研究：以唐宋为中心》，巩本栋，中华书局，2013 年。

《唐代唱和诗的研究》，岳娟娟，复旦大学出版社，2014 年。

《唐诗学引论》，陈伯海，知识出版社，1988 年。

《唐诗汇评》，陈伯海主编，浙江教育出版社，1995 年。

《历代唐诗论评选》，陈伯海主编，河北大学出版社，2003 年。

《唐诗学史稿》，陈伯海主编，河北人民出版社，2004 年。

《唐诗学史论稿》，朱易安，广西师范大学出版社，2000 年。

《隋唐五代文学研究》，杜晓勤，北京出版社，2001 年。

《海峡两岸唐代文学研究史（1949—2000）》，陈友冰，广西师范大学出版社，2001 年。

《二十世纪唐研究》，胡戟、张弓、李斌城、葛承雍主编，中国社会科学出版社，2002 年。

《唐代文学研究论著集成》，傅璇琮、罗联添主编，三秦出版社，2004 年。

《中国古代文学通论·隋唐五代卷》，蒋寅主编，辽宁人民出版社，2004 年。

《唐音质疑录》，吴企明，上海古籍出版社，1985 年。

《唐代文学论集》，罗联添，台北学生书局，1989 年。

《唐代文学丛考》，陈尚君，中国社会科学出版社，1997 年。

《汉唐文学与文献论考》，陈尚君，上海古籍出版社，2008 年。

《唐代文学与文献论集》，陶敏，中华书局，2010 年。

《山水田园诗派研究》，葛晓音，辽宁大学出版社，1993 年。

《汉唐文学的嬗变》，葛晓音，北京大学出版社，1990 年。

《诗国高潮与盛唐文化》，葛晓音，北京大学出版社，1998 年。

《唐代边塞诗研究》，马兰州，天津古籍出版社，2003 年。

《唐代边塞诗的文化阐释》，任文京，人民出版社，2005 年。

《中国古代边塞诗史（先秦—唐）》，任文京，人民出版社，2010 年。

《汉唐边塞诗研究》，阎福玲，中华书局，2014 年。

《唐宋诗之争概述》，齐治平，岳麓书社，1984 年。

《唐宋诗风流别史》，阮忠，武汉出版社，1997 年。

《唐宋之际诗歌演变研究：以元白之元和体的创作影响为中心》，刘宁，北京师范大学出版社，2002 年。

《唐宋诗学与诗教》，刘宁，中国社会科学出版社，2012 年。

《斯文：唐宋思想的转型》，包弼德著，刘宁译，江苏人民出版社，2001 年。

《距离与想象：中国诗学的唐宋转型》，浅见洋二著，金程宇等译，上海古籍出版社，2005 年。

《中唐至北宋文学转型研究》，田耕宇，中国社会科学出版社，2009 年。

《唐宋诗文艺术的渐变与转型》，张兴武、王小兰，中国社会科学出版社，2014 年。

《唐宋诗美学与艺术论》，陶文鹏，南开大学出版社，2003 年。

《唐宋诗学论集》，谢思炜，商务印书馆，2003 年。

《唐宋诗歌论集》，莫砺锋，凤凰出版社，2007 年。

《唐宋诗宏观结构论》，许总，人民文学出版社，2006 年。

《唐宋诗体派论》，许总，江西人民出版社，2008 年。

《唐诗体派论》，许总，文津出版社，1994 年。

《唐诗流派通论》，吴怀东，新华出版社，2004 年。

《唐代诗评中风格论之研究》，黄美铃，文史哲出版社，1982 年。

《唐诗风格美新探》，王明居，中国文联出版公司，1987 年。
《唐诗风格论》，王明居，安徽大学出版社，2001 年。
《唐代文学》，胡朴安、胡怀琛，商务印书馆，1929 年。
《唐代文学概论》，朱炳煦，上海光华书局，1933 年。
《唐代文学史》，陈子展，重庆作家书屋，1944 年。
《唐代文学演变史》，李从军，人民文学出版社，1993 年。
《唐代文学的文化精神》，邓小军，文津出版社，1993 年。
《隋唐五代文学史》，罗宗强、郝世峰主编，高等教育出版社，1994 年。
《唐代文学史（上册）》，乔象锺、陈铁民主编，人民文学出版社，1995 年。
《唐代文学史（下册）》，吴庚舜、董乃斌主编，人民文学出版社，1995 年。
《唐五代文学编年史》，傅璇琮主编，辽海出版社，1998 年。
《唐代文学史》，聂石樵，北京师范大学出版社，2002 年。
《隋唐五代文学史》，毛水清，广西人民出版社，2003 年。
《隋唐五代文学思想史》，罗宗强，上海古籍出版社，1986 年。
《隋唐五代文学批评史》，王运熙、杨明，上海古籍出版社，1994 年。
《唐代文史研究丛稿》，陈铁民，中国社会科学出版社，2013 年。
《唐代文献研究》，张固也，中州古籍出版社，2014 年。
《唐五代文史丛考》，吴在庆，江西人民出版社，1995 年。
《唐代文士与唐诗考论》，吴在庆，厦门大学出版社，2006 年。
《唐代文学散论》，张安祖，三联书店，2004 年 6 月。
《唐代三大地域文学士族研究》，李浩，中华书局，2002 年。
《地域文化与唐代诗歌》，戴伟华，中华书局，2006 年。
《初唐宫廷诗风流变考论》，聂永华，中国社会科学出版社，2002 年。
《初唐诗歌系年考》，彭庆生，北京大学出版社，2012 年。
《走向盛唐》，尚定，中国社会科学出版社，1994 年。
《初盛唐诗歌的文化阐释》，杜晓勤，东方出版社，1997 年。
《齐梁诗歌向盛唐诗歌的嬗变》，杜晓勤，北京大学出版社，2009 年。
《初唐诗》，宇文所安著，贾晋华译，三联书店，2004 年。
《盛唐诗》，宇文所安著，贾晋华译，三联书店，2004 年。
《盛唐生态诗学》，王志清，北京大学出版社，2007 年。
《盛唐诗坛研究》，袁行霈、丁放，北京大学出版社，2012 年。
《八世纪诗风：探索唐诗史上“沈宋的世纪”（705—805）》，吴光兴，社会科学文献出版社，2013 年。

《陈子昂论考》，徐文茂，上海古籍出版社，2002 年。

《张九龄研究》，顾建国，中华书局，2007 年。

《张说：初唐渐盛文学转型关键人物论》，周睿，中华书局，2012 年。

《李白与杜甫》，郭沫若，人民文学出版社，1971 年。

《李杜诗学》，杨义，北京出版社，2001 年。

《李杜之变与唐代文化转型》，葛景春，大象出版社，2009 年。

《李白诗歌抒情艺术研究》，松浦友久著，刘维治译，上海古籍出版社，1996 年。

《李白大辞典》，郁贤皓主编，广西教育出版社，1995 年。

《杜甫大辞典》，张忠纲主编，山东教育出版社，2009 年。

《杜诗艺谭》，韩成武，河北教育出版社，2002 年。

《杜甫与六朝诗歌关系研究》，吴怀东，安徽教育出版社，2002 年。

《王维论稿》，陈铁民，人民文学出版社，2006 年。

《孟浩然大辞典》，王辉斌主编，黄山书社，2008 年。

《孟浩然研究论丛》，王辉斌主编，黄山书社，2011 年。

《高適研究》，佘正松，中华书局，2008 年。

《王昌龄研究》，李珍华，太白文艺出版社，1994 年。

《中唐诗歌的开拓与新变》，孟二冬，北京大学出版社，1998 年。

《中唐政治与文学：以永贞革新为研究中心》，胡可先，安徽大学出版社，2000 年。

《政治兴变与唐诗演化》，胡可先，中国社会科学出版社，2003 年。

《唐代重大历史事件与文学研究》，胡可先，浙江大学出版社，2007 年。

《唐诗与政治》，孙琴安，上海人民出版社，2003 年。

《牛李党争与唐代文学》，傅锡壬，东大图书公司，1984 年。

《牛李党争与中晚唐文学》，方坚铭，中国社会科学出版社，2009 年。

《中唐文学思想研究》，唐晓敏，北京师范大学出版社，2000 年。

《中唐文论研究》，陈允锋，中国社会科学出版社，2010 年。

《唐学与唐诗：中晚唐诗风的一种文化考察》，查屏球，商务印书馆，2000 年。

《贬谪文化与贬谪文学：以中唐元和五大诗人之贬及其创作为中心》，尚永亮，兰州大学出版社，2004 年。

《唐五代逐臣与贬谪文学研究》，尚永亮等，武汉大学出版社，2007 年。

《中唐元和诗歌传播接受史的文化学考察》，尚永亮、刘磊、洪迎华等，武汉大学出版社，2010 年。

《中唐诗歌嬗变的民俗观照》，刘航，学苑出版社，2004 年。

《中唐文人之社会角色与文学活动》，马自力，中国社会科学出版社，2005 年。

《中唐文人日常生活与创作关系研究》，彭梅芳，人民出版社，2011 年。

《终南山的变容：中唐文学论集（增订本）》，川合康三著，刘维治、张剑、蒋寅译，上海古籍出版社，2013 年。

《百代之中：中唐的诗歌史意义》，蒋寅，北京大学出版社，2013 年。

《中唐文学研究论集》，下定雅弘，中华书局，2014 年。

《中唐文人之文艺及其世界》，赤井益久著，范建明译，中华书局，2014 年。

《文字觑天巧：中晚唐诗新论》，斋藤茂著，王宜瑗、韩艳玲译，中华书局，2014 年。

《中国“中世纪”的终结：中唐文学文化论集》，宇文所安著，陈引驰、陈磊译，三联书店，2014 年。

《大历诗风》，蒋寅，上海古籍出版社，1992 年。

《大历诗人研究》，蒋寅，中华书局，1995 年。

《心态与诗歌创作：大历十才子研究》，刘国瑛，学林出版社，1994 年。

《大历十才子》，饶毅、刘国瑛，岳麓书社，1999 年。

《贞元京城文学群落研究》，方丽萍，人民出版社，2011 年。

《元和诗论》，曾广开，辽海出版社，1997 年。

《元和诗坛研究》，宋立英，上海古籍出版社，2010 年。

《韩诗论稿》，阎琦，陕西人民出版社，1984 年。

《韩孟诗派研究》，萧占鹏，文津出版社，1994 年。

《韩孟诗派研究》，毕宝魁，辽宁大学出版社，2000 年。

《韩孟诗派阐微》，李卓藩，天工书局，2001 年。

《审美的游离：论唐代怪奇诗派》，姜剑云，东方出版社，2002 年。

《柳宗元大辞典》，吴文治、谢汉强主编，黄山书社，2004 年。

《孟郊论稿》，戴建业，上海古籍出版社，2006 年。

《寒士的低吟：贾岛诗歌艺术新探》，张震英，中国社会科学出版社，2006 年。

《诗意的凝聚：姚贾诗派研究》，张震英，中国社会科学出版社，2012 年。

《贾岛研究》，齐文榜，人民文学出版社，2007 年。

《唐代社会与元白文学集团关系之研究》，马铭浩，台湾学生书局，1991 年。

《新乐府诗派研究》，钟优民，辽宁大学出版社，1997 年。

《新乐府辞研究》，张煜，北京大学出版社，2009 年。

《元白研究》，刘维治，人民教育出版社，1999 年。

《元白诗派研究》，陈才智，社会科学文献出版社，2007 年。

《白居易集综论》，谢思炜，中国社会科学出版社，1997 年。

《白居易论稿》，蹇长春，敦煌文艺出版社，2005 年。

《白居易写讽谕诗的前前后后》，静永健著，刘维治译，中华书局，2007 年。

《元稹论稿》，王拾遗，陕西人民出版社，1994 年。

《元稹考论》，吴伟斌，河南人民出版社，2008 年。

《元稹与元和文体新变》，郭自虎，安徽大学出版社，2010 年。

《张籍王建诗歌研究》，徐礼节，黄山书社，2014 年。

《李商隐诗歌研究》，刘学锴，安徽大学出版社，1998 年。

《李商隐诗歌接受史》，刘学锴，安徽大学出版社，2004 年。

《李商隐与中晚唐文学研究》，王永宽、尚立仁主编，中州古籍出版社，2003 年。

《李贺诗歌渊源及影响研究》，李德辉，凤凰出版社，2010 年。

《杜牧研究丛稿》，胡可先，人民文学出版社，1993 年。

《杜牧论稿》，吴在庆，厦门大学出版社，1991 年。

《韩偓事迹考略》，陈继龙，上海古籍出版社，2004 年。

《许浑研究》，李立朴，贵州人民出版社，1994 年。

《晚唐诗歌格局中的许浑创作论》，罗时进，太白文艺出版社，1998 年。

《韦庄诗研究》，张美丽，中国社会科学出版社，2010 年。

《韦庄研究》，任海天，人民文学出版社，2004 年。

《晚唐诗风》，任海天，黑龙江教育出版社，1998 年。

《唐音馀韵：晚唐诗研究》，田耕宇，巴蜀书社，2001 年。

《晚唐士风与诗风》，赵荣蔚，上海古籍出版社，2004 年。

《晚唐：九世纪中叶的中国诗歌（827—860）》，宇文所安著，贾晋华、钱彦译，三联书店，2011 年。

《皮陆诗歌研究》，王锡九，安徽大学出版社，2004 年。

《皮陆研究》，李福标，岳麓书社，2007 年。

《转型中的唐五代诗僧群体》，查明昊，华东师范大学出版社，2008 年。

《晚唐五代诗僧群体研究》，王秀林，中华书局，2008 年。

《晚唐五代江浙隐逸诗人研究》，王小兰，人民文学出版社，2009 年。

《唐末五代乱世文学研究》，李定广，中国社会科学出版社，2006 年。

《五代作家的人格与诗歌》，张兴武，人民文学出版社，2000 年。

《五代十国文学编年》，张兴武，人民文学出版社，2001 年。

《逍遥一卷轻：五代诗人与诗风》，罗婉薇，暨南大学出版社，2009 年。

《乱世中的优雅：南唐文学研究》，高峰，人民出版社，2013 年。

《宋代文学》，吕思勉，商务印书馆，1929 年。

《宋代文学史》，陈子展，重庆作家书屋，1945 年。

《宋元文学史稿》，吴组缃、沈天佑，北京大学出版社，1989 年。

《两宋文学史》，程千帆、吴新雷，上海古籍出版社，1991 年。

《宋代文学思想史》，张毅，中华书局，1995 年。

《宋代文学史》，孙望、常国武主编，人民文学出版社，1998 年。

《宋代文学编年史》，曾枣庄、吴洪泽，凤凰出版传媒集团，2010 年。

《宋代文学通论》，王水照主编，河南大学出版社，1997 年。

《南宋文学史》，王水照、熊海英，人民出版社，2009 年。

《中国古典文学图志：宋、辽、西夏、金、回鹘、吐蕃、大理国、元代卷》，杨义，北京三联书店，2006 年。

《中国古代文学通论·宋代卷》，刘扬忠主编，辽宁人民出版社，2004 年。

《宋型文化与宋代美学精神》，刘方，巴蜀书社，2004 年。

《宋诗研究》，胡云翼，商务印书馆，1930 年。

《宋诗派别论》，梁昆，商务印书馆，1938 年。

《宋诗体派论》，吕肖奂，四川民族出版社，2002 年。

《宋初诗派研究》，赫广林，齐鲁书社，2008 年。

《宋诗史》，许总，重庆出版社，1992 年。

《宋代的七言古诗》，王锡九，天津人民出版社，1993 年。

《宋诗之新变与代雄》，张高评，洪叶文化事业有限公司，1995 年。

《宋诗特色研究》，张高评，长春出版社，2002 年。

《宋诗：融通与开拓》，张宏生，上海古籍出版社，2001 年。

《宋代家族与文学研究》，张剑、吕肖奂、周扬波，中国社会科学出版社，2009 年。
《宋代诗人论》，陶文鹏，辽海出版社，2007 年。
《两宋士大夫文学研究》，陶文鹏主编，中国社会科学出版社，2012 年。
《宋代文学四大家研究》，欧明俊，人民出版社，2013 年。
《诗心与文道：北宋诗学的以文为诗问题研究》，郭鹏，北京语言大学出版社，2003 年。
《从唐音到宋调：以北宋前期诗歌为中心》，曾祥波，昆仑出版社，2006 年。
《北宋诗学》，张海鸥，河南大学出版社，2007 年。
《宋初百年文学复兴的历程》，张兴武，中华书局，2009 年。
《宋代晚唐体诗歌研究》，赵敏，巴蜀书社，2008 年。
《西昆体与宋型诗建构》，傅蓉蓉，文汇出版社，2004 年。
《西昆体研究》，张明华，人民文学出版社，2010 年。
《后期“西昆派”研究》，段莉萍，巴蜀书社，2009 年。
《北宋庆历士风与文学研究》，李强，上海书店，2011 年。
《文化视域中的北宋熙丰诗坛》，马东瑶，陕西人民教育出版社，2006 年。
《元祐文人集团与元祐体》，薛颖，天津古籍出版社，2009 年。
《王安石与北宋文学研究》，高克勤，复旦大学出版社，2006 年。
《北宋新学与文学：以王安石为例》，方笑一，上海古籍出版社，2008 年。
《苏轼研究》，王水照，河北教育出版社，1999 年。
《苏轼诗词艺术论》，陶文鹏，上海古籍出版社，2001 年。
《苏轼研究史》，曾枣庄主编，江苏教育出版社，2003 年。
《苏诗研究史稿（修订版）》，王友胜，中华书局，2010 年。
《苏诗研究论稿》，王文龙，南京大学出版社，2010 年。
《苏门四学士》，周义敢，上海古籍出版社，1983 年。
《苏门六君子研究》，马东瑶，北京大学出版社，2005 年。
《传媒与真相：苏轼及其周围士大夫的文学》，内山精也著，朱刚等译，上海古籍出版社，2005 年。
《苏轼与苏门文人集团研究》，杨胜宽，四川人民出版，2010 年。
《张耒学术文化思想与创作》，湛芬，巴蜀书社，2004 年。
《江西诗社宗派图研究》，龚鹏程，台湾文史哲出版社，1983 年。
《江西诗派研究》，莫砺锋，齐鲁书社，1986 年。

《江西宗派研究》，伍晓蔓，巴蜀书社，2005 年。

《江西诗派诸家考论》，韦海英，北京大学出版社，2005 年。

《通往中兴之路：思想文化视域中的宋南渡诗坛》，王建生，上海古籍出版社，2011 年。

《南宋初期的文化重组与文学新变》，钱建状，厦门大学出版社，2006 年。

《理禅融会与宋诗研究》，张文利，中国社会科学出版社，2003 年。

《理学文化与南宋诗学》，石明庆，中国社会科学出版社，2006 年。

《江湖诗派研究》，张宏生，中华书局，1995 年。

《南宋江湖派研究》，张瑞君，中国文联出版社，1999 年。

《南宋江湖诗派与儒商思潮》，陈书良，甘肃文化出版社，2004 年。

《江湖：南宋“体制外”平民诗人研究》，陈书良，中国国际广播出版社，2013 年。

《南宋中兴诗风演进研究》，韩立平，华东师范大学出版社，2013 年。

《宋金文学的交融与演进》，胡传志，北京大学出版社，2013 年。

《宋金遗民文学研究》，陶然等，浙江大学出版社，2014 年。

《陆游研究》，欧明俊，上海三联书店，2007 年。

《陆游研究》，邹志方，人民出版社，2008 年。

《永嘉四灵诗派研究》，赵平，浙江大学出版社，2006 年。

《宋诗选注》，钱锺书，人民文学出版社，1989 年。

《辽金元文学史》，吴梅，商务印书馆，1934 年。

《辽金诗史》，张晶，东北师范大学出版社，1994 年。

《辽金元诗歌史论》，张晶，吉林教育出版社，1995 年。

《辽金元诗文史料述要》，刘达科，中华书局，2007 年。

《中国古代文学通论·辽金元卷》，张晶主编，辽宁人民出版社，2004 年。

《辽代文学史》，黄震云，长春出版社，2010 年。

《金元诗文与文献研究》，王树林，中华书局，2008 年。

《元代文学史》，邓绍基主编，人民文学出版社，1991 年。

《元西域诗人群体研究》，杨镰，新疆人民出版社，1998 年。

《元诗史》，杨镰，人民文学出版社，2003 年。

《元代文学编年史》，杨镰，山西教育出版社，2005 年。

《理学背景下的元代文论与诗文》，查洪德，中华书局，2005 年。

《元末明初浙东三作家研究》，魏青，齐鲁书社，2010 年。

《杨维桢与元末明初文学思潮》，黄仁生，东方出版中心，2005 年。

《知非集：元明清文学与文献论稿》，陆林，黄山书社，2006 年。

《明代文学复古运动研究》，廖可斌，上海古籍出版社，1994 年。

《明代诗文的演变》，陈书录，江苏教育出版社，1996 年。

《明代诗文创作与理论批评的演变》，陈书录，凤凰出版社，2013 年。

《明代诗文论争研究》，冯小禄，云南人民出版社，2006 年。

《明代诗学》，陈文新，湖南人民出版社，2000 年。

《明代诗学的逻辑进程与主要理论问题》，陈文新，武汉大学出版社，2007 年。

《明代诗学与唐诗》，孙学堂，齐鲁书社，2012 年。

《士风与诗风的演进：明代成化至正德前期士人与诗派研究》，刘化兵，社会科学文献出版社，2007 年。

《公安派结社考论》，何宗美，重庆出版社，2005 年。

《竟陵派研究》，陈广宏，复旦大学出版社，2006 年。

《竟陵派与明代文学批评》，邬国平，上海古籍出版社，2004 年。

《明末云间三子研究》，姚蓉，广东高等教育出版社，2004 年。

《明清文学史（明代卷）》，吴志达，武汉大学出版社，1991 年。

《明清文学史（清代卷）》，唐富龄，武汉大学出版社，1991 年。

《中国古代文学通论·明代卷》，郭英德主编，辽宁人民出版社，2004 年。

《中国古代文学通论·清代卷》，蒋寅主编，辽宁人民出版社，2004 年。

《清代诗歌发展史》，霍有明，台北文津出版社，1994 年。

《清诗流派史》，刘世南，人民文学出版社，2004 年。

《清诗史》，朱则杰，江苏古籍出版社，2000 年。

《清诗史（修订本）》，严迪昌，浙江古籍出版社，2002 年。

《清诗话考》，蒋寅，中华书局，2004 年。

《清代文学论稿》，蒋寅，凤凰出版社，2009 年。

《清代诗学史（第一卷）》，蒋寅，中国社会科学出版社，2012 年。

《清代诗学研究》，张健，北京大学出版社，1999 年。

《王渔洋事迹征略》，蒋寅，人民文学出版社，2001 年。

《王渔洋与康熙诗坛》，蒋寅，中国社会科学出版社，2001 年。

《神韵派研究》，乔惟德，武汉大学出版社，2003 年。

《清代文化与浙派诗》，张仲谋，东方出版社，1997 年。

《性灵派研究》，王英志，辽宁大学出版社，1998 年。

《清代唐宋诗之争流变史》，王英志主编，人民文学出版社，2012 年。

《湖湘诗派研究》，萧晓阳，人民文学出版社，2008 年。

《清代嘉道时期江南寒士诗群与闺阁诗侣研究》，陈玉兰，人民文学出版社，2004 年。

《清代毗陵诗派研究》，纪玲妹，凤凰出版社，2010 年。

《桐城派文学思想研究》，赵建章，北京图书馆出版社，2003 年。

《姚鼐与乾嘉学派》，王达敏，学苑出版社，2007 年。

《晚清诗界革命论》，张永芳，漓江出版社，1991 年。

《汪辟疆说近代诗》，汪辟疆，上海古籍出版社，2001 年。

《中国近代诗歌史》，马亚中，复旦大学出版社，2011 年。

《中国近代文学发展史》，管林、钟贤培主编，中国文联出版公司，1991 年。

《中国近代文学发展史》，郭延礼，山东教育出版社，1993 年。

《20 世纪中国近代文学研究学术史》，郭延礼，江西高校出版社，2004 年。

《20 世纪中国学人之诗研究》，刘士林，安徽教育出版社，2005 年。

《民国旧体诗史稿》，胡迎建，江西人民出版社，2005 年。

《中国当代旧体诗论稿》，李遇春，华中师范大学出版社，2010 年。

《中国现代诗歌史》，朱光灿，山东大学出版社，2000 年。

《中国现代分体诗歌史》，吴欢章，上海大学出版社，2008 年。

《现代主义诗歌在中国的命运》，刘士杰，社会科学文献出版社，2009 年。

《中国当代新诗史（修订版）》，洪子诚、刘登翰，北京大学出版社，2005 年。

《中国当代新诗编年史（1966—1976）》，刘福春，河南大学出版社，2005 年。

后 记

这是最缺少诗意的年代——消费时代，传媒时代，网络时代……世界渐小，而诗意渐远；交流愈便，而情谊愈淡。商业化，城市化，数字化，环境污染，资源破坏，生态失衡……眼前变化之快之巨之广，已远超任何诗意的想象。中国文论失语症如癌蔓延，有人宣称文学理论已死，乃至文学亦亡，而文学史有限论与无限论的辩争还未及展开，e考据、机器人作诗，已接踵而来。诗歌何为？诗史何为？诗史研究何为？

不妨停下匆匆的脚步，回望诗史中的远空，遥忆曾温暖我们心田的诗意之梦。就算明晨世界毁灭，眼下依然需要可以淡然坦然怡然面对春花秋月的清澈之心、皎然之眸。诗，并非万能药，也难以催眠一切，但诗中的灵与感，不亚于哲人之思、禅者之悟，有时也能改变乾坤；风的颜色雨知道，月的温柔云可晓，心的深广诗最明了。

打开诗史，和诗人对话；慢品诗意，与心灵交流。数量有限的汉字，组合为无限的诗意之美。无论如拾级而上的律诗，还是沿着自然之坡原展开的古体，抑或戴着镣铐而舞的现代诗，必有一种节奏，一帧画面，一缕情思，一段感悟，堪与世间唯一的你、有情有意的你，共鸣相应。

若面前诗史众多，难以择选，请留意本书的特点——本书意在沟通今古，从流派角度，梳理华夏民族的汉语诗歌，勾画其自《诗经》以迄当代的发展进程。先唐部分，偏重“流”，即不同时段诗人和诗歌的前后继承、接受与影响的关系；唐宋以后，偏重“派”，即同一时段形成的诗歌群体、集团、潮流、派别或范式。

流派，既是本书的支点，也是视角。之所以选择这一视角，不仅源于主观上意在探索和创新——因为尚未有人如此叙述诗史；而且客观讲，唯有如此才能在相对有限的篇幅中，尽可能减少遗漏地勾勒出汉语诗歌的迁变。更重要的是，在我看来，流与派——不同时代的承与变，同一时代的异与同，应是诗歌史需要面对的最核心的问题，没有“之一”，仅此而已。

全书除绪论外，按照时间线索，分为七编。其中第一编、第六编、第七编的主要章节，由我的学生叶跃武撰写初稿；而第六编中的臧克家和现实主义诗歌，第七编中的“文化大革命”十年诗歌、现实主义诗路、儿童诗歌、毛泽东与旧体诗等，由张炯先生亲自加以补充和完善。其馀部分，由我撰写，并负责拟定全书框架，修订完善初稿，最后统稿校订。

需要说明的是，其一，业已独立且成熟的词曲，及少数民族诗歌，包括《格萨尔》《江格尔》《玛纳斯》三大史诗，因篇幅所限和体例要求，不列入本书的叙述范围。其二，本书使用的诗馀、馀蕴、馀音、馀味、馀波、馀地、馀暇、馀闲、馀绪、多馀、残馀，其馀等之“馀”，锺嵘、锺惺、钱锺书之“锺”，高適之“適”，梁章钜之“钜”，徐幹之“幹”，曾幾、幾社之“幾”等，皆因字意而定，并非繁简之别，为避免意义混淆，恕不从俗。

局于学力，限于时间，容有未妥，或有遗漏。不揣浅陋，权作初探；订伪补阙，望之大雅。

陈才智
于中国社会科学院文学研究所
2016 年 8 月草撰，2017 年 6 月改订
2019 年 6 月核校，2020 年 9 月修订